宣传思想文化青年英才作品文库

岁月静好只因有你

——倪光辉新闻作品自选集

倪光辉/著

人民日报出版社

图书在版编目（CIP）数据

岁月静好只因有你：倪光辉新闻作品自选集／倪光辉著 . —北京：人民日报出版社，2022.5

ISBN 978 - 7 - 5115 - 7331 - 5

Ⅰ.①岁… Ⅱ.①倪… Ⅲ.①新闻报道—作品集—中国—当代 Ⅳ.①I253

中国版本图书馆 CIP 数据核字（2022）第 060739 号

书　　名：岁月静好只因有你——倪光辉新闻作品自选集
SUIYUEJINGHAO ZHIYINYOUNI
NIGUANGHUI XINWENZUOPIN ZIXUANJI

著　　者：倪光辉

出 版 人：刘华新
责任编辑：林　薇　梁雪云

出版发行：人民日报出版社

社　　址：北京金台西路 2 号
邮政编码：100733
发行热线：(010) 65369509　65369527　65369846　65369512
邮购热线：(010) 65369530　65363527
编辑热线：(010) 65369526
网　　址：www. peopledailypress. com
经　　销：新华书店
印　　刷：三河市华东印刷有限公司
法律顾问：北京科宇律师事务所　010-83622312

开　　本：710mm×1000mm　1/16
字　　数：515 千字
印　　张：31. 5
版次印次：2022 年 8 月第 1 版　　2022 年 8 月第 1 次印刷

书　　号：ISBN 978 - 7 - 5115 - 7331 - 5
定　　价：98. 00 元

使命的召唤 前行的力量

2012 年 12 月，习近平主席视察原广州军区部队时作出重要论断："实现中华民族伟大复兴是中华民族近代以来最伟大的梦想。这个伟大的梦想，就是强国梦，对军队来讲，也是强军梦。"强军梦支撑强国梦，自此一系列改革强军举措踏浪前来。

2012 年，我调整到军事采访室，这是我进入人民日报社工作的第 12 个年头，报道方向从以调查类新闻报道为主，转身为专业领域报道，从经过长期积累观察已驾轻就熟的社会新闻跳跃到充满政治专业性的军事新闻，跨度很大，挑战很多。

然而十年之后再回首，我无比感谢这次跨越。这十年，"史上最牛军改"波澜壮阔，人民军队重整行装再出发；这十年，军队反腐正风肃纪，既"除痼疾"又"增活力"；这十年，我有幸与人民军队同频共振，我走遍祖国的边防海防线，到过天南海北的哨所岛礁，在最艰苦的环境和战士们一起巡逻，采访过一批又一批的官兵、军属、预备役和退役军人。十年走来，何其幸运，自己也成为改革强军国防建设的见证者和参与者。

2014 年金秋，习主席亲率 400 余名高级干部走进古田，召开新世纪第一次全军政治工作会议。在这次重要会议上，习主席深刻阐明新的历史条件下党从思想上政治上建设军队的重大问题，鲜明提出人民军队政治工作的时代主题。闽西古田，人民军队铸魂定型的地方，时隔 85 年再次见证了这支军队的涅槃重生。新古田会议，我是参与报道的一员。

2015 年 11 月 24 日，一个瑞雪初霁的冬日，中央军委改革工作会议在北京召开。习主席发出动员令：全面实施改革强军战略，坚定不移走中国特色强军之路。我记录下这历史性的时刻。

我报道过各类演习演练：在东部战区组织的联合立体登陆演习中，海空军力量运用明显加重，新型作战力量渐成主角；中部战区筹划演习，一支老牌精锐部队罕见未受重用，反倒是新转隶的航空兵某部担任主力，发起远程突击……

我见证了组建新的军委纪委、新的军委政法委，调整组建军委审计署，报道过全面停止军队有偿服务，铲除腐败问题和不良风气滋生的土壤；采访过构建完善军人荣誉制度体系，首次"八一勋章"的获得者，感受全军新风正气持续上扬，广大官兵干事创业的环境更好了，机会更多了，舞台更大了，动力更足了。

中国创造，大国重器。在陆战沙场，我报道过新一代武装直升机、新型陆战装备加速列装；在广阔空天，我激动地畅想，空军主力战机以前所未有的速度迈进歼—20、运—20领衔的"20"时代；在万里海疆，我见证过海军主力战舰以"下饺子"的速度更新换代；在深山密林，中国东风系列战略导弹惊艳全球……

难以忘怀，让人热血沸腾的十年军旅报道，那一次次采访相遇，那一次次相识相逢，一次次饱含热泪写下深情的文字。

这本集子，主要是这些年来的作品，它不仅是新闻报道见报文字的集结，也不仅仅是为了呈现曾经的获奖作品，于我而言，它是新闻职业的一种观察和思考，写进新闻里的故事，是家国情怀的另一种表达和抒写，更是我军旅报道人生中难以忘怀的精神之旅。

收进这本集子里的文章，每一篇都是曾经打动过我的故事，回想起采写的过程，至今仍历历在目。作为新闻报道，它们有的获得过国家、军队最高新闻奖项，有的获得过人民日报社年度精品奖，于我个人，那些刻骨铭心的凝望和记忆饱含的深情，已经凝结在笔端，倾注在文字中，镌刻在时光里。

出这本集子，我还有一个心愿，感恩在我成长中给予我鼓励、帮助、教诲的师长、战友和我的亲人们。特别想感谢我的父亲倪明国先生，他富有深厚的家国情怀，从事了一辈子的新闻行业，文字广播电视广泛涉猎。父亲启蒙了我的新闻之路，也鼓励我踏上国防军队报道领域。我行走天南海北，都在他眼里守望。此书成形期间，父亲细致认真地帮助整理、校对。家人、朋友、同事、战友，这些人都是我不断前行的力量。

叩问远去时光，过去的已无法复制，美好与感动会伴随一生。改革正在路上，改革未有穷期。走过95年风雨征程的人民军队，必将阔步迈向更加辉煌的未来。

唯愿我中国军人，与天不老；唯愿我中国军队，与国无疆！

倪光辉

2022年2月于北京金台园

一、强军梦支撑中国梦

二、新时代的强军节拍

三、换羽新生的中国军队

四、砥砺奋进的强军画卷

五、波澜壮阔的历史回响

六、精武强能的先锋面孔

七、让军人成为全社会尊崇的职业

附　录

一、强军梦支撑中国梦

2012 年 12 月，习近平主席视察原广州军区部队时作出重要论断："实现中华民族伟大复兴是中华民族近代以来最伟大的梦想。这个伟大的梦想，就是强国梦，对军队来讲，也是强军梦。"

对一个政党、一支军队来说，思想制胜是最根本的优势所在。

习近平强军思想，把马克思主义军事理论和中国军事实践提升到了新的境界。习近平强军思想是马克思主义科学世界观方法论在当代军事领域的具体运用，是当代中国共产党人政治智慧、军事智慧的集中展现。

新的征程上，无论是建设强大军队，还是赢得未来战争，无论是谋创新、求发展，还是有效化解矛盾、应对风险挑战，都要求我们全面贯彻习近平强军思想，并切实转化为科学思维、政治能力和战略智慧。

征途漫漫，风雨兼程。我们坚信，在以习近平同志为核心的党中央领导下，改革强军、奋楫中流的人民军队，一定会创造出"让世界刮目相看的新的更大奇迹"。

强军梦支撑中国梦

实现中华民族伟大复兴是中华民族近代以来最伟大的梦想。这个伟大的梦想，就是强国梦，对军队来讲，也是强军梦。

建设一支听党指挥、能打胜仗、作风优良的人民军队，是党在新形势下的强军目标。

深化国防和军队改革，是实现中国梦、强军梦的时代要求，是强军兴军的必由之路，也是决定军队未来的关键一招。

要把理想信念在全军牢固立起来，适应强军目标要求，把坚定官兵理想信念作为固本培元、凝魂聚气的战略工程，把握新形势下铸魂育人的特点和规律，着力培养有灵魂、有本事、有血性、有品德的新一代革命军人。

站在新的历史起点上，我们更加深切地感受到，中华民族走出苦难、中国人民实现解放，有赖于一支英雄的人民军队；中华民族实现伟大复兴，中国人民实现更加美好生活，必须加快把人民军队建设成为世界一流军队。

网络上，流行着这么一句话：我们没有生活在和平的时代，只是生活在一个和平的国家。

今天，我们比历史上任何时期都更接近中华民族伟大复兴的目标，比历史上任何时期都更需要建设一支强大的人民军队。

中国梦蕴含强军梦，强军梦支撑中国梦。只有坚定不移推进国防和军队现代化，建设同我国国际地位相称、同国家安全和发展利益相适应的巩固国防和强大军队，才能做到关键时刻决战决胜，国家安全才有底数，民族复兴才有底气。

党的十八大以来，以习近平同志为核心的党中央着眼实现中国梦强军梦，深入推进政治建军、改革强军、科技兴军、依法治军，着力强化练兵备战，积极推动军民融合发展，提出一系列重大战略思想，作出一系列重大决策部署，指挥一系列重大军事行动，汇聚了强军兴军的坚定意志和磅礴力量，率领全军官兵开创了强军兴军新局面。

这5年，是人民军队围绕强军目标，凤凰涅槃、浴火重生的5年——

正本源、寻初心，撤军区、建战区，授军旗、立军种，强联合、严管理，调结构、优编成……全面实施改革强军战略，不仅改棋盘、动棋子，还改棋规。"军委—战区—部队"的作战指挥体系和"军委—军种—部队"的领导管理体系，立起人民军队新体制的"四梁八柱"。

这5年，是瞄准建设世界一流军队，攻坚克难、开新重塑的5年——

番号改了、臂章换了、人员动了、驻地变了，体制一新、结构一新、格局一新、面貌一新，政治生态、组织形态、力量体系、作风形象全面重塑……人民军队规模结构和力量编成更加精干合理，政策制度日益配套完善。从严治军、依法治军，中国特色军事法规制度体系不断发展完善。

这5年，是聚力练兵打仗、向改革要战斗力，催生新战力、锻造新利剑的5年——

打破"演为看"、咬住"练为战"，实战化练兵备战从难从严；指挥层级更扁平、作战编组更灵活，人民军队新编成合成化、模块化程度更高。脱下"陆军绿"、换上"海军蓝"，新调整组建的海军陆战队硝烟深处全新亮相。陆地，数字化、信息化部队初露锋芒；海上，以国产航母为标志的新型作战舰艇密集下水；空中，运—20、歼—20相继入列……一批撒手锏武器加速走向战场，战略预警、远海防卫、远程打击、战略投送、信息支援等新型作战力量得到充实加强。

这5年，是吹响科技兴军时代号角，建立军民融合创新体系的5年——

从"天眼"探空到"蛟龙"探海，从"墨子号"发射升空到"海洋六号"极地科考，从国产大型客机C919成功首飞到嫦娥五号奔月征程稳步推进……深空、深海、深地、深蓝，"国之重器"不断涌现，一些关键领域、核心技术取得重大突破。军民融合创新成果惊艳全球，中国人的信心和梦想不断被点燃。

"新旧相推，日生不滞。"中华民族伟大复兴的未来之门已经开启，强国梦、强军梦的步伐愈来愈激越昂扬。

经过5年的砥砺奋进，今天的人民军队现代化水平大幅跃升，在中国特色强军之路上迈出了坚实步伐。面向未来、面对挑战，按照国防和军队现代化建设"三步走"战略构想，人民军队将努力实现更高质量、更高效益、更可持续的发展，全面提高履行新的历史时期军队使命的能力，把强军事业不断向前推进。正如习主席在朱日和联合训练基地阅兵时强调：

我们的英雄军队有信心、有能力打败一切来犯之敌！我们的英雄军队有信心、有能力维护国家主权、安全、发展利益！我们的英雄军队有信心、有能力谱写强军事业新篇章，为实现"两个一百年"奋斗目标、为实现中华民族伟大复兴的中国梦、为维护世界和平作出新的更大的贡献！

（原载于《人民日报》2017 年 10 月 15 日第 5 版，作者：倪光辉）

习近平的"胜利日时间"

铭记历史的时刻，也注定会被历史铭记。

9 月 3 日，中国人民抗日战争暨世界反法西斯战争胜利 70 周年，中国举行盛大而隆重的纪念仪式。

几天来，跟随中共中央总书记、国家主席、中央军委主席习近平的身影，本报记者在天安门广场、在人民大会堂、在钓鱼台国宾馆，在这些镌刻历史记忆的地方，见证历史时刻、感受民族情怀、记录时代宣言、聆听奋进足音。

除了密集的双边会见，习近平参加的 6 场重大活动，堪称抗战 70 周年"胜利日"里，一个热爱和平的民族、一个言出必行的大国给历史、给未来的郑重承诺。

1. "天地英雄气，千秋尚凛然"

时间：9 月 2 日 9 时 30 分
地点：人民大会堂金色大厅
日程：颁发中国人民抗日战争胜利 70 周年纪念章

70 年前的这一天，东京湾"密苏里"号战列舰，日本在投降书上签字。

70 年后的这一天，30 名从烽火硝烟中走来的抗战老战士老同志、抗战将领、帮助和支持中国抗战的国际友人或其遗属代表，接受来自中国人民的崇高敬意。

在中国人民抗日战争暨世界反法西斯战争胜利70周年之际，中央决定，以中共中央、国务院、中央军委名义，向约21万名抗战英雄或遗属颁发中国人民抗日战争胜利70周年纪念章。

礼兵就位，号角响起。《义勇军进行曲》激越昂扬。

习近平走到这些在中国人民抗日战争中立下汗马功劳的元勋或他们的遗属面前，为他们一一佩挂上金色纪念章。当年穿越战火的青春少年，今天鬓发染霜、步履蹒跚。习近平同他们紧紧握手。

老兵们的致辞催人泪下，老兵们的情怀令人动容。

在接受奖章后，92岁的俄罗斯老战士尤·尼·亚斯涅夫，将一条红白条纹的领带从自己脖子上摘下，郑重交到习近平手中。他说，这条领带上用俄文绣着习近平主席、普京总统和二战时期远东苏军总司令华西列夫斯基的名字。这是一份非常有纪念意义的礼物，习近平欣然收下这份珍贵礼物。

用心的礼物，源自老人朴素的情感：中国人民重情重义。5月，在莫斯科、在明斯克，习近平两度同苏联老战士会见，颁发纪念奖章，温暖了无数人的心。

抚今追昔，习近平的讲话真挚含情："'天地英雄气，千秋尚凛然'。一个有希望的民族不能没有英雄，一个有前途的国家不能没有先锋。包括抗战英雄在内的一切民族英雄，都是中华民族的脊梁。"

2. 铭记历史恰是对和平的珍爱

时间：9月2日19时许
地点：钓鱼台国宾馆芳菲苑
日程：出席集体会见、非正式晚宴

华灯初上，钓鱼台国宾馆芳菲苑，来华出席中国人民抗日战争暨世界反法西斯战争胜利70周年的外国领导人和国际组织负责人济济一堂。

习近平的声音回荡大厅："大家来到北京，出席中国人民抗日战争暨世界反法西斯战争胜利70周年纪念活动，充分体现了大家对中国举行纪念活动的支持，体现了对中国人民的深情厚谊，体现了对历史的尊重、对和平的珍视。"

历史不应被遗忘，那是再久的岁月也无法抹平的痕迹。和平不能被践踏，那是再远的前行也要始终追求的阳光。

会见后，习近平夫妇设宴款待远道而来的各国嘉宾。"按照中国接待客人的习惯，今天的晚宴是为大家接风。"

映日荷花、摇曳红烛、缣楮纸帛、穹顶木雕、古曲悠扬……处处是中国元素，处处是细致安排。

新朋老友，举杯共祝，为胜利，为和平，为繁荣，为友谊，干杯！

德国前总理施罗德说，在德国我们也经常讨论历史，并从讨论中学到很多东西。我们希望其他国家也能够和德国一样走上正确道路。

参加会见和宴会的嘉宾表示：历史应该永远铭记，中国人民为世界反法西斯战争取得最终胜利付出的巨大牺牲、作出的重大贡献。

3. 一场国际外交的盛会

时间：9月3日9时

地点：故宫端门

日程：迎宾，集体合影

端门，坐落于北京中轴线上。此时，红色地毯沿端门正中铺开，北连午门，南穿天安门，过金水桥，抵长安街。

端门南广场，习近平夫妇站在红毯中央。藏青色中山装与红色长裙风采卓卓，中国风范尽显。

历经沧桑的红墙见证着一场国际外交的盛会。

联合国秘书长潘基文、上海合作组织秘书长梅津采夫……几十个国家、国际组织贵宾相继走上红毯，同习近平夫妇微笑握手、寒暄致意、合影留念。

韩国总统朴槿惠微笑走来。青瓦台"点穴式外交"载入中韩史册，两国关系在元首外交的引领中风正潮平。

白俄罗斯总统卢卡申科携幼子走来。距上次白俄相见时隔数月，习近平夫妇仍记得他的幼子小名，一边轻轻拥抱，一边亲切唤他"科利亚"。

俄罗斯总统普京健步走来。5月莫斯科红场检阅台上并肩而坐，7月乌法"双峰会"期间促膝深谈。今天的北京，两国元首再一次握手。

4. 外宾纷纷与习近平握手道贺

时间：9月3日10时
地点：天安门城楼
日程：出席纪念大会

这一刻，世界瞩目中国。

城楼上，习近平等中外领导人检阅方队；长安街，受阅部队战旗猎猎、气势如虹。

这是新中国成立以来首次以纪念中国人民抗日战争暨世界反法西斯战争胜利为主题举行阅兵，这是习近平主席第一次在天安门广场检阅共和国武装力量。

宽阔广场上，步履铿锵；湛蓝苍穹下，鹰击长空。盛大阅兵仪式，一场气势磅礴的视听盛宴，一场汇聚光荣与自豪的壮美史诗。

中国梦引领强军梦，强军梦铸就英雄情。

城楼上，一位名叫史保东的老兵，立正、行军礼，从始至终。汗水湿透军装，汗珠滚落脸颊，他一站就是1个多小时，观者无不动容。

这位新四军老战士感慨万千："70年前，当胜利消息传来时，全中国沸腾了，我们唱啊、跳啊、哭啊，用欢呼和泪水庆祝胜利，庆祝和平的到来。"

阅兵结束时，外国来宾纷纷走上前来，同习近平握手，向习近平表示诚挚祝贺，称赞盛大阅兵式"气势雄伟、场面壮观、非常精彩"。

5. "这是中国人民的节日"

时间：9月3日12时
地点：人民大会堂二层宴会厅
日程：出席招待会

人民大会堂宛如一片欢乐海洋。

老战士、老同志、老民兵、支前模范，抗战烈士亲属、抗日将领、国际友人或其遗属，各方来宾从天安门赶来，大家沉浸在盛大阅兵仪式的兴奋中，热烈交流着。

中午 12 时 25 分许，在欢快的《迎宾曲》中，习近平和彭丽媛同参加招待会的外国领导人夫妇共同步入宴会厅，全场响起热烈掌声。

习近平发表重要讲话，深刻阐释中国的和平观、发展观。

听众席上，当年历史的亲历者、见证者，泪水湿润了眼角。

听众席上，命运相似、携手并肩的同盟国来宾，热烈鼓掌。

宾主把酒言欢，言笑晏晏。习近平走下座位，走到每一位嘉宾面前，碰杯致敬。

很多来宾主动端杯，向习近平表示节日的祝贺，这是中国人民胜利的日子，这是中国人民的节日。

6. 续写胜利与和平的史诗

时间：9 月 3 日 20 时

地点：人民大会堂万人大礼堂

日程：出席观看文艺晚会《胜利与和平》

大礼堂灯火辉煌，当 70 名平均年龄 90 岁的抗战老兵进入会场时，全场 6000 名观众起立致敬。

当习近平等领导同志与出席纪念活动的各国领导人一起步入大礼堂时，雷鸣般的掌声再次响起。习近平微笑着与抗战老兵握手，向现场观众挥手致意。

钟声徐徐敲响，大幕缓缓展开，当杨靖宇、赵一曼、赵尚志等英雄人物再次出现在人们面前时，当狼牙山五壮士、八女投江等英雄故事生动地呈现在舞台上时，当《山丹丹开花红艳艳》《松花江上》等熟悉旋律又响在人们耳边时，全场观众仿佛回到 70 年前，回到那慷慨悲壮又气吞山河的民族大抗战的现场。

松花江上、卢沟桥畔、南京城内……那些悲恸的往事让人泪流满面；

黄河之滨、宝塔山上、青纱帐里……那些抗争的身影让人肃然起敬。

当《怒吼吧！黄河！》响起时，先进的声光电技术将大厅变成黄河壶口瀑布的实景，汹涌气势和豪迈气概，让外国政要啧啧称奇。

夜深了，缅怀历史的一天就要结束，而在和平的昭告和宣示中，中国带给民族和世界的新未来，正在开启。

（原载于《人民日报·海外版》2015年9月5日第1版，作者：杜尚泽 倪光辉）

习近平带领人民军队从古田再出发

"那天，在红军小号前，在红军军旗前，总书记听完讲解后思考了许久。他对我们说，'历史，往往在经过时间沉淀后可以看得更加清晰。回过头来看，古田会议奠基的政治工作对我军生存发展起到了决定性作用。'"

回顾近4年前的情景，福建省古田会议纪念馆馆长曾汉辉记忆犹新。

2014年10月30日，全军政治工作会议在福建古田召开。习近平总书记带领全体中央军委委员来到古田会议会址，向毛泽东雕像敬献花篮，看望10位老红军、军烈属和"老地下党员、老游击队员、老交通员、老接头户、老苏区乡干部"代表，和基层会议代表一起吃"红军饭"。

习近平总书记在会上强调，发挥政治工作对强军兴军的生命线作用，为实现党在新形势下的强军目标提供坚强政治保证。

环欣欣（时任"硬骨头六连"政治指导员）：

习主席要我们弘扬硬骨头精神

"希望你们全连官兵继续弘扬硬骨头精神，在强军目标的指引下把连队建设得更加过硬！"4年间，环欣欣一直牢记习近平总书记的殷切嘱托。

时任南京军区某红军团"硬骨头六连"政治指导员的环欣欣，代表原南京军区基层官兵参加会议，受到习近平总书记亲切接见。

"中午11点半左右，习主席走进餐厅，满面笑容。他与我们11名部队基层干部和英模代表一一握手。"环欣欣说，得知我是"硬骨头六连"政治指导员时，他准确说出了连队的驻地位置。

"真没想到10年过去了，他还记得这么清晰！"2004年1月22日，时任浙江省委书记的习近平曾到六连视察。

"他说，有机会一定会再到连队去看看。我当时十分激动地表态，请主席放心，我们一定牢记目标，坚定信念，弘扬硬骨头精神，献身强军伟大实践。习主席听后一边称赞，一边紧紧握住我的手。"环欣欣回忆说。

随后，习近平总书记招呼基层代表围坐在一起，共吃"红军饭"。"红米饭、南瓜汤、观音菜、炒烟笋，大家吃得津津有味。"

边吃边谈，习近平总书记为大家讲述了抗日民族英雄杨靖宇的感人事迹。

"习主席语重心长地叮嘱大家说，青年一代是党和军队的未来和希望，革命事业靠你们接续奋斗，优良传统靠你们继承发扬。军队政治工作要大家一起来做，基层做好工作是重要环节。要带头学传统、爱传统、讲传统，带动部队官兵传承好红色基因、保持老红军本色。"

环欣欣告诉记者，近年来官兵普遍反映，部队领导指挥体制更加顺畅高效，结构编成更加充实合理，新型作战力量大大增强，部队建设内外环境更加优化正规，广大官兵追随习主席开创新时代强军事业的信心决心也越发坚定。

巴兴（时任辽宁省军区某团三连政治指导员）：
感受到习主席治军强军的坚定决心

"作风出问题的军队是不堪一击的，还没有听说世界上哪一支腐败的军队能打胜仗。国家一旦有事，军队能不能胜战，直接关系到党的命运、国家的命运、中国特色社会主义的命运、中华民族的命运。"近4年过去，习近平总书记铿锵有力的话语始终萦绕在巴兴耳畔。

"会议召开之前，我们乘坐飞机从沈阳飞往龙岩，大家唠了一路。当时，我们并不清楚会议具体内容，但回想1929年古田会议在我军历史上的重要地位，就觉得这次会议非同一般。"巴兴说。

"习主席同我握手时，我感觉热血瞬间从脚底涌到了头顶。"习近平总书记关切地连问了几个问题："你们边防连队具体位置在哪儿？连队平时与外军的沟通交流如何？"巴兴一一作答。

作风和能力，是习近平总书记最关心的两个问题。会上，他对部队中特别是领导干部在思想政治和作风上存在的10个方面突出问题做了深刻剖析，明确提出，要把战斗力标准在全军牢固树立起来，作为军队建设唯一的根本的标准。

在担任中央军委主席之后，习近平就曾发出能力之问——在党和人民需要的时候，我们这支军队能不能始终坚持党的绝对领导，能不能拉得上去、打胜仗，各级指挥员能不能带兵打仗、指挥打仗。"这次会议，我们再次感受到习主席治军强军的坚定决心。"巴兴说。

战斗力标准确立了，练兵备战导向明确了，官兵精神振奋了，几年下来，部队的变化让巴兴倍感振奋："整风整改力度比我们预想的更大、更彻底。习主席在朱日和沙场点兵、南海阅兵，更是在不断释放着聚力打赢的强烈信号。毫无疑问，沿着这样的道路阔步向前，实现强军目标指日可待。"

张学东（时任海军 372 潜艇政委）：
没想到习主席一眼就认出了我

吃那顿"红军饭"时，来自海军的基层代表、372 潜艇政委张学东，就坐在习近平总书记的右手边。

"'官兵们好吗?'这是习主席问我的第一句话。"回忆起习近平总书记午餐时给自己夹菜的场景，张学东满脸洋溢着幸福，"习主席一直惦念着 372 潜艇的官兵们。"

2014 年，在海军组织的一次不打招呼的战备拉练中，372 潜艇紧急出航。其间，张学东和他的战友成功处置重大突发险情并圆满完成任务，创造了我国乃至世界潜艇史上的奇迹，荣立一等功。习近平总书记作出重要指示，对海军 372 潜艇官兵群体先进事迹给予充分肯定。

"只要你们带好兵，强军梦就有希望"。听到习近平总书记的殷殷嘱托，张学东动情地说，作为潜艇兵，来不及与父母妻儿道别，就要悄无声息离家远航，这早已成为潜艇人的生活常态，但官兵们以奉献为己任。习近平总书记听后很欣慰，他说，我们就是要培养有灵魂、有本事、有血性、有品德的新一代革命军人，把理想信念的火种、红色传统的基因一代代传下去。

2016 年 7 月 1 日，在庆祝中国共产党成立 95 周年大会上，张学东作为全国先进基层党组织代表，再一次受到习近平总书记的亲切接见。

"没想到习主席一眼就认出了我。他十分关心海军、关心 372 潜艇的发展建设。他勉励我们要再接再厉，为强军目标再立新功。"

"领袖的关怀是鼓舞、是鞭策，更让我们感受到沉甸甸的使命和责任。"张学东说，近4年来，部队掀起了前所未有的练兵备战热潮。"仗怎么打兵就怎么练，打仗需要什么就苦练什么，用实战化任务这块'磨刀石'，不断锤炼慑敌制敌的'撒手锏'。"

谢毕真（老红军代表）：
他拉着我的手让我坐在他旁边

"总书记有情有义！他在福建工作时就接见过我。这么多年了，他一直牵挂着我们啊！"今年已经102岁的老红军谢毕真说起习近平总书记的关心，赞不绝口。

对闽西革命老区，习近平总书记始终怀着深厚的感情，先后19次来到闽西，每次都要专程看望老红军和军烈属等人员，话家常、问冷暖。全军政治工作会议期间，习近平总书记又专门把10位老红军、军烈属和"老地下党员、老游击队员、老交通员、老接头户、老苏区乡干部"代表请到古田党员干部教育基地，同他们亲切座谈。

"总书记和我们一一握手，祝我们健康长寿。他拉着我的手，让我坐在他旁边。"谢毕真回忆。

习近平总书记说："闽西，我很熟悉。这是原中央苏区所在地，对全国的解放、新中国的建立、党的建设、军队的建设作出了重要的不可替代的贡献。今天和大家见见面，一起聊聊天，听你们说说心里话。"听了他一席亲切的话语，大家不再拘束，纷纷打开话匣子。

谢毕真第一个发言："现在党中央坚定不移改进作风、惩治腐败、依法治国，政策得民心，老百姓都拥护，大家都铆着劲儿干，日子一定会越过越好！"

习近平总书记点头赞同，他说，我们党是一个拥有8600多万党员（截至2017年底，全国党员总数为8956.4万名——注）的党，不从严治党是不行的，我们一定要防微杜渐，永葆党和军队的生机活力，这就要不断地自我净化、自我完善、自我革新、自我提高。

"长征出发时，闽西子弟积极踊跃参加红军，红军队伍中有两万多闽西儿女。担任中央红军总后卫的红 34 师，6000 多人主要是闽西子弟，湘江一战几乎全师牺牲。"习近平总书记说完，专门叮嘱在座的军地领导，要永远铭记老区人民为革命作出的贡献，永远不要忘记老区，永远不要忘记老区人民。

习近平总书记平实而真挚的话语，赢得阵阵热烈掌声。

谢毕真请记者带个话："总书记鼓励我们继续发挥余热，贴心又暖心，我们拼上一把老骨头，也要继续做贡献！"

（原载于《人民日报》2018 年 9 月 26 日第 1 版，作者：倪光辉　魏贺李翔）

"主席，我向您汇报！"

3 月 13 日下午，碧空如洗。

中共中央总书记、国家主席、中央军委主席习近平出席十二届全国人大四次会议解放军代表团全体会议。会上，8 位代表分别就国防科技创新、新型作战力量建设、创新理论武装、新型陆军作战能力建设、创新人才培养、战略通道建设、军队管理创新、军民融合深度发展等问题提出了意见和建议。习近平发表了重要讲话。会议结束时，习近平亲切接见来自基层部队和教学科研一线的部分军队人大代表。

"主席的讲话立意高远，又很接地气，非常鼓舞军心士气。"代表们纷纷表示，主席强调要下大力抓好创新，极富战略性、指导性和针对性，为深化军队调整改革，捍卫国家主权、抓好部队建设提供了方向指引、方法指导和根本遵循。

"能当面向主席汇报，是军人的荣誉，令人振奋，无比激动。"会后，记者采访了几位发言的代表，听他们讲述关于创新的故事。

用好创新平台，讲好强军故事

"作为基层单位的代表，能当面向主席汇报，并受到主席接见，这对一名共和国军人来说，是无上的荣光。"梁晓婧说。

梁晓婧是火箭军唯一一位基层单位女主官，曾荣获全军优秀指挥军官。

"是军队，给了我开发潜能的平台，给了我不断挑战和战胜自我的机会。"从军校毕业之后，梁晓婧进入原二炮通信总站。从最基层的排长干起，她先后当过指导员，政治处副主任，政治处主任、政委。她爱创新，思想工作方法灵活多样，20世纪60年代末出生的她被战士们称为"知心大姐"。

在发言中，结合工作实践，梁晓婧就推动党的创新理论武装工作提出思考和建议。

"保持部队建设正确方向，把准官兵成长正确航向，首要的就是带着感情、带着忠诚、带着信仰，学好习主席系列重要讲话精神。"梁晓婧建议，围绕深入学习习主席系列重要讲话精神，把讲好强国强军故事作为深化理论武装的切入点、增长点，在广大官兵情感认同的基础上，进一步增进理论认同、政治认同、实践认同。梁晓婧说，当前尤其要用好创新平台，紧跟互联网进军营和政工网升级进程，进一步建好网络大课堂，用好先进文化、先进典型力量，不断拓宽党的创新理论直达基层官兵的"信息高速路"。

推动军队管理创新发展

梁旭代表说，习主席的讲话真是说到了大家的心坎里。现任海军东海舰队航空兵副司令员的他，长期从事部队管理工作，对如何推动军队管理创新发展也有自己的思考。

当前国防和军队改革正在稳步推进，部队领导体制发生了重大变化，相应的管理理念和管理体制也亟须创新发展。"习主席指出，推进以效能为核心的军事管理革命，树立现代管理理念，完善管理体系，优化管理流程，不断提高军队专业化、精细化、科学化管理水平。习主席的重要指示，为我们推动军队管理创新指明了方向、提供了遵循。"梁旭说。

近年来，海军部队紧贴时代特点、使命任务、官兵结构等变化，着眼对部队实施科学有效管理，在远洋护航、联演联训、环球出访、海外救援等重大任务实践中，逐步探索新形势下军队管理工作的理念、目标、原则和方法，取得了一些很好的经验，既保证了任务圆满完成，又广受官兵欢迎。

面对新形势新任务，梁旭建议，部队要深入学习贯彻习主席重要讲话精神，进一步掀起"头脑风暴"，推动管理理念和制度创新，在更新管理思维理念、完善管理制度体系、体现军种特色上下更大功夫，在提升专业化、精细化、科学化水平上下更大功夫。

创新推进军民融合深度发展

"我是来自南海一线的代表，想就维护海洋权益、推进军民融合深度发展谈点自己的建议。"海南省军区政委刘新代表这样开始了自己的发言。

"我发言时，主席听得很认真，还不时记笔记，这些细节让我很感动。"刘新说，习主席关于维护海洋权益的一系列理论创新和实践创新，为我们经略海洋构建了与时俱进的理论基础、着眼长远的战略目标和精辟务实的具体措施。

"真是由衷地敬佩主席的战略眼光！认真听了主席的讲话，我感到脑清目明，也感受到了一份沉甸甸的责任。"刘新说。

联系工作实际，刘新认为，海南要争创军民融合发展实践范例，必须深入贯彻创新发展要求，助力推动各领域建设实践。自觉站在国家发展和安全战略的高度，大力加快军地资源有效优化配置，推进军地各项建设共建共享、军民共用，在体制机制建设上保证经济与国防建设聚焦到融合式发展上来，走规范高效的军民融合之路。

（原载于《人民日报》2016年3月14日第4版，作者：倪光辉）

［牢记嘱托　奔跑追梦——收到总书记回信之后］
北部战区陆军某边防旅三角山边防连：

"边关有我，　祖国安宁"

一年前，我到阿尔山看望大家，同志们在冰天雪地里守卫边疆的坚定决心和昂扬精神，给我留下了难忘的印象。一年来，同志们又取得了新进步，我感到很高兴。

希望同志们着力加强连队全面建设，推动强军目标在连队、在边防落地生根，为筑牢祖国北疆安全稳定屏障再立新功！

——习近平

"希望同志们着力加强连队全面建设，推动强军目标在连队、在边防落地生根，为筑牢祖国北疆安全稳定屏障再立新功！"北部战区陆军某边防旅三角山边防连荣誉室内，政治指导员窦虹杉正朗读着习近平主席给全连官兵的回信。

每年的 1 月 26 日，是连里的荣誉日，这一天全连官兵都会重走习主席视察路线、重温讲话嘱托、重读回信内容、开展大讨论……"每当新干部任职、新士兵下连，连队都会组织他们学习领会习主席在回信中的殷切期望和嘱托，增强贯彻落实习近平强军思想的政治自觉和行动自觉。"窦虹杉告诉记者。

修了巡逻路，装上热水器

"没想到下连队才一个多月，就赶上习主席视察，过了一年就读到了习主席给我们的回信，让我无比激动！"28 岁的中士李长月说，2013 年 9 月，为了圆自己的军旅梦，还是一名大二学生的他选择入伍。

"在习主席回信精神的鼓舞下，我决定扎根边关、安心边关、创业立功边关，在连队实现自己的人生价值。"以连为家、立志戍边，如今李长月已在边防一线坚守了近 6 年，与战友们一起，见证着连队一点一滴的变化。

得知习主席在 2014 年春节前夕视察连队，并于 2015 年 2 月 16 日给连队全体官兵回信，当时还在其他连队工作的窦虹杉无比羡慕：若能到这个连队工作，那该是多么光荣的一件事！

2016 年 7 月某天，窦虹杉的愿望真的实现了。"我荣幸地被组织调整到三角山边防连担任指导员，那晚激动得一夜没睡着觉！我重温了习主席视察连队时的重要指示和习主席给全连官兵回信的内容。"

"根据习主席的回信嘱托，加强连队全面建设一直是我们工作的着力点。"窦虹杉介绍，加强连队全面建设，包括抓好军事训练，严格行政管理，加强思想政治教育和文化、保卫工作，落实战备工作，管好用好装备，搞好后勤保障，密切内外关系，严格边境管控，加强以党支部为核心的组织建设等 9 个方面。

"收到回信以来，我们坚持学习习主席回信精神，在习近平强军思想指引下建连育人。"窦虹杉说，连队党支部始终抓住听党指挥这个强军之魂，加强党的理论学习，统一思想，第一时间学习党的精神，让党的声音离官兵更近，充分发挥党支部战斗堡垒作用和党员先锋模范作用。

4年多来，连队后勤保障也发生了巨大变化。内蒙古阿尔山地区全年积雪期长达6个月，冬季气温经常低于零下40摄氏度，三角山边防连就驻扎在这片土地。"过去连队条件苦，哨所保暖差，室内室外一个样，喝的是浑浊的水，吃的是凉了的饭。"连队上士陈富军说。

谈到这几年来生活条件的改善，老陈笑着说，如今，连队打了深水井、装了净水设备、安装了热水器，哨所加固了保温层，新建了厨房、卫生间和浴室，电脑、电视、洗衣机等电器一应俱全，执勤点间的边防巡逻路垫上了风化砂，路更好走了；在哨所能吃到热乎饭，巡逻戍边也更有劲了。

让强军目标在连队落地生根

"嘟、嘟、嘟……"一阵急促的警报声骤然响起，三角山哨所官兵迅速穿戴战斗装具，领取武器装备，进入自卫工事，处置了一次"突发情况"。

记者在连队采访时，陆军等级评定考核正自上而下开展。哨所官兵结合等级评定前期训练成果对预案进行修订，并组织了这次演练。演练后，哨长陈志明详细地分析了之前预案中处置不实不细的内容，与战友一起研判可能发生的情况，制定操作性更强的预案。

"习主席在回信中指出'推动强军目标在连队、在边防落地生根'，这要求我们从思想到行动都要聚焦能打仗、打胜仗，枕戈待旦，绷紧练兵备战之弦。这次考核最大的意义，是让我们在训练中及时发现问题并改正，提升了战斗力。"陈志明说。

今年1月4日，习主席向全军发布开训动员令，连队官兵立刻投入到如火如荼的训练中。那天，气温低至零下42摄氏度，滴水成冰、呵气成霜，全连官兵不畏严寒，全装进行5公里越野。这样的训练，既是体能的比拼，更是意志品质的考验。记者在连队采访时，正赶上一场大雪，但连队的体能考核照常进行。

"以往像这样的极寒天气，基本上是在室内组织教育，新的训练大纲颁布后，在习主席回信精神的鼓舞下，官兵们练兵热情空前高涨，不断增大训练强度。"连长王禹博说，连队加强夜间和雪雾条件下的应急处突实战化演练，越是天冷雪大，越要拉到野外磨炼官兵意志、体质，增强官兵在恶劣条件下的战斗力。

去年，为检验练兵备战成果，该旅举行了一次岗位技能比武。炎炎夏日，骄阳似火，极限体能课目比拼中，官兵们汗流浃背。赛程过半，三角山边防连某班班长杨洪体能已经透支。"杨洪！拼一把，相信自己！我们是习主席曾经视察、回信过的连队的兵！"杨洪在心里不断给自己"打气"，坚持向前冲。凭着这股不服输的精神，他带领队友获得边防连队总分第一的好成绩。

边关有我，请习主席放心

"茫茫的雪原，洒满了春光，骑上战马巡逻在北疆。哈拉哈河举起了哈达，主席来到我身旁……"3月底，阿尔山地区还是寒风呼啸、冰雪覆盖。全副武装的北部战区陆军某边防旅三角山边防连执勤官兵，身骑战马、迎着寒风在边境线上巡逻。昂扬的歌声，每天都在祖国北疆的巡逻线上唱响。

"每次唱起这首歌，习主席在回信中的殷切嘱托，便会浮现在我们脑海，激励着我们铁心向党、忠心报国、诚心为民、安心戍边！"连队官兵表示，一首歌，唱出了"北疆卫士"的守土心声。

怎样有效提升保卫边疆的能力？经过长期思考和实践，连队官兵给出了答案——科技控边！

凌晨两点，三角山区域漆黑一片。连队监控室内，值班员刘俊心目不转睛地盯着屏幕。突然，警报骤响，一个未知物体被红外摄像头捕捉，位移方向清晰可见。刘俊心迅速拿起对讲机，将情况通报给在外执行潜伏任务的执勤组长，通知其位置。没过多久，执勤组传回消息，原来是几只野鹿出没，虚惊一场。"实现'科技控边'之后，边境地区有一点风吹草动，红外摄像头'电子哨兵'都能自动监测到。"刘俊心说。

"习主席在回信中提到守卫边疆的坚定决心和昂扬精神，我们体会最深。天寒地冻的风雪巡逻路上，只要是向着界碑前进，我就浑身充满力量。"杨洪说。一次巡逻时，连队官兵冒着零下40摄氏度的严寒，踏着没膝的积雪，每前进一步都像是在雪海"游泳"，一个不小心，整个人就跌入冰窟。他们几乎是爬着到达界碑的。

"界碑在我面前，人民在我身后，祖国在我心中，责任在我肩上。请习主席放心，请全国人民放心。边关有我，祖国安宁！"在今年八一建军节前夕，全连官兵在庄严的界碑前许下诺言。这一诺言，已经实实在在内化为连队的精神力量，融入官兵的血液中。

（原载于《人民日报》2019 年 8 月 6 日第 1 版，作者：倪光辉　李龙伊）

岁月静好只因有你负重前行

日复一日，年复一年，官兵们手挽手、肩并肩，在遥远的边关哨所、天涯孤岛上，深情地守护着祖国的和平与安宁。

"朝阳映碧海，绿涌渡金光。战舰驶行疾，水兵操舵忙。天涯访猛士，大风歌飞扬。"从我国西沙群岛最南端的中建岛归来，脑海里一直闪回着守岛官兵的点点滴滴。每次去海岛、雪山、大漠、高原采访，都久久不能忘记那些感人肺腑的戍边故事，不能忘记那一双双年轻而坚定的眼睛。

国不可一日无防。边海防工作是治国安邦的大事，关系着国家安全和发展全局。我国拥有 2.2 万公里陆地边境线，1.8 万多公里大陆海岸线、300 万平方公里主张管辖海域。在普通人眼里，这里不过是远离都市的边界，对驻守的官兵来说，这里是祖国和人民，是忠诚和使命。

中建岛没有土壤和淡水，曾经寸草不生。一代接一代的守岛官兵，用双手植树种草，硬是将珊瑚和贝壳堆积而成的白沙洲改天换地成一片盈盈绿洲，筑起了一道牢不可破的生态屏障。

红其拉甫，平均海拔 4700 多米，终年积雪，空气含氧量仅为平原的 46%，寒季长达 8 个月。走在红其拉甫的大地上，每一次呼吸都会提醒你生命的重要。驻守在这里的边防连官兵，将青春站成祖国边境线上庄严的界碑，在帕米尔高原书写一曲曲青春之歌。

对守岛人戍边人而言，坚守战位是神圣使命，边关虽然孤独寂寞，但他们的内心却滚烫热烈。

因寒潮导致补给困难，为了给战友过生日，中建岛的官兵用粉笔在黑板上画上蛋糕、蜡烛，"寿星"王少辉闭上眼睛"吹"蜡烛，战友们就把黑板上的蜡烛擦掉。当他用粉笔"切"蛋糕的时候，再也忍不住热泪盈眶。

守岛官兵用粉笔画出的不是蛋糕，而是比海更阔比天更高的精神境界。他们只有20岁左右，是父母眼中的宝贝。为了头顶闪闪的军徽，为了胸中神圣的誓言，为了脚下广袤的土地，他们驻守边疆无怨无悔。

"在西藏边防干了18年，巡逻了18年，这也是我的职责所在。"被评为陆军首届"四有"新时代革命军人标兵的西藏军区边防某部副营长杨祥国，18年巡逻在边防一线，在边境武装巡逻近百次，47次与"死神"擦肩而过，身上大小伤疤21处。这位徒步巡逻总里程接近2.5万公里的"巡逻王"说："也许你对这里很陌生，但这儿却是边防军人生活的全部。我们从未后悔过，因为，脚下站立的地方是祖国。"

爱国，是人世间最深沉、最持久的情感，是一个人立德之源、立功之本。壮丽70年，奋斗新时代。改变的是环境，不变的是奉献。自新中国成立以来，一拨又一拨年轻的边海防官兵就像钉子一样，牢牢地守护着祖国的边海防线。日复一日，年复一年，官兵们手挽手、肩并肩，在遥远的边关哨所、天涯孤岛上，深情地守护着祖国的和平与安宁。

致敬，这些新时代最可爱的人！他们的青春，因家国而闪光，因担当而无比荣耀。

（原载于《人民日报》2019年7月14日第6版，作者：倪光辉）

向世界一流军队阔步前进

疾风知劲草，沙场点兵忙。

7月30日上午，在庆祝中国人民解放军建军90周年阅兵中，中共中央总书记、国家主席、中央军委主席习近平发出新形势下的强军号令——把英雄的人民军队建设成为世界一流军队。

朱日和训练基地，三军列阵，以战斗姿态接受检阅。这是新中国成立后，中国人民解放军首次以庆祝建军节为主题的盛大阅兵，是深化国防和军队改革全面实施后的首次阅兵，也是人民军队改革重塑后的全新亮相。

沙场阅兵，意义不凡。

阅兵是国家礼仪活动的重要组成部分，中国古代就有"沙场秋点兵"的做法。重大纪念日举行阅兵活动是世界许多国家的惯例。与新中国成立后我军历史上15次大阅兵相比，这一次阅兵特色更加鲜明，由礼仪式阅兵向打仗式阅兵转变，展示了改革强军后的部队战斗力，体现了中国军队向世界一流军队迈进的气势。

九十载砥砺奋进，今天的人民军队现代化水平大幅跃升，国防和军队建设站在了新的历史起点。从风雨中走来的胜利之师，在新形势下如何永葆刀锋锐利？这次阅兵就是很好的回答。同时向世人昭告，经过改革重塑的新一代革命军人已经凤凰涅槃，浴火重生，正以前所未有的崭新姿态阔步前行。

阅兵场上，强大的阵容、雄壮的气势、高昂的斗志、精良的装备，不仅展现了人民军队光荣传统、优良作风和党的十八大以来国防建设发展的巨大成就，也充分体现了全军将士对以习近平同志为核心的党中央的坚决拥护和忠诚爱戴，还彰显了捍卫国家主权安全和发展利益、维护世界和平的决心意志，凝聚起实现中国梦强军梦的磅礴力量。

沙场阅兵是历史性的创新，既是对官兵作风形象的最高展示，更是对部队战斗力的全面检验。整个阅兵过程保障完全按照野战化、实战化要求组织，体现了立足实战环境、体现真打实练的精神内核。诸兵种混合编组、多作战群密切联合、多维空间同时展开，信息化体系作战，实战化演训瞄准未来战场。才下演习场、就上阅兵场，刚经历实战化训练的官兵们征尘未洗、集结列阵，以战斗的姿态接受检阅，从设计、编成、流程都体现出浓浓的"战味"。

军队准备打仗，一切活动的展开都是围绕实战能力进行。朱日和训练基地是我军和平时期最大的"战场"，大多数部队都要在这里进行实战化演练，提高能打仗打胜仗的本领。沙场阅兵是对军队实战能力的检验与展示，并可以通过大规模阅兵彰显捍卫和平的决心。在朱日和训练基地阅兵，就是向外界表明，能打仗、打胜仗才是这支军队的根本。

"我们的英雄军队有信心、有能力打败一切来犯之敌！"这是我军向着世界一流军队奋力进发的庄严宣誓！全军将士上下同欲，必将攻坚克难战无不胜。

（原载于《人民日报》2017年7月31日第12版，作者：倪光辉）

二、新时代的强军节拍

"要贯彻新时代党的强军思想，贯彻新时代军事战略方针，毫不动摇坚持党对人民军队的绝对领导，坚持政治建军、改革强军、科技强军、人才强军、依法治军，全面提高捍卫国家主权、安全、发展利益的战略能力，更好履行新时代人民军队使命任务。"

兵无常势，水无常形。

军事领域是竞争最为激烈的领域，也是最具创新活力、最需要思想解放的领域。

进入新时代，面对世界"前所未有的大变局"和世界新军事革命全方位、深层次发展带来的严峻挑战，习主席深刻指出，"只有与时俱进、大力推进军事创新，才能尽快缩小差距、实现新的跨越"。

2015年11月24日至26日，中央军委改革工作会议举行。习近平主席发出深化国防和军队改革动员号令：全面实施改革强军战略，坚定不移走中国特色强军之路。

既转"身子"，又换"脑子"。军委机关各部门加紧厘清权责边界，规范工作流程；各战区从"形联"走向"神联"，联合作战值班、联合作战推演成为常态；在"脖子以下"改革中新调整组建的部队，努力缩短磨合期，加速形成战斗力……步入"新体制时间"的人民军队，开始了改革征程上的"二次创新"。

几年来，从制定新形势下军事战略方针，到提出军队建设"五个更加注重"战略指导，从坚持政治建军、改革强军、科技兴军、依法治军，到聚焦练兵备战，推进军民融合发展……一系列战略布局和战略举措，标志着我们党对国防和军队建设规律的认识达到一个新的高度。

伴随着国家改革开放的伟大进程，军队改革聚焦构建中国特色军事力量体系，完善中国特色社会主义军事制度，解放和发展战斗力，解放和增强军队活力，大开大合、大破大立、蹄疾步稳，人民军队体制一新、结构一新、格局一新、面貌一新。

2012 年

冲刺在信息化的征途上

——我军战斗力建设迈出新步伐

12 月 10 日上午，中国海军舰艇编队完成在西太平洋海域远海训练任务的返航途中，在我国钓鱼岛附近海域巡航。

记者在指挥舰上看到，尽管钓鱼岛附近海域受寒潮影响风大浪急，尽管外舰不断通过公共频道喊话，但我们的两艘导弹驱逐舰和两艘导弹护卫舰，依然组成编队，自信地在钓鱼岛附近海域巡航。

正如编队指挥员、东海舰队副司令员邱延鹏表示，"中国海军在本国管辖海域巡航，无可非议。保卫国家海洋国土、维护国家海洋权益，中国海军义不容辞"。据了解，这是今年 10 月以来中国海军舰艇编队第二次在这一海域巡航。

这仅仅是一个军人的自信吗？不，这是全体中国人的自信！这种自信，不仅源于强大的祖国和热爱她的人民，也源于我军全体官兵的不断冲刺战斗力建设险峰的勇气与拼搏。

（一）

2012 年初，新年刚过，总参谋部就向全军发布指示，全力推进新一年度的战斗力建设。它的核心是：加快转变战斗力生成模式，特别要注重依靠科学技术、改革创新和联合演练，实现战斗力发展的新飞跃！

"今年是党的十八大召开之年，官兵们在教育、训练、改革、发展上表现更加出色。"空军某航空兵师师长徐树雄说。

这一年，军事训练改革向纵深突进。符合体系作战能力生成规律的训练运行方式初步创立。军兵种部队的整体训练改革全面铺开，联合训练体制机制趋于完善，信息化条件下军事训练内容体系得以建立。

这一年，院校调整改革如期落实，学历教育院校由过去占院校总数的32.9%降为25.4%，任职教育院校由67.1%提升为74.6%，进一步突显了任职教育在军校体系结构中的主体地位。各军事院校普遍建立职业核心课程。

这一年，围绕实战化、信息化、一体化的要求，全军上下向战斗力建设的各个领域发起顽强冲锋。将军住进连队，机关沉到基层，坚持从难从严，狠刹形式主义，重视新型作战力量建设，大力培养高素质新型军事人才，战斗力跃升的基础更加牢固。

这一年，以拓展和深化军事斗争准备任务为牵引，把提高基于信息系统的体系作战能力作为出发点和落脚点，精细化训练过程与质量管理得到推行，军事训练管理制度创新完善；各类战备和训练流程实现联合互动。

在2012年6月中旬举行的"空降砺剑—2012"演习中，导弹、火箭、战车等数十种装备齐上阵，"北斗卫星"也亮相战场。单批目标情报处理速度提高80%；从发现目标到实弹打击时间缩短70%。

（二）

实现战斗力的根本转型，一个显著标志是作战装备的更新换代。

2012年，中国一系列反映当代最新科技成果的新型装备纷纷亮相，为军队形成打赢信息化战争的作战能力，注入强劲动力。

11月下旬，歼—15飞机顺利在航母辽宁舰上进行了起降飞行训练，所有舰载机飞行员首次飞行上舰一次成功。

"这次成功验证了我们的自信和底气。"辽宁舰副航空长李晓勇这样对本报记者表示。他介绍，歼—15飞机是我国自主研发的第一代舰载战斗机，属于第三代战斗机，具备很强的对空、对海作战能力，拥有很好的超音速飞行能力，而且装备有多型制空、反舰导弹，可在很远距离进行防空、对海作战。

"除了歼—15，当其他战机和舰队协同等试验全部完成，我们航母的战斗力就真正形成了。"海军军事学术研究所张军社研究员说。

当被问及这些年远海训练带来的变化，东海舰队政治部副主任陈显国告诉记者，随着新型舰艇、潜艇、战机不断入列，海军主战装备性能与超级大国海军的差距在不断缩小，一支与大国地位相称的强大海军已初具规模。

没有关键技术创新的群体突破，就没有军队作战样式的整体转型。各军兵种主战兵器的全面信息化、现代化，不仅使我军官兵的手中武器得到极大改善，而且使近代以来中国军人总是持落后装备作战、主要靠进口先进武器作战的历史，宣告结束。

与此同时，2012 年的作战理论创新，也在为军队建设发挥引领作用。大规模作战理论、以中国优势为基础的一体化联合作战理论、面向海空联合入侵的反击作战理论、体现我军装备、体制和人才素质新成果的创新发展理论，迅速运用于全军实践。

——基于新型作战力量的特点和作战效能，瞄准作战对手进行的具体战法创新，如精确打击战法、电子对抗战法、信息攻防战法等，不断涌现；

——利用先进的计算机模拟仿真技术，进行作战实验，构建作战力量模型和态势，进行战法验证、过程模拟、数据采集与评估等做法，趋于熟练；

——指挥信息化系统建设的快速发展，战场态势图形化显示，实现了"看得更清、传得更远、反应更快、打得更准"的目标；情报整合、作战控制、信息分发等工作，日益从战役级向战术级延伸，网络联通效率迅速提高。

（三）

讲政治、顾大局、守纪律，是我军的传统，特有的优势，也是 2012 年全军官兵的共同实践。这一实践，在济南军区猛虎师"钢刀团"里，具体地表现为响应党中央关于加强文化建设的决定上。

团长戴立刚介绍，团里始终坚持把培塑官兵爱军精武精神作为基层文化建设的应有之义，让"赤胆忠心、迅猛刚毅、担当奉献"的钢刀精神融入官兵血脉，引领官兵奋发向上、精武强能。

与这支部队一样，全军上下以文促武、以武助文，文武共强，呈现治军强军新气象。

与中国军队开展联合演练的外军、友军，对中国同行也都刮目相看。

4 月下旬，中俄海上联合军事演习"海上联合—2012"在中国青岛附近黄海海域举行。这是两国海军首次举行联演。在"联合作战、实兵对抗、海空一体、体系作战"中，中俄两军官兵每天都会从对方身上学到许多。

5月，中泰海军陆战队举行"蓝色突击—2012"联合训练。双方约500名参训队员参加了以打击地区恐怖组织为背景的"联合反恐破袭战斗"综合演练。泰军指挥员在演习后表示，中国军人勇猛顽强，与他们合作太棒了！

7月，中国与印尼特种部队举行"利刃—2012"反恐联训。双方特战队员共同展开射击、机降、搜索与突入、综合演练等训练。

演习结束，一身征尘的两军官兵欢呼拥抱，印尼官兵向他们的中国朋友高竖起大拇指，表达出由衷的钦佩与赞赏。

（原载于《人民日报》2012年12月29日第1版，作者：冯春梅　倪光辉）

军事转型迈出坚实步伐

追寻2012年国防与军队建设的足迹，可谓热点纷呈，硕果累累。航母入役，神九飞天；新型战机横空出世，新型战舰踏海破浪；信息化、一体化、实战化、战斗力生成模式等关键词记录着我军转型过程的时代强音。今天，我们选取2012年国防与军队建设的几个精彩画面，与读者一起盘点国防与军队建设所取得的进展和成就。

航母出海　插上翅膀

【回放】

11月25日上午，完成歼—15首次起降飞行训练的"辽宁舰"返回大连码头。此前的训练中，歼—15战机5架次上舰飞行均圆满成功。

【亲历】

800米、500米、200米……歼—15战机从天空朝舰艉呼啸着飞来，起落架轻触甲板，似蜻蜓点水，如海燕凌波，着陆时尾钩与"辽宁舰"飞行甲板上的阻拦索装置咬合，战机稳稳地停了下来……

"一起一降顺利完成，那一刻给人的感觉就是两个词——震撼与自豪！"对随"辽宁舰"出航海试的副航空长李晓勇和他的战友们来说，这是永生铭记的场景，即使他们为这一刻反复训练了很久。

"我们对协调保障能力是有底气的。任何一步都严格按照流程方案，保证绝对的安全。对各种状况，我们都做到心里有数、游刃有余。"在与李晓勇和战友们的对话中，记者感受到了自信和底气。

【专家点评】

张军社（海军军事学术研究所研究员）

歼—15飞机是我国自主研发的第一代舰载战斗机，具备很强的对空、对海作战能力，拥有很好的超音速飞行能力，可在很远距离进行防空、对海作战。置于飞行甲板后部的阻拦索装置则完全由我国自主研制。

这次舰载机起降试验成功，是我国海军航母战斗力提升的一个阶段性标志，具有里程碑式的意义，标志着国防科技和工业水平的提高。

在航空母舰上起降和陆地起降差别很大，舰载机飞行试验远比陆基复杂得多。舰载机在航母这个狭窄的空间进行起降，在业内被誉为"刀尖上的舞蹈"。起降试验成功，使得航母平台和飞机的技术性能得到了充分验证。

舰载机在航母上起降，历来被认为是航母形成战斗力的重要标志。此外，航空母舰还要和编队内的其他舰艇进行编队协同训练和作战训练，最终才能形成以航空母舰为核心的综合化、立体化、一体化的整体编队作战能力。

远洋训练　已成常态

【回放】

11月27日至12月11日，我海军舰艇编队出海在西太平洋海域开展了昼夜连续航行与防御、编队远海作战与补给、舰机协同联合搜救等实战化科目训练。返航途中在钓鱼岛附近海域巡航。据了解，这是今年我海军第七次赴西太平洋海域进行远海训练。

【亲历】

穿越宫古海峡和与西水道，航行3800海里，历经15个日夜。记者跟随我海军舰艇编队出海，见证了我海军在西太平洋海域开展的实战化科目训练。编队官兵克服复杂海况、大风浪航行等困难，进行高强度、满负荷训练，优质高效完成了各项科目内容。

记者第一次登上军舰，第一次近距离贴身感受我国海军，真有点"刘姥姥走进大观园"的感觉。信息化设备、专业的指令、各战位的操作平台……与想象的"战斗"场面很不一样。这就是现代的"海洋战场"。在这里，我们基于信息化的体系作战能力得到了锤炼。

【专家点评】

尹卓（海军信息化委员会主任）

常态化远海训练，并于返航途中在钓鱼岛附近海域巡航，这无疑是中国军方坚决维护领土完整和海洋权益的强烈信号。中国海军远海训练常态化，这是建设一支与大国地位相称的海军的必然选择。

此次远海训练体现出来的依托指挥信息系统，综合运用各种信息手段，全面预设未来远海战场要素，实现了对当面海空态势的连续掌握，优化了战斗力生成模式，提升了体系作战能力。

近年来，我国周边和海上环境日趋复杂严峻，战略机遇期遇到明显挑战，我国的海洋安全和权益受到挑战。面对新的形势和考验，我们一定要以经略海洋的战略思维，清醒认识纷繁复杂的国际和地区局势，进一步增强军事训练的使命感、责任感和紧迫感。

进行远海训练，显示我国的军事存在，一方面维护我们的海洋权益，另一方面有利于形成和平稳定的大环境。随着我国海洋经济的发展，我们的训练海域还应该逐步外推，这也是国家利益所在。

走出去，对海军建设、对我国的经济发展等都会起到积极的促进作用。百利而无一害，必须坚定地走下去。

中外联演 开放透明

【回放】

5月进行的"蓝色突击—2012"中泰海军陆战队联合训练历时15天，中泰双方约500名参训队员参加了以打击地区恐怖组织为背景的"联合反恐破袭战斗"综合演练。

6月14日，"和平使命—2012"上海合作组织联合反恐军演举行，演习地点在塔吉克斯坦胡占德市郊外的"乔鲁赫—代龙"靶场。

10月29日，"合作精神—2012"中澳新人道主义救援减灾综合演练在澳大利亚加里玻利军营举行。这次演练是中国、澳大利亚、新西兰三国首次举行医疗救援领域的实兵演练。

【亲历】

2012年4月22日至27日，"海上联合—2012"中俄海上联合军事演习在青岛黄海海域举行。

4月23日10时，通往青岛某军港码头的道路上车辆川流不息，码头安检口前，等待安检进入的人群排成了一条近50米的长队。为庆祝中国人民解放军海军成立63周年，参加"海上联合—2012"中俄海上联合军事演习的中方"沈阳"号导弹驱逐舰和俄方"瓦良格"号导弹巡洋舰23日免费对外开放。两艘舰艇以节日的最高礼仪——满旗，迎接前来参观的人们。

在"瓦良格"号上，参观者争相与俄罗斯官兵合影留念。俄军官兵对前来参观的民众非常友好，对于行动不便的老人，俄军官兵也给予了充分的帮助。

【专家点评】

欧阳维（国防大学危机管理研究中心教授）

中外联合军演数量的不断上升、频率的不断增加，是与国际形势发展变化密切相关的。在经济全球化、社会信息化的大背景下，各国面临安全威胁的样式发生了重大变化，出现了传统安全和非传统安全威胁相互交织、非传统安全威胁不断上升的形势。

要有效应对这些威胁，仅靠一国的力量是远远不够的，而需要国家之间进行有效的安全合作。我国近几年来与外国军队之间的联合军演不断增加，在很大程度上反映了这个客观趋势的需要。在全球化时代，国家之间的关系是否正常，是否存在必要的互信，在很大程度上取决于军事上的相互理解和信任。因此说军事关系是国家关系的试金石并不过分。通过联合军演，军队之间加强了解，把握了对方的企图和能力，能够达到增信释疑的目的，就能从另一种途径获得国家安全。从某种意义上说，联合军演越多，国家安全就越有可能得到保障。只有不断提高联合军事演习的针对性，才能真正提高中外军事务实合作的水平，更加有利于国家安全利益。

对抗演练　立足实战

【回放】

11 月 26 日至 27 日，代号"2012·南京对抗"全军对抗训练研讨交流活动在南京举行。这是部队依托军事院校、训练基地和作战部队组织融合组训模式的新尝试。随着这次演习的圆满成功，"依托军事院校开展首长机关对抗演练，依托训练基地开展实兵对抗演练和实弹检验"，将成为中国军队今后生成和提高基于信息系统体系作战能力的重要方式。

【亲历】

红军师指挥员网上参加了作战集团作战会议，受领了战斗任务，指挥信息系统陆续接收到上级、友邻和地方政府军情、敌情通报以及师侦察分队的侦察情况报告。师指挥员和机关利用指挥信息系统快速传达任务，计划安排并布置工作，依托高度融合的战场态势图，整个战场态势立即呈现在各个指挥终端的电子显示屏上。战斗准备正在快速高效、紧张有序地进行。

突然，指挥控制中心内的系统平台上弹出一张红色的防空警报画面，气氛一下子紧张起来。"不好，蓝军发起了火力突袭。"红方指挥员十分惊诧，"这一阶段不应该有火力打击呀，蓝军太可恶了，怎么不按规则出牌?"一些红方人员嘀咕道。

蓝军意想不到的攻击，让红军多少有些措手不及，在仓促应战中，受到了许多不应有的损失。但他们很快镇定下来，迅速进入作战状态。

【专家点评】

张攀雄（"2012·南京对抗"课题导演教授）

信息化条件下，作战突发性强，敌人不可能等你摆好了阵式再上场，不能按部就班，要做好随时战斗的准备。说到打仗，许多人首先想到的往往是"怎么打仗"，其实不然，打仗首先要思考的问题应该是"打什么仗"，然后是打仗的时间、地点和对象，最后才是"怎么打仗"。"打什么仗"反映的其实是作战概念的问题。

"院校蓝军"建设初见成效，有效弥补了过去对抗演练"自导自演"的不足，较好地解决了红蓝对抗"左手打右手""既当运动员，又当裁判员"等问题，让红蓝双方真正放开手脚斗智斗勇。

（原载于《人民日报》2012年12月28日第20版，作者：倪光辉 苏银成）

2013 年

国防军队建设开启强军兴军新航程

党的十八大报告首次提出，建设与中国国际地位相称、与国家安全和发展利益相适应的巩固国防和强大军队，是中国现代化建设的战略任务。围绕强军目标，一系列举措全面展开。从2013年起，全国征兵时间统一由冬季调整到夏秋季，一大批高素质优秀青年特别是大学生踊跃参军；航母辽宁舰多次出航，快速拓展试验训练课目；国产三代战机批量装备部队，大型运输机试飞成功；三亚舰等一批新型装备相继列装；截至11月底，我军顺利完成了40场重大演习任务；军车检查纠察逐渐实现常态化，全军作风建设有效开展。

党的十八大以来，习近平主席从实现中华民族伟大复兴中国梦的战略高度，鲜明提出"建设一支听党指挥、能打胜仗、作风优良的人民军队！"这一党在新形势下的强军目标，确立了国防和军队现代化建设的新起点。

围绕强军目标，针对装备更新、训练转型、体制优化等问题，一系列举措全面展开：从实战需要出发，培养大批高素质新型军事人才；严格经费管理，一切按战斗力标准来花钱办事；推进团以上领导和机关干部下连当兵、蹲连住班，加强基层建设……

这一年，国际军事形势风云际会。而"强军梦"，在今天比以往任何时候都更加清晰、更加切近、更加现实。

铸牢强军之魂 思想政治工作更有针对性

浙江舟山，鸦片战争遗址公园。一群新兵在"定海三总兵"雕像前驻足凝思。

看着公园门口"那六天洒流五千人英雄血，这一仗打痛每一颗中国心"的对联，新战士们心里就像燃烧着一团火：没有巩固的国防，没有强大的军队，中华民族伟大复兴就没有安全保障。

铸牢强军之魂，最核心的就是要始终不渝坚持党对军队的绝对领导，做到绝对忠诚、绝对纯洁、绝对可靠。"当前和今后一个时期，部队思想政治建设的一项重大任务，就是要教育引导广大官兵牢记强军目标，努力把个人理想抱负融入强军梦，强化使命担当，矢志扎根军营、建功军营。"

从军委总部到基层营连，全军上下闻令而动。2013 年新年刚过，"坚定信念、铸牢军魂""学习贯彻党章、弘扬优良作风"两项重大教育活动在全军展开，朝着一个共同目标聚焦用力——铸牢军魂，做到政治上坚定不移，思想上纯洁忠诚，行动上高度一致，确保部队坚决听从党中央、中央军委和习主席指挥。

全军各级坚持大事大抓、强势推进，部队建设在强军目标引领下不断创新发展。军委、总部对强军目标的学习宣传贯彻及时作出部署、加强跟进指导。组织专题学习调研活动，召开主题教育座谈会，总结宣扬重大典型，推出系列理论文章，编写学习教育提纲……各部队普遍组织读书演讲、体会交流、网上互动等活动，唱响《强军战歌》，浓厚精武氛围，三军将士强军兴军的责任心紧迫感在胸中升腾。

当前，辽宁舰在 4 艘驱护舰伴随下，正在南海开展科研试验和训练。作为辽宁舰总监造师，海军驻辽宁舰总装厂军代表室总代表杨雷倍感自豪。"政治上绝对忠诚可靠，党和人民才能放心地把战略武器交给你！"看到辽宁舰交付一年多来，各项科研试验和训练稳步推进，杨雷深受鼓舞。

围绕强军目标，着眼一体化建设和信息化转型，成体系分领域推进军用标准化建设；今年中国国防白皮书首次公布了中国陆军机动作战部队人数、18 个集团军番号、海空军人数和第二炮兵导弹别名；从健全完善新闻发言人制度，到积极运用微博、微信等新技术平台搞好舆论宣传；从部署军营向社会开放试点，到打好意识形态领域斗争的主动仗……

扭住强军之要　真打实练成为主基调

"仗怎么打，兵就怎么练！"金秋时节，由4万多名官兵参加的"使命行动—2013"跨区机动战役演习，在陆海空天电多维战场打响。军委领导通过远程视频系统，对演习进行临机导调。参演部队机动总里程达3万余公里，在危局难局险局中经受了锻炼。

"战场打不赢，一切等于零。"年初，总参谋部颁发《2013年军事训练指示》，"打仗"成为关键词，要求全军和武警部队大力加强实战化军事训练，做好打仗准备，提高打仗能力。全军各级牢固确立战斗力这个唯一的根本标准，实战化训练如火如荼，改革创新、求真务实成为演兵场上的主基调。

总参组织开展"砺剑—2013"全军信息化条件下战法创新集训观摩，探索进一步推进实战化训练的方法路子。全军各级大兴学习战争、研究战争之风，深入研究现代战争制胜机理，积极探索克敌制胜的招法对策，初步形成一大批战法创新成果。

着眼能打胜仗，全面推进现代后勤建设。总后科学确定后勤资源投向投量，大幅审减压缩与打仗贴得不紧的后勤装备立项和经费支出，优先保障武器装备、战场建设、教育训练、人才培养等方面的急需项目，集中财力物力办大事、办难事、办保障打赢的事。

瞄准强军目标，加强武器装备建设。总装大力实施高新技术工程，深化拓展"两成两力"建设，加速推动武器装备的信息化步伐。航母辽宁舰多次出航，快速拓展试验训练课目；国产三代战机批量装备部队，大型运输机试飞成功；三亚舰等一批新型装备相继列装……

能打仗、打胜仗，离不开大批高素质新型军事人才。全军各级积极构建院校、部队与职业教育三位一体培养大格局，重点抓好联合作战指挥人才、新型作战力量人才培养，打造托举强军兴军的人才方阵。从2013年起，全国征兵时间统一由冬季调整到夏秋季，一大批高素质优秀青年特别是大学生踊跃参军。

从神舟飞天到嫦娥奔月，从芦山抗震到跨区演习，从远洋护航到反恐维稳，从航母交接入列到歼—15成功起降……人民子弟兵不畏艰险、英勇善战，出色完成了党和人民赋予的神圣使命，一个个辉煌成就振奋人心。

夯实强军之基　令行禁止作风更硬朗

截至 10 月底，全军和武警部队军车交通违章总起数同比下降 54.1%，特别是酒后驾车、交通肇事逃逸等严重违法行为得到有效遏制。记者从全军警备工作集训中了解到，军车检查纠察逐渐实现常态化。

人民军队建设发展的每一步，都离不开优良作风的保证。新一届中央军委成立伊始，就出台《中央军委加强自身作风建设十项规定》。军委领导坚持从自身严起，以上率下，立说立行，为全军作风建设发挥了示范引领作用。

党的群众路线教育实践活动开展以来，军委领导亲自动员部署，深入部队调研，分头参加大单位专题民主生活会，对活动开展实施有力指导。四总部和全军各大单位按照"标准更高、走在前列"的要求，贯彻整风精神，聚焦反对"四风"，推动解决问题向纵深发展，努力从思想上、组织上、作风上为实现党在新形势下的强军目标提供坚强保证。

聚焦"四风"，官兵反映强烈的突出问题得到有效整治。各大单位共清退不合理住房 8100 余套、车辆 2.5 万多台；认真贯彻厉行勤俭节约、反对铺张浪费的有关规定，加强工程建设项目审核，大幅压减行政消耗性开支；各级党委机关带头转文风改会风，精简文件电报，严格控制会议活动和工作组数量规模。

到基层去、到连队去、到火热的一线去，与士兵一起实投实射，和战士一个大锅里搅勺子……4.5 万多名各级领导和机关干部，包括 760 多名军职以上领导干部，下连当兵、蹲连住班。各大单位抽查表明，当兵蹲连干部的群众满意率达 98.8%。

从源头上清除作风之弊，必须把权力关进制度的"笼子"。中央军委印发《中央军委关于开展巡视工作的决定》《中央军委巡视工作规定（试行）》，在军队建立巡视制度、设置巡视机构、开展巡视工作；中央军委下发《军队实行党风廉政建设责任制的规定》《关于加强和改进军队领导干部经济责任审计工作的意见》，强化对各级领导干部的管理监督。四总部联合印发《厉行节约严格经费管理的规定》，要求按战斗力标准花钱办事，确保每一分钱都用在能打仗、打胜仗上。总政下发《关于规范大型文艺演出、加强文艺队伍教育管理的规定》，要求军队文艺团体进一步提高为官兵服务、为部队战斗力服务的质量效果。

"牢记强军目标、坚定强军信念、献身强军实践"，已成为响彻军营的时代最强音！奋进在强军征途上的人民军队，正按照党的十八大作出的战略部署，埋头苦干、奋力开拓，推动国防和军队现代化建设跨越式发展，为实现中国梦提供坚强力量保证。

（原载于《人民日报》2013 年 12 月 25 日第 2 版，作者：倪光辉）

2014 年

按"能打仗、打胜仗"要求从难从严训练部队

实战化训练提升我军战斗力

连日来，我国东南沿海浪奔浪涌，潮落潮起，场面十分震撼。从 7 月 29 日起，我军在东南沿海方向举行实兵演习；此前的两个月，来自七大军区的 7 个旅扮演"红军"，分别与我军首支专业化"蓝军"自主对抗，结果六败一胜，在北京军区朱日和训练基地上演了我陆军演兵史上从未有过的激烈对抗；7 月 15 日凌晨，"火力—2014"实兵实弹演习拉开战幕，时间持续 3 个月……

人民解放军以如此贴近实战的训练、演练，迎来了第八十七个生日。

类似这样的实战化训练，过去一年多来在全军和武警部队普遍展开。党的十八大以来，习近平主席在不同场合多次强调，要始终坚持战斗力这个唯一的根本的标准，全部心思向打仗聚焦，各项工作向打仗用劲，坚持从实战需要出发从难从严训练部队。这一重要指示，抓住了建军治军的本质要求，为部队建设指明了方向、提供了遵循。

"如何进一步实战化""战斗力标准是什么、战斗力现状怎么看、战斗力建设怎么办？"从海洋到天空，从高原到平川，一场场实战化训练席卷三军演兵场，砥砺着各级官兵向"能打仗、打胜仗"坚实迈进。

据了解，2013 年我国军队顺利完成 40 场重大演习任务。今年初，总参谋部明确要求，大力加强实战化训练，推进训练与实战一体化，不断增强信息化条件下威慑和实战能力；仗怎么打兵就怎么练，打仗需要什么就苦练什么，部队最缺什么就专攻精练什么。

当前，实备实训成为全军各级的行动自觉，我军指挥控制、远程机动、快速反应、综合保障等方面能力得到有效提升，全军官兵始终保持临战状态，战斗力水平在实战化训练中实现了新的跨越。

时刻为了打胜仗
——全军聚焦"战斗力标准"践行强军目标述评

车辚辚，马萧萧。

"跨越—2014"系列演习战场上，6 个精锐作战旅先后败北。"过瘾！"惨败后的"红军"指挥员扼腕叹息，却心服口服。

7 月 15 日凌晨，"火力—2014"实弹演练拉开战幕，时间持续 3 个月。

从 7 月 29 日起，我军在东南沿海方向举行实兵演习……

这一切，都是为了"能打仗、打胜仗"。

"能打仗、打胜仗是强军之要。"2012 年 12 月，习近平主席明确提出必须按照打仗的标准搞建设抓准备，确保我军始终能够召之即来、来之能战、战之必胜。

这是迎接新时代的战斗号令，这是中国发展的时代强音。

紧紧围绕"能打仗、打胜仗"的目标，党的十八大以来，全军和武警部队始终坚持战斗力这个唯一的根本的标准，全部心思向打仗聚焦。

从跨区机动演习，到鏖战多维"战场"，从锻造海上铁拳，到试剑浩瀚苍穹……今天，跨区、对抗等实战化训练如火如荼，实备实训成为全军各级的行动自觉，将士们始终保持临战状态，我军战斗力在实战化训练中不断跃升。

战场打不赢，一切等于零

"战斗力标准是什么、战斗力现状怎么看、战斗力建设怎么办?"全军和武警部队为此掀起了一场广泛深入的战斗力标准大讨论。从总部机关到基层连队，从作战部队到保障单位，从中军帐到演兵场，三军将士共议战斗力，同筑强军梦，对"战斗力标准"思考得越来越深入。

甲午之年，这样的讨论尤为可贵。120年前，号称"亚洲第一"的北洋水师，在甲午海战中却惨败于日本舰队。李鸿章长叹："洋人论势不论理。"什么是"势"?"势"就是实力。

衡量一支军队强大与否，归根结底要靠战斗力说话。历史经验表明，能战方能止战，准备打才可能不必打，越不能打越可能挨打，这就是战争与和平的辩证法。

我国军事现代化取得了长足进展，然而与发达国家相比，在许多军事领域和国防建设方面，特别是在高科技的武器装备上，我们底子还很薄，需要也必须经历一个发展追赶的过程。也正因此，十八大报告特别强调，在新的起点上加快推进国防和军队现代化，建设与我国国际地位相称、与国家安全和发展利益相适应的巩固国防和强大军队。

天下虽安，忘战必危!

讨论凝聚智慧、凝聚共识。战斗力标准就像一根"指挥棒"，引领部队建设发展的方向。

"能打胜仗，是军队存在的价值所在，是党和人民对我军履行职能使命的根本要求，是部队一切工作的出发点和落脚点。"

"只有把战斗力这个唯一的根本的标准立起来落下去，才能使强军目标落地生根、开花结果。"

"战场打不赢，一切等于零!"

……

在2014年的军营中，在全军各部队军事训练动员大会上，在各级党委部署工作、检查考核、评比验收的条件里，"能打仗、打胜仗"成为压倒一切的声音。

一切为了打赢，成为全军将士的共识。

打赢，离我们到底有多远

盛夏时节，朱日和训练基地，"跨越"演习双方激烈交战。

硝烟下的一幕，实时显示在导调指挥大厅的战场态势图上。

前来观战的训练专家，密切注视、小声讨论着双方的一举一动。见惯了层次分明、攻防有序的"脚本里的战斗"，很多人坦言："这一仗打得并不好看，但却贴近实战。"

曾几何时，训为看、演为看、演必胜，已成为思维定式和行为习惯，有官兵就这样评价战斗力标准："说起来重要，忙起来不要。"

"过去的对抗，实际上是'红军'打'红军'，双方的训练方法和作战思路几乎是一样的，没有多少悬念。"率领"蓝军"的北京军区某机步旅旅长夏明龙毫不讳言：演风训风不实，根子就在于战斗力这个唯一的根本的标准发生了偏移。

演习离港前先看天气，尽量避免在恶劣天气和海况下出海；

担心官兵携枪带弹不安全，实际使用武器能压缩的尽量压缩；

演训讲评只讲过五关斩六将，避谈"走麦城"；

惯以事故定乾坤，只要出了问题就"一棍子打死"；

......

战斗力标准让将士们在打量"战争，离我们究竟有多近"的同时，也不得不思考"打赢，离我们到底有多远"。

为挤干训练场上的水分，军委、总部出台《当前加强军事训练作风建设的十六条措施》，组织全军团以上领导和机关干部下连当兵、蹲连住班，以身示范改进作风。各级在各项重大任务中，始终把战斗力作为检验衡量工作成效的根本尺度，注重发现问题，搞好检讨式总结反思。

头碎木板、单掌劈砖等曾经的特色课目，因观赏性大于实用性，正在成为某侦察连训风演风治理的重点；

针对军事训练中"有错""无为"和"乱为"行为，第四十集团军某摩步旅推行军事训练问责制，旅里先后有319人被问责，其中两名营长、一名副营长因工作失职被免职并处理转业；

把水分彻底"挤干"，把"花架子"彻底砸烂：凡是过时的、虚浮的、形式化的练兵做法，一律公开批评；与打胜仗目标相背离的队列化、操场化、程式化的练兵模式，被坚决摒弃。

"这才是真打实备！"不把未来战争制胜机理研究透，哪能取得领军打仗的资格，领取明天战场的入场券？如今的将士们心里装着相同的问号：下一场战争，我们怎样才能打赢？

新战法老战法，能打胜仗就是好战法

"有一个道理不用讲，战士就该上战场。是虎就该山中走，是龙就该闹海洋。"曾经在军中流传的歌曲再度唱响。

聚焦实战，耳目一新的"中国功夫"再次赢得了世界的目光。

夜间联络"虫鸣法"、爬树攀岩"飞腿功"……一度淡出官兵视野的"山地夜袭作战法"再次现身第十三集团军某团夜训场，与红外侦察、夜视精确射击等信息化训练课目互为补充、相得益彰。

"新战法、老战法，能打胜仗就是好战法。"该集团军军长王凯告诉记者，多备一手、多练一招，就多一分胜算。

一切从实战出发，很多习以为常的传统思维不攻自破。

中原某训练基地，一场实兵对抗联演正在紧张进行。济南军区"雄鹰"特战团特战分队准备伞降，对"蓝军"指挥所实施"斩首行动"。

这时，风力突变，远超出低空跳伞的气象条件。但特战队员们没有丝毫畏惧，纵身一跳，准确进入预定地域。

"这么大的风你们也敢跳，不怕出人命吗？"被"斩获"的蓝军指挥员一脸茫然，但很是服气。

勇者无惧，血性无敌。英勇善战的部队是打出来的，血性十足的官兵是练出来的。

第十四集团军一场进攻战斗演练现场同样惊心动魄：步兵发起冲击时，炮弹"轰"的一声在离官兵不远处爆炸，弹片横飞，官兵迅即卧倒……现场观摩的集团军所属部队指挥员惊呼：真炮弹！

平时敢亮相，战时敢亮剑。设置真枪实弹的训练环境，就是要强化官兵们的实战意识，把官兵逼上"战场"。

如今，练场上"影子部队"没有了，"红军"被逼到绝境了，"背对背"的真正较量开始了。

演练将紧贴实战，复杂电磁环境、昼夜全天候。红蓝双方兵来将挡，见招拆招……全新的对抗方式，让战局变得更加波诡云谲。将士们都说，现在每次训练都像在打仗，带劲！

走出去，大视野锤炼大担当

全球化时代，国家利益的边界早已突破传统国界。能否在更广阔的天地中捍卫国家利益和安全，是检验大国强军战斗力的重要标志。

在举世期待中，中国军人走出国门，维和、联演、救援、护航……挑战多，受益也多。

2014年5月，东海风云激荡。微妙时刻，中俄"海上联合—2014"军事演习拉开序幕。长江口以东的东海北部海域、空域，一时间"战火纷飞"。5月20日至26日，中俄双方派出14艘舰艇，携带直升机和特战分队，实施了以"自由对抗"为主要演练方式的9项行动。

自由对抗式的演练，在中外联合军演中还是第一次。

"这是一场贴近实战的演习，标志着中俄两国海军间的默契和互信达到了新水平。"第一水面舰艇编队指挥员、东海舰队某驱逐舰支队支队长严正明说。

"环太平洋—2014"联合演习，引人瞩目。中国军人来了，而且规模不小，装备先进。"中国海军表现出很高的专业素质！"国际媒体如此评价。

在俄罗斯举行的"航空飞镖—2014"飞行员国际竞赛上，中国空军派出一支航空兵分队和3架苏—30飞机参赛，"中国功夫"的展示，受到俄罗斯大将点赞。

在第六届"勇士竞赛"国际特种兵比武中，中国武警代表队以总分第一的成绩夺得冠军……

面对佳绩，中国军人从来不沾沾自喜。鲜为人知的是，每场演练之后，中国军人都会进行一次内部讲评，核心内容是：找问题，看不足，谋改进！

当代中国军人明白，新形势下的"能打仗、打胜仗"，绝非仅在战场上。彰显大国存在，维护国家尊严，守卫世界和平，每时每刻都要求着军人们——勇于争、敢于赢、善于胜！

大国强军，攻坚正酣

向改革要战斗力！向创新要战斗力！向从严治军要战斗力！向信息化要战斗力……

2014年的军营中，涌动着激荡人心的魄力、动力和创造力。

提高我军实战化水平，是必须紧紧抓住的一个重大问题，军事、政治、后勤、装备等各方面工作，最终都要有利于提高部队打仗能力。习近平主席的要求，将士们时刻铭记在心。

为了实现"能打仗、打胜仗"的誓言，从体制编制到法规制度，从练法战法到战术技术，一场全面深入的改革攻坚，正在酝酿、推进、深化。国防部发言人在新闻发布会上明确表示："下一步将在充分研究论证的基础上，走出一条具有中国特色的联合作战指挥体制改革之路。"

不良作风，要改。从军委到基层，下重手治理形式主义、"和平积习"、官僚作风，把腐败分子清除出去。人民军队的好作风、好传统、好形象，绝不能受到玷污。

作战样式，要新。研究透现代战争制胜机理，信息主导、体系对抗、精确作战、融合集成、联合制胜。

军队体制，要更科学。从长期注重数量规模，转向更加讲求质量优势。适应新军事变革大趋势，建立新型作战力量，有效应对来自网络、太空、电磁等领域的严重威胁。

陆军改革，演绎着"脱胎换骨"。按照机动作战、立体攻防的战略要求，积极推进由区域防卫型向全域机动型转变；

海军建设，更强调"近海远洋"。着眼提高远海机动作战、远海合作与应对非传统安全威胁能力，增强战略威慑与反击能力；

空军发展，叫响"空天一体"。特别强调攻防兼备的战略要求，提高战略预警、威慑和远程空中打击能力；

第二炮兵改革，把握住"核常兼优"。着力增强快速反应、精确打击、综合毁伤和生存防护能力，为国家安全提供有效的战略威慑与核常反击支撑；

中国人民武装警察部队，专注于"维稳处突"。依托国家信息基础设施，着力建全从总部至基层的"三级综合信息网络系统"，创新完善处置突发事件、反击恐怖暴力的方法。

2014，是梦想的新起点。"中国梦""强军梦"激励着人民子弟兵奋发图强。创造过辉煌业绩的中国军队，正以今天的拼搏，迎接明天的朝阳。

"大鹏一日同风起，扶摇直上九万里。"迎来第八十七个生日的人民解放军更加朝气蓬勃。让我们寄予更大期待，报以助威呐喊：加油，肩负重任的将士们！

（原载于《人民日报》2014年8月1日第1版和6版，作者：冯春梅　倪光辉）

甲午之年：　强军征程　紧锣密鼓

党的十八大以来，习近平主席从实现中华民族伟大复兴中国梦的战略高度，鲜明提出"建设一支听党指挥、能打胜仗、作风优良的人民军队"这一党在新形势下的强军目标，确立了军队建设新的起点和标准，明确了军队各项工作的聚焦点着力点，拎起了国防和军队建设的总纲。

2014年，在强军征程上，国防和军队建设各方面工作取得了新的发展和进步，迈出了坚实的一步。

严起来

从"打铁还要自身硬"的掷地有声到"踏石留印、抓铁有痕"的庄严宣告，从"八项规定"新风拂面到"四风"涤荡，加强军队作风建设正以前所未有的魄力和摧枯拉朽的力度在全军上下深入开展，同时也成为国内外关注的焦点之一。

7月8日，中央军委召开党的群众路线教育实践活动专题民主生活会，紧紧围绕党在新形势下的强军目标，对照检查贯彻落实中央八项规定精神和军委十项规定情况，联系思想和工作实际，剖析在形式主义、官僚主义、享乐主义和奢靡之风方面存在的问题，研究提出进一步加强作风建设的措施。

随之，问责制在军中悄然兴起。严格抓作风责任追究，部队出问题的要追究党委班子责任，班子出问题的要追究书记副书记责任，相关领域出问题的要追究分管领导责任。

健全的制度则是问责的前提。12月14日，由总后勤部印发的《军级以下单位行政开办费消耗标准》在全军军级以下单位推行。12月19日，国防部网站披露《军队资金活动内部控制规范》在全军全面实施。该规范是我军首个专门针对资金活动内部控制进行系统集成规范的文件。数月来，军方陆续公布并实施了一系列"标准""规范"。与此同时，海军、空军、二炮等也相继制定了一系列关于加强作风建设的制度、规定和办法。这些文件的出台，使得制度设计更标准、管理更严谨。

为扭转军队建设中的不正之风，军中反腐败的步伐也可谓紧锣密鼓。徐才厚、谷俊山等一批军中腐败分子相继落马。11月底，国防部新闻发言人表态，根据中央部署，军队继续深入推进反腐败工作。军委号召全军，要以徐才厚、谷俊山等重大案件为反面教材开展警示教育，深刻反思惨痛教训，从思想上组织上作风上彻底肃清徐才厚案件的恶劣影响。坚持对踩"红线"、闯"雷区"的严肃处理，尤其对党的十八大后仍顶风违纪的从重查处。

军队抓作风建设，最重要的是聚焦能打仗、打胜仗，贯彻和体现战斗力这个唯一的根本的标准，为实现强军目标提供坚强作风保证。

强起来

有一个火炬在古田高擎，温暖无数官兵的心。

2014年，军队思想政治建设引人瞩目，随着军内腐败案件的披露，政治工作和思想教育面临挑战。

2014年10月底，全军政治工作会议在福建省上杭县古田镇召开，习近平主席出席会议并发表重要讲话。因为85年前，我军政治工作在这里奠基，新型人民军队在这里定型，这一次古田会议受到极大关注。

"充分发挥政治工作对强军兴军的生命线作用。""固本培元、凝魂聚气。""着力培养有灵魂、有本事、有血性、有品德的新一代革命军人。""坚持党对军队绝对领导是强军之魂，铸牢军魂是我军政治工作的核心任务，任何时候都不能动摇。"……

习主席的重要讲话，迅速在全军、全社会传开，激起强烈反响，点燃新的希望。

习主席率领与会高级将领重温古田会议传统，严肃剖析重大腐败案件的惨痛教训，邀10名老红军座谈，同11位部队基层干部和英模代表围坐在一起，津津有味地吃"红军饭"，为新形势下的政治工作做出了示范。

2014年以来，全军扎实开展"党的群众路线教育实践活动"、深化"牢记强军目标、献身强军实践"主题教育，广泛进行战斗力标准大讨论，因"新古田会议"而更加富于深意。

12月中旬，来自全军的高级干部，在国防大学举办学习贯彻全军政工会议研读班，围绕铸牢军魂、高中级干部管理、作风建设和反腐败斗争、战斗精神培育、政治工作创新发展等5个方面任务，理清落实思路。

实起来

10月28日，"联合行动—2014"实兵演习在沈阳军区洮南训练基地结束。至此，我军进入新世纪以来最大规模联合实兵演习全部结束。

今年5月至10月底，在总参谋部统筹指导下，系列演习由各大军区和海军、空军组织实施。参演力量涵盖陆、海、空军，第二炮兵和民兵预备役部队，以及部分战略战役支援保障力量。时间跨度之长、作战要素之全、参演兵力之多、实兵对抗之激烈均为近年来罕见。

其实，类似这样的实战化训练，这一年来在全军和武警部队普遍展开。年初，《2014年军事训练指示》明确要求，大力加强实战化训练，推进训练与实战一体化，不断增强信息化条件下威慑和实战能力。全军各级牢固确立战斗力这个唯一的根本的标准，实战化训练如火如荼，改革创新、求真务实成为演兵场上的主基调。

为挤干训练场上的水分，军委、总部出台《当前加强军事训练作风建设的十六条措施》。各级在各项重大任务中，始终把战斗力作为检验衡量工作成效的根本尺度，注重发现问题，搞好检讨式总结反思。

提高军事训练实战化水平，成为部队的经常性中心工作。"跨越 2014 朱日和""火力 2014""卫勤使命—2014"……这一年，演练场上"影子部队"没有了，"红军"被逼到绝境了，"背对背"的真正较量开始了。如今，实备实训成为全军各级的行动自觉，我军指挥控制、远程机动、快速反应、综合保障等方面能力得到有效提升，全军官兵始终保持临战状态，战斗力水平在实战化训练中实现了新的跨越。

（原载于《人民日报》2014 年 12 月 28 日第 10 版，作者：冯春梅　倪光辉　苏银成）

2015 年

人民军队以"有灵魂、有本事、有血性、有品德"的新一代革命军人的好样子，正在书写合格答卷——

我军加速转型提升新质战斗力

数十架战机呼啸凌空，上百艘战舰劈浪穿行……继在黄海、南海海域进行实兵实弹对抗演练之后，8 月 27 日，我国海军在东海某海空域组织了大规模实兵实弹对抗演练。与此同时，"跨越—2015·朱日和"系列实兵对抗演习在内蒙古草原深处战斗正酣。而"火力—2015"实兵实弹演习的"战火"，也从 7 月 1 日一直燃烧至 9 月中旬……中国人民解放军以如此贴近实战的训练、演习，来迎接中国人民抗日战争暨世界反法西斯战争胜利 70 周年纪念日的到来。

70 年前，中国人民经过艰苦卓绝的浴血奋战，打败了穷凶极恶的日本侵略者。在波澜壮阔的战争进程中，中国共产党领导的八路军、新四军和东北抗日联军、华南抗日游击队等抗日武装力量，以不畏强敌的英雄气概，前仆后继、视死如归，奏响了气壮山河的英雄凯歌。

70 年后，人民军队已发展成为诸军兵种合成，具有一定现代化水平，并加快向信息化迈进的强大军队。今天，建设一支听党指挥、能打胜仗、作风优良的人民军队，是党在新形势下的强军目标，也是全军将士的共同心声。

党的十八大以来，习近平主席着眼实现中华民族伟大复兴的中国梦，鲜明提出党在新形势下的强军目标，引领人民军队开启了强军兴军新的伟大征程。3年来，全军完成了一系列重大军事行动，出台了一系列重要法规制度。

今年，全军29个旅（团）赴6个训练基地和场区开展实战演练。"自主对抗、随机导调、精确评估"的组训模式，全要素对抗训练、陆空协同训练、新型力量与传统力量融合训练……把"练为战""练即战"演绎得生龙活虎。

从南海、东海，到朱日和、确山、东北平原；从网电一体战、体系化作战、联合作战，到反介入、反封锁、反干扰、反隐形，再到"跨越""火力""联合行动"等重大演习，人民军队以自己的"有灵魂、有本事、有血性、有品德"的新一代革命军人的好样子，正在书写合格答卷。

济南军区某炮兵旅远程火箭炮营加速转型提升新质战斗力，矢志锻铸"新质铁拳"，先后出色完成10多次重大任务，发射70余发各型火箭弹全部覆盖目标，打出了全军远火系统射击最高精度；

第二炮兵某洲际战略导弹旅为了让"大国神剑"出手更加迅捷，探索优化作战流程，大大提升快速反击能力；他们探索大型号导弹实战化训练新模式，在多个领域开创第二炮兵同型号部队的先河。

……

70年风云变幻，70年光辉征程。中国人民解放军正以前所未有的坚定步伐，前进在捍卫国家主权、维护国家利益、维护世界和平的历史洪流中。

这是一支充满力量的正义之师、威武之师、胜利之师——

我们的队伍向太阳

向前！向前！向前！我们的队伍向太阳……

这是一支充满力量的正义之师、威武之师、胜利之师！脚踏祖国大地，背负民族希望，前赴后继战斗，不断续写辉煌。

这是中国人民反法西斯、反侵略、反帝国主义的可靠依托！在革命中诞生，在战火中壮大，在变革中发展，怀着强国强军的中华之梦，朝着新的征程阔步前进。

危难中诞生：向法西斯开火的红色队伍

忆往昔，峥嵘岁月稠。

20 世纪 30 年代初，日本法西斯吞并我东三省，侵占热河、内蒙古，又夺取整个华北，图谋把全中国变成其殖民地，把中国民众变为亡国奴。日本侵略者在发动"七七事变"时狂妄地叫嚣，要在"3 个月内灭亡中国"。那是中华民族山河破碎、人民生活苦难深重的时刻。

从南昌起义、秋收起义诞生后一直面临国民党军队残酷"围剿"的中国共产党领导的红军，一边艰苦转战，一边发出抗日的呐喊。1937 年 7 月 7 日，卢沟桥事变爆发，中华民族到了最危险的时候！早在 1934 年，毛泽东、朱德等红军领导人就共同署名，发表了《为中国工农红军北上抗日宣言》。

中国人民的抗日战争由此开启了一个伟大转折：中流砥柱般的中国共产党和中国工农红军，打响了大规模抗日救国的战争！"向着法西斯开火，向着新中国发出万丈光芒！"这正是那个时代中国民众心目中的人民军队。

艰苦卓绝的抗日战争中，左权、杨靖宇、赵一曼……平型关大捷、百团大战、地道战、游击战等广为流传的英雄人物和抗战事迹，无不向世界宣告：红军、游击队、八路军、新四军正在长城内外、大江南北，与法西斯日寇作殊死战斗。

中国工农红军改编国民革命军第八路军和南方游击队改编成新四军，战斗在华北、华中、华南和东北等地区，对敌作战 12.5 万次，战绩骄人：先后共毙伤俘日军 52 万余人，歼灭伪军 118 万余人。仅在华北战场，八路军总共作战就达 99847 次，歼灭日军 40 余万，伪军 85 万余，抗击了 58%—75% 的日军和几乎全部的伪军。与正面战场一道陷敌于反侵略战争的汪洋大海！

新四军从成军之日起就投入抗日作战，沉重抗击了日本侵略者。新四军军部在云岭的三年中，就指挥皖南部队粉碎了日伪军的多次进攻和扫荡，胜利地进行了 5 次繁昌保卫战和皖南两次反"扫荡"战斗，彻底打破日军"夺取繁昌，扫荡皖南"的计划，在抗战历史上留下了辉煌的一页。

有军事专家评价，"中共领导的游击战争局面之大、能量之巨、战略作用之显赫，远超日军预想……堪称人类战争史上的奇观，是决定中国抗战前途命运的关键之举"。

没有一支人民的军队，就没有人民的一切。有了这样一支全心全意、英勇无畏、为人民利益而战斗的军队，中国人民所拥有的一切才更有保障。

鏖战中壮大：压倒一切敌人的烈火金刚

回首 70 年的辉煌历程，当年的抗日队伍已经在战火中涅槃。

70 年前，延安市七里铺村的张怀玉加入了八路军，当年只有 15 岁，至今他仍然记得："在柳林的一个晚上，我们 60 多个人和日军的几百人打，子弹打完了，我们就去拼刺刀，我一晚上拼了 7 次刺刀。"

从抗日的战场上走来，人们不能忘记，在《八路军·表册》上记录的 669 名八路军团以上烈士。

这支军队具有一往无前的精神，它要压倒一切敌人，而决不被敌人所屈服！

这支军队坚信，为人民利益而死，就比泰山还重；替法西斯卖力，就比鸿毛还轻。

时光流逝，人民军队根本的东西从没有改变——人民军队的性质、本色没有变；为人民服务的宗旨没有变；听党指挥的军魂、保卫国家的使命没有变；烈火金刚的铁血作风没有变……

如今，人民解放军的一举一动，越发引来举世关注。

建设"能打仗、打胜仗"的信息化军队，正成为这支军队的新时代追求。今年，全军 29 个旅（团）赴 6 个训练基地和场区开展实战演练。"自主对抗、随机导调、精确评估"的组训模式，全要素对抗训练、陆空协同训练、新型力量与传统力量融合训练……把"练为战""练即战"演绎得生龙活虎。

从南海、东海，到朱日和、确山、东北平原，从网电一体战、体系化作战、联合作战，到反介入、反封锁、反干扰、反隐形，再到"跨越""火力""联合行动"等重大演习，越来越多的普通民众对人民军队的演练战场、用兵方法、作战样式耳熟能详。

2014 年的"联合行动—2014"演习，一下子打了 7 场"战役"，动用了几乎陆军所有兵种和海军、空军和二炮部队，武警、民兵、预备役部队也参与了部分场次的演练；

人民海军在西太平洋海域的多次大规模巡航和实战演练；

空军航空兵在全国各空域展开的"自由空战演训活动"；

……

70 年前那支依靠"小米加步枪"与日寇作战的队伍，如今已经成为日益现代化、机械化、信息化的强大力量！

变革中崛起：在强军梦的鼓舞下奋进

历史的发展，总会把新的挑战摆在军队面前。

有机遇，更有考验。当世界强国、发达国家军队一次又一次调整军事策略，迎接一场又一场军事变革的时候，中国人民解放军也一次又一次面临变革的压力。

2012 年 12 月，习近平在会见驻穗部队师以上领导干部时特别指出，实现中华民族伟大复兴，是中华民族近代以来最伟大的梦想。可以说，这个梦想是强国梦，对军队来说，也是强军梦。我们要实现中华民族伟大复兴，必须坚持富国和强军相统一，努力建设巩固国防和强大军队。

2013 年底的一次重要会议上，习主席语重心长地指出："军队的样子"就是要坚决听党指挥，要能打仗、打胜仗，要保持光荣传统和优良作风……这就像一个人一样，要有灵魂、有本事、有品德，这样才能行得正、走得远。

新的目标、责任和期待，引来军中激情澎湃！

党的十八大以来，新一届党中央、中央军委以雷霆万钧之势，推进军队改革。

"新古田会议"召开了。在福建省上杭县古田镇，在新型人民军队定型的地方，在政治工作这一"生命线"奠基的旧址，习主席率领与会高级将领重温古田会议传统，严肃剖析重大腐败案件的惨痛教训，邀 10 名老红军座谈，同 11 位部队基层干部和英模代表围坐在一起，津津有味地吃"红军饭"，为新形势下的政治工作做出了示范。

"充分发挥政治工作对强军兴军的生命线作用。"

"着力培养有灵魂、有本事、有血性、有品德的新一代革命军人。""有灵魂就是要信念坚定、听党指挥，有本事就是要素质过硬、能打胜仗，有血性就是要英勇顽强、不怕牺牲，有品德就是要情趣高尚、品行端正。"

习主席的重要讲话和庄严嘱托，迅速在全军、全社会传开，引来热烈回响和由衷赞同，为强军梦点燃新的希望。

2014年的这个冬天，一支火炬在古田高擎，温暖无数官兵的心胸。全军扎实开展"党的群众路线教育实践活动"、深化"牢记强军目标、献身强军实践"主题教育，广泛进行战斗力标准大讨论……立足本职，干好今天，拼搏奉献，为中国梦、强军梦贡献智慧和力量，成为全军官兵的强烈愿望。

在习主席的引领下，又一个继往开来、强根固本的征程迈开坚实步伐。一批批拔地参天、成梁作栋的先进典型，示范带动绿色方阵在强军兴军征途上勇猛精进，阔步前行。

从新一届军委成立之初，出台作风建设的新规定、下达"禁酒令""下连当兵令"，到2014年3月召开"深化国防和军队改革领导小组第一次全体会议"，从明确"以强军目标引领改革，围绕强军目标推进改革"，到坚持"为建设巩固国防和强大军队提供有力制度支撑"，一场深入持久、规模浩大的改革实践，拉开了新时期的强军大幕。

背负民族厚望的人民军队将再一次强势崛起！

大国雄风：守护和平与正义的中国力量

落后就要挨打，发展才能强大。

9月3日，人们也将从接受检阅的众多先进军事装备中，感受到人民军队的磅礴力量：首次亮相的国产新型装备，无论是数量规模、质量水平还是信息化程度，都达到了一个崭新的水平，有的已达到世界先进水平，充分展示了我军武器装备信息化建设的成果和我国武器装备建设自主创新的能力。

2015年5月，万里之外的地中海。

中国军队与俄罗斯军队的海军部分舰艇，展开了一场演习。两军舰队分别驶离俄罗斯新罗西斯克市，向地中海演习海域集结。这是中俄"海上联合一

2015"演习的一部分。

近年来，中国军队走向世界的步伐日益加快。与许多国家进行联合军演，已经成为一种常态。在夏威夷瓦胡岛贝洛斯军营训练场，中美两军进行了人道主义救援减灾联合实兵演练；经中央军委批准，中国海军派出海口舰、岳阳舰、千岛湖舰、和平方舟医院船及2架舰载直升机、1个特战分队和1个潜水分队，参加了"环太平洋—2014"演习；在中国大西南的成都军区，2014年进行了"中印陆军反恐联合训练"……

随着一大批具备世界先进水平的武器装备列装部队，全军作战能力实现新的跨越。从国产第三代战机，到一系列新型空空、空地、地空导弹；从新一代导弹驱逐舰、护卫舰、潜艇，到指挥自动化系统、卫星导航、战术软件等信息化设施；从先进战略导弹、巡航导弹，到型号配套、射程衔接、打击效能多样的二炮作战力量，这支越来越具有"大国范儿"的军事力量，为中国真正成为与自身国土和人口基础相适应的强大国家，充实着应有的力量。

人民军队在不断强大，也在不断担当起维护和平的重要责任。

自1990年参加联合国维和行动以来，中国军队已参加了联合国24项维和行动，累计派出维和官兵30178人，先后有10名官兵为维护国际和平与安全献出了宝贵生命。现在，中国军队共有2720名官兵在联合国9个任务区为和平值守。

从2008年12月26日中国海军派出首批护航编队后，中国海军先后21次派出60多艘舰艇，远赴亚丁湾、索马里海域执行护航任务，为中外船舶安全实施护航，保持着被护船舶和编队自身"两个百分之百安全"的纪录。

雄关漫道，而今从头越。中国人民解放军正以前所未有的坚定步伐，前进在捍卫国家主权、维护国家利益、维护世界和平的历史洪流之中。

（原载于《人民日报》2015年8月31日第1版和11版，作者：冯春梅 倪光辉 苏银成）

2016 年

纪念中国工农红军长征胜利 80 周年

不忘初心， 接力走好新长征

出发！

1934 年 10 月，被誉为人类史上伟大奇迹的长征，从江西瑞金迈出第一步。

第五次反"围剿"失败后，中共中央和红军总部进行战略大转移。那是一段血衣裹身的征程，一支人类奇兵，从此跋山涉水、爬冰卧雪、草根果腹、转战几万里、血洒几万里、建勋几万里。1936 年 10 月 22 日，终于在陕甘革命根据地胜利会师。长征，写就了雄浑的英雄史诗，筑就了伟大的精神丰碑。

出发！

2016 年 10 月 17 日晨，中国酒泉，"长征"运载火箭搭载神舟十一号载人飞船发射升空。万众瞩目下，"神箭"擎天撼地冲出霄汉，中华儿女再探苍穹。82 年前的同一天，1934 年 10 月 17 日夜，8.6 万名红军跨过江西于都河，正式踏上漫漫征程。长征，谱写出中国共产党人最壮丽的篇章，奠定了中国革命继续前进的基础。"长征"，同一个词汇，折射出神州大地翻天覆地的变化。

精神穿越时空，旗帜引领航向。当年，那些曾庇护红军战士、为成长的理想遮风避雨的危旧土坯房，如今已成了红墙黛瓦的居民小区；当年，那些曾为红军照亮行程的松明火把，已变成了明亮的白炽灯；当年，那些泥泞狭窄的土路，已变成宽阔的柏油马路……百姓安居乐业，城乡一派祥和，国力日益昌盛，这不正是红军队伍所为之奋斗的目标吗?!

一路走来，国家实力正如一次次腾空而起的"长征"火箭，始终昂扬向上；一路走来，变的是各种各样的风险与挑战，不变的是共产党人坚定的信仰与执着的初心！

"革命理想高于天"——
路线正确后愈挫愈勇

静静流淌的于都河波光粼粼，荡漾着历史的回响。当年红军架设渡河浮桥的地方，如今已矗立起多座现代化钢筋水泥大桥。

站在中央红军长征出发地，河畔布满青苔的石阶无声地诉说着当年妻送郎、娘送儿、无数生离死别的一幕幕。

上个世纪 30 年代，内忧外患、风雨如磐。由于党内"左"倾教条主义的错误领导，中央革命根据地第五次反"围剿"失败，党领导红军不得不进行战略转移。中央红军出发时 8.6 万人，抢渡湘江伤亡惨重，锐减为 3 万余人。在红军血洒湘江、生死存亡之际，毛泽东力谏中央，挽狂澜于既倒，红军急奔黔北，强渡乌江，向遵义挺进。遵义会议结束了"左"倾教条主义在党内的统治，确立了毛泽东在党和红军中的领导地位，在最危急时刻挽救了党、挽救了红军、挽救了中国革命。

广西兴安县湘江战役纪念馆，一尊红军指挥员——红 34 师师长陈树湘的雕像静静矗立。突破湘江时负责断后的红 34 师陷入重重包围，浴血奋战直到弹尽粮绝。29 岁的陈树湘因腹部受伤被俘，躺在担架上的他，一把扯断自己的肠子，"为苏维埃新中国流尽最后一滴血"。

雪山极寒挡不住理想的追求，泸定铁锁拦不住无畏的勇士。长征期间，担任红十军团军政委员会主席的方志敏说："敌人只能砍下我们的头颅，决不能动摇我们的信仰！因为我们信仰的主义，乃是宇宙的真理！"江西兴国县老红军钟发镇回忆起长征，言语动情："不管困难多大，从来没有掉过队，一直跟党走！"

"一直跟党走""为苏维埃流尽最后一滴血"折射的都是红军将士忠于理想、忠于信仰的初心。

80 年前，理想信念是长征之魂；今天，理想信念是精神之钙。习近平总书记在庆祝中国共产党成立 95 周年大会的重要讲话中指出，理想因其远大而为理想，信念因其执着而为信念。

党的十八大以来，中国共产党思想政治建设不断增强：坚定理想信念列入全面提高党的建设科学化水平的八大任务，中央八项规定巩固理想信念，党的群众路线教育实践活动补足精神之钙，"三严三实"专题教育开出"醒脑良方"，"两学一做"学习教育筑牢思想之基……

新长征路上，无数为崇高理想信念奋斗的人们举起精神火炬：

上海市高级人民法院副院长邹碧华，在担任法官的22年里，参与审理一系列大案要案和起草多项重大司法解释，扛起上海法院司法改革操盘手的重任，为实现心中的理想信念燃尽了自己的青春年华；

贵州晴隆县委书记姜仕坤，倒在工作岗位上时年仅46岁。在这个曾因贫困"出名"的偏远小县，他耗尽最后一份心力，换来了晴隆的大变样；

海军某舰载航空兵部队一级飞行员张超，在训练中遭遇突发险情英勇献身，壮阔海天绚烂绽放的生命之花，永远定格在29岁的青春；

……

信仰之花，需要用行动去浇灌；信念之志，需要用行动去践行。红军当年在罗霄山脉举起的理想火炬，一代一代地传到了今天，还将一代一代地传向未来。

"红军不怕远征难"——
艰难困苦中淬炼洗礼

"苦不苦，想想红军两万五"，这是人们耳熟能详的一句名言。红军两万五千里长征到底有多苦？今天的年轻人难以想象。

天上有敌人的飞机轮番扫射、轰炸，地上有几十万国民党军队围追堵截，饥饿、寒冷、伤病，红军蹚过千难万险，吃尽千辛万苦，许多人在长征途中献出了自己宝贵的生命。但是，共产党员和红军官兵没有被死亡和困难所吓倒，而是以压倒一切困难的英雄气概，挑战生命极限，坚持走到胜利。

红四方面军战士周广才，13岁参加长征，三过草地。他们班原有14人，到第三次过草地时只剩7人。进入草地后，干粮、野菜都吃完了，开始吃皮腰带。7个人的皮带吃掉了6根，当吃到第七根皮带的扣眼时，战士们得知即将走出草地。为了纪念这段岁月，大家一致决定忍饥挨饿把这半根皮带保留下来……

半截皮带流过时间的长河，依旧有着那坚实的力量与内涵。在中国人民革命军事博物馆，皮带的故事感动了无数观众。

当记者问，长征中最难忘的一段经历是什么时，101 岁的老红军王道金低头沉思了片刻，"过夹金山！"这座雪山被当地老百姓称作神山，因为除了神仙，连飞鸟都过不去。但就是凭着两身单衣、两双布袜、一双草鞋、一根木棍，还有宝贵的几枚辣椒，王道金翻过了夹金山。

"红军不怕远征难，万水千山只等闲。"长征时红军指挥员平均不足 25 岁，战斗员平均不足 20 岁，中国共产党成立不到 14 年，中国工农红军成立仅仅 7 年。正是这支由年轻的党所领导的年轻军队，征服了 20 多座雪山，渡过了 30 多条险流，穿过了世界上海拔最高的广袤湿地，创造了史无前例的人类壮举。

红军将士在血与火的奋斗中打造出一座座精神高地，激励着后来者在新的长征路上拼搏前行——

敦煌研究院名誉院长樊锦诗，北大毕业后扎根大漠敦煌，兢兢业业 50 多年，全身心投入敦煌文化遗产保护、研究和管理；

中国航天科技集团第四研究院员工徐立平，20 多年来为导弹固体燃料发动机的火药进行微整形，用奋斗雕刻出"大国工匠"的坚守；

……

中国仍处于并将长期处于社会主义初级阶段的基本国情没有变，实现 13 亿多人共同富裕任重道远。"艰苦奋斗，始终埋头苦干、锐意进取，不断夺取全面建成小康社会、加快推进社会主义现代化新的更大的胜利，不断为人类作出新的更大的贡献。"习近平总书记的话言犹在耳。

"雄关漫道真如铁"——
铁的纪律是胜利保障

在贵州黎平县城的翘街，有一家百年中医药铺"九如堂"，药铺斜对面就是"黎平会议会址"。1934 年 12 月 18 日，中共中央就是在那里召开红军长征途中的第一次政治局会议——黎平会议。

"1934年的一天夜里，两名红军战士敲响了药铺的大门。"45岁的药铺店主谢廷跃还记得他爷爷讲过的这个故事，红军战士抓了一些腹泻药，要付医药费用，爷爷不收，最后红军战士把钱放在柜台上，郑重地说了一声谢谢之后就走了。

严明的纪律，始终是红军与人民群众鱼水关系的重要保障。长征途中，红军自觉遵守"三大纪律、八项注意"，受到沿途群众的衷心拥戴，百姓纷纷参加红军，或是为红军带路、当向导，提供各种支持帮助。

今天的中国，正行进在实现中华民族伟大复兴的征程中，面对种种考验，尤其需要以严明的政治纪律统一全党意志。

"打铁还需自身硬"是我们党的庄严承诺，全面从严治党是我们立下的军令状。习近平总书记指出："要加强对权力运行的制约和监督，把权力关进制度的笼子里，形成不敢腐的惩戒机制、不能腐的防范机制、不易腐的保障机制。"这是动员令，更是指南针。党的十八大以来，我们党将全面从严治党纳入"四个全面"战略布局，把严肃党内政治生活、净化党内政治生态摆在更加突出的位置来抓，以坚决惩治腐败保持肌体健康，以狠抓作风建设树立良好形象。一系列踏石留印、抓铁有痕的行动，为我们党注入了新的生机活力，为深化改革开放、推进中国特色社会主义事业提供了有力制度保障。

打虎生威，拍蝇显力。仅去年一年间，全国就查处群众身边的"四风"和腐败问题80516起，处理91550人。今年上半年纠"四风"共查处问题19160起。

一批高级领导干部落马，表明党中央坚定不移惩治腐败的坚强意志和鲜明态度，强调严明政治纪律和政治规矩，向世人证明中国共产党敢于直面问题、纠正错误，勇于从严治党，善于自我净化、自我革新。

巡视"回头"常抓不懈。10月11日，中央第十轮巡视公布4省市"回头看"反馈情况，13个巡视组对32个中央部门（群团）党组织进行专项巡视。

把纪律和规矩挺在前面，立起来、严起来，以铁的决心、铁的手腕，治"病树"、正"歪树"、拔"烂树"，坚决清除腐败分子，营造政治上的青山绿水，为走好新长征扫清路障。

"人间正道是沧桑"——
群众路线是党的生命

这是长征途中真实的故事:

红军战士谢益先把自己仅剩的一袋粮食,送给了在饥饿死亡线上挣扎的母子三人。母子三人得救了,谢益先却因饥饿长眠在长征草地上。"红军是民众的军队,民众无微不至地支持红军……"回望二万五千里长征路,毛泽东曾这样深情地说。

长征书写的既是豪情万丈的英雄史诗,也是军民一心、众志成城、患难与共的光辉篇章。

在本报组织的"长征记忆·寻访红军部队"系列报道中,"红军桥""红军楼""红军树"这样的感人故事比比皆是:

于都河是中央红军出发长征时要渡过的第一条大河。记者在于都县罗坳镇采访当年摆渡红军渡河船工李声仁的儿子李明荣,他从小就听父亲讲述老乡们摆渡红军的故事:"当时于都河沿岸所有的船工几乎都来帮助红军,调集了800多条大小船只,有的用作架设浮桥,有的用作摆渡。"为帮助红军架设浮桥,于都人民把家中所有可用材料都贡献了出来,有位年逾古稀的曾大爷,在将家中全部材料献完之后,又亲自把自己的一副寿材搬到了架桥工地,周恩来得知此事后感慨地说:"于都人民真好,苏区人民真亲。"

在广西湘江战役纪念馆,带着孙子参观的唐兴国老人告诉记者,他从小就听长辈讲红军长征过兴安的故事,"现在也把故事讲给娃娃听啦!"老人如数家珍,"青壮年就为红军带路架桥,妇女们给红军磨米煮饭、打草鞋。每个村都有人主动要求参军。"

"得众则得国,失众则失国"。人民立场是中国共产党的根本政治立场,党与人民风雨同舟、生死与共,始终保持血肉联系,是党战胜一切困难和风险的根本保证。正因为始终保持同人民群众的血肉联系,我们党才始终挺立于不败之地、始终引领中国发展进步。

"始终与人民心连心、同呼吸、共命运"的立场必须牢牢坚持,"人民对美好生活的向往,就是我们的奋斗目标"的追求必须时时惕励。

"见不得老百姓穷"的河北农业大学教授李保国，三十五年如一日，扎根太行山区，科研成果累计应用面积 1826 万亩，让 140 万亩荒山披绿，带动 10 多万农民脱贫致富，他的面容在老百姓的心中永远鲜活；

"四有县长"云南怒江傈僳族自治州人大常委会原副主任高德荣，被选举晋升时，毅然选择把办公桌搬回心心念念的独龙江，苦干实干，带领乡亲们修路架桥、发展产业、脱贫致富……

来自人民、依靠人民、服务人民。今天，走好新长征路，实现"两个一百年"奋斗目标，为的就是让人民过上幸福美好生活。弘扬伟大的长征精神，要坚持以人民为中心的发展思想，进一步保障和改善民生，统筹推进教育、医疗、社会保障、就业等社会事业发展，坚决打赢脱贫攻坚战，使改革发展成果更多更公平惠及全体人民，朝着共同富裕目标稳步迈进。

"我们党已经走过了 95 年的历程，但我们要永远保持建党时中国共产党人的奋斗精神，永远保持对人民的赤子之心。"习近平总书记在庆祝中国共产党成立 95 周年大会上的重要讲话，这样告诫全党。

"数风流人物，还看今朝"——
中流击水惟创新者强

80 年前的长征，是中国共产党及其领导下的红军的英雄壮举。而共产党人坚持实事求是、善于独立自主处理中国革命中的问题的创新精神，使得红军在千难万险的长征途中，一次次转危为安，赢得最后的胜利。

长征初期，中央红军按照"铅笔划好的路线"直线前进，实施"大搬家"式的战略转移，有时打了 3 天仗，才走 4 公里。

遵义会议后，红军在以毛泽东为核心的党中央的集体指挥下，一反教条主义的机械笨拙战法，采取灵活机动的战略战术，充分发挥红军善于打运动战的优势，大胆穿插于国民党军重兵集团之间，用"走"创造战机，以"打"开辟道路，摆脱了国民党军的围追堵截。同时，红军编制体制和组织结构完全服从"打得赢、走得了"的需要，层次减少，灵便高效。

"四渡赤水出奇兵"，"奇兵"之为"奇"，离不开锐意创新。一路长征，一路探索；一路作战，一路思考，穿透种种思想迷雾，最终走向长征胜利，走出了一条实事求是的思想路线，也开拓了一条创新的道路。

"抓创新就是抓发展，谋创新就是谋未来。" 80 年来，因为继承和发扬了这种创新胆略，中国共产党领导人民在百废待兴的废墟上站了起来，使中华民族受侵略受压迫受奴役的历史一去不复返。改革开放后的 30 多年来，中国共产党领导人民敢闯敢试，实现了从贫穷到温饱，再由温饱到总体小康的历史性跨越。

面对中国经济发展进入新常态、世界经济发展进入转型期、世界科技发展酝酿新突破的格局，我们坚持以经济建设为中心，坚持以新发展理念引领经济发展新常态，加快转变经济发展方式、调整经济发展结构、提高发展质量和效益，着力推进供给侧结构性改革，加快形成崇尚创新、注重协调、倡导绿色、厚植开放、推进共享的机制和环境，都贯穿着创新精神，体现着为民初心。

西子湖畔，"创新、活力、联动、包容"的中国主张，引领世界经济的方向。习近平主席在 G20 杭州峰会上关于改革的论述，掷地有声："因循守旧没有出路，畏缩不前坐失良机。中国改革的方向已经明确、不会动摇；中国改革的步伐将坚定向前、不会放慢。"

开拓创新，实事求是，保持政治定力，坚定道路自信、理论自信、制度自信、文化自信，才能行稳致远。强国兴国，强党兴党是如此，强军兴军亦是如此。

2015 年 11 月 24 日，习近平主席在中央军委改革工作会议上发表重要讲话，新一轮国防和军队改革拉开大幕。作为新中国成立以来军队领导指挥体制变革最大的一次，在这轮改革中，人民军队向稳定运行了 60 多年的总部体制、大军区体制正式告别。

"飞鲨"首降航母，"东风"威震长空，"神舟"遨游太空……改革创新之魂正引领人民军队高扬风帆，驶向崭新征程！

改革创新者可以是你，是我，或是身边的他和她。

她，"青蒿医者"屠呦呦，开创性地从中草药中分离出青蒿素用于疟疾治疗，获得诺贝尔生理学或医学奖。青蒿素问世 40 多年来，使超过 600 万人摆脱疟疾魔掌；

他，南京航空航天大学教师徐川，把高校思想政治教育课变成大学生听得如痴如醉的网红课，党课一座难求，参与学生万余人次……

新中国诞生前夕，毛泽东把夺取全国胜利，称为"万里长征走完了第一步"。今年7月，习近平总书记在宁夏视察时指出："推进中国特色社会主义事业的新长征要持续接力、长期进行，我们每代人都要走好自己的长征路。"

而今迈步从头越。弘扬长征精神，走好新长征，我们不忘初心，永远在路上！

（原载于《人民日报》2016年10月21日第1版和2版，作者：温红彦冯春梅　倪光辉　卢晓琳）

新征程　新使命　新变化
改革强军永远在路上

2015年11月24日至26日，中央军委改革工作会议在北京召开，中共中央总书记、国家主席、中央军委主席习近平发出深化国防和军队改革的动员令——全面实施改革强军战略，坚定不移走中国特色强军之路。

一年来，开新图强的宏伟蓝图在改革强军路上渐次展开。人民军队迈步踏上了深化国防和军队改革的"新长征"。"在新的长征路上，我们要坚持以党在新形势下的强军目标为引领，深入贯彻新形势下军事战略方针，努力建设世界一流军队。"习主席在纪念红军长征胜利80周年大会上的话掷地有声。

新征程，新使命，新变化。一年来，中国军队的领导管理和联合作战指挥体制迎来了突破性的改革："军委管总、战区主战、军种主建"的格局确立；新成立的陆军领导机构、火箭军、战略支援部队和军委机关15个部门相继亮相，军队组织形态日益现代化；七大军区调整为五大战区，中央军委联勤保障部队成立，能打胜仗成为主攻方向；《关于深化国防和军队改革的意见》《关于深化国防和军队改革期间加强军事法规制度建设的意见》《加强实战化军事训练暂行规定》等纲领性文件和制度政策相继出台；我军历史上第一次实行派驻监督，军队和武警部队全面停止有偿服务工作有序展开；不少部队随着改革完成转隶和裁撤，一批批官兵或异地换防，或脱下戎装，踏上了新的征程……

不忘初心，继续前进。深化国防和军队改革，也是时代大考。改革强军永远在路上！

中央军委改革工作会议召开一年来，深化国防和军队改革交出优异成绩单——

改革强军迈步新长征

2016 年，首艘国产航母主船体合拢成型，新一代隐身战斗机歼—20 震撼亮相，执行长距离运输任务的运—20 列装空军，新型战略导弹装备部队；2015 年，全军压减公务车辆 24934 辆，军以上机关行政消耗性开支同比下降 50% 以上……

一年来，鼓舞人心的消息，改革创新的举措，向打仗聚焦的"成绩单"，不断刷新着国人的国防自信心。

2015 年 11 月 24 日至 26 日，中央军委改革工作会议在北京召开，中共中央总书记、国家主席、中央军委主席习近平发出深化国防和军队改革的动员令——全面实施改革强军战略，坚定不移走中国特色强军之路。

新征程，新使命，新变化。一年来，中国军队的领导管理和联合作战指挥体制迎来了突破性的改革，"军委管总、战区主战、军种主建"的格局确立；新成立的陆军领导机构、火箭军、战略支援部队和军委机关 15 个部门相继亮相，军队组织形态日益现代化；七大军区调整为五大战区，中央军委联勤保障部队成立，能打胜仗成为主攻方向；《关于深化国防和军队改革的意见》《关于深化国防和军队改革期间加强军事法规制度建设的意见》《加强实战化军事训练暂行规定》等纲领性文件和制度政策相继出台；我军历史上第一次实行派驻监督，军队和武警部队全面停止有偿服务工作有序展开；不少部队随着改革完成转隶和裁撤，一批批官兵或异地换防，或脱下戎装，踏上了新的征程……

一年来，开新图强的宏伟蓝图在改革强军路上渐次展开。人民军队迈步踏上了深化国防和军队改革的"新长征"。

凝心聚力谋改革

"在新的长征路上，我们要坚持以党在新形势下的强军目标为引领，深入贯彻新形势下军事战略方针，努力建设世界一流军队。"习主席在纪念红军长征胜利 80 周年大会上的讲话掷地有声。

改革，是决定当代中国命运的关键一招，也是决定我军发展壮大、制胜未来的关键一招。党的十八大以来，党中央作出"四个全面"战略布局，国防和军队改革是这个战略布局的重要内容，也是实现这个战略布局的重要支撑。在习主席、中央军委有力领导下，改革方案研究论证和拟制工作历时一年零九个月圆满完成，一整套解决深层次矛盾问题、有重大创新突破、我军特色鲜明的改革设计破茧而出。

"要紧紧扭住改革强军不放松，坚定不移深化国防和军队改革，着力解决制约国防和军队建设的体制性障碍、结构性矛盾、政策性问题，深入推进军队组织形态现代化，加快构建中国特色现代军事力量体系。"

这次改革，确立军委管总、战区主战、军种主建的总原则，使党中央和中央军委置于军队组织领导最高层、军事指挥最顶层；军委机关由总部制改为多部门制，成为军委的参谋机关、执行机关、服务机关；健全军委联指中心，强化军委战略指挥功能……这些开创性举措，突出强化了我军的最大特色最大优势，使党指挥枪有了更加坚实的组织依托和体制保证。

2015 年 12 月 2 日，一纸命令传来，第 27 集团军领导机关和直属分队移防山西，成为全军第一个因改革进行部署调整的军级单位。千人千车动，搬迁寂无声，让人感叹：这支部队露宿街头不扰民的优良传统和作风没有变，听党指挥、服从大局的红色基因没有变！

全军上下广泛开展思想发动、专题教育、舆论引导，坚持用改革强军战略统一思想、统一步调，在深化国防和军队改革的大框架、大布局中理解把握中央军委决策部署，坚决拥护改革、积极投身改革。

改革的催征号角已经吹响，改革的磅礴力量正在汇聚。

强军牵引展新貌

这一年，新面孔频频出现在世人面前。

2015 年 12 月 31 日，一支新型作战力量加入中国人民解放军序列——战略支援部队从习主席手中接过了军旗，它将成为我军新质作战能力的重要增长点和决胜未来战争的关键力量。

同一天，正式亮相中国人民解放军"大家庭"的还有新成立的陆军领导机构和火箭军。

习主席为陆军授予军旗并致训词，鲜明提出"努力建设一支强大的现代化新型陆军"。中国人民解放军陆军领导机构正式成立，标志着陆军单独作为一个军种正式亮相世界，从此迈入新的历史发展阶段。

中国战略导弹部队风雨兼程走过半个世纪，如今以火箭军的新姿站在新的历史起点上。作为我国战略威慑的核心力量，火箭军不仅是我国大国地位的战略支撑，也是维护国家安全的重要基石。

换上新的军种符号，多支新型作战力量悄然崛起。透过主席训词，人们看到的是这三支部队新型能力模型的勾画：陆军要"加快实现区域防卫型向全域作战型转变"；火箭军要"增强可信可靠的核威慑和核反击能力，加强中远程精确打击力量建设，增强战略制衡能力"；战略支援部队要"高标准高起点推进新型作战力量加速发展、一体发展"。

军旗军徽、铁锚飞翅、钢枪导弹……随着调整组建，全军官兵陆续换上新式臂章。

换臂章更要换脑子，转身子更要转观念。如何更好地适应新体制、履行新职能、实现新发展，如何更好地贯彻创新驱动发展战略，成为全军各级官兵必须深入研究解决的紧迫课题。

这一年，强化监督，打虎拍蝇，依法治军、从严治军的强军之基进一步夯实。

2016 年 5 月，中央军委采取单独派驻和综合派驻的方式，向军委机关各部门和战区派驻 10 个纪检组。这在我军历史上尚属首次，是重塑我军纪检监察体系的创新之举。6 月，中央军委纪委依托军事综合信息网创建的"军委纪委网"，面向全军和武警部队正式上线运行……

加速联合为打赢

这一年，联合作战体系构建迈出了突破性、历史性的步履。

从"4"到"15"——2016 年 1 月，军委机关由总部制改为多部门制。自此，我军领导指挥体制掀开崭新篇章。调整组建后，原来的"四总部"改为15个职能部门。军委真正立于"三军"之上，更好地实现了军队最高领导权和指挥权集中于党中央、中央军委和习主席。

军委机关从总部制改为多部门制，不只是数字增减、名称改变、机构重组、人员调整，更是结构性、功能性重塑，实质上是军委机关从定位到职能再到机制的再造，过去有些机关特别是高级机关各把一口、政出多门的思路模式得以彻底改变。

从"7"到"5"——2016年2月1日，中国人民解放军战区成立大会在北京举行，习主席向各战区授予军旗并发布训令。七大军区谢幕，五大战区登场。

重新调整划设战区、组建战区联合作战指挥机构，是从"军委管总、战区主战、军种主建"的总原则出发，根据我国安全环境和军队担负的使命任务作出的战略决策，是全面实施改革强军战略的标志性举措，是构建我军联合作战体系的历史性进展。

从"单一"到"联合"——战区作为联合作战指挥机构，不再是单一军种指挥机构。建立健全军委、战区两级联合作战指挥体制，构建平战一体、常态运行、专司主营、精干高效的战略战役指挥体系，是适应一体化联合作战指挥要求的关键举措。

2016年4月20日，一身迷彩的习主席视察军委联合作战指挥中心。这是习主席首次以"军委联指总指挥"的身份出现在公众视野，也是"军委联合作战指挥中心"这一机构首次曝光。

9月13日，中央军委联勤保障部队成立大会举行，习主席向武汉联勤保障基地和无锡、桂林、西宁、沈阳、郑州联勤保障中心授予军旗并致训词，"联勤保障部队是实施联勤保障和战略战役支援保障的主体力量"。

攥指成拳聚合力。改革，剑指打赢；打赢，必须联合。

戎马鸣，金鼓震。改革之年，实战化训练的硝烟味越发浓烈，演兵场上，新体制下的"首战"陆续上演。"跨越—2016·朱日和"军演，五大战区陆军依次亮相；战区级联演，海陆空战支部队联合"砺剑"……

某战区领导感慨道："以前参加联合训练时，管好'一亩三分地'就行。现在面对的都是各种军情、空情、边情、社情、网情、敌情。这形象地说明未来作战是立体作战、全维作战、一体作战，战争形态和作战样式变了，战场观必须跟着变。"

不忘初心，继续前进。深化国防和军队改革，也是时代大考。改革强军永远在路上！

（原载于《人民日报》2016 年 11 月 26 日第 1 版和 4 版，作者：倪光辉苏银成　江　山　卢晓琳）

数字解读 2016：

转型重塑　我们有士气

深化国防和军队改革，是有效维护国家安全、协调推进"四个全面"战略布局、履行军队使命任务的必然要求，是强军兴军的必由之路。

新征程，新使命，新变化。2015 年 11 月中央军委改革工作会议后，领导指挥体制改革先行展开，实现了军队组织架构历史性变革。这一年来，军队改革力度空前，各项举措推进顺利，赢得全党全社会高度赞誉，在国际上也产生了强烈反响。如今，"脖子以上"的领导指挥体制改革基本完成，新体制的"四梁八柱"已经搭建，"脖子以下"的军队规模结构和力量编成改革正在紧紧跟上。

聚焦打赢，转型重塑，蹄疾步稳，人民军队正昂首迈向世界一流军队的新征程。

从"4"到"15"——军队组织形态日益现代化

新成立的陆军领导机构、火箭军、战略支援部队和军委机关 15 个部门相继亮相，标志着我国军队组织形态日益现代化。

站在历史关口，习主席以恢宏的战略气魄领导推开国防和军队整体性、革命性变革。全军将士闻令而动，沿袭多年的总部体制、大军区体制、大陆军体制退出历史舞台，新的领导指挥体制登台亮相。

为了适应打赢信息化战争、有效履行我军使命任务的新要求，迫切需要改革创新，重塑我军领导指挥体制。军委机关从四总部制改为多部门制，不只是数字增减、名称改变、机构重组、人员调整，更是结构性、功能性重塑，实质上是军委机关从定位到职能到机制的再造，过去有些机关特别是高级机关各把一口、政出多门的思路模式得以彻底改变。军委真正立于"三军"之上，更好地实现了军队最高领导权和指挥权集中于党中央、中央军委和习主席，我军领导指挥体制掀开崭新篇章。

军委总部机制的这次全面改革，不仅是对我军战略领导、战略指挥、战略管理体系的一次全新设计，而且使军委机关的指挥、建设、管理、监督四条链路更加清晰，决策、规划、执行、评估职能配置更加合理，必将为赢得军事竞争优势提供有力支撑。

从"7"到"5"——能打胜仗成为主攻方向

七大军区调整为五大战区，中央军委联勤保障部队成立，能打胜仗成为部队的主攻方向。重新调整划设战区、组建战区联合作战指挥机构，是从"军委管总、战区主战、军种主建"的总原则出发，根据我国安全环境和军队担负的使命任务作出的战略决策，是全面实施改革强军战略的标志性举措，是构建我军联合作战体系的历史性进展。对确保我军能打仗、打胜仗，有效维护国家安全，具有重大而深远的意义。

战区是本战略方向的唯一最高联合作战指挥机构，根据中央军委赋予的指挥权责，能够对所有担负战区作战任务的部队实施统一指挥和控制。

战区作为联合作战指挥机构，不再是单一军种指挥机构。建立健全军委、战区两级联合作战指挥体制，构建平战一体、常态运行、专司主营、精干高效的战略战役指挥体系，是适应一体化联合作战指挥要求的关键举措。

从七大军区到五大战区，是根据现代化战争的需要而实施的，体现了我军建设的历史性发展与进步。五大战区的成立，对部队建设提出了新的要求。战区的作战任务对战区所有部队都提供了新的课题，激励部队不断发展，不断增强战斗力。以五大战区成立为契机，我军的现代化建设必将大踏步、全方位地勇往直前，为打赢现代化战争奠定坚实的基础。

从单一到联合——实战化训练剑指打赢

戎马鸣，金鼓震。改革之年，实战化训练的硝烟味越发浓烈，演兵场上，新体制下的"首战"陆续上演。"跨越—2016·朱日和"军演，五大战区陆军依次亮相；战区级联演，海陆空战支部队联合"砺剑"……

11月，经习近平主席批准，中央军委印发《加强实战化军事训练暂行规定》，对落实实战化军事训练提出刚性措施、作出硬性规范，要求全军必须把实战化贯穿渗透于军事训练全过程各领域。

一年来，剑指打赢的实战化联合演练从未停歇。攥指成拳聚合力。改革，剑指打赢；打赢，必须联合。

军队首先是一个战斗队，能战方能止战。观察陆、海、空军的一系列实战化演习训练，实战化的强军之魂已逐步呈现。具体来说，就是按实战要求训练，仗怎么打兵就怎么练，把实战化贯穿渗透于军事训练全过程各领域。实战化训练的根本目的不是训练，而是提高体系作战能力，确保我军有效履行使命任务。只要紧紧牵住实战化训练这个"牛鼻子"，改革必成，强军可期！

从"0"到"10"——军队反腐首次实现派驻监督

依法治军是我们党建军治军的基本方略。从习主席首次鲜明提出"依法治军、从严治军是强军之基"，到党的十八届四中全会把依法治军、从严治军纳入依法治国总体布局，上升为党和国家的意志，军队法治建设按下"快进键"、进入"快车道"。

"天下之事，不难于立法，而难于法之必行。"随着一批位高权重的军中腐败分子落马，让人们看到了军队反腐败的决心，看到了建设世界一流军队的希望。

军无法不立，法无严不威，定了规矩就要执行。各级部队要强化执行力，维护法规制度权威性，让铁规生威、铁纪发力。深入推进政治建军、改革强军、依法治军，是全军的一项重大政治任务。政治建军是灵魂，改革强军是根本，依法治军是保证，三者相互贯通、相互促进。

全军官兵要准确把握三者的辩证关系，不断增强贯彻落实的自觉性坚定性，不断提高贯彻落实的能力水平，努力开创强军兴军新局面。

从"230万"到"200万"——军人转身助力军队转型

2016年军队裁减30万进入正式实施阶段，一批批官兵面临转身，或异地换防，或脱下戎装，踏上了新的征程。

"军队规模结构和力量编成改革是深化国防和军队改革的重要组成部分，是推进我军组织形态现代化、构建中国特色现代军事力量体系的关键一步，是实现党在新形势下的强军目标、建设世界一流军队必须迈过的一道关口。"

12月在京举行中央军委军队规模结构和力量编成改革工作会议上指出，当前需要建设一支具有精干化、一体化、小型化、模块化、多能化特征的军队。

在什么样的时代、面临什么样的形势，就需要有相应的军队规模结构和力量编成，如果改革落后于时代发展、落后于形势所需，再强大的军队也要落伍。当前我国进行军队规模结构和力量编成的改革恰逢其时。

军队规模结构和力量编成改革，是在领导指挥体制实现历史性变革的基础上，对我军力量体系进行的整体性、革命性重塑，重在解决结构性矛盾。这场"脖子以下"的改革能否紧紧跟上，直接关系到改革总体目标能否顺利实现。

（原载于《人民日报》2016年12月26日第18版，作者：倪光辉　苏银成　江　山　卢晓琳）

2017 年

唱响新时代的强军战歌
——写在中国人民解放军建军九十周年之际

2017年7月19日，在北京八一大楼，中共中央总书记、国家主席、中央军委主席习近平向军事科学院、国防大学、国防科技大学授军旗、致训词，全场官兵向军旗敬礼。

调整组建新的军事科学院、国防大学、国防科技大学，是党中央和中央军委着眼实现中国梦强军梦作出的重大决策，是推进改革强军、构建我军新型军事人才培养体系和军事科研体系的战略举措，必将对加快推进国防和军队现代化、把我军建设成为世界一流军队产生重大而深远的影响。

九十载风雨兼程、砥砺奋进，今天的人民军队现代化水平大幅跃升，国防和军队建设站在了新的历史起点。

从风雨中走来的胜利之师，在新形势下如何永葆刀锋锐利、立于不败之地？这是人民军队必须回答的时代叩问。

船重千钧，掌舵一人。站在历史和时代的高度，习近平主席鲜明提出，建设一支听党指挥、能打胜仗、作风优良的人民军队，是党在新形势下的强军目标。在载入史册的中央军委改革工作会议上，习主席发出全面实施改革强军战略、坚定不移走中国特色强军之路的伟大号召。

从鲜明提出党在新形势下的强军目标，到领导召开古田全军政治工作会议、确立新形势下政治建军方略；从主持制定新形势下改革强军方略，到深入推进依法治军、从严治军……党的十八大以来，以习近平同志为核心的党中央和中央军委统筹军队革命化、现代化、正规化建设，统筹军事力量建设和运用，统筹经济建设和国防建设，擘画政治建军、改革强军、依法治军、科技兴军、备战打仗、军民融合等战略举措，开拓了马克思主义军事理论和当代中国军事实践发展的新境界。

一场具有划时代意义的整体性、革命性变革正式启动，我国国防和军队建设进入前所未有的快车道——

宛若雷霆之间，新军种成立，总部制落幕，五大战区授旗，联勤保障部队成立，集团军调整组建……"军委管总、战区主战、军种主建"新体制形成，改革战略快速精准落地。这五年，深化国防和军队改革举措次第展开，推进改革形成强大势场，成为军心所向。强军的鼙鼓激越高昂，发展的步伐铿锵坚定，改革的力度前所未有。

"强军目标召唤在前方，国要强我们就要担当，战旗上写满铁血荣光……"强军战歌嘹亮，改革鼓点激荡，全军将士步履坚定斗志昂扬，正阔步前行在建设世界一流军队的伟大征程上！

（一）

风云际会，沧海横流。

历史长河中，时间的刻度因其记载的重大事件而具有特殊意义。

90 年前的 8 月 1 日，随着南昌城头的枪声，中国共产党领导的新型人民军队走上历史舞台，中华民族从此有了实现独立解放和伟大复兴的坚强保障。

中华民族伟大复兴的中国梦，凝聚着近代以来无数仁人志士的不懈奋斗，承载着全体中华儿女的共同向往。

"兵者，国之大事"，中国梦蕴含强军梦，强军梦支撑中国梦。历史证明，没有一个巩固国防，没有一支强大军队，实现中国梦就没有保障。

"我们要实现中华民族伟大复兴，必须坚持富国和强军相统一，努力建设巩固国防和强大军队。"当党的十八大作出全面建成小康社会的战略部署、描绘出实现中华民族伟大复兴的壮阔蓝图，建设与我国国际地位相称、与国家安全和发展利益相适应的巩固国防和强大军队，就成为时不我待的战略任务。

2013 年 3 月 11 日，习近平在出席十二届全国人大一次会议解放军代表团全体会议时发表重要讲话指出，建设一支听党指挥、能打胜仗、作风优良的人民军队，是党在新形势下的强军目标。听党指挥、能打胜仗、作风优良——言简意赅的 12 字，寄托着党和人民的期望和重托，体现了坚持根本建军原则、军队根本职能、特有政治优势的高度统一，开辟了党的军事指导理论的新境界。强军目标是中国梦强国梦在国防和军队建设领域的具体化，是我们党新形势下建军治军的总方略。"听党指挥是灵魂，决定军队建设的政治方向；能打胜仗是核心，反映军队的根本职能和军队建设的根本指向；作风优良是保证，关系军队的性质、宗旨、本色。"

背负着民族的希望，人民军队历经 90 年峥嵘岁月的洗礼，又一次与时俱进，开启了中国特色强军之路的新征程。

（二）

白墙黛瓦的古田会议会址前，"古田会议永放光芒"八个大字熠熠生辉。

古田小镇，因为88年前的这次会议，成为我们党确立思想建党、政治建军原则的地方。这是我军政治工作的发源地，是新型人民军队定型的地方。

古田的星火熊熊燃烧，2014年10月，人民军队从古田整装再出发，开启了新形势下政治建军的时代篇章。

"始终坚持把政治工作作为生命线，这是人民军队在血与火的实践中得出的结论。"定军心、铸军魂，这是打赢战争的基本法则和规律，是不以时代变迁而转移的。

"万里赴戎机，关山度若飞。"遥想当年，红军将士浴血拼杀，建立起革命根据地，历经20多年迎来全国胜利，政治工作始终是人民军队打胜仗的重要保证。

"坚持党对军队绝对领导是强军之魂。""听党指挥是我军建设的首要，是我军的命脉所在。"军队政治工作的时代主题是紧紧围绕实现中华民族伟大复兴的中国梦，为实现党在新形势下的强军目标提供坚强政治保证。党从思想上、政治上建设和掌握军队迎来新起点。

求木之长者，必固其根本。

新时期应当培养什么样的军人才能担负起强军重任？

"军队的样子"，就是要坚决听党指挥，要能打仗、打胜仗，要保持光荣传统和优良作风，军人要有灵魂、有本事、有血性、有品德。有灵魂就是要信念坚定、听党指挥，有本事就是要素质过硬、能打胜仗，有血性就是要英勇顽强、不怕牺牲，有品德就是要情趣高尚、品行端正。2014年12月30日，中共中央向全党全军转发《关于新形势下军队政治工作若干问题的决定》。

在政治建军方略指引下，全军官兵听党指挥，牢固树立"四个意识"，始终做到思想上坚定追随、政治上绝对忠诚、行动上步步紧跟，赋予强军之魂新的时代内涵。

听党指挥，就是听习主席指挥。坚定维护习主席这个核心是人民军队党性的最高体现，是军队旗帜鲜明讲政治的最高体现。广大官兵坚定自觉地维护权威、维护核心、维护和贯彻军委主席负责制，坚决听从党中央、中央军委和习主席指挥。

从中国梦标定中华民族伟大复兴总目标，到"五位一体"展开发展总体布局，从"四个全面"明确改革发展战略布局，到"新发展理念"推动发展全局变革……全军官兵深入学习贯彻习主席系列重要讲话精神，在治国理政的巨大智慧中，进一步坚定了道路自信、理论自信、制度自信、文化自信，更坚定了强军信念。

从科技兴军的时代号角，到"五个更加注重"的军队建设发展战略指导，从改革强军、依法治军到军民融合深度发展、国防后备力量建设……广大官兵联系强军兴军的实践，牢固确立起部队建设的根本遵循和科学指导。

从机关到连队，从都市到边防，从祖国各地的座座军营到在海外执行任务的各部队，全军官兵信心满怀、倍感振奋：坚定不移地贯彻新形势下的政治建军方略，强军必成！广大官兵维护核心，看齐追随，政治工作"生命线"在新形势下焕发时代的光彩。

（三）

惟有勇于自新，军队方能赢得制胜先机。

一部人民军队的发展史，就是一部改革创新史。从土地革命战争时期创立"党指挥枪"等一整套建军原则制度，到抗战时期实行精兵简政；从新中国成立后多次调整体制编制，到改革开放新时期百万大裁军……在党的领导下，我军从小到大、从弱到强、从胜利走向胜利，改革创新的步伐从未停歇。

如何适应国际战略格局和国家安全形势的深刻变化，建设一支与我国国际地位相称、与国家安全和发展利益相适应的巩固国防和强大军队？国防和军队改革是"回避不了的一场大考"。

不日新者必日退。2015 年 11 月 24 日，一个载入人民军队史册的日子。中央军委改革工作会议在北京隆重召开，习主席发出深化国防和军队改革的动员令——全面实施改革强军战略，坚定不移走中国特色强军之路。

因势而谋、应势而动、顺势而为。改革，是实现中国梦强军梦的时代要求，是强军兴军的必由之路；改革，是决定军队未来的关键一招。

统帅令出，三军景从。

在习主席的率领下，这支从历史的战火硝烟中一路走来的队伍，向党在新形势下的强军目标发起新的冲锋！

"深化国防和军队改革是一场整体性变革，不是零敲碎打，不是小打小闹……"不只动"棋子",是要调"棋盘",重塑组织形态和力量体系。

以强军目标为牵引,以加强党对军队绝对领导为灵魂,以"军队组织形态现代化"为指向,以"能打仗、打胜仗"为落脚点,一场没有硝烟的战役全面打响,一系列改革大动作相继展开——

2015年12月31日,陆军领导机构、火箭军、战略支援部队成立;2016年1月11日,调整组建后的军委机关15个职能部门首次集体亮相;2016年2月1日,五大战区成立;随后,联勤保障部队亮相……短短数月,"军委管总、战区主战、军种主建"新格局初步形成,全面实施改革强军战略取得标志性成果,中国特色强军之路迈出关键性步伐。

破茧成蝶,一支现代化的新型人民军队转型重塑、浴火重生!

实际上,在中国人民解放军90年光辉历程中,不论是革命战争年代整编整改,还是和平建设时期裁减员额,一茬茬官兵服从大局、无私奉献,人民军队一次次实现重大转型、不断从胜利走向胜利。

红军改编为八路军时,高级将领整体降职,他们毅然决然奔赴抗日战场;1954年,驻扎新疆的10余万官兵听从中央指示,就地集体转业、屯垦戍边;1998年,原济南军区某师已准备撤编,接到长江抗洪命令后,立即投入抗洪抢险,凯旋后随即加入"裁军50万"行列……

闻令而动,雷厉风行。

2015年12月,一纸命令传来,陆军原第27集团军领导机关和直属分队移防山西,成为全军第一个因改革进行部署调整的军级单位。空军某部千里转场,从塞北移防南疆;百余名驻西北部队干部赴任巴蜀大地;各军区善后办尽心尽责为改革解除后顾之忧……改革大潮中,一支支部队重组、转隶,一批批人员调动、转岗,胸怀大局义无反顾。

"取舍有大义,去留见丹心。"改革当前,新一代革命军人的本色作风丝毫不减,用实际行动把忠诚镌刻在深化改革的考场上。全军上下勠力同心、步履铿锵,形成推进改革的强大势场,一个又一个改革举措顺利实施、扎实落地。

——能打仗、打胜仗是这次改革的核心指向,成为全军的价值追求。新体制下,各级牢固立起战斗力标准,工作指导实现从粗放到精准、从虚耗到高效的转变,当兵打仗、带兵打仗、练兵打仗的导向更加聚焦、氛围更加浓厚、精力更加集中。

——各战区以专司主营打仗为第一要务，转变大军区体制运行模式，去行政化、去建设职能、去和平思维，普遍进行联合参谋集训，结合组织指挥日常战备行动、抢险救灾等重大军事行动，打造高素质联合人才方阵。

——我军由数量规模型向质量效能型转变。坚持"瘦身"与"强身"相统一，裁减军队员额30万，调整改善军种比例、官兵比例，优化部队编成结构，保障各项资源和工作向实战聚焦用劲，特别是着眼抢占未来军事竞争战略制高点，大力加强新型新质作战力量建设。

——推动军事人力资源开发管理和使用改革，提升联合作战指挥人才和专业人才培养质量。健全军队院校教育、部队训练实践、军事职业教育"三位一体"的新型军事人才培养体系，改革军官、士兵、文职人员等制度。

新体制、新职能、新使命。军委机关各部门切实转变职能、转变作风、转变工作方式，加紧厘清权责边界，规范工作流程；各战区从"形联"走向"神联"，联合作战值班、联合作战推演成为常态；在"脖子以下"改革中新调整组建的部队，努力缩短磨合期，加速形成战斗力……

番号改了、臂章换了、人员动了、驻地变了……深化国防和军队改革启动以来，人民军队领导指挥体制发生历史性变革，规模结构和力量编成更加精干合理，政策制度日益配套完善。在习主席领导推动下，改革的深度、力度和广度前所未有，人民军队体制、结构、格局、面貌焕然一新。

人民军队步入"新体制时间"！

（四）

盛夏时节，西北戈壁、东北密林、南国深山、远海大洋，沙场点兵，如火如荼：

陆军某机械化师对抗演习中，红方指挥员根据战场态势图，快速键入作战命令，指挥各作战单元迅速对"蓝军"展开切割；海军舰艇编队从三亚起航，参加中俄海上联演；万米高空，航空兵某旅飞行大队穿过层层火力网，向千里之外的目标实施突防突击；火箭军多支导弹劲旅跨区机动排兵布阵，一枚枚导弹腾空而起，直刺苍穹……

"示形"的背后是"示能"。

军事斗争准备是维护和平、遏制危机、打赢战争的重要保证。能战方能止战，准备打才可能不必打，越不能打越可能挨打，这就是战争与和平的辩证法。必须坚持底线思维，强化随时准备打仗思想，更加坚定自觉地抓备战谋打赢，确保一旦有事上得去、打得赢。

强军之要，核在胜战。"召之即来、来之能战、战之必胜"，这是新一代革命军人必备的素质本领。从视察总部机关到看望基层连队官兵，习主席始终将能打仗、打胜仗作为对三军将士的核心能力要求。

仗怎么打兵就怎么练。在强军目标的指引下，全军和武警部队紧紧扭住能打仗、打胜仗，深入推进实战化军事训练，全面砥砺提升打赢信息化战争能力。决策部署贯彻实战化军事训练理念，出台举措推动军事训练实战化，围绕谋打赢"撸起袖子加油干"，广大官兵用一张长长的成绩单交出了合格答卷。

——建立联合训练运行机制，成立全军联合训练领导小组，试验形成军以下部队联合训练组织实施办法，颁发全军联合战役训练暂行规定，破解我军深化联合训练的体制机制性难题。

——推行军事训练监察制度，建立监察组织机构，开展军事训练职责、法规、质量和作风监察，打破"自我训练、自我检查、自我考评"模式，通过"第三方力量"推动部队训练向实战靠拢、院校教育向部队靠拢。

——统筹推进大型训练基地和专业化模拟"蓝军"建设，大力发展实战化训练方法手段，创设实战化练兵环境条件，面向全军开放共享训练场地资源，推动训练基地职能作用向诸军兵种联合训练、复杂条件下对抗训练、新型力量新型领域训练、设计战争引领训练拓展。

全军深入实施《关于在党委领导工作中贯彻落实战斗力标准的意见》，党委抓练兵备战的主责主业意识进一步增强，部队实战化训练掀起高潮，官兵战斗精神持续高涨，一切为了能打仗、打胜仗的舆论导向、工作导向、用人导向、政策导向正在形成。

战斗力，在变革中跃升。

陆、海、空、火、支指挥网络互联互通，依靠专业数据库和辅助决策系统，军事指挥、政治工作、保障计划等迅速生成并分发到部队……一张"只为打赢"无形的网络正把人民解放军有效地联在了一起。

据统计，2013 年至 2016 年间，全军共开展 200 多场各军兵种部队跨区基地化训练、100 多场联合专项训练、近百场军兵种互为条件训练。海军三大舰队砺兵西太平洋，创下参演兵力最多、训练要素最全、攻防难度最大等多项纪录；空军初步构建起以"红剑"体系对抗、"蓝盾"防空反导、"金头盔"自由空战、"金飞镖"突防突击 4 个实战化训练品牌为牵引的训练新格局；火箭军组织导弹基地全型号连续发射、整旅导弹火力突击，战略威慑和实战能力进一步提高；信息化条件下联合演习演练，突出体现"全系统全要素参与、战略战役力量全覆盖、陆海空天电全维展开"……在一场场联演联训、抢险救灾和应对突发事件中，体系融合、指挥高效、保障有力、战斗力提升等改革效应日益凸显。

没有战争，却从未懈怠；没有硝烟，却一直在战斗。

抗震救援，抢险救灾……当人民群众身陷困境，三军将士迎难而上。在亚丁湾、索马里，在联合国维和任务区，当党中央、中央军委一声令下，我军官兵闻令而动，在非战争军事行动中书写了对党和人民的忠诚。

海军某潜艇基地、火箭军某导弹旅等单位和"逐梦海天的强军先锋"张超、"献身使命的忠诚卫士"张楠，维和烈士申亮亮、李磊、杨树朋，抗洪勇士刘景泰……一批为国为民慷慨捐躯的英雄在实战化训练和遂行多样化军事任务中涌现，彰显出当代革命军人的血性与担当。

（五）

小小的酒杯，折射的是作风之变；军队没了酒气，多了锐气。从"三大纪律、八项注意"一路走来的人民军队，弘扬着光荣传统和优良作风。

严治之军，所向披靡；无治之兵，百万无益。实现新形势下的强军目标，作风优良是保证，是盾牌。依法治军、严肃军纪一直是军队管理的主线之一。从坚决查处郭伯雄、徐才厚案件，到依法严惩一批违法违纪的高级领导干部，军队反腐不定指标、上不封顶，彰显了"有腐必反、有贪必肃"的坚强决心，立起了整纲肃纪、革弊鼎新的鲜明导向。

"军无法不立，法无严不威。"正风肃纪的高压态势持续保持，从严从紧抓纪律、驰而不息纠"四风"的坚定决心一如既往。继 2016 年 10 月军委纪委通报 10 起典型违规违纪案例后，中央军委纪委向全军分两批通报了 2017 年元旦春节期间 20 起典型违纪问题，30 名领导干部被问责，95 名直接责任人受到纪律处分或组织处理。过去的"小事"，现在就是违纪违规的大事，抓作风绝对不是一阵风、雷阵雨。

十项规定条条生威，四个整顿针针见血，八项整治项项兜底，反"四风"涤荡污浊，群众路线落地生根……信仰迷茫、搞空头政治等现象得到纠治，跑找要送、搞小圈子等不正之风得以遏制，一些重点领域的沉疴流弊被清仓起底，不少司空见惯的潜规陋习被逐步扳正。

一支作风优良的现代化军队，必然是法治军队。只有依法治军，才能从严治军。

2013 年 10 月，中央军委在军队建立巡视制度、设置巡视机构、开展巡视工作。2014 年 10 月，党的十八届四中全会把依法治军、从严治军写入全会决定，纳入依法治国总体布局。2015 年 2 月，中央军委印发《关于新形势下深入推进依法治军从严治军的决定》，人民军队法治化建设进入"快车道"。军中"打虎拍蝇"动真格，净化了肌体，提高了战斗力。

2016 年 5 月，中央军委采取单独派驻和综合派驻的方式，向军委机关各部门和战区派驻 10 个纪检组。这在我军历史上尚属首次。

深化国防和军队改革，组建了新的军委纪委、军委政法委，调整组建军委审计署，构建起严密的权力运行制约和监督体系。

截至今年 6 月，全军和武警部队军级以上单位纪检监察机关，普遍在旅团级单位建立基层风气监察联系点。这是贯彻落实习近平主席关于纠治官兵身边"微腐败"和不正之风重要指示，推动正风肃纪反腐向纵深发展的一个实际举措。

……

全军严格贯彻党中央、中央军委和习主席的决策指示，并努力把转变作风落到实处。如今，军以上机关行政消耗性开支同比下降 50% 以上，军中公款消费无处遁形，"训为看、演为看"的假把式也不见了，依法治军取得显著成效。

正风反腐踏石留印，纠治积弊抓铁有痕，强军兴军的新风貌新气象如习习清风吹进座座军营。

（六）

北斗导航卫星实现厘米级定位、长征七号运载火箭成功发射、第三代战机首次在高速公路成功起降、大数据频频应用于国防科技创新……这些国防科技成就的背后，都离不开军民融合。

环顾当今世界，军事力量的较量，越来越表现为科技创新能力的较量，国家战略竞争力、社会生产力、军队战斗力的耦合关联越来越紧，国防经济和社会经济、军用技术和民用技术的融合度越来越深。谁下好科技创新这步先手棋，谁就占得先机。

党的十八大以来，以习近平同志为核心的党中央，从国家安全和发展战略全局出发，鲜明提出了军民深度融合的时代命题，并将之上升为国家战略，开辟了军民融合式发展新境界，展现出军队开新图强、固本制胜的新气象。

今年1月22日，中共中央政治局决定设立中央军民融合发展委员会的消息引起了轰动：习近平总书记亲自担任委员会主任，三位政治局常委担任副主任。这一委员会的成立标志着中央层面统一领导军民融合深度发展进入一个新阶段。

"加快建立军民融合创新体系，下更大气力推动科技兴军，坚持向科技创新要战斗力，为我军建设提供强大科技支撑。"军民融合在顶层设计的高瞻远瞩下，强力助力强军征程上的跨越。一系列战略部署和目标设计将军队建设深度融入了国家发展的"大棋局"。

当前，全要素、多领域、高效益的军民深度融合发展格局正在形成。全军武器装备采购信息网上线运行，民参军门槛降低，各地开建军民融合创新示范园……大数据技术、"互联网+"等助力国防科技创新，军民融合向网络信息技术、高端装备制造、航空航天等领域纵深推进，军队和武警部队全面停止有偿服务后，军队部分行业纳入军民融合体系，军民融合不断深度发展……

（七）

盛夏时节，"国际军事比赛—2017"硝烟再起，中国陆军、空军各路参赛人员在中外赛场与外军选手激烈对决。

划设东海防空识别区、开展钓鱼岛维权斗争、南海常态化战斗巡航……党的十八大以来，以习近平同志为核心的党中央作出一系列决策部署，坚决维护国家主权、安全、发展利益。

今年5月，一架搭载中国维和官兵的联合国包机从昆明腾空而起，飞赴黎巴嫩维和任务区。这是中国向这里派出的第十六批维和人员。

联合国维和、国际人道主义救援、海外护航、中外军队联演联训、军事友好访问……事实上，随着中国军队现代化建设取得长足发展和进步，中国军队正在以更加自信自强、开放进取的姿态面向国际社会，走上国际舞台。

和平之师，自信面对世界。"构建人类命运共同体，实现共赢共享"，这一饱含中国智慧、中国力量的方案获得国际社会的认同。

我国是联合国维和行动的第二大出资国，是安理会常任理事国中派出维和人员最多的国家，在联合国维和行动领域发挥了突出作用。

"国家对我们方方面面都很照顾，你们在家就放心吧！"这是在马里执行维和任务的解放军士官申亮亮最后给父母留下的话。北京时间2016年6月1日4时50分，因营地遭遇汽车炸弹袭击，29岁的申亮亮壮烈牺牲，5名和他朝夕相处的战友也在这次炸弹袭击中受伤。时隔一个月，7月10日，我南苏丹维和步兵营一辆装甲车执行任务时被炮弹击中，造成战士李磊、杨树鹏2人牺牲、2人重伤、3人轻伤。

牢记习主席重托，为了维护世界和平，为了履行大国责任，中国军人来到遥远的异国他乡，在战乱烽火中，他们与危险相伴，将忠诚举过头顶，把生死踩在脚下，用实际行动书写着中国军人的血性和担当。热爱和平，不辱使命，作风过硬，业务精湛，出色完成任务……这些是中国蓝盔部队留给国际的形象，也是中国军队赢得的国际赞誉。

新起点，新征程，新使命。

目标凝聚力量，目标指引方向。全军将士在强军目标的时代号令下，以高度的历史自觉和强烈的使命担当，坚定不移地在实现强军目标、建设世界一流军队征程上阔步前行！

风雷动，旌旗奋，起宏图。

天下大事，必作于细。在习近平主席、中央军委的坚强领导下，全军将士精心组织、稳扎稳打，以踏石留印、抓铁有痕的精神，坚决打赢深化国防和军队改革这场攻坚战，将时代大考的答卷，写在大国军队的能力坐标中，写在披荆斩棘、一往无前的强军征途上！

（原载于《人民日报》2017年7月27日第1版和6版，作者：毛磊　倪光辉　卢晓琳）

强军梦护航中国梦

今天是中国人民解放军建军90周年纪念日。庆祝建军90周年大会将于今天举行，中共中央总书记、国家主席、中央军委主席习近平将出席大会并发表重要讲话。

90年前，南昌城头一声枪响，宣告中国诞生了中国共产党领导的新型人民军队，中华民族从此有了实现独立解放和伟大复兴的坚强保障。90年后，我们比历史上任何时期都更接近中华民族伟大复兴的目标，比历史上任何时期都更需要建设一支强大的人民军队。

"兵者，国之大事。"中国梦蕴含强军梦，强军梦护航中国梦。历史证明，没有一个巩固国防，没有一支强大军队，实现中国梦就没有保障。实现中华民族伟大复兴的中国梦，凝聚着中国近代以来无数仁人志士的不懈奋斗，承载着全体中华儿女的共同向往。

"我们要实现中华民族伟大复兴，必须坚持富国和强军相统一，努力建设巩固国防和强大军队。"当中共十八大作出全面建成小康社会的战略部署、描绘出实现中华民族伟大复兴的壮阔蓝图，建设与中国国际地位相称、与国家安全和发展利益相适应的巩固国防和强大军队，就成为时不我待的战略任务。

从风雨中走来的胜利之师，如何永葆刀锋锐利、立于不败之地？这是人民军队必须回答的时代叩问。站在历史和时代的高度，习近平主席鲜明提出，建设一支听党指挥、能打胜仗、作风优良的人民军队，是党在新形势下的强军目标。在载入史册的中央军委改革工作会议上，习主席发出全面实施改革强军战略、坚定不移走中国特色强军之路的伟大号召。

当前，强军目标是中国梦在国防和军队建设领域的具体化，是我们党新形势下建军治军的总方略。"听党指挥是灵魂，决定军队建设的政治方向；能打胜仗是核心，反映军队的根本职能和军队建设的根本指向；作风优良是保证，关系军队的性质、宗旨、本色。"

从鲜明提出党在新形势下的强军目标，到领导召开古田全军政治工作会议、确立新形势下政治建军方略；从主持制定新形势下改革强军方略，到深入推进依法治军、从严治军……中共十八大以来，以习近平同志为核心的党中央和中央军委统筹军队革命化、现代化、正规化建设，统筹军事力量建设和运用，统筹经济建设和国防建设，擘画政治建军、改革强军、依法治军、科技兴军、备战打仗、军民融合等战略举措，开拓了马克思主义军事理论和当代中国军事实践发展的新境界。

背负着民族的希望，人民军队历经90年峥嵘岁月的洗礼，又一次与时俱进，开启了中国特色强军之路的新征程。一部人民军队的发展史，就是一部改革创新史。从土地革命战争时期创立"党指挥枪"等一整套建军原则制度，到抗战时期实行精兵简政；从新中国成立后多次调整体制编制，到改革开放新时期百万大裁军……在党的领导下，人民军队从小到大、从弱到强、从胜利走向胜利，改革创新的步伐从未停歇。

九十载风雨兼程、砥砺奋进，今天的人民军队现代化水平大幅跃升，国防和军队建设站在了新的历史起点。正如7月30日习主席在朱日和联合训练基地阅兵时强调：

我们的英雄军队有信心、有能力打败一切来犯之敌！我们的英雄军队有信心、有能力维护国家主权、安全、发展利益！我们的英雄军队有信心、有能力谱写强军事业新篇章，为实现"两个一百年"奋斗目标、为实现中华民族伟大复兴的中国梦、为维护世界和平作出新的更大的贡献！

（原载于《人民日报·海外版》2017年8月1日，作者：倪光辉）

2018 年

传承红色基因　担当强军重任

——写在中国人民解放军建军 91 周年之际

　　火热沙场，鼓角铮鸣。八一建军节前夕，由中国陆军和海军承办的"国际军事比赛—2018"四项赛事，分别在新疆库尔勒和福建泉州拉开战幕。中国军队顽强拼搏、奋勇争先，充分展现出新时代中国军人的雄姿，让世界看到这支威武之师、文明之师、和平之师的前进步伐。

　　一切向前走，都不能忘记走过的路。91 年来，人民军队一路红旗漫卷、发展壮大，脚踏着祖国的大地，背负着民族的希望，前仆后继，勇往直前，为中华民族站起来、富起来、强起来建立了不朽的功勋。从小到大、由弱到强，人民军队已经从单一军种发展成为诸军兵种联合、具有一定现代化水平并加快向信息化迈进的强大军队，成为维护国家主权、安全、发展利益的坚强柱石。

　　习近平主席在党的十九大报告中强调："加强军队党的建设，开展'传承红色基因、担当强军重任'主题教育，推进军人荣誉体系建设，培养有灵魂、有本事、有血性、有品德的新时代革命军人，永葆人民军队性质、宗旨、本色。"传承红色基因，对于实现党在新时代的强军目标具有重大意义。

　　人民军队一部厚重而辉煌的历史，就是红色基因代代相传的历史。那些有名和无名的英雄，照亮了民族精神的星空。在长期的革命、建设和改革实践中，人民军队形成了井冈山精神、长征精神、上甘岭精神、老西藏精神、"两弹一星"精神、载人航天精神等一系列伟大精神。红色血脉、红色基因，承载着无数革命先烈的赤胆忠诚与奋斗牺牲，是我党我军性质宗旨本色的集中体现，凝结的坚定理想信念、崇高革命精神和顽强战斗作风，是人民军队从胜利走向胜利的传家宝，激励着我们在新的起点上把革命先辈开创的伟大事业不断推向前进。

坚决维护核心，对党绝对忠诚

血脉相承，薪火相传。人民军队从诞生之日起，就始终高举党的旗帜、人民的旗帜，听从党的领导和指挥。

"红军之所以艰难奋战而不溃散，支部建在连上是一个重要原因。"在陆军第83集团军某旅红一连连史馆内的浮雕上，毛泽东主席的这句重要论断熠熠生辉。1927年9月"三湾改编"，毛主席来到红一连，亲自发展了6名党员，创建了第一个连队党支部，开创了"支部建在连上"的先河。古田会议，确立"思想建党、政治建军"的鲜明底色。从此，战旗永随党旗飘的忠诚就深深嵌入人民军队的基因里，党对军队的绝对领导成为人民军队的不变军魂，人民军队厚重的历史传统成为一代代官兵听党指挥、忠诚于党的根之所在、魂之所系。

传承红色基因，首先要坚持政治建军，强化政治意识、大局意识、核心意识、看齐意识，贯彻党对军队绝对领导的根本原则和制度，坚决维护核心、维护权威、维护和贯彻军委主席负责制，任何时候任何情况下都坚决听从党中央、中央军委和习主席指挥。

在红一连，新任职干部上任要先在全连面前过传统关、理论关、军事关：讲不清连队传统不放过，学不深党的创新理论不放过，通不过军事训练考核不放过。每年新战士来到红一连，上的第一堂课是到连队荣誉室感悟历史传统，学的第一首歌是《红一连连歌》，写的第一篇心得是如何当好红一连传人。

一个连队对优良传统的倍加珍视，折射的是全军部队对红色基因的接续传承。过去5年，在以习近平同志为核心的党中央坚强领导下，人民军队全面重塑、浴火重生，在强军兴军征程上迈出历史性步伐，形成了军委管总、战区主战、军种主建新格局……力度空前的改革强军之所以能够蹄疾步稳、扎实推进，靠的就是听党指挥的绝对忠诚。

陆军某部"大功三连"赓续"煤油灯下学毛著"优良传统，把学习贯彻习近平新时代中国特色社会主义思想作为连队建设之魂，领悟精髓要义，淬炼忠诚信仰，做到心中有魂、铁心向党。讲述他们鲜活经验的报告团，走进军委机关、军种战区、军地高校，39场巡回报告传递着燃烧的忠诚信仰之火。

一个连队的忠诚信仰，折射出全军部队的认同追随。广大官兵不断强化

"四个意识",自觉忠诚核心、拥戴核心、维护核心,强军之魂被赋予新的时代内涵,领航的旗帜在官兵心头高高飘扬。全军部队认真学习贯彻习近平新时代中国特色社会主义思想,认真贯彻落实习近平强军思想,自觉用以武装头脑、指导实践、推动工作,引领强军事业不断取得新进步。

深扎信仰之根,强固精神支柱

信仰决定根本,旗帜凝聚力量。

从历史烽烟中走来,我们党在古田率领人民军队开启了一次新的凤凰涅槃——以习近平同志为核心的党中央聚焦新的历史条件下党从思想上政治上建设军队的重大问题,鲜明提出人民军队政治工作的时代主题,立起政治建军新方略、立起革命军人新标准、立起人民军队新样子,重塑思想,重塑作风,重塑政治生态。听党指挥的政治忠诚,过去是、现在是、将来仍然是人民解放军战斗力和凝聚力的源泉,是我们这支威武之师立于不败之地的绝对保障。

今年6月,中央军委印发《传承红色基因实施纲要》,明确了传承红色基因的指导思想、基本原则、着力重点和主要工作。《纲要》指出,大力传承红色基因,是新时代政治建军的战略任务和基础工程,对于激励官兵铭记历史、不忘初心、牢记使命、不懈奋斗,奋力实现党在新时代的强军目标、把人民军队全面建成世界一流军队,具有重要意义。

赓续军史荣光,争当英雄传人。全军部队广泛开展"学历史、忆传统、励斗志"活动,追忆人民军队饱经硝烟战火,一路披荆斩棘的光辉历程,感悟红色基因精髓内涵,在重温革命传统中集聚强大正能量。人民军队91年培育形成的光荣传统和优良作风,在一茬茬革命军人身上生根发芽、发扬光大。武警上海总队执勤四支队十中队官兵长期担任一大会址纪念馆的义务讲解员,绿色军装守护红色阵地,成为一大会址的一张独特的"红色名片"。在十中队,"读红色书籍、讲红色故事、看红色电影、唱红色歌曲、做红色传人"活动持续开展,新兵下连第一周定为"革命传统教育周",上的第一堂课是瞻仰一大会址,官兵在追述根脉、体悟初心中,铸牢政治信念、坚定忠诚信仰。

作为诞生于黄麻起义的红军连队,陆军第71集团军某旅红三连赓续连队"铁心跟党走,一步不掉队"的"草地党支部"精神,激励一茬茬官兵传承红色基因。红三连注重用习近平新时代中国特色社会主义思想引领官兵，在灵魂深处深扎信仰之根，挺起精神脊梁。通过引入智能手机、"互联网+"等时代元素，微课堂随时开讲，微信圈定时推送，"电子书屋"随身携带。开展"人人进连史、个个当主人、大家作贡献"等活动，教育官兵学传统、讲传统、用传统，把121面奖旗奖牌挂进连史馆，组织官兵在《红军传人册》上留名、在荣誉旗前留影，红三连永葆本色、阔步前行。

坚守信仰之本、练就金刚之躯。近年来，军队政治工作强化强基固本理念，在推动贯彻落实强军目标的实践中大力培育官兵"革命理想高于天"的精神品格。三湾、古田、西柏坡，在遍布大江南北的红色教育基地，广大官兵纷纷带着现实思考到这里寻根溯源；读书、研讨、听报告，在长城内外的座座营盘蔚然成风；"坚定信念、铸牢军魂"教育活动、强军目标学习教育开展得如火如荼，进一步夯实做党的忠诚战士的信仰之基。

聚力备战打仗，忠实履行使命

强军兴军，关键是能打仗、打胜仗。

今年春节，一部关于海军蛟龙突击队的电影《红海行动》热映，威武强大的人民军队再次"刷屏"，一句"中国海军，我们带你们回家"令国人热血沸腾，对祖国强大军队的自豪感油然而生，也让人们看到了人民军队聚焦备战打仗、履行使命能力的不断提升。面对深刻变化的国际战略格局和复杂严峻的国家安全形势，全军官兵以强军目标为引领，以只争朝夕的精神推进国防和军队现代化，担当起维护国家主权、安全、发展利益的重大责任。

党的十九大报告擘画了全面推进国防和军队现代化的宏伟蓝图——确保到2020年基本实现机械化，信息化建设取得重大进展，战略能力有大的提升，力争到2035年基本实现国防和军队现代化，到本世纪中叶把人民军队全面建成世界一流军队。

党的十八大以来，习主席多次作出重要指示，要求全军全力推进练兵备战工作。全部心思向打仗聚焦、各项工作向打仗用劲，全军将士扬起砥砺奋进的风帆——

从北疆边陲到南疆海岛，从西部高原到东海之滨，全军部队认真贯彻落实习主席指示，坚持实战实训、联战联训，坚持按纲施训、从严治训。陆军组织新型作战力量大比武，高标准打造跨地区基地化训练；海军三大舰队砺兵大洋，创下参演兵力最多、训练要素最全、攻防难度最大等多项纪录；空军初步构建起以"红剑"体系对抗、"蓝盾"防空反导、"金头盔"自由空战、"金飞镖"突防突击4个实战化训练品牌为牵引的训练新格局；火箭军组织导弹基地全型号连续发射、整旅导弹火力突击，战略威慑和实战能力进一步提高。我国新一代中远程弹道导弹东风—26于今年4月正式列装，持续强化型号配套、射程衔接、打击效能多样的作战力量体系，随时能战、准时发射、有效毁伤核心能力稳步提升……过去5年来，全军共开展300多场各军兵种部队跨区基地化训练、100多场联合专项训练、近百场军兵种互为条件训练。

军队规模结构和力量编成改革深入推进，人民军队变的是番号，始终不变的是忠诚；变的是环境，始终不变的是担当。广大官兵用行动交出答卷，把前途命运融入强军兴军的历史潮流，做到进退走留听组织的，干好工作看我的，用实际行动和优良作风落实改革。2017年，陆军第72集团军某旅八连由摩托化步兵向特种兵转型，成为一支新型特种作战力量。连队党支部围绕部队中心任务抓党建，把心思和精力向战斗力建设聚焦，坚持从难从严从实战出发苦练精兵，结合军事演习和濒海训练，组织官兵在生疏地形、恶劣海域开展战斗课目训练，有效锤炼了连队官兵立体突击的特种作战能力。超常的付出，创造了这支连队战斗力建设的奇迹，在短时间内培养了一批专业骨干，提高了官兵心理素质和作战技能。

"八一"，在这个属于军人荣誉的节日里，全军官兵正坚守在海外维和、联合军演、野外驻训、边防巡逻、扶贫帮困的一线，用忠诚和担当、坚守和奉献，忠实履行着党和人民赋予的神圣使命，用实际行动传承红色基因、担当强军重任。

走过91年光辉征程，人民军队更加紧密地团结在以习近平同志为核心的党中央周围，坚定不移走中国特色强军之路，向着党在新时代的强军目标，坚守不变的军魂。人民军队必将书写新时代的荣光，为实现中华民族伟大复兴作出更大的贡献！

（原载于《人民日报》2018年8月1日第3版，作者：毛磊　倪光辉　卢晓琳）

2019 年

国防和军队建设，谱写强军兴军新篇章
——党的十八届三中全会五周年述评之国防军队建设

2013 年 11 月

党的十八届三中全会决定将国防和军队改革纳入全面深化改革大盘子，深化国防和军队改革单独作为一个部分写进全会《决定》

2015 年 11 月

中央军委改革工作会议在京举行，我军历史上力度、深度、广度空前的整体性、革命性变革拉开大幕

2016 年 12 月

军队规模结构和力量编成改革全面启动，重在破解结构性矛盾，实现我军力量体系革命性重塑

2018 年 8 月

中央军委印发《关于加强新时代军队党的建设的决定》

2018 年 11 月

中央军委政策制度改革工作会议召开，部署推进军事政策制度改革

1 月 4 日，中共中央总书记、国家主席、中央军委主席习近平签署中央军委 2019 年 1 号命令，向全军发布开训动员令。从林海雪原到天涯海角，从西北大漠到东南沿海，全军上下以饱满的政治热情、高昂的战斗意志，迅速掀起实战化军事训练热潮。全面重塑的人民军队，展现出新时代的强军风貌！

强国必强军，强军必改革。

2013 年 11 月，党的十八届三中全会决定将国防和军队改革纳入全面深化改革大盘子，上升为党的意志和国家行为，深化国防和军队改革单独作为一个部分写进全会《决定》。2014 年 3 月，习近平总书记亲自担任中央军委深化国防和军队改革领导小组组长。

深化国防和军队改革是实现中国梦、强军梦的时代要求，是强军兴军的必由之路，也是决定军队未来的关键一招。党的十八大以来，习主席着眼实现"两个一百年"奋斗目标、实现中华民族伟大复兴的中国梦，鲜明提出党在新时代的强军目标，深入推进政治建军、改革强军、科技兴军、依法治军，着力强化练兵备战，积极推动军民融合发展。

5 年多来，以习近平强军思想为指引，紧紧围绕党在新时代的强军目标，一系列战略布局和战略举措逐步推进，人民军队实现了整体性、革命性重塑：新的"四梁八柱"拔地而起，军委管总、战区主战、军种主建的格局基本形成；军队由数量规模型向质量效能型转变，部队编成向充实、合成、多能、灵活方向发展；依法治军、从严治军，中国特色社会主义军事政策制度体系逐步完善。深化国防和军队改革蹄疾步稳，人民军队体制一新、结构一新、格局一新、面貌一新。

强根固本，红色基因绽放新时代光芒

2015 年 1 月，中共中央转发《关于新形势下军队政治工作若干问题的决定》；2018 年 8 月，中央军委党的建设会议召开后，中央军委印发《关于加强新时代军队党的建设的决定》，对全面加强新时代人民军队党的领导和党的建设工作作出战略部署。

党对军队的绝对领导，是我军的军魂和命根子。

强军兴军，关键在党。党的十八大以来，以习近平同志为核心的党中央作出一系列制度安排和战略决策——军委主席负责制写入党章；重构我军作战指挥体系和领导管理体系；武警部队由党中央、中央军委集中统一领导；深化我军党的建设制度改革……

强军必先强心，强心重在铸魂。5 年来，全军上下坚决贯彻习主席指示，紧跟改革强军步伐，把维护核心、看齐追随作为最高政治要求来坚守，在政治建军的历史课题面前交出一份合格答卷。各部队聚焦绝对忠诚，加强政治锻造，深化政治整训，全面彻底肃清郭伯雄、徐才厚、房峰辉、张阳流毒影响；健全党领导军队的制度体系，全面规范人民军队党的工作和政治工作；严明政治纪律和政治规矩，增强"四个意识"、坚定"四个自信"，坚决维护习近平总书记党中央的核心、全党的核心地位，坚决维护党中央权威和集中统一领导，维护和贯彻军委主席负责制，确保绝对忠诚、绝对纯洁、绝对可靠。

面对复杂的意识形态领域斗争，全军部队把坚定官兵理想信念作为固本培元、凝魂聚气的战略工程长抓不懈。大力推进"红色基因代代传"工程，深入开展"传承红色基因、担当强军重任"主题教育……赓续红色血脉、争当红色传人成为官兵的价值追求，红色基因绽放出新的时代光芒。

聚焦打仗，换羽新生精武强能再出发

新时代，我国正处于由大向强发展的关键阶段，国防和军队建设如何应对大变局、抓住大机遇、实现大发展？

2015年11月，中央军委改革工作会议在京举行，我军历史上力度、深度、广度空前的整体性、革命性变革拉开大幕。领导指挥体制改革率先展开，重在破除体制性障碍，立起了人民军队新体制的"四梁八柱"；一年后，军队规模结构和力量编成改革全面启动，重在破解结构性矛盾，实现我军力量体系革命性重塑；2018年11月，中央军委政策制度改革工作会议召开，重在解决政策性问题，部署推进军事政策制度改革。

这是一次划时代的重构重塑。改革梯次接续、前后衔接、压茬推进，在中国特色强军之路上迈出决定性步伐。

解放军四总部、七大军区告别历史舞台；中央军委15个职能部门全新亮相，成立陆军领导机构、火箭军、战略支援部队、联勤保障部队，划设五大战区，"军委—战区—部队"作战指挥体系和"军委—军种—部队"领导管理体系建立，深化军队院校改革，健全"三位一体"新型军事人才培养体系……人民军队以自我革命的精神、壮士断腕的勇气迈上强军兴军的崭新征程。

党的十八届三中全会决定提出，优化军队规模结构，调整改善军兵种比例、官兵比例、部队与机关比例，减少非战斗机构和人员。5年来，人民军队规模更加精干、结构更加优化、编成更加科学，裁减军队员额30万，全军非战斗机构现役员额压减近一半，军官数量减少30%。

着眼打造精锐作战力量，调整改善军兵种比例，优化部队编成，陆军18个集团军调整组建为13个集团军，战略预警、远海防卫、远程打击、战略投送、信息支援等新型作战力量得到充实加强。

既转"身子"，又换"脑子"。军委机关各部门加紧厘清权责边界，规范工作流程；各战区从"形联"走向"神联"，联合作战值班、联合作战推演成为常态；基于联合、平战一体的军事力量运用政策制度，正在加紧构建，在改革中新调整组建的部队，努力缩短磨合期，加速形成战斗力……

能打胜仗，是这次改革的逻辑起点和核心指向；强军兴军，成为人民军队在新时代的主旋律。

革弊鼎新，夯实作风推动正规化建设

2018年初，在中央军委开训动员大会召开后不久，一场针对部队开训情况的专项监察在全军展开。一些军官因军事素质不过关在晋升中被"一票否决"、一些军师职领导干部因抓练兵备战不力被诫勉谈话、一些官兵因在训练考核中作风不实被问责，有力推动了练兵备战落实见效。全军各级广泛开展"和平积弊大扫除"活动，重拳出击、靶向发力，推进战斗力标准落地生根，人民军队风气焕然一新。

党的十八大以来，党中央、中央军委下大气力整治"四风"、整肃纲纪，军队打出反腐组合拳，打"老虎"、除积弊、严制度、正导向，全面停止军队有偿服务，铲除腐败滋生土壤，对违法违纪行为"零容忍"……国防和军队领域各项建设纳入法治轨道，各项活动严守法治标准。

5年来，全军大力加强依法治军、从严治军，不断改革完善军事立法体制机制，一批改革急需、备战急用的法律法规陆续制定颁布或修订实施，特别是在军事人力资源方面，整合了军官、士兵和文职人员等管理职能，组织修订军官法、出台了文职人员条例，聚焦打仗、激励创新、军民融合的军事力量建设政策制度逐步推出，精准高效、全面规范、刚性约束的军事管理制度正在完善，为推动军队正规化建设提供坚强制度保证。"军人依法优先"成为热词，官兵法治信仰、法治观念不断强化，尊法学法守法用法的法治环境逐渐形成……军营风清了、官兵气顺了，真正谋打赢、干事业的人有奔头了，军心凝聚、干劲十足。

军民融合，创新驱动实现全面跃升

前不久，国防部例行记者会回应了我军 15 式轻型坦克，该坦克现已列装部队；从设计到建造都由我国自主完成的首艘国产航母赴相关海域执行海上试验任务；第十二届中国航展上，空军歼—20 四机编队亮相蓝天；我国新一代中远程弹道导弹东风—26 正式列装火箭军……

深化国防和军队改革，武器装备更新换代步伐加快，一批先进武器装备列装部队，人民军队现代化水平不断提升。

面对科技给军事领域带来的翻天覆地的变化，人民军队紧跟世界军事科技发展趋势，坚持向科技创新要战斗力，大力推动科技兴军。发展新型作战力量，推动后勤向信息化转型，加快研发高新技术武器装备，加强重大技术研究和新概念研究……一系列战略部署陆续出台，人民军队创新驱动发展的引擎全力启动。

科技兴军，需整合全社会资源，推动装备全面跃升。国防科技和武器装备领域，是军民融合发展的重点，也是衡量军民融合发展水平的重要标志。军民融合发展上升为国家战略，既是兴国之举，又是强军之策。成立中央军民融合发展委员会，从顶层上加强对军民融合发展的统一领导，设置各省（区、市）军民融合发展机构，加快形成全要素、多领域、高效益的军民融合深度发展格局。

战鼓铿锵，战歌嘹亮。在习近平强军思想指引下，人民军队向着实现党在新时代的强军目标、全面建成世界一流军队阔步迈进。走中国特色强军之路，奋力推进新时代强军事业。中国军队，一路向前！

（原载于《人民日报》2019 年 1 月 23 日第 4 版，作者：倪光辉　李龙伊）

强军事业阔步向前

【70 年来，国防实力由弱到强，发生质的飞跃，跃居世界前列；人民军队由大到强，发展成为诸军兵种联合、基本实现机械化、加快

迈向信息化的强大军队，国防和军队现代化建设站在了新的起点上。

我们坚信，在党中央、中央军委和习主席的坚强领导下，我们的英雄军队有信心、有能力谱写强军事业新篇章，为实现"两个一百年"奋斗目标、为实现中华民族伟大复兴的中国梦、为维护世界和平作出新的更大的贡献！】

陆军连续组织新型作战力量大比武，海军航母编队穿越岛链开展远海实战演练，空军歼—20战斗机开展海上方向实战化训练，火箭军常态开展"天剑"系列演训，武警部队提升应急反恐处突能力……

军旗猎猎，战歌嘹亮。从广袤陆地到深蓝海洋，再到万里长空，人民军队正以崭新姿态向世界一流军队迈进。

人民军队的壮丽凯歌，在70年光荣与梦想的历史长河中不断唱响。正如习近平主席指出的，人民军队一路走来，紧跟党和人民事业发展步伐，在战斗中成长，在继承中创新，在建设中发展，革命化现代化正规化水平不断提高，威慑和实战能力不断增强。

70年来，国防实力由弱到强，发生质的飞跃，跃居世界前列；人民军队由大到强，发展成为诸军兵种联合、基本实现机械化、加快迈向信息化的强大军队，国防和军队现代化建设站在了新的起点上。70年来，围绕推动军队由数量规模型向质量效能型、由人力密集型向科技密集型转变，人民军队在党的绝对领导下，进行多次调整改革，军队组织形态持续转型升级。70年来，国防军费适度稳步增长，国防工业体系日臻完善，相继自行研制出一大批先进武器装备，实现从常规到尖端、从骡马化摩托化到机械化信息化的历史性跨越。70年来，我军全面履行保家卫国、保卫人民的职能，坚决打击一切形式分裂破坏活动，积极参与联合国维和行动，为国家安全与世界和平作出重大贡献。

党的十八大以来，以习近平同志为核心的党中央着眼实现中国梦强军梦，深入推进政治建军、改革强军、科技兴军、依法治军，着力强化练兵备战，提出一系列重大战略思想，作出一系列重大决策部署，指挥一系列重大军事行动，汇聚了强军兴军的坚定意志和磅礴力量，率领全军官兵开创了强军兴军新局面。

在习主席亲自领导推动下，改革强军战略全面实施，不仅改棋盘、动棋子，还改棋规。先改"脖子以上"，构建起全新的领导管理和作战指挥体系；

再改"脖子以下",优化军队规模结构和力量编成,构建起中国特色现代军事力量体系;军事政策制度改革全面展开,依法治军稳步推进。英雄的人民军队勇于自我革新,组织形态实现了整体性重塑,体制、结构、格局、面貌焕然一新。钢铁长城更巍峨,坚强柱石更牢固。

今天的人民军队在中国特色强军之路上迈出了坚实步伐。在习近平强军思想指引下,着眼有效履行新时代使命任务,全面推进国防和军队现代化,持续深化国防和军队改革,朝着实现党在新时代的强军目标、把人民军队全面建成世界一流军队砥砺前行。

我们坚信,在党中央、中央军委和习主席的坚强领导下,我们的英雄军队有信心、有能力谱写强军事业新篇章,为实现"两个一百年"奋斗目标、为实现中华民族伟大复兴的中国梦、为维护世界和平作出新的更大的贡献!

(原载于《人民日报》2019年9月26日第9版,作者:倪光辉)

2020 年

坚定不移　奋力实现强军目标
——始终做党和人民完全可以信赖的英雄军队(上)

"实践再次证明,人民军队始终是党和人民完全可以信赖的英雄军队。"今年全国两会上,习近平主席出席解放军和武警部队代表团全体会议时的重要讲话引发强烈反响,这不仅是对执行疫情防控任务官兵的极大褒奖,也是对全军上下的巨大激励。抗疫斗争,充分体现了国防和军队建设的新成效。

过去一年,在强军兴军道路上,人民军队足音铿锵——

庆祝新中国成立70周年阅兵式上,一个个新方队、新名称展示在世人面前。领导指挥方队、火箭军方队、战略支援部队方队、联勤保障部队方队、院校科研方队、文职人员方队等,走过天安门,接受检阅。这是中国特色社会主义进入新时代的首次国庆阅兵,这是共和国武装力量改革重塑后的首次整体亮相。

2019年12月17日下午，海南三亚，我国第一艘国产航空母舰山东舰交付海军，习主席出席交接入列仪式。全军官兵倍感振奋，全国人民倍感振奋。

2020年7月1日零时起，预备役部队全面纳入军队领导指挥体系，由现行军地双重领导调整为党中央、中央军委集中统一领导，对于构建中国特色现代军事力量体系、履行新时代军队使命任务具有重大意义。

强国必须强军，军强才能国安。2020年，军队要如期实现国防和军队现代化建设既定目标，为实现党在新时代的强军目标、全面建成世界一流军队打下更为扎实的前进基础。

风雨无阻向前进，重任千钧再出发。坚定信心，迎难而上，全军部队坚持以习近平新时代中国特色社会主义思想为指导，深入贯彻习近平强军思想，坚持政治建军、改革强军、科技强军、人才强军、依法治军，全面加强备战打仗工作，坚决实现国防和军队建设2020年目标任务，坚决完成党和人民赋予的各项任务。

"做听党话、跟党走的'硬骨头'战士！"

6月的岭南腹地，骄阳似火，一场五公里武装越野比武正激烈展开。最引人注目的，是其中始终保持领先的一支分队，他们高擎"硬骨头六连"战旗，第一个冲过终点。

今年新春，给"硬骨头六连"全体指战员留下别样的青春记忆——1月18日，习主席给大家回信，勉励他们牢记强军目标，传承红色基因，苦练打赢本领，把"硬骨头精神"发扬光大，把连队建设得更加坚强。

走下训练场，该连指导员冯杰说："革命战争年代，前辈和先烈们信念坚定，在炮火硝烟中立下赫赫战功；从战火硝烟中走来，我们要传承铁心跟党走的忠诚基因，做听党话、跟党走的'硬骨头'战士！"

强军兴军，关键在党。党对军队的绝对领导，是我军的军魂和命根子，是人民军队的建军之本、强军之魂。

"听党话、跟党走"，习主席为建设过硬基层立起了政治标准。2019年11月，在中央军委基层建设会议上，习主席发表重要讲话指出，要全面锻造听党话、跟党走的过硬基层，能打仗、打胜仗的过硬基层，法纪严、风气正的过硬基层，为推进强军事业提供坚实基础和支撑。会议结束不久，中央军委印发《关于加强新时代军队基层建设的决定》。两个月之后，中央军委又印发了新修订的《军队基层建设纲要》。

"全面加强新时代我军党的领导和党的建设工作，是推进党的建设新的伟大工程的必然要求，是推进强国强军的必然要求。"2018年8月，中央军委党的建设会议对全面提高我军加强党的领导和党的建设工作作出部署要求。今年6月29日，中共中央政治局召开会议，审议《中国共产党军队党的建设条例》，要求加强《中国共产党军队党的建设条例》学习宣传和贯彻落实。

强军必先强心，强心重在铸魂。全军部队坚持以习近平新时代中国特色社会主义思想为指导，深入贯彻习近平强军思想，深入开展"不忘初心、牢记使命"主题教育和"传承红色基因、担当强军重任"主题教育，引导广大官兵增强"四个意识"、坚定"四个自信"、做到"两个维护"，贯彻军委主席负责制，进一步打牢了听党指挥、履行使命的思想政治基础。

信仰之光，辉映强军征程；时代之潮，激荡强军力量。

"虽然挑战更艰巨，不少官兵放弃原专业从零起步，但能成为新质作战力量建设一员，大家都无怨无悔。"在火箭军某基地导弹试验训练队主题教育体会交流活动中，测试连指导员刘航的心里话，引发全队官兵共鸣。

去年以来，像刘航一样放弃熟悉的工作环境、得心应手的岗位，扎根深山投身新质作战力量建设的官兵，在该基地还有不少。基地领导介绍，他们在主题教育中围绕改造思想、净化灵魂，把"锻造政治忠诚、坚定维护核心"作为教育重点持续用力。训练队官兵在党的事业需要之时义无反顾，舍小家为大家，这是基地广大官兵以对党的绝对忠诚投身备战打仗的一个缩影。

"在革命战士面前，不相信有完不成的任务，不相信有克服不了的困难，不相信有战胜不了的敌人！"曾经两次出国参加军事比赛并取得优异成绩的"杨根思连"火箭炮手陆亚东说，是"三个不相信精神"激励鼓舞自己，才最终战胜了一切困难和对手。

红色血脉永志不忘，传家法宝历久弥新。"时代在变，环境在变，但敢于亮剑、敢于牺牲的血性永远不能丢。只有这样，我们才能无惧任何对手，才能决胜未来信息化战场！"董存瑞生前所在部队官兵说。"作为革命接班人、'刘老庄连'新传人，一定牢记习主席嘱托，把先辈留下的光荣传统和优良作风发扬光大。"第 82 集团军某旅"刘老庄连"官兵话语坚定。

心中有魂，脚下生根。经过教育洗礼，全军部队听党指挥的思想政治根基更加牢固，练兵备战的导向更加鲜明，清朗和谐的风气更加纯正……三军将士使命在肩、砥砺奋进，交出了一份份合格答卷。

面对突如其来的新冠肺炎疫情，全军坚决贯彻党中央、中央军委和习主席决策指示，4000 余名医务人员驰援武汉，一架架军用运输机载着人员和物资呼啸而至，一项项应急科研攻关争分夺秒……人民军队在抗击疫情中的表现，充分体现了对党和人民的忠诚，再次为"人民子弟兵"作了生动注脚。

"只要一声令下，我们就是那出膛的子弹"

2020 年 1 月 2 日，习主席签署中央军委 2020 年 1 号命令，向全军发布开训动员令，对练兵备战、开展实战化训练提出明确要求。这是习主席连续第三年向全军发布开训动员令。

统帅令下，三军景从。从东海之滨到西北大漠，从雾笼江南到冰封北国，从万里云霄到远洋碧波，在陆海空天电全维战场，全军将士演兵沙场，呈现出热火朝天的壮阔景象。

深入推进军队组织形态现代化，改革领导指挥体制，构建中国特色现代军事力量体系……新一轮国防和军队改革牢牢聚焦"能打仗、打胜仗"，推动人民军队战斗力建设发生脱胎换骨的变化。

维护国家安全和发展利益，必须有与之匹配的军事力量。当今世界正处于百年未有之大变局，巩固国防和强大军队是新时代坚持和发展中国特色社会主义、实现中华民族伟大复兴的战略支撑。军事技术和战争形态出现革命性变化，对我军打赢能力建设提出了更高要求。

这是强军兴军的庄严宣誓——

东海某海域上空铁翼飞旋、引擎轰鸣，数架直升机跃升、俯冲、攻击，战术动作交叉运用，连贯实施多个高难课目训练。这是东部战区陆军航空兵某旅组织新年度首次飞行训练的场景。开飞就往深海飞、险难课目设全程，实战气息扑面而来。

"作为驻守在东南沿海的陆航部队，提高部队海上作战能力是使命所在、打赢必需。"该旅领导介绍，他们打破以往惯例，一开飞就突出险难课目训练，突破制约部队战斗力提升的"瓶颈"。

党的十八大以来，全军将士牢记习主席嘱托，把备战打仗作为第一要务，牢固树立战斗力这个唯一的根本的标准，从难从严锤炼部队。

这是练兵备战的坚定决心——

纵观演兵场，陆军广泛开展大考核、大比武、大拉动，海军砺兵西太平洋，空军构建起"红剑""蓝盾""金头盔""金飞镖"等实战化训练品牌，火箭军组织导弹基地全型号连续发射、整旅导弹火力突击……练兵备战的新变化令人欣喜：真打实备沙场砺兵，备战打仗导向更加鲜明；练官练将紧而又紧，选人用人打仗"刻度"更加鲜亮；演训场上激浊扬清，训风演风考风更加清朗，军队有效塑造态势、管控危机、遏制战争、打赢战争的能力不断跃升。

这是担当重任的必胜信念——

人民军队永远是战斗队，人民军队的生命力在于战斗力。"军人就是要有血性，时刻准备为祖国和人民去战斗。"陆军第74集团军某旅班长王锐的一句话道出了新时代革命军人的心声："假如今天就出征，只要一声令下，我们就是那出膛的子弹，坚决打败一切来犯之敌！"

"走出国门，我们是中国的新名片"

截至今年7月上旬，中国军队已向多个国家的军队提供了防疫物资，并派出专家组支援巴基斯坦、缅甸、老挝、柬埔寨抗击疫情，展现了在国际疫情防控中的大国担当。

2019年7月，党的十八大以来首部综合型国防白皮书《新时代的中国国防》发布。白皮书指出，服务构建人类命运共同体，是新时代中国国防的世界意义。一支强大的中国军队，是维护世界和平稳定、服务构建人类命运共同体的坚定力量。

"走出国门，我们是中国的新名片。"中国军队坚持履行国际责任和义务，始终高举合作共赢的旗帜，在力所能及的范围内向国际社会提供更多公共安全产品。

一项项荣誉，是对中国军人维护和平贡献的肯定——

当地时间 2020 年 6 月 16 日，中国第十八批赴黎巴嫩维和部队全体 410 名官兵被联合国驻黎巴嫩临时部队授予联合国"和平勋章"，以表彰他们在任务期内为南黎地区的和平稳定作出的突出贡献。

这是中国维和部队积极履行国际责任、维护和捍卫世界和平，在海外赢得赞誉的缩影。自 1990 年以来，中国参与联合国维和行动已走过 30 年历程，累计派出维和官兵 4 万余人次，成为联合国维和行动的主要出兵国和出资国。

一次次保护请求，是对中国军队能力的认可——

"我是中国海军护航编队，如需帮助，请在 16 频道呼叫我。"这条以汉英两种语言播发的通告，每天在亚丁湾上空回响。

在帆樯林立的亚丁湾，中国海军护航编队以其负责的态度和过硬的素质，成为附近海域及当地最值得信赖的和平力量。一些国家的商船宁可等上两三天，也要让中国军舰护航；不少外国商船甚至从"国际推荐通行走廊"驶来，申请加入中国海军伴随护航的队伍。

截至今年 7 月上旬，中国海军先后派遣 35 批次护航编队超过 2.9 万名官兵赴亚丁湾、索马里海域执行护航任务，确保了被护船只和编队自身的安全。中国海军护航编队已成为一张闪亮的"名片"。

一次次救援，是中国同世界各国团结友爱的证明——

雨后，浙江舟山港口。海风掀起的浪涛，不停拍打着停泊此处的舰船。中国海军"和平方舟"号医院船在此巍然屹立，船上的"八一"军旗迎风招展。

"和平方舟"号是我国首艘万吨级大型专业医院船，被称为和平之舟、生命之舟、友谊之舟、文化之舟。"和平方舟"号医院船自 2008 年入列以来，积极履行国际人道主义义务。一组数字，足以说明它的成绩：9 次走出国门，航行 24 万余海里，到访 43 个国家和地区，为超过 23 万人提供过医疗服务，实施手术 1400 余例……

一名英国志愿者点赞"和平方舟"医院船："爱，没有国界。你们为安巴、为加勒比，也为世界上更多国家送去健康和希望。以前我只了解长城、大熊猫，在我心里，你们就是中国的一张新名片！"

回首发展波澜壮阔，眺望未来征途如虹。人民军队初心如炬、使命如山，正以巨大的勇气意志，为实现党在新时代的强军目标、全面建成世界一流军队不懈奋斗。

强军兴军，人民军队在路上！

（原载于《人民日报》2020年8月2日第1版和2版，作者：马国英　倪光辉　李龙伊　金歆）

坚如磐石　巩固军政军民团结

——始终做党和人民完全可以信赖的英雄军队（下）

"九八抗洪部队回来了！"7月14日，曾于1998年在江西九江参与抗洪的陆军第71集团军某旅官兵再次来到九江抗洪一线。

得到消息，市民们激动地站到马路上迎接子弟兵，手中挥舞着五星红旗，向"最可爱的人"致敬。

危难时刻、险情面前，见到子弟兵，群众就安心。一句"解放军来了"，响彻抗洪抢险的堤坝、抗震救灾的废墟、抗击疫情的战场、脱贫攻坚的一线，饱含着人民的信任与重托，彰显人民军队为人民服务的根本宗旨。

军政军民团结是我们的优良传统和显著政治优势。今年全国两会上，习主席出席解放军和武警部队代表团全体会议时强调，我军要在完成好军事任务的同时，支援地方经济社会发展，支持打赢脱贫攻坚战，协助地方做好维护社会大局稳定工作。中央和国家机关、地方各级党委和政府要支持国防和军队建设，满腔热情为广大官兵排忧解难，汇聚起强国兴军的磅礴力量。

"军民团结如一人，试看天下谁能敌。"党的十八大以来，人民军队勇于承担抗击疫情、抢险救灾等急难险重任务，做好定点帮扶贫困村、贫困群众工作，让"军爱民、民拥军"的军民鱼水之情愈加深厚，让军政军民团结之树根深叶茂、永葆常青。

闻令而动：哪里有危险，子弟兵就出现在哪里

勇敢，是军人的底色。

"不需要你认识，也不渴望你知道，却把保卫你，作为勇敢的全部理由。"展现军人风采的短视频《谁是站到最后的人》上线后，这句台词刷屏网络。

在抗洪抢险和疫情防控中，人们对军人的底色有了更深刻的理解。

6月以来，我国南方多省份遭遇洪涝灾害。习主席指示，驻地解放军和武警部队要积极参与抢险救灾工作。

人民子弟兵闻令而动，迅速驰援灾区。陆军第73集团军某旅"红色尖刀连"官兵挖沟引水、装填砂石、手提肩扛，筑起一堵堵"防洪墙"；空降兵某旅组织官兵星夜奔赴决口河段，经过昼夜鏖战，成功封堵决口；武警江西总队、江西省军区连续派出多批武警官兵、民兵紧急驰援抗洪一线……洪水中，人民子弟兵筑起一道钢铁长城，保卫着人民群众的生命和财产安全。

哪里有危险，人民子弟兵就出现在哪里。

今年年初，突如其来的新冠肺炎疫情，给人民群众的生命安全带来严重威胁。人民军队勇挑重担、敢打硬仗，派出4000余名医务人员支援武汉。他们来自各军兵种和武警部队，不少医务人员还执行过小汤山医院抗击非典、汶川抗震救灾、抗击埃博拉等任务。

除夕夜，本是阖家团圆之时。军队某医院呼吸内科医务人员在给医院党委的请战书上，摁下29个红手印："我们积极请战：若有战，召必至，战必胜！"

人民至上，生命至上。救人民群众于危难，人民军队的白衣战士们没有犹豫、没人退缩，一个个鲜红的手印昭示着决心。

惊涛骇浪从容渡，越是艰险越向前。军队支援湖北医疗队队员马凌许下誓言："在疫情面前，中国人民解放军誓死不退，一定护佑大家的平安和健康！"

今年3月10日，习主席在考察武汉火神山医院时指出，军队医务人员牢记我军宗旨，召之即来，来之能战，战之能胜，为党旗、军旗增添了光彩。

沧海横流，方显英雄本色。实践证明，人民军队始终是党和人民完全可以信赖的英雄军队。从抗击非典、防控新冠肺炎疫情，到抗洪抢险、地震救援，在党和人民需要的时候，人民子弟兵从不畏惧，敢于牺牲和奉献，把危险留给自己，把安全带给群众，涌现了一个个感人故事、一幕幕感人场景。

勇于担当：做党和人民放心的突击队

最美逆行，是一种担当。军人的本色，决定了逆行对他们来说，是一种从不回避也从不后悔的选择。

几个月前，在武汉金银潭医院，一名年长的患者问军队支援湖北医疗队队员刘丽："你们是解放军吧？"三级防护下，刘丽说不出话，只能点点头，比了一个"OK"的手势。

这名患者眉头舒展，松了一口气。看见这样的场景，刘丽却鼻子一酸，她意识到：绝对不能辜负他们的信任。

在争分夺秒的疫情防控中，人民军队白衣战士坚守最前线，成为人民群众可以托付生命的人。

治愈患者突破1000人、2000人、5000人、6000人……军队医务人员以合格的抗疫成绩，回应着党和人民的信任，给群众带来信心。

信心，在奋战中传递。金银潭医院，一些患者情绪低落，医务人员当着大家的面，在防护服上写下"加油"二字。就在此时，病房里传来《我和我的祖国》的歌声。

很快，从一人到多人，从一个病房到整个病区，越来越响亮的歌声让很多医务人员和患者热泪盈眶。

大灾大疫中，人民子弟兵给人力量、让人安心，也让信念和精神在帮助中传承。

1998年发生洪灾，现任武警江西总队九江支队执勤三大队永修中队指导员的陈章俊当时5岁，家在鄱阳县饶埠镇陈家村。中队长陈幸和陈章俊是同乡，当时3岁。洪水退去后，村委会门口摆放各种救援物资，陈章俊还不知道这是来自全国各地的捐赠。随着年龄的渐长，他们才知道是解放军守护了村庄，救出了受困群众。

今年他们中队来到永修县三角联圩，投入抢险救灾工作中，连续奋战3天。"老百姓看到我们来帮忙，心里就有了安全感。我们的战士没人叫苦叫累，都很有干劲。"陈章俊说。

屡次救援中，人民子弟兵给群众带来太多感动。在相关新闻评论区，网友纷纷点赞："看到人民子弟兵，就一个感觉：踏实。""'解放军'三个字对中国老百姓意味着绝对可靠、绝对可信！"

军民同心：书写鱼水情深的新篇章

"我不知道你是谁，我却知道你为了谁。"这句歌词是对人民军队一心为民的生动诠释。深情暖意缓缓流淌在人民群众和子弟兵的心间，军爱民、民拥军，成为切切实实的社会风尚。

军爱民，民拥军，体现在为民服务的点滴——

每个月的 10 日和 20 日，是陆军第 72 集团军某旅"南京路上好八连"的"服务日"，连队的"为民服务队"会带着木工箱、理发箱、补鞋箱等工具，在上海南京路上开展公益服务。这一传统在八连延续了 38 年，风雨无阻。在八连的感召下，越来越多的企业和单位投入到上海南京路的为民服务中，成为繁华都市一道风景线。

每到服务日，许多市民会专程来到上海南京路。"我每次都坐一小时的地铁过来，不为补双鞋、缝衣服，就是想来看看这些热心肠的小伙子。"在为民服务现场，一位老奶奶说。

军爱民，民拥军，体现在抢险救援的一线——

2020 年 6 月 10 日，武警广西总队桂林支队 50 多名官兵来到阳朔县凤鸣小学清淤。参加抗洪行动以来，桂林支队下士吴晓宾和战友们已连续奋战 3 天。

"辛苦了！叔叔。"一名小女孩跑来，递给吴晓宾一瓶水，并向他敬了一个少先队礼。"没事，不辛苦！谢谢！"吴晓宾回敬以军礼。

"群众对官兵的关心和爱戴，让我特别感动。我会坚守自己的岗位，不辜负群众对我们的信任。"吴晓宾说。

在携手并肩的抗灾过程中，军政军民团结、军民一家的鱼水深情更加厚重、浓烈。

军爱民，民拥军，体现在脱贫攻坚的战场上——

在今年 6 月举行的国防部例行记者会上，发言人提到我国帕米尔高原上一个名叫迈丹的小山村。

1962 年解放军的一支连队刚来到迈丹村时，村里孩子上学非常困难。连队的官兵们决定要帮助村民改变这一切。盖教室、捐文具、当老师……58 年来，连队官兵帮助村民的脚步从未停歇。

"是解放军，让我的人生从荒漠变成了绿洲。"曾就读于迈丹小学、2018年考入吉林大学的古丽再娜·帕哈尔说。

截至2020年5月底，全军定点帮扶的4100个贫困村，共计29.3万贫困户、92.4万贫困群众全部实现脱贫。

"感谢解放军，帮我脱了贫！"帮助发展产业、兴办教育、医疗扶贫，脱贫攻坚中军人的奉献与拼搏，贫困地区群众看在眼里、记在心上。在贵州，部队援建的"八一爱民学校"学生用感谢信、手抄报、漫画、短视频等方式向人民子弟兵表达感激之情；在新疆和田，部队驻村蹲点干部轮换时，全村群众自发送行……

支援地方经济社会发展，支持打赢脱贫攻坚战，是人民军队义不容辞的职责。新的实践、新的奋斗，不断赋予军民鱼水之情新的时代内涵。

拥军优属：军人的荣誉感、获得感不断增强

暑期到了，上海虹桥火车站熙熙攘攘。回家探亲的空军驻沪某部战士桑永长赶到时，已经买不到当天的票了。值班站长核实情况后，按规定安排他乘坐另一趟列车。

军人依法优先，近年来不断落到实处。广州南站专门设立了"军人依法优先服务点"；四川省各大医院给予军人挂号、就诊、取药全流程优先服务；2018年12月起，全国汽车客运站在购票、安检、候车等环节开始对军人提供依法优先服务……依法优先，让军人的荣誉感、获得感不断增强。

加强军人荣誉体系建设，是全面建成世界一流军队的时代要求。党的十九大报告指出，让军人成为全社会尊崇的职业。2018年3月12日，习主席在解放军和武警部队代表团全体会议上强调："不要让英雄既流血又流泪，让军人受到尊崇，这是最基本的，这个要保障。"放眼全国，各地相继出台一系列拥军措施，对军人的尊崇蔚然成风。

除了为广大官兵排忧解难，中央和国家机关、地方各级党委和政府还积极支持国防和军队建设，促进军地协调共同发展。

2016年以来，军地有关单位依托国家新一轮农村电网改造升级，推进边海防部队电网建设。建设地域北起长白山某哨所、南至南沙某海岛，东至东海

某雷达站、西达新疆喀什某边防哨所。截至今年 6 月，首批边防部队电网建设任务提前完成，200 多个高原海岛连队哨所用电难题得到根本解决。

军人身许国，全民尊其家。今年"八一"前夕，全国双拥办在全国范围内部署开展以走访慰问送关怀、爱老助老送健康、家属就业送帮扶、子女教育送关爱、保障权益送温暖、尊崇功臣送喜报为主要内容的"情系边海防官兵"拥军优属活动，动员组织社会力量为驻边海防艰苦地区部队官兵的家庭排忧解难，以实在的点滴行动尊崇军人、关爱军属。2018 年，退役军人事务部下发《关于规范为烈属、军属和退役军人等家庭悬挂光荣牌工作的通知》等文件，指导地方做好悬挂光荣牌工作。截至 2019 年 7 月，全国已为 3958 万户家庭悬挂了光荣牌。

"想起自己在部队的那些岁月，我感到万分自豪。带着这份荣誉，我要教育我的子孙后代永远不忘党和国家对我们退役军人的关怀！"在悬挂光荣牌当天，家住广东茂名市的退役军人易雄文老人激动地说。

群力谁能御，齐心石可穿。国防和军队建设是全党全军全国各族人民的共同事业。回顾历史，正是人民子弟兵始终与人民群众"同呼吸、共命运、心连心"，中国的革命、建设和改革发展事业才能够不断从胜利走向胜利。

在实现中国梦强军梦的伟大征程中，军民鱼水深情必将谱写出崭新篇章，军政军民团结坚如磐石，凝聚强国兴军磅礴力量。

为了人民、依靠人民，人民军队初心不改、一往无前！

（原载于《人民日报》2020 年 8 月 3 日第 1 版和 2 版，作者：马国英　倪光辉　李龙伊　金歆）

战"疫"中擦亮"迷彩底色"

【和平年代远离战火和硝烟，为党分忧、为国尽责、为民奉献就是最好的历练】

抗击疫情，是一场没有硝烟的战斗。细心的人发现，在 3 月 2 日国务院联防联控机制举办的新闻发布会上，受邀请的军队有关负责人均着迷彩服出席，这在以往的发布会中并不常见。特殊时期的这个细节，彰显出人民军队不惧风险的战斗精神和全力打赢的战斗姿态。

当祖国和人民需要的时候，人民子弟兵总是奔向最危险的地方。疫情发生后，人民军队坚决贯彻党中央、中央军委和习近平主席的决策部署，始终牢记全心全意为人民服务的根本宗旨，迅速启动联防联控工作机制，全力以赴支援疫情防控。从加强领导指挥、军地协同到集中力量火速驰援武汉，从全力以赴科学救治患者到调运物资做好综合保障，从组织应急科研攻关到积极开展国际合作，面对新中国成立以来在我国发生的传播速度最快、感染范围最广、防控难度最大的重大突发公共卫生事件，人民军队再次展现了闻令而动、敢打硬仗的过硬作风，展现了国家生力军、人民守护神的使命担当，展现了与人民同呼吸、共命运、心连心的鱼水深情。

这是一组充满力量的数字：从农历除夕开始，军队先后抽调450名和950名医护人员统一编组，承担武汉火神山医院医疗救治任务；2月13日，军队增派2600名医护人员支援武汉抗击疫情；全军63所定点收治医院开设收治床位近3000张，1万余名医护人员投入一线救治。就像一位军医所说的，"共产党员要率先上，革命军人更要冲在前"，全军官兵闻令而动、听令而行，军队医护人员勇挑重担、不惧挑战，退役军人"若有战，召必回"，广大民兵"散则为民、聚则为兵"，这场疫情防控阻击战处处都能看到军人冲锋的身影。与时间赛跑，和病魔较量，人民子弟兵为战"疫"烙印下敢打硬仗、敢于胜利的迷彩底色。

这场大战大考成为人民军队检验战斗力、精气神、初心使命的试金石。为缓解因疫情给武汉市带来的货运压力，报中央军委批准，根据中部战区命令，湖北省军区立即协调空降兵军某部、中部战区空军某基地、空军航空兵某师、空军预警学院、中部战区陆军某舟桥旅、陆军勤务学院训练基地等驻军部队和军事院校，紧急抽调130辆军用卡车、260余名官兵，组成驻鄂部队抗击疫情运力支援队，力保武汉市生活、医疗物资配送。用非常短的时间，集结不同兵种部队运力，全力保障人民生活，充分彰显出人民军队听党指挥、能打胜仗、作风优良的品质，映照着人民利益高于一切的初心。

"宜将剑戟多砥砺，不教神州起烽烟。"积极投身支援地方抗击疫情，不但能全面检验部队的应急应战能力，而且可以锤炼摔打部队，对军队备战打仗本身也是一次实践锻炼和实战促进。空军成体系、大规模出动现役大中型运输机执行紧急空运任务，检验了中国空军快速机动能力和远程投送能力。军事医学研究院集中力量展开应急科研攻关，取得了阶段性成果，见证维护人民生命安全、维护国家战略安全的政治自觉。和平年代远离战火和硝烟，为党分忧、为国尽责、为民奉献就是最好的历练。

身着戎装不负使命，向着信仰砥砺前行，来自军队的"最美逆行者"，被老百姓亲切地称为"可以托付生命的人"。"军民团结如一人，试看天下谁能敌。"全军部队发扬服务人民的优良传统，积极发挥先锋队、突击队作用，打好疫情防控阻击的军政协同仗、军民团结仗，就一定能完成好党和人民赋予军队的疫情防控任务，书写新的胜利篇章。

（原载于《人民日报》2020年3月10日第5版，作者：倪光辉）

一心听号令　一切为打赢
——全军部队落实"十三五"规划奋力实现强军目标

中共中央总书记、国家主席、中央军委主席习近平在出席十三届全国人大三次会议解放军和武警部队代表团全体会议时强调，今年是我军建设发展"十三五"规划收官之年，要采取超常措施，克服疫情影响，集中力量打好规划落实攻坚战，力保重大任务完成、战略能力有大的提升。

强国必须强军，军强才能国安。根据军队建设发展"十三五"规划部署，到2020年，军队要如期实现国防和军队现代化建设"三步走"发展战略第二步目标。自2016年规划颁发以来，全军上下一盘棋，强化统筹协调和战略管理，制定攻坚方案，细化任务安排，严格过程控制，注重检查评估，加大各项建设督导推进和资源调控力度，凝聚起推动规划落实的整体合力，重大项目建设提速增效，取得了许多开创性成果。人民军队在中国特色强军之路上迈出坚定步伐。

在规划收官之年，全军部队坚持以习近平新时代中国特色社会主义思想为指导，深入贯彻习近平强军思想，坚持政治建军、改革强军、科技强军、人才强军、依法治军，全面加强备战打仗工作，坚决实现国防和军队建设既定目标任务。

"要紧跟党走，做党的好战士"

2019年夏天，一老一少两位共产党员的事迹，感动全国：

90多岁的"人民功臣"张富清，60多年深藏功名，一辈子坚守初心、不改本色，只因一个信念："我是党培养的，要紧跟党走，做党的好战士。"

"排雷英雄战士"杜富国，生死关头那一句"你退后，让我来"，饱含一名共产党员的忠诚担当。

英雄用生命捍卫的，是人民军队对党绝对忠诚、坚决听党指挥的如磐信念。党对人民军队的绝对领导是人民军队的建军之本、强军之魂。

强军兴军，关键在党。

"十三五"期间，人民军队着力加强党的建设。2018年8月，中央军委党的建设会议对全面加强新时代我军党的领导和党的建设工作作出部署要求；2020年，经党中央、中央军委批准，《中国共产党军队党的建设条例》颁布，标志着军队党的建设科学化、规范化、制度化水平迈上新台阶。

维护核心，看齐追随。

军委主席负责制，是党章和宪法规定的重大制度，是坚持党对军队绝对领导的根本制度和根本实现形式。近年来，全军上下始终把贯彻军委主席负责制作为最高政治要求来遵守、最高政治纪律来维护，持续抓好军委主席负责制学习教育，制定出台《关于全面深入贯彻军委主席负责制的意见》，严格落实请示报告、督促检查、信息服务工作机制，完善监督问责工作机制，开展全面深入贯彻军委主席负责制专项巡视，确保习主席和军委决策部署有力有效落地。

固本强基，铸魂育人。

新时代我军建设所处的历史方位、面临的形势任务发生深刻变化，加强政治引领、铸牢强军之魂更为重要。军队各级深入学习贯彻习近平新时代中国特色社会主义思想和习近平强军思想，深化"不忘初心、牢记使命"主题教育和"传承红色基因、担当强军重任"主题教育，引导广大官兵增强"四个意识"、坚定"四个自信"、做到"两个维护",贯彻军委主席负责制,筑牢信仰之基、补足精神之钙、把稳思想之舵。经过教育洗礼,全军部队听党指挥的思想政治根基更加牢固,练兵备战的导向更加鲜明,清朗和谐的风气更加纯正。

疫情面前,人民军队闻令而动、誓死不退,坚决守护人民群众的生命安全和身体健康;抗洪一线,人民军队听令驰援、昼夜鏖战,构筑起一道道坚不可摧的钢铁长城……全军官兵牢记统帅号令,忠实履职尽责,勇于担当作为,用实际行动把贯彻军委主席负责制落到实处。

"攻坚克难,一定实现转型目标"

这是共和国武装力量改革重塑后的首次整体亮相——

2019年10月1日,庆祝中华人民共和国成立70周年阅兵仪式,领导指挥方队、火箭军方队、战略支援部队方队、联勤保障部队方队、文职人员方队纷纷走过天安门,接受检阅……这些在改革强军大潮中出现的新名称、新方队,展示着新时代人民军队的新构成、新风貌。

深化国防和军队改革,是实现中国梦、强军梦的时代要求,是强军兴军的必由之路,也是决定军队未来的关键一招。

2015年11月24日,中央军委改革工作会议上,习近平主席发出深化国防和军队改革的行动号令——全面实施改革强军战略,坚定不移走中国特色强军之路。由此,我军历史上力度、深度、广度空前的整体性、革命性变革拉开大幕。

"强大脑",解决体制性障碍。进行领导指挥体制改革,改总部、塑军种、立战区,构建起军委—战区—部队的作战指挥体系和军委—军种—部队的领导管理体系,形成军委管总、战区主战、军种主建的新格局。先后组建新的军委纪委、军委政法委,调整组建军委审计署;军委机关专门设立督察部门……军队法治建设的"四梁八柱"牢牢立起,为强军兴军提供坚强的法治保障。

"壮筋骨",解决结构性矛盾。实施规模结构和力量编成改革,重构规模比例、力量布局、部队编成和新质作战力量,重塑院校、科研机构、训练机构和武警部队,打造中国特色现代军事力量体系。

"增活力",解决政策性问题。着眼巩固和拓展改革成果,全面释放改革效能，坚持系统谋划、前瞻设计，创新发展、整体重塑，按计划深入推进军事政策制度改革，全面深入贯彻新时代军事战略方针、人民武装警察法、纪检监察、院校教育等一系列政策制度出台……

能打胜仗，是这次改革的逻辑起点和核心指向；强军兴军，成为人民军队在新时代的主旋律。基于联合、平战一体的军事力量运用政策制度体系加紧构建，在改革中新调整组建的部队，努力缩短磨合期，加速形成战斗力。

陆军第72集团军某旅"南京路上好八连"，从"霓虹哨兵"转型为"特战尖兵"。改革强军大潮中，人们看到这个英雄连队的新跨越——2017年整建制转隶到第72集团军某旅以来，八连在全旅率先组织直升机多门多路快速机降、低空跳伞等险难课目训练。"攻坚克难，一定实现转型目标！"连长徐航说。

"成为新质作战力量建设一员，大家都全力以赴"

青藏高原，空降兵某旅千里转战，直奔野外驻训场：

民用客机空中直飞、物流车队千里转运……通过多梯队、多方向同步装载转运，几千名伞兵、数百台装备和战训物资短时间内完成机动转场，检验了部队跨区兵力投送新模式。

大洋深处，海军山东舰乘风破浪，驰骋在万里海疆：

"演习损害管制战斗警报！"山东舰传来急促的警铃声，全体舰员闻令而动，迅速奔向指定区域，官兵开始了又一场全舰性的损管演练。山东舰坚持疫情防控和训练试验两手抓、两不误，抓好单兵、战位、部门的专业训练。

这5年，人民军队多型先进装备陆续列装部队：东风—41、东风—17型导弹长剑倚天；首艘国产航母、首艘万吨级大型驱逐舰扬帆大洋；歼—20、运—20、直—20共舞蓝天。我军在机械化、信息化、智能化融合发展的多个重要领域取得突破，技术不断进步，成果不断刷新。

这5年，根据新型作战力量的能力特点，我军研究确立新的作战指导，不断创新作战方法，加强新型作战力量人才建设，为新质战斗力提供强大人才支撑。

世界新军事革命迅猛发展，战争形态加速向信息化战争、智能化战争演变，呈现出信息主导、精兵制胜、平台作战、体系支持、战术行动、战略保障的突出特点。军队编成结构与之相适应，精干化、一体化、小型化、模块化等特征越来越突出。

"虽然挑战更艰巨，不少官兵放弃原专业从零起步，但能成为新质作战力量建设一员，大家都全力以赴！"在火箭军某基地导弹试验训练队主题教育体会交流活动中，测试连指导员刘航的心里话，引发全队官兵共鸣。

"只要一声令下，我们就是出膛的子弹"

2020年1月2日，习主席向全军发布开训动员令，对练兵备战、开展实战化训练提出明确要求。这是习主席连续第三年向全军发布开训动员令。

统帅令下，三军景从。从东海之滨到西北大漠，从雾笼江南到冰封北国，在陆海空天电全维战场，全军将士演兵沙场。

深入推进军队组织形态现代化，改革领导指挥体制，构建中国特色现代军事力量体系……新一轮国防和军队改革牢牢聚焦"能打仗、打胜仗"，推动人民军队战斗力建设发生脱胎换骨的变化。

新年伊始，火箭军某部一场火力突击演练拉开帷幕，起竖导弹、设定参数、点火发射……没有响亮的口号，一枚枚新型导弹就呼啸升空。智能化发射，让长剑问天告别了"读秒时代"，推动了导弹部队战略能力不断攀升。

"八一"前夕，海军某舰载航空兵部队参谋长卢朝辉和战友徐爱平，分别驾驶歼—15舰载战斗机成功完成夜间空中加油。中国航母舰载战斗机部队核心作战本领获得新提升。

一次次突破，换来战斗力的跃升。"十三五"期间，全军部队着力把习近平军事战略思想立起来、把新时代军事战略方针立起来、把备战打仗指挥棒立起来、把抓备战打仗的责任担当立起来，兴起实战化军事训练热潮，扎实推进各方向各领域军事斗争准备。

这5年，各战区、军兵种、武警部队和院校科研单位等认真落实"十三五"规划，奋力推进新时代强军事业。人民军队坚决完成党和人民赋予的新时代使命任务，加强练兵备战工作，有效处置各种复杂情况，维护国家主权、安全、发展利益，维护国家战略全局稳定。

人民军队永远是战斗队，人民军队的生命力在于战斗力。陆军第74集团军某旅班长王锐的一句话，道出了新时代革命军人的心声："假如今天就出征，只要一声令下，我们就是出膛的子弹，坚决打败一切来犯之敌！"

（原载于《人民日报》2020年12月6日第1版，作者：倪光辉　李龙伊）

听，强军兴军的坚定足音

2020年，是新中国历史上极不平凡的一年。

这一年，也是我军建设发展"十三五"规划收官之年，是实现国防和军队建设2020年目标任务的攻坚之年。

这一年，举旗铸魂、听党指挥的思想根基更加强固。在抗击疫情大战大考中，在防汛救灾突击驰援中，在决战决胜脱贫攻坚中，全军坚决贯彻党中央、中央军委和习近平主席决策指示，听党指挥、闻令而动，勇挑重担、不辱使命，以实际行动证明，人民军队始终是党和人民完全可以信赖的英雄军队。

这一年，实战化练兵备战的力度持续加强。贯彻新时代军事战略方针，坚持聚焦备战打仗，群众性练兵比武活动、跨区基地化训练、军兵种实兵对抗演习轮番上演，贴近实战、精武强能的练兵热潮涌动。全军军事训练进入了全方位变革、整体性提升的新阶段。

这一年，红色血脉、革命精神的激励力量充分彰显。铭记历史，致敬英雄，伟大抗战精神、伟大抗美援朝精神穿越时空，在新时代革命军人的胸膛中奔涌流淌。全军坚持把传承红色基因作为新时代政治建军的战略任务和基础工程，深入贯彻习近平强军思想，着力构建新时代人民军队思想政治教育体系，为推进强军事业提供坚强思想政治保障。

这一年，我们记录下中国军人为在新时代强军兴军伟大征程中奋斗的身影、铿锵的足音：从《新年开训，我在战位！》到《东西南北中　练兵不放松》，从《"火神山"里探神兵》到《"青春迷彩"闪耀抗疫一线》，从《军队助力脱贫　谱写鱼水新篇》到《"洪水不退，我们不退"》，从《走近抗战英模部队》到《重温抗美援朝战场文物背后的故事》……

我们邀请了几位基层一线的官兵，讲述他们眼中的这一年，讲述在各自战位的故事。他们的故事也许很小，但这些微观的叙事无不是宏观的显影。因为，正是这个伟大的时代，给强军报国的奋斗者提供了磅礴动力。

新思想引领新时代，新目标指引新征程。站在实现"两个一百年"奋斗目标历史交汇点上，人民军队必将在中国特色强军之路上迈出坚实步伐，自觉担起新时代革命军人历史责任，坚决履行党和人民赋予的使命任务，以时不我待的奋进姿态把强军事业不断推向前进。

（原载于《人民日报》2020年12月27日第6版，作者：倪光辉）

2021 年

奋力推进国防和军队现代化建设
——全军部队落实"十三五"规划开创强军事业新局面

2021年1月4日，习近平主席向全军发布开训动员令。这是习主席连续第四年向全军发布开训动员令。

战鼓催征急，号令励争先。演兵场上，训练如火如荼：陆军部队的滚滚铁甲所到之处掀起阵阵黄沙；海军陆战队着力提升两栖作战能力；空军战机鹰击长空，雷霆万钧；火箭军一枚枚导弹长剑倚天；战略支援部队扎实开展新型领域对抗演练；联勤保障部队某旅锤炼高寒高海拔条件下一体化联合保障能力；武警部队从难从严组织极限训练。实战化演训，展现出人民军队练兵备战的新气象，体现了新时代奋斗强军的新风貌。

军队建设发展"十三五"规划颁发以来，全军部队坚持以习近平新时代中国特色社会主义思想为指导，贯彻习近平强军思想，贯彻新时代军事战略方针，以党在新时代的强军目标为引领，全面推进政治建军、改革强军、科技强军、人才强军、依法治军，基本实现国防和军队建设2020年目标任务，出色完成党和人民赋予的各项任务，新时代强军事业取得历史性成就、发生历史性变革，人民军队为维护国家主权、安全、发展利益作出重要贡献。

站在实现"两个一百年"奋斗目标历史交汇点上，人民军队在中国特色强军之路上迈出坚实步伐。

坚持党对军队绝对领导，从思想上政治上建设军队

2020年1月18日，习近平主席给陆军第74集团军某旅"硬骨头六连"全体官兵回信，勉励他们牢记强军目标，传承红色基因，苦练打赢本领，把"硬骨头精神"发扬光大，把连队建设得更加坚强。

该连政治指导员冯杰说："从战火硝烟中走来，我们更要传承铁心跟党走的忠诚基因，做听党话、跟党走的'硬骨头战士'！"

听党话、跟党走，是"硬骨头六连"的法宝，也是全军将士忠诚使命、砥砺奋进的动力之源。

中央军委党的建设会议、中央军委基层建设会议、全军思想政治教育工作会议等重要会议召开，《中国共产党军队党的建设条例》《关于全面深入贯彻军委主席负责制的意见》等重要政策法规出台……全军始终坚持加强思想政治建设，确保军队建设坚定正确的政治方向。

信仰之光，点亮强军征程；时代之潮，激荡强军力量。广大官兵牢记强军目标，坚定强军信念，献身强军实践，在强军兴军征程中建功立业。

党旗所指，军心所向。

新冠肺炎疫情发生后，在党中央、中央军委和习近平主席的决策部署下，人民军队勇挑重担、敢打硬仗，派出4000余名医务人员支援武汉，在疫情防控斗争中发挥了重要作用、作出了突出贡献。波澜壮阔的抗疫斗争，再次证明了人民军队始终是党和人民完全可以信赖的英雄军队，检验了国防和军队改革的成效，也检验了军队建设发展"十三五"规划的成效。

党对军队的绝对领导是中国特色社会主义的本质特征，是党和国家的重要政治优势，是人民军队的建军之本、强军之魂。

军队跟党走，强军先铸魂。全军部队深入开展"不忘初心、牢记使命"主题教育和"传承红色基因、担当强军重任"主题教育，引导广大官兵增强"四个意识"、坚定"四个自信"、做到"两个维护"，贯彻军委主席负责制，一切行动听从党中央、中央军委和习主席指挥。

全军紧紧扭住"四个不纯""七个弱化"等问题，全面彻底肃清郭伯雄、徐才厚、房峰辉、张阳流毒影响，结合党内教育和组织生活，从党性层面检视问题，从灵魂深处铲除病根，持续深化政治整训，纯正政治生态。探索构建新时代思想政治教育体系，以教育生态的革弊鼎新，推动思想流毒起底根治。

经过教育洗礼，全军部队听党指挥、履行使命的思想政治根基更加牢固，练兵备战的导向更加鲜明，清朗和谐的风气更加纯正。移防部署，部队官兵"党让去哪就去哪，打起背包就出发"；卫国戍边，边防战士敢于斗争、寸土不让；联演联训，任务部队风餐露宿、砺兵沙场；海上维权，一线官兵枕戈待旦、随时出击；科研攻关，军队科技工作者自主创新、勇攀高峰……不忘初心、牢记使命，三军将士在各个领域交出了一份份合格答卷。

深化改革，全面重塑，人民军队体制一新、结构一新、格局一新、面貌一新

"转型建设以来，我们攻坚克难、精武强能，努力在转型大考中交出合格答卷，力争成为能打胜仗的'尖刀班'。"陆军第71集团军某旅"王杰班"班长黄龙说。

2017年，"王杰班"由工兵班调整组建为装甲步兵班，同时又要换装某新型步兵战车，这给"王杰班"的战士带来全新挑战。当时全班9名战士面向老班长王杰的雕塑，立下铮铮誓言：一定不会愧对王杰传人的荣誉，再苦再难也要迈过转型这道坎。

2015年11月，中央军委改革工作会议上，习近平主席发出深化国防和军队改革的行动号令——全面实施改革强军战略，坚定不移走中国特色强军之路。由此，我军历史上力度、深度、广度空前的整体性、革命性变革拉开大幕。

"强大脑"，解决体制性障碍。进行领导指挥体制改革，改总部、塑军种、立战区，构建起军委—战区—部队的作战指挥体系和军委—军种—部队的领导管理体系，形成军委管总、战区主战、军种主建的新格局。组建新的军委纪委监委、军委政法委，调整组建军委审计署；军委机关专门设立督察部门……军

队法治建设的"四梁八柱"牢牢立起，为强军兴军提供坚强的法治保障。

"壮筋骨"，解决结构性矛盾。实施规模结构和力量编成改革，重构规模比例、力量布局、部队编成和新质作战力量，重塑院校、科研机构和训练机构，深化武警部队改革，打造中国特色现代军事力量体系。

"增活力"，解决政策性问题。着眼巩固和拓展改革成果，全面释放改革效能，坚持系统谋划、前瞻设计，创新发展、整体重塑，按计划深入推进军事政策制度改革，构建完善新时代军事战略体系，新修订《中华人民共和国国防法》《中华人民共和国人民武装警察法》等一系列政策制度，坚持扭住听党指挥、推进政治整训、深化理论武装、着力建强组织、狠抓正风反腐，新风正气不断上扬……

深化改革，全面重塑，人民军队体制一新、结构一新、格局一新、面貌一新。

从歼—20战机服役到首艘国产航母入列，从常规武器装备的迭代升级到新型导弹在大阅兵中震撼亮相……我军在机械化信息化智能化融合发展的多个重要领域取得突破，技术不断进步，成果不断刷新。

能打胜仗，是这次改革的逻辑起点和核心指向；强军兴军，成为人民军队在新时代的主旋律。

5年多来，国防和军队改革方向不变、道路不偏、力度不减，领导指挥体制改革、规模结构和力量编成改革、军事政策制度改革压茬推进，蹄疾步稳，不断解放和发展战斗力、解放和增强军队活力。

坚持战斗力这个唯一的根本的标准，
全部心思向打仗聚焦，各项工作向打仗用劲

2020年11月25日，习近平主席出席中央军委军事训练会议并发表重要讲话。他强调，坚持聚焦备战打仗，坚持实战实训、联战联训、科技强训、依法治训，发扬优良传统，强化改革创新，加快构建新型军事训练体系，全面提高训练水平和打赢能力。

2020年11月，中央军委印发《中国人民解放军联合作战纲要（试行）》。

纲要着眼构建联合作战法规体系，立起基本概念，确立基本制度，明确基本权责，从制度层面回答未来"打什么仗、怎么打仗"的重大问题。

纲举目张。全军各部队的训练场上，掀起新一轮练兵热潮——

"黄继光英雄连"所在的空降兵某旅展开一场新型轮式战车实兵实装实弹射击演练，紧贴实战抓好军事组训模式转变，让官兵在复杂地形、恶劣环境下操作新装备，全面检验新训法、新战法，向快速生成战斗力转变。

东部战区陆军某旅新型便携式地空导弹发射训练中，射手采取抗干扰措施，快速锁定打击对象，精准命中目标。一系列出人意料的设定，在长时间、大消耗中最大限度检验和提升射手的体能技能。"着眼实战所需，我们必须把本领练过硬。"走下训练场，该旅某营营长张峥嵘说。

党的十八大以来，全军部队矢志强军谋打赢，始终坚持战斗力这个唯一的根本的标准，全部心思向打仗聚焦，各项工作向打仗用劲。

在艰苦严格的训练中、在近似实战的环境中、在严峻复杂的军事斗争中，全军官兵坚定理想信念、磨砺战斗意志、锤炼战斗作风。多型战机首次飞越宫古海峡，航母编队出第一岛链，远洋远海训练捷报频传；各战区应急应战训练渐入佳境，聚焦现实安全威胁，深入军事斗争一线练兵；大国重器训练稳步推进，推动军事训练不断延伸，军队院校立起为战育人鲜明导向，推进办学育人对接练兵场……新时代的军事训练呈现出振奋人心的场景。

强国必须强军，军强才能国安。坚持和发展中国特色社会主义，实现中华民族伟大复兴，必须统筹发展和安全、富国和强军，确保国防和军队现代化进程同国家现代化进程相适应，军事能力同国家战略需求相适应。

2021年是中国共产党建党100周年，是"十四五"开局、全面建设社会主义现代化国家新征程开启之年，也是国防和军队现代化新"三步走"起步之年。实现国防和军队建设目标任务，我们要乘势而上，开启基本实现国防和军队现代化，进而把我军全面建成世界一流军队的新征程。当前和今后一个时期是国防和军队现代化建设的关键时期。关键时期要有关键担当，关键时刻要有关键作为，全军部队必将统一思想、坚定信心、鼓足干劲、抓紧工作，奋力推进国防和军队现代化建设！

（原载于《人民日报》2021年3月21日第1版，作者：倪光辉　李龙伊　刘博通）

全面实施改革强军战略

伟大的变革　历史的跨越

2015年11月24日至26日，中央军委改革工作会议举行。习近平主席发出深化国防和军队改革动员号令：全面实施改革强军战略，坚定不移走中国特色强军之路。

一部人民军队的发展史，就是一部波澜壮阔的改革创新史。土地革命战争时期创立一整套建军原则制度，抗日战争时期实行精兵简政，解放战争时期组建五大野战军，新中国成立后多次调整体制编制，人民军队边战边改，边建边改，愈改愈强。新一轮国防和军队改革，牢牢聚焦"能打仗、打胜仗"，推动人民军队战斗力建设发生脱胎换骨的变化。

伟大的变革，历史的跨越。以习近平同志为核心的党中央领导推动的这场伟大的变革，梯次接续、前后衔接、压茬推进，在中国特色强军之路上迈出决定性步伐。

从解放军四总部、七大军区告别历史舞台，到中央军委15个职能部门全新亮相、划设五大战区；从成立陆军领导机构、火箭军、战略支援部队、联勤保障部队，到武警部队、预备役部队划归党中央、中央军委集中统一领导；从深化军队院校改革，到深入推进军事政策制度改革……人民军队以自我革命的精神、壮士断腕的勇气迈上强军兴军的崭新征程。

能打胜仗，是这次改革的逻辑起点和核心指向；强军兴军，成为人民军队在新时代的主旋律。基于联合、平战一体的军事力量运用政策制度体系加紧构建，在改革中新调整组建的部队，努力缩短磨合期，加速形成战斗力。

这是一次迎难而上的跋涉，也是一次革故鼎新的起航。坚持政治建军、改革强军、科技强军、人才强军、依法治军，重塑重构军队领导指挥体制、现代军事力量体系、军事政策制度……在党中央、中央军委和习主席的坚强领导下，改革后的人民军队全面重塑、浴火重生，体制一新、结构一新、格局一新、面貌一新！

听党指挥，铸牢强军之魂

"全军要在党中央和中央军委统一指挥下，牢记人民军队宗旨，闻令而动，勇挑重担，敢打硬仗，积极支援地方疫情防控。"2020年1月，习主席对军队做好疫情防控工作作出重要指示。

一声号令风雷动。在党中央、中央军委和习主席的决策部署下，人民军队听党指挥、闻令而动，在疫情防控斗争中发挥了重要作用、作出了突出贡献。实践再次证明，人民军队始终是党和人民完全可以信赖的英雄军队。

从抗击新冠肺炎疫情到抗洪抢险救灾，从全面加强练兵备战到誓死捍卫祖国领土……只要党和人民需要，人民子弟兵就义无反顾地冲锋在前，用行动践行对党绝对忠诚、坚决听党指挥的誓言。

党对人民军队的绝对领导是人民军队的建军之本、强军之魂，军委主席负责制则是党章和宪法规定的重大制度，是坚持党对军队绝对领导的根本制度和根本实现形式。

近年来，全军上下始终把贯彻军委主席负责制作为最高政治要求来遵守、最高政治纪律来维护，持续抓好军委主席负责制学习教育，制定出台《关于全面深入贯彻军委主席负责制的意见》，严格落实请示报告、督促检查、信息服务工作机制，完善监督问责工作机制，开展全面深入贯彻军委主席负责制专项巡视，确保习主席和军委决策部署有力有效落地。

强军兴军，关键在党。人民军队着力加强党的建设：2018年8月，中央军委党的建设会议对全面加强新时代我军党的领导和党的建设工作作出部署要求；2020年，经党中央、中央军委批准，《中国共产党军队党的建设条例》颁布，标志着军队党的建设科学化、规范化、制度化水平迈上新台阶。

军队各级深入学习贯彻习近平新时代中国特色社会主义思想和习近平强军思想，深化"不忘初心、牢记使命"主题教育、"传承红色基因、担当强军重任"主题教育、党史学习教育，引导广大官兵增强"四个意识"、坚定"四个自信"、做到"两个维护"，贯彻军委主席负责制，筑牢信仰之基、补足精神之钙、把稳思想之舵。

心中有魂，脚下生根。三军将士将听党指挥的政治基因熔铸于血脉，使命在肩、砥砺奋进，在改革大潮中交出了一份份合格答卷。

改革重塑，面貌焕然一新

这是中华人民共和国武装力量改革重塑后的首次整体亮相——

2019 年 10 月 1 日，庆祝中华人民共和国成立 70 周年阅兵仪式上，领导指挥方队、火箭军方队、战略支援部队方队、联勤保障部队方队、文职人员方队走过天安门，接受检阅……这些在改革强军大潮中出现的新名称、新方队，展示着新时代人民军队的新构成、新风貌。

这是深化国防和军队改革的新成果——

2020 年 7 月 1 日零时起，预备役部队全面纳入军队领导指挥体系，由现行军地双重领导调整为党中央、中央军委集中统一领导，对于构建中国特色现代军事力量体系、履行新时代军队使命任务具有重大意义。

百舸争流，奋楫者先；中流击水，勇进者胜。这次国防和军队改革，是我军历史上力度、深度、广度空前的整体性、革命性变革。通过改革，人民军队立起了新的"四梁八柱"——

解决体制性障碍。进行领导指挥体制改革，改总部、塑军种、立战区，构建起军委—战区—部队的作战指挥体系和军委—军种—部队的领导管理体系，形成军委管总、战区主战、军种主建的新格局。

解决结构性矛盾。实施规模结构和力量编成改革，重构规模比例、力量布局、部队编成和新质作战力量，重塑院校、科研机构和训练机构，深化武警部队改革，打造中国特色现代军事力量体系。

解决政策性问题。着眼巩固和拓展改革成果，全面释放改革效能，坚持系统谋划、前瞻设计，创新发展、整体重塑，按计划深入推进军事政策制度改革，构建完善新时代军事战略体系，新修订《中华人民共和国国防法》《中华人民共和国人民武装警察法》等一系列政策制度……

在党中央、中央军委和习主席的坚强领导下，在全体官兵的共同努力下，人民军队领导指挥体制发生历史性变革，规模结构和力量编成更加精干合理，政策制度日益配套完善。

仗怎么打，兵就怎么练

2018 年 1 月 3 日，隆冬的华北大地寒意正浓。中部战区陆军某团靶场，7000 余名官兵全副武装、威武列队，近 300 台装备整齐列阵、气势磅礴。习主席一身戎装，登上主会场校阅台，向全军发布训令。至今，习主席已连续 4 年向全军发布开训动员令。

统帅令下，三军景从。放眼全军座座军营，可以看到一片热火朝天的练兵景象——

陆军部队的滚滚铁甲所到之处掀起阵阵黄沙；海军陆战队着力提升两栖作战能力；空军战机鹰击长空，雷霆万钧；火箭军一枚枚导弹长剑倚天；战略支援部队扎实开展新型领域对抗演练；联勤保障部队某旅锤炼高寒高海拔条件下一体化联合保障能力；武警部队从难从严组织极限训练。实战化演训，展现出人民军队练兵备战的新气象，体现了新时代奋斗强军的新风貌。

从歼—20 战机服役到首艘国产航母、大型万吨级驱逐舰入列，从常规武器装备的迭代升级到新型导弹在大阅兵中震撼亮相……我军在机械化、信息化、智能化融合发展的多个重要领域取得突破，技术不断进步，成果不断刷新。

多型战机首次飞越宫古海峡，航母编队出第一岛链，远洋远海训练捷报频传；各战区应急应战训练渐入佳境，聚焦现实安全威胁，深入军事斗争一线练兵……改革后的新时代军事训练，呈现出振奋人心的壮阔场景。

栉风沐雨百年路，砥砺奋斗正当时。在党中央、中央军委和习主席的坚强领导下，人民军队正以饱满的姿态、昂扬的斗志，在中国特色强军之路上阔步前进，奋力推进国防和军队现代化建设，确保 2027 年实现建军百年奋斗目标！

（原载于《人民日报》2021 年 4 月 30 日第 2 版和 8 版，作者：倪光辉　李龙伊　刘博通）

三、换羽新生的中国军队

军队是要打仗的。深化国防和军队改革，能打胜仗是起点，也是落点。

进入新时代，习主席运筹谋划新一轮改革时特别强调："关于军队建设和改革，我想的最多的就是，在党和人民需要的时候，我们这支军队能不能始终坚持住党的绝对领导，能不能拉得上去、打胜仗，各级指挥员能不能带兵打仗、指挥打仗。"

战斗力！战斗力！不同的历史时空，一样的目标追求。改革开放以来，党中央、中央军委始终聚焦提升军队战斗力，向着能打仗、打胜仗的目标，擘画推进国防和军队改革。

伟大的变革，历史的跨越。

以习近平同志为核心的党中央领导推动的这场伟大的变革，梯次接续、前后衔接、压茬推进，在中国特色强军之路上迈出决定性步伐。

从解放军四总部、七大军区告别历史舞台，到中央军委15个职能部门全新亮相、划设五大战区；从成立陆军领导机构、火箭军、战略支援部队、联勤保障部队，到武警部队、预备役部队划归党中央、中央军委集中统一领导；从深化军队院校改革，到深入推进军事政策制度改革……

人民军队以自我革命的精神、壮士断腕的勇气迈上强军兴军的崭新征程。

战区

战区自 2 月 1 日成立至今近一个月，战区到底怎么建设？记者独家专访南部战区司令员王教成——

锻造全面过硬的联合作战指挥机构

2 月 1 日，中国人民解放军战区成立大会在北京举行，习近平主席向各战区授予军旗并发布训令。建立战区、组建战区联合作战指挥机构，是党中央、中央军委和习近平主席着眼实现中国梦强军梦作出的战略决策，标志着我军联合作战体系构建迈出突破性、历史性一步。

五大战区成立至今将近一个月。战区的职能定位是什么？担负怎样的使命任务？战区到底怎么建设？本报记者独家专访了南部战区司令员王教成。

——编 者

南部战区司令员王教成：

全面贯彻主席训令，首要的是坚持听党指挥这个根本，关键的是聚焦能打胜仗这个核心，要紧紧扭住"五转"（思想观念转变、工作重心转换、运行机制转轨、能力素质转型、领导方式转改）持续发力，努力建设"绝对忠诚、善谋打仗、指挥高效、敢打必胜"的联合作战指挥机构。

要敢战能战胜战，从容坚定地应对影响我国和平发展的威胁与挑战，着眼维护和平、应对危机、遏制战争、打赢战争，立足南部战区，全面做好打赢信息化局部战争的充分准备。

战区是什么？战区是战略方向联合作战指挥机构

记者：2 月 1 日，五大战区调整组建完毕并公开亮相，原来的七大军区正式成为历史。大军区领导指挥体制我军已经实行 60 多年，请谈一谈，从军区到战区在领导指挥体制上有何根本性变化？

王教成：重新调整划设战区、组建战区联合作战指挥机构，是从军委管总、战区主战、军种主建的总原则出发，根据我国安全环境和军队担负的使命任务作出的战略决策，是全面实施改革强军战略的标志性举措，是构建我军联合作战体系的历史性进展，有利于更好地维护国家主权、安全、发展利益，维护地区稳定和世界和平。

我军的大军区领导指挥体制，是历史形成的，对于维护国家主权与安全、推进军队建设发展、保证重大任务完成，发挥了极其重要的作用。当今世界，战略格局在变，国际力量体系正在发生深刻调整，全球治理体系正在发生深刻变革；战争形态在变，战场环境从传统空间向新型领域拓展，作战方式向信息主导、体系对抗转变；军队组织形态在变，世界各主要国家纷纷调整军队指挥体制、优化军事力量体系。三大深刻变化，对我军履行使命任务、维护国家安全和发展利益带来了挑战。由于传统的大军区体制作战指挥与建设管理职能合一、建用一体，作战指挥职能相对淡化、联合作战体制不够健全，面对军事变革新挑战，联合指挥和联合作战的短板进一步被放大。联合作战指挥体制不顺畅，同时也制约了联合训练和联合保障体制的建立，这一矛盾已成为制约我军能打仗、打胜仗的最主要的体制性障碍。

战区与军区的主要区别在于，军区是一个综合性领导指挥机构，既负责部队全面建设的领导管理，又负责作战指挥，同时还领导后勤与装备保障，实际运行中建设管理职能多于作战指挥职能。根据领导指挥体制改革总原则，战区不再直接领导管理部队建设，主要是根据中央军委赋予的指挥权责，对所有担负战区作战任务的各种力量进行统一指挥。实施军委管总、战区主战、军种主建的领导指挥体制改革，使作战指挥职能和建设管理职能相对分离，可以更权威高效地把诸军兵种常规力量和各种国防动员力量统筹起来集中运用，构建起平战一体、常态运行、专司主营、精干高效的战略战役指挥机构，同步配套更加高效的指挥运行机制，这一改革不仅顺应了集中统一指挥运用联合作战力量的现代指挥要求，同时也顺应了各军种体系化、专业化建设的趋势，必将为我军一体化联合作战能力的形成，提供根本性体制机制保障。这样的制度设计，还改变了以往相关军区同时负责一个战略方向作战行动，平时军区指挥军种不够顺畅、战时军种受双重指挥的状况。

记者：战区是"本区域、本方向唯一的最高指挥机构"。怎么认识"战区主战"的职能定位？

王教成：战区是中央军委派出在战略方向的唯一最高指挥机构，担负着经略一方、镇守一方、稳定一方职责使命。战区的职能定位：一是以专司打仗为主业，按照专司主营的职能要求，从战建训用管一体的大军区运行模式中转变过来，聚精会神研究打仗、指挥作战、指导备战，坚决完成军委赋予的作战任务。二是以联合制胜为根本，主导联合决策、联合指挥、联合作战与保障，努力实现作战目标联、方案计划联、指挥手段联、部队行动联，最大限度释放诸军种整体作战能力。三是以常态实备为支撑，保持指挥机构常态运转和任务部队常备不懈，确保一旦有事，能上得去、打得赢。四是以作战需求为牵引，坚持主战牵引主建，研判威胁与挑战，研究作战需求，用作战需求牵引备战规划，用作战能力评估检验备战成效，不断增强军事斗争准备的指向性、精准性、实效性，实现战建联动、互促共进。

现代战争，战略决策、战役指挥、战术行动的特征非常突出，战区处于承上启下贯彻战略决策、指挥作战行动的关键环节。联合作战指挥的重心在战区，联合作战力量运用的主导权在战区。

战区怎么建设？
"绝对忠诚、善谋打仗、高效指挥、敢打必胜"

记者：在战区授旗仪式上，习近平主席在训令中指出，各战区要毫不动摇听党指挥，聚精会神钻研打仗，高效指挥联合作战，随时准备领兵打仗。请谈一谈如何落实战区建设的目标要求？

王教成：建设绝对忠诚、善谋打仗、指挥高效、敢打必胜的联合作战指挥机构，这是我军最高统帅对战区建设的方向引领和具体要求。

全面贯彻主席训令，首要的是坚持听党指挥这个根本。战区是党对军队绝对领导的重要存在形式，必须坚决落实军委主席负责制，不折不扣执行习主席和中央军委的命令指示；自觉坚持新形势下政治建军原则，带头举旗铸魂，进一步强化政治意识、大局意识、核心意识、看齐意识，做高举旗帜、维护核心、坚决看齐、服务大局的模范，始终与党中央、中央军委和习主席保持高度一致。

全面贯彻主席训令，关键的是聚焦能打胜仗这个核心，紧紧扭住"五转"持续发力。

一是思想观念转变。由军区变为战区，是指挥体制的全新重塑，必须深入把握现代战争制胜机理，强化信息主导、体系对抗、联合制胜的思想，不断创新指挥方式、作战方法，切实重塑思想观念。我们应来一次头脑风暴，从长期和平积习中跳出来；聚焦实战，来一次观念革命，从机械化、大军区、单一军种模式中跳出来；来一次思维创新，从老眼光、老思路、老办法中跳出来，以全新的思维观念、作战理念适应新体制、新职能、新使命。

二是工作重心转换。尽快从战建训用管一体的军区模式中转换过来，把全部心思和精力聚焦到谋主战、强备战、练指挥上来，盯紧国际战略格局发展，盯紧战区当面情势变化，盯紧联合作战指挥短板，搞清对手、搞清任务、搞清战场，聚精会神研究打仗，专心致志练官练将，始终保持高度戒备，随时准备领兵打仗，有效应对突发情况。

三是运行机制转轨。抓紧建章立制，理顺指挥关系，落实指挥权责，健全值班体系，优化指挥流程。进一步健全战区党委领导、顺畅联合指挥运行机制、完备常态备战机制等，融合战区各要素各系统，实现上下贯通、左右协调、运行顺畅，确保联合高效指挥打仗。

四是能力素质转型。着眼体系对抗、联合制胜，坚决摒弃传统作战模式，从难从严从实战需要出发，大抓指挥训练和联演联训，融合军种信息系统，强化岗位战位培训，强化使命课题联合演练，打造高素质人才群体，不断提升战区联合指挥、联合行动、联合保障能力。

五是领导方式转改。主动适应组织架构、管理层级、职能任务调整变化，抓住体系重塑契机，改变传统方式，完善制度规定，厘清权力边界，强化监督问责，不断增强尊法学法守法用法的思想自觉和行动自觉，综合提高依法决策、依法指导、依法行动的能力。

聚焦主战职能　努力打造拱卫祖国南疆的钢铁长城

记者：请谈一谈南部战区作为五大战区之一，担负着怎样的使命任务？如

何推进战区建设？

王教成：南部战区扼守祖国南大门，担负着应对安全威胁、维护和平、遏制战争、打赢战争的重要使命，维护主权及海洋权益、确保边海空防安全的任务繁重。其中，维护南海权益是战区肩负的最重要使命。中国对南海诸岛及其附近海域拥有无可争辩的主权，我们将坚定不移维护国家主权和海洋权益，坚定不移维护南海和平稳定，我们将一如既往地秉承亲诚惠容的理念，积极发展与周边国家和军队的睦邻友好，共同维护这一地区的和平与安宁。同时，对影响地区安全的各种威胁和挑战保持高度警惕，扎实推进备战，确保一旦有事，就能有效应对各种安全威胁，决不允许任何国家以任何借口、任何行为威胁中国主权和安全。要敢战能战胜战，从容坚定地应对影响我国和平发展的威胁与挑战，着眼维护和平、应对危机、遏制战争、打赢战争，立足南部战区，全面做好打赢信息化局部战争的充分准备。

战区建设发展是全新事业、崭新课题。我们战区党委感到，必须夯实根基、厚积薄发，成立伊始就要把严的标准、实的作风立起来落下去，形成具有南部战区特色的过硬作风和精神风貌，全力打造铁一般信仰、铁一般信念、铁一般纪律、铁一般担当的坚强指挥机关和过硬部队。重点做好五个方面工作：

建强党委，把握方向。强军兴军，关键在各级党委。坚持以强军目标为引领，保持坚定正确的政治方向，以强烈的忧患意识和使命担当抓举旗铸魂、抓练兵备战、抓作风建设，切实履行好党委第一要务、主官第一责任，不断提升领导力、组织力、执行力，确保令行禁止、号令畅通，确保战区部队高度集中统一。

创新推动，强化枢纽。把建强实战管用的联合指挥枢纽放在优先位置，充分运用作战理论创新、军事科技创新成果推进指挥机构建设，优化战备方案计划、日常战备制度和指挥运行机制，强化指挥保障建设，加强联合指挥人才培养，加速形成坚强指挥中枢。

体系建设，联合备战。坚持信息主导、体系建设，着力拓展联合侦察预警能力，升级网络信息系统，优化联合作战力量，改善联合战场布局，完善联合保障模式，深化国防动员准备，诸军兵种众志成城打造基于网络信息系统的联合作战体系。

深化联训，提升能力。坚持实战实训，聚焦使命课题，强化专攻精练，突

129

出练将练官，推进联合指挥，加强检验评估，不断发现和解决作战重难点问题，充分发挥体制优势，拓展深化实战化联训联演，不断提升遂行任务的实战能力。

管控危机，稳定大局。跟踪研判当面情势，密切关注辖区可能面临的军事风险，完善方案计划，强化针对性演练，保持常态实备的战备状态，加强边海空防管控，周密组织维权维稳行动准备，确保一声令下迅即出动，坚决完成党和人民赋予的各项任务。

（原载于《人民日报》2016年2月28日第6版，作者：倪光辉）

战区在改革强军春潮中应运而生。聚焦实战、联合备战，信息主导、体系建设，南部战区加速形成联合指挥和作战能力——

战区主战的新探索

核心阅读

人民军队每临大考，时光之笔总能书写惊人相似的答卷。

1927年，江西，三湾村。在中国革命受挫、人民军队急需脱胎换骨的历史关头，毛泽东主席领导了举世闻名的"三湾改编"。89年后，北京，八一大楼。出于民族伟大复兴、建设世界一流军队的深远考量，习近平主席亲自决策组建战区。

这注定是一个永载人民军队光辉史册的春天——

2016年2月1日，习主席亲自向五大战区授予军旗并发布训令，开启了我军联合作战体系建设的新篇章。

风雷激荡中，战区在改革春潮中应运而生。作为本区域方向唯一最高指挥机构，战区担负镇守一方、经略一方、稳定一方的历史重任，承载着听党话、跟党走的政治重托，承载着能打仗、打胜仗的神圣使命，承载着中国梦、强军梦的殷切期盼。

南部，中国近代史的地缘起点。一个多世纪的风云变幻，这片土地早已与中国前途命运、民族复兴崛起紧密相连。

从习主席手中接过军旗，镇守在祖国南疆大地的南部战区全体将士，向党和人民庄严宣誓：我们坚决听从习主席号令，坚决履行主战职能，坚决守卫祖国南疆！

踏着改革强军的"风火轮"，南部战区第一代"拓荒人"以强烈的历史担当，接过了立起战区、建设战区的"第一棒"。"建设绝对忠诚、善谋打仗、指挥高效、敢打必胜的联合作战指挥机构"，成为响彻南疆军营的最强音。

组建一年多来，南部战区党委坚决贯彻党中央、中央军委和习主席决策部署，坚持以党在新形势下的强军目标为引领，以训令为总纲，着力推动观念转变、能力转型、机制转轨、作风转改。维护核心、听党指挥的意识在指挥链上更加坚定，研究打仗、指挥作战的氛围在新体制下日益浓厚，探索攻关、备战务战的成效在应对威胁中逐步显现，联合思维、联合制胜的能力在实践运行中明显增强，战区各项建设焕发出蓬勃的生机与活力。

立起战区之魂　坚决铸牢思想根基

从"三湾改编"到成立战区，从战火岁月到和平年代，变与不变间，有一样东西始终一脉相承——军魂。透过历史的"根"，如何立起战区之"魂"？南部战区党委坚决贯彻习主席政治建军方略，鲜明突出维护核心、听党指挥，着力强化官兵"四个意识"，牢牢把握战区建设正确方向。

——始终用习主席系列重要讲话精神武装头脑，战区党委中心组带领机关完成7个专题理论学习、党委常委组织30多次集中学习讨论，师以上领导讲党课、作辅导40余场次，广大官兵坚决维护权威、维护核心、维护和贯彻军委主席负责制的政治自觉不断强化。

——坚持把习主席训令作为统领战区建设的总纲领、总遵循，把学习贯彻训令作为头等大事和首要任务来抓，组织党委中心组专题学，安排机关职能教育系统学，结合部队年度主题教育深入学，切实用习主席重要讲话凝聚意志力量，引领广大官兵把思想和行动统一到习主席和军委战略决策上来，努力打造"四铁"过硬联合作战指挥机构。

——扎实开展改革强军主题教育和"两学一做"学习教育，深入贯彻古田政工会议精神"下篇文章"，全面彻底肃清郭伯雄、徐才厚流毒影响，研究制定《正风肃纪"十个严禁"》《领导干部"十个严管"》等措施，深入开展 12 个重大是非问题讨论辨析，对正师以上领导干部政治考察，坚决打好思想和组织清理两场硬仗，确保绝对忠诚、绝对纯洁、绝对可靠。

"战区是党对军队绝对领导的重要存在形式，是确保党指挥枪的体制设计和制度安排，越是战区主战越要铸牢军魂，越是专司打仗越要听党指挥……"南部战区指挥大楼，这段文字格外醒目，犹如高高飘扬的信仰之旗，引领着广大官兵在强军兴军的征途上阔步前行。

扛起主战之责　自觉担负历史重任

零点，南部战区联指中心，荧屏闪烁。通过指挥信息系统，他们正在对战区军以上部队进行呼点抽查。从西南边陲到繁华都市，从深山密林到碧海蓝天，战区各军种部队在战斗岗位上迎接战区指挥，随时准备听令出征。

这是具有里程碑意义的时刻。从这一刻起，南部战区从试运行进入全面履行指挥权责的新阶段，正式对战区部队和其他配属力量实施统一指挥。战区接替指挥，是一份无上的荣耀，更是一份沉甸甸的责任，意味着接过了保一方平安、促一方发展的崇高使命。

起步就是"冲锋"的姿态。授旗后第一天，南部战区开局起步忙得不可开交：战区主要领导带机关精干人员，启动战区战略研究；战区机关各局室聚焦主战职能，紧锣密鼓筹划新年度工作；身着陆、海、空、火箭军各色迷彩服的作战值班人员，如火如荼学习联合作战值班流程……

组建一年多来，他们聚焦战区主战职能，以深化联合作战指挥体系建设为主线，以制定战区战略为先导，坚持聚焦实战、联合备战，信息主导、体系建设，不断拓展深化军事斗争准备，加速形成联合指挥和作战能力。

——战略引领、统筹规划。聚焦使命任务研究制定战区战略，切实把与谁打仗、在哪里打仗、打什么仗，怎么塑造态势、管控危机、打赢战争等全局性重大问题研究透；联动战区各军种进一步完善战役指导，真正把军事行动的总体设计、指导原则和战役战法等筹划好、搞科学。

——体系建设、联合备战。坚持强化信息主导、体系建设的思想，以对作战体系的贡献率为标准指导各项建设，不断完善基于网络信息系统的联合作战体系。

——深化联训、提升能力。坚持以方案计划牵引使命课题，以专攻精练突破作战重难点，以练将练官推进联合指挥，以实战化联演检验实战能力，遂行使命任务的实战能力不断提升。"放眼战略全局，战区方向正逐步成为战略博弈热点和利益冲突前沿，周边及辖区热点多、燃点低，应急处突要求高，维权维稳压力大……"在今年南部战区党委全会上，一位战区领导在报告中满怀忧患地说。

砥砺攻坚之笃　大力强化创新担当

"杀出一条血路来！"38年前，从南粤大地发出的石破天惊之语，至今荡气回肠。

1979年春天，改革开放总设计师邓小平在南粤边陲小镇，挥手画了一个"圈"，亲自决策建立深圳经济特区。从此，这片改革开放试验田，引发了新中国翻天覆地的发展变化。

岁月悠悠，弹指一挥间。今天，得改革开放风气之先的南部战区，如何答好立起战区、建设战区这份考卷？

潮头观澜，愈加清醒坚定。南部战区党委"一班人"深刻认识到：战区立不起来，改革就落不了地；战区强不起来，军队就不是真正的强、内在的强。必须强化担当、敢涉险滩，建立与新体制相适应的新机制，把战区这条路蹚出来！

先转观念再理思路，先找问题再拿对策，先做学生再当先生。岭南军营春来早。去年春节刚过，南部战区以党委"一号文件"推动新体制下"二次创新"，引导大家从大陆军大军区模式中跳出来，从老思路老经验惯性中跳出来。与此同时，战区党委常委带队分赴各军种部队，深入一线搞调查、摸实情，带回70多条意见建议；坚持问题导向组织高端研讨，全军百余位军事专家积极建言献策，厘清创新发展思路。

谋定而后动。南部战区以训令为指导，坚持战区党委统揽抓总，战区党委常委亲自担纲负责，战区各军种联合攻关，探索走开机制创新路子。

——上下联动、合力攻关。围绕理顺权责边界、指挥关系和工作机制，以战区为枢纽，纵向承接军委联指、联动战区各军种指挥机构和任务部队，横向衔接各军种、战略支援保障力量和相关战区，合力解决指挥体制运行中的矛盾问题。

——整体设计、分步推进。以健全完善战区党委领导打仗、战区联指指挥打仗、战区机关保障打仗的体制机制运行为突破口，从职能任务、能力需求、指挥编组等方面，统筹设计战区联合作战指挥架构和运行机制。

——边建边用、滚动发展。以应对日常突发情况为重点，修订作战值班规定，固化等级部署通用流程，探索典型行动应对处置办法。

惟改革者进，惟创新者强，惟改革创新者胜。一年多来，南部战区坚持创新驱动、集智攻关，在秉承我军优势、借鉴外军经验中涉险滩、蹚新路，一大批"战区首次"进入主战实践，10余项重大创新成果在全军推广，为战区立得起、转得顺、打得赢提供了有力支撑。

（原载于《人民日报》2017年8月20日第6版，作者：倪光辉）

陆军

2016年伊始，中国人民解放军陆军领导机构正式亮相——

建设强大的现代化新型陆军

2015年12月31日，习近平主席为陆军授予军旗并致训词，鲜明提出"努力建设一支强大的现代化新型陆军"。中国人民解放军陆军领导机构正式成立，标志着陆军单独作为一个军种正式亮相世界，从此迈入新的历史发展阶段。这是改革强军的重大成果，有着80多年辉煌历史的人民陆军迈上新的征程。

这次改革，把握国际战略格局新变化，立足国家安全和发展新要求，着眼军队使命任务新拓展，中央军委对陆军作了体系设计，成立陆军领导机构，调整陆军力量编成和规模结构，加强陆军全局性专业性统一建设指导，必将加速推进陆军现代化进程，有力促进我军组织形态现代化。

陆军是我们党最早建立和领导的武装力量，历史悠久，敢打善战，战功卓著，为党和人民建立了不朽功勋。从某种意义上讲，人民军队的基础就是陆军的基础，人民军队的战史就是陆军的战史。

新起点，新征程。陆军部队如何聚力战略转型，肩扛使命再出发？本报记者独家专访了陆军司令员李作成。

——编者

实现中国梦强军梦的战略要求

记者：这次改革，习主席亲自决策组建陆军领导机构，强调努力建设一支强大的现代化新型陆军。请问，如何理解这一战略要求？

答：建设强大的现代化新型陆军是实现中国梦强军梦的战略要求。实现中华民族伟大复兴，是近代以来中华民族最伟大的梦想。今天，我们前所未有地接近实现民族伟大复兴的目标，但也面临许多严峻挑战。我国疆域辽阔、地缘环境复杂，陆地边境线和海岸线漫长，祖国完全统一尚未实现，无论御外还是稳内，陆军始终是基本力量。建设强大陆军，是协调推进"四个全面"战略布局、实现中华民族伟大复兴的内在要求，是捍卫国家和民族最高利益的战略考量。

建设强大的现代化新型陆军是顺应新军事革命潮流的战略抉择。当今世界新军事革命浪潮风起云涌，各主要国家纷纷加快军事变革，争夺军事竞争新优势。建设适应时代发展和作战需要的新型陆军是一个战略重点。推进陆军由大向强发展，既要摒弃"大陆军"惯性思维，也要破除"陆战过时""陆军无用"的认识误区，抓住机遇、积极变革，赶上潮流、赶上时代，保持优势、走在前列。

建设强大的现代化新型陆军是构建中国特色现代军事力量体系的战略举

措。我军军事力量体系整体水平落后于世界军事强国。特别是陆军现代化建设相对滞后，有些问题比较突出，必须压缩规模、优化结构、创新形态、强化功能。这次改革，对陆军作了体系设计，成立陆军领导机构，调整陆军力量编成和规模结构，加强陆军全局性专业性统一建设指导，必将加速推进陆军现代化进程，有力促进我军组织形态现代化。

构建军队建设发展新格局的战略抉择

记者：以往陆军未设独立的领导机关，由原四总部代行有关职能，各军区直接管理所属陆军部队。为什么在此时成立陆军领导机构？

答：调整组建陆军领导机构，既是深化国防和军队改革的重头戏，又是深化陆军改革的第一仗，是对军兵种领导管理体制的健全，既有利于部队战斗力的整体提高，也有利于陆军建设的转型发展。

调整组建陆军领导机构是深化国防和军队改革的重大举措。这轮改革，按照"军委管总、战区主战、军种主建"的原则，对陆军作了体系设计，这是一项事关全局的重大改革举措。这样调整，有利于强化军委集中统一领导，强化陆军机关建设、训练、管理、保障核心职能，有利于构建平战一体、常态运行、专司主营、精干高效的战略战役指挥体系。这样调整，有效破解了我军组织体系中长期存在的一个结构性短板，抓住了推动陆军建设发展的"牛鼻子"，找准了深化陆军改革的突破口。

调整组建陆军领导机构是推动陆军现代化建设的重要条件。长期以来，陆军实行总部代行、军区直管、建用一体的领导管理体制，对陆军部队建设发展发挥了重要作用，但随着时代发展，也产生了很大局限。调整组建陆军领导机构，消除了影响和制约陆军现代化建设的体制性障碍，是对陆军领导管理体制的健全和完善，为陆军现代化建设提供了制度保障。这次调整改革，使陆军建用适度分离，精准把握建与用的平衡点，有利于加强陆军建设顶层设计，进行更加专业化、精细化的建设指导，为陆军现代化建设创造了重要条件。

调整组建陆军领导机构是建立联合作战指挥体制的客观要求。从客观现实来看，要建立真正意义上的战区，就必须打破现行军区体制，着力构建军委—战区—部队的作战指挥体系和军委—军种—部队的领导管理体系。不建立陆军领导机构，联合指挥机构就难以摆脱陆军属性，就不是真正意义上的联合作战指挥，也无法做到对各军兵种等同等距指挥和保障。

高质量推进陆军转型发展

记者：习主席的训词，为新形势下加快推进陆军建设发展指明了前进方向、提供了根本遵循。具体说说，怎样建设一支强大的现代化新型陆军？

答：习主席和中央军委把建设新型陆军的历史重担交给了我们，这既是莫大的信任，更是沉甸甸的责任。我们一定要把思想和行动统一到习主席决策指示上来，把智慧和力量凝聚到实现新的奋斗目标上来，以高度的历史自觉和强烈的使命担当奋力开创陆军建设发展新局面。

必须高起点谋划陆军发展战略。坚持以强军目标为引领，以新形势下军事战略方针为指导，贯彻总体国家安全观，着眼任务、立足全局、面向未来，搞好顶层设计、加强战略谋划，科学制定陆军建设发展规划。以前瞻眼光、开放视野、创新理念研究把握陆军建设运用的内在机理，以发展战略与时俱进牵引推动陆军建设科学发展跨越发展，尽快实现由大向强的历史转变。

必须高效能履行军种主建职能。坚持战斗力这个唯一的根本的标准，深入研究陆军建设的特点规律，围绕如何建、如何管、如何训、如何用等关键性问题，准确把握职能定位，做到机制健全、关系顺畅、权责明晰、协作密切、运转高效，在主导建设、参与指挥、支撑行动上发挥好作用。

必须高质量推进陆军转型发展。建设陆军、重塑陆军，必须提高工作质量和效能。坚持信息主导，把信息力作为形成和提高战斗力的关键因素，把信息系统建设和信息高效利用作为重要抓手，推动陆军由机械化向信息化转变。坚持任务牵引，大力发展新型作战力量，加强陆军部队数字化、立体化、特种化、无人化建设，推动陆军由区域防卫型向全域作战型转变。坚持精兵制胜，优化力量编成和规模结构，使部队向充实、合成、多能、灵活方向发展，推动陆军由数量规模型向质量效能型转变。

锻造"四铁"过硬机关和部队

记者："惟改革者进，惟创新者强，惟改革创新者胜。"建设强大新型陆军是一项开创性的伟大事业，如何在改革大潮中交出合格答卷？

答：陆军改革是篇大文章，后续改革和建设发展的任务艰巨繁重。我们要自觉践行习主席建设具有铁一般信仰、铁一般信念、铁一般纪律、铁一般担当的领导机关和部队要求，切实把思想行动统一到党中央和中央军委决策部署上来，坚决拥护改革、积极支持改革、自觉投身改革，确保各项改革任务落地生根，为开创陆军建设发展新局面作出应有贡献。

讲政治，在对党忠诚、听党指挥上交出合格答卷。深入学习贯彻习主席系列重要讲话精神，把握工作的根本遵循和科学指导；毫不动摇坚持党对军队的绝对领导，经常主动坚决向党中央、中央军委和习主席看齐，向党的理论和路线方针政策看齐；坚守党性原则，坚定政治信念，增强政治意识，站稳政治立场，做政治上的明白人；大力弘扬陆军光荣传统和优良作风，努力培养"四有"新一代革命军人，确保部队绝对忠诚、绝对纯洁、绝对可靠。

守纪律，在执行指示、严守规矩上交出合格答卷。"令严方可肃兵威，命重始于整纲纪。"把纪律和规矩挺在前面，自觉践行"三严三实"要求，初始即严、一严到底，让铁规生威、铁纪发力。强化法治信仰和法治思维，做好建章立制工作，加快实现"三个根本性转变"，切实形成党委依法决策、机关依法指导、部队依法行动、官兵依法履职的良好局面。

勇担当，在转变观念、开拓创新上交出合格答卷。以开拓进取的精神、破冰前行的勇气，下功夫做好重组重塑的大文章，努力把陆军建设的美好蓝图变成现实。坚决破除各种守常心理、守成思想和守旧做法，真正从机械化战争、维护传统安全、陆军单一兵种主战、固守局部利益等思维定式中走出来，牢固树立信息主导、体系支撑、精兵作战、联合制胜等现代战争理念，以新思维新理念引领推进陆军建设发展，以实际行动跑好"第一棒"、干好"第一任"。

（原载于《人民日报》2016 年 1 月 31 日第 6 版，作者：冯春梅　倪光辉）

百万陆军将士阔步强军征程，谱写一幅壮美兴军画卷，铸忠诚之魂、强胜战之能、塑作风之形……

中国陆军由大向强迈步新长征

编者按：今年是中国人民解放军建军 90 周年。1927 年 8 月 1 日，南昌起

义揭开了中国共产党独立领导武装斗争和创建革命军队的序幕。从此，人民军队走上了由小到大、由弱到强，从胜利走向胜利的征程。

历史的车轮滚滚向前。今天的中国军队，正处在由大向强的"关键一跃"，新一轮国防和军队改革正在为"这一跃"集聚着磅礴伟力。

为迎接党的十九大胜利召开、庆祝中国人民解放军建军90周年，围绕"宣传强军思想 讲好强军故事 展现强军风貌"重大主题，本报记者将深入全军和武警部队采访，聚焦国防和军队改革取得的重大突破，宣传军队革命化现代化正规化建设取得的新进展新成就。

中国人民解放军历史发展的坐标上，总有一些激荡人心的重要节点——

1927年8月1日，南昌起义打响了第一枪，揭开了中国共产党独立领导武装斗争和创建革命军队的序幕。从土枪土炮到机械化信息化，从仅仅两万人的起义队伍到各军兵种完备的正规化部队，再发展到强大的现代化军队……陆军伴随着我军的创建而创建，伴随着我军的发展而发展。

2015年12月31日，新的陆军领导机构成立，习主席授予军旗并致训词，鲜明提出努力建设一支强大的现代化新型陆军。这为陆军建设发展指明了前进方向、提供了根本遵循，陆军建设迎来了加速发展的历史机遇。从此，历史悠久、敢打善战、战功卓著的陆军，开启了新时代，踏上了新征程。

以强军目标为引领，铸忠诚之魂、强胜战之能、塑作风之形……百万陆军将士矢志强军兴军、建强陆军，谱写了一幅壮美的强军画卷，迈出了建设强大的现代化新型陆军的坚实步伐。

"听党话、跟党走"红色基因永不忘
铸牢绝对忠诚之魂

"向前、向前、向前，我们的队伍向太阳……"嘹亮的军歌，表达了人民军队对党的赤诚——听党指挥，人民军队不变的军魂。

建强陆军，靠什么指引方向？靠什么凝聚力量？回眸历史，观照现实，答案越来越清晰：政治建军，永远是我军的传家宝。

"政治建军是立军之本，新形势下必须铸牢听党指挥这个强军之魂。"陆军党委机关和部队官兵真学深信习主席系列重要讲话精神，不断增强政治意识、大局意识、核心意识、看齐意识，始终做到思想上追随、政治上忠诚、行动上落实。

"让'信仰值'满格，使'忠诚度'满仓。"一场场理论宣讲激励军心士气，一次次学习教育打牢思想根基，广大官兵深切感受到党的创新理论的巨大魅力。

铸牢忠诚之魂，最核心最要害的是毫不动摇坚持党对军队绝对领导。陆军党委坚决维护和贯彻军委主席负责制，制定出台 10 条具体措施，事事按制度、按程序、按规矩办，确保部队坚决听从党中央、中央军委和习主席指挥，确保党指挥枪的原则落地生根。

一声令下三军随。一年前，伴着深化国防和军队改革的号角，在雄壮的《义勇军进行曲》中，在原驻地驻守了 46 年的陆军某部官兵拔营起寨，移防到山西太原，成为全军首个因改革而调整部署的军级单位。

若以小利计，何必披征衣。过去建功军营是奉献，现在脱下军装也是奉献。撤并降改听党的、进退去留听组织的……面对国与家、义与利、得与失的"忠诚大考"，身为改革"大头"的陆军，百万官兵叫响"听党话、跟党走"，以"改革如棋、我愿为卒，行动坚决、坚定前行"的赤胆忠心，在改革大考中交出优异答卷。

正因为扎深了根、铸牢了魂，陆军官兵忠于职守、不辱使命。2016 年，上士申亮亮、下士李磊、四级军士长杨树朋血洒维和战场，下士刘景泰长眠滔滔洪水，他们用生命书写了对党、对祖国的无限忠诚。

立起"打赢靶标"推动转型发展
阔步转型建设之路

这是一幅波澜壮阔的练兵画卷——

去年盛夏时节，陆军 15 支劲旅或北上朱日和，或东挺三界，或西进青铜峡、山丹，展开强度、难度再创新高的跨区基地化训练。2016 年，陆军组织 40 余万部队赴高原、戈壁等地野营驻训，完成 129 场团以上规模实兵实弹战术演习，形成春有大练兵、夏有大海训、秋有大演习、冬有大拉练的练兵机制。

这是一部能打胜仗的强军秘籍——

去年8月，陆军组织五级指挥员开展实战化集训，系统查找各层次训练短板弱项，着力纠实战化训练积弊、转实战化训练观念、引实战化训练路子，研究制定《全面推进陆军实战化训练的措施》，吹响了陆军部队在新起点推进实战化训练的"冲锋号"。

2016年10月，陆军下发《十大创新工程总体方案》，按照工程化设计推进的思路，聚力抓好军事理论、装备技术、大数据建设等十大创新工程，以重点领域、关键项目的创新突破，带动陆军力量体系和作战能力改造升级，这是陆军建设的又一"重头戏"。

建设新型陆军是一项开创性的伟大事业。新使命需要蹚新路，新征程呼唤新作为。

"信息化时代陆军建设模式和运用方式发生深刻变化，如果仍沿用老套路，就难有突破性发展。"陆军领导的一句话，让每名官兵都陷入了沉思。"打破思维定式，改变思维习惯，必须敢于向自己开刀。""创新需要找准'发力点'，否则只会背道而驰。"围绕"军种主建"命题，着眼以能打仗、打胜仗牵引转型，陆军部队集智攻关形成陆军发展战略、建设发展专项计划，为在新的起点上加快推进陆军转型建设提供"路线图"。

阔步转型建设新征程，陆军将士对照"时间表"，细化实践路径。东部战区陆军在全军首家部署使用完全自主知识产权的"麒麟"计算机信息系统；某军通信团组织作训部门和科研人员研发"通信战备常态化管理系统"，使战备工作步入信息化轨道……

扎紧"制度笼子"强化刚性执行
夯实建强陆军之基

"军队越是现代化、信息化，越要法治化。"建设强大的现代化新型陆军，离不开健全的法律、严明的纪律、正规的秩序，必须更加坚定自觉地推进依法治军、从严治军，充分发挥法治的引导、推动、规范、保障作用，为陆军转型建设奠定法治根基、铺就法治轨道。

陆军规模大、类型多、分布广,实施管控难;新旧体制转换处于"磨合期",转型建设摸着石头过河;随着调整改革深入,新情况新问题不断增多……面对各种挑战和困难,陆军党委行法治、抓从严,加快建立健全同新体制相适应的陆军建设管理运行机制,制定出台80多项暂行规定,明确233条权力清单,各项工作纳入法治轨道,使部队令行禁止、步调一致。

欲治军者,必先治将。陆军党委机关下发的第一个通知,就是《关于做好调整改革期间纪律检查工作的意见》,从严规范领导干部用钱用权。各部队持续开展"学法规、用法规、守法规"活动和法治军营创建活动,培塑法治思维、增强法治素养、提高法治能力;积极破解涉法难题,广泛开展"送法下基层"活动,维护官兵合法权益……"基层是部队的主体,是落实依法治军的末端,更是强军兴军的根基所在、力量所系。"陆军部队深入贯彻《军队基层建设纲要》,坚持把依法治军作为基层建设的基本方式确立起来。

"一代人有一代人的使命,一代人有一代人的担当。"直面改革大考,牢记建设新型陆军使命,陆军官兵正用实际行动,向党和人民书写着答卷。

（原载于《人民日报》2017年4月9日第6版,作者:倪光辉）

人民陆军深入贯彻习近平强军思想,知行合一,铸剑砺剑,锤炼新时代打赢能力

战鼓催征起新航

今年盛夏,陆军新型力量比武竞赛在多个演兵场同时展开。来自五种新型力量的数千名官兵,在侦察情报、特种作战、信息保障、电子对抗、陆航空突行动中进行实战对抗。

强军之要,重在打赢。陆军把转型建设落实到能打仗、打胜仗上来。

2016年"八一"前夕,习近平主席视察陆军领导机关,指出要加强实战化军事训练,提高陆军战斗力和实战水平,提高陆军对全军体系作战能力建设的贡献率。

统帅一声令,千营共一呼。陆军党委牢记习主席殷切嘱托,自觉强化备战之责，深研谋战之道，锤炼胜战之能。

从首都北京到边防哨所，习近平强军思想深入座座军营，根植百万将士心底；从大漠戈壁到中原大地，真理之光化为强军兴军、建强陆军的磅礴力量；从白山黑水到雪域高原，实战实训之风劲吹演兵场：高端集训打造过硬"中军帐"，战役考核逼出优等指挥员，参谋比武练就大批"小诸葛"，"奇兵"对抗催生新质战斗力……

从千余场宣讲到"五微"新课堂，掀起练兵备战"头脑风暴"——

真理之光照亮打赢之路

越是强军打赢，越需要旗帜引领。

陆军党委坚定用习近平强军思想定向起家、谋篇抓建。党委常委跟进学习习主席系列重要讲话精神，及时掌握新思想新观点新论断；军以上干部深入学习领会习近平新时代中国特色社会主义思想，破解部队备战打仗重大现实问题；各级组织团以上干部理论轮训，持续兴起学习热潮。

走边关、进哨所，上高原、赴海岛。每年组织强军思想大宣讲，数百支宣讲组深入基层一线，体系化宣讲、通俗化阐释、故事化解读，1100余场次宣讲打通"最后一公里"，架起理论"连心桥"；一篇博文一堂课、一部动漫一个理、一段视频一片情，微信公众号、学习APP、"五微"新课堂承载鲜活的强军思想走进官兵掌握官兵。陆军全军将士念兹在兹的就是练兵备战。

立起根本指导，推动强军思想进决策进制度进规划。翻开《陆军党委班子加强自身建设规定》，强军思想成为各级党委牢固确立的根本指导思想，胜战能力列为各级党委班子自身建设的核心能力，能打仗打胜仗成为部队建设发展的出发点落脚点。

《全面推进实战化军事训练的措施》《陆军战备工作规定》……一项项制度贯穿强军思想，引领部队牢固确立一切为打赢鲜明导向，紧扣战斗力筹划检验各项工作；一条条规定洗刷着传统思想观念，深刻改变练兵备战思维模式。

陆军领导机关带头兴训、立身为旗，释放大抓实战化训练强烈信号；各战区陆军闻令而动，刮起真抓实备之风；新疆军区、西藏军区、北京卫戍区立起中心居中导向，探寻战争制胜机理；各集团军查问题补短板，自觉从讲话精神中找遵循、找思路、找举措，抓训练学讲话、补短板用讲话、谋发展靠讲话，在陆军部队蔚然成风。

在习近平强军思想的指引下，"大功三连"、王锐等一大批学强军思想、当精武模范的先进典型蓬勃涌现，立起了真信真学、真用真练的打赢标杆。强军思想正在成为引领练兵备战的"风向标"、统一行动号令的"指挥棒"、检验工作成效的"试金石"，激励着陆军官兵尽打赢之责、兴打仗之业、强胜战之能。

从大集训到大比武，从考军长到练部队，吹响练兵备战"冲锋号角"——

实战实训砥砺胜战之能

打赢的勇士不畏艰险，再闯雪域高原，进行高海拔地域对抗演练，某红军旅从蓝军的围追堵截中杀出血路；突破茫茫戈壁，某合成旅铁甲纵横驰骋，展开冲击与反冲击、夺占与反夺占较量；翱翔海空之间，某陆航旅大场次跨昼夜飞行训练，各种战术情况紧紧相逼；砺剑西北大漠，23个险难课目轮番上演，新型步战车快速突进精准射击……

凡言武备者，练兵为最要。从东海之滨到西部边陲，从北国山麓到南疆雨林，一支支部队斗志昂扬掀起实战化训练热潮。

征战的脚步从未停歇，北上朱日和、西进青铜峡，挥师三界、亮剑山丹，每年数十万陆军部队赴高原闯戈壁，完成百余场团以上规模实兵实弹战术演习，谱写出一幅幅春有大练兵、夏有大海训、秋有大演习、冬有大拉练的盛景图。

今年练兵的强度之高、力度之大、范围之广，创历史之最，持续推动备战打仗走深走实——

"深化现代战争特别是陆战问题研究，把准未来作战对陆军的能力需求。"大规模高端集训，探寻"面向世界、瞄准一流"的制胜之道。5月下旬，练兵备战及转型建设集训在新疆某训练基地拉开战幕，特种作战、空中突击、远程火力等新质作战力量接连亮相，大数据、云平台、资源池等信息化作战建设成果悉数登场，400多名将校军官研讨交流备战打仗重大课题，为锻造胜战陆军寻计问道。

"能打仗打胜仗，首先要看领导干部特别是高级干部。"大手笔考军长，立起"练兵先练官、强军先强将"的鲜明导向。6月中下旬，13名军长逐一上考场，接受陆军史上首次战役指挥员大考。作战意图临机下达、命令要点现场口述、"刁难"质询层出不穷，陆军主要领导全程督考、带头训练，战区陆军司令员和军以上机关同步参训作业，多措并举练强练硬"中军帐"。

"开展群众性练兵比武活动，加强针对性对抗性训练，提高军事训练实战化水平。"大范围比武对抗，形成"练战者胜、为战者荣"的精武氛围。从侦察情报到特种作战，从信息保障到电子对抗，"奇兵"系列比武聚焦新质力量，融战斗性综合性竞技性于一体，全程嵌入实战背景，多课目连贯实施，全方位锤炼新质战斗力；首次战役参谋比武临机抽点人员、临机构设课题、临机编组裁评，按作战进程昼夜连贯实施，军以上单位机关干部人人参训备考，探索规范实战化训练路子。

从陆军领导机关到基层一线班排，从作战部队到军事院校，从各类基地到科研单位，广大官兵潜心铸剑砺剑，大练兵、大研训、大考核、大比武蓬勃兴起。

从12条新举措到7条硬杠杠，从纪委巡视到训练监察，扎紧练兵备战"制度笼子"——

纠治积弊汇聚谋战之力

聚力备战打仗、破除和平积弊，这是习主席强调最重、忧思最深的重大问题。视察军委联指中心，亲自参加开训动员并发布训令，习主席率先垂范，破和平积弊、立打仗导向。

榜样是最好的示范，表率是无声的命令。陆军党委紧盯备战打仗归正党委工作重心、统筹安排各项工作，一切工作回归战斗力本真、体现战斗力标准、符合战斗力要求。

一项项规定抓住关键环节，一招招措施直指问题短板——

前不久，陆军党委破除和平积弊 12 条措施下发陆军部队，招招直击训风演风要害处，推动战斗队思想立起来、战斗力标准落下去。陆军党委健全完善领导干部考核评价体系，按战斗力标准选人用人，出台"信念坚定、精神强大、能力过硬"等 7 条"硬杠杠"，全过程嵌入重大军事任务跟踪考核，全方面了解干部打仗能力，将练兵备战工作成效与调整使用挂钩……

坚持问题导向，严格问题检讨，像巡视那样加强训练监察、像审计那样纠治训风演风，严肃执纪问责，谁钻训练的空子，就挪谁的位置、打谁的板子，牢牢扎紧制度笼子。一次考核比武，作战、干部、纪检联合监察组全程监督，取消 2 名参赛对象资格，修正 12 人比赛成绩。考部队铁面无私，考军长标准更严。70 多人组成 14 个监察小组，分赴 13 个集团军和陆军机关，聚焦 9 个方面 54 条监督监察要点，立起硬杠杠、一把"尺子"量到底。

（原载于《人民日报》2018 年 8 月 5 日第 6 版，作者：倪光辉）

海军

海军用兵呈现多元常态，遂行海外重大任务、积极履行国际义务——

国家利益所至　舰艇航迹必达

"你看，这是第 25 批护航编队 3 艘舰艇，他们在护航；这是第 26 批护航编队，正前往亚丁湾、索马里海域；这是某舰，正在执行重大任务……"走进海军机关作战指挥中心，偌大的世界地图上，一串串红色符号在海图经纬坐标不停闪烁——同一时刻，在西太平洋、亚丁湾、印度洋、某大洋深处，都有中国海军执行任务的舰艇。

党的十八大以来，海军党委坚决贯彻习主席系列重要讲话精神，围绕新体制新职能新使命，坚持主建为战，以有效遂行海外重大任务为牵引，拓展和深化海军的战略运用，精心组织远洋护航、联合军演、国际救援、医疗服务、撤侨护侨等任务，积极履行国际义务，主动为国际社会提供安全产品，用兵呈现多元常态，兵力行动"含金量"不断提高。

"祖国万岁！"这是航经亚丁湾、索马里海域的中国船员发自肺腑的感慨。2008 年 12 月中国海军舰艇执行护航任务以来，已持续派出 26 批 83 艘次舰艇、近 22000 名官兵执行护航任务，成功为千余批 6300 多艘中外船舶护航，实现了人民海军迈向深蓝、走向远海的大跨越。

在海军主战舰艇部队，官兵们对世界地图了然于心，哪里是海峡，哪个海域风浪大，大家一清二楚。一线主战舰艇的老士官，大部分去过 5 个以上国家，听他们讲异国见闻，如同在听邻里间的家长里短。

中国海军昂首阔步走向大洋，步履铿锵，成果丰硕。

"中国海军好样的！"2012 年以来，中国海军先后 6 次与俄罗斯举行海上联合军演，两次参加美国主导的环太平洋联合军事演习。2014 年成功举办了 25 个国家参加的西太平洋海军论坛年会，通过了讨论达 16 年之久的《海上意外相遇规则》。2015 至 2016 年，152 编队历时 309 天完成护航和环球访问任务，出访 16 国 18 港，总航程 52300 海里，创造了一次执行任务时间最长、总航程最远等多项纪录，让世界感受到了新时期中国海军的建设成就和风采风貌。

中国海军用实际行动向世界展示了中国军队优良作风，彰显了我负责任大国形象。

"中国海军是负责任的！"马航 MH370 客机失联后，中国海军先后派出 10 艘舰船执行了联合搜救任务。马尔代夫首都出现供水危机后，861 船立即前出紧急供水。和平方舟医院船 5 次执行"和谐使命"以及人道主义救助、灾难应急救援等任务，航迹遍及亚洲、非洲、拉美等沿海 20 余个国家，10 余万人次外国民众先后享受到了中国海军提供的医疗服务。

"中国战舰是我们的'诺亚方舟'！"2015 年春，也门内战爆发。第 19 批护航编队奉命前往撤侨。这一刻，飘扬的五星红旗和八一军旗，让身处险境的同胞和外国民众热泪盈眶。从 3 月 29 日到 4 月 7 日，编队各舰连续作战，先后辗转 3 国 4 港 1 岛，分 5 批将 683 名中国同胞和 15 个国家的 279 名公民从战火纷飞的也门安全撤离。

（原载于《人民日报》2017 年 4 月 20 日第 11 版，作者：倪光辉　李唐）

由近海型向远海型、由平台型向体系型、由管理型向打仗型不断迈进，中国海军的"出镜率"越来越高，"颜值"越来越赞——

航行在建设世界一流海军征程上

西太平洋，徐州舰编队正开展实战化训练；亚丁湾，第二十六批护航编队为中外船舶护航；渤海湾，歼—15舰载战斗机战术训练如火如荼；东海南海上空，海军多型战机常态化巡航；大洋深处，新型潜艇静悄悄地潜航……

4月春光里，中国海军精彩纷呈、看点颇多。

68年前的4月23日，中国人民解放军海军正式成立。68年来，人民海军始终沿着党指引的航向，踏着时代鼓点，从无到有，从小到大，从弱到强。栉风沐雨68年，人民海军驰骋在祖国的万里海疆，践行着保家安邦的神圣使命。

特别是党的十八大以来，在党中央、中央军委和习近平主席的亲切关怀下，海军党委坚持把听党指挥、能打胜仗、作风优良作为不懈追求，在准备中建设，在转型中发展，开启了加快转型、由大向强的历史新航程，奏响了挺进深蓝、走向大洋的时代最强音。

海军广大官兵牢记使命，时刻战斗在战备巡逻、远洋护航、海上维权、远海训练、联合演习、出国访问、海外医疗服务等任务一线。如今，这支钢铁舰队正迈着铿锵步伐走向大洋，向着建设世界一流海军的目标阔步前进！

航向：听党指挥不迷航

"人民海军向前进，胜利航程党指引。"在炮火中诞生，从硝烟中走来，人民海军之所以创造一个又一个奇迹，这条真理颠扑不破。

海军有几百支高山海岛部队，一线作战舰艇每年近2/3的时间在海上，平均每天有数十个机组、上百艘舰艇、数千名官兵在执行任务中、动态中，兵力行动政治性、涉外性、实战性、独立性都很强，每个战术动作都事关国家政治外交大局，听党指挥显得尤为重要。

强军先强心，铸剑先铸魂。海军官兵把一切行动听从党中央、中央军委和习主席指挥，作为最高政治要求来落实，作为最高政治纪律来遵守，用实际行动把对党忠诚书写在波峰浪尖、无垠深蓝。

举旗铸魂、立根固本。海军深入贯彻古田全军政治工作会议精神，持续开展强军目标系列主题教育，充分发挥政治工作对建设强大海军的生命线作用。隆重纪念中国共产党成立95周年、西沙海战40周年、"海空雄鹰团"命名50周年、收复西沙70周年，传承人民海军听党指挥、敢打必胜、艰苦奋斗、务实进取、勇闯深蓝等红色基因，战斗力标准、"四有"新一代革命军人样子、"三新"大讨论取得重要认识和实践成果，牢记领袖重托、践行强军目标、建设强大海军更加坚定自觉。

坚持把拥护支持改革、落实改革任务作为检验对党忠诚的试金石，海军官兵自觉以党性为本，不讲任何条件，不计个人得失，闻令而动，自觉做改革强军的促进派实干家，如期完成领导指挥体制改革、作战指挥关系移交、联勤保障体制改革，规模机构和力量编成改革有序推进。全面彻底肃清郭伯雄徐才厚案件流毒影响，严明了政治纪律和政治规矩，净化了政治生态。

备战：聚焦主业勇担当

这些年，航母战斗力建设不断取得新跨越：

先后有数十名舰载战斗机飞行员、着舰指挥员顺利通过航母资质认证，中国成为世界上少数几个具备自主培养航母舰载战斗机飞行员能力的国家之一。2016年底至今年初，航母编队先后圆满完成实际使用武器演习、跨海区训练试验任务，并首次远赴西太平洋开展远海训练，航母战斗力建设迈出重要一步。

同样作为新质作战力量代表的核潜艇战斗力建设也实现了巨大飞跃。

党的十八大以来，海军党委紧紧扭住核心军事能力建设不放松，聚焦能打仗打胜仗，坚持战斗力标准和问题导向，积极开展使命课题专攻精练、复杂电磁环境对抗演练和作战指挥训练，检验战法训法，探索现代海战制胜机理。

这几组关键词，展示了党的十八大以来海军各级在练兵备战中取得的新成果、新变化。

"体系练兵""背靠背对抗"——海军连续12年组织复杂电磁环境下战法训练演练，深化反潜、反水雷、对抗空战、陆特战队跨区训练、立体夺控岛礁等系列演训，近 5 年先后组织数十次实际使用武器和综合实际使用武器演练，实射各型导弹、鱼雷数百枚，各型炮弹数十万发，有效检验武器装备边界使用条件，大幅提升了部队实战化能力。

"出岛链""远海训练"——海军紧紧围绕提高远海护卫作战能力，不断加大远海训练力度，组织"机动"系列远海实兵对抗演习，先后有数百艘次舰艇、百余架次飞机出岛链远海训练。近年来多次组织舰机合同编组出岛链训练，海军航空兵出岛链训练已经成为常态。

"海上维权""战备巡逻"——海军持续强化对当面海区的管控，构建形成了梯次分布、远近结合、海空协同的战备巡逻体系。平均每年组织战备巡逻舰艇数百艘次、飞机数百架次，跟踪监视外军舰艇数百艘次、飞机数百架次，基本实现了对重要海域的常态化管控。

换装：千帆竞渡步履疾

作为大国海军的重要标志，我国首艘国产航母下水在即！

"进一步的好消息，相信不会让大家久等。"国防部新闻发言人的话，让国人无不欢欣鼓舞。国之重器，举世瞩目。有关航母的信息，始终是新媒体"刷屏"的头条。

历经 10 余年，航母建设步伐愈发坚实。从改建到自主建设航母，正是国家综合实力、海军装备建设水平的一大飞跃，表明我国已经完全掌握了航母相关技术和管理经验。

2016 年 10 月 15 日，已经退役的我国第一艘核潜艇在拖船的拖带下，缓缓靠上海军博物馆码头。这艘游弋大洋 40 余载、屡建功勋的核潜艇，将作为展品供世人参观。这意味着，我国核潜艇进入了新老接替的新阶段。

在航母、核潜艇等大国重器捷报频传之际，海军主战装备也在成建制更新换代——

被誉为"中华神盾"的长春舰、郑州舰、西安舰等新型导弹驱逐舰先后服役，兼具防空、对海、反潜的"海上多面手"临沂舰、黄冈舰、烟台舰等新型导弹护卫舰陆续入列，被誉为"海上轻骑兵"的蚌埠舰、惠州舰、大同舰等轻型导弹护卫舰密集下水，还有舰载战斗机批量交付，新型战斗机整建制改装，预警机、舰载直升机家庭再添新成员……

远海护卫作战装备力量体系发展加快步伐，海基核力量装备体系建设大力推进，近海防御作战装备力量体系优化提高，两栖投送装备力量体系不断建强，信息系统与配套保障装备力量建设取得新进展……

曾几何时，"新三年旧三年，缝缝补补又三年"苦日子，让老水兵对新装备望眼欲穿。这5年，军舰以"下饺子式"速度增加，先后入列一大批新型舰艇、飞机、雷弹，基本形成了二代为主体、三代为骨干的主战装备体系。此外，重大核心技术实现弯道超车。创新强军马伟明模范团队，攻坚克难、勇攀高峰，取得了综合电力推进等多项新成果。

惠兵：后勤建设暖人心

官兵出海吃什么？

以往，长时间出海执行任务的水兵餐盘中，罐头、土豆、冬瓜、洋葱占据主流，因为远航舰艇的蔬菜保鲜期只有十天半月。

如今，随着舰艇远航饮食保障改革的推进，研发出了口味更好、品种更多、储藏时间更长的常温食品和速冻食品，建立起了从菜源筹措、采收预冷、气调包装到冷链运输的完整体系，蔬菜保鲜时间延长到了50余天。现在，舰艇远航几个月，返航时官兵还有青菜吃。

党的十八大以来，海军党委扎实转变领导作风，坚持把工作重心放在基层，把关心关爱官兵放在突出位置。持续推进实施"暖心惠兵工程"，海军现代后勤建设硕果累累——

海军后勤以主要方向、主战装备保障需求为重点，按照集中规模建设、综合协调配套的思路，统筹推进各方向战场设施建设，整合组建一批综合性保障力量，以点带面、区域辐射、互为支援的岸基保障力量布局基本形成；

新型补给装备为海军舰艇走向深蓝，构建起岸基、海上、岸海一体的综合保障链。对医院船、救护艇和救护直升机医疗系统的全面升级改造，海上保障力量的持续发展完善，为海军兵力走向远海大洋提供了坚强有力的后勤支撑；

海军建立全军、海军医院与基层医疗卫生机构对口帮建机制，在166个基层部队开展医疗服务保障，"蓝馨服务"使得613个军人家庭享受到天伦之乐，下达大病补助经费约 1.1 亿元。还探索建立了远海医疗救治与后送的新模式……

把重大非战争军事行动作为海军摔打磨砺部队的重要平台。中外海上联演、远洋护航、海上联合搜救、海外撤侨等重大专项任务后勤保障高效及时，先后有 186 艘次舰艇在境外 36 个国家的 53 个港口补给过油料，总量达 17 万余吨。

（原载于《人民日报》2017 年 4 月 23 日第 6 版，作者：倪光辉）

人民海军成立 72 年来忠诚使命奋力前行

劈波斩浪， 舰行万里不迷航

听党话、跟党走，人民海军在党的领导下走过了 72 年风雨历程，经历了从无到有、从小到大、由弱到强，一路劈波斩浪，纵横万里海疆、勇闯远海大洋，取得了举世瞩目的发展成就。　　　　——编者

新时代的人民海军，正劈波斩浪、纵横海疆，奋战在维护国家主权、安全、发展利益以及履行大国责任义务的一线。

如今，人民海军在党中央、中央军委和习主席的坚强领导下，正加快推进由近海防御型向远海防卫型的转变，提高战略威慑与反击、海上机动作战、海上联合作战、综合防御作战和综合保障能力，在全面建成世界一流海军的伟大征程中奋勇前进。

"人民军队走向世界，制度优势也要亮出来"
千里万里，党在心里

"13 年前，我作为实习学员参加了海军首批护航行动，那时整个舰队能拿得出手的舰艇，两只手就数完了；13 年后，再次踏上这片海域，我亲眼见证了党领导人民海军建设取得的非凡成就，走出去的步伐愈加坚定。"正在执行第 37 批护航任务的长沙舰"新老水兵对话会"上，副舰长施军结合自己成长经历以及两次护航的不同感受，对大家说出了心里话。

"千里万里，党在心里；时差温差，思想不差。"虽然远隔万里，但编队各种教育活动与国内保持着"零时差"。上午海军机关刚刚举行党史学习教育专题宣讲，中午舰政委邹琰就收到了相关资料。通过远海信息终端获取的丰富素材，党课教育、党史故事会、"党史上的今天"广播等活动在编队相继开展起来。

72 年来，一代代海军官兵坚持听党话、跟党走，在艰苦卓绝的军事斗争和继往开来的建设发展中，孕育形成了海上猛虎精神、海上先锋精神、海空雄鹰精神、西沙精神、南沙精神、核潜艇精神……这些融入人民海军血脉的精神财富，正是海军官兵对党绝对忠诚的生动体现。

"钢铁战士"麦贤得，矢志不渝教育青年人要热爱中国共产党；"忠诚党的创新理论的模范教员"方永刚，透支生命真情传播党的创新理论……一个个闪耀在历史中的名字，引领着新时代海军官兵红心向党、永铸忠诚。

2019 年 11 月，中、俄、南非三国举行海上联演，中方参演的潍坊舰政治委员范冠卿，不仅落落大方地以"政治委员"身份参加联演新闻发布会、演习计划会、甲板招待会等外事场合，更是在海上课目演练中，与舰长共同在作战指挥室指挥演练。

"人民军队走向世界，制度优势也要亮出来。"范冠卿在与外方交流中，自信介绍党委制、双长制、政治委员制是我党我军的根本制度和政治优势。

"经过系统深入持续开展'三讲三整顿'专题学习教育，始终保持政治整训的劲头和力度，各级讲政治的意识不断增强，讲政治的氛围不断浓厚，讲政治的能力不断提高，不讲政治、淡化政治、忽视政治的人和事越来越少。"海军政治工作部相关负责人介绍。

"我是中国海军护航编队，如需要帮助，请呼叫我"
驰骋海疆，勇闯大洋

最近一连数日，从清晨到深夜，驻守南海前哨的海军航空兵某机场，轰鸣长啸、战鹰列阵，反潜巡逻机、预警机压茬起飞，抓住海空情况复杂的练兵良机，不断向更远空域、更难课目、更险战场振翅翱翔。

这其实已经不算新鲜。战备值班返航直接转入远海训练，新造舰艇入列当月起航执行护航任务，航空兵转场驻训当天投入实战化训练……快节奏，已成为海军部队的用兵常态。

海军各级始终把军事斗争准备作为最现实最紧迫的任务，坚决贯彻新时代军事战略方针，深化实战实训、联战联训、科技强训、依法治训，加紧练兵备战，做好全时待战、随时能战的准备。

"不要问我在哪里，问我也不能告诉你，我们是中国海军潜艇兵，航行在深深的海洋里……"大洋深处，一艘新型核潜艇正在执行战备巡航任务，被称为"水下听风者"的声呐班长蒋金良，全神贯注地沉浸在自己的声音世界里。这支曾创造了中国潜艇史上航时最长、航程最长、水下航行时间最长、一次性潜航时间最久等多项纪录的神秘部队，近年来一刻也没有停下练兵备战的步伐，官兵们抓住新装备不断列装的历史契机，推动战斗力建设跃升到新的台阶。

2020年4月，成都小伙韩啸驾驶帆船穿越亚丁湾，与中国海军第34批护航编队不期而遇。激动的韩啸把与护航编队通话的视频放到网上，再次把亚丁湾护航带入公众的视野当中。

"我是中国海军护航编队，如需要帮助，请呼叫我。"一句承诺，13年坚守。37批护航编队，110余艘次舰艇、3万余名官兵接力，1300余批次、6900余艘过往船舶见证，中国海军护航编队在远海大洋有效维护了国家利益，维护了国际海上通道安全。

今年2月，贵阳舰、枣庄舰和东平湖舰结束亚丁湾护航任务后，赴巴基斯坦参加"和平—21"多国海军联演，同巴、俄、美、英等国海军开展演练，加强了与相关国家海军的专业交流与友好互动，提高了应对多种安全威胁的能力。

近年来，和平、开放、自信的中国海军，始终积极走向世界，传递构建人类命运共同体、海洋命运共同体重要理念，航迹越来越远，履行任务的能力不断增强。

"对历史最好的铭记，就是奋斗"
攻坚克难，加快转型

2020 年 11 月，凛冽的海风掠过甲板，辽宁舰迎来又一个飞行日。着舰指挥官孙宝嵩的目光紧紧跟着空中的歼—15 飞机，"调整姿态、放下尾钩、对正跑道……"他在心里默念着降落要领。

"嘭"的一声，第一架战机牢牢挂住阻拦索。紧接着，更多的飞机鱼贯降落，把阻拦索一次次拉出大大的"V"字。他们是海军首批生长模式培养的舰载战斗机飞行员。

单批认证人数最多，平均年龄最小，飞行时间最少，认证周期最短……随着这批"尾钩俱乐部"新成员的加入，我国舰载战斗机飞行员生长路径培养链路全面贯通。

向海而兴、背海而衰，不能制海、必为海制。历史的警钟，始终长鸣在海军官兵耳边。如今，具有我军特色、符合现代海战规律的军事理论研究火热展开，合成、多能、高效的海上作战力量体系正在重塑，新型军事人才方阵不断壮大，现代化武器装备体系逐步完善。

海军毕昇舰官兵，近年来格外忙。作为专为新装备试验而生的试验舰，各种新型舰载武器要先在毕昇舰上试验，成功后才能列装作战舰艇。对海军日新月异的装备发展，该舰官兵感受很深。

"一年出海 200 多天，试验任务一个接着一个，最怕的就是耽误了试验，延误了装备入列。"刚刚完成某型导弹试射任务的舰长韩纯强，带领官兵迅速投入到下一项试验任务。

海军官兵的努力奋斗，化作一个个大国重器的好消息。自主研制的首艘两栖攻击舰下水，首艘国产航母山东舰交付入列，新型万吨级驱逐舰南昌舰服役……今年初，细心的网友发现，按照以省会城市命名驱逐舰的传统做法，城市名似乎不够用了。

"海军新造舰艇越来越多，后续的舰艇该如何命名？""一个普通地级市居然能冠名一艘052D！"这些关于海军舰艇数量的话题，在知乎等平台上引发了网友们的热烈讨论。

组建于1928年的海军陆战队某连，战争年代历经300余次战斗，涌现出52名一等功臣，被红一方面军授予"青年先锋连"荣誉称号，被八路军115师授予"梁山战斗英雄连"荣誉称号。转隶海军陆战队后，编制焕然一新、装备焕然一新、使命任务焕然一新，该连队不断攻克难关，快速实现了从陆向海、从摩步到两栖的转型。

作为海军序列一支重要的作战力量，海军陆战队着眼锻造合成多能、快速反应、全域运用的精兵劲旅，加强作战力量、作战单元、作战要素融合集成，逐步推开跨洋立体投送、跨区基地化和濒海实战化训练，部队适应未来战争的各项能力正不断增强。

2021年清明，浙江杭州的安贤陵园，自发前来吊唁"海空卫士"王伟的人络绎不绝。

"对历史最好的铭记，就是奋斗。"海军官兵们信念如磐。"人民英雄"张超、"航母战斗机英雄试飞员"戴明盟、"践行强军目标模范艇"372潜艇、"时代楷模"海口舰……近年来，海军涌现出一系列先进楷模，他们用实际行动书写着忠诚和奋斗。

人民海军忠于党，舰行万里不迷航。面对新的发展机遇，面对复杂严峻的海上安全形势，面对艰巨繁重的使命任务，全体海军官兵牢记历史责任，强化使命担当，奋力攻坚克难，加快转型建设，为全面建成世界一流海军不懈奋斗。

（原载于《人民日报》2021年4月18日第6版，作者：倪光辉　李龙伊　刘博通）

海军陆战队 2017 年调整组建以来，推进转型建设，提升作战能力——

火蓝刀锋　锻造新质战力

编者按：中共中央总书记、国家主席、中央军委主席习近平 10 月 13 日视察海军陆战队时强调，要贯彻新时代党的强军思想，贯彻新时代军事战略方针，把握海军陆战队建设管理和作战运用特点规律，加快推进转型建设，加快提升作战能力，努力锻造一支合成多能、快速反应、全域运用的精兵劲旅。

海军陆战队是 2017 年根据党中央和中央军委关于深化国防和军队改革的决策部署调整组建的。三年来，海军陆战队建设发展和完成任务情况如何？近日，记者探访了这支部队。

9 月 3 日，海军第三十六批护航编队从青岛某军港解缆起航，奔赴亚丁湾、索马里海域执行护航任务。舰船甲板上，数十名特战队员精神抖擞、整齐列队。这些特战队员，是从海军陆战队队员中挑选出来的，他们肩负着执行护航中武力解救被劫持商船、反恐反海盗等实战任务。这是海军陆战队常态化执行海外练兵备战的一个缩影。

海军陆战队，被人称为"火蓝刀锋"，素有军中之军、钢中之钢的美誉。自 2017 年朱日和沙场阅兵惊艳亮相，海军陆战队走过了不同寻常的转型建设之路，他们牢记统帅嘱托，向着"建好建强"目标破浪前行，开拓新思路、用好新装备、生成新战力，致力于打造一支陆地、海上、空中全域能战的精兵劲旅。

拼搏攻坚，驰骋水际滩头

一场班战术综合演练考核，让某旅轻型机步营班长巴木古布子至今难忘——

今年 5 月 12 日午夜 1 点，海军陆战队某旅轻型机步营官兵被一阵急促的哨声惊醒。

"你班在此次战斗中担任先头班，务必于 7 时 00 分前占领阵地。"导调员下达作战情况后，巴木古布子才收到唯一的资料——一张任务区域地形略图。出了宿营地，他们一路接敌全程作战，先后处置蓝军袭扰、毒气袭击，激战持续到黄昏。

作为尖刀上的刀尖，对陆战队员的体能技能有着严苛的要求，这样"含战量"高的考核对陆战队员来说是常态。

调整组建3年来，海军陆战队每年野外驻训时间超过6个月。官兵转战南北，在不同的地域一次次挑战装备极限，锤炼打仗本领，不断刷新练兵备战的海拔高度、飞行高度、水下深度。

新装备列装后，某旅时任航海业务长王红方打起背包扎进车场，加班晚了就在车舱里凑合睡一觉。部队组织夜间训练，为更好地观测每台车的技术指标，王红方乘舟登上漂浮在海面上的模拟平台。就在他借着指示灯的微光记录数据时，平台在战车激起的涌浪中突然大幅摇晃，王红方一个趔趄跌入海中。官兵迅速把他救起，王红方却一头扎进海水中，奋力抢回记满数据的笔记本……

只争朝夕、拼搏奋进。翻看陆战队转型建设"备忘录"可以看到，时间节点越来越密，转型节奏越来越快：列装4个月，完成所有课目教学示范；列装6个月，新装备下水劈波斩浪；列装7个月，组织水上实弹射击……

"背水攻坚、势不可当，海军陆战队的战旗唯有向前方……"组建成军以来，新战车、新飞机、新武器陆续列装，从技术空白、训练空白、人才空白，到初步形成作战能力，海军陆战队砥砺前行、日夜兼程。立足战略兵种建设的格局视野，围绕基本形成作战能力，海军陆战队坚持一手抓备战、一手抓基础，大抓作战准备、聚力实战实训，部队随时上战场、随时能打仗的能力基础稳步提升。

全域突破，提高实战水平

东经115度，南海某海域，夜幕掩护下，海军陆战队员赵前进带领小队利用绳索机降，迅速展开舱室搜索，快速锁定"海盗"位置并精准狙击。

同一时间，东经45度，亚丁湾某海域，海军陆战队员黄胜与战友乘快艇登临"被劫船只"，展开武力营救……海军陆战队实战化训练深入远海大洋，见证着新型作战力量的能力嬗变。

"海军陆战队组建成军，不仅是规模上的扩编，更是战斗力的扩容、作战空间的扩维。更多的精兵强将，意味着更多的作战任务和样式、更多的技能需求。"海军陆战队司令员孔军告诉记者，近年来，海军以新型作战力量建设为突破口和重点，重点突出特种作战、航空兵、电子对抗、空中突击等新质作战力量建设，着力在打基础、融合训、抓检验上下功夫，大力强化全域作战能力。

热带岛屿，地表温度高达 56 摄氏度，海军陆战队员驾驶两栖突击车从登陆舰坞舱中鱼贯而出，在海上火力的交替掩护下抢滩登岛；寒区草原，夜间气温降至零下 25 摄氏度，海军陆战队员在严寒条件下展开隐蔽机动、穿插渗透，积累了大量高寒地区作战数据。以生成提高战斗力为基点，围绕具备全时全域和特种作战能力，通过训练实践，海军陆战队探索形成了春夏山岳丛林地作战训练、夏秋海上作战训练、秋冬高寒特种地形作战训练、年终全面考核作战能力的基本路径和模式。

正在延伸的练兵足迹，折射出海军转型建设走向深蓝的时代步伐——

吉布提，盖伊德国家靶场。随着指挥员一声令下，海军陆战队员驾驭新型战车轮番展开运动中射击训练，数十发炮弹精准命中靶标。

俄罗斯，加里宁格勒。海军陆战队员爬上高墙、通过掩体、穿越排水系统，凭借过硬的素质和顽强的毅力夺取"国际军事比赛—2019""海上登陆"项目障碍赛第一名。

着眼"走向海洋、走向世界、走向战场"，海军陆战队充分利用中外联演联训联赛实战化练兵平台，检验部队实际作战能力，学习借鉴外军经验做法，牵引训练模式改进，提高部队练兵备战水平。先后完成 14 次国际联演联训联赛，全方位检验了部队实战水平。

每一项练兵的崭新纪录，都标志着能力值、能力域的更新。从"两栖"到"多维"，这支被誉为"陆地猛虎、海上蛟龙、空中雄鹰"的钢铁劲旅正在改革的浪潮中脱胎换骨：陆上，某部远程立体机动至高原某地域后，未经调整就展开险难课目演练，全域机动和快速反应能力得到显著提升；水下，某部"蛙人"挑战心理和生理极限，从幽冷、高压的鱼雷管中爬出，潜入"敌后"，战斗精神得到进一步磨砺；空中，某部飞行员驾机输送突击队员，低空到达预定机降点。航空力量主导的立体突击，让火蓝刀锋真正插上了翅膀。

价值引领，砥砺血性胆气

"父亲为儿子佩戴新军衔、妻子为丈夫挂上军功章……"

海军陆战队某旅精心组织入党宣誓、授装授衔、誓师动员等仪式庆典，每年坚持开展"扎根军营、建功陆战"先进人物评选，区分陆战等级授予官兵不同颜色的身份标识牌，让爱岗敬业、精武强能等一大批典型登讲台、上海报，用榜样的力量更好地激励官兵成长成才。

"仪式，是优良传统的一种载体。看似简单的流程，却能影响无数官兵。"该旅政委王海鸟说，尊崇是源于内心的价值认同和行动自觉，我们坚持从理念、制度、行为等方面强化官兵对陆战事业的认同感、光荣感和使命感。

这两年，海军陆战队党委始终把基层至上、士兵第一的理念牢记心头，创新开展"官兵大谈心、家庭大走访、情感大交流、矛盾大化解"活动，各级组织实地家访 4300 余次，先后为官兵解决 246 个实际问题，部队内部关系更加融洽密切，谈官兵访亲友、问需求解难题、消隔阂助团结蔚然成风。"四大"活动犹如涓涓细流滋润着兵心、温暖着人心、凝聚着军心，为部队全面建设注入新活力、激发新动力。

"利剑的力量不仅在身体，更在于精神。心胜，则剑更利！"海军陆战队政委王洪斌告诉记者，自组建以来，海军陆战队始终扭住"人"这个决定战争胜负的关键因素，着力砥砺血性胆气，锤炼战斗作风，激励陆战队官兵敢于逢敌亮剑、勇于战胜强敌。"猛虎精神""雄狮精神""沂蒙精神"不断被赋予新的时代内涵。

在"陆战—2019·朱日和"跨区驻训演习现场，9 级强风，气温骤降 20 多摄氏度。主攻战斗打响，干部骨干喊响战斗口号、带头冲在前，当指挥员的站排头，当突击手的打主攻，带出了作风形象，带出了士气动力。在某旅野外驻训场，50 公里负重拉练进入最后奔袭阶段，官兵不顾脚底已经磨出血泡，你帮我背背囊、我帮你扛装备，合力冲过终点。在某旅演训场，官兵组织过战地主题党日、重温入党誓词，成立党员突击队、敢死队，蹚水趴泥潭第一个过，攻坚打碉堡第一个冲，掩护战友最后一个撤。

在血与火的考验中，他们立起特有的战斗意志、特有的战斗口号、特有的战斗精神、特有的战斗形象、特有的战斗境界，人人充满激情，个个都是斗士。

"烈焰般的呼唤血性点燃，无数冲锋的身影浴火重现。坚定信仰在灵魂深处鼓舞，为决胜未来抢占制高点……"初秋时节，从边陲荒漠竞赛场到偏远山地演兵场，从北国密林到南国海岛，随处涌动着海军陆战队员的身影，飘扬着火蓝刀锋的旋律，官兵们挥洒汗水，激扬血性，让战略尖刀更锋利、拳头部队更坚强。

（原载于《人民日报》2020年10月22日第17版，作者：倪光辉）

空军

空天一体　攻防兼备

人民空军　振翅飞出新航迹

4月中旬，南部战区空军航空兵某旅战鹰巡天掠海，对南海岛礁进行巡航。这是中国空军的又一次常态化训练。

党的十八大以来，空军围绕党在新形势下的强军目标，按照习主席"建设一支空天一体、攻防兼备的强大人民空军"战略要求，聚焦新体制新职能新使命，坚持主建为战、盯战抓建，以有效履行使命任务为牵引，拓展和深化空军的战略应用，持续开展"四大品牌"实战化训练，严密组织钓鱼岛维权空中应对、东海防空识别区管控、南海常态化战巡、出岛链远海训练等行动，积极参加联合军演、国际救援、飞行表演等任务，在努力"造形"中不断"成势"，全面推进空军战略转型由量变积累向质变跨越迈进。

一枚枚导弹似晴天霹雳，劈开大漠靶场，精准击中空中目标。初春，来自3个战区空军的6支地面防空兵部队昼夜驰骋，挺进西北大漠，展开"蓝盾—17"演习，推动空军防空反导能力取得新突破。

近年来，空军坚持把战斗力标准贯穿训练全领域全过程，自由空战、山谷、远海、实弹课目训练成为常态，构建起了以"红剑"体系对抗、"蓝盾"

防空反导、"金头盔"自由空战、"金飞镖"突防突击4个实战化品牌为牵引的训练格局，每次演训都针对短板弱项设置演练内容，并把检讨反思贯穿始终，拓展和深化了空军"双学"活动，推动训练理念由"盯着自己练"向"盯着敌人练"深刻转变，组训空间向海上、高原、夜间、电磁等多维度延伸，空军实战化训练水平整体跃升。

我国自主研发的运—20在空军航空兵某师列装，两架歼—20在第十一届中国航展上首次飞行亮相。中外军事专家预言：运—20的正式列装、歼—20的横空出世，将进一步提高中国空军的战略投送和综合作战能力。近年来，空军瞄准空天一体攻防兼备战略目标，抓住时机、前赶实抓，转型发展的物质基础不断厚实。大力推进武器装备更新换代，航空武器装备实现跨代发展；大型运输机正式列装部队，战略投送力量建设取得里程碑式进展，空中进攻能力建设迈出坚实步伐。

"西太平洋，我又来了！"去年9月，被誉为"男神"的南部战区空军航空兵部队飞行员刘锐和他的战友，再度驾驭中国"战神"——轰—6K刷新中国空军远海训练新纪录。自2015年3月30日，空军首次突破第一岛链赴西太平洋开展远海训练以来，空军应对和处置了各种干扰阻挠，实施了侦察预警、海上巡航、海上突击、空中加油等训练课题，提升了远海机动能力和实战能力，展示了大国空军、战略空军的使命担当。

中国空军积极参加联合军演、国际救援、飞行表演等，马航MH370失联后，空军派出运输机执行了联合搜救任务；马尔代夫出现供水危机后，空军派出运输机紧急供水；中国空军派战鹰参加2013年俄罗斯莫斯科航展、2015年马来西亚兰卡威国际海空展；2016年，空军5次参加中外联演联训和军事竞赛活动，用开放、务实、合作的姿态，向世界展示了中国军队的风采，在广袤空天飞出一条条崭新航迹。

（原载于《人民日报》2017年5月4日第11版，作者：倪光辉 郭洪波）

战略空军的新航迹

人民空军向"空天一体、攻防兼备"战略目标高飞远航

轰—6K 等多型多架战机，编队飞越宫古海峡、巴士海峡，绕飞祖国宝岛；新一代隐身战斗机歼—20，列装空军作战部队后全面开展实战实训；运—20 大型运输机，首次与空降兵部队联合开展空降空投训练……

"五一"前后，备受关注的 3 条消息，生动展示了人民空军向着"空天一体、攻防兼备"战略目标高飞远航的崭新航迹。

用"打赢能力"书写"绝对忠诚"

轰—6K、苏—30 等多型战机编队飞越宫古海峡、巴士海峡；轰—6K、苏—35 等多型战机飞赴南海战斗巡航；新型战机歼—10C 开始战斗值班；轰—6K 等多型战机绕岛巡航……人民空军的崭新航迹，传达出清晰的信号——空军有坚定的意志、充分的信心和足够的能力，捍卫国家主权和领土完整！

矢志强军安邦、担当强军重任，就要把"绝对忠诚"写在"打赢能力"上。"思想政治要过硬、打仗本领要过硬、战斗作风要过硬"，党和人民的殷切期望深深植根于人民空军 40 万官兵心中。空军党委下发深入学习贯彻习近平强军思想的 12 条措施，提出要学而信、学而思、学而行。

"神威大队"大队长连天冉说，每一个战斗岗位、每一次战斗起飞，轰—6K 飞行员们都立起"过硬"的标尺。前出西太、战巡南海、砺剑高原，他们在练兵备战中不断飞出新天地。

让"大国重器"飞出"大国之威"

2015 年 3 月 30 日，空军中远程新型轰炸机轰—6K 首次飞越巴士海峡前出

西太平洋。有网友评论："在西太平洋上宣示中国空军的存在，'大国重器'飞出了'大国之威'！"

这几年，空军从飞越巴士海峡，到飞越宫古海峡、对马海峡，飞了过去没有飞过的航线，到了过去没有到过的区域。

"我们有了'大国新佩剑'，手中的钢多了、气足了，骨头也更硬了！"首次飞越对马海峡的空军航空兵某团团长陈亮表示，无论训练环境多么复杂，训练区域多么陌生，飞行员们都勇往直前，始终保持临战的思想、迎战的姿态、实战的标准。

"大国空军的底气，来自实战能力的底数。要在远海远洋训练中熟悉战场环境、熟悉作战对手、提升实战能力，做到心里有数，知己知彼。"空军航空兵某团政委李继峰一席话，引起轰—6K飞行员们的共鸣。

"知己知彼，百战不殆。"曾驾驶轰—6K战机飞越宫古海峡的飞行员杨勇说，每一次远洋飞行，都是学习对手、研究对手的实践平台，通过参加远洋训练，感觉自己飞在西太平洋上越来越从容自信。

靠"潜心砺剑"实现"昂首亮剑"

前出西太、警巡东海、战巡南海、绕岛巡航，每一次展翅大洋、振翅海天，空军新闻发言人都在一线机场第一时间向海内外发出中国空军声音、宣示中国空军意志。

"昂首亮剑"源于"潜心砺剑"。这几年，歼—20、运—20、歼—16、歼—10C和轰—6K、空警—500等新型战机以及红—9地空导弹陆续列装空军部队，投身新时代练兵备战，提升新时代打赢能力。歼—20开展超视距空战等课目训练，运—20与空降兵部队联合开展空降空投训练，轰—6K夜间紧急出动，歼—16、苏—30、教—10同场起飞同步实训，歼—11B大机群远程机动、体系对抗，歼—10C等多型战机驻训高原砺剑雪域，苏—35战机飞赴南海战斗巡航。

"升空就是作战、起飞就是迎敌！"从北国云天到南部疆域，从华东机场到雪域高原，处处展现空军实战化军事训练的宏阔图景。

"王海大队"所在航空兵某旅旅长郝井文说："传承红色基因，既要红心向党，又要决战决胜。新时代空军飞行员，要努力传承光大前辈们'空中拼刺刀'的铁血作风！"

以"开门练兵"走向"世界一流"

"走向'世界一流'，先要弄清什么是'世界一流'。"空降兵"黄继光英雄连"原指导员余海龙表示，建设世界一流军队，基层官兵也要有与"世界一流"相适应的国际视野。

任指导员期间，余海龙见证了中外空降兵一次次军事交流合作。2017 年举行的国际军事比赛"空降排"项目中，来自中国、伊朗、哈萨克斯坦、摩洛哥、俄罗斯、南非、委内瑞拉的 7 个参赛队参加角逐，中国空军空降兵在 12 个课目中夺得 11 项第一。曾任"黄继光英雄连"连长的空降兵某军军长刘发庆说，这次国际军事比赛带动了部队实战化训练向纵深发展，我空降兵部队向世界一流空降兵加速迈进。

开门练兵，互学互鉴。这几年，中国空军的"朋友圈"越来越大，中俄"航空飞镖"、中巴"雄鹰联训"等军事交流活动深入开展。

在 2017 年举行的"雄鹰—Ⅵ"多兵（机）种联合训练中，中巴空军飞行员首次"同乘对抗"，更加突出实战。在同年举行的国际军事比赛"航空飞镖"项目中，8 个机组比赛，中国空军获得歼轰机组、侦察机组、轰炸机组和武装直升机组的第一名。

中俄"航空飞镖"、中巴"雄鹰联训"，是中国空军开门练兵的缩影，透射了中国空军走向世界一流的新航迹，见证了中国改革强军的新成就。

（原载于《人民日报》2018 年 5 月 9 日第 9 版，作者：倪光辉　张玉清 张汨汨）

成立70年来，飞遍祖国蓝天，从天而降砥砺"胜战刀锋"——

英雄空降兵　搏击天地间

编者按：今年9月17日，是空降兵部队成立70周年纪念日。

70年前，空军陆战第一旅在河南开封成立，一个崭新的兵种——空降兵从此走进了中国人民解放军的序列。70年后，空降兵已从"一人一具伞一杆枪"的轻装模式，发展成为多兵种合成、能够快速反应、远程直达、遂行多样化军事任务、正向信息化体系化迈进的战略突击力量。

从"铁脚板"到摩托化，再到机械化、信息化……70年来，在党中央、中央军委的关怀与激励下，空军空降兵这支肩负特殊使命的特殊兵种，搏击在蓝天和大地之间。

近日，记者走进这支部队，去感受英雄气和胜战魂是如何在这里砥砺传承的。

要说一支部队，英雄气和胜战魂与生俱来，无疑会想到他们——

空降兵部队，从诞生之日就英雄齐聚、光彩夺目！1950年9月，来自全军40多个军级单位的5053名指战员云集古城开封——他们，全部是战功累累的战斗英雄和功臣模范。空军陆战第一旅由此成立。

1961年，从朝鲜战场胜利归来的陆军第15军，整体改建为空降兵第15军。他们曾在持续43天的上甘岭战役中，战胜以美军为首的联合国军，创造了世界战争史上的奇迹，涌现了黄继光、邱少云这样震撼亿万人心的英雄。

空降兵军史馆前，矗立的两尊5米高的黄继光、邱少云青铜塑像引人注目。70年前建成的高88米的伞塔伞徽、随处可见的印着英模画像的灯箱展板……走进这支部队，目光所及的一切，都能让人感受到英雄精神、红色基因的传承。

也正是赓续传承的英雄精神，激励着这支部队勇往直前，谱写出数不尽的英雄传奇。

不忘初心写传奇　从单一兵种到合成军

从空降兵的历史来看，这无疑是一个重要时刻！

1950 年 9 月 29 日，中原腹地，秋高气爽，几架 C—46 飞机带着兴奋的轰鸣在蓝天盘旋。

这是新中国成立后的首次跳伞训练，这天距空降兵成立仅过去了 11 天。离机信号发出后，62 名伞兵跳出机舱，新中国首批自己的伞花绽放在碧空。

组建后 11 天就升空跳伞，在世界上任何一个国家的空降兵部队中，都是一个奇迹。

半年内，全体官兵完成普及跳伞；

9 个月后，参加临淮关进攻战斗联合演习，形成了连规模空降作战能力；

…………

凭着一往无前的胆气，英雄的空降兵实现了一个个奇迹！

随着使命任务的变化，空降兵曾先后三次升格调整：

1961 年，在上甘岭战役中名震天下的 15 军加入空降兵行列，自此，地面雄师插上双翅，成为空中奇兵；

20 世纪 90 年代初，中央军委把空降兵列为重点建设部队，空降兵部队的发展由此步入"快车道"；

2017 年军队规模结构和力量编成改革，空降兵体制编制焕然一新，重塑形成空降合成、空中突击、作战支援等新质力量体系，推动部队向信息化多元合成力量体系转型。

在空降兵官兵们眼中，一次次的升格，决不仅仅意味着编制和规模的扩大，而是使命和责任的加重。

"从将军到士兵，从男兵到女兵，部队官兵普遍掌握 2 种伞型、3 种机型、5 种地形条件下全装伞降作战技能，具备了全方位跳伞作战能力。"空降兵部队领导告诉记者。

近年来，随着空降兵与伊尔—76、运—20 等大型运输机部队联合训练常态化展开，部队成建制集群跳伞、大规模重装空投能力不断得到强化与提升。

与空降空投技术进步相同步，一批批专用的空降兵武器装备陆续进入空降兵部队。不同型号、性能各异的伞具，使空降兵进入战场的手段更加丰富多样；适合空降突击作战的步战车、突击车、速射炮相继形成空降作战能力；飞翔在万里蓝天的武装直升机、各种型号的运输机也走进空降装备行列……

70年砥砺奋进。空降兵已由初建时的单一兵种，发展成为拥有炮兵、航空兵、装甲兵、侦察兵、防化兵、电子对抗兵等20多个专业兵种组成的"飞行合成军"，具备"随时能飞、到处可降、降之能打、战之必胜"的全方位作战能力。

"黄继光英雄连"冲在前　危难面前从未缺席

"战友们，加把劲儿，我们是谁？"

"黄继光！"

今年7月19日深夜1点，在湖北麻城市阎家河镇叶家湾的堤坝上，"黄继光英雄连"官兵正在固堤抢险。

从接到命令到驰援最危险堤段，他们已经持续奋战了29小时。此时的"00后"战士孙邵伟感到头脑发沉、身体乏力。看到迎风招展的红色旗帜，喊着最熟悉的英雄名字，他抖擞精神，扛着沙袋加快了脚步。

面对艰险的任务，连长秦琪将印有"黄继光英雄连"的旗帜插在了大堤的最险处，带领部队率先奋战在最前沿。

黄继光，这个在中国家喻户晓的英雄人物，在举世闻名的上甘岭战役中，以自己舍身堵枪眼的一扑，凝成了中国军人最具英雄色彩的姿态。

崇尚英雄，英雄辈出。在空降兵部队，有这样一个不成文的规矩：率先跳出机舱的，必须是党员领导干部——从军长、旅长到营长、连长……标志着他们身份的那一顶顶特殊的伞花，总是第一个在蓝天上开放。所以，险难课目跳伞，总是党员领导干部第一个跳出飞机，对官兵来说，是示范激励，更是战斗动员。

在2013年内蒙古草原举行的一次全军性演习中，地面风速超过10米/秒，接近跳伞极限条件……面对空前的挑战，打头阵的时任"黄继光英雄连"连长张宇在跳伞前大声动员："困难面前有六连，六连面前无困难，大家跟我跳！"

是役，"黄继光英雄连"官兵着陆后被强风在布满碎石的草原上拖拉数十米，几乎人人挂彩，但没有一人退出演练；张宇着陆时腰部受伤，仍坚持躺着指挥部队进攻。官兵们表现出来的血性，令现场观摩的训练专家们竖起大拇指："还是当年那股劲！"

"全国抗击新冠肺炎疫情先进集体！"在9月8日举行全国抗击新冠肺炎疫情表彰大会上，驻鄂部队抗击疫情运力支援队临时党委接受颁奖。

作为运力支援队的主要组成部分，空降兵官兵无比自豪。

"空降兵来了！"今年初，在新冠肺炎疫情最严重的时候，空降兵部队逆行出征。司机胡欢一直记得那天下达命令的场景——连长问有没有人想上抗疫一线，包括他在内的全连所有人都往前跨了一步。胡欢与41名战友一起从湖北广水赶赴武汉，加入驻鄂部队运力支援队。68个日日夜夜，运力支援队早出晚归、连续奋战，运送生活物资5601吨、医疗物资22类5000余件（套），累计行程19万公里。

信任源于担当。在国家、人民危难时，空军空降兵从未缺席，在应急处突中总是一马当先。

1998年，特大洪水威胁长江两岸千百万人民，空降兵部队闻令而动。"万里长江，险在荆江"，在最危险的荆江大堤，1.5万名空降兵日夜守护。

2008年汶川大地震后，为了尽快侦察灾情、打开空中救援通道，5月14日，空降兵15名官兵在无地面标志、无气象资料、无地面指挥的条件下，从5000米高空冒死伞降震中孤岛茂县，在绝境中打开了一条生命救援通道。空降兵后续1.1万余名官兵迅速集结灾区，创造了出动规模最大、准备时间最短的纪录。

人民子弟兵爱人民。多年来，空降兵部队支援地方不遗余力，建"连心桥"、铺"爱心路"、修"幸福渠"……一项项工程成了他们心系群众的见证；万亩治沙、植树造林、岱黄公路建设、荡子湖施工……民生项目建设中处处活跃着他们的身影。

在脱贫攻坚战场，空降兵定点帮扶7个贫困村，探索村有特色产业、户有致富途径、人有一技之长的稳定脱贫模式，帮助贫困群众走上致富"快车道"。目前，7个帮扶贫困村全部实现脱贫出列。

瞄准一流勇攀登　锤炼"快、远、重、特"能力

今年 6 月，鄂北山区，空降兵某空中突击旅一场空地协同进攻演练拉开序幕。在一树之高的雷达盲区，由侦察、武装、运输直升机组成的战斗编队超低空飞往预定地域。

空中，武装直升机近距离火力支援；地面，突击力量火速前推、抢占阵地；水下，奇袭分队悄然接近、夺控要点……面对戒备森严的"蓝军"阵地，"红军"展开空地一体立体攻击。顷刻间，"蓝军"指挥所被炸，通信枢纽被毁，整个阵地淹没在一片火海之中。

来得疾、突得快、打得猛。战斗结束，演练指挥员、旅参谋长安猛说："这一幕立体突击行动，体现了我们这支之前只能地面进攻的部队，已经脱胎换骨成长为一支空地一体、以空制地的突击力量。"

从 70 年前的白手起家、筚路蓝缕，到如今迈入发展的"快车道"、肩负起"全域直达、全谱介入"的神圣使命，中国空降兵瞄准一流，不断追求卓越、勇攀高峰。

随着维护国家安全利益需要和使命任务拓展，在 2017 年军队力量规模结构调整改革中，空降兵部队实现革命性力量重组、体系重塑，突出空降合成、空中突击、作战支援等新质力量建设。

与此同时，瞄准发挥兵种特殊优势，中国空降兵持续锤炼"快、远、重、特"等核心作战能力：

——快速反应能力，建立高效指挥作战指挥链条，规范空降战备出动流程，缩短部队作战反应时间；

——远程投送能力，采取空地一体等多种手段，检验和锤炼部队整建制从战略腹地到各个方向的远程投送本领；

——重装空投能力，依托伊尔—76、运—20 等大型运输机，强化成建制、大规模重装空投能力；

——特种伞降能力，狠抓翼伞高空渗透、超低空伞降、双人伞降、特殊地形跳伞、夜间集群伞降能力，部队先后完成整建制翼伞渗透、超低空伞降突击等险难课目训练，遂行多样化空降作战任务。

鲲鹏展翅凌万里，"英雄天兵"正高飞。瞄准世界一流标准，不断追求卓越、超越自我，一支在未来信息化条件下能遂行多样化军事任务的空降劲旅正快速崛起。

（原载于《人民日报》2020年9月20日第6版，作者：倪光辉）

火箭军

从第二炮兵到火箭军　变与不变

这是载入中国战略导弹部队历史的重大时刻！

2015年12月31日，中共中央总书记、国家主席、中央军委主席习近平将一面鲜艳的八一军旗亲手授予中央军委委员、火箭军司令员魏凤和，火箭军政治委员王家胜。二炮正式更名为火箭军！

在2015年12月31日之前，中国人民解放军由陆、海、空三个军种和第二炮兵一个独立兵种组成。二炮名号，始终如雷贯耳。这支掌握着"大国利剑"的神秘部队从诞生伊始，便肩负着保障中华民族根本生存利益的重任。成立于1966年7月1日的第二炮兵，由毛泽东主席批准，周恩来总理亲自命名，始终由中央军委直接掌握，是我国实施战略威慑的核心力量。从1966年到2015年，半个世纪的征程中，二炮圆满完成了保家卫国威慑对手的神圣使命，在辞旧迎新之时，二炮功成身退，将更大的重任交付给新成立的火箭军。

为什么成立火箭军？与之前的二炮有何不同？习近平指出，这是党中央和中央军委着眼实现中国梦强军梦作出的重大决策，是构建中国特色现代军事力量体系的战略举措，必将成为我军现代化建设的一个重要里程碑，载入人民军队史册。他强调，火箭军是我国战略威慑的核心力量，是我国大国地位的战略支撑，是维护国家安全的重要基石。

风雨兼程半世纪，扬帆远航今又始。从兵种到军种，火箭军改变的是名称、阵形，不变的是战略导弹部队的能力和气质。

激荡半个世纪的荣光
"剑阵"更雄壮 "剑形"更威猛 "剑锋"更锐利

战略导弹，被誉为大国佩剑。

1984年10月1日，一枚枚乳白色的战略导弹第一次走出深山驶上长安街，接受祖国和人民的检阅，神州大地沸腾了，全世界震惊了。

这是一种让中华民族挺直腰杆的自信。走出历史帷幕，撩开神秘面纱，先后4次在长安街头精彩亮相。人们惊喜地发现，导弹武器装备建设经过50年的风雨征程，"剑阵"更雄壮、"剑形"更威猛、"剑锋"更锐利，中国战略导弹部队发生了根本性转变——

导弹家族更大了，武器型号越来越多，已形成核常兼备、型号配套、射程衔接、打击效能多样的作战力量体系，成为一支具有双重威慑和双重打击能力的战略力量。

导弹身材更小了，随着我国科技实力不断增强，导弹武器研制生产技术实现历史性跨越，导弹武器体积变小了，重量变轻了，本领却更大了。

导弹威力更强了，加快推进信息化转型，指挥控制能力、快速反应能力、导弹突防能力、生存防护能力和综合保障能力实现全面跃升。

导弹精度更高了，打击样式和作战效能都实现新的突破，战略威慑与核反击、常规精确打击能力稳步提升。

导弹机动更快了，采取现代信息技术优化导弹操作程序，提高导弹连续测试、快速机动、全天候发射等能力，部队全疆域机动、全天候作战的能力不断实现新的跨越。

战略导弹，和平利剑，时刻牵引着世界的目光。

这支神秘之师的变化，在这里还能得到印证：从1998年的首部《中国的国防》白皮书，17年间先后发表9部国防白皮书，人们就密切关注着战略导弹部队。从"具备快速反应和机动作战能力"到"部队的快速反应和精确打击能力不断提高"，从"遂行核反击和常规导弹精确打击任务"到"提高战略威慑与核反击和中远程精确打击能力"，国防白皮书彰显的是战略导弹部队战斗力建设的"能力自信"。

今天的火箭军，正迎着国防和军队改革新的挑战，向着更高的目标前进！

铸牢听党指挥的忠诚

绝对忠诚　　绝对纯洁　　绝对可靠

因为使命特殊，必须牢牢掌握。

2012 年 12 月 5 日，习主席主持军委全面工作后，第一次视察部队就来到战略导弹部队机关，并强调战略导弹部队是党中央、中央军委直接掌握的战略力量，在政治上必须特别过硬，确保部队绝对忠诚、绝对纯洁、绝对可靠。

部队党委坚持把用习主席系列重要讲话精神武装头脑作为首要政治任务和党委领导工作的头等大事，摆在突出位置，持续用力推动。引导官兵进一步增强对强国强军的信念信心，确保党中央、中央军委的声音传达到每一座导弹军营、每一个深山阵地、每一个战斗岗位。

从营区"励志标语"、床头"战士格言"到网上"热点评析""心得感悟"，处处可见官兵思想的交锋与转变。"思想不迷向、导弹不偏航""导弹我操作、我听党指挥"成为火箭军官兵忠诚使命的铮铮誓言。

50 年来，从挥师唐山重灾区抗震救灾到抗击赣南冰冻雨雪灾害，从迎战肆虐南北的特大洪水到参加舟曲特大山洪泥石流灾害抢险救援……战略导弹部队官兵响应党中央、中央军委的号令，在自然灾害猝然来临之际一次次紧急出动，全力以赴抢险救灾，书写下将士听党指挥、能打胜仗、作风优良的崭新篇章。

中央军委改革工作会议闭幕后，面对改革大考，战略导弹部队数万名官兵一心扑在实战化训练演兵场上，纷纷表示，要以绝对忠诚的政治态度、绝对服从的纪律观念、绝对落实的自觉行动，把对党忠诚体现到一言一行中，以实际行动投身改革实践，在新的起点上推动战略导弹部队建设创新发展。

锻造敢打必胜的能力

随时能战　准时发射　有效毁伤

隆冬时节，多支新型导弹劲旅跨区机动开赴西北戈壁、东北密林，在我国寒区多个"战场"摆兵布阵，锤炼特殊地理环境和极端天气条件下作战能力。

刺骨寒风中，一枚枚墨绿色的导弹腾空而起，直刺苍穹，成功命中目标。这是刚组建的火箭军部队开展实战化练兵的一个缩影。

近年来，战略导弹部队"信息化蓝军"坚持数年如一日打造实战化训练"磨刀石"，与多支导弹劲旅在互锁信息、互设条件、互为对手的条件下真打实抗，构设逼真战场环境，在险境困境绝境中反复淬炼大国剑锋。

从南国密林到北国雪原，从江南深山到戈壁大漠，在一处处复杂陌生的战场环境中，部队坚决落实习主席关于"要扎实开展实战化军事训练"的重要指示，从实战需要出发从难从严训练，在演练发射中开创了 30 多个首次，取得 100 多项战法训法创新成果。

"导弹自动化测试系统"的研制成功，使我国测试技术一步跨入世界先进行列；"大型指挥自动化系统"的研制成功，标志着我战略导弹部队的"中军帐"日趋现代化；

从"液体型号"到"固液并存"，从"概略瞄准"到"有效毁伤"，我战略导弹部队核常兼备，雷霆万钧。有关部门领导欣喜地告诉记者，近 10 年来他们发射的导弹，成功率越来越高，发射精度越来越高，有效毁伤率越来越高，外国媒体称中国导弹具有"点穴"之功。

训练场上，他们突出加强实战化建设，纠住纯正训风演风考风这个重点，常态组织野外驻训演练和昼夜连续测试操作，定期开展密闭生存训练，始终保持"箭在弦上、引而待发"的戒备状态。

记者在导弹军营采访看到，深山密林、大漠戈壁，导弹军营最醒目的位置总写着这样的一句话："我们能打仗吗?! 我们能打胜仗吗?!"振聋发聩的拷问，成为火箭军将士鼓舞催征的号角。

锤炼务实优良的作风

从严求实　英勇顽强　纪律严明

2 个连队随意更改训练计划被通报批评，3 个营级单位党委管训议训作用发挥不明显被亮"黄牌"……连日来，火箭军某旅军事训练监察组深入演训一线，对各单位训练情况进行严格监察。

"治训先治虚、打赢先打假。"该旅严格落实军事训练监察机制，严纠"花架子"、狠治"假把式"，进一步纯正了部队训练风气。

依法治军、从严治军，是建军治军的铁律。2015 年 4 月，战略导弹部队机关专门下发《深化兵员清理整治实施方案》，采取核对编制、比对实力、清点人头、清查档案等方式，对"机关超编占用的公勤士兵""军事实力、后勤供给实力与实际工作岗位不符的士兵"等 7 类违规使用兵员进行集中整治，让 1700 余名士兵重返演兵场。这是火箭军部队夯实"强军之基"的一个例证。

军无法不立，法不严无威。部队坚持以上率下，贯彻落实中央"八项规定"、中央军委"十项规定"，制定加强作风建设的"二十条措施"，从重点部位和薄弱环节抓起，建立健全法规制度检查、督促、纠错常态机制，在部队上下营造了尊法、学法、守法、用法的浓厚氛围。

为增强纠风肃纪的针对性长效性，战略导弹部队党委机关把作风转变向全方位延伸拓展，先后出台了《加强基层风气建设"十不准"规定》《部队训风演风考风整治实施方案》等刚性措施纠治训练中的积弊沉疴，改革创新、求真务实成为导弹军营的主基调。

仅去年，就梳理出 20 类 200 多个重点纠治的问题，既剑指首长机关的不良倾向，也有基层普遍存在的突出问题，个个切中要害、直击靶心，成为纯正部队风气的"度量衡"。

（原载于《人民日报》2016 年 1 月 10 日第 6 版，作者：倪光辉）

战略支援部队

揭秘我军首支战略支援部队

2015 年 12 月 31 日，与陆军领导机构、火箭军一同挂牌，战略支援部队正式亮相中国人民解放军的"大家庭"！

"战略支援部队是维护国家安全的新型作战力量，是我军新质作战能力的重要增长点。"习近平主席强调，成立战略支援部队，有利于优化军事力量结构、提高综合保障能力。战略支援部队要坚持体系融合、军民融合，努力在关键领域实现跨越发展，高标准高起点推进新型作战力量加速发展、一体发展，努力建设一支强大的现代化战略支援部队。

这究竟是支什么样的部队？亮点在哪里？成立之初，官兵们在做些什么？近日，记者走进战略支援部队，真切感受这支新生部队的强军热潮。

"没有高度融合，就没有联合作战"

什么是战略支援？案例摆在眼前：

2011 年 5 月，美军击毙本·拉登的作战行动，为世界各国军队上了生动一课。表面看来，是两架"黑鹰"直升机和 24 名"海豹"突击队员在执行任务，但其背后却有着一个庞大系统在支撑：若干颗侦察和通信卫星、一架担负实时传输和无线监听任务的隐形无人侦察机、多架空中待战掩护的 F/A—18 战斗机、一支担负战略支援的航母编队、两个中亚基地和五个指挥中心，以及近万名各类支援保障人员……

这种小规模行动、大体系支撑的作战样式，充分展示了现代作战的制胜机理。信息主导、体系支撑、精兵作战、联合制胜，已成为现代战争的基本特点。

"战略支援部队就是支援战场作战，保证作战的顺利进行，它是联合作战的重要力量。"有军事专家向记者介绍，形象地说，战略支援部队为全军提供准确高效可靠的信息支撑和战略支援保障，撑起全军体系的"信息伞"，它将与陆海空和火箭军的行动融为一体，贯穿整个作战始终，是战争制胜的关键力量。

"没有高度融合，就没有联合作战。"战略支援部队组建之初，就紧紧盯住制约我军联合作战的瓶颈，以组织开展军事工作筹划研究起步，围绕如何理解任务、如何建设发展、如何在更高起点上开好局，组织不同类别部队、军地相关领域的领导和专家，广泛开展调查研究和座谈交流，对部队职能定位、编成结构、领导指挥体制等重大问题进行持续研究论证。近日，部队主要领导还分赴军地相关单位，围绕新质战斗力生成开展专题调研。

军民融合是信息化战争的"天性"。据统计，一战时期，武器装备研制涉及的工业行业技术门类数以十计；二战时期，扩展到数以百计；到海湾战争时期，则是数以千计。近些年来，美、英、法、德、日等发达国家军事专用技术比重越来越低，而军民通用技术已超过80%，军队信息化建设80%以上的技术均来自民用信息系统。

围绕实现军民融合，战略支援部队提出，要从规划、机制、资源、项目、运用和人才等方面持续推动深度融合。新年一开局，部队谋划建设的多项战略工程中，已出现不少军工企业、科研院校专家的身影，一座立足部队、面向全国、服务强军的"云智库"初露端倪。

"加速培育新质作战能力，打造新型作战力量"

进入21世纪，新军事革命的冲击波汹涌而来。特别是随着信息、智能、隐形、纳米等战略新兴技术的持续突破，新型作战力量成为军事能力跨越式发展的"增长极"，成为军事强国竞争的新"宠儿"。

公开资料显示，美国组建太空作战部队，建成了下辖10万部队的网络司令部，打造了世界上规模最大的网络战力量。俄罗斯整合空军与航天作战力量建立空天军，组建了网络战指挥机构和部队。英国启动新锐网络战部队"第77旅"，通过脸书网站平台专攻"非常规信息战"。日本则通过《宇宙基本法》加快太空军事化进程，积极组建"网络空间防卫队"。

面对这场新军事革命的汹涌浪潮，谁洞察先机，谁就能赢得未来。习主席和中央军委果断决策，组建战略支援部队，打造维护国家安全的新型作战力量，并将其作为我军新质作战能力的重要增长点。

围绕加速培育新质作战能力，部队确立了技术武器化、力量体系化、能力实战化的发展方向，以进入战备为指标，分阶段推进实战化能力建设。

部队建设向打仗聚焦，各项工作向打仗用力。记者在战略支援部队采访时看到，各级都在以时不我待的紧迫感抓改革、促转型，许多摸惯了键盘鼠标的科技专家穿上了作训服、走上了练兵场。曾经束之高阁、停在纸上的科研成果，被带到了武器装备研制试验现场和部队演习训练场，成为提升新质作战能力的"倍增器"。

据了解，战略支援部队某部坚持在前瞻性、先导性、探索性、颠覆性技术手段上求突破，研发的某新型作战装备已通过初步评估，毁伤效能达到国际同类装备先进水平。

"只有锐意创新，才能抢占军事竞争战略制高点"

今年元旦期间，战略支援部队领导通过电话、视频抽查所属部队作战值班情况。从深山密林到深海远洋，从大漠戈壁到祖国边陲，部队官兵齐装满员、枕戈待旦，在战斗岗位上迎接部队组建。

作为一支维护国家安全的新型作战力量，战略支援部队把创新视为抢占军事竞争战略制高点的动力之源，聚力创新新型作战力量的作战理论、组织形态和发展模式。

在组织形态创新上，着眼新的领导指挥体制，加强对新型作战力量编成模式和领导指挥关系的研究探索。着眼实现跨越发展，部队提出了以作战需求为牵引、以技术突破为驱动、以问题倒逼为导向、以竞争超越为途径的发展模式，摆脱尾追式、模仿式发展的被动局面。

"维护和平的最好方法，就是根据自己的条件来重新定义战争"。围绕加快部队职能转型、积极适应使命任务拓展，战略支援部队紧跟世界新军事革命发展趋势，超前谋划新型作战力量布局，确立自己主导的"战争规则"，实现非对称竞争优势。

记者在战略支援部队采访时看到，从机关到部队，从实验室到演兵场，一场"头脑风暴"正在翻卷奔涌——

某部组织的研讨会上，大数据、云计算、3D打印、纳米技术等新名词不时在讨论中脱口而出。一位毕业自名牌大学的青年博士语气坚定地告诉记者："军人谋划和准备的，永远是明天的战争，甚至后天的战争。"

在这里采访，记者每每为官兵昂扬的精神面貌、敏锐的前瞻思考所震撼，对这支新生部队的未来充满信心。

（原载于《人民日报》2016年1月24日第6版，作者：倪光辉）

联勤保障部队

新时代的"新联勤"

2016年9月13日，习近平主席向新组建的联勤保障部队授军旗、致训词，发出"努力建设一支强大的现代化联勤保障部队"的号令。兵种融合，联合保障。三年多来，这支部队是如何建设"打仗新联勤"的？前不久，记者探访了联勤保障部队。

兵马未动，粮草先行。在庆祝新中国成立70周年阅兵式上，联勤保障部队方队以"钢铁联勤"特有的威武之势首次走过天安门，亮相全世界。作为新时代的"粮草官"，联勤保障部队在改革强军的号角声中步履铿锵，阔步前行。

筑牢"联勤之魂"，高擎新时代精神火炬

镜头："我对党的信仰是在新旧社会两重天特殊经历下确立的，一经确立，就没有动摇过。我坚信，跟着共产党走，就是跟着真理走，就会走向光明！"不久前，在联勤保障部队军师职领导干部理论轮训班上，95岁的中国工程院院士黎介寿真情告白。

统帅千钧授，三军一念同。从习主席授旗那一刻，一幅坚决听党指挥、聚焦能打胜仗、锐意改革创新、优质高效保障的联勤保障蓝图徐徐铺开。"牢记训词、致敬军旗"系列活动在五大联勤保障中心层层开展，6期军师职领导干部理论轮训步步深入……

"努力建设一支强大的现代化联勤保障部队！"走进位于武汉的联勤保障部队机关大院，主席训词墙赫然在目。自组建以来，联勤保障部队把训词作为建设发展的总纲领，党委中心组"第一专题"学习训词，新兵入伍、学员分配以及各类补入人员"第一课"学习训词，切实用训词实现融心合力。

针对新型作战力量建设没有经验可循的情况，他们坚持"问题牵引学习、学习解决问题"思路，用好原原本本学、及时跟进学、专题研讨学的方法，抓好"党委书记大培训""党建工作大调研""联勤党建大讲堂"，研究出台17条53项加强党的建设具体措施。

精神火炬催生无穷力量。冲锋保障一线、勇攀医学高峰、扎根山沟哨所，以"全军备战标兵个人"吴勇为代表的一批先进典型不断涌现，折射出联勤官兵一切为了前线、一切为了胜利的光荣与梦想。

"爬，也要把药品送上去；死，也要把伤员救下来……"联勤保障部队第一次党代会召开期间，一场反映部队官兵践行保障打赢、融合发展等精神的情景故事会在部队引起强烈反响。

浇铸"联合基因"，立起一切为战航向坐标

镜头：硝烟四起，一名稀有血型伤员因失血过多生命垂危，卫生营立即派出无人机将配型血液送达现场；陆军某炮兵部队发出油料补给请求，油料营迅速前出开设野战加油站……去年仲夏，"联勤使命"实兵演习举行，这是联勤保障部队探索联战联训联保新路径的重要一役。

起步就冲锋，跑步进战位。组建之初，联勤保障部队瞄准"着力建设一切为了打仗的后勤"，以某专项建设试点为契机，探索指挥链上的角色定位、行动协同，加快与联合作战体系指挥方式、信息手段和力量运用的深度融合，

一体化联合保障能力节节攀升。

据了解，联战联训联保成为这支新生力量的共识与常态，一系列动作频出。

——夯实"联"的根基。展开联勤保障重点问题研究，修订完善不同战略方向、不同作战行动的联勤保障方案计划，为第一代联勤人植入了"联合基因"。

——砥砺"联"的能力。组织机动保障力量融入各战区和军兵种联演联训50多场，一支支保障分队全程全维参战、磨砺保障硬功。

——锻造"联"的拳头。充实加强应急力量，锻造联勤保障拳头部队。今年8月，一辆载有中国游客的大巴在老挝发生严重车祸，正在老挝参加"和平列车—2019"人道主义医学救援联合演训活动的东部战区总医院医疗队火速展开救援，数十名同胞全部得到救治。

联勤保障部队负责人告诉记者，他们初步构建起职能明晰、关系清晰、顺畅高效的联勤指挥链、保障链和管理链，推进联战联训联保建设，部队联战联训、实战实保能力不断提升。

擦亮"金字招牌"，锻造优质高效保障尖兵

镜头：野战弹药库开设组织指挥教学、海水淹溺伤救治教学……12月2日至6日，联勤保障部队首次组织优秀"四会"教练员评比，29名优秀教练员从近百名基层"兵教头"中脱颖而出。此次评比内容突出战斗性、应用性、综合性，紧贴联勤保障部队行业特点，全程全方位融入实战背景。

"一切按打仗标准，才能锻造优质高效的保障尖兵。"联勤保障部队负责人表示，他们着力打通联战联保"最后一公里"，搭建公共服务平台，既通力保障军种主建，又全力服务战区主战。

一次，西部战区陆军某旅机动到中部战区参加演习，因临时增加演训课目，急需补充一批油料。电话报到联勤保障部队，他们当即确定由演习区域附近某油库先行代供。联勤真正实现了快速响应、就近就便、精准保障。

从提高官兵获得感出发，联勤保障部队持续打造为兵服务"升级版"，让更多的联勤保障红利惠及全军官兵。

驻西沙永兴岛某部四级军士长穆志凯膝关节疼痛了一个多月。今年国庆节前夕，随着解放军总医院海南医院与地处永兴岛的三沙市人民医院开通5G远程全门诊服务，穆志凯足不出岛就接受了专家远程操控核磁设备检查。据介绍，如今"5G+医疗"技术使该院医务人员可以远程控制三沙市人民医院的门诊工作站、药房系统以及超声、核磁、CT等设备，三沙军民无须离岛就可享受到优质医疗资源服务。

这是联勤保障部队服务全军官兵的一个缩影。他们发挥体制优势，实行"全网通"门诊就医，落实军人出行依法优先，探索"工厂到部队"一站式供应等举措。此外，联勤保障部队精准帮扶54所贫困县县级医院通过等级评审、1780余户贫困户实现脱贫。

在庆祝新中国成立70周年阅兵训练中，联勤保障兵站身居幕后，精心提供"一站式"基地化服务保障，受到受阅官兵广泛好评。如今，"优质服务看联勤、有了困难找联勤"成为全军官兵的普遍共识。

打造"青山绿水"，重塑从严从实政治生态

镜头：最近，联勤保障部队供应局助理员王湛文很忙碌，他参与的军需能源行业清理整治工作进入建章立制阶段，将形成一系列成果：一套教育丛书、一本问题总账、一套行业风气建设措施办法和追责问责工作机制。

针对各级拿着钱袋子、开着药方子、管着盖房子的工作实际，联勤保障部队党委重拳整治财务、工程、采购等6个行业领域问题积弊，组织175名行业领域主官主管开展政治整训，行业风气持续向上向好。

西宁联勤保障中心建立供应保障重大事项监督会商机制，每月纪委与机关业务部门一道，分析研判供应保障中腐败问题易发环节，提出针对性预防措施。

面对停偿项目占全军1/3、工作任务重、矛盾困难多的实际，联勤保障部队党委严格压实责任、精准把握政策，如期关停项目，顺利完成相关项目善后

工作。

着眼立起联勤人的好样子，联勤保障部队开局抓作风、起步严规矩，培塑干干净净、清清爽爽的新生态。

——从严规范打基础。建立"常委挂钩帮带、机关分片抓建"机制，制定加强经常性思想工作、经常性管理工作、经常性心理服务工作、经常性排忧解难工作的意见。

——从上严起树形象。联勤保障部队党委坚持选人用人"标准、态度、底线"三个非常明确，树立"靠担当立身、凭实绩进步"的鲜明导向。

——从严执纪正风气。先后派出2个巡视组赴2个军级单位巡视，随后逐步对所属军级单位进行逐一巡视，实现巡视监督全覆盖。

走过三年多征程的联勤保障部队，坚守不变的军魂，朝着党在新时代的强军目标，奋力书写新时代的荣光。

（原载于《人民日报》2019年12月15日第6版，作者：倪光辉　魏加升　付凯）

武装警察部队

武警部队坚定维护核心，聚力转型发展

忠诚担当　做社会稳定的压舱石

5月的北京雁栖湖畔，"一带一路"国际合作高峰论坛政要云集，数万武警官兵枕戈待旦、忠诚值守安保一线；大兴安岭火警传来，3000多名森林部队官兵闻令而动、迅速投入扑火战斗……一次次勇担急难险重任务，展现的是武警部队倾力打造"多能一体、有效维稳"力量体系，全力干好维稳大事的坚定决心和崭新成就。

党的十八大以来，武警部队党委坚持围绕习主席提出的建设听党指挥、能打胜仗、作风优良的现代化武装警察部队的战略目标，以国家安全和社会稳定核心需求为导向，着力推进政治建军、改革强军、依法治军，忠实履行维护国家安全和社会稳定、保障人民安居乐业的神圣使命，推动部队现代化建设跨越发展。

一岗一哨关系大局，一言一行连着政治。忠诚历来是武警部队的血脉基因和精神密码，是党和国家对武警部队第一位的政治要求。武警部队党委始终把坚定看齐追随、铸就绝对忠诚作为首要政治任务，举办军师职领导干部理论轮训；扎实推进维护核心、听从指挥主题教育和"两学一做"学习教育常态化制度化，彻底肃清郭伯雄徐才厚流毒影响，开展"红色基因代代传"工程，培塑忠诚卫士文化体系，不断强化官兵"三个维护"思想行动自觉。

"养兵千日、用兵千日。"武警部队天天执勤、经常处突、时有反恐、常态维稳，每天都有数万名官兵奋战在3万多个不同岗位上。为忠实履行使命，始终聚焦练兵备战，牢固树立战斗力标准，武警部队制定《实战化军事训练实施细则》，以"卫士"系列演习、"魔鬼周"特战分队极限训练、"锋刃"国际狙击手射击竞赛、"巅峰"特勤分队尖子比武等实战化品牌为牵引，打造实战化军事训练体系，逐一规范战备、执勤、实战化训练等现实问题，突出"八落实"质量指标、规范"六种组训模式"运行、抓实"三个源头"训练，建立军事训练监察制度，狠刹不实训风演风，时刻保持箭在弦上、引而待发的高度戒备态势。

翻开武警部队后勤部1号文件《深入贯彻"后勤变前勤"重要指示扎实推进"实战型"后勤建设的意见》，"纵横贯通、多维互补、基于任务、主动靠前"等透着战斗气息的理念成为核心词汇，评估资源配置等对提高战斗力的贡献率，把资源最大限度转化为保障力。近年来，武警部队始终坚持以推进后勤变前勤为突破，努力打造实战型、服务型、法治型、创新型、融合型、廉洁型后勤，为圆满完成任务提供有力支撑。

4年来，武警部队先后圆满完成G20、APEC会议安保、中尼公路跨境抢通、天津港爆炸事故救援、江苏盐城特大龙卷风冰雹灾害抢险、深圳光明新区滑坡事故救援等急难险重任务。

5月初，第九届约旦"勇士竞赛"国际特种兵比武结果揭晓，中国武警代表队在与来自16个国家的30支代表队的激烈角逐中，一举夺得团体总冠军，有力诠释了武警部队勠力强军兴军、担当维护社会稳定"压舱石"的时代风采。

（原载于《人民日报》2017年6月8日第11版，作者：倪光辉 赵彬）

武警部队追求忠诚，践行忠诚，献身忠诚，在矢志强军兴军中展现铁血情怀和责任担当——

忠诚卫士筑牢"钢铁长城"

大兴安岭火警传来，3000多名森林部队官兵闻令而动，迅速投入扑火战斗；5月的雁栖湖畔，"一带一路"国际合作高峰论坛成功举办，数万武警官兵枕戈待旦，打赢万无一失的"安保战场"……

这是一群守卫在人民身边的橄榄绿，以热血忠诚，勇担急难险重任务，成为维护社会稳定的"坚强柱石"！

这是一支冲锋在安保一线的先锋队，在一岗一哨、一举一动间书写零差错的答卷，向世界展现出"中国力量"！

孕育在八一军旗下、诞生在新中国成立时、前进在改革开放春风里，武警部队的成长壮大与中国革命和人民军队的前进步伐交相呼应，一路同行；它的历史发展与国家安危及中华民族的前途命运息息相关，休戚与共。

组建60多年，特别是重新组建35年来，武警部队始终沿着党指引的方向砥砺前行，在960万平方公里土地上筑起维护国家安全和社会稳定、保障人民安居乐业的"钢铁长城"。"永远做党和人民的忠诚卫士！"党的十八大以来，武警部队始终牢记习近平主席建设一支听党指挥、能打胜仗、作风优良的现代化武装警察部队的殷切嘱托，坚持以国家安全和社会稳定核心需求为导向，扎实铸牢忠诚、扎实履行使命、扎实推进改革、扎实改进作风，在强军兴军的伟大征程上奋力开创武警部队现代化建设跨越发展新局面。

坚定看齐追随　信念磐石更加坚实

中流击水方显忠诚本色！

2015年，第八十八个建军节前一天，第十八届"中国武警十大忠诚卫士"颁奖典礼上，武警临沂支队直属大队副大队长赵永飞和他带的兵、为保卫我驻索马里使馆安全遭遇恐怖袭击壮烈牺牲的上士张楠，一同荣膺"中国武警十大忠诚卫士"殊荣。庄严的军歌声响彻礼堂，从将军到士兵自发起立，向这位英雄士兵敬以崇高的军礼。"争做党和人民忠诚卫士"活动在武警部队已持续开展了 20 年，把数十万武警官兵追求忠诚、践行忠诚、献身忠诚的壮美画卷，更加清晰地呈现在人们面前。

"忠诚是武警部队的血脉基因和精神密码，是党对武警部队第一位的政治要求。"武警部队政治工作部领导介绍，武警部队由于体制、任务、环境相对特殊，在忠诚上要毫不含糊，毫不动摇地坚持听党指挥，确保部队绝对忠诚、绝对纯洁、绝对可靠。

大力加强党员领导干部政治能力训练，制定下发《武警部队加强党员领导干部政治能力训练三十条》；扎实推进"两学一做"学习教育常态化制度化，广泛开展维护核心、听从指挥主题教育，在 7 个单位探索特色经验示范。总结推广问题切入式、要点解读式、事例引导式方法抓基层理论武装，每年组织武警部队宣讲团，分赴部队和院校巡回宣讲习主席系列重要讲话和党的全会精神，让理论武装向下延伸、走进官兵。组织"寻找最美新兵"和"中国武警十大标兵士官""中国武警十大忠诚卫士"等评选活动，开展"红色基因代代传"工程，推出"强军风采"系列文化活动，深入组织学习党史国史军史武警史，组建野战文化小分队，讲述强军兴军故事。

聚力练兵备战　力量支撑更加强大

国际恐怖主义，一颗严重威胁国际安全的"毒瘤"。反恐怖斗争事关国家安全、民族团结、社会稳定，事关人民群众根本利益。当前，我国社会大局总体稳定，但国家安全环境仍然复杂、变数增多，呈现内外部风险、不同领域风险相互传导转化、集聚碰头的态势，武警部队遂行任务多样化、多样任务常态化的特征日益明显，天天执勤、经常处突、时有反恐、常态维稳，始终处于在打仗中准备打仗的状态。

"武警部队遂行任务'六仗'""一句话命令加补充指示"等来自任务实践的新型作战理念渐入人心。《武警部队坚决贯彻习主席重要指示进一步加强反恐怖能力建设意见及责任分工》等直指反恐维稳现实矛盾的法规文件出台，成为指导武警部队战备训练的方向指针。2016 年 11 月，在武警党委领导的长期筹划下，武警指挥学院成立"武警战略研究中心"，首次开设"武警维稳战役学"课程，为加强"维稳战役"组织指挥提供理论支撑。G20峰会、APEC会议、达沃斯论坛等一系列国际盛会安保执勤战役的成功实践，标志着"战役"这个理念不但逐步融入武警遂行多样化任务实践，还在军事理论层面日渐成熟、形成体系，重塑着武警部队指挥筹划样式，让战略思维、宏观视角逐步融入各级指战员的组织指导理念。

纵观各演兵场，从"合作—2016"到"卫士—2017·燕山"演习，从"魔鬼周"极限训练、冬季大练兵到抢险救援军警地联训联演……记者深切感受到，武警部队探索的训练任务一体化、训练内容战斗化、训练模式规范化、训练教学责任化、训练场地体系化、训练监察常态化的实战化军事训练路径日渐成型，助推部队战备训练跨入新境界。

矢志革弊鼎新　良好生态更加纯正

今年3月，武警部队党委常委到某部基层连队进行为期一周的住连蹲点，吃住在班排，深入"解剖麻雀"，掌握第一手情况，探索思考武警部队基层建设的特点规律。

4年多来，武警部队共安排8个批次近万人深入偏远后进连队进行当兵蹲连，收集调研意见建议2万多条，解决基层现实困难千余件。从每年召开基层建设工作会议到制定精准帮建措施，从推行"四心"工程到倾力解决艰苦边远部队难事，这些崭新气象的背后凝结的是武警部队持之以恒加强作风建设，坚持抓常、抓细、抓长。

党的十八大以来，武警党委深刻学习领会习主席关于整风整改和武警部队建设"四个扎实"的系列重要论述，把营造良好政治生态作为强军兴军的生命工程紧抓不放。扎实开展"三严三实"专题教育整顿、"两学一做"学习教育、"提振精气神、聚力迎大考"专题教育，召开专题民主生活会，在武警部队支队（团）以上党委机关广泛组织"树立正确理念、明辨是非界限"学习讨论活动，围绕端正"学风文风会风训风"召开专题研讨会，让广大党员干部灵魂得到洗礼、思想加钢淬火。

2014年3月，武警部队成立专门巡视机构，正式开展首批巡视，标志着这场重塑重构向纵深推进。武警部队坚决肃清郭徐流毒影响，严格落实党内监督条例，用好监督执纪"四种形态"方法路子，探索构建预防腐败立体体系，推动监督执纪日常化全程化广泛化；加大巡视力度，在军师级单位建立巡查制度，推动正风肃纪向基层延伸。出台《武警部队加强支队（团）以上党委机关作风建设的决议》、32 条《措施》，制定团以上领导干部贯彻落实党内政治生活若干准则措施，修订财经管理、工程建设、住房分配等 30 余项规章，研发部署后勤权力管控信息系统，进一步匡正用人导向，真正把明规则立起来，让权力在阳光下运行。

倾情爱民为民　精神底色更加厚重

2016 年夏天，在南方数省军民抗击肆虐洪魔的日子里，武警战士一双被洪水浸泡发白的大脚图片，感动了无数网友，这一幕让许多人记住了人民群众的"守护神"——武警部队。当国家和人民生命财产受到威胁时，武警部队始终闻令而动、冲在一线。

2017 年初，山西省左权县麻田村，一个地处太行深处，集革命老区、集中连片特困区、国家扶贫重点区于一身的贫困山村，被写进武警部队党委年度工作报告。党的十八大以来，武警党委鲜明提出"精准到户、精准到人、惠及群众"等系列指导意见，制定《关于武警部队参与打赢脱贫攻坚战的措施》，引导各级把思想行动统一到习主席扶贫开发重大战略思想上来，推动精准扶贫、精准脱贫基本方略落地生根。

"为党树碑、为民造福。"从医疗帮扶、捐资助学到党建、科技、生态扶贫……武警部队把党的温暖送到千家万户，把党的声音传遍大江南北。

（原载于《人民日报》2017 年 6 月 11 日第 6 版，作者：倪光辉）

武警部队奋楫强军新征程

2018 年 1 月 10 日，中共中央总书记、国家主席、中央军委主席习近平向武警部队授旗并致训词，指引这支队伍奋进新时代、阔步新征程。

一年来，武警部队坚决贯彻授旗训词，奋力推进强军兴军实践，政治引领立起新高度、备战打仗履行新使命、改革转型实现新突破、从严治军确立新标准、党的建设开创新局面，在建设一支强大的现代化武装警察部队的征程上迈出铿锵步伐。

擦亮忠诚卫士底色

"如果有来生，还愿为国再牺牲！"这是一名武警战士在生命最后的日子写下的一句话。他叫李保保，年仅 26 岁，2018 年 4 月倒在为国戍边的征途上。一个兵感动一座城。2018 年 12 月的济南，地标建筑打出标语送别一位英雄。他叫王成龙，面对违规变道撞来的货车，他舍身救战友，年仅 23 岁的生命永远定格在强军征程上。

同一支部队一年内涌现出两位让时代感动、让众人流泪的英雄。他们生发在怎样的土壤？

"跨入新时代，我们深入学习领悟习主席授旗训词，始终把贯彻政治建军方略、铸牢军魂摆在首位，广大官兵立志永远做党和人民的忠诚卫士。"武警部队政治工作部负责人说。授旗训词第二天，武警部队党委印发深入学习忠实践行习主席训词《意见》，全面部署学习教育活动。武警部队党委常委走上讲台，上"新春第一课"。

武警部队党委将看齐追随向认识本源、思想本真追溯——政治能力是党员干部的第一位的能力。强化政治引领，要靠广大官兵特别是党员领导干部的政治能力来支撑。一年来，他们修订印发政治能力训练《三十条》，积极探索"把政治能力考核具体化"的方法路径，综合运用考、巡、述、查、评的"五位一体"考评督导机制，推动政治能力训练不断走深走实、见质见效。

从制定全面深入贯彻军委主席负责制措施到"十三五"规划中期调整，从设计安排武警部队"新三步走"到明确现代化建设"八个体系"，从开展"传承红色基因、担当强军重任"主题教育到院校"三进入"……武警部队清晰标绘出学习、实践路径。

树牢练兵备战导向

京畿远郊、燕山腹地。2018年10月22日，武警部队主办的"锋刃—2018"国际狙击手射击竞赛在这里拉开帷幕。来自中国、白俄罗斯、以色列等21个国家军警宪同类部队100余名狙击精英会聚于此，展开巅峰对决。

"坚决贯彻统帅训词训令，必须牢固立起练兵备战鲜明导向，大力推进实战化军事训练，不断提升新时代打赢能力。"武警部队党委深刻领悟，广大官兵闻令而动，以高昂热情投入练兵备战。站第一排、带第一队、打第一枪、投第一弹……武警部队党委首长全程参加全军开训、"卫士"系列演习和机关集中训练，释放了大抓实战化训练的强烈信号。

一场"和平积弊大起底大扫除"活动在部队展开。随着8个方面28类问题积弊的深挖起底、10个方面38条整改措施的落地见效，广大官兵思战谋战务战意识普遍增强，部队实战化训练的导向更加鲜明。

纵观武警部队各个演兵场，记者深切感受到，"一切都为了实战"已成为各级的自觉行动，成为检验训练成效的唯一标尺。"巅峰""突击""庙算""运筹""武教头""忠勇"等实战化训练品牌形成体系，一项项联赛联训联教成果喜人；野营大拉练、"魔鬼周"极限训练、"砺剑—2018"冬季大练兵等群众性练兵活动掀起实战化训练热潮，牵引武警部队整体训练水平不断跃升。

驱动创新发展引擎

南疆腹地。数名"恐怖分子"劫持人质藏匿在茫茫荒原。两支特战小分队在无人机的侦察引导下，呈钳形搜索前进……2018年12月下旬，一场以山地捕歼为背景的红蓝对抗演练在武警新疆总队某特战支队展开。

"从体制到任务，从营区到人员，一切都是新的。我们放下一切曾经的光荣，像小学生一样从头开始，摸索山地作战的胜战之道。""八一"勋章获得者、该支队支队长王刚说。这柄反恐利剑从论证组建到磨锋砺刃、亮剑演兵场的过程，正是改革强军这场伟大革命在武警部队深入推进的缩影。

伴随改革在重要领域和关键环节实现历史性突破、取得历史性成果，武警部队在聚合中重塑，焕发出前所未有的生机活力。

适应新体制新职能新使命，调整改革后的武警部队，从机关到基层，积极转变职能、转变作风、转变工作方式，推动更深刻的变革从思想理念和组织架构等各领域生发、推进。

武警部队党委从顶层设计入手，鲜明树立需求牵引规划、规划主导资源配置的工作导向。注重以"十三五"规划中期评估调整为抓手，完善构建"5+1"力量体系、"智慧磐石"工程、院校建设顶层设计，出台加快推进军民融合深度发展意见，创新发展的路径更加清晰明确。

培塑治军崭新形象

江西南昌。2018 年 7 月 10 日，武警部队贯彻落实新条令集训在这里进行。200 多名军师职领导干部住班排宿舍、吃集体食堂、过连队生活、当普通一兵。

治军先治将，严兵先严官。以学习贯彻新条令为标志，一场领导为部属作表率、机关为部队作样板的依法从严治军实践在武警部队蔚成风气。

军无法不立，法无严不威。加快军事法制体制建设，建立规范性文件审查备案机制，推动修订完善 60 部规章制度……2018 年，武警部队法制化建设迈上新台阶。

一年来，武警部队从严端正选人用人导向，贯彻落实"三个坚持"和军队好干部标准，完成对军师职干部考核全覆盖，对拟提升使用、列入后备等一万余人次进行廉洁自律审核。一年来，武警部队从严监督执纪问责，党委巡视组分 4 批对 16 个总队进行巡视，各总队党委对 292 个支队级单位进行巡察。

"要把老百姓的安危冷暖时刻放在心上。"在脱贫攻坚的战场上，武警部队官兵留下了饱含深情的坚实足印：结对帮扶 546 个贫困村，援建 325 所贫困地区中小学，261 个县乡医院，实施 1700 多个帮扶项目，帮助 237 个贫困村、

10 余万贫困群众脱贫……

（原载于《人民日报》2019 年 1 月 27 日第 6 版，作者：倪光辉）

驻港部队

威武文明守香江
——中国人民解放军进驻香港 20 周年纪实（上）

这是彪炳史册的世纪盛事！

1997 年 7 月 1 日，中华人民共和国恢复对香港行使主权，历经百年沧桑的香港重回祖国的怀抱，亿万中华儿女欢欣鼓舞。

这是震撼世界的和平进驻！

这一天，中国人民解放军驻香港部队陆海空三军官兵，从陆地、空中和海上进驻香港履行防务。

随着五星红旗冉冉升起，中国人民解放军在"一国两制"条件下驻军的崭新篇章从此开启。世界为之瞩目，祖国寄以重托。

回归 20 年，香港魅力依然、繁华依旧。二十载风雨铸忠诚，二十载军旗耀香江。铁血丹心映紫荆，驻香港部队以威武文明的良好形象，为香港长期繁荣稳定做出了突出贡献。

走进驻香港部队的座座营区，"特别讲政治、高度重使命、严格守法纪、开拓创一流"的标语牌傲然挺立。20 年来，驻军官兵初心不改、使命不息、规矩不松、情怀不变，向世界演绎了非凡的"驻港精神"，被人们赞誉为威武文明的"香江卫士"！

初心不改：锻造信仰坚定的"不锈钢"

昂船洲军营，红旗招展。隔江相望就是著名的中环，维多利亚港碧波荡漾，潮起潮落。

"墙外资本主义，墙内社会主义"，是置身这里最形象的写照。记者发现，给官兵带来的冲击和考验比想象的更直接。

新战士谌泓宇，是 2016 年入伍的大学生，对比围墙内外的生活开始总想不通，训练提不起劲儿。在观看教育片《塔山战旗永飘扬》后，谌泓宇颇有触动。"生活在和平年代的我，无论如何不能当'逃兵'！"新兵主题思想交流会上，谌泓宇分享了蜕变的心路历程。此后，谌泓宇主动当理论宣讲员，用战士的语言宣讲习主席系列重要讲话等党的创新理论，年终考核被评为"训练尖子"。

"处在'一国两制'特殊环境，面对两种社会制度交锋和多元思想文化冲击，从进驻香港的那一天起，驻香港部队党委就把铸牢军魂、净化灵魂作为驻军治军建军第一位的任务和永恒课题。"驻香港部队政委岳世鑫告诉记者。

2012 年以来，驻军党委在狠抓部队教育落实的基础上，围绕培育"四有"新一代驻港军人，以"铸牢强军之魂"为主题，精心准备 24 堂党课，每一课都制作成时长约 90 分钟的电视专题片，每月一课、每两年一个周期循环。不仅把"大道理"的体系脉络、本质内涵、实践要求讲清讲透讲完整，还充分体现知识性、突出趣味性，让官兵喜闻乐见、自觉参与其中、主动接受教育。

驻军党委大力加强营区政治环境建设，开展"强军战歌"歌咏比赛和"兵写兵、兵演兵、兵唱兵"群众性文艺创演，营连开设"士兵讲坛"，让官兵在强军文化熏陶中净化精神家园。同时，通过深入挖掘驻军光荣传统和光辉历史，如"塔山英雄团""海上先锋艇""大渡河连"等英模单位的特有精神，精心制作光荣传统教育片。不仅如此，驻香港部队还将课堂搬到古炮台、防空洞等战场遗迹，讲历史、话危机、强防务，不断拧紧官兵世界观人生观价值观"总开关"。

扎根铸魂，面对香港复杂政治生态冲击影响，官兵坚定维护核心、坚决听党指挥的信念坚如磐石。20 年来，一代代驻港官兵始终保持了"不锈钢"的本色，经受住了考验，没有发生任何政治性问题。

使命不怠：磨砺守卫香江的"定海神针"

今年 6 月 6 日 10 时，香港东博寮海峡，烈日炎炎，波涛汹涌，驻香港部队"惠州舰""钦州舰"和 3 架直升机，在香港特别行政区海上和空中进行联合巡逻。这是驻香港部队今年组织的例行海空联合巡逻行动。

"驻军能否成为维护香港繁荣稳定的重要力量，关键要坚持战斗力这个唯一的根本的标准，以常态化战备为牵引、以实战化训练为抓手、以信息化转型为推动，提高部队硬实力，锻造能打胜仗的精锐之师。"驻香港部队司令员谭本宏介绍。

在"一国两制"条件下履行防务，有着不同寻常的使命任务。驻军党委深入分析研判形势，紧跟形势抓战备，不断增强备战打仗的紧迫性。作战值班员每天检查各值班要素不少于两次，应急分队随时接受拉动检验，常态战备。

实战化训练，从一兵一卒"化"起，更从指挥枢纽"化"起。驻军着眼所处特殊环境、担负特殊使命任务，自上而下大兴尚武之风，大练精武之能，首长机关"一马当先"带出驻军官兵"万马奔腾"。2015 年以来，驻军坚持"每周一讲"，结合战略战役集训、作战问题研讨会、专题战役理论学习和年度演训等各项活动，深入研究形成了 50 余项成果，为有效提高驻军实战能力提供了理论支撑。

立体兵力投送、特战渗透破袭……2016 年 10 月 31 日上午，驻军青山综合训练场，三军联合指挥作战，硝烟弹雨，炮声隆隆，"香江卫士"联合实兵演习激战正酣。20 年来，驻军着眼所处特殊环境、担负特殊使命任务，自上而下聚焦强军目标，充分发挥三军联合优势，在分步落实联合基础、联合专项、联合指挥训练基础上，突出抓好联合实兵演习。

走进驻香港部队各营区，联演联训已成常态。各军兵种共同探讨联合作战理论、完善联合作战方案；共同研究制订联合训练计划、方式和时机，贴近实战研究设置军兵种专业考核内容，确定联合作战演习课题和训练内容，走出了一条"军兵种部队联合化、特战分队精英化、步兵分队特战化、保障人员战斗化"的训练路子。

2015 年海军部队首次进行远航；2016 年 5 月，惠州舰首次进行远海训练，为维护国家领土主权和海洋权益作出了重要贡献。空军航空兵部队每年参加跨区实战演练，防空部队 6 次远程机动至山丹、昌黎等地参加实弹演习。2016 年 11 月，驻军首次跨出国门，参加"和平友谊—2016"中马联合军演，探索与外军联合指挥、联合行动、联合保障模式，进一步密切了中马两国两军友谊，有力配合了稳定周边战略大局。

规矩不松：培育文明过硬的"守法窗口"

5月下旬，驻军新围靶场，某旅连长李亚迪带领两名战士到靶场悬挂出警示红旗。上午8时开始，他们要组织射击训练，而该训练计划早在一周前登报公告香港民众。

走进驻香港部队某教导团，一场《驻军法》知识竞赛正在新兵营进行。对即将轮换进港的战士来说，踏上香港土地前都要进行《基本法》《驻军法》以及香港法律法规考试，考核成绩优秀才能取得进港资格证。

在高度法治化的香港社会，现行的800多部条例、2000余部附属立法中，有近百部法律直接规范驻军行为——飞机升空训练、舰艇出海都要通报香港特区政府，实弹射击要提前在《宪报》上刊登公告……20年来，驻军在香港一言一行都受法律约束、一举一动都被媒体关注。每名驻港官兵都形成了办事依法、遇事找法、解决问题用法、化解矛盾靠法的高度自觉。

点滴皆习惯，习惯成自然。20年来，驻军坚持把依法治军从严治军作为铁律，贯穿于部队建设各领域和全过程，每年组织一次"法规月"活动，每月上好一堂法制课，每周组织一次学法课，每次重大活动首先对照法律条文。驻军还结合部队实际，先后编写了《香港驻军军人法律指南》《军人进出港法规知识手册》等20多部具体化的法律手册，依据基本法、驻军法制定了53部制度规定，形成了具有驻军特色的制度体系。

20年来，驻香港部队先后组织20余万台次车辆、80余万人次进出港，1万多架次飞机升空、1000多艘次舰艇出海，都严格遵守香港法律条例。

情怀不变：促进人心回归的"港人守护神"

2016年1月24日，一股强劲的寒潮席卷香港，导致气温骤降，风寒刺骨，驻守某山地执勤点地面更是罕见地结了冰。突如其来的恶劣寒潮让数十名游客措手不及。

驻守某山地执勤点官兵们迅速行动起来，将被困的香港市民游客等请到饭堂休息。游客们衣着单薄，他们打开空调制暖，还拿来迷彩大衣给被困游客御寒。

7 天后，游客将感谢信送到官兵手中，盛赞驻香港部队是"香港人的守护神"。

今年春节，香港攸潭美村家家户户张灯结彩，村民都赶往村公所参加一年一度的盆菜宴，今年的盆菜宴比往年更加精彩，驻香港部队官兵带来自编自导的文艺节目，这些节目赢得村民阵阵掌声。这是驻军官兵第一次与营区周边村民举行军民联谊，但现场官兵与村民有说不完的话。边吃盆菜，边聊家常，友谊在相互交流中升华。

爱祖国、爱香港、爱驻军，始终是时代的主旋律、驻港军人的最强音。20年来，驻军官兵视驻地为故乡，视香港同胞为亲人，赢得香港各界广泛赞誉。

为密切交流沟通，驻香港部队还建立与中央驻港机构、特区政府、爱国爱港社团会晤协作机制，实现军政军民关系良性互动。驻军还邀请媒体、社团等入营参观，有效增进了彼此了解，密切了相互感情。先后组织 28 次军营开放，62 万余人次香港市民入营参观，组织 12 届香港青少年军事夏令营和 6 届大学生军事生活体验营，10 次与香港 12 所大学组织联谊互访，强化了情感认同和民族自信。19 次参加无偿献血活动，7600 多名官兵为香港市民献血 338 万毫升，成为献血最多的团体。

去年 8 月，驻军组织陆海空官兵代表为香港同胞义务献血，报名人数超过献血名额两倍。基层官兵都争着去，谁也不愿落下。官兵们说："同胞之间情浓于血，为香港同胞献爱心的机会不能错过。"

铁血丹心映紫荆。20 年来，以炽热的情怀守护繁华，用坚强的臂膀抵挡风雨。驻军官兵砥砺奋进，为香港长期繁荣稳定保驾护航，为实现强军目标贡献着新的力量。

（原载于《人民日报》2017 年 6 月 21 日第 1 版，作者：倪光辉）

亮丽的底色　可靠的基因

——中国人民解放军进驻香港二十周年纪实（下）

在资本主义环境中驻军治军，是人民军队历史上开天辟地的第一回。

这是一场全新的世纪大考，这是一份合格答卷。

军旗耀香江，风雨铸忠诚。香港回归祖国 20 年来，驻香港部队坚持依法履行防务，圆满完成上级赋予的各项任务。特别是党的十八大以来，驻军认真贯彻习主席系列重要讲话精神，自觉践行党在新形势下的强军目标，谱写了"一国两制"条件下强军兴军的崭新篇章，展示了威武文明之师的良好形象。

在不同的社会体制、不同的使命任务、不同的法制环境、不同的纪律要求下，驻香港部队有着怎样的成功经验？让我们走进驻香港部队，探寻这支部队威武文明的基因密码。

定力：强军必先强心　强心重在铸魂

2004 年 8 月 1 日，驻军首次在石岗营区公开组织盛大阅兵仪式，3 万余名香港市民现场观看，数十家香港媒体现场直播报道。威严挺立的军姿，整齐陈列的装备，响彻云霄的呼声，令广大香港市民深受鼓舞。

2005 年 6 月 8 日，维多利亚港湾，战舰劈波斩浪，铁鹰振翅飞翔。驻军首次组织海空联合巡逻，彰显维护香港繁荣稳定的坚定决心和过硬实力。

驻军拓展深化军事斗争准备，部队遂行多样化军事任务能力不断增强。

近年来，国际形势风云变幻，美国战略重心东移，南海斗争波谲云诡，香港政局深刻变化，驻军党委坚决贯彻党中央、中央军委和习主席决策指示，坚决贯彻党在新形势下的强军目标，坚持政治建军、改革强军、依法治军，深入推进练兵备战，部队建设面貌焕然一新，履行防务能力全面提升。"驻香港部队担负着履行香港防务的重要职能，要起到定海神针的作用，责任重于泰山，使命重于生命。"驻香港部队司令员谭本宏说。

"定海神针"，首先自身要硬。

忠诚，是驻香港部队官兵最亮丽的底色，最可靠的基因。在香港驻军，是军事驻军，更是政治驻军，把好方向至关重要。这是进驻之初驻军党委清晰的定位。20 年来，香港形势日益复杂，部队遇到了前所未有的挑战和考验。驻军党委始终站在党和国家全局的利益上谋划推动各项建设和工作。

强军必先强心，强心重在铸魂。面对墙内墙外不同的意识形态，驻香港部队结合官兵群体成长的时代背景，探索出运用英模传统资源、现代信息手段、视频电教系统等，持续深入抓好习主席系列重要讲话精神学习贯彻，构建起以

"铸牢强军之魂" 24 堂精品大课和 "高擎精神战旗" 13 部光荣传统教育课为主干的教育体系，探索出一条分层多维立体覆盖的新路子。

驻军政治部主任周吴刚表示："学传统、悟传统，不断通过这种深入灵魂的熏陶，使得官兵对墙外的酒绿灯红有了更深一层的清醒认识和抵御能力。"

能力：大兴尚武之风　大练精武之能

心中有使命，才能练好手中枪。在特殊环境条件下履行防务，驻军官兵始终以强烈的忧患意识和使命意识，自上而下聚焦强军目标，大兴尚武之风，大练精武之能，着力强化创一流佳绩、建一流部队的使命感、责任感。

为进一步贴近实战，某旅特战一连一改过去采用绳索保护开展攀登课目训练的方法，在连长陈玉飞的带领下，摸索出一套无保护攀登训练方法。在与香港"飞虎队"进行训练课目交流时，6 名特战队员无绳索保护迅速攀登至 10 米墙顶，赢得啧啧赞叹。

科学的军事理论就是战斗力，一支强大的军队必须有科学理论作指导。近年来，驻军深刻领悟习主席港澳工作思想，结合参加全军战略战役集训、作战问题研讨会、专题战役理论学习和年度演训等大项活动，持续开展香港 8 个重大安全现实问题研究和不同作战样式课题研讨，积极组织"每周一讲"活动，着力探索创新香港特殊环境下遂行任务的军事行动指导、兵力运用和战法对策，为有效提高驻军实战能力提供理论支撑。

紧贴任务环境特殊、训练条件受限、兵种专业多样等实际，采取"港内港外接续训、在营野外交替训、互为条件对抗训、走出去联合训"等方式，全面推开基地化、模拟化以及实兵与指挥对抗训练，部队训练基础不断扎牢。积极开展舰艇编队跨辖区多课目训练、战备巡航和防空营跨战区实弹对抗演习，精心组织"香江卫士"系列联合实兵演习，2016 年首次组织驻军野战条件下拉动训练，部队实战能力稳步提升。

进驻 20 年来，部队 30 余次接受军委、战区检查考评，成绩均为优秀，陆海空三军部队训练综合成绩合格率保持 100%，40 余名官兵获评全军优秀指挥军官、爱军精武标兵，部队核心军事能力持续提升，为维护香港繁荣稳定作出了历史性贡献。

在驻香港部队，这是特殊的现象：陆军出身的干部穿上了海军服、空军服，海军、空军出身的干部换上了陆军服。

这些看似简单的军装改变，却折射出驻军党委着眼发挥三军编成平台优势、推动军种干部交叉任职的战略思维和深度考量。

每年干部调整，驻军都拿出一些团营职岗位，打破单位界限，大范围择优遴选，组织军种之间、机关与部队之间干部交叉任职，丰富干部任职经历，培养军兵种联合指挥人才，成功开创了具有驻军特色的选人用人道路。

魅力：用真心赢真情 用行动换心动

这是中国人民解放军序列中唯一一支不吹军号的部队。

为了遵守香港噪音管理法规和尊重市民晚睡晚起的生活习惯，驻香港部队取消了军号和呼号；空军飞行训练时，尽量避开休息时间和较大的居民区，减少噪音对市民的干扰……进驻以来，驻军把法纪看得重如泰山，积极适应香港特殊法治环境，顺应军队作风建设时代要求，依法治军、从严治军，从一个个细节入手，教育官兵严格守纪律，努力建设遵纪守法、秋毫无犯、作风优良的文明之师。

身居闹市，置身霓虹，两种制度，不同法律要求，时时处处都面临特殊法制环境考验。如何一以贯之、形成自觉？

在中环驻香港部队总部大楼的一层大厅，《中华人民共和国香港特别行政区驻军法》镌刻在墙壁上，时刻提醒着干部、官兵。像这样的法规宣讲，在各个营区的文化长廊、基层信息视窗、黑板报，甚至是每一名官兵学习笔记本上都能够看到。

心中有法纪，行为有遵循。驻军注重持续提升官兵法治素养，每年分层次、有重点开展"条令法规月"活动，每月安排一堂法制教育课，每周组织一次条令法规学习，《基本法》《驻军法》等重要法规深深刻入官兵头脑。坚持依法决策、依法办事、依法履行防务，每次决策重大事项都事先进行法律咨询，每次执行军事任务都依据法律进行风险评估，确保在法律框架内开展工作。

驻港无小事，件件靠法治，事事连政治。进驻以来，驻军始终遵循依法从严治军这个"铁律"，点滴抓养成、从严抓管理，真正做到了大事不出、小事也不出。20 年来，驻军始终坚持依法驻军、依法履行防务、依法从严管理部队，永葆威武文明之师的良好形象，赢得香港社会各界广泛认同，打造了亮丽的"形象名片"。

进港初期，香港市民自发组织了一个"暗访团"，对驻军各哨位的站位情况进行观察记录，结果所有哨位都被评为"五星级"。

如今，香港市民和世界各地的游客依旧热衷透过岗哨观察驻香港部队。警卫连驻守中环营区的哨位，被香港市民誉为"第一哨"。每次执勤的官兵，皮鞋亮不亮、裤脚直不直等细节依旧反复检验，从细节抓起，充分展示了"文明守法"的良好形象。

主动作为才能真正有所作为。驻港官兵们通过真心赢得真情，用行动换取心动，一步步树立起威武文明形象，拉近了港人与驻军之间的距离。"有解放军在，香港的繁荣稳定就有保证，我们很放心。"香港市民纷纷表示。

（原载于《人民日报》2017 年 6 月 22 日第 9 版，作者：倪光辉）

驻澳部队

威武文明的"莲花卫士"
——中国人民解放军进驻澳门 20 周年忠实履行使命纪实

清晨 6 点，晨曦微露，驻军新口岸大厦上，一面鲜艳的五星红旗准时升起。与对面澳门半岛制高点上的东望洋灯塔遥相呼应。

20 年前，历经 400 多年沧桑的澳门回归祖国怀抱，中国人民解放军庄严进驻澳门，担负起履行澳门特别行政区防务和守护澳门长期繁荣稳定的历史重任。

二十载濠江奔流，风展军旗如画。澳门，这颗镶嵌在祖国南海之滨的璀璨明珠，焕发出前所未有的蓬勃生机。

风雨铸忠诚。20 年来，特别是党的十八大以来，作为"一国两制"方针的见证者、实践者和捍卫者，驻澳门部队牢记习近平主席的殷殷嘱托，在濠江之畔砥砺奋进，努力锻造有效履行防务的精兵劲旅，被誉为威武文明的"莲花卫士"，用实际行动向党和人民交出了合格答卷！

始终把旗帜鲜明讲政治、守初心放在首位——
铁血丹心的"忠诚卫士"

夜幕降临，这座不夜城灯光璀璨，映照着营门值勤哨兵年轻的脸庞。

在这里，记者切身感受到驻军的特殊环境，"操场对着赌场、礼堂对着教堂、岗楼对着酒楼"。新口岸营区紧邻葡京等21家娱乐场，氹仔营区大门正对亚洲最大赌场威尼斯人、银河酒店，最近处离营门仅一路之隔。

在澳门这种特殊环境驻防，坚定信仰，立定脚跟，尤其重要，是非常现实的特殊政治要求。20年来，驻军历届党委坚持政治建军这个根本不动摇，旗帜鲜明把讲政治放在第一位，把听党指挥作为第一标准，持续强化理论武装，创新教育形式，帮助官兵夯实听党话、跟党走的思想政治根基，确保部队绝对忠诚、绝对纯洁、绝对可靠。

据介绍，20年来，驻军常态开展革命军人核心价值观系列教育和党史军史革命史传承教育，持续组织精品党课，加强群众性理论普及，建强用好军事展览馆和连队荣誉室等红色阵地，着力提升官兵政治敏锐性和鉴别力。

采访期间，恰逢某步兵营装甲步兵连开展主题理论班务会。据了解，这是驻军每周日基层班务会雷打不动的科目，大家结合学习实际谈心得、谈体会，党的创新理论通过喜闻乐见的方式入心入脑。

今年3月，部队参加澳事活动，作战保障队中士张双岩接受澳门媒体采访，有记者问：你觉得内地好还是澳门好？"只有祖国好才有澳门好！"张双岩回答得斩钉截铁。

正是这样，驻军始终让社会主旋律和强军正能量充盈营区。

始终聚焦使命任务练强防务本领——
砺兵备战的"定海神针"

濠江之畔，驻澳门部队某综合训练场，一场以联合反恐为背景的演练拉开帷幕。令人耳目一新的是，参演的不仅有装备精良的特战分队，还有训练有素的其他兵种专业分队。

楼房攻坚、搜查控制、反恐射击……各军兵种联袂行动，系列战术动作一气呵成。短短十几分钟，"恐怖分子"被悉数击毙，所有"人质"被成功解救。

这是驻澳门部队融入作战体系、提升部队实战能力的一个缩影。南部战区成立后，驻澳门部队党委抓住改革的重大契机，积极构建完善与战区等级部署相匹配、与驻军使命任务相适应的作战体系。

"履行澳门防务，责任重于泰山。"驻澳门部队领导告诉记者，在"一国两制"条件下履行防务，既要政治过硬，更要本领高强。进驻以来，部队14次组织濠江系列演习，先后有2个单位荣立集体二等功，3个单位荣立集体一等功，某摩托化步兵连被中央军委授予"履行澳门防务模范连"荣誉称号，某装甲步兵连被中央军委评为"全军践行强军目标标兵单位"，驻军被中央军委通令嘉奖。

成绩的背后，是官兵们长年累月的艰苦磨砺。

澳内训练条件艰苦、场地有限。"绕大厦围墙一圈，共279米。"大厦官兵对这个数字太熟悉了。记者顺着走了一圈，果真如此。驻军新口岸营区处在城市森林之中，院墙几乎贴着大楼，最窄处只容一人通过。五公里越野，大家只能沿着墙根跑。

"一趟要跑18圈，跑着跑着就迷糊了。不是运动缺氧，而是转圈转蒙了。"上士赵长安说起这件事，忍不住尴尬一笑。

创新是军事领域的鲜明特色。驻军肩负稳控澳门的神圣职责，必须着眼现实安全威胁，因地制宜、坚定不移推进练兵备战，确保平时有效示能、关键时刻一锤定音。

创新的第一招是爬楼梯，这是从进驻之日起延续下来的传统。1到9层，

272 级楼梯台阶，是每天官兵们体能训练的"专用训练场"。随后，珠海洪湾综合训练场、氹仔射击馆、指挥训练室、装甲兵模拟训练室相继投入使用。

如今，基地化、模拟化、网络化训练全面推开，澳内澳外接续训、营区野外交替训、互为条件对抗训等组训模式成熟完善，夜间训练、高强度训练和实战化练兵常态落实，战斗力水平显著提高。

今年 8 月，驻军组织建制单位轮换，当威武的装甲车队驶过澳门街区，市民热烈欢迎。澳门摄影师陈显耀摁下快门，定格这一个个动人的瞬间，并饱含深情地配文"'一国两制'坚实基石，澳门繁荣稳定'定海神针'"。

始终坚持依法驻军、从严治军锤炼过硬部队——
遵规守纪的"钢铁集体"

走进驻军新口岸大厦，大厅内的一面墙格外引人注目。这面墙镌刻着驻军法全文。20 年来，官兵们每天从这面"法律墙"前走过，上面的一字一句不仅刻在墙上，更烙印在每名官兵的心里，融入点点滴滴的行动中。

"20 年前，官兵们高唱着'三大纪律、八项注意'通过拱北口岸，如今，讲规矩守法纪已经成为融入血液的价值理念和行为准则。"谈起当年那幕，首批进驻澳门的驻军保障部部长高志军感慨地说。

清晨 6 点，微弱的哨声准时响起。士官杨章辉和战友们习惯性地迅速起床，下楼集合。查人报告、活动身体、跑步出操，一切都在静悄悄中进行。驻澳门部队俨然是置身闹市的"静音"部队。

这是驻军讲文明、重法治的一个缩影。"特别守规矩，始终保持威武文明的良好形象，是我们这支部队在特殊环境中驻军治军的'资格证'。"驻澳门部队领导说，从进驻之日起，驻澳门部队党委就立下"纪律就是政治，形象重于生命"的驻军治军"军令状"。

良好的法纪素养靠的是点滴灌注和培养。进驻以来，他们积极适应澳门特殊人文环境和法治环境，把依法从严治军当作铁律来抓，把正规部队管理当作日子来过，把严明作风纪律当作红线来守。坚持把学好基本法、驻军法等法律法规作为官兵入门课、必修课；编印澳门驻军人员法律指南、军人涉外礼仪、澳门概览和数说澳门等资料，使官兵人人知法律法规、知文明礼仪、知澳门风俗、知行为准则。记者了解到，这里每年开展"学法规用法规守法规"活动，每月逐级组织条令法规考核，制定日常管理量化评比细则。

正是日复一日的学习灌注、严格要求，熔铸了驻军官兵"人人讲规矩、处处讲文明、时时讲法治"的思维习惯和行事习惯。每逢部队轮换、实弹射击、联合演习等，驻军都严格按法律程序，向特区政府有关部门通报，并刊登公告；外出执行任务，官兵依法履行职责，注意保护澳门历史文化遗产和公共设施；每次通关，官兵主动向澳门警察挥手致意，并用粤语表达感谢；在澳行军拉练，官兵不仅带走自己的垃圾，还将沿途垃圾收集起来，带到垃圾站，得到澳门环保人士高度赞许。

20 年来，驻军先后 20 次组织建制单位轮换，10.8 万台（次）车辆、37 万人（次）进出澳门，没有出现违反澳门法律法规和社会风俗问题，保持 20 年军警民纠纷"零记录"。

始终与澳门民众同呼吸共命运心连心——
爱澳亲民的"莲花卫士"

告急！全城告急！2017 年 8 月，澳门遭遇强台风"天鸽"正面袭击。一时间，全城暴雨倾盆，海水倒灌，树木倾倒，满目疮痍。

紧急驰援！接到命令后，驻澳门部队第一时间出动近千名官兵，全力投入救灾行动。决战重灾区，清运垃圾、防控疫情、恢复秩序……驻军官兵多路挺进，昼夜奋战。澳门同胞看在眼里感动在心头，主动为官兵送口罩、饮水、食品。灾后，市民自发送锦旗和感谢信，15 万澳门同胞签名致谢。"军民团结如一人，试看天下谁能敌"，在"一国两制"的澳门得到成功验证与升华发展。

20 年来，这支部队始终牢记人民军队的性质宗旨，充分发挥特殊政治优势和资源当好"宣传队""播种机"，积极走进群众、走进社区、走进学校，走进了 60 余万澳门同胞的心里。

驻澳门部队军事展览馆二楼大厅，记者看到，18 面翠绿色的军事夏令营营旗整齐排列，释放无限活力。20 年来，驻军联合特区政府，先后举办了 15

次中学生军事夏令营和 3 次大学生军事生活体验营，近 2000 名青年学生走进军营体验生活。

"这就是浓缩版的中国人民革命军事博物馆。"担任解说员的上等兵龙芸千介绍，驻军军事展览馆既有驻军历史展陈，更有全军历史精编，文工队全体女兵都是解说员。现在，澳门民众前来参观的热情很高，每周她们都会接待一两批，不少都是"全家总动员"。5 年时间，先后有 12 万澳门市民入馆参观。

在这里，广大学生和市民近距离体验真实的部队生活，直观了解人民军队的光辉历程，国家意识国防观念在心中深深扎根。

请进来，也走出去。20 年来，驻军不间断参加特区公益活动，义务植树、无偿献血、慰老爱幼、公益捐款，被澳门市民亲切地称为"新时代最可爱的人"。民意调查显示，澳门市民对驻军的满意率持续保持在 99% 以上。近三年，驻军打造的"中国故事"文化联谊活动进学校、进社区、进社团，累计与大中小学、街坊社团联谊演出 173 场，覆盖澳门 6 所大学、58 所中小学、200 多个街坊社团，形成良好的政治和社会效应。

站在驻军新口岸大厦，眺望澳门半岛最高峰东望洋山。斑驳的炮台沧桑依旧，山顶的特区旗帜迎风飘扬，仿佛在向官兵们挥手致意："有你们在，特别安心！"

（原载于《人民日报》2019 年 12 月 10 日第 6 版，作者：倪光辉）

四、砥砺奋进的强军画卷

2014年，中国全面深化改革元年。

这一年，在习主席和中央军委统一部署下，一场战斗力标准大讨论在全军上下轰轰烈烈展开。"我军根本职能是打仗，战斗力标准是军队建设唯一的根本的标准。"习主席把练兵备战作为重塑军队的战略抓手，引领全军把工作重心放到备战打仗主责主业上来。军队工作重心、职能本真的回归，为我军整体性革命性变革奠定了坚实的思想基础。

能打胜仗，是这次改革的逻辑起点和核心指向；强军兴军，成为人民军队在新时代的主旋律。

改革后，三军将士以更加昂扬的斗志，奋战在改革强军的一线。陆军第74集团军某旅战士王锐的一句话，道出了新时代革命军人的心声："假如今天就出征，只要一声令下，我们就是出膛的子弹，坚决打败一切来犯之敌！"

歼—15 飞机起降航母，"辽宁舰"副航空长和海军专家——

解密"刀尖上的舞蹈"

11 月 25 日上午，完成歼—15 首次起降飞行训练的"辽宁舰"返回大连码头。此前的训练中，歼—15 战机所有飞行员首次上舰飞行均一次成功。

航母舰载机首次起降飞行训练有哪些难点？具有怎样的意义？我国航母形成战斗力还有多远？本报记者连线"辽宁舰"副航空长和海军专家，对此次训练进行详解。

起飞偏流板升起，伴随震耳欲聋的喷气式发动机的轰鸣声，歼—15 战机如离弦之箭，迅速通过甲板舰艏"滑跃 14°"猛地仰头拉起，冲向苍穹；

800 米、500 米、200 米……歼—15 战机从天空朝舰艉呼啸着飞来，起落架轻触甲板，着舰时尾钩与"辽宁舰"飞行甲板上的阻拦索装置咬合，不到 100 米，战机稳稳地停了下来……

"这次舰载机起降试验成功，是我国海军航母战斗力提升的一个阶段性标志，具有里程碑式的意义，标志着国防科技和工业水平的提高。"海军军事学术研究所张军社研究员对记者说。

"刀尖上的舞蹈"

航母跑道只有 200 多米，仅为陆上跑道的 1/15；在涌浪的作用下，飞行甲板会沿着前、后、左、右、上、下等方向运动

"舰载机起飞着舰，条件和环境十分严苛和复杂。航母的跑道只有 200 多米，仅为陆上跑道的 1/15；航母行进时，运动要素复杂，在涌浪的作用下，飞行甲板可能会沿着前、后、左、右、上、下六个方向进行运动；风向、风速复杂多变，不规则的气流会严重扰乱飞行轨迹。"张军社说，在航空母舰上起降和陆地起降差别很大，舰载机飞行试验远比陆基复杂得多。舰载机在航母这

个狭窄的空间进行起降，在业内被誉为"刀尖上的舞蹈"。

舰载机在航母上起降，历来被认为是航母形成战斗力的重要标志。在航母服役之后，舰载机的起降训练是航母训练的重中之重。

据"辽宁舰"副航空长李晓勇介绍，舰上试验一般包括"通场试验"、"模拟着舰试验"和"实际着舰试验"三个阶段。此前，歼—15完成了多次的"通场试验"和"模拟着舰试验"。

"通场试验"即舰载战斗机以低空甚至超低空（一般在甲板上空7至30米高度），由航母的后部飞入并从空中通过甲板。在这个过程中，飞行员要练习在茫茫大海上找到航母、接近航母、及时调整降落姿势等。而航母也相应地训练不断改变航速和航向、迎风及顺风以及抛锚试验，舰载的工程师则对导航和助降设备进行调试和校准，并大量拍摄照片以研究改进着舰技术。

歼—15飞机是我国自主研发的第一代舰载战斗机，属于第三代战斗机，具备很强的对空、对海作战能力，拥有很好的超音速飞行能力，而且装备有多型制空、反舰导弹，可在很远距离进行防空、对海作战。

每个流程都不容差错

颜色和动作是航母舰面交流的主要"语言"；仅完成起飞动作，就需要65个流程

李晓勇介绍，在"辽宁舰"飞行甲板上，"特种装置、特种手语、特种服装，都是舰载机起降成功的法宝"。由于舰载机飞行员无法完全感知现场环境，战斗机在航母上起降，离不开航母特种装置和工作人员的紧密配合。

舰载机准备着舰前，身着七种颜色服装的舰面人员排着紧密的两行队形，从飞行甲板一端走向另外一端反复检查甲板，如同七色彩虹在甲板上延伸。

"这些官兵头盔、马甲、长袖套衫的不同颜色以及他们背后不同的图案和符号，表明了他们不同的战位和职责。"李晓勇介绍了各种颜色的含义，例如，紫色代表燃油补给战位，红色代表着危险和安全管控，绿色代表起降和飞机维修战位等。

张军社说，舰载机着舰比起飞要难得多。着舰技术难度大、危险系数高，

其中置于飞行甲板后部的阻拦索装置、在滑跃甲板一端的偏流板以及飞行甲板中部外侧的"菲涅耳"透镜等特种装备起到重要作用。

"颜色和动作，是航母舰面交流的主要'语言'，各战位官兵通过它传递信息以操作各种特种装置，保障飞行员的安全。"李晓勇说，飞机起降时所有的口令都通过手势来表达。仅完成起飞动作，就需要 65 个流程，任何一个流程都容不得差错。

飞行员选拔堪比航天员

要在茫茫大海中将飞机降落在一张"邮票"上，技术和心理素质要求极高

在首位来自东海舰队的飞行员戴明盟成功着舰后，又有 4 名飞行员相继驾驶歼—15 飞机，顺利完成了在"辽宁舰"上的阻拦着舰和滑跃起飞。目前所有舰载机飞行员的训练成绩都达到了训练大纲规定标准和上舰试验要求，首次上舰飞行均一次成功。

在舰载机降落时，飞行员从空中看航母，只有一张邮票大小，要在茫茫大海中将飞机降落在一张"邮票"上，对飞行员的技术和心理素质要求极高。张军社说："首批歼—15 舰载机飞行员选拔培养堪比航天员，某些条件甚至更为严苛。"

据了解，首批舰载机飞行员年龄在 35 岁以下，飞过至少 5 个机种，飞行时间超过 1000 小时，其中三代战机飞行时间超过 500 小时，且多次参加过军兵种联演联训、重大演习任务。他们都是所在部队的种子飞行员和重点培养对象。这些飞行员先经过一段时间的陆上训练，提高水平后再上舰起降。

驾驶舰载机，除了技术和经验外，飞行员的心理素质也要过硬：在滑跃甲板上起飞，会有种往墙上贴的感觉；在着舰时，为了防止挂索失败，舰载机飞行员必须大油门下滑着舰，以保持"逃逸"速度……飞行员必须克服这些特有的问题或心理障碍。

对于航母战力的形成，张军社说，这次试验只是一种型号的战机，下一步应该还会有其他飞机进行试验任务。我国航母舰载机完全具备战斗力恐怕还得有两年多时间。舰载机起飞、降落试验成功之后，航母还会试验其他系统。此外，航空母舰还要和编队内的其他舰艇进行编队协同训练和作战训练，最终才能形成以航空母舰为核心的综合化、立体化、一体化的整体编队作战能力。

张军社说："这是一个系统工程，我们的航母要具备战斗能力恐怕得有个四五年时间。"

（原载于《人民日报》2012年11月26日第8版，作者：倪光辉）

59年惯例被打破之后

——辽宁省军区按照"能打仗、打胜仗"要求狠抓训风考风演风

这一仗，打得比历年任何一次都艰难！

打破惯例，"变数"横生，"看家本领"反而成了潜在束缚；所遇情况都是未知数，并呈环环相扣的态势向前迅速递进……辽宁省军区某要塞区实兵演习指挥所内，作战指挥员们"一声叹息"。

今年以来，辽宁省军区着眼实战要求，大力改进训风、演风和考风，按照"实、查、帮"的思想，突出真演实练、查摆问题，各个演兵场上，刮起了一阵阵求实求胜的劲风。

争论：新挑战来了，老规矩怎么办？

"既设指挥所遭敌火力打击，失去指挥功能，命令你部迅速到××高地开设野战指挥所……"晚10时，演习刚刚开始，导演部便打破常规，打了要塞区指挥员一个措手不及。

作为海岛部队，从驻防之初，海岛防御作战便是这支部队的主要作战方式，依托既设阵地抗敌更是他们传承59年的"看家本领"。长期依托既设阵地练兵，让官兵们潜意识里对既设指挥所和阵地比较"依赖"，从既设阵地中走出来，之前准备好的指挥网络、指挥仪器等全都派不上用场，甚至连作战地图都安置在既设指挥所内。

毫无准备,这仗怎么打?

临时排兵布阵,不仅是对部队作战能力的检验,更是对指挥员的考验!"赶快从图库里把地图找来! 司令部立即在图上选定指挥所开设地点,侦察部门立即派出先遣组进行勘察,通信部门准备架设通信线路……"经过最初的慌乱,有着丰富指挥经验的该要塞区黄永军司令员,稳住部队阵脚后,当即组织人员对作战行动方案作出调整,并指挥各部队有序地组织开设野战指挥所。

这时,先遣分队传来消息:野战指挥所选址处无水、无电、无通信、无作业环境! 架设线路进行电路铺设,开通北斗通信系统与上级建立联系……一时间,各部门各项工作有条不紊地全面展开。

在开设完毕的指挥所里,黄司令员向记者感叹:"这些年,我们只知道在既设阵地筹划、在固定阵地打仗,换个环境、换个背景,部队真发蒙呀!"

刚喘口气,新命令又下达,一个全新的课题——"岛岸一体联合封控"又摆在了要塞区指挥机关面前。

接到命令,按照惯例,作训参谋首先想到的是搜关键词:"联合封控"。虽然这些年逐渐完善的作战系统里储存有水文地质、海域海况、港岸码头等7类100多万字数据信息,但这次搜索让他失望了:"没有相关数据和信息!"

挑战来了! 指挥员和指挥机构人员,眼睛离开屏幕也应该知道看什么,手离开鼠标键盘也应该知道干什么! 就在参谋人员不知所措之际,要塞区参谋长刘士春已经口述出一份作战方案。6分钟后,增派勤务、增设防阻设施、增设海中执勤等措施,已在一线海域迅速展开封控部署。

当前的态势下,许多"老规矩"已经成为"打赢"的阻碍。不破不立,省军区周汉江司令员说:"我们就是要瞄准实战中最核心、最可能出现、平时准备又最薄弱的内容,逼迫部队改变不符合打仗要求的陈规积习,不断提升部队的实战能力。"

检验:战胜"乱局",才是唯一标准

11月上旬,黄海之滨"战云密布",某海防团年终检验性实兵演习考核拉开战幕。

置身现场,最为强烈的感受就是"乱"! 团油库、地方加油站被同时炸毁,水井遭敌投毒,电力系统遭敌特破坏……往年逐个出现的情况,这次一个不落,全部同时上演。一时间,该团保障组成了"救火队员",疲于应付,甚至还有几次忙中出错。

在导演部,记者看到了"乱"的源头:90多份导调文书,其中60余份是随机导调!

"乱,才是战场的本色!"据导演部副总导演、辽宁省军区副司令员王勇介绍,在导调形式上,他们采取随机临机全程检验,最大限度地把程式化的流程演实、演真,把虚拟的情况演活;在情况设计上,立足于打"组合拳"、设"连环扣",采取多个课题联演、多种任务叠加的方法,设计危局、险局、僵局,通过变化,把战术的活性弹出来,把存在的问题逼出来。

详细翻看随机导调文书,记者发现最短的只有18个字,最长的不过百字。这些简短有力的作战文书,像一声声冲锋号,催促着整个参演部队向战场纵深奋力挺进的同时,也让各级指挥员冷汗直冒。

不管是从平时业务工作,还是从往年的比武竞赛成绩看,该团保障机关人员的业务技能一直名列前茅,为啥到了"战场"上却不知所措?

该团油运助理员马玉选说:"过去演练时,涉及保障方面的情况相对较少,处理起来也比较简单,甚至有时候还挺清闲,像这样设置连续情况,多路同时处置情况还是头一次。"

危局、乱局、困局频频上演,让指挥员冒冷汗、部队冒热汗的同时,也让各级指战员不断走向成熟。在某海防团,演习已进入海岛防卫作战阶段,可是指挥所上报的作战决心却被导演部打了回来。"当前的情况判断不准,后续的情况如何发展,敌人从哪个方向来,规模多大,有什么目的,这些都研究不细不深不透。"随即,指挥员带领机关人员认真研判情况,重新制定了作战决心,得到了导演部的高度认可。

在黄海前哨,"战斗"已到最激烈阶段,某海防团指挥所内一条由联合指挥所下达的"支岛作战"命令跃然屏上。该团迅速将指令通过"三军协勤联防系统"通报给驻岛海、空军。没多久,陆、海、空三军已联合拟制出作战决心和编组配置方案。

思考：还有多少惯例应当被打破？

演习开始前，辽宁省军区某团官兵在动员部署会上志在必得。以往连续多年的检验性演练中，这个团都因"快"而受到表扬。

"要继续发扬我们的优势！"果然，演习指令一下达，全团闻令而动。但是，导调组在汇总第一波情况后的"意见"让该团指挥所内一片愕然——"你们这是用虚假的'快'掩饰真实的'慢'！"

原来，为追求"快"，有的分队出现了与演习氛围不相称的"插曲"：个别战士为了减轻负重，急救箱里的药品不带了、防毒面具的滤毒罐不装了，装具表面上带全了却无法使用；有的分队为了不耽误开进速度，沿途伪装作业流于形式，不顾敌方无人侦察机过顶时间，赶到目的地后被判定遭到较大伤亡……而在野战指挥所的开设中，有的分队不考虑敌情因素，哪里平整就在哪里开，且伪装防护不确实，而拉线找齐、拍形做样却精细不差。

"如果潜意识里视演习、考核为争彩头、求轰动，那么昔日的'亮点'在功利心的驱使下就会成为未来战场上的'短板'！"演习总导演、省军区周汉江司令员的批评毫不留情，该团演习也被及时叫停。

针对暴露出的问题，该团党委迅速统一思想，及时纠正了问题。接下来的演习中，全团官兵处处从实战要求出发，事先准备好的稿子不读了，自以为是的"小聪明"不用了，真对真地演，实打实地练。

演习结束后，该团又集中一周时间，对演习中存在的问题进行了深入总结反思，纠正了"练为考，演为看"、实战化演训能力不足、部队作风不够扎实、指挥员素质基础不牢等20多个问题，并深刻剖析了忧患意识欠缺、形式主义难消、投机思想犹存等问题背后的原因。该团官兵纷纷表示："尽管'仗'打得没有以往出彩，但收获却比往年都大。这仗打得过瘾！"

惯例被打破，也让某预备役高炮师三团预编炮手周伟真正找到了一名防空兵的感觉。

10月中旬，省军区民兵预备役部队高炮实弹打靶中，他们按照打仗要求，一改过去仅用"百里挑一"的七八门校准后的火炮打靶的惯例，采取了用哪门炮练就用哪门炮打的方式进行射击，并且要求打航模不再打气球。

方案一经提出，却让部分单位直挠头。调动火炮难度大、费用高，而且每架航模至少都在万元以上，这样打到底值不值？过去打气球，速度相对较慢，航模速度快，能不能打中，大家心里没底。

"训练不是为了赢得掌声，打仗来不得半点虚的！宁可要真的打不中，也不要假的'满堂彩'！"动员准备会上，省军区考核组态度坚决。

在随后的实弹射击考核中，各参考单位防空火器完全按照实战要求排兵布阵，对临空的"敌机"沉着冷静地进行集火射击，电光雷火间不断有"敌机"起火坠落。周伟所在的炮班先后击落 2 架"敌机"，赢得了真正的喝彩！

（原载于《人民日报》2013 年 12 月 22 日第 6 版，作者：倪光辉）

咫尺屏幕， 激活蓝天演兵场

——广空航空兵某师以精细化考核评估提升实战化训练水平

以考核评估，"倒逼"实战化训练。在空军航空兵部队，一套实时评估系统，不仅可及时发现纠正空中训练活动中一切不实的训练行为，而且还可使空战对抗战果评判实现客观公正、科学准确。

空战对抗战果评估系统，如同一个新的支点，激活蓝天演兵场的一池春水，带动了训风演风的务实转变，撬动了实战化训练的纵深发展，牵引了战斗力建设水平的不断提升。

1 月中旬，广空航空兵某师数十架战机分三地先后升空，红蓝双方时而中距抢攻，时而近距格斗，展开激烈的空中攻防对抗。南国天空呈现一幅火热的练兵图。

战术评估室内，训练评估组通过空战对抗战术评估系统，以三维动画的形式观察空中战机的高度、速度、航向等姿态，咫尺屏幕尽览空中态势，对抗双方一招一式实时监控评估。新年度飞行训练，该师依托空战对抗战术评估系统持续深化实战化训练，训练场上再次刮起求真务实的劲风。

"蓝天演兵场一览无遗，谁胜谁负一目了然，与实战不相符的思想理念、训练作风、技术动作自然被淘汰和摒弃。"谈及评估系统给实战化训练带来的冲击波，师长刘树伟表示。

战果精确评判　谁胜谁负一目了然

"红方有效攻击3次，蓝方有效攻击1次……"1月14日，所属某团参加一对一空战的两名飞行员刚退出空战，作训参谋就已经使用空战对抗战术评估系统同步完成了训练评估。

"训练质量评估如果不客观、不准确，提高战斗力只会是一句口号。"正在外场跟班飞行的师政委陈德民告诉记者，使用空战对抗战术评估系统，部队练兵打仗的思想更加牢固，已形成了真打真练、实对实抗的良好行为习惯。

当然，起初的冲击是非常深刻的。一次空战对抗，一名飞行员灵活运用战法，在态势占优的情况下抢得先机，实施攻击。然而，使用空战对抗战术评估系统分析发现，尽管这名飞行员抢先发射，但由于制导时间少了3秒，不足以完成精确制导，在电磁环境复杂的实战中，这枚导弹肯定会跑丢。指挥员没有给"面子"，这次攻击不算战果。在仔细回放系统视频后，这名飞行员心服口服。

蓝天演兵场纵横千里，以往由于缺乏科学理念和精细化评估手段，整个空战态势无法显示，难以对空战过程进行准确评判。而且，长期沿用的概略评估导致空战对抗容易打"印象分"；胜负评判可以讨价还价，有时甚至让考评组一筹莫展，容易产生误导和分散精力。

"战场无亚军，未来战场上敌人不会跟你讨价还价。空战对抗战术评估系统的应用，让概略评估成为历史，可及时发现一切不实的训练。"所属某团团长楼学军指着显示屏介绍，评估系统将空战双方数据进行整合，通过三维动画的方式，再现飞行实施全过程，攻守双方从起飞出航、攻防转换、激烈缠斗到返场着陆，都可直观进行回放，双方的空中态势、战术运用、截获发射、摧毁效果，均可实现真实还原，并自动生成空战战果统计表，使飞行员真正赢得明白、输得清楚。

事实上，先进理念不光带来看得见的成果，其对训练各领域、各环节的影响更加深刻。"以往每次执行任务，飞行员积极性都很高，如何科学挑选最合适人员是个难题。""金头盔"飞行员王海峰告诉记者，每名飞行员都会有一个阶段技战术水平综合评价，这就为执行不同任务挑选出最合适的飞行员提供了科学依据。所属某团团长胡波表示："以数据说话，凭绩效选拔，克服了'讲资历，凭印象'的不足。"

质量实时监控　每次飞行都是严格考核

一架架银灰色的战鹰依次俯冲而下，一发发火箭弹直扑地面目标。一次地靶实弹射击训练后，所属某团团长吕广坤带着飞行员直接进入战术评估室，利用战术训练评估系统，对飞机进入角度和发射时机进行"挑刺"，检讨训练中的得失。

"进入角度偏大""开火时机过早"……面对屏幕判读数据，吕团长对每名飞行员每一次射击进行近乎苛刻的点评。吕团长介绍，飞行训练任务重、节奏快，如果不能实时监控训练质量，一些不合理的技术应用就会来不及发现和解决。时间长了，就会埋下一个个安全隐患，训练质量就会出现水分。

"不能光看面上的成绩，更重要的是关注细节，通过严格标准发现每个环节中存在的问题。"刘树伟师长介绍，尽管头一天飞行员的地靶训练成绩都已达到满分 5 分，但进入满分范围并不等于正中靶心。只有精益求精，不断提高训练质量效益，未来作战才能实现精确打击、"一剑封喉"。

去年，该师所属各团都在空勤楼前设置"空战成绩排行榜"，每月评出 1 名空战能手和 1 对空战最佳"拍档"，作为"训练之星"进行奖励。

记者注意到，1 月 14 日当天首批飞行计划实施完成后，作训参谋通报了本批次飞行训练飞行人员的评估得分情况，95 分以上的 6 人，80 分以下的有 3 人。每人的得失分情况被记录到新建立的《飞行人员训练评估登记本》上，以便于飞行后查找失分原因，制定相应措施。

"精确实时评估，使得训练领域安全风险关口前移成为可能。"师政委陈德民介绍，航空兵部队与地面部队不同之处在于，飞机在空中上不着天、下不接地，训练风险较大，因此，讲究"地面苦练，空中精飞"，对训练质量和安全的要求极为严格。

该师结合自身任务实际，严格按照训练大纲要求，制定详细的《飞行训练量化评估标准》，重点围绕地面准备、空中动作、起降质量、特情处置以及人为差错等 40 余项内容，进行量化评分，每批次飞行训练结束，对每名飞行员的各种评估数据进行汇总分析，掌握飞行员的个人技术难点和弱点，提高加工整训针对性。

"按纲施训、科学组训、规范督训，还要严格考核。定期分析数据很容易掌握全团飞行训练的情况，从而有针对性解决组训中存在问题。"师参谋长丁东宁告诉记者，去年，所属某团组织低空超低空课目训练，头一天有部分飞行员未飞到规定高度。评估组通过分析系统数据发现，直接原因是能见度不好，深层次原因是计划不够合理。机关果断调整组训计划，指挥员精心进行调配，既保证了训练效益，又确保了飞行安全。

训战无缝对接　创新战法不再"纸上谈兵"

去年 10 月，所属某团参加空军对抗空战竞赛性考核拿下团体总分第一名，尽管战术运用可圈可点，但部队一归建，他们立即应用空战对抗战术评估系统，对考核情况逐一进行检讨式复盘。

"主要分析对手长处和自己存在的问题，研究对策办法，同时消化吸收此次考核成果。"吕广坤团长介绍，团里拿出两天时间，逐名飞行员、逐个架次、逐个环节找问题。此后，他们连续组织两次对抗训练，检验和完善战法创新成果，并迅速转化为全团飞行员的实战能力。

"怎么赢的？为什么输？应采取何种战术摆脱？利用评估系统复盘研究空战 1 架次，收获比过去飞行几架次都要大。"丁参谋长说，空战对抗战术评估系统实际上成为创新战法的成果转化平台，促进了训战一体无缝对接。对系统持续升级完善，多机种的态势融合成为现实，使复杂电磁环境下战法创新不再是"纸上谈兵"。

去年夏天，该师两种机型参加西北体系对抗演习，对手的电子战装备优势明显，怎么办？针对性训练中，他们组织各型机进行电子对抗验证试飞 100 余架次，钻研出 9 套同型机、异型机和支援机协同战法。

去年深秋，参加使命行动系列演习，在强台风过境、气象条件异常复杂的情况下，经过科学分析研判后毅然升空，飞行员在远海上空的云层中连续飞行时间达 40 分钟，圆满完成上级赋予的使命任务。

师政治部主任张云德表示，新的评估手段和科学理念牵引实战化训练向更高层次迈进，给这个航空兵师带来一系列丰硕成果：远海演训成为常态、多兵机种基地化融合式训练迈开坚实步伐、武器系统全功能挖潜；歼—10飞机创下单次航程最远、海上空中两次加油等6项先例，实现作战能力由近海向远海的跨越……

据了解，该师还创造了空军训练史上的多个先例：突破气象关，在大雨和云底高不足80米、能见度0.8公里的条件下升空执行任务；率先组织"24小时滚动式"训练、下半夜大机群跨区远程机动奔袭等训练方法，练就了全天候升空、全疆域到达、全时空作战的铁翅膀。

（原载于《人民日报》2014年1月26日第6版，作者：倪光辉）

二炮完成从山沟沟部队向车轮子部队全面转型

把"战场" 拉近　把能力练强

对尚未经历过战争洗礼的第二炮兵部队来说，"战场"仿佛有些遥远。然而，刚过去的一年中，"战场"的味道越来越浓："旅旅比武竞赛"训练，"红蓝"真演实抗，自主独立发射和整旅火力突击……从初春到寒冬，从南疆到北国，一支支导弹部队被"赶"出营区、"逼"进荒野、"挺"上高原，常年转战南北，游牧东西，围绕提升全疆域作战能力，在一次次摔打锤炼中历练腾飞之翼。

去年以来，第二炮兵把全要素、全过程、全天候合成训练作为军事训练的重要内容突出出来。经过一轮轮针对性适应性训练，取得高温、低温、雨天、大风等各种复杂困难环境下的导弹发射数据；紧贴使命任务，进一步改进训风、演风、考风，在实战化训练下，精确量化考核，以严实作风建设一支强大的信息化战略导弹部队。

天候条件无障碍

全疆域作战，让战车长剑"适应力"越来越强

皑皑雪野。今年新年前夕，第二炮兵历史上首次冬季整旅跨区机动驻训演练就吹响出征的号角。

零下20多度的气温，呵气成霜，滴水成冰。一路上雪厚路滑，险象环生。记者跟随"钢铁长龙"前行，有些担心：部队开进的地方曾是一条蜿蜒的公路，此刻却变成了茫茫一片白色，如果不是提前撒下的煤渣指引，很难分辨路面和沟坎。

"注意保持车距，控制车速！"演练指挥官、某导弹旅旅长汤勇，不停地下达各种指令。

记者发现，在应急处置手册上，冬训可能遇到的40多种"特情"一一在列，每种都有好几项应急处置措施。虽有"预案"，但一路上，意想不到的情况接连发生：严寒天气使部分通信器材时通时断；低温让金属变脆，两辆车的防滑链断裂，官兵紧急更换备用链条；途中进行课目演练，有的车辆"怕冷"启动困难，加热喷灯和低温启动液派上了用场。

面对各种"意外"，导演部既头痛又欣喜：忧的是预案再细，也难抵现实难题的多样；喜的是"预案"外的难题越多，对部队的检验也就越实。"严寒既是困难也是最出色的'敌情'。"旅长汤勇幽默地说："练兵打仗既要做万全准备，也要经得起各种'没准备'。越是不按套路'出牌'，越能体现出实战的味道。"

严寒给官兵制造着麻烦，拔掉前进路上一根根"钉子"，官兵士气愈发高涨。据介绍，这些年来，导弹武器装备曾在热带、寒区、高原等各种环境下进行过适应性训练，上万组数据精确分析导弹武器装备在高温、低温、雨天、大风等复杂困难环境下参数、性能等的变化，一系列装备改进调整措施增强了武器装备在各种环境下的"免疫力"和"适应力"。

随着军事斗争准备形势变化和任务调整，第二炮兵部队不仅锤炼提升"定点发射"、"单向打击"能力，更注重练就"全方位突击"、"全疆域作战"硬功，真正实现多域机动、多重作战，完成从"山沟沟部队"向"车轮子部

队"的全面转型。

曾经,中国"巨龙"蛰伏深山,如今,大国长剑驰骋九州。白山黑水间,对抗性训练剑拔弩张;戈壁大漠里,导弹发射鏖战正酣;林海雪原中,战车长剑碾冰卧雪。这是一本载入中国战略导弹部队史册的"练兵日志",如今,"寒区可砺剑,热带能点兵"的目标成为现实。

战场环境更逼真
红蓝方对抗,让方案里的"敌人"穿梭演兵场

2013 年 8 月,某导弹旅时隔两年再次踏进白山黑水间的某野外训练场,山川河流依然熟悉,但静谧的"战场"却变得危机四伏:

宿营地外,黑黢黢的树林里突然蹿出"蓝军"特战分队,随着几声枪响,2 名哨兵被宣布"遇袭阵亡",退出战斗。待机地域,"遭敌核袭"的警报刺耳欲聋,"核爆"模拟车不仅"制造"出逼真声响,还释放出催泪瓦斯,让"防护不周"的官兵无处遁形。

这是咋啦?扮演"红军"的该导弹旅官兵在惶恐中审视整个"战场"。

现场组织训练的第二炮兵军训部张立刚参谋介绍,这正是通过"等效实做"构设的逼真战场环境,以前写在方案里的"敌人"如今却活生生地穿梭在演练场上,以往"虚拟"的"特情"被实实在在地展现出来。不搞导调,不预设结果,让红蓝双方在互不通信息的条件下展开"背靠背"对抗。

作为战斗力"磨刀石"的信息化"蓝军"分队,按照导弹发射流程"设计"敌情特情,环环相扣不断摧毁"红军"的指挥链、行动链,让演兵场狼烟四起,危机重重。

为了让"战场"距离实战更近一些,"蓝军"分队数百名导调员把世界范围内近年发生的百余场大大小小的战争进行"复盘",不停转动未来信息化战争的"魔方",寻求逼真构设未来战场的"密码"。他们还请来无人机团、电子对抗团等外援力量助阵,构成实体层、电磁层、虚拟层相互贯通、多域融合的复杂战场环境,把千里之外的"敌人"拉到眼前。

"去年的对抗让我们吃尽了苦头!"担任"红军"的某旅参谋长魏光荣发

出这样的感慨。而担任演练总导演的训练基地司令员孙金明认为："暴露短板不怕'洋相百出'，唯有'蓝军'精，'红军'才能强。"

演练中，"蓝军"越打越狡猾，"红军"越战越英勇，对抗越来越逼真：人员伤亡，不再像以前那样贴纸条，而是躺在原地，由野战救护所前来处置；装备受损，也不再原地不动或驶离"战场"，而是拖到野战修理所抢修；防化袭击，也不仅是扔个发烟罐穿上防化服就完事，必须接受"毒气"考验和洗消处理……

一年来，对抗训练在一次次交锋对决中不断升级，尝尽了苦头的导弹发射分队也在一次次历练中不断成熟，应对招法越来越多。

考核程序更精确
全过程考评，量化精确从严治考逼出真打实练

这是一场实战背景下的导弹发射演练。从长剑战车驶出营门，迎接某导弹旅的便是一张硕大的考卷。从坐镇"中军帐"的旅长政委到"号令长剑"的指挥长，从"诊脉把关"的技术军官到"力臂挽弓"的操作骨干，人人都被推上"被考席"。

考核他们的，正是处处设"敌情"、出"特情"的"蓝军"分队，数十名导调员随队出征，精确记录研判每一组数据信息。为了备战此次演练任务，该旅早已采取"营营对抗"实兵考核的方式，对全旅发射单元进行了一次能力"排序"。人盯人、架跟架、营考营，导弹发射训练的每一个口令、每一个动作、每一套程序都会全程接受精确量化考评，最终的胜者不仅捧回金灿灿的奖杯，还有一份"大礼包"：参加实弹发射任务。

尽管如此，严格的训练考核仍出乎该旅官兵的意料。

作战筹划中，从旅领导到参谋人员，人人面前片纸不留，给"念稿子""背台词"等形式主义来了个"釜底抽薪"，每条举措、每项指令、每个人的发言都通过监控镜头实时传输到考核组，让"南郭先生"无处遁形。

演练阶段总结会上，考核组把一张张"问题表格"与"成绩清单"一同摆在旅领导面前，精确到分秒的数据、细化到每一个要点的记录，还有语音、

录像等"战场实录",诸多短板不足被相继"曝光"。

"不怕平时丢丑,就怕战时丢命!"旅政委许保坤在演兵场上开起议训会,查缺补短,研究对策。他们向考核组主动请缨"增压加码":多搞不打招呼的抽考、多出没有预案的临时课目,把问题暴露在平时。随后,他们又从全旅选拔军事训练精锐力量组成"战备训练研究督导小组",深入训练场进行检查考核。

从严治考精确评估催生部队打仗能力,该导弹旅只是第二炮兵部队的一个缩影。考核的导向作用,这个杠杆不仅撬动了部队实战化标准的提升,还推动了一系列战法转型——从"固定发射"到"机动发射",由"择机发射"到"随机发射",从"一般环境下发射"到复杂天候、复杂电磁等"四难环境"下发射,部队核心军事能力不断跃升。

(原载于《人民日报》2014年1月12日第19版,作者:倪光辉)

五一前夕,南京军区首次成体系、大规模组织战法演练,锤炼打胜仗的战略思维能力——

百名将校主官集中"赶考"

编者按:昔日训练士兵,如今训练自己。4月26日至28日,南京军区主要领导率领各军级单位军事主官、参谋长、作训处长以及全区建制师旅团军事主官等100多名指挥员,在皖东某大型综合演兵场摆兵布阵,紧盯作战需求进行多种战法的实战化推演,推进了战法创新成果向实战能力的转变,提升了军事指挥员的战略思维能力。

据了解,如此成体系、大规模的战法演练,在南京军区尚属首次。这也是他们按战斗力标准练将练官所推出的一项创新举措。全程观摩指导的总部机关领导认为,这对深化实战化训练、锻造能打仗打胜仗的新型指挥员,具有很好的示范和引领作用。

安徽三界,居江淮中道,周围山峦起伏,地势复杂险要,古为兵家必争之宝地,今是厉兵秣马之重镇。正是在这里,南京军区100多名军事指挥员今年首次集训，摆兵布阵，进行实战化推演。

从指挥控制到侦察行动，从信息火力打击到野战防空，从立体突击到保障行动……硝烟弥漫的演兵场上，战机飞旋，铁甲驰骋，多种创新战法逐一推演。与过去编脚本走程序式的演练不同，此次参演部队不进入实际演练区域、不组织现地勘察，采取上导下演、活导活演、临机唯战的方式进行。每项战法推演都按敌情设置演练背景、搭建战场环境，运用对抗手段诱导部队真打实抗。

训什么？提升战略思维，从"零敲碎打"到"综合集成"

"现代战争是体系与体系的对抗，任何战法都不可能孤立存在。""信息指挥网像一只无形的大手，将各作战要素聚合一体……"4月26日9时，南京军区司令部副参谋长兰政用图文并茂的PPT课件为学员们讲了第一堂课。记者心生震撼：在部队，军区级首长亲自授课并不多见。

"就是要培养一批胜任信息化条件下指挥的优秀指挥人才，梳理信息化条件下作战的方法。"南京军区军训部部长杨林告诉记者，今年战斗力标准大讨论中，南京军区党委引导各级对照战斗力标准自查，发现首长机关人员和指挥员在作战理念、指挥方法、战法运用等方面还有差距。决定练兵先练官，练官先练将。为提升新型军事指挥员的战略思维，南京军区首次组织五级军事指挥员集训，并进行战法推演。

网聚力量，整体攻防……诸军兵种基于信息系统联袂出击。重装突贯，机降夺要……多维战场上，逐次攻击向超越攻击转变、常规线性作战向非对称作战转变。记者在现场看到，随着指挥员下达一道道指令，各作战力量听令而行、按需重组，适时变换作战行动，形成灵活作战能力，对敌实施精确打击。

"关起门来搞战法，那只能是井底之蛙，只有开门研战、联合作战，才能成为胜战之师。"走下演兵场，担任此次"指挥控制"战法演示的某摩步旅长厉振彪心生感慨。

"战法如剑法，融会方可贯通，孤立只能受困。"有此感受的军事指挥员，并非厉振彪一人。集训演兵场上，不少参演指挥员告诉记者，过去组织战法推演，大都是各单位结合训练自己搞，平时各自为战、零敲碎打的多，形成体系、联合实施的少，缺乏与友邻部队战法的对接联通，以致在真正的作战行动中，各单位的战法联不上、沟不通。

杨林告诉记者，正是为了解决各部队战法推演各自为战、互难通联的问题，去年下半年，军区将一次作战行动中可能运用的多种战法，逐一分解到各任务部队进行理论创新和实兵推演。各部队以未来可能担负的任务为牵引，区分不同层次、不同兵种、不同部队，力求把作战行动设想全、把影响和决定战斗成败的关键把握准、把作战指挥和能力需求研究透，依据作战方案进行实案化的战法创新，形成了一整套上下贯通、涵盖军区战役、基本战役和战术各层面的创新战法。

怎么训？实战检验战法，既"纸上谈兵"，又"实兵论剑"

空中铁骥飞旋，陆地硝烟四起……演兵场上，一场由某步兵师担负的三军联合突击行动演练正在进行。记者看到，多路联合破障、立体协同突击、快速抗反夺要等10余项战法创新成果——在"战场"上"过筛子"，接受实战检验。

"新战法到底能不能转化成战斗力？必须用打仗的钢尺卡一卡！"师长曹青锋说，他们坚持把实战化训练当作战法创新的"磨刀石"。

记者在联合破障行动中看到，他们在海空军支援力量预先扫雷破障和先期火力打击的基础上，采用"火力打、抵近破、超越反"等多种战法，多兵种、多波次，打开进攻通道，破敌"整体防抗"。

"战法的创新与运用，必须以部队的行动能力作支撑，必须经受实战化训练的检验。否则，再好再新的战法只能是空中楼阁，无法打出应有的威力。"看着步兵某师成功组织的战法演练，某机步旅旅长陈金中感慨万千。

演兵场上，不少指挥员坦言，过去搞战法创新，往往注重理论创新的多，进入实战化训练推演论证的少，以致看似很好的战法一走上训练场就成了中看不中用的"花瓶"。

一项项战法持续推演，一个个课目精彩呈现。透过演练，指挥员们悟出了一个"理"：将战法融会贯通于具体的演训行动中，既可以检验战法到底行不行，同时也能促进部队贯彻战法的思想精髓组织训练。

记者在现场看到，为帮助跟学跟训军事指挥员听懂学会蕴藏于各战法中的战略思维和组训方法，所有战法课目推演全程解说，既讲清战法的创新点，又讲清训法的着力点，既说明转化战法创新成果容易遇到困难矛盾，又传授破解难题的方法……

杨林介绍说，这次战法推演以作战任务为牵引，告别了过去那种单打独斗、不成体系的"自导自演"，不仅带动了训法变革，促进了战法创新成果的转化运用，对于提高各级军事指挥员的战略思维能力也具有重要意义。

训出啥？ 学会战法创新，学会自己走路

"集中组织这次战法推演，不仅仅是让军事指挥员学会某一个战法具体如何组织运用，而是让他们学会蕴藏在每个战法中的作战机理，把握作战规律，从而举一反三，学会自己走路。"演练场上，南京军区主要领导介绍说，此次战法的核心要义在于锻造一支能打仗、善指挥的新型指挥员队伍。

透过硝烟看，带着问题想，参演指挥员认真揣摩各个战法的精髓所在。夜幕刚刚降临，某海防师师长李斌翻开《艰难一日》，向记者津津乐道起来："这本书虽然只记录了一支特种小分队一次小规模的战术行动，但却囊括、浓缩了几十年来美军新军事革命的成果精华，值得我们洞察之、深研之。"

原来，白天听课时，一位领导讲到体系支撑下的"班长级"行动。为了彻底弄清课上"以小搏大、以小击大、以小控大"的战法，李师长一下课就迫不及待地结合书中战例来领会战法要义。

一种强烈的"恐慌感"在各级指挥员心头萦绕：由于对现代战争的研究把握还不深、缺少实战经验支撑，尽快找准每个战法的行动精要变成大家急迫的心情。

信火打击网聚力量编组、信增打击效能，野战防空信火融合、陆海混合……一个个典型行动课目演练，树立了标准、明确了路径。每个课目精辟的要点提示，让其中的"魂"走进每一名指挥员的脑海，成为他们自己的"魂"。"幸亏来到这里，让我开了眼界，取到了真经。"谈及此次参演的收获，某炮兵旅旅长丁仕夫不觉有些兴奋。

究竟学到了什么招？指挥员们如何带领部队走向明天的战场？演练总结

时，南京军区主要首长随机点将，抽了 7 名师旅长，让他们上台谈参训感受和推进实战化训练措施。

某步兵师师长顾中、"临汾旅"旅长汪军民、海防某旅旅长黄浦江……一个个指挥员侃侃而谈："既学到了战法创新的思想'火花'，也找到了实战化训练的'火种'。"

（原载于《人民日报》2014 年 5 月 11 日第 6 版，作者：倪光辉）

信息化战争究竟怎么打？历时 7 年建成的我军首个大型计算机兵棋系统，告诉你"能打仗、打胜仗"的秘密——

"兵棋"，决胜未来战场

把现代战争真实地搬进计算机，构设一个符合中国军队特点和未来战争实际的虚拟战场，通过无限接近实战的兵棋推演，使我军获得未来战争的更大胜算——这就是兵棋推演的魅力所在。

信息化战争究竟怎么打，制胜机理在哪里？国防大学兵棋团队历时 7 年研发成功的兵棋系统，已经广泛运用于部队演训和院校教学，成为针对未来战争进行实战化练兵的重要抓手和实践平台，不断砥砺着各级指挥员向"能打仗、打胜仗"坚实迈进。

盛夏时节，华北某地。一场战略战役兵棋对抗演习拉开战幕，几十名兵棋系统人员各就各位，全神贯注进行系统控制和演习导调。

大屏幕上，陆海空联合作战，沉着迎击来犯之敌；计算机上，各要素实时显现，兵力调动紧张有序……轻触屏幕，战场一览无余；指尖游弋，指挥千军万马。数百名指挥员编组红蓝绿三方，依托网上共享态势图，搏杀在虚拟战场。

"支撑演习的，就是国防大学兵棋团队研发的战略战役兵棋系统！"现场演习总导演、国防大学副校长王朝田向记者介绍，历时 7 年，我军建成首个大型计算机兵棋系统，迄今该系统已先后参加了数十次演习，受到部队和院校的广泛欢迎。兵棋系统运用于演习实践，给全军战略战役训练方式带来了革命性变化，推动了军事指挥训练向实战化转变。

兵棋是什么？
从实验室走向战场，叩响现代战争制胜机理之门

兵棋，是怎样进入当下人们的视野的呢？2002 年 12 月 9 日，一场"战争"在卡塔尔多哈郊外的大漠中悄然展开。然而，这并不是一场真枪实弹的较量，而是美军利用兵棋系统举行的演习，彩排"打伊倒萨"作战预案。让人尤为震撼的是，这次演习的最终结果，和几个月后美军进攻伊拉克，并取得胜利的方式和结局几乎完全一致！

"作为推演战争、训练指挥的工具，兵棋的历史源远流长。"国防大学兵棋工程总师胡晓峰教授介绍说，中国很早就有用"解带为城""聚米成山"来演示阵法、研究战争的记载。随着信息技术的发展，计算机兵棋系统在 20 世纪中叶登上舞台，并充分体现了科学推演战争进程的强大功能。兵棋系统由于其公认的重要性、强烈的敏感性和技术的复杂性，一直为少数西方发达国家所独有并严密封锁。自主研发兵棋系统，成为当代中国军人必须解决的重大课题。2007 年，军委总部审时度势，正式赋予国防大学兵棋系统研发重任，拉开了"中国兵棋"的序幕。

众所周知，信息化是现代战争的主题。可现代战争究竟怎么打，系统如何体现战争制胜机理、如何构建战争复杂体系、如何模拟联合作战环境？如何确保规则和数据贴近实战、经得住使用者的检验和质疑？如何迫使指挥员沉浸于实战练谋略、练指挥，克服"演为看"、"走程序"、演习就像"演戏"的老大难问题？

在战役教研部联合战役某教研室主任彭希文眼里，这三道难关是兵棋研发运用必须首先突破的。

"兵棋，只有从实验室走向战场，才能叩响战争制胜机理之门。"胡晓峰带领兵棋团队，以战斗力标准指引系统建设的方向路径，找准了聚力攻关的着力点。先后组成十几个调研组，深入机关、部队和院校调研，并注重利用到部队保障演习的机会搜集需求、验证效用，使兵棋始终紧贴未来战争需求、紧贴我军训练实际。系统可真实模拟陆战、海战、空战、特种作战和后装保障、执

行民事任务等百余种行动。参演指挥员可指挥上百万人的虚拟部队参与作战，一次演习可下达几千条指令，处理几十万份报告，真实反映未来战争的基本情况，可以实现练指挥、练谋略、练战法的目的。

经鉴定，兵棋系统工程具有完全自主知识产权，在多个方面取得了重大突破和创新，整体上属国内领先，达到国际先进水平。

"棋兵"怎么做？
瞄准信息化战争，提高对战斗力的贡献率

战争推演与实兵对抗，在虚拟与现实间日趋高度统一。我军以往的作战模拟系统，受条件所限存在不少与实战脱节的地方：传统的作战模拟，裁决过程"黑箱"式设计，受训人员既看不到也猜不透……如此种种，导致系统可信度低。

2007年，当军委总部赋予国防大学兵棋系统研发重任时，担任总设计师的胡晓峰和战友们，一连几天彻夜难眠。"研发兵棋系统必须走出一条新的道路出来，锻造强军制胜利剑，提高对战斗力的贡献率。"

"兵棋太难了，你们搞不出什么新东西。"面对种种质疑，他们没有退缩，从棋盘、棋子、六角格开始，一点点学习兵棋知识，一步步深化兵棋理论研究，一步步推进兵棋系统技术、规则和数据研发。

强烈的"战场"意识，使团队上下将科研主动延伸到部队战斗力生成的最前沿。他们先后与上百名将校指挥员切磋交流，深入了解指挥决策的思维过程。仅仅是军事设计方案就反复了21稿，在一番煎熬之后，最终形成了更加符合现实作战规律的兵棋规则。

"兵棋系统的研发是个浩大的工程，多学科专业交叉、多领域技术集成。"国防大学战役教研部主任马平说，研发过程中，从最开始不到10人的关键技术攻关，到中期几百人的研发协作；从军事需求论证、软件开发、系统测试到演习应用，团队联合军地多家单位，60余名骨干和近30个参与单位数百名研发人员精诚团结、接续奋战，汇聚起强大的科研"战斗群"。

强烈的使命责任使大家付出了超常心血。在科研团队里，"白+黑""5+

2"是常态攻关的生活模式；在团队的每个实验室角落都摆放着折叠行军床，加班晚了和衣一躺。张国春，战役兵棋系统教研室副主任、兵棋团队第一批技术骨干。在兵棋研发过程中，他长期加班加点，心力交瘁，不幸患上脑胶质母细胞瘤。他强忍着癌细胞吞噬躯体的剧痛，用颤抖的手整理出两大本系统改进技术文档，才住院进行开颅切除手术。手术让他丧失了部分记忆，他苏醒过来的第一句话就是"工作完成了没有？"而在此前，他的同事崔同生教授，也因同一种病英年早逝，捐躯在没有硝烟的战场。

信息化战场拓展到哪里，兵棋团队的脚步就延伸到哪里，火热的演兵场处处是他们的实验室。兵马未动，他们提前完成装运设备、构建系统、调试环境、技术培训等工作；战斗打响，他们在维护系统的同时，还要担当处理意外情况的救火队员；演习落幕，他们又要收尾打扫战场，打包设备、整理资料，然后立即投入到系统研发完善工作中。

"尽管多数项目获不了奖，但它直接关系到战斗力生成。"战略兵棋系统教研室主任司光亚介绍，几年来，他们先后攻克数十项多领域关键技术，完成了数百类军事规则模型的设计和几百万条作战数据的收集整理，创造了多种新型教学训练演习模式，造就了一支军事与技术相结合的兵棋研发团队。团队先后获得国家科技进步二等奖2项，军队科技进步一等奖6项，团队也被四总部授予"全军科技创新群体奖"。

兵棋改变了什么？
实战化练兵，让今天的演练无限接近明天的实战

在一次演习中，蓝方在关键时节突然对红方实施强大的电磁干扰，红方态势图上顿时一片空白，完全无法决策指挥。蓝方多路机群趁机突破红方防空体系，对其关键节点目标实施精确打击，瘫痪了红方作战体系，使红方完全陷入被动挨打的局面。

"如果我们不按信息化战争的制胜机理去练兵，那将来就真的会吃败仗！"胡晓峰向记者讲述了这个情节。

"兵棋推演练兵，在军事指挥员的头脑中刮起了风暴。"胡晓峰说，像联

合观念、情报观念等，在兵棋演习中得到刺激增强。特别是数字概念、数据观念和计算理念，第一次在指挥员头脑中留下深深印象，使大家更加注重精确、精准，锤炼打胜仗的战略思维能力。

常说"要像打仗一样训练"，但未来战场什么样，现代战争究竟怎么打，战场如棋局局新。2010年9月以来，学校利用兵棋系统组织教学演习，上千名高中级干部和研究生学员参与了兵棋推演。他们依托外军研究专家，组建了专业的"蓝军"，运用对手真实的作战思想、作战原则、作战编成和装备，与"红军"进行"背靠背"的自主对抗，千方百计给红方设置各种困局、危局和险局，迫使红方指挥员在最艰难的博弈中"谋"起来、"算"起来、"抗"起来。

截至目前，运用这一系统已培训我军中高级军事指挥人才1万余人次。

"打仗不再是简单的攻击某个目标，要像下棋一样，走一步想十步。"某集团军参谋长坦言，"系统在运用中所反映出的战争迷雾和不确定因素，彻底改变了指挥员固有的思维定式和指挥模式，我们在推演中的所有谋略和战法，都是被对手逼出来的。"北京军区司令部作战部副部长张明认为，系统能够使受训者真实地感知战场态势，得到近似实战的磨炼，对提高部队作战指挥和谋划能力起着不可替代的重要作用。

"每时每刻都真实地感受到有一个强大对手的存在、每时每刻都强烈地感受到有一种真实的作战压力、每时每刻都深切地感受到稍有不慎就可能输给对手……"近年来，在北京、济南、南京、兰州等战区对抗演习中，红方指挥员和所有参演人员感叹，这种真打实抗的"火药味"在兵棋推演中越来越浓。

（原载于《人民日报》2014年6月29日第6版，作者：倪光辉）

"跨越—2014·朱日和"系列演习中对抗首支专业化"蓝军"

七支"红军" 六败一胜

从未有过的真练实抗，很少出现的战斗结果；没有"脚本里的战斗"，只有突发的战情。这将是我军提升军事训练实战化水平的精彩一笔。

"跨越—2014"，跨越的不仅仅是时间和空间，而是我军战术训练指导思想的嬗变，这将为我军军事训练实战化树起新的丰碑。陆军战术训练，由此实现新跨越。

——编者

刚过去的两个月，我陆军部队演兵史上接连出现罕见的激烈对抗——

5月20日至7月28日，来自七大军区的7个旅扮演的"红军"，在朱日和训练基地，分别与我军第一支专业化"蓝军"——北京军区某机步旅自主对抗，结果6败1胜。沈阳军区"红军"旅经过一番苦战，才赢得了一场"惨胜"。

相比以往，今年的"跨越—2014"系列演习有着更浓厚的"练兵"色彩。（以"跨越—2014·朱日和B"为例，"跨越"寓意这是跨战区进行、检验部队机动作战能力的演习；"2014"代表演习举行的年份，也寓意演习可能会成为年度例行演习；"朱日和"是演习举行的地点；"B"代表的是演习的某阶段或场次。）

从5月31日起，南京、广州、济南、沈阳、成都、兰州6个军区各1支陆军合成旅，依次跨区机动挺进朱日和训练基地，轮番接受集中检验评估。此前的5月20日至27日，总部结合北京军区某装甲旅参加的演习，对陆军合成旅集中检验评估方案规定、细则标准和组织实施流程进行了验证完善。据总参军训部领导介绍，在同一个场地组织7个军区的部队进行对抗训练，这样的"车轮大战"，在我陆军训练史上尚属首次。这也是我陆军战术训练史上实战化程度最高的一次全员全装、实兵实弹综合演练。

在演习战场上，以往演兵场上的诸多"已知"都变成了"未知"，陌生战场、陌生环境、陌生对手，还面临一种全新的打法——不设底案，自主对抗。红蓝双方"你打你的、我打我的"，兵来将挡，见招拆招——干扰与反干扰、侦察与反侦察、空袭与反空袭、机降与反机降、突击与反突击……全新的对抗方式，让战局变得更加波诡云谲。"这才是真打实备！"军事指挥员们纷纷表示，从踏入战场的那一刻起，始终都在盘算，如何战胜对手。

据了解，此次系列演习，每支参演红军从远程投送到实兵对抗、实弹检验，连续实施20多个昼夜，始终处于近似实战的严酷环境中。

在演习现场，记者发现，以往那种彩旗猎猎的红火场面不见了，豪华布设的观礼台不见了，百发百中的表演式实弹射击模式不见了！原来，演习还出台了不插彩旗、不念稿子、不标示山头、不设置炸点、不随意调换和加强兵力装备、不提前进入演练场地等战场"十条禁令"，直接将以往常见的形式主义赶出演兵场。

锤炼部队的"磨刀石"

北京军区某机步旅：我军首支专业化"蓝军部队"。

【镜头回放】模拟蓝军，坐拥天时、地利、人和优势，派出多路分队昼夜袭扰，电磁压制、偷袭指挥所，招招直击要害。某次战斗打响不久，他们便一举端掉了"红军"指挥所。

【当事者说】旅长夏明龙：与我军7支劲旅逐一过招，起到了锤炼部队的"磨刀石"作用。7场实战化检验，让我们受益匪浅。

一要深入学习研究对手。"知彼知己"是作战指导的先决条件。紧密跟踪模拟对手部署调整和装备更新动态，以提高模拟的仿真度；

二要突出重点模拟对手。牢固树立"遇强不能弱、遇弱不过强"的指导思想，根据受训部队作战能力强弱，收放自如运用兵力、火力，使对抗演习能够真正"抗"起来；

三要紧贴课题演练对手。针对使命任务、确定演习课题，提高难度强度、全程对抗检验；

四要设置难局磨砺对手。抓住作战对象的战术特征，大胆地把外军的新思路、新理论和新战法运用到实际的模拟行动中，设置险局，逼迫受训部队。

宝贵的"蓝胜红败"

"跨越—2014·朱日和B"。参战单位：广州军区41集团军某机步旅。

【镜头回放】6月初，部队跨越6省（区）转场3000公里，在完全陌生的塞外高原，与"蓝军"展开激烈对抗。尽管在交通枢纽夺控战中取得了胜利，但在山地攻防作战中未能达成战役目的，最终导演部根据双方战损率综合裁定"蓝胜红败"。

【当事者说】旅长杨勇：演习是求胜的行动，更应该是一个求败的历程。

"蓝胜红败"既是对抗结果的客观裁定，更是"训风演风考风"转变的现实体现，尽管让我们感到苦涩，却倍加警醒，弥足珍贵。

战争不是既定结局的剧目，演习更不应该是"红方"必胜的流程排练。对一支部队来讲，演习是一个求胜的行动，更应该是一个求败的历程，胜利固然是一种认可，失败却是一份财富，更能警醒。演习"蓝胜红败"的裁定，让我们清醒地认识到自身战斗力建设与实战要求间的差距和不足。

让打仗准备更精细

"跨越—2014·朱日和D"。参战单位：沈阳军区16集团军某机步旅。

【镜头回放】实兵对抗中，纵深攻击群打得最精彩、任务完成最出色，成功夺控了高地敌核心阵地，可分数却被扣了不少。当得知导演部打出成绩时，全旅都很震惊。报告指出：纵深攻击群"比规定时间提前5分钟通过出发线扣0.5619分……"

【当事者说】旅长周玉印：扣分看似影响不大，实际上，提前出发就破坏了整体协同，不统计战损就无法实施精确指挥。

为什么取得对抗的胜利，分数却不是很高？这次集中检验评估演习，总部设置了"双轨制"：实兵对抗按战场态势裁决输赢，部队战斗力水平按千分制裁决高低。"千分制"指出了隐性问题，打破了胜利一定分高、重结果不重过程的旧习。"千分制"更加科学，包含了从作战准备到作战实施共1100多个评估点，充分体现了全程对抗、全程考评、全程量化的精确评估。

真正从训练场走向战场

"跨越—2014·朱日和F"。参战单位：兰州军区47集团军某摩步旅。

【镜头回放】部队到达基地不经准备就直接投入作战，复杂的战场环境、强硬的作战对手、频繁的战斗转换把部队练到极限。

【当事者说】旅长万发中：这种全要素全过程跨区基地化训练的方法，探索了陆军部队实战化训练的新模式。

"花盆里长不出参天松，庭院里跑不出千里马"，成为所有参演部队最真切的感受。再好的装备，如果窝在营区里，也练就不出打仗能力和过硬作风；即使是一般部队，经常在近似实战的战场环境里对抗摔打，也能练成虎狼之师。当前，缺少功能完备、要素齐全的训练基地、没有专业化的模拟蓝军和导调队伍，已经成为制约部队开展实战化训练的一个瓶颈问题。

这次演习实践证明，训练环境与未来战场越接近、模拟蓝军与未来对手越相似，训练就越靠近实战，部队打胜仗的能力就越强。可依托综合训练基地，不断探索战训一致、体系融合、精确作战的基地化对抗训练模式，真正实现从训练场走向战场。

破除"伪安全观"

"跨越—2014·朱日和A"。参战单位：南京军区12集团军某装甲旅。

【镜头回放】6月2日凌晨，"蓝军"4辆勇士车偷袭该旅基本指挥所，被外围警戒发现并成功控制。本以为"蓝军"袭扰失败，却因警戒人员手中拿着的木棍武器被导演部裁决为："蓝方"袭扰成功，"红方"伤亡过百。原来，木棍执勤缘于旅为了安全，执行了"夜间宿营期间轻武器集中存放的规定"。

【当事者说】旅长张永刚：实战化训练，要坚决破除"伪安全观"。

长期以来，受"出了事故打赢也算输，没有事故输了不算输"的错误观念影响，我们产生了"险不练兵、危不施训"思想，准备打仗行动不足，严重影响训练质量和战斗力提升。对抗中，我旅坦克五连一路过关，结果"轻敌"冒进。不曾想"蓝军"革新了装备，采用多频段电磁干扰，导致连队无法与指挥所通信，未能及时收到总攻命令，原定的合围计划破产。战后统计表明，当天共有近三成部队通信被干扰，不同程度影响了作战效果。敌情观念不强，战场上对"敌人"想当然，是导致战场"失利"的另一原因。今后训练要更适应实战需要，把"敌人"设强、把战场设真。

绝境中感受实战

"跨越—2014·朱日和C"。参战单位：济南军区20集团军某机步旅。

【镜头回放】6月24日，演习进入实兵对抗阶段。战斗在凌晨3点打响，在夜幕和晨雾的掩护下，"红军"合成装甲旅利用夜暗条件向"蓝军"阵地悄然开进。发现"红军"进攻企图后，"蓝军"直升机立即升空进行火力阻拦，依托雷场等障碍阻滞"红军"行动。

【当事者说】旅长何松利：练兵场上多一些较真求实，未来战场上就会多一些成竹在胸。

回顾演习准备和实施130多个日夜的艰辛历程，我们在扎实备战中练就了硬功；在逼到绝境、难到极限中感受了实战，昼夜兼程、跨越4省区、行程1300余公里的远程投送；在打破常规、创新实践中学会了打仗，"盯住要害打、谁看见谁打"的目标中心战思想，"精前台指挥、强后台支撑"的指挥所编方式等创新成果，都在演练中得到了实践和检验；在揭短亮丑中找准了方向，坚持不唱赞歌、深刻检讨，反思查找组织指挥、情报侦察、战斗协同等方面的短板弱项。

"呛水"式练兵找短板

"跨越—2014·朱日和E"。参战单位：成都军区14集团军某装甲旅。

【镜头回放】演习中，指挥网被蓝军渗透，左翼攻击群按虚假命令发起攻击，打乱了部队作战节奏。由于作战计算不够精细，右翼障碍排除队开辟通路迟缓，致使主攻群无法按时发起冲击，误入蓝军火力歼击区，全面陷入被动。

【当事者说】旅长张永明：演习虽然"呛了水"，但真正让部队受到了触动、得到了锻炼，找准了"短板"。

首先，战场不论"资历"。作为一支经过边境自卫还击作战和边境防御作战检验的装甲部队，过去总以为有"发言权"。殊不知，在信息主导下，传统作战力量与新型作战力量有机融合，陆军制胜机理已"别有洞天"；其次，战场不讲"可能"。从远程投送、战场机动到实兵对抗，从兵力运用、火力调配到后装保障，每个环节都要经过精确计算、精准指挥、精密协同，任何的可能、大概都将导致部队混乱；最后，战场不信"同情"。在 7 支参演部队中，我部编制实力最少、武器装备最老、投送距离最远，原以为总部会给点同情分。但是，总部从实战出发，1230 公里摩托化行军距离一点不少，攻防对抗蓝军一点不让。

一次思维"冲击波"

"跨越—2014·朱日和"系列演习首战。参战单位：北京军区 27 集团军某装甲旅。

【镜头回放】5 月 20 日至 27 日，该旅参加演习，既担负先行试点论证任务，又同步接受能力检验。

【当事者说】旅长侯明君：演兵场硝烟已散，但这场演习，对实战化训练带来的"冲击波"和革命性影响仍镂骨铭心。

打开了作战准备"尘封已久的锁"。真打实抗，多年束缚着战斗力"腿脚"的形式主义，被真、难、严、实的实战准备完全取代。

堵住了实弹检验"假把式的路"。实弹检验不再摆练"图好看"，目标的发现靠真本事侦察，火力的区分靠指挥员临机指挥，彻底解开了羁绊多年的思想"索套"。

磨砺了破难攻坚的"创新之剑"。特别是开发研制的北斗用户机的图形功能和指挥机报文六大功能拓展系统，解决了动中"看得见、传得准、控得住"的老大难问题。

剔除了消极保安全的"紧箍咒"。演习历经酷暑天气考验、高难险地形机动等，部队没有因保安全而牺牲战斗力。

（原载于《人民日报》2014 年 8 月 3 日第 6 版，作者：倪光辉）

真炮弹才见真功夫

盛夏时节，各种演习演练的火药味儿越来越浓。日前，第14集团军一场进攻战斗演练现场出现惊心动魄的一幕：步兵发起冲击时，一发炮弹"轰"的一声在离官兵不远处爆炸，弹片横飞，官兵迅即卧倒……现场观摩的集团军所属部队指挥员惊呼：真炮弹！

原来，这次全程演练不设模拟环境，打的全是真炮弹、真子弹和真导弹。激烈的战斗中，装甲车在弹雨中驰骋，坦克在距步兵50多米的距离开火，演练过程十分惊险。

"打不打实弹，效果大不一样。"集团军炮指部负责人坦言，以往靠炸点、空包弹、发烟罐等模拟战场环境，许多官兵眼里没有敌情，随心所欲往前冲，训练存在走过场的现象。置身真枪实弹的环境中，部队自然而然就紧张起来了，训练效果十分明显。

近两年来，笔者观摩过不少演习，真子弹、真炮弹的逼真战场环境运用越来越多，心里确实为参演官兵的安全捏着一把汗。

其实，对训练与安全这个问题的认识，部队许多官兵都经历了一个过程。离港前先看天气，尽量避免在恶劣天气和海况下出海；担心官兵携枪带弹不安全，实际使用武器能压缩的尽量压缩；为保证训练安全，一些高难课目尽量安排在近海进行；有的领导以事故定乾坤，只要出了问题就"一棍子打死"……过去，总觉得实战训练危险性大，确保装备和人不出事才是底线，训练强度、难度都要为安全让路，可在实践中大家感到，越是训练瞻前顾后，安全隐患就越多。

当前，我军正处在从大国军队向强国军队转变的关键阶段。随着实战化训练的常态化，我们面临的安全风险也将前所未有。然而，为战而备的军人，怎能因为一点风险就望而却步？

仗怎么打，兵就要怎么练。无限接近实战，才能在下一场战争中应付自如。设置真枪实弹的训练环境，就是要把官兵逼上"战场"，强化官兵们的实战意识。当然，贴近实战决非蛮干，确保安全仍是至关重要的前提。认真进行风险评估，周密制订安全防范措施等都必须做在前面，以有效防止安全事故的发生。

实践证明，消极地对待训练安全，就会使官兵心理负担越来越重，胆子越来越小，也就不自觉地降低了训练标准。反之，树立正确的安全导向，引导官兵科学防范从严施训，就会促进训练与安全良性互动！

"安全不是保出来的，是训出来的！"提高战斗力与确保安全是辩证统一的，必须破除危不施训、险不练兵的错误倾向，在科学防范、未雨绸缪、确保安全的前提下大胆地练、放手地训，按照"真难严实"的要求，大力推进部队实战化训练，只有这样，才能切实提高部队战斗力。

（原载于《人民日报》2014年7月13日第6版，作者：倪光辉）

我海军陆战队跨区基地化训练成为常态

既做"海上蛟龙"， 也当"雪域猛虎"

"这次寒训苦练，增强了战斗能力、耐寒能力、适应能力……"

2月6日，满载海军陆战队人员和装备的军列抵达湛江某火车站，某旅班长徐晓飞如此总结自己的寒训。

徐晓飞和1000多名战友，1月8日从湛江出发，途经10个省份，机动4000多公里，来到了沈阳军区洮南训练基地，进行为期一个月的寒区训练。从南粤海疆机动到北国边陲，地域从北纬21度到北纬45度，温度从20摄氏度降到零下20摄氏度，海军陆战队经受了前所未有的考验。

寒训指挥员、海军南海舰队副参谋长李晓岩介绍，在过去的1个月里，陆战官兵在严寒战场环境下，组织部队进行了跨区机动、野战生存、火力打击、实兵对抗等科目的实战化训练，充分检验了陆战队寒冷地区作战能力，验证了装备性能和实际效能，有效提升了陆战队复杂条件下全域作战能力。

据了解，这是海军陆战队继2014年首次成建制赴朱日和训练基地进行寒训后，赴东北再次进行寒区训练，标志着海军陆战队跨区基地化训练成为常态。

练官兵：实战化练兵锤炼"雪域猛虎"

寒风似刀，残雪如沙。1月21日凌晨5点，科尔沁草原温度接近零下20摄氏度。

某旅战士王庆龙正在酣睡中，突然帐篷外吹响紧急的集合号。王庆龙迅速爬起，穿戴整齐，拿起枕头下的步枪，背起床边的包囊，出门和战友们一起出发了。途中，他得知此次训练科目：连续跨昼夜综合战术机动演练。

没有预先号令、没有脚本方案，只有作战命令，王庆龙和战友要在规定时间内，抵达某地域。穿过冰河、越过山丘、绕过村庄……像打仗一样，途中各种突发情况接踵而至，他先后处置了"敌"空袭、遭遇伏击等多个险情。"演练就像打仗！"王庆龙回忆说："不但要对付随时可能出现的'敌人'，还要在野外完成吃饭、行军、睡觉、武器保养等。"

而这只是此次寒训的一个科目。近1个月，他和战友们没有睡过一个囫囵觉，随时要面对可能来临的"敌情"。陆战队某旅旅长陈卫东介绍，从部队出发的当天，他们就想着法子天天与自己较真，逼着部队苦练本领。

铁路机动4000公里，官兵枪不离身，遭敌炮火拦截、遇敌袭扰、敌机侦察、防毒演练……一个个紧贴实战要求的课目接踵而来；战术训练，官兵们身着自制的伪装服，与雪地融为一体；行军拉练，部队抓一把白雪，吃一份单兵干粮便过了一天；雪野中敌人会把自己伪装成雪地颜色，官兵就将原来绿色胸环靶反着贴，露出白色一面进行射击……

"未来信息化战场瞬息万变，再强大的军队也无法设计出'没有意外'的战争剧本。"海军军训部副部长安建光说，实战化训练深化了陆战队员实战的意识，部队抵达洮南训练场当天就全面投入训练，安营扎寨时间较去年朱日和训练基地驻训缩短了20小时，官兵参训率达到100%。

练装备：数据化分析把脉"金戈铁马"

寒流滚滚，激战不断。1月30日，海军陆战队与沈阳军区某机步旅展开了一场"红蓝"对抗演习。

记者也身临其境。科尔沁草原一马平川，零下十几摄氏度的低温，寒风呼啸。不到 10 分钟，记者已经冻透。而战士们已经在这里战斗 2 个多小时。

海军陆战队编配的多型两栖装甲指挥车、两栖自行榴炮等武器悉数登场，驰骋在演兵场，经受住了严寒的考验。

"今天不掌握装备在各种恶劣气候条件下的性能数据，找出实在管用的对策，明天战场就会很麻烦。"陆战队某旅装备部长欧阳平介绍说，海军陆战队长期驻守在南方沿海，很多装备从未在零摄氏度以下训练，正好趁着这次寒训进行检验，获取相关数据，以便逐步改进，适应全域作战的需要。

针对严寒对武器装备侵害大、造成技术性能下降的特点和技术保障能力低、难度大的问题，他们组织部队对严寒条件下的军械、装甲、工程等武器装备管理和技术保障进行大面积试验。先后组织多型装备在零下 20 多摄氏度的严寒条件下，对近百种武器装备进行试验，掌握了大量第一手数据和资料。

在演练场，记者看到，到处都有一些小改良、小革新：一些易出现结冰、凝霜现象的光学器材被他们穿上了特制的数码色"棉袄"；所有车辆前部通风口位置全部加装了防寒护罩，增配了小型喷灯、轮胎防滑链，用于改善车辆启动性能；自行研制的手持电台、GPS 系统防护罩等信息化装备防护设施，能保证信息指挥畅通，等等。

据统计，寒训期间，陆战官兵在机动性能、通信指挥、作战效能等 8 个方面，共采集到 30 多种轻、重武器在高寒条件下的千余组数据，探索总结出车辆快速启动、动中加油、隐蔽伪装等办法 40 多个，促进严寒条件下整体作战能力提高。

练保障：精细化保障铸就"打仗后勤"

1 月 25 日，海军陆战队组织多型重火器实弹射击演练，数辆两栖突击车碾冰破雪，迅疾出击。"受严寒天气影响，1 号车炮塔出现故障，请立即处置！"

接到指令后，随行"护驾"的野战抢修分队快速跟进展开抢修。很快，受损火炮恢复了战斗性能。

"战机转瞬即逝，要让'掉链子'的装备尽快投入战斗，就绝不能有'战场在前，保障在后'的老观念。"某陆战旅政委胡巨民介绍，现代战争打的就是后装保障。寒训中，他们精确实施战时后勤、装备保障工作，不但积累了寒冷地区和长途机动的保障经验，更是铸就了适应战时需要的"打仗后勤"。

跨昼夜机动，不再有架锅做饭，炊烟袅袅，集体就餐的场景，取而代之的是官兵自行野餐，单兵自热食品保障的情景；多辆装甲车出现故障，官兵立即拆装拼凑，确保大部分装甲车能够继续前行；野战帐篷，分散伪装在不同的环境下，指挥所、卫生所、通信中枢等交错隐蔽……一条条符合实战的后装保障，在冰天雪地中得到落实。

"海军陆战队是一支保卫祖国领土海疆的重要力量，使命任务决定今后我们不仅要钻研掌握抢滩登陆、两栖攻坚的本领，还需要到高寒地区、山地丛林地、沙漠等复杂地域摔打和锻炼部队，让海军陆战队的火蓝刀锋更加锋利。"某旅副参谋长童军龙表示。

（原载于《人民日报》2015年2月8日第6版，作者：倪光辉）

军事记者亲历南海实兵实弹对抗演练——

"感觉就是在打仗！"

7月28日，南海某海空域。导弹怒射、鱼雷逐浪、霹雳震天，一时间硝烟弥漫。中国海军在这里成功举行了一场实兵实弹对抗演练。

百余艘舰艇、数十架战机，第二炮兵、广州军区数个信息作战力量、导弹发射单元，组成红蓝双方在复杂电磁环境下展开"背靠背"自主对抗，先后进行了多波次实弹攻防，实射各型导弹、鱼雷战雷数十枚，发射各类炮弹、干扰弹等数千发。

据了解，此次演练在对抗海域、地域和空域面积空间上创造了以往同类型演习演练之最，也是近年来海军演练实战色彩最浓的一次。南海舰队领导告诉记者："通过最大限度地设置多元威胁环境和逼真打击目标，使对抗行动变得像实战一样复杂，有效检验了海军新型武器装备的实际作战效能，锤炼和提升了部队基于信息体系的联合作战能力。"

记者跟随此次演练的指挥舰——导弹驱逐舰武汉舰身临其间，见证了我海军在南中国海万里风涛中的"搏杀"。

这是一场怎样的战斗呢？

"敌人"在哪里？

7月28日早晨6时许，经过一夜的航行，武汉舰已经抵达演练海域。

早餐后的间隙，记者在甲板远眺，除了同在一个战斗群的衡阳舰，目光所及都是茫茫大海。天高海阔，浪卷云飞，"敌人"究竟在哪里？据悉，此次导弹实弹射击演练区达数万平方公里。其实，战斗早已经就此展开。

据南海舰队司令部军训处处长张汉川介绍，这次演习完全体现了红蓝双方的自由对抗，"蓝方在何时何地、发射何种导弹以及发射导弹的数量，红方都不知道。"演练开始后，红蓝双方立即综合运用各种信息技术手段，构建立体战场侦察监视预警体系，对海空目标进行实时探测、识别和印证，迅速确定作战方案，定下打击决心，并将态势融合分发给各个作战单元。参演的10多个战术群全部融入岸海空天一体化作战体系之中，在多维立体空间展开联合战斗筹划、侦察识别、信息攻防、制空制海等全要素、全过场、全时段的实兵实弹对抗。

"敌人"在哪里？如何发现？怎样一击奏效？紧贴实战的演练方案加上与战场接轨的对抗模式，时时考验着红蓝双方指挥员和参演官兵的战场思维和打仗素养。

就在此时，南海舰队某潜艇支队326艇已经在深海潜伏20余小时，伺机出击。

目标出现时间未知、出现方位未知，航向航速未知，是否变向变速未知……艇长汪家友说："这次演练不仅要综合考虑对手来自空中、海面、深海等多方向的'敌情'威胁，还必须自主决策，与己方兵力密切配合，才能发起协同攻击，感觉就是在打仗。"

"从接到任务开始，就感觉和以前不一样，有种如临大敌的感受。"潜艇官兵铆在战位，个个绷紧了神经。他们与水面舰艇突击群密切配合，采取各种手段仔细搜索着攻击目标，不敢有丝毫懈怠。

"方位×××发现螺旋桨噪音！"7时，在阵地内等候已久的326艇终于捕获到目标的踪迹。"发现敌舰，战斗警报！""×号管，预备——放！"10秒，20秒、30秒……"轰"的一声巨响，鱼雷和目标噪音波峰霎时抖动，逐渐消失。

"打中了！"刚刚还沉寂的艇内，顿时充满了欢呼声。

特情不断的攻防

上午9时许，战斗已经进入白热化：海上舰艇高速机动，空中战机动若雷电，水下潜艇隐蔽攻击，电子战部队无影搏杀，岸基导弹发射单元快速突击……

战机刚临空就受到强电磁干扰，舰艇编队还未展开战斗队形就遭到多方向导弹攻击，指挥通信网络时不时被干扰……演练过程中，险象环生、特情不断，记者感受到了浓郁的战斗氛围。

武汉舰作战室内，荧屏闪烁、数据奔流，各种仪表盘上红、绿、黄灯光闪烁，各作战部位官兵瞪大眼睛紧盯屏幕。"方位×××，距离××公里，发现一批快速小目标向我袭来！""嘭！嘭！"说时迟那时快，该舰前甲板两枚干扰弹应声出鞘在空中开花。舰空导弹战位，早已等候多时的对空长欧立铭一声令下，导弹发射技师叶有华键指如飞，迅速按下发射按钮。一枚导弹如擎天利剑迅速腾空而起，拖着长长尾焰直扑目标。很快，"敌"来袭导弹在空中就被炸开了花。

一波未平，一波又起。官兵们来不及喘口气，雷达部位报告又发现一批来袭导弹。电光火石间，只见一枚垂直发射导弹从武汉舰左前方的衡阳舰舰艏直插云霄，尔后急速转向，成功将来袭导弹击毁。收回目光，显控台上显示第三枚来袭导弹正从右前方向编队袭来，导弹跟踪班长魏孟辉快速牢牢锁定目标，转眼间第二枚舰空导弹再次在空中将来袭导弹成功击落。随后，在编队指挥所的严密组织下，红方舰艇编队先后将来袭的数枚高速对海攻击导弹全部成功拦截。

据悉，此次演练中，仅武汉舰就更新了500多组作战信息数据，完善了编队防空抗导等6项训法战法，实际检验了舰空导弹抗击多批次来袭导弹等8项关键装备性能，40多名新职手在实战淬火中具备了独立值更能力。

"高强度立体攻防，全时段电磁干扰是这次演练的鲜明特点。"正在作战室指挥的武汉舰舰长张铁良抹去额头的汗珠说，从雷达探测到目标判别、从火力选择到打击时机，这次演练实现了全要素、全过程、全系统的"背靠背"攻防对抗，让官兵们在真刀真枪的实弹历练中体会到了信息化海战的硝烟味。

实战的战场思维

"真的把靶船击沉了吗？""导弹发射时没有限高吗？"……在指挥舰电子显示屏前，记者听到身旁装备部一位军官一边观看对抗演练一边不停地向海军司令部作训部负责人发问。以往，靶船大多是要重复利用的。估摸着，他正在心中盘算这些靶船的损耗。

而此时屏幕上显示，一艘机动靶船被导弹击中后正在熊熊燃烧。

此次演练，各级指挥员从始至终都把焦点放到了"实战"二字上。"要想让实兵演练真正贴近实战，首先要牢固树立实战思维。"演练小结会上，演练指挥员、南海舰队司令员沈金龙说，"一切围绕实战、一切为了实战、一切准备实战"是此次南海演兵的显著特征。

"实兵对抗，到底实不实，从今年的演练方案就可窥端倪。"谈到这次对抗演练，南海舰队参谋长郭玉军指着演练总体方案说，随着海军实战化训练逐年深入，演练方案越来越复杂，这次演练方案前后修改了 30 多次，直到演练正式开始前还在完善。

"在方案制定过程中，与实战脱节的演练内容被一遍遍地剔除，而与实战接轨的演练内容又在一次次地增加。"海军司令部军训部领导告诉记者，这次演练，大到演练课题，小到战术战法，项项瞄准打仗练，努力做到最大限度贴近实战。

与以往不同，此次舰艇海上指挥所的中军帐出现了不同迷彩服的指挥官。

联合侦察预警、联合指挥控制、联合火力打击……记者发现，此次演练的指挥员更多的心思花在了"联合"上。无论信息融合还是体系构建，无论是军种内联合还是诸军兵种联合，整个演练贯穿了联合作战的思想。制海权、制空权、制电磁权，多军兵种形成的体系力量亦敌亦友、波诡云谲。第二炮兵远程导弹对敌目标进行模拟攻击，广州军区多个信息作战兵力扮演蓝军进行强力干扰，海军信息兵力再进行反干扰……

"未来战争拼的是体系，打的是联合。未来仗在什么环境下打，今天兵就在什么环境中练。虽然攻击难度加大了，但实战能力却在近似实战的环境中得到了锤炼提高。"南海舰队政治部副主任谭江山表示。

（原载于《人民日报》2015年8月9日第6版，作者：倪光辉）

探营胜利日阅兵训练基地——

阅兵，从这里铿锵起步

8月的骄阳，炙烤着各地的阅兵训练基地。再有10多天，宏大的阅兵"大戏"将隆重上演。最受人瞩目的三大方（梯）队如何胜利地完成历史使命？

日前，记者带着这一问题走进京郊和天津的阅兵训练基地，亲身感受这些神秘受阅队伍的备战情况。

徒步方队如何"百足同音"？

位于京郊西北的阅兵训练基地，由某军事院校临时改建，成为了徒步方队和装备方队的"阅兵村"。从6月起，各部队在经过三个多月的异地分练后，陆续聚集到这里。而此时，受阅工作也进入训练高强度、身体高消耗、天气高温度的"三高"时期。

烈日当空。在训练道上，记者看到，战士们一个个全副武装，正步齐步、齐步正步，一趟趟来回行走在火热喧嚣的阅兵训练道上，汗水顺着脸庞不断地滚落在迷彩服上……

队列训练要求注视40秒不眨眼，站立两小时不动，徒步方队基本达到站立两小时不动，正步行进200米、齐步行进1000米动作不变形的目标。某方队官兵就面向太阳练睁眼，冒着风雨站军姿，烈日当空练体能，硬是做到了注视一分钟不眨眼，站立三小时不动、四小时不倒。

阅兵训练要求千人一条心、百足一个音。围绕帽线齐、摆臂齐、挂（端）枪齐、装具齐、踢腿齐，苦练踢腿功、收臂功、挺体功和站立功，各个方队突出基准兵、钉子兵和框子兵及口号声、应答声和脚步声训练，单排面达到头线、手线、枪线、腿线、胸线、帽线"六线合一"，方队达到横线、竖线和斜线分明的要求。据悉，徒步方队队员一个月就要练坏一双皮鞋。

"汗洒训练场，心向天安门。队列是有灵魂的，正步是有生命的。作为仪仗兵，走好队列就是干好事业，学好正步就是走好人生!"首次在阅兵中出现的三军仪仗队女兵方队中队长程诚说。每天几百次的动作，几个月下来，她硬是把枪托磨得锃亮。

训练中，各方队善于思考总结，创新"快乐训练法""竞争淘汰法""视频校正法"等多种组训教学方法，有效地提高了训练质量。如今，一个个排面方队整齐划一，脚步铿锵有力，脚掌落地声达到沉稳整齐、富有韵律，答词和口号达到洪亮清晰、富有气势的标准。

装备方队如何"掌控排面"?

阅兵村的装备场上，一台台装载着国产最新型舰空导弹的战车披着海洋迷彩外衣，静静地停靠在那里。

精准、精准……进入阅兵村后，驾驶员、上士赵松涛满脑子想的都是掌控油门。这天，他像往常一样提前来到车场。打开车门，他习惯性地脱下了穿在右脚上的作战靴。他告诉记者，装备方阵最威武，但大多是新列装的装备，也最难训练。受阅时以时速10公里的装备方队要做到在行进中横看纵看都成一条线，驾驶员对车辆的控制全凭这只脚。刚开始训练时，为了帮助赵松涛他们尽快找到油门踏板的感觉，方队为每台战车都装了油门限位器。但赵松涛发现还是有细微误差，为了找到最佳感觉，他干脆脱掉鞋子赤脚训练，没想到一来二去就养成了习惯。

"长期练就的观察力和手脚的灵敏度在阅兵训练中发挥了很大作用。"方队领队、东海舰队副参谋长黄新建告诉记者，在阅兵训练中，齐线驾驶、等速行进等科目考验的就是驾驶员的观察力和灵敏度。只有对战车行进速度有了精准掌控，才能更好地标齐排面。

"零误差"是每名官兵的极致追求。影响车速的因素很多，驾驶员大脑里要装着10多项性能指标：油门控制力度、发动机转速，僚车距离、排面整齐度等都要兼顾。行进中，必须高度集中注意力"一心多用"，对出现影响排面整齐的因素及时调整。

"阅兵训练要求更精准、更严格。"轮式装甲突击车方队四级军士长刘杰，驾驶装甲车已有 8 年驾龄。刘杰告诉记者："哪怕车速快了 0.01 秒，驾驶员都要敏锐地感觉到。"为了锻炼自己的注意力，刘杰在床头悬挂了 5 个大小不同的螺丝，在螺丝上张贴不同的数字，每天专门用 10 分钟的时间，集中精力复读前摆的数字。

"参加阅兵前，阅兵队员大多是驰骋沙场的精兵强将。"据记者了解，装备方队里有近 30% 的驾驶员都取得了"特级驾驶员"的资格证书，而所有乘员都是从战斗岗位上遴选出来的神枪手、神炮手。

目前，装备方队等速行进误差不超过 0.3 秒，骑线和标齐驾驶误差控制在 10 厘米范围。

空中梯队如何"米秒不差"？

位于天津的华北某阅兵机场热浪袭人。15 时许，当天最后一架战鹰平稳落地，北空航空兵某师机务大队立即组织飞行后检查。这里是空中梯队训练基地之一。

受阅时，短短几分钟内，近 200 架机型不同、性能各异的飞机，将飞越天安门上空。最密时，从地面看飞机之间基本没有间隔。据了解，此次阅兵，机型数量创历史之最，指挥协同难度创历史之最。

能否实现万无一失，能否实现整齐划一，这对指挥协同的科学精准，提出了严峻考验。

集中训练开始后，空中梯队指挥部明确了指挥责任、交接方法和指挥原则，统一规范了组织程序和指挥用语。陆、海、空，以及民航指挥员齐聚"中军帐"，分组指挥，密切协同。训练实施过程中，通过在基准线正下方设立质量评估点，采用架设"十字"标线、飞参判读、空地录像等方法手段，对每个梯队、每架飞机的训练成绩进行评判，及时矫正偏差。从每一杆每一舵做起，每个架次、每次评估抓起，夯实了训练的基础，也缩短了与"米秒不差"的距离。

"打赢了数据战争，何愁米秒不差！"北空司令部作战处负责人告诉记者，他们收集汇总了每架飞机的性能参数、起飞着陆、民航航路、气象条件等几十万组数据，从大编队起飞、加入基准航线，到返航、着陆、集合方法等，逐一进行严谨细致的计算、推演。

其实，一场场"数据化战争"，在受阅部队集中训练前，就已经在空中梯队指挥部打响。为了设计出科学精准的航线，从3月底起，空中梯队指挥员和参谋人员可谓绞尽了脑汁。

一个月后，他们将设计出的航线反馈给部队，验证，修改，演算，再反馈……如此这般，进行了十几个回合。两个月后，一条条趋近完美的航线，终于呈现在首都上空。

空中梯队指挥部副指挥员、北空副参谋长冯爱旺告诉记者，经过前期的基础训练和合练，空中梯队一切按预期进行，基本达到"米秒不差"。

（原载于《人民日报》2015年8月22日第5版，作者：倪光辉）

军民"合炉" 铸打赢"铁拳"

5月26日，我国政府发布的《中国的军事战略》新版国防白皮书中强调，要推动军民融合深度发展。

今年初，习近平主席在出席十二届全国人大三次会议解放军代表团全体会议时专门提出，要深入实施军民融合战略，努力开创强军兴军的新局面，并作出重要论述："把军民融合发展上升为国家战略，是我们长期探索经济建设和国防建设协调发展规律的重大成果，是从国家安全和发展战略全局出发作出的重大决策。"

为什么把军民融合上升为国家战略？军民融合的本质内涵是什么？军民融合在实践中进展如何？当前遇到哪些瓶颈？推动军民融合深度发展，要从哪些方面着手？本版特推出系列报道，从认识、实践、探讨等层面来关注军民融合发展这一国家战略。 ——编者完成 4 艘亚洲最大客滚船军事功能改造、成功实施我军首次在高速公路上起降新型战机、建成全国规模最大功能最全交通战备训练基地、在全国率先建立光电夜视等 5 类战区级动员中心……

在军民融合实践中，军转民、民参军的情况如何呢？记者近日在山东、河南采访发现，济南战区积极协调鲁豫两省政府和企业，统合规划、整合资源、聚合效能，实现了经济社会发展与国防和军队建设的有机统一，在鲁豫大地掀起了一股军民融合深度发展的热潮。

深度融合，才能促进深度发展

前不久，胶东半岛一场联合装载演练正在进行。某集团军所属部队刚开赴某民用码头，"敌"空袭就如影而至。空袭一过，装备维修人员与码头民兵保障队，一起对受损装备进行抢修。看到两艘登陆舰被击伤，指挥员迅速征调一艘万吨级民用客滚船，供部队继续装载航渡。

看到部队顺利完成装载，集团军领导舒心不已。要知道，几年前类似的装载航渡，曾经让各级指挥员"愁眉不展"。民用码头设施与部队装备不配套，有的训练课目无法展开；征调民船承载力小，部队重型装备上不去、下不来。经过四处奔走，虽然赢得了地方很多单位的帮助支持，对一些设施进行军事功能改造，但类似码头改建这种重大项目，"零敲碎打"显然是"杯水车薪"。如今，伴着军民融合发展不断深入，难题已经不再难：一批民用码头完成军事功能改造，上百艘大型民船纳入国防动员范畴。谈起这些变化，战区领导一语道破："深度融合才能促进深度发展。要解决重大难题，必须完善制度，科学规划，确保军民融合有机运行。"

在战区调研发现，军民融合发展战略确立伊始，鲁豫两省从政府到企业参与国防建设的热情都很高，但由于缺少规划设计，一些军民融合发展项目往往是因为部队需要临时抱佛脚的"应急项目"。某高速公路建造时专门给驻军预留了紧急通道，可由于对部队装备缺乏了解，出口仅能通过一般车辆，重型军事装备无法通过。为此，战区与鲁豫两省分别出台《关于深入推进军民融合式发展的意见》等 40 余部法规制度，军地各级建立了双向通报、联席会议、协调立项等制度，实行军地规划常态"对表"，及时通报发展规划和国防建设需求。

如今在鲁豫两省各项重大工程项目中，处处可见国防建设的元素。2014年，我军新型战斗机在河南某高速公路成功实施起降，引起广泛关注。其实，早在高速公路立项之初，其国防功能就被写入意向书。"军地规划'对表'，解决了部队一系列重大难题。"战区联勤部领导告诉记者，通过实施军交运输"畅通工程"，鲁豫两省完成80多项国防公路建设，为部队"拉得出"提供了便利条件。

"硬""软"兼施，借"脑"解决瓶颈问题

4月中旬以来，该战区所属部队陆续展开野外驻训。最远的某旅需要机动千里，穿越鲁豫两省10多个地市。要是以往，旅领导早就该为机动行军、驻训点选址操心了，可如今这一切变得异常轻松：打开某指挥信息系统，链接鲁豫两省的国防动员综合信息系统，行军途经地区的气象、水文、食宿、维修、油料等信息一览无余，稍加筛选就能得出最佳方案。按"图"索骥，这种变化得益于战区在信息数据领域的军民融合发展。

"军民融合发展要靠需求牵引，需求越准确融合发展越高效。"前往驻训点检查野外驻训情况的战区司令部领导告诉记者，用数据说话，实现了部队需求与地方供应之间的精确化对接。前几年，战区在调研军民融合发展情况时发现了一个尴尬现象：有的行业和设施出现重复建设，而有的部队急需的项目却无人问津。一番深入调查，解开了"谜底"：部队提出需求后，地方政府在引导过程中，往往以宏观的指导性意见为主，对军民融合的国防潜力掌握不够具体，造成了需求与供应的脱节。此外，各地存在重硬件轻软件的问题，往往基础设施贯彻国防要求，但对具体项目是否满足部队需要考虑较少。

"军民融合既要重'硬'也要重'软'，必须充分发挥'大数据'作用。"该战区要求各级国动委依据部队作战需求，每年至少组织1次全面的国防潜力调查，相关数据全部输入国防动员综合信息系统。在此基础上，鲁豫两省投入上亿元，在省、市两级构建联通交通、财政、气象等国防动员各职能部门的信息平台，贯通对接数据库，使部队不出营区就了解各地能够提供的保障信息。

前不久，某装甲旅进行拉动考核，全员全装仅用一个半小时就出动完毕，让做好长时间等待准备的考核组惊讶不已。出动速度慢，过去一直是装甲部队的难题。电瓶充电速度慢，需要统一充电存放。每逢出动都需要先领取电瓶，再进行安装，严重制约了装甲部队的出动速度。去年，该旅引进地方先进技术，有效解决了坦克电瓶充电问题，让该旅战备出动从此奔上了"高速路"。

地方先进技术，还有多少可以成为部队突破战斗力"瓶颈"的"敲门砖"？战区调研认为，鲁豫两省是经济和科技大省，经济总量均居全国前5名，从事高新技术装备生产、研发和服务的科研院所、大型企业近千家，涌现出了浪潮、海尔、新飞、安钢等一大批国际国内知名品牌，具有很强的产业和技术优势，必须善于充分运用。在摸清两省技术底数基础上，有针对性地引导地方企业把技术广泛应用于军事领域。山东某光电企业研制的引导系统，被"辽宁舰"采用。洛阳某企业的新技术被直接用于某新型战斗机。

互利共赢，激发持续发展活力

在鲁豫两省采访，记者有种强烈的感受：地方政府领导和企业家对国防建设的热情高涨。

去年，战区邀请鲁豫两省高新技术企业参加国防潜力展示，受邀企业全部携带最新的高技术产品参会。"军民融合发展让我们感受到了实实在在的好处。"济南市一位领导告诉记者，该市人防工程就是最好的实例。

在济南市市区地下，有几条长达数千米的人防工事。在部队领导看来，这是战时可以容纳上万人躲避空袭的重要工程。但在地方领导眼里，这里是一座大型的商业购物中心，每年为政府贡献大笔财政收入；一位鞋店老板说，这里是他赖以养家糊口的工作岗位，每月可以净赚几千元；一位顾客说，这里离家很近，而且商品全、价格低，是他首选的购物场所。

不同答案的背后，是一串喜人的数字。近年来，济南战区人防工程增长了300%，平战结合利用率达56%，影响覆盖率达到100%，累计利润产值11.9亿元，利税32.2亿元，向社会提供就业岗位43.4万个。一座人防商城，迸发了超量军民融合红利：给地方政府带来GDP，给商户带来真金白银，给老百姓带来方便实惠，给国防建设带来强大实力。

今年5月底，曼宝企业顺利进入我军物资采购体系，成为军队物资采购网的供应商。位于山东临沂的曼宝过滤器公司是家民营企业，主要生产机柴油滤清器、空气滤清器等。由最初的汽车配件代理商发展到初具规模的生产科研型企业，曼宝已经成为具有自主知识产权的民族产业品牌。"我们看重的，是军民融合对于我们科技创新的牵引，以及对品牌知名度的提升！"曼宝公司董事长华俊说。

民营资本参与军工建设，军工企业发展相关产业，只有享受融合红利才能激发融合活力。为了调动地方政府和企业参与军民融合发展的热情，战区利用军队加大社会化保障力度的有利时机，广泛实行物资集中订购、采购的同时，积极推荐鲁豫两省企业和产品"参军入伍"。据统计，目前鲁豫两省有200多家企业被国家和军队列入"首批军用物资采购动员供应商名录"，400多家企业成为"给养应急保障动员企业"和"战备药品器材代储企业"。

"军民融合靠热情不能长久，互利共赢才能激发持续活力。"济南战区领导感慨地对记者说，当前军民融合发展仍然是以政府主导驱动，通过优惠政策激发企业热情。但相信随着这一国家战略的不断推进，未来国防和军队建设的需求将不断走向市场，吸引更多的企业来分享这块"大蛋糕"。

（原载于《人民日报》2015年7月5日第6版，作者：倪光辉）

三级首长机关同步参训，5位战区陆军司令员授课答疑，13位集团军指挥员接受考核……6月中下旬，陆军战役首长机关开展集训——

着力打造中军帐"最强大脑"

"请口述你的决心要点。""阐述此役作战力量编成和布势的主要考虑。""你的主要作战方向和作战目标在哪里？"……

6月中下旬，陆军分两个阶段组织战役首长机关集训，陆军领导全程参加、带头训练，5位战区陆军司令员进行授课答疑，13位集团军指挥员接受考核，三级战役首长机关同步参训作业。置身其中，记者切身感受到中军帐内将军们全神贯注、临阵忘我的打仗氛围。

这次为期6天半的集训，聚焦备战打仗、紧贴使命任务，采取专题辅导、集中作业、重点考核、检讨讲评等形式，着眼从根本上解决"五个不会"等问题，真学真练、真考真评，通过严格考核增强战役指挥机关组织指挥打仗的本领，立起了"练兵先练官，强军先强将"鲜明导向。从东海之滨到西部边陲，从白山黑水到南国密林，座座军营掀起了以上率下研战谋战、指挥员带头练战备战的热潮。

练将之要：以上率下形成"头雁效应"

练强新时代打仗本领，要求指挥员不仅要"挂帅"，还要"出征"；不仅要亲自抓，还要带头练；不仅要用声音指挥，还要用身影指挥。

高速公路被炸、机场遭受袭击、供水供电中断……6 月 14 日上午，中部战区陆军司令员范承才围绕"如何处置突发情况"的理论授课刚结束，集训导调组就随机给出 6 组突发情况。范承才立即带领参谋人员展开情况判断、敌情分析、定下决心……仅仅 20 分钟后，就按轻重缓急发出突发情况处置指令。

"领导干部身上有千钧重担，身后有千军万马，能不能带头备战打仗，不仅事关领导干部军事素养，而且事关战争胜负，容不得半点懈怠。"谈起组织这次集训的初衷，陆军主要领导介绍说，这次集训，就是要落实习主席关于"领导干部要做备战打仗带头人"的重要指示，真正把战役指挥员作为重点受训对象，通过严训严考严练，推动立起以上率下练兵备战的鲜明导向。

"阐述此役作战力量编成和布势的主要考虑?""你的战役目的是什么?"

6 月 19 日上午 8 时 40 分，在播放完 5 分钟的考核想定基本情况多媒体后，按照抽签顺序，第 75 集团军军长公茂栋精神抖擞地出现在陆军战役指挥中心的屏幕上，备受关注的集训第二阶段"考军长"就此拉开帷幕。

30 分钟口述决心要点，30 分钟接受质询提问，专家现场打分评判……打分结束后，陆军领导对受考军长进行点穴式随机点评，相当于把考题自己也做了一遍。同一张考卷，陆军首长和受考军长同步作答。既当组织者，也当参训者；考别人的同时，也在考自己。参加此次集训的陆军三级机关人员也表示，通过同步进入情况、跟进研究思考，真正做到学有所悟、研有所得、练有所获。

"跟我上"的冲锋，永远比"给我上"的命令有力；跃出战壕的雄姿，永远比背手叉腰的动作美丽。今年以来，陆军各级积极响应习主席在开训动员大会上关于"坚持领导带头、以上率下"的训令,火热的演兵场上,一个鲜明的特点是"以上率下",一个坚决的行动是"领导带头",在各级指挥员的行动感召下,"头雁效应"正在汇聚。

练将之道:以战领训打造"最强大脑"

研判作战对手,研透战场条件,收集一线情况,作出分析判断……

6月18日,某野战指挥帐篷内,第71集团军军长李中林正带领十余名参谋人员根据当前态势,研判情况、筹划决策,进行战役筹划作业。面对复杂敌情,李中林军长综合运用特战、陆航、电子对抗、无人机等新质力量,提出克敌招法。

"成功破解未知数,打仗才能有底数。"李中林告诉记者,准确地判断综合态势,是定下正确作战决心的前提,也是指挥谋略训练的重要内容。只有及时、准确地获取和掌握情报信息,科学分析归纳,才能得出客观的结论。

紧贴使命任务,深研作战问题,是这次集训考核的一大亮点。陆军参谋部作战局领导介绍,他们紧贴各方向作战任务设置了不同的考核想定,不再像以往那样"大家同考一道题",战略背景实、任务联系紧、联战味道浓,旨在综合考评指挥员的战役指挥素养,聚力破解"五个不会"问题。

随着一场场考核的进行,新思路、新战法、新手段不断涌现:有的针对改革后新体制编制的作战编成问题,提出"优势互补、强弱搭配,增强整体效能"思路;有的深钻新质作战力量作用发挥问题,提出"集中使用、扬长避短、握成重拳、扎成纽带"原则;有的创新信息化条件下战法运用,提出"信火一体、联合毁瘫、精兵夺要、量敌用兵"战法。

问题研究越深入,破解招法越独到。几天的考核下来,旁听13个军长现场口述决心,记者找不到两份内容接近的作战方案。即使偶尔抽到同一个作战任务,军长们的战法也各不相同,充满各自谋略和智慧的作战方案都指向同一个目标:打赢!

考核在继续,问题在研判,思想在交锋。将军们在严考、严问、严评中,不见了照本宣科、破除了和平积弊,他们既善于发挥作业组的辅助作用,更注重全程主导筹划、独立思考,深度进入情况,深入研究问题,中军帐内刮起一场场"头脑风暴"。

"作战筹划作为指挥员'头脑里的战争',既不'热闹',也不'好看',却对指挥员和指挥机构的要求极高,不容忽视、不可或缺。"走下考场,将军们纷纷表示,通过考核,真正看到了差距、发现了短板、明晰了方向。下一步,他们将就考核中存在的问题展开专攻精练,切实提高战役指挥员和指挥机关备战打仗的水平。

练将之本:真难严实砥砺"战将之风"

将欲治人,必先治己。如何通过这次集训考核把军事训练抓严抓实?监督监察,就是确保此次考核真难严实的"火眼金睛"。

这次考核监督监察,采取"重点环节必查、考核现场巡查、裁判结果抽查、作风纪律督查、信访举报核查、责任追究倒查"方法,实现对考核、组织人员和场内、场外作风监督监察全覆盖。

6月19日下午,齐鲁大地热浪滚滚。经过三道哨卡,记者终于踏进第80集团军野战指挥所。除了不准携带任何摄影摄像及录音设备、严格划定采访区域外,记者全程都由一名监考人员陪同。

指挥所内,设置了全景视频监控系统,全时摄录作业和考核景况。这里手机信号、其他无线信号也被屏蔽。环顾四周,记者发现,这里虽然设置有投影或LED屏,但参考军长在口述决心要点时,没有一个使用多媒体课件,口述内容在陆军战役指挥大厅有显示,野战指挥帐篷内根本看不到。

陆军纪委的领导说,是否制作使用多媒体课件和利用屏幕等媒介念稿,也是此次监督监察的一项内容。

记者翻看此次考核监督监察9个方面要点,发现既有封闭命题、考核抽点和考核想定封存、运输、下发和作业成果提交,也有参考和保障人员资格、考核环境条件、考核成绩评定等内容。每项内容下面,又细化为数条具体规定,比如命题专家组及保障人员的手机等通信工具全部上交,房间不得开设固定电话;指挥帐篷内安装1部带录音功能的专用电话,通话内容全时录音;制定考核想定交接单,命题组组长、纪检人员和接收人员分别签字确认……

陆军纪委纪律检查局负责人告诉记者,考核监察细致入微,纠治和平积弊，就是要从这些细小环节入手，从一点一滴做起。

（原载于《人民日报》2018 年 7 月 15 日第 6 版，作者：倪光辉）

8 支新质力量实兵实战沙场砺兵，400 名将校军官集智攻关。这是陆军领导机构成立以来组织的规模最大、规格最高的一次集训——

陆军戈壁砺兵　加速推进转型

库尔勒，新疆巴音郭楞蒙古自治州的首府，地处新疆腹地。5 月 22 日至 25 日，陆军在此组织练兵备战及转型建设集训。

为期 4 天的集训，陆军 8 支新质作战力量实兵实战演兵沙场，大数据、云平台、资源池等一批信息化建设成果悉数亮相，陆军领导机关和师旅以上作战部队主官近 400 名将校军官，聚焦陆军转型建设目标任务、备战打仗重大问题、转型建设标准规范、战略管理手段运用、新质力量转型探索等方面展开研讨交流和集智攻关，绘就了陆军未来发展新蓝图，踏上了建设世界一流陆军新征程。

这是陆军领导机构成立以来组织的规模最大、规格最高的一次集训，也是一次转身子、换脑子、蹚路子的生动探索实践。一时间，改革强军的"八面来风"在这里汇聚，建强陆军的"头脑风暴"在这里兴起。

8 支新质作战力量轮番亮相沙场
打造主战主用的"陆战精锐"

历史上每一次军事变革，都是以新质作战力量为发轫。而军事变革的标志，常常伴随着新质作战力量对传统作战力量的决定性胜利。这次集训，带给陆军将校军官的感受，不仅仅是视觉上的震撼，更是理念上的转变。

5 月 23 日起，沉寂荒凉的戈壁大漠骤然战云密布、枪急弹密。特种作战、情报侦察、电子对抗、空中突击、远程火力等 8 支陆军新质作战力量相继亮相。新编制、新技术，新战法、新能力，全新的训练理念让记者耳目一新。

"新型力量建设作为陆军转型发展的创新工程，是腾笼换鸟、优化结构的拳头工程，是建设强大的现代化新型陆军的主体工程，具有引领性、支撑性、全局性。"陆军领导告诉记者，陆军党委着眼构建数量规模适度、编成结构合理、有效融入联合、全域立体多能的现代化新型陆军力量体系，大力发展特种作战和陆航力量，优化加强侦察预警和信息保障力量，换装改编突击、远程精确打击和防空反导力量，积极培育无人作战和网电攻防力量，推动数字化、立体化、特战化、无人化、模块化陆军建设迈上新台阶。

悬停、开舱、抓绳、离机……某空中突击旅一场空地协同演练正在紧张进行。只见 10 余架直升机搭载空中突击力量在目标上方果断悬停，百余名突击队员迅即出舱、索降落地展开战斗队形，犹如一把尖刀插向"敌"之纵深。

而训练场的另一端，第 74 集团军某炮兵旅闪亮登场，展开远程火力群精确打击行动演练。前不久，他们跨越黄河、长江，翻过秦岭、祁连山、天山，从南海之滨远程机动 5000 余公里抵达戈壁腹地，没来得及休整就投入这场实战化演练。

库尔勒训练基地激战正酣之际，远在千里之外的皖东腹地、祁连山下、华东某机场进行的数字化合成旅指挥所、侦察情报要素、电子对抗群等 3 支新质作战力量的专项演练场景，也通过视频系统实时传至集训大厅，搅活了中军帐的"一池春水"。

"新质作战力量是主战主用的陆战精锐，往往能在战场上一击制敌！"陆军参谋部领导介绍说，此次新质作战力量演练，突出新编制新技术新战法新能力，突出按作战方案、作战进程设计演练行动，探索摸清其战场适用范围、编成聚力方式、对抗能力效应，将有效引领推进陆军转型建设、提升陆军整体作战能力。

记者了解到，陆军领导机构成立以来，各级指战员坚决贯彻习近平强军思想，坚持能打仗、打胜仗，谋改革、抓改革，思创新、抓创新，行法治、抓从严，部队体制一新、结构一新、格局一新、面貌一新。此次集训是陆军聚力练兵备战、狠抓转型建设成果的一次集中展示，也是在新的起点上推进陆军转型建设的重大举措，细化了陆军"三步走"战略安排，明确了陆军落实战略目标、战略规划、转型建设和练兵备战的基本思路和基本措施，打开陆军转型建设的崭新视野。

7个领域立起转型建设标准规范
规划设计"一流陆军的样子"

工程防化、特种作战、空中突击、情报侦察、信息保障、电子对抗等部队类型战备工作标准如何规范，陆军军事训练组织领导、基本制度、组训模式、配套保障、奖惩激励等运行管理机制、方式方法如何明确标准要求……

5月24日上午，新疆军区库尔勒训练基地会议室内，一场场热烈的讨论让参训人员兴奋不已。

专题研究转型建设标准规范，逐个领域讨论建设发展问题。陆军转型向哪里转？世界一流陆军怎么建？未来战场对陆军这个古老军种有什么新要求？大家你一言、我一语，结合使命任务和部队实际，发表真知灼见，阐明思想观点。

"陆军转型是一场开创性的伟大变革，没有现成的模式可以套用，必须科学设计转型路线图，加强顶层设计，努力实现弯道超车，掌握军事竞争的战略主动权。"采访中，不少将校感慨地说，这次集训逼着大家从全局上谋划转型、在布局下推进转型，可以说是一次破除旧观念、确立新思想的破冰之旅，是一次感受硝烟的备战之旅。

戈壁论剑，剑指转型。经过4天的观摩和交流，大家讨论确定了战备、训练、管理、政治工作、后勤和装备保障、纪检监察等7个领域建设标准规范，形成了面向陆军的指导性法规。

更为重要的是，这次集训还提出了体制改革、作战指导、作战能力、军事训练、管理模式等10个领域百条转型任务，进一步标定了转型建设的方位方向，明确了转型建设标准规范，使一流陆军的样子更加清晰，建设一流陆军的抓手更加明确。

"规划实质上是设计陆军的未来。"站在新时代的历史起点上，陆军党委鲜明提出陆军建设发展"三步走"战略规划，为加快推进陆军转型建设、全面提高新时代备战打仗能力作出安排部署：大兴作战问题研究之风，创新陆军作战方式和力量运用方式，研究各级各类型部队的作战指导、行动样式、具体战法；加紧现实军事斗争准备，推进应急作战准备，加强专项任务力量建设；推进战备标准化建设，重塑陆军战备体系；制定陆军部队信息基础设施建设标准，强化网信体系统管统建。

"加快陆军转型必须有远见的战略设计、科学的统筹规划、刚性的执行落实，这样才能赢得主动、赢得先机。"陆军领导介绍，他们紧紧扭住规划主导这个科学路径，用规划标准布局建设、推动工作，将战略目标、能力标准定到单位、定到个人，高标准抓好落实，打通管理链路，融入经常工作，严格问责问效，确保陆军转型有力有序推进。

9个基于大数据的创新实践
快速提升战斗力的"新引擎"

战场对决，数据先行。信息化时代，大数据作为制胜未来的战略资源，必将催生战争形态和军事管理的革命性变化。当前信息社会发展已经进入"5G时代"，部队绝不能还怀揣"2G思维"。作为从枪林弹雨中走来的古老军种，陆军要实现跨越发展，必须紧紧抓住大数据这个战斗力提升"新引擎"，为陆军转型插上信息化翅膀。

5月24日下午，将校军官齐聚一堂，观摩陆军基于大数据推进转型信息系统创新运用演示。大屏幕上，涵盖边海防防卫管控、战场情报融合、军事训练、安全管理、战略规划、政治工作、后勤工作、装备工作、纪检监察工作等9个信息系统阶段性建设成果一一展示，前瞻的理念、科学的设计、强大的功能，让参训人员脑洞大开、精神振奋。

成绩并非偶然。陆军党委坚决贯彻习主席"要把握信息化时代陆军建设模式和运用方式，坚持创新驱动"的战略意图，聚焦备战打仗，注重用大数据创新工程助推陆军转型建设，按照"网、云、池、门、端"一体设计，"战、建、训、管、保"全维覆盖，"标准、机构、人才、法规、机制"同步推进的总体思路，构建起了分层衔接汇聚、分类运行保障的大数据建设体系布局。

记者了解到，9个不同的信息系统建设虽然分属陆军参、政、后、装、纪各领域各层级，但海量数据信息经过全面整合，没有任何部门利益壁垒，就连数据标准、信息格式、共享机制和建管责任都有相应的规范。各自信息数据倒进同一"资源池"，需要时随取随用，使用时终端匹配。

大数据的应用，让以往的"有可能"判断、"差不多"结论、"拍脑门"决策成为历史。轻移鼠标，点击陆军军事训练信息系统，进入质量分析模块，个人年度训练质量、课目训练质量和考核项目质量一目了然。

打开边海防管控信息系统，陆军参谋部边海防局领导告诉记者，以北斗定位、无线感知、网络互联、大数据分析技术为核心，包含边情感知、执勤管理、特情处置、部队建设等多个子系统的大系统，可实时显示边境全线界标、山口、道路和基础设施建设等信息，真正实现信息化建边、规范化管边、立体化控边。真切感受大数据、云计算等先进技术对作战、训练、管理等带来的巨大影响，让大家既看到了陆军信息化建设向实战化、体系化、智能化发展的大趋势，也让官兵深切感受到大数据在作战思想、管理理念、工作方式等领域运用的紧迫性。

"大数据时代，一切数据都是作战数据，都将服务练兵备战。"着眼信息化建设发展新趋势，陆军党委组织高端论坛，军地集智攻关、群策群力，重点打造形成陆军"一张网""一个云平台""一个数据资源池"，组建陆军、战区陆军大数据信息服务中心，探索陆军"云"作战构想设计，构建全域覆盖、全网一体、全时在线、全维运用的大数据应用服务体系，进一步提升整体作战效能，助推陆军转型建设。

（原载于《人民日报》2018 年 6 月 3 日第 6 版，作者：倪光辉）

国防动员系统改革落地后，哈尔滨警备区对 18 个区市县人武部党委第一书记逐一重新任职——

党管武装："第一书记" 担起第一责任

坚持党对人民军队的绝对领导。必须全面贯彻党领导人民军队的一系列根本原则和制度，确立新时代党的强军思想在国防和军队建设中的指导地位。

　　我们的军队是人民军队，我们的国防是全民国防。

——摘自党的十九大报告

　　"咱们现有 26 名专武干部、261 名民兵连长、4000 余名基干民兵，这支队伍既是国防动员后备军，也是党的十九大精神宣传员，走村入户进校传播党的声音最直接……"

　　10 月 19 日上午，黑龙江哈尔滨五常市委书记张希清刚组织完市委中心组十九大报告专题学习，就赶到市人武部与一班人共同领会"新时代"内涵，思考党管武装方向，筹划系列宣传活动。"自从两个月前，在庄重的任命大会上接过人武部党委第一书记的鲜红任职证书，我抓武装工作更有底气了，这是政治责任。"

　　哈尔滨警备区政委韩玉平介绍说："省军区系统改革全面落地后，我们对 18 个区市县人武部党委第一书记逐一重新任职，规范了集体唱响《国歌》《军歌》、任职发言、明确参会基层专武干部和乡镇（街道）党委书记及驻军官兵代表等，变过去'一纸通知'为'庄严仪式'，提高的是荣誉感、责任感、使命感，第一书记抓建武装的劲头更足了。"

从"抓书记"到"书记抓"
转变的是态度，扛起的是责任

　　思想认识是个渐进的过程，过去曾有过偏差。2015 年初，哈尔滨警备区召开人武部党委第一书记述职大会："身为第一书记，我要把人武部的事，当成自己的事……"

　　"不是'当成'，党管武装就是第一书记的责任田！"时任哈尔滨市委书记、警备区党委第一书记陈海波当即打断台上的述职。接着，他从"三湾改编"讲到"古田会议"政治建军原则的确立，从土地革命讲到解放战争时期党管武装制度的发展，并指出"哈尔滨是东北抗联英雄城、中国解放第一城、全国双拥模范城，载誉厚重，我们有责任当好党管武装、拥军优属、国防教育的带头人"。

改革重塑、转隶移防，对军人是"大考"。刚移防到哈尔滨的某旅干部郭孝，就领着儿子如愿办理了国家级示范学校继红小学的入学手续，"本以为会费一番周折，没想到会这么顺利，我爱人也决定随军了！"南岗区作为省会核心区，今年中小学共接收军人子女入学 140 人，占全市 63.9%。区委书记梁野说："军心稳、国防安，解决军人的后院、后路、后代之忧，党委政府义不容辞。"

据统计，自 2013 年《哈尔滨市军人子女教育优待办法》实施五年来，全市先后为军人子女办理照顾性入学 1097 人、中考政策性加分 982 人、优先入托 755 人，今年还为 26 名移防外地和新驻防的军人子女开通了"绿色通道"。

新学期伊始，哈尔滨市便吹响了"开学即开教"国防教育进校园的"集结号"，十名专家教授、百名现役军官、千名兼职教员深入全市 2000 余所学校巡回宣讲，注入的是红色基因，汇聚的是强军能量。

从"靠觉悟"到"靠制度"
闭合的是机制，催生的是能力

警备区党委感到：自发自觉或可管一人、管一任，制度机制才能管经常、管长远，坚持靠"好制度"，建强"好队伍"、管出"好书记"。

被原沈阳军区评为"党管武装好书记"的延寿县委书记封殿辉深有体会："过去我们县专武干部素质参差不齐，县委对照国家《专职人民武装干部工作规定》，严格选配使用，先后将 4 名年轻后备干部选拔为乡镇武装部长，不仅加强了武装，还成为全县干部生长'苗圃'，3 年来有 6 人被提拔为乡镇领导。"

制度硬起来，责任落下去。哈尔滨市委专门制定了《关于加强新形势下党管武装工作的意见》，实行目标管理，对党委议军、军事日活动、办公例会、双向兼职、任职谈话、书记述职、学习培训、军地联考联评等八项制度进行规范，严格第一书记仪式任职、跟踪履职、集中述职、量化评职。

问题是最好的抓手，党委议军会真议才能真见效。2013 年 8 月，松花江流域发生超 15 年一遇的汛情，全市出动 7300 名民兵预备役人员连续奋战 21 天。洪峰过后，各区市县不是忙庆功，而是结合党委议军找不足："骨干弱、组织散、行动乱，指挥员是嗓子喊哑、鼻子气歪、双腿跑断！""应急分队手中除了锹就是镐，汗没少流，就是不出活儿。""专业训练没基地，应急装备缺库房，买来也没处放"……问题兜上来后，哈尔滨市委研究出台了《哈尔滨市民兵应急装备建设意见》，统筹推进标准化配载建设。

7 月中旬，警备区组织 200 余名民兵骨干开展防汛专业分队集训。7 月 19 日尚志市、五常市突降暴雨，3 条县级公路被冲断，5 个村屯被困、通信中断，当地民兵应急分队接到命令，不到 1 小时便集结到位投入战斗。"这是一次集训，更是一次实战！"警备区司令员于兴邦迅即带集训队连夜机动 300 余公里驰援灾区，至次日上午 3200 余名被困群众全部安全解救转移。

"没想到应急分队反应这么快，没想到我们的民兵素质这么好，没想到这么大的灾情没让一名群众伤亡。"尚志市委书记、人武部党委第一书记杨爱国至今仍感慨万千。

从"重应急"到"谋应战"
面向的是三军，保障的是打赢

"不仅要平时服务有保障，急时应急有作为，更要战时应战有能力。"今年 6 月，省委常委、市委书记、警备区党委第一书记王兆力履新伊始，就对全市国防后备力量建设和党管武装工作提出了新要求。

"编组网络民兵？到底是什么新型专业？""听说还是民企，哈尔滨新区的新鲜事就是多啊！"前不久，松北区人武部党委的一纸报告呈到警备区，一石激起千层浪，立即引来纷纷议论。

在国家级新区——哈尔滨松北区科技创新城内的安天科技股份有限公司总部，一楼大厅墙上一条醒目横幅映入眼帘——"你们也是国家队，虽然你们是民营企业"。这是一家从三台半电脑创业，历经 17 年成长为国家网络安全领域的顶尖企业，团队平均年龄不到 27 岁。

当问起编兵整组时，市委常委、松北区委书记、人武部党委第一书记高大伟接过话茬："革命战争年代，我们的民兵在甘蔗林青纱帐与敌周旋，靠埋地雷推小车支援作战，而未来战争是多维立体信息化，敌情不仅在地面、在空中、在海上，还在网上，需要具备信息化素质的新质民兵预备役力量来保障，打赢新时期人民战争，推进军民融合深度发展，既要技术融合，还要智力融合。"

一支新军——网络绿盾，一个目标——天下无毒，"安天网兵"的诞生，无疑是实现"民用与军需一体、平时与战时衔接、经济与战备兼容"的新探索，而主动靠上去为改革强军、转型重塑助力，更是"富国和强军相统一"的政治担当。

年初，陆军第78集团军机关及所属部队移防至哈尔滨市郊后，两任市委书记带领四大班子成员，主动登门问难，现场办公解难，第一时间协调解决了部队训练场地、水电气等保障需求，并计划与省里一道筹措资金2亿元建设部队入城战备道路。

（原载于《人民日报》2017年11月5日第6版，作者：倪光辉）

国防和军队改革后，国防动员系统的体制机制一新、力量编成一新、职能定位一新、精神面貌一新。湖北省军区坚决贯彻落实习近平强军思想，扎实推进省军区系统转型发展——

传递好国防动员接力棒

4月30日，湖北省军区民兵装备仓库转隶移交仪式上，军委国防动员部组织交接的负责人在转隶书上郑重签名，正式将仓库移交联勤保障部队领导管理，标志着该省军区改革以来的转隶移交任务全部完成。

国防和军队改革两年间，湖北省军区坚决贯彻落实国防动员系统各项改革任务部署，积极稳妥推进各项改革任务落实，扎实推进省军区系统转型发展。

配强"运动员"——
诸军兵种血液的输入，使省军区多了"联合编成"的味道

2017年6月，刚交流到湖北省军区不久的张云德，就接到被任命为武汉警备区政委的通知。该省军区党委之所以推荐他到省会城市重要领导岗位任职，看中的正是他在空军两次任职师政委的经历。

湖北省军区政治工作局主任黄明村介绍，部队改革落地后，一大批师团职干部积极响应号召，从空军、海军、战略支援部队等军兵种部队交流到省军区系统。一年间，仅湖北省军区就先后接收交流干部百余名，他们中绝大多数将担任主官，比例超过全省军区现有主官岗位的一半。

国防动员系统改革落地后，各省军区普遍面临着"干部转业多、接收交流干部多、现役干部转改文职人员多"的"三多"现状，人力资源经受着新考验。

起初，一些交流干部存有顾虑，担心省军区会优先照顾本系统的干部。能不能把这些新鲜血液吸收好，关乎今后发展"后劲"。对此，湖北省军区政委冯晓林公开表示："不分远近亲疏、不搞论资排辈，坚持事业取人，确保人尽其才。"湖北省军区把"能不能适应新体制、履行新职能、担当新使命"作为选拔干部的重要标准，深入了解交流干部专业、经历、能力等要素，最后优中选优，精准选用干部。

交流过来就委以重任的，张云德并非个例。多次完成护航和远海巡航任务的潜艇部队指挥员钱德海、有指挥岗位和院校讲师复合经历的黄长清，分别安排到军分区担任主官。

诸军兵种血液的输入，使改革后的省军区多了一些"联合编成"的味道。当"空军蓝""浪花白""橄榄绿"融入国防动员系统大家庭，会产生怎样的"化学反应"？这是湖北省军区思索的又一课题。

春节刚过，一场声势浩大的破除"和平积弊"教育整顿活动在湖北省军区全面展开。去年刚从陆军军械士官学校交流到房县人武部任政治委员的万启武，走上讲台向全省军区官兵作示范性讨论。拥有多年教学经验的万启武，创

新运用结构化讨论中鱼骨图法作深刻剖析，令全体官兵耳目一新。

相比交流干部的"进"，文职人员的"转"同样是省军区系统挑选优质"运动员"的焦点和难点。

记者了解到，省军区系统改革后，编制员额大幅缩减。在湖北省军区，仅正营职干部超编率高达61.1%，由于岗位受限，他们大多数将面临退役、转改。军委国防动员部从国防动员事业长远出发，通过现役转改文职的方法把他们作为骨干保留下来。

今年以来，湖北省军区创新思路举措，紧紧扭住政策宣讲、教育引导和正向激励等关键环节，引导官兵走出认识误区，最大限度释放政策"红利"。截至2月底，军委国防动员部分配湖北省军区的百余名现役干部转改文职人员指标任务就全部完成，是今年全军第一批完成预定计划的省军区。

找准"新跑道"——
专司主营国防动员，但备战打仗这个指向始终不能变

每天早上8点，湖北省军区例行的交班会准点开始。随着视频会议系统的开启，一张巨幅作战指挥图映入眼帘。湖北省军区机关干部说，忙碌的每一天几乎都是从面对这张作战指挥图开始的。

"对着作战指挥图交班，是今年湖北省军区的一项小改进，目的是提醒大家从上班第一秒开始，多想与打仗有关的工作，少干与打仗无关的事。"谈起初衷，湖北省军区司令员马涛说，国防动员系统改革落地后，省军区专司主营国防动员，协调特点更加突出、服务特色更加明显、保障性质更加鲜明，但不论是常备还是后备，都要做好备战打仗准备，备战打仗这个指向始终不能变。

3月下旬，湖北省军区第一季度军事训练考核如期进行。考场一角，几位佩戴"红袖标"的特殊人员，端着微型摄像机来回游动。据介绍，这些"红袖标"大多是基层单位中选拔出来的监察员，这些监察员深入一线跟考跟评，瞪起眼睛查找问题、指名道姓通报不足，专门和弄虚作假行为"较真"。

记者了解到，为杜绝省军区过去在军事训练中存在的"平时不练、年底

突击"等功利化训练现象，湖北省军区从今年起，把考核贯穿全年，并作出硬性规定：对军事训练考评未达到优良成绩的，在评优晋职等方面实行一票否决。从"一锤定音"到"锤锤定音"，改革后的省军区，备战打仗导向愈发凸显。

考官与考生较真，也有人在和自己较真。

夜已深，十堰市军分区办公楼依然灯火通明，许多机关干部正在利用晚上空闲时间读书"充电"。军分区政治工作处主任汪精灵研读的是《不流血的战争》，这是一本关于网络攻防方面的书籍。汪精灵坦言："过去，最感兴趣的是鸡汤类、文案类书籍，考虑最多的是怎么把材料功底练扎实；部队改革后，省军区职能任务拓展了，感觉最缺的是前沿军事理论，这种本领恐慌感倒逼自己加班'充电'。"

感到本领恐慌的不止现役官兵。4月下旬，该省军区组织全省国防动员集训。看似平常的一次普通业务培训，却吸引了包括省委书记、省长等在内的省市县三级数千名县以上领导干部前来参训。

地方领导为啥如此看重？湖北省人民武装动员办公室主任周绪铎一语中的："国防动员改革后，未来动员支前的空间大了，责任也更大，不能还停留在过去老思维抓动员，不跟进学习必然会掉队！"

卸除"旧羁绊"——
稳妥解决"尾巴"工程，迈步新时代国防动员事业的新征程

根据中央军委命令，自 2017 年 12 月 29 日零时起，全军干休所统一划归省军区领导管理。

号令一出，全军闻令而动。转隶不难，但实现顺利接管却非易事。这次调整改革，湖北省军分区分别从空军、海军、火箭军，以及战略支援部队等军兵种部队接收干休所 20 余个，再加上原有的数十个干休所，数量多，驻地分散，遗留问题错综复杂。如不及时研究解决，干休所一起步就要面对种种问题。

而在另一头，老干部和家属也在担忧：干休所整体转隶移交后，服务保障

标准会不会降？脱离原有军兵种管理体制，困扰多年的矛盾纠纷还有没有指望得到彻底解决？新官会不会理旧账？

"旧账"到底该怎么算？湖北省军区党委用"三个决不让"作出回应：遗留问题照单全收，决不让移交单位为难；服务保障标准不降，决不让老干部失望；矛盾症结全力解决，决不让干休所负重前行。

武汉第七干休所老干部家属魏桂林没想到，她刚提出安装家庭护理系统的诉求，机关就派人上门协调落地，网络巡诊急诊终端直通床头；武汉第十干休所的老干部们也没想到，单位转隶没多久，困扰他们多年的住房收尾工程就有了眉目，在过渡点居住了足足5年的老干部重新看到了希望。

4个月过去了，记者透过建账销号簿看到这样一份厚重的成绩单：截至4月底，湖北省军区干休所系统历史遗留问题从刚接收时的79个减少到目前的23个，相当于每两天就成功解决一项遗留问题。

同样在"割尾巴"工程中取得重大突破的，还有军队停止有偿服务工作。根据全军统一部署，省军区系统承担驻军全面停止有偿服务军地协调任务。湖北省军区保障局局长毛洪山说，有偿服务项目存量基数大、涉及民生广、历史成因复杂，这个问题解决不好，部队其他各方面的建设也势必受到干扰。

针对省军区系统摊子大、停偿项目多、类型杂的实际，湖北省建立了军地协调机制，地方政府全力支持，人民群众理解配合，军地合力拿下了一场场停偿攻坚战。

3月29日，湖北省军区停止对外有偿服务专班领导小组办公室再传喜讯：随着湖北省军区最后一个停偿项目尘埃落定，标志着这个省军区的1414个项目关停和52个委托管理、置换移交任务全部完成。

（原载于《人民日报》2018年5月27日第6版，作者：倪光辉）

五、波澜壮阔的历史回响

历史车轮滚滚向前，有些事件注定要被格外铭记，有些瞬间注定要载入史册。

土地革命战争时期创立一整套建军原则制度，抗日战争时期实行精兵简政，解放战争时期组建五大野战军，新中国成立后多次调整体制编制，人民军队边战边改，边建边改，愈改愈强。新一轮国防和军队改革，牢牢聚焦"能打仗、打胜仗"，推动人民军队战斗力建设发生脱胎换骨的变化。

一部人民军队的发展史，就是一部波澜壮阔的改革创新史。

翻开波澜壮阔的巨幅画卷，改革强军的历史回响深远而悠长，响彻在强国强军的伟大征途上：改革是决定当代中国命运的关键一招，也是决定人民军队未来的关键一招。

民族记忆·你不知道的抗战故事

2015 年是中国人民抗日战争暨世界反法西斯战争胜利 70 周年。70 年前，中国人民经过艰苦卓绝的浴血奋战，打败了日本军国主义侵略者，赢得了近代以来中国反抗外敌入侵的第一次完全胜利，发挥了世界反法西斯战争"东方主战场"的重要作用。这一伟大胜利，将永载中华民族史册，永载人类和平史册。

"民族记忆·你不知道的抗战故事"专栏，由本报记者组成若干采访小分队，挖掘新发现的史料，重访重要抗战纪念地，寻访健在的抗战将士及亲属，通过他们的讲述，重现抗战历史，深化民族记忆，将一个个不为人知的抗战故事，以鲜活的方式、全媒体渠道呈现给读者，为的是铭记历史、缅怀先烈，珍视和平、开创未来。

一份抗战实物，可能填补现有史料空白

一沓沉甸甸的影印件，不久前寄到本报编辑部的案头。这是 83 张死亡证书，死亡证书是在山西省左权县莲花岩的崖壁上发现的，证书记录了 76 年前 83 位抗日英烈的姓名、职别、年龄、籍贯，以及诊断、治疗经过和死亡原因、主治医师等基本信息。83 个生命全部定格在 1939 年。开具这批死亡证书的，是八路军一二九师卫生部。

1939 年，八路军一二九师在山西省左权县的抗战岁月是什么样？八路军战士又付出了怎样的代价？本报采访小分队前往实地，寻找这 83 张死亡证书的原件，并寻访相关人士。

在实地采访中，记者了解到，83 位抗战英烈来自晋、冀、鲁、豫、川、陕、甘等 7 个省份，其中山西籍 29 人。83 人中，年龄最大的 50 岁，最小的仅 15 岁。目前，29 名山西籍英烈，找到亲属的仅宋喜成、王金华两位。

1939 年前后，中共中央北方局进入太行山，领导华北抗日根据地进行着艰苦卓绝的战斗。1939 年，日军数次侵占左权县城，7 月，一二九师司令部等移驻左权县东南的桐峪镇。在师长刘伯承、政委邓小平的指挥下，一二九师多次打退日军的进攻，但也付出了巨大的代价。死亡证书显示，83 位英烈的死亡时间大多在 1939 年 7 月到 12 月。从时间和地点来看，他们应该是在这些战斗中受伤并牺牲的。

中国人民抗日战争纪念馆专家告诉记者，目前国内馆藏还没有一份像这样的抗战实物证书，它有可能填补现有史料的空白。

（原载于《人民日报》2015 年 5 月 7 日第 1 版，作者：温红彦　倪光辉）

一沓沉甸甸的影印件、一段尘封 76 年的历史，记者深入太行山腹地

追寻 83 张抗日英烈死亡证书

一沓沉甸甸的影印件——83 张抗日英烈死亡证书，不久前寄到本报编辑部的案头。死亡证书是在山西省左权县莲花岩的崖壁上发现的，影印件尽管模糊不清，但能辨认出，开具这批死亡证书的，是八路军一二九师卫生部。

83 个生命全部定格在 1939 年，那正是日军大举进攻中国、日寇铁蹄蹂躏我四万万同胞的血雨腥风的日子。

时光荏苒，倏忽 76 年。83 张抗日英烈死亡证书是怎么被发现的？英烈的亲人找到了吗？死亡证书的背后，是一段怎样不为人知的抗战故事？在纪念中国人民抗日战争暨世界反法西斯战争胜利 70 周年之际，我们采访小分队踏上追寻之路。

（一）

人间四月天，这 83 张死亡证书把我们带到那浴血奋战的抗日岁月。采访小分队带着对 83 位英烈的缅怀之情，在当地宣传部门的帮助下，进入左权县。

左权县原名辽县，地处太行山主脉西侧，八路军副参谋长左权将军 1942 年 5 月在这里壮烈牺牲，辽县因此更名为左权县。当地人告诉我们，抗战时期全县 7 万多人有 3 万多人参战，1 万多人牺牲。可以想象，巍巍太行山下，母亲叫儿打东洋、妻子送郎上战场的场景何其壮烈！

4月25日，在左权县企业家高乃文的办公室里，我们见到83张抗日英烈死亡证书的原件。

那是一沓泛黄的纸张，上边缘处有清晰的圆孔，当时应是用线缝在一起。经过76年的岁月侵蚀，线已无踪影，纸张已残缺，但上面蓝黑色的字迹清晰可辨。

死亡证书记录了83位抗日英烈的姓名、职别、年龄、籍贯，以及诊断、治疗经过和死亡原因、主治医师等基本信息。83人中，年龄最大的50岁、最小的仅15岁。如果他们健在，最小的今年也91岁了。

翻看一张张死亡证书，仿佛看到抗日烽火在太行山上燃烧的场景。

高起考，三八五旅七六九团二营九连战士，28岁，死因是双腿炸伤、败血症。

崔利霞，总修械二所修械组组长，36岁，死因是右下腿炸伤、左手炸伤。

还有徐金荣，特务营探查连战士，17岁；杨上有，一营二连班长，23岁；崔珠朝，三营九连战士，23岁……

能证明这些鲜活的生命在这个世界上存在过的，只剩下这一张张发黄的"死亡证书"。

记者发现，这83份死亡证书，死因除了枪炮伤，大多是急性肠炎、痢疾、伤寒、感冒等疾病。

张德朝的死亡证书上这样记载："诊断：流行性感冒。1939年8月15日于南郊村入院，8月16日早三点钟牺牲。此人来时就不会说话，来的时间不够二十四小时就牺牲了，所以连队职别都不知，也未经治疗。"

那是个严重缺医少药、缺吃少穿的时期。八路军战士大多营养不良、身体虚弱，加上超负荷的行军打仗，得个感冒、肠炎，就可能被夺去生命。

当翻到宋喜成的死亡证书时，大家眼前一亮，因为这是在左权县境内唯一找到了亲人的英烈。

"职别：卫生部青年队学员；姓名：宋喜成；年龄：16岁；籍贯：（晋）辽县东乡上庄村人；何时何地入院：1939.8.3在武乡南郊村入院……死亡日期：1939.8.12下午二点钟牺牲。"这份死亡证书，是由八路军一二九师卫生部第五所开具的。

听说宋喜成的亲人就在几十里以外的上庄村，我们驱车赶往那里。

74 岁的宋丙辰老人是宋喜成的侄子，宋喜成是他的三叔。他向记者讲述，"奶奶活着时，常跟我念叨，你三叔要是在就好了，他的力气大，不像你，一次只能挑半桶水。"宋家祖籍河北邢台，宋喜成的父亲逃荒至左权县，以行医为生。1939 年，八路军在左权县得到发展，3 个儿子宋玉翠、宋玉川、宋喜成都参了军。玉翠、玉川后来均有下落，唯独小儿子喜成生死不明。

当志愿者在两年前拿着宋喜成的死亡证书找到宋丙辰时，他老泪纵横地说，爷爷奶奶如地下有知，也该放心啦。

上庄村的李主任告诉记者，这份"死亡证明"虽然来得迟了，但宋家总还算幸运的。在这个村里，至少还有 5 户人家，前辈当了八路军后至今都没有下落。

（二）

左权县小莳沟峡谷，山岩层层叠叠，典型的太行山红砂岩层地貌。沿沟内石径而入，约 1 公里，就是莲花岩了。岩壁上排列古石屋三处，上顶十丈崖，下临百米坡。沿着陡峭的石阶，我们攀援而上，终于来到了发现死亡证书的那间崖居。

桃花开了，杏花落了，满山遍野点点红霞。站在上崖居俯瞰峡谷，莲花岩景区游人往来穿梭，一派安乐祥和，更让人感受到和平的珍贵。

左权县小莳沟村原村党支部书记秦莲昌向我们介绍说，2009 年，左权县桐峪镇莲花岩准备开发旅游，在打扫山上多年无人居住的崖居时，清洁工王福勤和李玉生发现了这沓发黄的死亡证书。后经辗转，交到莲花岩景区老板高乃文手上。

"5 年前，我们就是在这里发现了那沓证书。"年近 70 岁的王福勤大娘站在炕上，手指着屋顶上一道漆黑的岩缝对记者说。如今，崖居已收拾齐整，看守崖居成为她的专门工作。

68 岁的秦莲昌，是在莲花岩边长大的。村里人口本来就不多，当年和秦莲昌一家住过崖居的老人也都相继离世。在他的记忆里，小时候常听大人们说起八路军打仗的故事。

1939 年 7 月，日军第三次侵占左权县城，从此开始对县城及公路沿线村庄数年的盘踞，直至 1945 年。1939 年 7 月，一二九师司令部等移驻左权县东南的桐峪镇。在师长刘伯承、政委邓小平的指挥下，一二九师多次打退日军的进攻，但也付出了巨大的代价。

死亡证书显示，83 位英烈的入院和死亡时间大多在 1939 年 7 月到 12 月。从时间和地点来看，他们很可能就是在这些战役中受伤并牺牲的。

1939 年前后，那是怎样的抗战岁月呢？1938 年，中共中央北方局进入太行山，领导华北抗日根据地进行艰苦卓绝的战斗，八路军总部、一二九师司令部等在左权县驻扎。1940 年，八路军在这里领导了抗日反攻的"百团大战"。八路军总部在左权麻田镇总共驻扎 1457 天，连同在邻近的武军寺驻扎 236 天，共计 1693 天。抗战 8 年，八路军总部在麻田驻扎 5 年之久。

而这期间，一二九师卫生部及其医院就设在附近的桐峪镇一带。由于日军扫荡频繁，又地处太行山区，卫生部各医院多依靠民居作医院。为了防止日军突袭，各医院都分散成几个医疗所。遇到敌人扫荡，各所驻地便不时转移。可以推测，有些医疗所就建在只通羊肠小道的崖居上。

（三）

从北京出发前，本报编辑记者亲手折叠了 83 只千纸鹤，并签上自己的名字。在发现死亡证书的崖居缝隙处，我们献上用 83 只千纸鹤串成的花环，深深一鞠，告慰 83 位英烈，寄托我们的哀思……

究竟是谁将 83 张死亡证书放置在崖居石缝中？也许是医院转移时情况紧急没来得及带走，也许是保管这沓死亡证书的人遇难前转交给老乡的，也许……历史没有也许，死亡证书为什么被放置在崖居石缝中，也许将成为永久之谜。

迟来了 76 年，83 位英烈的亲人还能一一找到吗？"这些英烈虽然有名字，却是'无名'英雄，因为年代太久了，很难找到他们的后人。"志愿者告诉记者。况且，许多英烈牺牲时才十几岁，还没有娶妻生子，哪有后人。

从 83 张死亡证书看，他们来自晋、冀、鲁、豫、川、陕、甘等 7 个省份，其中山西籍 29 人。由于行政区划数次变更，死亡证书上的许多村子如今也很难寻找。目前，29 名山西籍英烈，找到亲属的仅宋喜成、王金华两位。

能找到王金华的亲属，也颇为偶然。太原双合成食品有限公司董事长赵光晋，得知发现了抗日英烈死亡证书，立即组织"寻找山西籍英雄家人"志愿者小分队。死亡证书上记载，王金华是山西昔阳县上郭庄人。小分队便来到昔阳县，几经周折，在县民政局的几百份革命烈士档案中，发现了上郭庄村王金华的名字，终于找到了王金华侄女的儿子张海英。

宋丙辰、张海英是幸运的，毕竟他们在多年后知道了亲人的下落。采访中，我们了解到，还有很多抗日英烈的后人们，仍不知失去多年的亲人魂归何处。

采访中，不断有消息传来：北京的王炳尧等书法家，为 83 位英雄书写了碑文；山西清徐县农民孙铁丑，将在自己开发的生态林中为英雄修建墓园……

我们切盼，76 年云外漂泊的英魂，早日入土为安。

（原载于《人民日报》2015 年 5 月 7 日第 6 版，作者：温红彦　刘鑫焱　倪光辉　田丰）

黄崖洞　鲜血铸就的兵工奇迹

出山西黎城县城，向西北一路行进，风光旖旎，车辆盘桓于太行山脉的崇山峻岭间。一个小时多的车程，行至黄崖洞镇赤峪村，一座牌楼巍然而立，上书有邓小平同志 1985 年的亲笔题词——黄崖洞，曾经声震侵华日军的黄崖洞兵工厂就在眼前了。

巍巍太行，雄壮黄崖。黄崖洞兵工厂是八路军在抗日根据地创建最早、规模最大的兵工基地，当时年产的武器弹药可装备 16 个团，为赢得抗日战争的胜利和全中国的解放，建立了不朽的功勋。

（一）

黄崖洞兵工厂的前身是 1938 年 9 月由 115 师和 129 师的修械所合并而成的总部修配所，原址在榆社县韩庄村。当初，只能修理损坏的刀枪，兼造地雷、手榴弹，设备简陋程度还不如"王二麻子"的剪刀铺。1938 年 11 月，党的六届六中全会决定"把提高军事技术，建立必要的军火工厂，准备反击实力"作为"全中华民族的当前紧急任务"之一。次年 5 月，八路军总部根据中国共产党第六届六中全会关于"建立必要的军火工厂"的决定，成立军工部，决心发展太行区的军事工业。

1939 年，曾留学莫斯科的左权将军，凭着职业军人的敏锐和实地勘察，发现黎城的黄崖山悬崖林立、沟壑纵横，易守而难攻，笃定其为"理想的兵工厂厂址"。其山上有个可容百人的天然大石洞，故名黄崖洞。

7 月，韩庄修配所遵照朱德总司令和左权副总参谋长的指示，为摆脱"背着工厂打游击"的局面，迁进黄崖洞，居山创业，建成拥有 700 名工人、机器设备 40 部的兵工厂，年产可装备 16 个团，被朱德、彭德怀誉为八路军的"掌上明珠"。

如今，我们沿着修好的石板路步入其中，仍能感受到行进之艰难。随行的八路军文化研究会研究员杨尚军说："因为景区建设，道路已被抬高、改建，通行状况已改善很多了。"而八路军就是在非常艰难的条件下，建成了黄崖洞兵工厂。

杨尚军介绍，当时这里多是道路险阻之地，要靠人力肩挑背扛、靠毛驴运送生产设备和生产原料。一些大的设备不易搬运，只能拆成数块，一人扛一部分运进去。当时的锅炉就是分成 11 片，一片一片地搬到黄崖洞，再铆起来重新组装，其艰辛程度难以想象。

（二）

"黄崖洞下有黄崖，桃花寨上无桃花。英雄魂魄千古在，战鼓催开胜利花……"这样一首山歌依然在黎城黄崖洞周边传唱。

60 多年前，就在黄崖山的断崖深谷间，曾经发生过闻名中外的攻坚防御战——黄崖洞保卫战。1941 年 11 月，驻潞安地区日军第 36 师团主力山地、葛木两个联队等共 5000 余人，装备精良，以 4 倍于守备力量——八路军特务团的兵力，杀气腾腾，向黄崖山奔袭而来。

曾经参加过黄崖洞保卫战的老战士郝维烈说："当时，我军占据有利地形，构筑了坚固的工事，地雷战、肉搏战先后打退敌人 10 多次冲击。"郝维烈回忆说："当时，我在太行八路军总部特务团二营当卫生员，驻在黄崖洞。彭德怀是总部副总司令，左权将军等首长亲自勘察地形，审定作战预案，并在作战前动员，极大地鼓舞士气。"

日军兵分多路向兵工厂进发，其主力向我中心工事的阵地猛扑过来，坚守工事的王振喜班长带领 11 名战士，从三面扔出手榴弹、滚雷，让进攻的日军尸横遍地，毙敌 70 余人。遭受重创的日军用火力掩护几个火焰器射手抵近中心工事，狂喷火焰，王振喜等 12 名战士猝不及防，全部壮烈牺牲。战后，他们被追认为"黄崖洞保卫战十二勇士"。

整个黄崖洞保卫战，历时八天八夜，总部特务团以不足一个团的 1500 人兵力，抗击了 5000 多装备精良的日军的疯狂进攻，取得了歼敌 1000 余人，其中毙敌 850 人的战果；而我军只伤亡 166 人，以 6∶1 的战绩，开创了敌我伤亡对比空前未有之纪录。同时，保卫战过程中，按照预定方案掩埋了机器、转移了人员，粉碎了华北日军妄图摧毁我军工生产的阴谋，书写了八路军抗击日本侵略者的光荣战史。

"黄崖洞保卫战，我们打出了八路军'小米加步枪'的威风，特务团受到表彰，延安《解放日报》以《黄崖洞大捷》为题报道了这则消息。"郝维烈老人颇为自豪地讲述着。

（三）

走入兵工厂生产场地，诸多的遗迹依然留存，生产研制的各种武器一一陈列。就是在那样一个艰难的岁月里，黄崖洞兵工厂人靠着顽强的毅力、锲而不舍的精神，创造了一个又一个军工奇迹。

当时，兵工厂的车工甄荣典，从当学徒时候起，一直干车炮弹外圆的工作，别的工人大多因体力扛不住，三两个月就要调换工作；而他一直在水力轮带旁坚守了五年，最终达到了一天480发五〇炮弹外圆的纪录。他先后获得"炮弹大王"、晋冀鲁豫边区"新劳动者旗手"等多项光荣称号，并被评为"一等劳动英雄"。

在从兵工厂去往黄崖洞军火仓库的路上，杨尚军讲到了另一个人：一个生活在山里的普通村民——彭清理，他曾经帮助过八路军掩埋过机器，日军闯入后，用刺刀将他全家人押到了一座山崖上，逼他说出兵工厂机器的埋藏地点。彭清理没有屈服，全家人先后被敌人用刺刀挑下悬崖。最后一个被敌人推下山崖的他，侥幸被一棵树托住而得以活命，但他从不后悔自己的选择。

在回来路边的悬崖上，记者看到这样的文字：魂归黄崖洞，太行兵工老战士沈丁祥、李林夫妇之墓。沈丁祥曾担任兵工厂下辖的子弹厂厂长多年，战争胜利后居住在北京，并在生前立下遗愿：把骨灰撒到太行山黄崖洞，这个让他魂牵梦绕的地方。最终，沈丁祥与老伴实现了自己魂归黄崖洞的遗愿。

如今的黄崖洞，不仅是著名的革命圣地，也成为美丽的旅游景区。一路走来，满眼是逶迤起伏的美景，每一处险境背后更藏有惊天地、泣鬼神的英雄篇章。

（原载于《人民日报》2015年5月20日第8版，作者：倪光辉 刘鑫焱）

海阳： 遥想当年地雷战

"海阳'铁西瓜'，威名震天下，炸得鬼子哇哇叫，炸得伪军上西天……"

1962年，一部电影《地雷战》在全国引起轰动，与《地道战》《南征北战》并称"三战"，成为几代人的记忆，也使海阳人民的英雄事迹闻名全国。神奇的地雷战威力无穷，在抗战中发挥了巨大作用。海阳民兵用地雷战与日伪顽强战斗，不仅活跃在海阳县境内，还奉命组成远征爆炸队，多次配合八路军作战,并为当地民兵培训爆炸手。

当年的地雷战场如今什么样?当年的英雄还有健在的吗?前不久,记者来到山东省烟台海阳市行村镇——海阳地雷战的主战场,再次感受了那段荡气回肠、气壮山河的历史。

(一)

"这座山是我们村的制高点,鬼子一从行村据点出来,站在山上就能看见。"得知记者来意,村民赵炳绪引领我们来到村东面一座被称为"信号山"的山丘。

赵疃村,就是影片中的赵家庄。站在山顶,附近几个村子尽收眼底,一座高大的纪念碑吸引了记者的目光。1995年,为纪念抗日战争胜利50周年,山东省和济南军区在地雷战旧址赵疃村举行民兵地雷战实战演习,生动再现了地雷战激烈场面,时任中央军委委员、国防部长迟浩田上将为地雷战纪念碑亲题"地雷战精神永存"碑文。在纪念碑周围,安葬着赵守福、赵同伦、于凤鸣等当年的15名民兵英雄。墓碑前,有人敬献的花圈静静地陪伴着英雄。

68岁的赵炳绪,与爆炸大王赵守福同宗族,是退休教师,当年一有机会就给学生们讲抗战故事。1944年下半年,日本鬼子处处挨炸,龟缩在据点里不敢轻易出动。一天夜里,赵守福全身抹上黑泥,背上三颗地雷,在日伪军必走的西门、南门、北门分别埋下一颗地雷。第二天一早,日伪军一开门,三颗地雷几乎同时爆炸,十几个敌人上了西天……一时间,赵守福的威名传遍四里八乡,令鬼子胆寒。赵守福就是《地雷战》主角赵虎的原型。

为什么赵疃村成为了地雷战的主战场?这与赵疃村的地理位置密切相关。"日寇1940年占领了海阳,驻扎在战略要地行村,还有一部分日本兵驻扎在八公里外的孙家夼,每天都有一小队到行村去拿吃的喝的。俺们村就在行村和孙家夼中间,打起地雷战来有得天独厚的条件。"赵炳绪说。

海阳地处胶东半岛南部,地形复杂,多山石丘陵,为地雷战的开展创造了有利的自然条件。1943年,海阳县武委会介绍平度、大泽山区民兵埋雷经验,并发给各区数颗地雷。当年5月,第一颗地雷爆炸成功,炸敌5名,从此拉开了海阳地雷战的序幕。当时抗日根据地军工生产薄弱，所造地雷不能满足战斗需要。赵疃村的民兵在党组织的带领下，开动脑筋，发明了一种石雷，杀伤力不低于铁雷。一时间，全村群众轰轰烈烈地开展了造石雷碾炸药活动。《地雷战》中赵家庄全民动员打造石雷的场面，也是当时赵疃村的真实写照。由于战功赫赫，赵疃村被山东军区授予"特等模范爆炸村"称号。

（二）

沿着海阳市行村镇驻地西行 5 里地，一块刻着"西小滩"字样的厚重村碑出现在眼前。这儿，是离当年日伪军据点行村最近的村落。

"当年我们 40 多个民兵，现在没几个了。"一位叫孙纯秀的老人说。孙纯秀出生于 1926 年。对于那段激昂的民兵往事，作为当时民兵战士的他记忆犹新。小滩村地处海莱交界，三面平原，南与黄海相望，距行村日伪据点 5 华里，位于青岛至行村（电影中的黄村）交通要道，是日寇下乡扫荡、抢粮的必经之路。民兵掌握了鬼子的活动规律后，利用熟悉的地形在村里村外大摆地雷阵。自 1943 年 5 月至 6 月 17 日，全村民兵利用地雷和自制的水雷多次炸敌和破坏敌人交通，共炸死炸伤日伪军 70 余名。

"大家都在学习制造地雷，但当时我是信号兵。"孙纯秀老人激动地说。敌人进驻海阳行村后，民兵成立了爆炸组和通讯瞭望组。在村外三处制高点设置了信号瞭望岗，一旦发现行村的鬼子出动，三处瞭望岗就递次传讯报警，通知民兵爆炸组开始埋设地雷，其他民兵开始转移群众，掩埋粮食，准备迎击敌人。"鬼子从西往东走，我就把信号树向东放倒！"

"那段岁月，您还有啥特别的记忆？"记者问。"铁西瓜，遍地按，插入草人看瓜田；逗得敌人来瓜地，一动草人翻了脸。"已经 90 高龄的孙纯秀激昂地唱起了当时流传的爆炸小调。

随着抗日战争的深入和地雷战的成功与普及，海阳地雷的花样不断推陈出新，地雷战的战术也由战术防御改为主动进攻。"民兵们根据地形发明了很多品种，有连环雷，专门打敌人的中队，从头响到尾；有水雷，鬼子们在陆地上被炸怕了，改走水路，民兵就把葫芦割开放进地雷，再用蜡密封，放在河道里；还有滚石雷，把地雷藏在乱石堆里，敌人在上面休息的时候，连雷带石头，把鬼子打得不轻……"说起地雷，老人如数家珍。

（三）

在"信号山"西北方几十里外的城区中心地段，海阳市委、市政府建起了一座气势恢宏的"海阳市地雷战纪念馆"。推开纪念馆大门，一幅幅泛黄的老照片、一首首慷慨的爱国诗、一件件遗留的杀敌利器，打开了这段尘封的历史记忆，当年的激战仿佛历历在目。2005 年，这里被中宣部列为"全国爱国主义教育示范基地"。

"八年抗战，海阳人民共配合主力或独立作战数千次，歼敌 1000 余人，缴获武器 600 余件，涌现出 9 个抗日模范村、600 多名县级以上民兵英雄，其中赵守福、于化虎、孙玉敏获全国民兵英雄称号。"海阳市武装部部长李冰介绍说。

当时的地雷战，轰动海阳，闻名全国。"这是海阳人民的伟大创举，是中华民族不畏强敌、团结抗战的光辉旗帜。"海阳市武装部政委徐继承告诉记者，去年 8 月，海阳市最后一名全国民兵英雄孙玉敏去世。英雄们一个个老去、离开，但是关于地雷战的传唱从来没有停止过。

如今，地雷战纪念馆被列为山东省重点红色旅游线路，每年接待游客十几万人次，成为全国重要的爱国主义教育基地；以地雷战为主题拍摄的两部电视连续剧和新创编的现代京剧、传统吕剧掀起一轮又一轮热潮；依托电影《地雷战》拍摄地建设的地雷战休闲景区独创实景演出，成为红色文化教育的重要实践基地。

（原载于《人民日报》2015 年 7 月 14 日第 9 版，作者：倪光辉）

金一南： 通过民族集体觉醒获得自尊

今年 7 月 7 日，是中国全民族抗战爆发 78 周年纪念日。自 1931 年九一八事变，中国成为抵抗法西斯侵略的先行者，并以巨大的民族牺牲坚持抗战直到最后胜利。中华民族也在抗日战争中实现整体觉醒。

中国抗日战争对世界反法西斯战争的贡献在哪里？抗日战争胜利最重要、最关键的因素是什么？近日，记者采访了著名军事专家、国防大学战略研究所所长金一南教授。

中国抗日战争是世界反法西斯战争中的重要支柱

记者：七七事变在中国抗战中是怎样的节点？中国抗日战场对世界反法西斯战争的进程具有什么样的影响？

金一南：自 1931 年打响抗击日本法西斯侵略第一枪起，积贫积弱的中国始终没有停止过抗击法西斯侵略的战斗。至 1937 年 7 月，中国军民在绥靖主义盛行、法西斯侵略日益猖獗的恶劣国际环境中，在东北、淞沪、热河、长城、察哈尔、绥远等地与日军作战，坚持局部抗战近 6 年时间。1937 年 7 月 7 日卢沟桥事变爆发后，面对日本法西斯的全面侵华，中国 4 万万人民齐奋起，投身于持续 8 年的全面抗战，在世界东方开辟了第一个规模巨大的反法西斯战场。在其后的 8 年里，无论国际形势如何跌宕起伏，中国抗日旗帜始终屹立不倒，成为世界反法西斯战争中开辟最早、发挥作用时间最长的战场。

1937 年 7 月中国反法西斯战场形成伊始，就立即显示出其巨大价值。面对中国军民的全面抗战，日本不得不倾其全部力量。仅前 8 个月，日本所花战费就高达 74 亿日元，是其进行甲午、日俄和第一次世界大战三次对外战争战费总和的 2.5 倍，这是侵略者最初未曾想到的。鉴于巨大的人力、物力和财力消耗远远超出预计，日本不得不放弃速战速决企图，陷入其力求避免的长期战争中。

按照日本的战略构想，是要通过短期战争迅速迫使中国臣服，再依靠"日满华同盟"实现其北进和南进的大扩张。但是，中国战场的长期抵抗打破了日本的如意算盘，中国不仅没有变成日本进一步扩张的基础，反而成为日本称霸亚洲战略的沉重包袱和难以逾越的拦路虎。

由于中国战场对日本的强力制约，西方国家避免了两线作战的噩运。对于中国战场大大减杀日本南进能量的积极作用，美国罗斯福总统在 1942 年春太平洋战争爆发不久，就予以高度评价："假如没有中国，假如中国被打垮了，你想一想有多少师团的日本兵可以因此调到其他方面来作战？"

中国抗日战场在关键时刻显示出重大价值，是世界反法西斯战争的东方主战场，对世界反法西斯战争的发展产生了持久而深刻的影响。

中华民族的觉醒，是抗日战争胜利最重要的因素

记者：的确如此，中国是唯一一个全程参与反法西斯战争的国家。尽管长时间的孤军奋战和 14 年的全程参与，使中国蒙受了远甚于其他国家的惨重牺牲，但是，我们最终胜利了。您认为，其中最重要最关键的因素是什么？

金一南：国内各种力量的团结一致、武装力量的英勇奋战、反法西斯联盟的有力支援等等，都是重要原因。但其中最重要、最关键的，是中华民族在抗日战争中的整体觉醒。

也许今天，我们已经很难体会当年抗日战争胜利所带来的强烈震撼、巨大欢欣与无比喜悦了。100 多年来，在反抗东西方列强的侵略中，中国人民第一次取得这样的胜利。

一部中国近代史，耻辱连着耻辱，灾难连着灾难。以至 1931 年 9 月 18 日，日本关东军 1.9 万兵力，就敢对 19 万东北军发动军事政变，两天占领沈阳，1 个星期占领辽宁，3 个月占领东三省。1937 年 7 月 7 日，日本华北驻屯军又以不到 8000 的兵力，对拥兵 10 万的国民革命军第 29 军发动卢沟桥事变，1 个月使华北沦陷。当时日本统治集团认为中国已经不堪一击，以 6 个师团 3 个月之内可以征服中国。侵略者的骄横狂妄，与旧中国的积贫积弱，形成极其鲜明的对照。中华民族的命运再次跌入历史的谷底。

一次又一次的耻辱与灾难，使我们这个民族最终觉醒。从1861年的洋务运动到1898年的戊戌维新，是中国士大夫阶层的觉醒。从1911年的辛亥革命到1919年五四运动，是中国知识分子阶层的觉醒。从1931年九一八事变到1937年七七事变，则发展为中华民族的整体觉醒。而最后的这种觉醒最为深刻，也最为彻底。

一盘散沙的中华民族，在这场或者胜利或者灭亡的殊死搏斗中，凤凰涅槃般地觉醒、再生。这种觉醒与再生鲜明地表现在：日本帝国主义面对的不再是一个软弱犹豫的国民政府，而是整个中华民族。所以，抗日战争的胜利是中华民族总体的胜利，共同的胜利。真正挽救中国人的，是觉醒的中国人自身。

正是这场深重的战争灾难真正唤醒了中华民族，也正是这种全新的民族精神状态，使不可一世的日本侵略者最终陷入了人民战争的汪洋大海。我们第一次通过民族的集体觉醒获得民族的集体自尊。如同毛泽东在《论反对日本帝国主义的策略》一文中所说："我们中华民族有同自己的敌人血战到底的气概，有在自力更生的基础上光复旧物的决心，有自立于世界民族之林的能力。"

对抗日战争的纪念是弘扬中华民族的精神

记者：在您看来，抗日战争这段历史对于我们这个民族，对于今天的我们还具有怎样的意义和价值呢？

金一南：有人说中华民族的历史包袱太重、悲情意识太浓，应该放下包袱，轻装前进。有人说岁月能抚平一切，包括苦难，包括伤痕。那我们还能不能保持曾经获得的觉醒和自尊？中华民族的觉醒和集体的自尊是从抗日战争中获得的，我们千万不要因为淡忘过去而把这种觉醒和自尊丢掉了。

抗日战争的烽火硝烟虽然早已散去，但中国人民在这场战争中焕发出来的伟大民族精神，仍然是激励中华儿女奋勇前进的强大精神力量。中华民族的真正觉醒，是我们取得抗日战争胜利最重要、最关键的因素。对一个民族来说，灾难中获得的力量，是支撑民族思想大厦的栋梁。一个自强的民族，必然千方百计呵护自己的精神财富。

今年，我们隆重纪念抗战胜利 70 周年。中华民族对抗战胜利的隆重纪念，就是对先烈的崇敬，对苦难的追思，对未来的警醒。这是全体中国人民共同分享作为中国人尊严的时刻，这是海内外中华儿女共同分享胜利者荣光的时刻！在中华民族伟大复兴的历史进程中，寻找我们的精神流向，开拓我们的精神家园，才能养育并坚守中华民族的团结统一、爱好和平、勤劳勇敢、自强不息的伟大民族精神。

习近平主席在出席中日友好交流大会讲话强调指出，侵略罪行不容掩盖，历史真相不容歪曲。我们纪念抗日战争胜利 70 周年，就是要勿忘国耻，不忘中华民族所受的深重灾难，不忘中华儿女为争取民族独立浴血奋战，用鲜血和生命换来的抗日战争的胜利。就是要牢记历史，切实维护抗日战争的胜利成果，坚决反对歪曲历史真相、掩盖侵略罪行的行为，维护世界和平。

（原载于《人民日报》2015 年 7 月 7 日第 9 版，作者：倪光辉）

长征记忆·寻访红军部队

长征是一幅中国革命的壮丽画卷，是一部人类精神的不朽诗篇。今年是中国工农红军长征胜利 80 周年。长征路上的山山水水，见证着生死攸关的转折，也留下了突破乌江、四渡赤水、巧渡金沙江、飞夺泸定桥等传唱后世的故事。故事的背后，生动诠释了伟大的长征精神，堪称世界军事史的奇迹。

八十载斗转星移，八十年波澜壮阔。当年的红军部队如今身在何方？红色基因怎么赓续，长征精神如何传承？在"听党指挥、能打胜仗、作风优良"强军目标的引领下，如今的红军部队在进行着怎样不忘初心的"新长征"？本报今起开设"长征记忆·寻访红军部队"专栏，走进那些著名战役的战场，重温那段奇绝惊险的历史，寻访红军种子部队走过的足迹，开启不一样的长征记忆。

寻访从长征中走来的"突破乌江第一连"和"突破乌江模范连"两支红军种子部队——

书写伟大转折　再续时代篇章

壁立千仞，江声浩荡。眼前的乌江，便是80多年前见证红军长征生死转折的战场。

"纵横天下路，难过乌江渡。"乌江以滩多、谷深、流急著称，全长千余公里，自西南向东北斜穿黔地，形成贵州南北天然屏障。

1935年1月1日，伴随着新年的第一场雪，红军用一场漂亮的战斗，在这天险之地书写了一个"伟大的转折"。

第五次反"围剿"失败后，红军实行战略大转移，开始了艰苦卓绝的长征。出发时中央主力红军8万多人，抢渡湘江伤亡惨重，锐减为3万余人。在红军喋血湘江、生死存亡之际，毛泽东力谏中央，挽狂澜于既倒，红军急奔黔北，强渡乌江，向遵义挺进。

突破乌江，是红军面临的生死之战、传奇之战，也被誉为长征十大胜战之首。突破乌江，粉碎了国民党凭借乌江天险围堵红军的企图，也宣告了李德等"左倾"错误路线的终结。

这是一场怎样奇绝的战斗？战场是怎样的地方？当年的红军部队现在转隶何方？他们如何续写新时期改革强军的新篇章？采访小分队奔赴现场寻求答案。

（一）

"一次二次三次，我们三班人顽强抵抗，终于稳住了敌人的反冲锋，最后以5个连续炸弹，完全击溃敌人，夺取了敌人视为天险的高崖……"2016年8月底，在遵义会议纪念馆内，记者看到来参观的小朋友熊艺新，拉着父亲的手，正一字一句地读着1935年《红星报》上的一篇新闻稿。

这是1935年1月15日，由邓小平主编的《红星报》以《伟大的开始——

一九三五年第一个战斗》为题，对突破乌江进行的精彩描述。从这段文字中，我们清晰感受到，当年红军在突破乌江天险之后洋溢的喜悦和兴奋之情。

遵义会议是党的历史上一个生死攸关的转折点，而突破乌江就发生在转折点的前夜，这场战斗给红军带来了新生。

1934年10月，红军开始长征，蒋介石调集数十万大军围追堵截。湘江之战红军人数锐减，毛泽东向中央政治局提议，放弃北上湘西的错误主张，改向敌人力量薄弱的贵州进发。1934年12月底，根据毛泽东的建议，原准备与红军二、六军团会师的中央红军在通道县来了个急转弯，奔向贵州，随即兵分三路突破乌江天险。1935年1月1日至6日，中央主力红军分别在江界河、回龙场、茶山关三个渡口强渡乌江，随即以迅雷不及掩耳之势智取遵义城。

当年枪林弹雨的痕迹，依稀尚存。据记载，在三个渡口担负强渡任务的部队，是长征以来一路夺关抢隘的开路先锋——红一军团第一师第一团、第二师第四团和红三军团第四师第十团。

家住瓮安县南关镇边坡村的林松老人，已年届70。他告诉记者，父亲林木森就是乌江战役的参与者和见证者，当时父亲不到15岁。他说，乌江最先突破的，也是最著名的，当数江界河渡口的战斗。我们即刻驱车前往江界河渡口。

（二）

江界河渡口位于黔南州瓮安县龙塘乡。这里是典型的山区，通往渡口的公路九曲十八弯。抵达江界河渡口时，记者已是头晕目眩。

这就是当年红军突破乌江天险的渡口吗？300米宽的江面，碧水微澜，平湖高峡，已难觅湍急的水流。对岸江湾处，一些渔民正在网箱养鱼。渡口边，写有"长征号"字样的渡轮一字排开。

62岁的犹家驹是生在乌江、长在乌江的摆渡人，他对这里的变化了如指掌。他告诉记者，这里先后建设了多座百万千瓦级水电站，已将乌江水位抬高160米，当年的渡口、碉堡战壕，都已在水下了，当时的江面只有几十米宽。

犹家驹的三伯犹泽红，当年曾帮红军摆渡，"他已去世30多年，我小时候，经常听他讲长征的故事。如今，每年有不少游客来寻访红军长征的足迹。为了这个，我专门收集突破乌江的故事。"犹家驹说，"红一军团第二师第四团是渡江的主攻力量。1935 年 1 月 1 日，团长耿飚、政委杨成武亲自到江边组织侦察，认定对岸渡口有敌重兵并修有坚固工事，渡口上游约 500 米处老虎洞敌军防御力量薄弱。于是提出佯攻对岸渡口、主攻老虎洞的作战计划。以四团三连连长毛振华为首的 5 名战士发挥了关键作用。"

得知我们要寻找老虎洞，29 岁的王富坤自愿开船为我们当起向导。他说，小时候经常在乌江两岸砍柴，依稀记得上老虎洞的路。

渡船穿行在乌江，虽然江面平静，但暗流汹涌。从渡口航行 15 分钟，王富坤告诉我们："老虎洞就在那里。"顺着他手指的方向，我们看到崖壁上灌木密布，洞口隐约其间。在王富坤带领下，我们钻入灌木丛，披荆攀援，100多米的路程，爬行了半个多小时。洞口处，一群蝙蝠扑面飞来。站在这里，我们仿佛听到当年的枪炮雷鸣。

1935 年 1 月 2 日夜，毛连长和 4 名勇士在老虎洞里度过一夜。第二天，大部队强渡，5 名战士摸到敌人背后，发起突袭，敌人顿时乱作一团。红军乘势抢架浮桥，大部队冲了过去，江界河渡口强渡成功。"这是一场奇绝的战斗，红军只牺牲了 3 个人。"犹家驹说。

江界河渡口的战斗动摇了整个守隘的敌军，第一军团第一师、第三军团第四师随后在余庆回龙场渡口、开阳茶山关渡口强渡成功。至此，敌军江防被红军全线突破，乌江天险被红军踩在脚下。

突破乌江成功，毛振华获得毛泽东主席颁发的红星奖章。

在渡口，记者见到几名游客，他们感慨说："只有身临其境，才知胜利来之不易，更能体会长征精神。"

（三）

"军队打胜仗，人民是靠山。"当我们沿着乌江沿岸，踏访当年红军走过的土地，再次深切领悟到这一真理。

突破乌江之前，敌军损毁了江边所有渡船，扫荡了河岸村落房屋，连一支木桨、一块像样的木板也没留下。

"面对敌人重重封锁，红军能以较小代价突破乌江，离不开群众的拥护和支持。"与我们同行的武警黔南州支队政治处主任乐建华说，"当时红军刚来到时，不少群众藏了起来。后来发现红军纪律严明，还打土豪分财物，便坚信红军是穷人的部队，都悄悄回来帮忙。当时，方圆几十里的老百姓砍竹子、扎竹筏、搭浮桥，想尽办法帮红军渡江。"

为红军渡江当向导、给红军部队当挑夫……这样的故事，真实地发生在当时。今年80岁的向文贤老人告诉记者，"首批从茶山关渡口强渡成功的8位勇士，就是由父亲周海云亲自划船的。战斗结束后，红军还专门送给父亲一辆马车。"目前这辆见证军民鱼水情的马车，就放在遵义博物馆里。

突破乌江的决定，是在猴场会议上作出的。猴场会议被周恩来称为"伟大转折的前夜"，为遵义会议的召开在思想上、政治上、军事上做了直接的准备，成为连接通道会议、黎平会议与遵义会议的重要纽带，改写了党和红军的前途命运。

在猴场会议期间，红军一面休整，一面大力开展宣传。"每天发动群众，宣传共产党和红军的政治主张。红军宣传队在墙壁和门板上写了大量标语，号召行动起来，参加红军。"向文贤说。

猴场会议纪念馆内，门板标语依然清晰可见："欢迎白军弟兄来当红军，红军是工农的军队，白军是军阀的军队""打倒国民党军阀，打倒土豪分田地"……

为什么说"长征是宣言书，长征是宣传队，长征是播种机"？红军怎样做到一边战略转移、一边贯彻党的群众路线，从这些门板标语上便可见一斑。

（四）

岁月更迭，部队轮转。当年的英雄连队今安在？记者一路北上，寻访突破乌江的种子部队。

在河南新乡的陆军第五十四集团军军史馆，记者见到了授予叶挺独立团红一连"强渡乌江模范连"的锦旗。

毛振华连长等5勇士的故事，就发生在红一连。成功强渡乌江后，该连被授予模范连称号。80多年来，一茬茬官兵将红色基因融入血液、植入骨髓，连队官兵人人能口述强渡乌江的故事。在该连，官兵身上始终带着一股"虎劲"：比武考核，不拿第一就算输；军事训练，瞄着"优秀"练。该连多次被评为"军事训练一级连"。

在吉林拉法山下，成片的苞米随风摇摆。陆军第十六集团军某机步旅就驻守在这里。来到部队时，该旅三营七连正在进行单兵作战训练，全连官兵精度射击科目的优秀率达90%以上。

"七连就是突破乌江的一支种子部队——红三军团先遣团五连。"七连老指导员田卫东告诉记者。20世纪60年代，刚入伍的田卫东就注意搜集连史。

1935年1月2日，红三军团先遣团五连作为先头部队，奇袭乌江茶山关渡口，率先突破敌人封锁线，第一个冲过乌江对岸，为掩护部队主力顺利过江作出突出贡献，被授予"突破乌江第一连"称号。在原沈阳军区的档案中，记者看到了这份记载。

陆军第十六集团军政委卢少平向记者介绍，经过80多年的积淀，部队形成了以"攻坚克难、英勇无畏，闻战则喜、力夺头功，机智善谋、敢打必胜，追求卓越、开拓创新"为主要内涵的"突破乌江精神"。特别是党的十八大以来，他们瞄准打赢来练兵备战，凭着"突破乌江精神"，在演训场上一次次攻城拔寨。连队先后经历从摩托化步兵到机械化步兵、从红军先进到蓝军先锋、从执行单一任务到遂行多样化任务3次编制调整。虽然装备"大换血"，任务"大变样"，七连一代代官兵始终勇立潮头，勤于创新，实现了一次次华丽转身。

穿过烽火硝烟，跨越岁月长河，"突破乌江精神"仍在种子部队赓续。

（原载于《人民日报》2016年10月8日第1版，作者：温红彦　倪光辉）

弘扬敢打善战的精神传统，凝聚创新发展的时代力量，"叶挺独立团"正踏上改革强军新征程——

腊子口，红色火种已燎原

腊子口系藏语音译，意为"险绝的山道峡口"，位于甘肃省甘南藏族自治州迭部县境内，是四川北部通往甘南的必经之路。著名的腊子口战役于1935年9月16日下午在这里打响。这一仗，打开了红军北上的唯一通道。

为了探寻那段惊心动魄的往事，近日记者来到了迭部县腊子口战役遗址。悬崖峭壁依旧，似被一把巨斧劈开。腊子河穿山而过，一条通往迭部县城的宽阔大道顺河延展。腊子口战役纪念馆工作人员毛欢欢说，当年隘口只有8米宽，中间是水深流急的腊子河，两山之间横架着一座木桥。桥东头的山腰上筑有好几个碉堡，重火力居高临下，控制着隘口，"一夫当关，万夫莫开"。

遗址附近，一座纪念碑巍然挺立。杨成武将军亲笔题写的"腊子口战役"镌刻其上：碑体长2.5米，象征着二万五千里长征；宽2米，象征第二次国内革命；高9.16米，象征攻破天险腊子口的时间是9月16日。

天空飘着小雨，10月中旬的甘南已是秋意浓浓，岷山层林尽染，抬眼望去，纪念碑肃穆庄严，震撼人心。当年战役敢打善战的精神传统，在这里已经凝聚成创新发展的时代力量。

腊子口出奇制胜，中央红军全盘走活

腊子口战役遗址往北大约3公里，就是腊子口战役纪念馆，坐落在腊子口乡朱立沟村。纪念馆大厅正中间是毛泽东、周恩来、朱德等9位红军领导人的雕塑，不同的站姿、动作、表情，把当年运筹帷幄、决胜千里的领袖气度刻画得淋漓尽致。

走进纪念馆，驻足观望着一幅幅照片、一件件红军用过的物品，聆听着解说员声情并茂的讲述，当年中央红军攻打天险腊子口的烽火岁月仿佛就在眼前。

1935 年 9 月 13 日，冒着雨雪交加的严寒，中央红军从俄界出发，继续北上，向甘南腊子口逼近。

为了围堵红军，国民党陆军新编第十四师在此设防，从山口往里，直到岷县，纵深配置重兵。

党中央决定以第一军第二师第四团迅速夺取腊子口。第四团团长王开湘、政委杨成武受命后，领兵向腊子口疾进。16 日下午 4 时，开始向腊子口守敌发起进攻。由于敌人火力凶猛，加之我方地形不利，几次冲锋均未成功。

经过研究部署，决定采用正面攻击和侧翼袭击相结合的作战方案：由王开湘率领两个连迂回渡过腊子河，攀登悬崖峭壁袭击东面山顶上的国民党军；正面强攻任务由第二营担任，第六连为主攻连，由团政委杨成武指挥。

迂回袭击，最关键的问题是如何爬上壁立千仞的悬崖。一名 16 岁的苗族战士毛遂自荐，用一根带铁钩的长杆子从绝壁攀上崖顶、放下绳索，使迂回部队顺着绳索爬上悬崖，犹如神兵天降。霎时间，红军的冲锋号、重机枪和呐喊声从四面八方传来，响彻山谷。17 日清晨，红军突破了国民党军精心布置的防线，胜利夺取腊子口。

战斗胜利了，但这名战士却献出了宝贵的生命。没有人知道他确切的名字，只知道他跟随红军走过了云、贵、川，连史上从此留下了"云贵川"这个名字。

聂荣臻元帅后来在回忆文章中说："腊子口一战，北上的通道打开了。如果腊子口打不开，我军往南不好回，往北又出不去，无论军事上政治上，都会处于进退失据的境地。现在好了，腊子口一打开，全盘棋都走活了。"

俄界会议定方针，分裂主义得到批判

明确长征继续北上方针，夺取腊子口关隘，打通中央红军北上通道，与俄界会议息息相关。俄界会议遗址位于迭部县达拉乡境内的高吉村，因长征经过迭部时在此召开过中央政治局扩大会议而得名。由于当时翻译上的误差，将"高吉"音译成"俄界"，故沿用至今。

党中央和中央红军到达俄界时形势极为严峻。外有国民党大军围追堵截，阻止红军北上；内有张国焘强令红四方面军掉头南下，与中央红军南辕北辙。为揭露和批判张国焘的分裂主义，确定红军继续北上的正确道路，进一步统一全党全军思想，1935 年 9 月 12 日，党中央在达拉乡高吉村召开了政治局扩大会议——俄界会议。会上，毛泽东作了关于同红四方面军领导人张国焘的争论与目前行动的报告，通过了《中央关于张国焘同志的错误的决定》。

俄界会议后，1935 年 9 月 14 日，中央红军陆续到达迭部县旺藏乡。为了恢复体力和收容掉队人员，红军除一军团二师四团奉命攻取腊子口外，其余部队在旺藏休整一天。

记者来到白龙江畔的旺藏乡次日那村，穿过一条小路，一间普通的民房外立着牌子："次日那毛泽东故居"。走进毛主席故居的院子，接待我们的是这间民房的主人桑杰，他指着一间稍显破败的二层木楼说："当年毛主席就住在这栋房子的二楼，警卫员住在一楼。1935 年 9 月 14 日，红军和毛主席从俄界来到次日那村，人困马乏、缺衣少粮，我爷爷和当地藏民热情接待了他们。"

毛欢欢介绍，1978 年肖华将军来到次日那村，亲自指认这间二层木楼为毛主席当年所住的地方。当地政府将它原汁原味地保存了下来，桑杰成为这里的义务守护人，负责接待游客和旧居的日常维护。30 多年来，桑杰一直守护着这栋毛主席曾经住过的小楼。

"这是一种信仰和情怀，我有责任把这间毛主席旧居完整地保护下来，并向来往的游客讲解红军在次日那村发生的故事，把长征精神一直传承下去。" 53 岁的桑杰，小外孙今年 4 岁，活泼好动、天真可爱。当年的硝烟散尽，如今这里的村民生活条件变好了，安居乐业、家庭幸福。

红色基因永流传，创新发展再续新篇

腊子口战役的胜利，显示了红军智勇双全，不怕苦、不怕死的硬骨头精神。如今腊子河岸边的石壁上，当年子弹留下的痕迹还清晰可见。岁月更迭、部队轮转，当年攻打腊子口的红军部队如今身在何方？红色基因如何在一代代官兵中传承赓续？

秋风劲吹，位于中原大地的陆军 54 集团军"叶挺独立团"正在集训。该团的前身，就是 1935 年 9 月攻打腊子口的第一军第二师第四团。

夺取腊子口战役胜利后的八十一载峥嵘岁月里，该团革故鼎新、荣誉满身。从抗日战争的平型关大捷、解放战争中的四平保卫战，到新中国成立后解放海南岛、边境自卫反击战，该团一直以敢打硬仗、善打恶仗、能打胜仗著称；无论是奔赴 1998 年长江抗洪抢险前线、2008 年汶川地震灾区，还是参加"和平使命—2005"中俄联合军事演习、新中国成立 60 周年国庆首都阅兵，该团始终能够不忘初心，牢记红军传统、发扬红军精神。

该团五连便是当年腊子口战役主攻连的四团六连，被誉为"奇袭腊子口红五连"。几十年的南北转战，连队创造了一个又一个奇迹，培养和造就了一代代的英雄战士。

在红五连荣誉室，记者发现，聚光灯照射下的"文物"竟是一个破旧的灰色木牌子。每年新战士下连、新排长报到、新干部履职，连队党支部都会安排参观荣誉室，展示那块泥渍斑斑、刻有"由此向前" 4 个字的木制路标。

据介绍，1935 年 8 月，连队作为尖刀连担负"草地开路"任务。从毛儿盖到班佑，茫茫草地数百公里，草丛下暗流纵横，烂泥污黑发臭，行走其间险象环生。怎么当好这个向导？大家开动脑筋，想出了妙招——他们连夜赶制"路标"，写上"由此前进"，再画上箭头，逢岔路口、险要处就插上一个，让大部队沿着标识方向顺利前进。

路标指示方向，"路标精神"鼓舞前行。"革命先辈的创造精神令人肃然起敬。对他们最好的告慰，就是接过创新的'枪'继续前进。"红五连连长石庆琦说。那年全军特种部队比武竞赛在漠北草原拉开战幕。战士盛大金代表连队光荣参赛，面对全军各单位近百人的特战精英，他不畏强手，敢于亮剑，惊艳赛场，斩获 4 枚银牌。连队担负合成营试点任务，配属陆航、炮兵等多个兵种后如虎添翼，探索出 8 种合成进攻战斗新战法。

敢创新、立奇功，已成为该连的鲜明印记。据了解，该连"创新小组" 16 年攻关不辍，尽管人员换了五茬却始终活跃，小革新、小发明、小创造不断为连队建设助力提速。

岁月更迭，战场转换。经过岁月积淀的红色火种，如今在红军部队已成燎原之势。今天，踏上强军兴军新征程，新一代官兵弘扬红军敢打善战的精神传统，凝聚创新发展的时代力量，以新的姿态、新的荣誉，续写新的篇章。

（原载于《人民日报》2016年10月20日第1版，作者：倪光辉　金正波）

听老红军讲长征故事

从红二方面军走来的103岁老将军魏国运

长征记忆　融进血液

在北京空军幸福村干休所一间简朴的公寓里，一位老人正神情专注地看着一幅卷轴：数十米长的画卷上，战略转移、湘江血战、突破乌江、四渡赤水、飞夺泸定桥……长征途中的重要节点和事件一一呈现。他便是老将军魏国运。"这是我收藏多年的长征写意图，记录了长征的全部过程。"见到记者来访，老将军脸上洋溢起和蔼的笑容。

面前的这位老将军，银发满头，须眉皆白，精神矍铄，谈吐自如，根本看不出他已103岁高龄！

据了解，魏国运1931年投身革命，1932年参加中国工农红军，同年加入中国共产党。1935年，魏国运随红二方面军参加长征，荣获一级红星功勋荣誉章。1961年被授予少将军衔。

女儿魏晓湘拿出一本相册，看到老将军的一幅幅戎装照，我们的思绪一下子被拉回到80多年前的峥嵘岁月……

"三大纪律八项注意"让红军赢得民心

1914年5月8日，魏国运在湖北省监利县的一个贫农家庭出生。读了两年私塾，给地主放过牛，要过饭，学过木匠，当过裁缝。1930年参加打土豪、分田地革命活动，并配合游击队攻打过周老咀三官殿国民党国防队。

1931年，魏国运到红军被服工厂当青工，同年在工厂加入共产主义青年团；1932年，魏国运参加中国工农红军，先后在红三军9师警卫营、8师24

团、7 师 21 团当过警卫员、班长。1935 年，魏国运随红二方面军参加长征，任 4 师 10 团党总支书记。

1936 年 4 月底，红二方面军占领了金沙江边石鼓镇渡口，魏国运所在团的任务就是掩护主力渡过金沙江。

当时，石鼓镇江边的船都被毁掉，部队过不了河，后面还有敌人在追击。为了能够顺利通过金沙江，部队只有搜集材料做竹筏，"当地的老百姓对我们都很好，还主动将门板拆下来借给我们。因为红军有'三大纪律八项注意'，所以我们不能随便拿老百姓的东西。"魏国运说。幸好石鼓镇附近有一片竹林，战士们把竹子砍断扎成竹排，依靠竹排才安全顺利地渡过了金沙江。

5 月 1 日黄昏，部队到达中甸（即香格里拉）。中甸地处青藏高原东南部和藏彝走廊的边缘，当时有不少民族部落在此生活。受国民党宣传影响，中甸的少数民族同胞起初对红军疑虑重重。为了方便与当地民族群众正常交流，红军部队请来了一个"通司"当翻译，派出干部宣传我党民族团结的政策，给老百姓做工作。老百姓们看到红军纪律严明，才放下戒心，纷纷把粮食卖给红军。

部队在中甸休整，等待掉队的战友，同时补充干粮为接下来的路程做准备。"石鼓镇和中甸是值得纪念的地方，那次渡江之后再也没有回去过。"魏老说，从报纸上看到石鼓镇已修建了红军过江纪念馆，电视上也看到了中甸现在的发展，真想有机会再去看看！

"我们和风雪作斗争，努力战胜自然带来的痛苦"

红军虽然摆脱了敌人的追击，但面前又有了新的困难——生长于南方的红二、六军团的将士们要翻越终年积雪、严寒冰冷的高山。

5 月 2 日，部队要翻越长征中的第一座大雪山——中甸雪山。雪山海拔 5300 多米，上山 50 余公里，下山 20 余公里。山势陡峭险峻，积雪一二尺厚，异常寒冷。山顶空气稀薄缺氧，呼吸困难，行进十分艰难。"从中甸到甘孜的路上是一座座大雪山，山上终年积雪，除了白雪茫茫看不到其他颜色。"魏老回忆说。

由于日晒，表面的雪化了后又冻成一层冰壳，冰壳下面往往是很深的大雪坑，年龄小的战士一掉下去就再也爬不出来。当地原本就没有多少老百姓，在茫茫的大雪中更难找到村庄，经常是看到哪里冒烟就奔着哪里去。红军手中的粮食少，再加上缺氧，战士们的体质每天都在下降，很多战士刚在山垭上坐下休息一会儿，就再也起不来了，永远留在了山上。剩下的同志一个人背着几个人的枪，慢慢互相搀扶着前进。

"进入雪山以来，部队没吃过一顿饱饭，没睡过一夜好觉，每夜都有同志因冻、饿、病、累而站不起来。每当晨曦初露，大家准备继续行军时，第一件事便是向那些已经长眠在征途上的同志挥泪告别……"魏老回忆道。

"从德荣到甘孜，雪山一个比一个高，我们和风雪作斗争，努力战胜自然给我们带来的痛苦。有同志走累了，其他同志就架着他走；有同志眼睛被雪光映花了，其他同志就拉着他走。"这段经历给魏老留下了刻骨铭心的记忆："条件艰苦，有的战友永远地躺在了雪山上。这些牺牲的英雄没有看到新中国，没有享受到今天的好生活。"说到这里，魏老语调低沉，声音哽咽，眼眶也湿润了……

实在没粮就挖野菜，一本《草地须知》帮了大忙

1936 年 7 月初，部队到达四川甘孜，为接下来 7 天的草地行军补充粮食。当时部队的钱少，只能向当地老百姓借粮，魏国运代表团里前往冬谷的大喇嘛寺跟土司借粮。经过交涉，喇嘛寺最终给红军提供了 7 天的粮食，每人每天一小缸青果、小麦。部队还用剩下的"钢板"（云南流通的货币）买了青稞，每个士兵能分到一小袋米。粮食有限，过草地时部队实在没有粮食时，就挖野菜根来吃。

在甘孜和红四方面军会合后，红四方面军的同志送给魏国运一本《草地须知》，上面记载了很多种草，什么草能吃，什么草不能吃。魏国运作为党支部书记，带领全团学习《草地须知》。"这本小册子在全团过草地时起了不小的作用，"提起这本册子，魏老十分兴奋："草地里主要的敌人就是骑兵，册子里还有一首骑兵歌，教大家涨士气、打胜仗。"

一生历经磨难，饱经风霜，魏老将军在岁月洗礼中见证了新中国的蓬勃发

展。1983年7月，魏老从武汉军区空军政治部主任任上离休，1986年搬进空军幸福村干休所。

听说魏老是干休所的支部书记，记者惊讶地问："103岁的支部书记，应该是年龄最大的党支部书记吧?"

"没错啊!"魏老介绍："1986年7月16日，我们干休所成立第一党支部，第一任书记是杨思禄（福州军区原空军司令员），我是组织委员。后来，杨书记身体不好，我就接替他当支部书记了。支部成立时有80多人，现在只有3个人了。所以，我们这个支部成员平均年龄是100岁。"干休所工作人员介绍说，魏老将军这个书记当得十分称职，支部开会、传达文件、找支部委员谈心……一项项支部工作开展得有条不紊。

2014年，魏国运将军被原总政治部评为"全军先进离休干部"；他把奖牌和奖状珍藏起来，"这是党对我工作的肯定"。

（原载于《人民日报》2016年10月21日第6版，作者：倪光辉）

长征，光耀未来的精神丰碑

这是一篇壮丽的史诗，这是一座不朽的丰碑!

时光流淌，岁月如歌。80年前的10月，红军三大主力先后在会宁、将台堡会师，宣告震惊世界的长征胜利结束。长征，创造了气吞山河的人间奇迹，谱写了中国革命史的光辉篇章，奠定了中国革命胜利前进的重要基础。习近平总书记强调："这个伟大壮举将永远铭刻在中国革命和中华民族的史册上。"

血雨纷飞的岁月、血衣裹身的征途、攸关党和红军前途命运的严峻考验……最终，我们胜利了!长征的胜利，是中国共产党和广大红军将士用鲜血、汗水、泪水写就的，充满着苦难和辉煌、曲折和胜利、付出和收获；长征的胜利，粉碎了国民党反动派消灭红军的企图，实现了我们党北上抗日的战略方针，为建立抗日民族统一战线奠定了坚实基础；长征的胜利，庄严地向世界宣告中国共产党及其领导下的人民军队是不可战胜的，这是中华民族的骄傲!

80年来，长征铸就的丰功伟绩，成为中国共产党领导中国人民走过光辉历程的一部壮丽史诗。80年来，一代又一代中华儿女追忆长征艰难历程，无论时代如何发展，条件如何变化，在艰苦卓绝的斗争中培育的伟大长征精神，一直激励着我们不断战胜困难、勇往直前！

"红军不怕远征难，万水千山只等闲。"不畏艰难、不怕困苦、不怕流血牺牲的长征精神，已成为中华民族自强不息的精神品格，在岁月的洗礼下，历久弥新！今天，长征精神已熔铸进共产党人的红色基因，融汇成中华民族的精神气质。砥砺初心、坚定理想，实现"两个一百年"奋斗目标、实现中华民族伟大复兴中国梦，更是我们这一代人的长征路。

"现在，时代变了，条件变了，我们共产党人为之奋斗的理想和事业没有变。"新长征路上，还有许多雪山草地要过，还有许多雄关天险要闯。中华民族伟大复兴的万里长征还在路上。80多年前的长征，就是指引未来、光耀未来的精神丰碑！

今天，我们隆重纪念中国工农红军长征胜利80周年，就是要让那段波澜壮阔的历史涵养伟大的民族精神，让长征精神在新的历史条件下代代相传。传承红色基因，继承革命传统，高举长征精神的伟大旗帜，在全面建成小康社会的伟大征程中，在实现中国梦的伟大实践中谱写出无愧于历史、无愧于时代、无愧于人民的崭新篇章！

（原载于《人民日报》2016年10月21日第9版，作者：倪光辉）

纪念中国人民志愿军抗美援朝出国作战 70 周年

重温抗美援朝战场文物背后的故事

英雄气概　感天动地

10月19日，纪念中国人民志愿军抗美援朝出国作战70周年主题展览在北京开幕。习近平总书记在参观展览时指出，抗美援朝战争锻造形成的伟大抗美援朝精神，是弥足珍贵的精神财富，必将激励中国人民和中华民族克服一切艰难险阻、战胜一切强大敌人。

"雄赳赳，气昂昂，跨过鸭绿江。" 70 年前，中国人民志愿军高举保卫和平、反抗侵略的正义旗帜，同朝鲜人民和军队一道，舍生忘死、浴血奋战，赢得抗美援朝战争的伟大胜利。

70 年后的今天，重温抗美援朝战场文物背后的故事，我们仍能深刻感知志愿军将士的英雄气概和不畏强敌、克敌制胜的精神优势。回顾抗美援朝战争的光辉历程和宝贵经验，大力弘扬伟大的抗美援朝精神，我们要牢记初心使命，坚定必胜信念，发扬斗争精神，增强斗争本领，为决胜全面建成小康社会、夺取新时代中国特色社会主义伟大胜利、实现中国梦强军梦不懈奋斗。

——编者

一辆坦克：打出辉煌战绩

【名片】在中国人民革命军事博物馆内，一辆苏制 T—34 坦克停放在地下一楼展厅内。聚光灯下，岁月的气息悄然弥漫，一身斑驳的它沉稳庄重。前伸的炮管上，6 颗红五角星格外引人瞩目。解说板上有一行醒目的大字："英雄的 215 号坦克"。

在抗美援朝战争中，215 号坦克共击毁敌 M46 坦克 5 辆、击伤 1 辆，摧毁地堡 26 座，创造了我军装甲兵单车击毁敌军坦克数量最高纪录。

在第 71 集团军某合成旅，"215 号人民英雄坦克"所在连的荣誉室内，一面锦旗悬挂在墙面上，"单车作战机智顽强，歼敌坦克成绩辉煌" 16 个字熠熠生辉。

1953 年 6 月，中国人民志愿军打响夏季反击战役。同年 7 月，在石岘洞北山某高地上，美军的 3 辆 M46 坦克对志愿军形成了严重威胁。

志愿军独立坦克第四团二连二排 215 号坦克受领了"拔钉子"并支援步

兵攻下敌方高地的任务。215 号坦克迎战 M46 坦克，如果正面相遇，在正常交战距离，仅从装备参数上判断，这是一场几乎无法获胜的对决。

坦克遇到大深坑，一侧履带悬空，车身出现倾斜，驾驶员陈文奎猛踩一脚油门，坦克冲过深坑。可这也引起了敌军的察觉，猛烈的炮火朝着声音方向打了过来。

炮手师凤山冒着炮火爬出去引导坦克抵达预定地点，他迅速调整炮塔，锁定目标侧后装甲，车长杨阿如一声令下，215 号坦克发出怒吼，穿甲弹相继出膛，敌方坦克顿时被击穿起火。

10 日晚上，就在坦克准备撤退时，师凤山观察到敌军阵地再次出现两辆坦克，正好在他们的射程之内，杨阿如果断下令射击，215 号坦克仅用 11 分钟，就击毁敌 M46 坦克 2 辆、地堡 12 个，志愿军最终成功控制了石岘洞北山阵地。

战后，志愿军总部授予 215 号坦克"人民英雄坦克"光荣称号，全体车组人员记集体特等功。

半个多世纪以来，"215 号人民英雄坦克"所在连队传承发扬"不畏强敌、机智灵活、英勇顽强、敢打必胜"精神，坚持紧抓军事训练不放松，涌现出无数英模个人。1987 年因练兵备战突出，连队被原南京军区授予"军事训练模范连"荣誉称号。

连长宋玉祥说，连队坚持常态开展"215 讲坛"等连史教育活动，每当新兵入连或是连队参加重大任务，全连指战员都会站在 215 号坦克前，重温战斗故事，传承红色基因。

去年 8 月，连队赴皖东某山区腹地参加实兵对抗演习。全连官兵远程机动至指定地域后，连夜挖掩体、设哨位，许多战士手上磨出了血泡，但没有一人退缩。黎明时分，战斗号角刚拉响。全连官兵经过近 6 个小时的奋战，把旗帜率先插在了"敌军"阵地上。

一把军号：激发血性胆气

【名片】吹响冲锋号鼓舞士气，志愿军奋勇杀敌夺取胜利。

在抗美援朝东线第一战中，志愿军371团4连奉命坚守前沿阵地烟台峰。在连长牺牲的危急时刻，司号员张群生挺身而出接替指挥。经过八昼夜激战，阵地岿然不动。该连队后被授予"烟台峰英雄连"荣誉称号，荣立集体一等功。

在东部战区陆军某旅烟台峰英雄连的荣誉室内，静静地陈列着一把锈迹斑斑的冲锋号。这把军号是连队的传家宝。

1950年，在抗美援朝东线第一战——黄草岭阻击战中，志愿军371团4连奉命坚守前沿阵地烟台峰。烟台峰是我军防御体系的一个前出阵地，是黄草岭的门户，守住它，才能守住黄草岭。

10月26日，4连在连长刘君的带领下夺占烟台峰，随后敌军发起数次进攻，均被歼灭在烟台峰阵地前。11月2日，美军陆战第1师入战。

美军武器装备精良，还有空中火力掩护。而4连经过几天激战，伤亡较重，连长也被敌机击中，倒在血泊里。危急时刻，司号员张群生挺身而出："现在我接替指挥，我们坚持到最后一个人，也要守住阵地！"张群生不仅军号吹得嘹亮，而且计谋多，刘君连长在烟台峰上指挥战斗时，他出过不少点子。平时，战友们都佩服他。于是，大家异口同声："我们听你的指挥！"

2日6时，天刚蒙蒙亮。突然，震天动地的轰隆声由远而近。晨曦中，只见敌军成排的轰炸机群由南向北扑来。顷刻，啸声刺耳、闪光刺目，爆炸时冲起的气浪夹杂着弹片、飞石和破损的枪械。这就是美军惯用的所谓"地毯式"轰炸。但是，战士们在张群生的指挥下，躲在防空洞里，无一伤亡。在敌步兵冲击发起后，他们又迅速回到各自位置，向敌人猛烈射击，把敌人赶下山去。

由于双方兵力悬殊，至17时，美军突入烟台峰前沿阵地，情况危急。张群生吹响冲锋号，战士们越出战壕，像猛虎一样，向敌人冲去。战至18时，敌人一次又一次的冲锋被打退。

经过8个昼夜的激战，烟台峰英雄连仅剩17人，阵地岿然不动。

冲锋号靠什么杀敌？靠的是激发敢打敢拼的血性胆气，鼓舞时刻准备冲锋和牺牲的精神。

硝烟散去，这把军号一如从前，它背后的精神也传承至今。

今年一次演习中，烟台峰英雄连队官兵们全副武装，随时准备离舰泛水。舰门打开，海浪不停地向舰舱拍来。许多官兵第一次见到这么大的风浪，心里很没底：能不能下水？要不要等等？"我们是烟台峰英雄连的兵，必须按计划准时下水，晚一秒都不行！"头车驾驶员卢清涛操控战车向海面驶去。三秒钟后，车头浮出水面，成功了！后面的车一辆接一辆，迎浪而上，完成了演习任务。"今天，我们连队'钢'多，'气'更足！"连长鲁亚奎说。

一个苹果：见证战友情谊

【名片】上甘岭战役一号坑道模拟实景中，摆在最显眼位置的是一个苹果模型。这个"苹果"，见证了战友间真挚的感情。68 年来，苹果背后的故事成为激励一代代八连官兵团结友爱、互帮互助的鲜活教材。1984 年 9 月，八连被空军党委授予"从严治军文明带兵特功八连"荣誉称号。

走进空降兵某旅上甘岭特功八连荣誉室，上甘岭战役一号坑道模拟实景中，摆在最显眼位置的是一个"苹果"模型。

"这个'苹果'，见证了我们连在战斗中形成并不断强化的战友间团结互助的传统。"上甘岭特功八连指导员祝华峰说。

1952 年 10 月 14 日，上甘岭战役打响。10 月 17 日晚，八连接受反击任务，进入主阵地坑道，开始了坚守坑道 14 昼夜的英雄壮举。

美军对坑道部队连接后方的交通线实行严密炮火封锁，坑道部队面临断水断粮的危险。

得知情况后，上级连夜从后方紧急采购了三万多公斤苹果，派人送往坑道。但美军炮火封锁实在太猛，大筐苹果难以送上去。为此 15 军政治部专门下令：凡送入坑道一筐苹果者记二等功！可仍然没有一筐苹果能完整地送进坑道。

运输员刘明生冒着炮火向其他坑道运送弹药时，在途中捡到一个苹果，舍不得吃，带回了坑道。此时，八连战士在坑道里已经七天没水喝。

刘明生把拾到的苹果送给连长，连长却把苹果给了步行机员，步行机员又给了重伤员兰发保。无论大家怎样劝，兰发保说什么也不吃。连长又递给司号员，司号员又递给卫生员。就这样，一个苹果传遍了整个坑道，还是完整的。连长最终决定共同分吃，一人一口，一个小苹果在全坑道吃了两圈。

凭借着这种团结友爱的战友情谊，八连官兵坚守坑道14昼夜，最终将战旗插上了上甘岭主峰。

1984年9月，八连被空军党委授予"从严治军文明带兵特功八连"荣誉称号，"一个苹果"的故事被赋予了新的时代内涵。

袁王帅是八连火力分队分队长，在2008年四川汶川抗震救灾中，作为八连党员突击队队员之一，他目睹了连队官兵为了营救被困群众时的舍生忘死，也见证了大家面对困难时的相互帮助。"救灾初期物资运输不畅，缺水缺粮。几乎每个人都主动把自己仅有的水和干粮拿出来分给大家。"袁王帅说，"这些场景，让人想到'一个苹果'的故事，这是连队优良传统真实的写照。"

"长期以来革命传统教育的熏陶，让八连官兵增强了平时团结互助、关键时刻同生共死的战友情谊。"祝华峰说，每逢新兵入连、新干部报到、新兵员补入，连队都会第一时间组织他们参观荣誉室，给他们讲解"一个苹果"的故事，让他们感悟故事背后的精神传承。

（原载于《人民日报》2020年1月1日第6版，作者：倪光辉　李龙伊金歆）

走近"上甘岭特功八连"——

每次出征，都会带着战旗

8月中旬，大漠戈壁深处机群轰鸣，空降兵某旅一场实战背景下的演练在昆仑山脚下拉开战幕。一名名伞兵、一件件作战物资、一辆辆重型装备从天而降，天空中绽放出朵朵伞花。

空降着陆后，作为兵力突击力量，该旅"上甘岭特功八连"官兵发扬上甘岭精神，不惧课目险难，克服低压缺氧、高寒大风等不利影响，驾驶空降战车，与炮兵、侦察、工化等多兵种力量密切协同配合，成功夺取目标，战旗再次高高飘扬！

鲜红的底色，橙黄的字体。战旗上，"上甘岭特功八连"7个大字遒劲有力。

这是八连官兵的又一次胜利。而在68年前，胜战基因和铁血战魂就得到检验和彰显。

1952年10月14日，美军向上甘岭地区发动了猛烈进攻。

在总面积仅为3.7平方公里的地区，敌人前后投入6万余人，动用105口径以上远程火炮300余门，坦克百余辆，飞机3000余架次，发起大小攻击900余次。43天中，发射炮弹170余万发，投炸弹万余枚，炸弹把上甘岭主峰足足削低了2米。

战役初期，战斗空前惨烈，双方围绕阵地进行反复争夺。10月17日晚，中国人民志愿军第15军45师134团3营8连接受反击597.9高地任务，进入主阵地1号坑道，开始了坚守坑道14昼夜的英雄壮举。

作战期间，敌军不仅动用一切手段破坏坑道，还对坑道部队与后方的交通线实行严密炮火封锁，使得坑道部队粮尽水绝。

面对敌人炮火的狂轰滥炸和极其恶劣的环境，八连官兵信念坚定、意志坚强，在革命英雄主义的感召下，大家赴汤蹈火、视死如归，轮流出入坑道口与敌人殊死拼搏，用血肉之躯奋战43天，坚守坑道14昼夜，那面布满381个弹孔的战旗最终飘扬在上甘岭主峰。

八连，一战成名。

八连被志愿军第三兵团授予"英勇顽强，功勋卓著"锦旗，并荣立集体特等功。从那时起，他们拥有了一个英雄的名字——"上甘岭特功八连"。

同样因为那场战争，迄今为止，上甘岭仍是世界军事领域探讨的重要地标之一。

上甘岭战役胜利68年来，那面布满381个弹孔的战旗，注视着八连官兵每一次出征，见证着这个连队一路走来的成长蜕变。

1961年，空军司令员刘亚楼在战功卓著的3个野战军中反复遴选，最终选中从朝鲜战场胜利归来的陆军第15军，改建为空降兵第15军。随后，八连正式编入空降兵序列。

血脉相承，薪火相传。多年来，在战旗的引领下，八连官兵继承和发扬

"只吹冲锋号，不打退堂鼓"的连魂，在部队转型建设中当先锋、打头阵，使连队连续几十年保持了先进，成为空降兵部队基层建设的一张名片。

每一次，面向战旗宣誓，八连官兵都觉得先烈们"从未走远"。

指导员祝华峰说，这些年来，战旗制作了一面又一面。无论是参加重大演习演练还是遂行急难险重任务，连队都会带着一面战旗出征，不管遇到什么困难和挑战，全连官兵每次都要出色完成任务。"这是对上甘岭精神的赓续传承。"八连所在旅政委姚恒文说，一面面战旗不仅激励着一代代八连官兵奋勇拼搏，也记录着八连战斗力迈向一个又一个高度。

雄风犹在战旗红，千锤百炼战必胜。

步入新时代，作为首批空降机步连的八连官兵，传承上甘岭精神，紧盯战斗力转型难题，在改进指挥手段、优化战斗编成、保障力量运用、专业人才培养等多项领域取得突破，先后完成国庆阅兵、国际军事比赛、国际联演联训等多项重大任务，战斗力建设始终走在空降兵部队的前列，成为联合作战中的一把尖刀利刃。

（原载于《人民日报》2020 年 9 月 11 日第 11 版，作者：倪光辉）

奋斗百年路　启航新征程

思想建党、政治建军原则在此确立，新型人民军队在此定型——

古田会议永放光芒

逶迤苍茫的社下山，白墙青瓦的古田会议会址庄重古朴，"古田会议永放光芒" 8 个大字熠熠生辉。

这里是我们党确立思想建党、政治建军原则的地方，是我军政治工作奠基的地方，是新型人民军队定型的地方。2014 年 10 月 30 日，全军政治工作会议在福建省上杭县古田镇召开，习近平总书记 31 日出席会议并发表重要讲话。31 日上午他来到古田会议会址前，亲切接见与会全体代表，随后带领全体中央军委委员一起参观会址。早在福建工作期间，习近平同志先后 7 次来到这里，大力倡导和弘扬古田会议精神。

古田镇，位于福建省龙岩市上杭县东北部、梅花山南麓。近现代史上，古田是中国重要的革命圣地。1929年12月28日，红四军党的第九次代表大会在古田召开，即我党历史上著名的古田会议。会上重申了党对红军实行绝对领导，确立了"思想建党、政治建军"原则。从此，中国革命从胜利走向新的胜利。

建党建军纲领性文献古田会议决议，指出农村包围城市、武装夺取政权革命道路的《星星之火，可以燎原》，提出"没有调查，没有发言权"重要论断的《调查工作》……在古田会议纪念馆里，一件件文物、一组组数字，重现了党领导创建新型人民军队的峥嵘岁月，昭示着军队政治工作的根本原则和制度。

走进古田会议会址，布置简朴庄重的会场、廊柱上战斗性鲜明的标语……革命前辈探寻革命道路时筚路蓝缕、艰辛奋斗的情景，让前来参观的厦门大学马克思主义理论学生研修班成员林斐奕和冯燕娇深受触动。她们告诉记者："置身其中，能清晰感知先辈们的奋斗足迹和他们坚守信仰的无穷力量。"

福建省文物局局长傅柒生说，古田会议确立了"思想建党、政治建军"原则，赋予这支新型人民军队强大的军魂。

问题是时代的声音，90多年前，古田会议从肃清8种错误思想破题，人民军队由此"浴火重生"，走向"红旗漫卷"。85年后的2014年，还是这支雄师劲旅，又在这里重聚、思考、接力并走向全新起点，以整风精神解决问题，书写新的历史篇章。

"充分发挥政治工作对强军兴军的生命线作用""着力培养有灵魂、有本事、有血性、有品德的新一代革命军人"……习主席的重要讲话和殷切嘱托言犹在耳。如今，站在实现"两个一百年"奋斗目标历史交汇点上，人民军队在中国特色强军之路上已经迈出坚实步伐。

"今天的古田，奏响了红色圣地、绿色发展的彩色交响曲，围绕红色旅游文旅康养试验区和红色培训产业，推动经济深度转型、实现高质量发展。"上杭县委副书记、古田管理中心主任邱伟勤说。

新时代新征程，在古田会议光芒照耀下，让我们从古田再出发，向着胜利再出发。

强军兴军， 从古田再出发

福建省上杭县古田镇，冬日暖阳下，"古田会议永放光芒" 8 个大字熠熠生辉。

这 8 个搪瓷烤制的大字其实是份特殊的 "礼物"。1969 年 11 月，它们从福州运到了社下山前的廖氏宗祠。用于纪念中国工农红军第四军第九次党的代表大会，即古田会议 40 周年。1929 年，在这座四合院式的砖木结构平房里，召开了著名的古田会议。

字约 3 米见方，水泥钢筋为基，立在了廖氏宗祠背后的山坡前。从那以后，"古田会议永放光芒" 8 个大字便与会址一起，定格为世人所熟知的红色丰碑。

驻足会址前，90 多年来的波澜壮阔卷起万千思绪——永放光芒的古田会议，留下了怎样的精神财富？

思想建党

一面绣着代表中国共产党和中国共青团的英文缩写的旗帜，陈列于古田会议纪念馆。

"这是红军组织入党入团宣誓用的旗帜。"来自古田会议纪念馆的讲解员介绍，古田会议之后，红四军明确了入党新条件。

"政治观念没有错误的（包括阶级觉悟）。忠实。有牺牲精神，能积极工作。没有发洋财的观念"——这些 "以后新分子入党条件"，就写在古田会议决议里。

当时的中国共产党，成立不过 8 年多，虽朝气蓬勃，却也面临困难的局面。

怎样使年轻的中国共产党真正成为用马克思主义武装起来的无产阶级先

锋队？

事实上，从党的一大到党的六大，并未真正解决党的建设问题。党的六大确立的党章第一次讲了入党资格，但没有具体的党员标准，也没有涉及思想建设。

破题人是毛泽东。早在井冈山时期，他就曾提出"无产阶级的思想领导"问题。古田会议决议更是开宗明义：红军第四军的共产党内存在着各种非无产阶级的思想，这对于执行党的正确路线，妨碍极大。若不彻底纠正，则中国伟大革命斗争给予红军第四军的任务，是必然担负不起来的。

决议列出了红四军党内的8种错误观点，逐个论述其具体表现、来源及其纠正方法。会议决议所规定的基本原则，集中体现了"着重从思想上建设党"这一独特的党的建设道路。这些原则，不但很快在红四军中得到贯彻，而且随后在其他各部分红军中也逐步得到实行，对以后不断加强党的建设产生了深远影响。

"古田会议决议标志着毛泽东建党学说初步形成，也为中国共产党的党建理论体系建构奠定了坚实基础。此后，为了保持党的先锋队性质，毛泽东不断强调教育党员克服各种非无产阶级思想，以更开阔的视野提出如何加强党的思想建设、组织建设和作风建设等问题。"原中共中央党史研究室副主任石仲泉说。

政治建军

古田八甲村松荫堂，是古田会议时红四军前委机关和红四军政治部所在。松荫堂一旁的墙壁上，一行大字赫然映入眼帘——政治工作是我们红军的生命线。

政治建军原则的确立，正是自古田会议开始。而对于人民军队而言，政治建军意味着什么？

不妨先看看红四军初创时的构成，主要分三部分：一为毛泽东率领的秋收起义部队及湘东农军，一为朱德、陈毅率领的南昌起义余部，一为湘南郴、耒、永、宜、资五县农民。

"打起工农革命军的旗帜，远不是建军问题的主要内容，更谈不到建军任务的完成。"古田会议时任红四军第一纵队第二支队党代表的粟裕，曾在回忆录中说："人民军队新创建，成分复杂，战斗又频繁，建立一支什么样的人民军队，正是最迫切需要解决的一个重大课题。"

红军的性质、宗旨、任务是什么？党与军队是什么关系？"是司令部对外还是政治部对外？"当时的红四军内部，有关建军的系列重大问题，还存在着认识上的分歧和争论。

这一系列问题经古田会议得到了彻底解决。古田会议决议明确规定了红军的性质、宗旨和任务，指出"中国的红军是一个执行革命的政治任务的武装集团""军事只是完成政治任务的工具之一"。决议再次提出红军必须担负起打仗、筹款和做群众工作这个三位一体的任务；规定了红军政治工作和政治机关的重要地位，强调加强红军政治工作，特别是加强政治教育。

古田会议决议，从根本上划清了新型人民军队同一切旧式军队的界限。罗荣桓元帅后来评价："红四军第九次党代表大会以后，我军要建立一支什么样的军队，就定型了。"

1985 年，曾经参加过古田会议的陈世榘将军重回古田会议旧址，感慨挥毫："五十六年一挥间，重返故地到古田。决议指明红军路，新征途上志更坚。"

永放光芒

1929 年岁末，大雪后的古田银装素裹。古田会议会场内，代表们生火取暖，地板上留下的炭火印记至今可辨。堆堆火光，温暖的是会场，照亮的是前方。

"会后，决议印发到部队，大家学习，一起贯彻执行，并从思想上、组织上进行了整顿。"时任红四军第一纵队参谋长的萧克曾经回忆："那时，我们都把决议当作党课教材，视为红军法规，也作为检查和衡量工作的标准。不久，部队向武夷山中部及赣南进军，纪律更好了，内部更团结了，战斗力提高了。"

"古田会议决议的学习，实际上是一次群众性的整风运动。"时任红四军第二纵队四支队十二大队党代表的赖传珠在回忆文章中写道："经过学习，干部、战士的觉悟显著提高，各种不良倾向逐步克服，部队呈现了一片新的气象。"

会议结束后不久，毛泽东在古田赖坊村协成店的一豆灯火旁，写下了《星星之火，可以燎原》。结尾处描摹革命未来的诗意咏叹，至今令人心潮澎湃："它是站在海岸遥望海中已经看得见桅杆尖头了的一只航船，它是立于高山之巅远看东方已见光芒四射喷薄欲出的一轮朝日，它是躁动于母腹中的快要成熟了的一个婴儿。"

思想之光，穿越时空，历久弥新。

"紧紧围绕我军政治工作的时代主题，加强和改进新形势下我军政治工作，充分发挥政治工作对强军兴军的生命线作用。"2014 年 10 月，中共中央总书记、国家主席、中央军委主席习近平出席在古田召开的全军政治工作会议时，对强军兴军作出新的政治擘画，确立了新时代政治建军的方略。

两次会议，一脉相承、薪火相传、精神相通、主旨相同。强军兴军的伟大实践，从古田再出发。

如今，走在古田镇的田间地头，当年的红色故事仍然传颂在当地老百姓的口中，也浸润在他们心里。对他们来说，红色记忆不只是纪念馆展板上的文字和图片，更是走向美好生活的不竭动力。

（原载于《人民日报》2021 年 1 月 26 日第 4 版和 5 版，作者：冯春梅 倪光辉 颜珂 黄超）

党同人民一条心、军民团结如一人

伟大的人民解放战争

长江江面百舸竞发，近处一艘小船满载解放军战士，船上一名梳着大辫子的姑娘眺望江面，奋力摇橹。

这幅名为《我送亲人过大江》的照片，拍摄于 1949 年 4 月 22 日。第二天，中国人民解放军解放南京。

照片上的姑娘名叫颜红英。那天，她和父亲、妹妹冒着枪林弹雨，划船送解放军渡江。

后来，颜红英接受采访时，指着脸颊上的伤痕回忆说："船划到江心时，突然一颗炮弹就在我家船边不远处爆炸了，一块东西（弹片）擦破我的脸颊，顿时满脸是血，我也不管，还是拼命地划，一心想尽快把大军送过江到前方打胜仗。"

"人民解放军百万大军，从一千余华里的战线上，冲破敌阵，横渡长江……"毛泽东同志亲自撰写的消息《人民解放军百万大军横渡长江》，展现了波澜壮阔的渡江作战。

巢湖北岸，渡江战役纪念馆状如巨型帆船，势在乘风破浪。2020 年 8 月 19 日，习近平总书记参观了渡江战役纪念馆，重温那段革命历史。总书记强调："刘邓大军千里跃进大别山能够站住脚、扎下根，淮海战役能够势如破竹，百万雄师过大江能够气吞万里如虎，根本原因是我们党同人民一条心、军民团结如一人。"

1946 年 6 月，国民党撕毁停战协定和政协协议，悍然向中原解放区发起进攻，发动全面内战。经过人民解放军一年的作战，战争形势发生重大转变。

1947 年 6 月，刘伯承、邓小平率领晋冀鲁豫野战军主力强渡黄河，发起鲁西南战役，揭开解放军战略进攻的序幕。8 月底，刘邓大军千里跃进到大别山地区。1948 年 9 月到 1949 年 1 月，人民解放军与国民党军队进行战略决战，先后取得了辽沈、淮海、平津三大战役的胜利，蒋介石赖以维持其统治的主要军事力量被基本消灭。随后人民解放军渡过长江，取得了解放战争的最终胜利。

这是一场伟大的人民战争，哪里有解放军战士战斗，哪里就有人民群众的大力支援——辽沈战役共动员民工 183 万人；淮海战役共动员民工 543 万人；平津战役共动员民工 160 万人……

渡江战役前，为阻止人民解放军过江，国民党军队把沿岸船只强行拉走或破坏。但在人民群众的支持下，仅半个月，解放军就征集到 1 万余只船、2 万多名船工，突破了国民党反动派苦心经营的长江防线。

解放战争中，数以百万计的人民群众踊跃支前，无论从形式到内容，从规模到质量，从广度到深度，都达到了空前的水平，这是人民解放战争得以取得巨大胜利的根本保证。

在中国共产党领导下，解放军指战员和人民群众勠力同心、并肩战斗

依靠人民取得解放战争的胜利

"人民的胜利"——中国人民革命军事博物馆解放战争展厅，5 个烫金大字十分醒目。展厅内一座"人民支前"浮雕前，不少参观者驻足欣赏。浮雕刻画了人民群众与人民解放军勠力同心、并肩战斗的生动场景——

1946 年 6 月，国民党反动派撕毁与中国共产党达成的停战协定，悍然对解放区发动全面进攻。中国共产党领导解放区群众和人民解放军，经过 3 年艰苦卓绝的浴血奋战，夺取了人民解放战争的伟大胜利。

这是中国人民的胜利！

军队打胜仗，人民是靠山。

在这场战争中，中国共产党紧紧依靠人民群众，获得了排山倒海的力量，结束了国民党的反动统治，建立了崭新的人民共和国。

人民战争的伟力，来源于人民的伟大力量

1945 年抗战胜利后，全国各界人士强烈反对内战，呼吁民主协商成立联合政府。蒋介石为欺骗公众舆论，假意与中国共产党谈判，签署"双十协定"。1946 年，国民党反动派单方面撕毁协定，以约 30 万军队大举围攻中原解放区。全国解放战争拉开序幕。

"那时中国共产党领导下的人民军队，与敌人兵力差距较为悬殊——正规军较少，轻武器十分简陋，重武器严重匮乏，绝大部分官兵甚至没有见过军舰和战机。"国防大学联合勤务学院副教授田兵介绍，"然而，仅 3 年时间，形势发生天翻地覆的变化——人民军队以摧枯拉朽之势夺取三大战役胜利。"

是什么样的力量，让鲜红的旗帜插遍神州大地，让古老的中国掀开新的

篇章？

"抗战胜利后，国民党军政高官忙着进城'接收'财产，而此时在延安听到的最多的一个词，就是'人民'。共产党人提出的为最大多数人谋利益的政治诉求，得到了中国人民广泛的认可和拥护。"军旅作家王树增表示。

人民军队的根脉，深扎在人民的深厚大地；人民战争的伟力，来源于人民的伟大力量。

"毛主席呀，没有您我们真得饿死了。这回我们都翻身了，分了地，分了马，分了衣服粮食，都有吃有穿，也都抱团了……"在西柏坡纪念馆的展室中，陈列着这样一封书信。字里行间，洋溢着翻身农民获得土地的喜悦之情，以及对共产党的感恩之情。

这封信来自远在千里之外的哈尔滨市顾乡区靠山屯，时间是 1947 年 9 月 10 日。当年，中共中央公布《中国土地法大纲》，彻底废除封建及半封建性质的土地剥削制度，从而使亿万农民千百年来"耕者有其田"的愿望成为现实。

纪律严明，这是一支老百姓自己的军队

"枪打老百姓者，枪毙；掠夺民财者，枪毙；强奸妇女者，枪毙。"这是刘伯承、邓小平率领大军挺进大别山后，与部队官兵的"约法三章"。

1947 年 6 月，刘伯承、邓小平率领大军强渡黄河，千里挺进大别山，将战争引向国民党统治区，揭开了中国人民解放军战略进攻的序幕。

国民党反动派对该根据地人民实行残酷的反攻倒算，当地农村革命力量遭受很大损失，人民军队发动群众工作极难进行。刘邓大军挺进大别山后，部队供给困难、减员严重、装备奇缺。刘伯承、邓小平不但给部队"约法三章"，邓小平还亲自部署成立执法小组，严厉惩处违反纪律者。凭借着铁一般的纪律，人民军队赢得了人民群众的信任，军民关系坚如磐石。

"军民团结如一人，试看天下谁能敌？"毛泽东为南京路上好八连撰写的《八连颂》中，道出了人民解放军和群众的深厚情谊。

在"南京路上好八连"事迹展览馆，有一幅名为《不吃莱阳一个梨》的画作。解放战争期间，八连驻扎在莱阳，梨园里都是黄澄澄的大梨，指战员在

周边学习训练，休息时帮群众干活，却从不吃群众一个梨。老百姓称赞："解放军真是纪律严明、秋毫无犯，这才是老百姓自己的军队啊！"

1947 年 10 月，解放军总部发布了《关于重行颁布三大纪律八项注意的训令》。人民解放军各部队行军作战做到人不踏青苗、马不啃树皮，不拿群众一针一线，买卖公平，进入城市露宿街头不扰民……人民军队以严明的纪律赢得了人民群众的信任，为战争胜利提供了坚强保障。

塔山阻击战即将打响之时，国民党军将村民的房子拆掉来修建工事，塔山村农民王树德因不配合被打得遍体鳞伤。而进驻到此的解放军修筑工事时，王树德却将藏在地窖里 3 间房的木料全部拿了出来。

得民心者得天下。在解放战争中，国民党军的后勤补给，除了依靠脆弱的铁路运输外，到战争后期基本上依靠空投，这种耗费巨大财力的补给行为效果甚微。在同一个战场上，共产党军队却能得到来自人民群众强大的补给支持，为战略决战胜利创造了条件。

决战决胜，中国人民获得解放

中国人民革命军事博物馆里，陈列着一幅气壮山河的油画《占领总统府》，这幅巨作再现了一个伟大的历史瞬间：象征革命胜利的红旗冉冉升起在昔日"总统府"大楼的顶端。

"虎踞龙盘今胜昔，天翻地覆慨而慷"，毛泽东得知这一胜利喜讯后，一挥而就这首气势磅礴的《七律·人民解放军占领南京》，字里行间洋溢着夺取全国解放战争胜利的革命豪情。

1948 年 9 月，解放战争进入战略决战阶段。中共中央、解放区各级党委和政府多次动员人民群众支援战争，解放区人民掀起踊跃支前的热潮。陈毅曾形象地比喻："淮海战役的胜利，是人民群众用小车推出来的。"

"小车推出胜利"的背后，有一组沉甸甸的人民支援前线数据：三大战役中，动用民工 880 余万人次，大小车辆 141 万辆，担架 36 万余副，牲畜 260 余万头，粮食 4.25 亿公斤……战场上的子弹、炮弹和粮食，都来自人民群众夜以继日的运送。

仅淮海战役，就动用了支前大小车辆88万余辆。"若把这些小车全部连在一起，能从北京到南京，并排排成两列。"淮海战役烈士纪念塔相关负责人感慨。

1949年10月1日，在人民解放军大进军的凯歌声中迎来了中华人民共和国的成立。

"解放战争的胜利，使得占人类1/4的中国人民获得解放，改变了世界政治力量对比，对国际局势和世界人民革命斗争的发展具有伟大而深远的影响。"田兵说。

枪为人民扛，仗为人民打。从战争的硝烟中走来，子弟兵军魂不变。从练兵备战、维和护航，到抗震救灾、抗洪抢险，再到抗击疫情、脱贫攻坚，实践一次次证明，人民军队始终是党和人民完全可以信赖的英雄军队。正如习近平主席强调的，有了民心所向、民意所归、民力所聚，人民军队就能无往而不胜、无敌于天下，人民军队必须牢记全心全意为人民服务的根本宗旨，任何时候任何情况下都做人民子弟兵。

(原载于《人民日报》2021年2月5日第5版，作者：倪光辉　李龙伊 刘博通)

功勋与荣耀：　我军军功章的前世今生

军功章是军人荣誉的载体，也是战火纷飞年代的历史见证。在庆祝抗日战争胜利七十周年的阅兵式上，抗战老兵们胸前佩戴的那些凝聚着历史与功勋的军功章吸引着世人的目光，成为广场上最为亮丽的风景。

在饱含荣耀的军功章背后，究竟承载着哪些不为人知的故事呢？本报记者专访了解放军后勤学院教员、军事历史专业博士张磊（他曾就此出版过专著，并为军事博物馆鉴定过文物）。在中国人民抗战胜利70周年的国庆节，梳理一下我军军功章的发展历史，回顾一下人民军队在党的领导下成长壮大的光辉历程。

1931 年第一枚军功章——红旗勋章颁发
战火中诞生的最高荣誉

我军颁授军功章是有历史的。那么，第一枚军功章是何时颁发的，背后有怎样的故事？

张磊介绍，早在土地革命战争时期，设在江西瑞金的中华苏维埃共和国临时中央政府就于 1931 年 11 月召开的第一次全国代表大会上设立了当时中央苏区的最高荣誉——红旗勋章（又称为"苏维埃功勋奖章"），毛泽东、朱德、彭德怀、方志敏、徐向前等 8 位当时红军的主要领导人成为这一荣誉的首批获得者。由于当时战事紧张，各苏区之间的联系又非常困难，许多授勋者没能及时领到这枚珍贵的勋章。

1933 年 3 月，即勋章颁授 16 个月之后，在闽浙赣苏区领导工农群众开展武装斗争的方志敏同志才收到了他的那枚红旗勋章。据当时在受勋仪式现场的老同志回忆，佩戴红旗勋章的方志敏非常激动，他表示中央授予他勋章"不仅是奖励我个人，而且是奖励全省工农群众与红色战士的光荣斗争"。无独有偶，红旗勋章的另一位获得者徐向前也是到 4 年后的 1935 年，才在长征途中从毛泽东手里接过这枚勋章的。这次授勋同样也给这位后来的共和国元帅留下了深刻的印象。他在回忆录中写道："这不是给我个人的荣誉，而是对英勇奋战的红四方面军全体指战员的高度评价和褒奖。"由此可见，红旗勋章不仅是对获得者个人功绩的肯定，也是对其所在部队英勇奋战的认可与表扬。除了上述 8 位同志之外，宁都起义的领导人董振堂、赵博生也于 1932 年 12 月被中央革命军事委员会授予了红旗勋章。

与红旗勋章相呼应，1933 年 7 月 9 日，为了表彰在与敌人作战中立下特殊功勋的红军指战员，中华苏维埃共和国中央革命军事委员会发布了《关于制定、颁发红星奖章的命令》，正式设立红星奖章。这是中革军委自成立后首次颁发奖章，也是红军时期军队颁发的最高等级奖励。奖章分三个等级，周恩来、朱德等红军领导人分别荣获了编号为 9 和 6 的一等红星奖章。陈毅、萧克等同志获得了二等红星奖章。编号为 128 号的三等红星奖章被授予了时任红 1

军团 1 团团长的杨得志，以表彰他在第五次反"围剿"的三甲嶂战斗中指挥全团敢打敢拼的精神。如今，这枚珍贵的三等红星奖章在中国革命军事博物馆"土地革命战争馆"里收藏。

红旗勋章和红星奖章无论从名称、图案设计以及章体所铸的"全世界无产阶级联合起来"口号都借鉴了同一时期的苏联勋章，它们开启了我军颁授勋、奖章的先河，为激励红军官兵发扬英勇无畏的战斗精神，提高部队的战斗力发挥了重要的作用。

抗日战争爆发后，中国工农红军改编为国民革命军第八路军（后改为"第十八集团军"）和国民革命军新编第四军，开赴敌后展开游击作战。在这种形势下，各军区和作战部队结合实际情况，向战斗中功绩突出的集体和个人制作颁发了极具特色的奖章。其中狼牙山五壮士幸存者葛振林、宋学义获得了晋察冀军区颁发的"坚决顽强"奖章，"爆破大王"马立训荣获了山东军区授予的"特等爆破英雄"称号和"一等战斗英雄"奖章等。此外，陕甘宁边区部队还颁发了以朱德、贺龙名字命名的一些奖章。

解放战争时期，我军的作战样式和任务与抗战时期相比都发生了重大变化。为了奖励在战斗中作出贡献的指战员和支前民众，当时的各大战略区和部队相继制作颁发了一大批特色鲜明的战役胜利纪念章和解放各地区纪念章。其中知名度较高的有原华北军区文工团中的反战同盟成员设计，由华北军区制作颁发的"解放华北纪念章"。东北野战军于 1948 年颁发的"解放东北纪念章"，西南军政委员会制作颁发的"解放西南胜利纪念章"等。

1955 年，我军统一的正规奖励制度拉开序幕
三套一级勋章始终保留

中华人民共和国成立后，我军勋章、奖章的颁发也逐步纳入规范化的轨道上来。

1955 年 9 月 27 日下午，中华人民共和国授衔授勋典礼在中南海怀仁堂举行。当身着海蓝色礼服的朱德元帅从国家主席毛泽东手中接过编号同为

"02004"的一级八一勋章、一级独立自由勋章和一级解放勋章及证书时，我军统一的正规奖励制度也由此拉开了序幕。这是伴随着军衔制、薪金制和义务兵役制实施以后，依据国家宪法对革命战争时期有功人员的一次总结性奖励，对后来的奖励制度也产生了重要而又深远的影响。

张磊介绍，由于战争期间人员职务和工作环境变动较大，授勋人员数量多且干部档案不健全等诸多因素的影响，勋章的评定工作进展缓慢，10余万枚总计三个级别9个品种的八一、独立自由、解放勋章和52万枚奖章分1955年和1957年两次大规模颁授。鉴于这种情况，毛泽东主席提出已转业到地方工作的人员不再授予勋章并带头不要勋章。因此，原先预留给毛泽东、周恩来、刘少奇尾号为001、002、003的三套一级勋章始终没有发出去。

这是共和国成立后首次以国家的名义大规模授予勋章和奖章，也是国家建立统一的正规奖励制度的开始。这次授勋过程是严格按照授勋人员在不同历史时期党领导下的人民军队中的级别和职务进行的，具有阶段总结和按级颁授的特点。

"由于这些勋章构思设计大气庄重且极具民族风格，制作工艺复杂精美，象征意义非凡，因此直到今天都堪称我国勋奖章历程中的巅峰之作。"张磊说。

2011年起，我军颁发新款勋章奖章纪念章证书
走向完善的勋奖制度

1979年，设立英雄模范奖章和立功奖章共两类五个等级；

1988年，随着我军实行军衔制，颁发红星、独立、胜利共三类4种功勋荣誉章；

1991年10月16日，曾为我国国防事业贡献出毕生心血的著名科学家钱学森同志荣获"国家杰出贡献科学家"荣誉称号和一级英雄模范奖章；

2008年，汶川地震中牺牲的邱光华机组五名成员全部被追记一等功并追授立功奖章……

这几个标志性事件，能看出新时期我军勋奖制度主体框架的发展。

党的十一届三中全会以后，中国人民解放军的革命化、正规化建设步入了新的历史时期。1979 年 3 月总政治部下发通知，设立英雄模范奖章和立功奖章共两类五个等级，还对奖章证书和奖章的佩戴做出了具体的规定。这是我军首次对立功受奖人员统一制作颁发奖章。

1988 年伴随着我军在时隔 23 年后再次实行军衔制，为了表彰离休干部的历史功绩，中央军委颁布了《关于授予军队离休干部中国人民解放军功勋荣誉章的规定》，开始向全军 10 万余人颁发红星、独立、胜利共三类 4 种功勋荣誉章。功勋荣誉章的授予是党对离休干部的历史褒奖，也常常被看作是 55 年式勋章的继续。与之不同的是除了证章之外，荣誉的获得者还可享受在政治和物质上的优待。

从 2011 年 8 月 1 日起，我军开始颁发新款勋章、奖章、纪念章和证书。这些新款军事证章除了在材质和设计制作上与老款存在明显的区别之外，英雄模范奖章正式升格为勋章。而像国防服役、卫国戍边、献身国防、和平使命、执行作战任务、执行重大任务等带有褒奖性质纪念章的设立，也凸显出新形势下人民军队所面对的任务和使命已经发生了重大变化。

目前，国家勋章和国家荣誉称号法草案已经提请全国人大常委会审议，相信在不久的将来就会出现在人们的视野中。随着国家勋奖体系的构建和完善，我军的勋奖体系建设也必将得到进一步调整与改进。在功勋的召唤下，人民军队的建设与发展必将开启新的征程。

（原载于《人民日报》2015 年 10 月 4 日第 6 版，作者：倪光辉）

前进的军号， 再次嘹亮

10 月 1 日起，全军将再次响起嘹亮的军号！

中央军委训练管理部 9 月 11 日发布消息称，我军司号制度恢复和完善工作全面展开，计划分两步组织实施：2018 年 10 月 1 日起，按现行规定全军恢复播放作息号；2019 年 8 月 1 日起，全军施行新的司号制度。

"军号一响，士气高涨！""发扬革命传统，争取更大光荣！"……很多现役军人和退伍多年的老兵纷纷在网上留言，对恢复司号制度充满了期待。

为什么恢复司号制度？我军司号制度经过了怎样的历史沿革？恢复工作体现了哪些新变化？本报记者采访了新司号制度课题组成员、军事科学院军事法制研究院助理研究员陈零。

强化号令意识，传承红色基因

"这次恢复和完善我军司号制度，在强化号令意识、传承红色基因、推进正规化建设和提振军心士气等方面将发挥重要作用。"陈零向记者表示。

众所周知，司号是世界各国军队进行通信联络、实施正规化管理、鼓舞军心斗志的传统手段。今年，全军正在开展"传承红色基因　担当强军重任"主题教育。在习近平强军思想指引下，全军官兵充满信心奋进在强军兴军的实践中。新时代恢复和完善我军司号制度，正契合当前开展的主题教育，继承发扬我军的优良传统，提升官兵练兵备战的士气。

陈零说，司号制度对正规部队秩序、营造备战打仗氛围等方面有着独特作用。同时，军号声是提升全民国防意识的重要载体，某种意义上也能带来安全感。司号制度恢复能够增强民众的国防意识，对当下全民的国防教育起到积极作用。

"民众对行动号、仪式号的设置很关注，新的司号制度充分考虑了继承与创新的关系。因此，一部分曾经激励过一代代革命军人的历史号谱，作为人民军队的宝贵财富，将被传承保留下来。"陈零表示，这次恢复和完善工作主要是对军号功能类别和使用管理进行相应规范和调整。

司号制度随时代而演变

"红色军号伴随着人民军队从无到有、由弱到强，聚集了人民军队诸多宝贵精神财富。"陈零说，其实我军早在初创时期就建立了司号制度。

陈零介绍，1927 年，参加八一南昌起义的国民革命军中编有司号分队和司号兵。中国工农红军第 4 军成立后，在军部副官处编司号班、设司号官，在团、营、连分设司号长、号目和司号员。

1931 年 11 月，中革军委总参谋部在瑞金召开红军司号会议，根据部队在作战中反馈的意见建议制定颁布了《中国工农红军军用号谱》，发出《关于司号问题的通令》，人民军队首次拥有了自己的号谱和司号制度规范。号谱分为战斗号谱、勤务号谱、名目号谱、仪式号谱四类共 300 余种。

新中国成立后，我军形成了完善的军队司号制度。全军部队在连编设司号员，营编设司号班，团编设司号排，司号员成为我军基层部队传统的"八大员"之一。1962 年 6 月，原总参谋部通信兵部重新编印《中国人民解放军军号谱》。该版号谱分勤务号谱、名目号谱、战斗号谱、仪式号谱共四类 109 种，还附录了两类共 8 个练习曲谱。20 世纪 80 年代以来，随着战争形态的演进和我军现代化建设发展，军号的指挥通信功能逐步弱化，应用使用范围逐步缩小，部分军营甚至不再使用军号。

恢复完善司号制度体现四大新变化

这次恢复和完善工作体现了哪些新变化？陈零认为，主要体现在四个方面：

军号功能定位新。20 世纪 80 年代以来，随着战争形态的演进和我军现代化建设发展，军号的指挥通信功能逐步弱化，过去以指挥通信为主的军号功能定位，与时代之变、改革之变、战争之变不相适应。这次恢复和完善的司号制度，以部队管理为主，兼顾指挥通信和军事文化建设功能。

军号类别和号谱种类设置新。建军初期，我军沿用的号谱主要分为差事、脚步两大类别。1931 年 11 月，中国工农红军正式颁布军用号谱，主要分为战斗、勤务、名目、仪式四类 300 余种。1962 年 6 月，原通信兵部重新编印《中国人民解放军军号谱》，保持原号谱类别不变，将号种精简为 109 种。这次精简优化为作息类、行动类、仪式类三类 21 种号谱。

军号使用时机和形式新。新的军队司号制度规范了军号使用的时机场合，并明确了司号员吹奏与播放号音相结合的司号形式。作息类号主要用于下达日常作息指令，区分部队在营区内、营区外、海（境）外驻扎和执行任务等情况分别规范；行动类号主要在组织战备演练、执行任务或遇有突发情况时使用，通常由司号员吹奏，也可以采用电子号音播放；仪式类号主要在组织礼仪活动时使用，通常由司号员吹奏。

司号工作领导管理制度新。根据军队领导指挥体制和军号功能作用的调整变化，这次由中央军委训练管理部牵头负责司号工作。新的军队司号制度采取兼职为主、专职为辅的方式，调整编配司号员，在保留传统军号的基础上，研发新型军号和电子号音播放系列设备。

（原载于《人民日报》2018 年 9 月 13 日第 18 版，作者：倪光辉）

迎风飘扬的荣誉旗帜

2019 年，庆祝中华人民共和国成立 70 周年的阅兵式上，伴随着恢宏激昂的《钢铁洪流进行曲》，战旗方队 100 面荣誉旗帜列阵通过天安门广场。

这些战旗从何而来？如何命名？意义何在？国防大学联合勤务学院教员张磊博士为您讲述荣誉旗帜背后的故事。

历　史

国庆 70 周年阅兵式上，战旗方队打出的 100 面荣誉旗帜，是被授予过荣誉称号的单位所获得的旗帜，即奖旗。

荣誉旗帜与荣誉称号密不可分。

我军成立以来，第一次被授予荣誉称号的是红军第一方面军第 3 军 9 师 27 团 1 连。1930 年 12 月 27 日，该连在第一次反"围剿"作战中，一举攻入敌方指挥所，活捉敌前线总指挥张辉瓒。红一方面军第 3 军当即决定授予 1 连"战斗英雄"荣誉称号。毛泽东同志听闻后，挥笔写下了《渔家傲·反第一次大"围剿"》。这支部队后来成为陆军第 54 集团军步兵第 127 师 380 团 3 连，该连就可以根据历史上被授予的荣誉称号和相关规定来制作奖旗。

我军授予荣誉旗帜的记录至少可以追溯到 1931 年 11 月 7 日的中华苏维埃第一次全国代表大会。当时，为了发扬革命英雄精神，积极开展立功创模活动，会议授予鄂豫皖、湘鄂边和中央苏区等 10 支主力红军部队大红奖旗。如：鄂豫皖革命根据地的红 1 军被授予"奋勇决胜"奖旗，中央苏区的红 3 军被授予"牺牲决胜"奖旗。

授 予

长期以来，荣誉称号都是我军对单位的最高奖励。根据 2018 年 5 月 1 日起施行的《中国人民解放军纪律条令（试行）》，个人和单位的荣誉称号由中央军委决定，向个人颁发英模奖章和证书，向单位颁发奖旗。

在革命战争年代和新中国成立后的不同历史时期，荣誉称号和旗帜的授予权限并不仅限于中央军委。之所以出现这种情况，主要是因为战争时期为鼓舞士气，奖励权限适当下放。除中央军委外，不同历史时期，各野战军、军区、兵团、军（纵队），甚至师（旅）级都曾经获权授予过荣誉称号。

在获得荣誉称号和奖旗的单位中，作为基本战术单位的连级单位所占比重最大，达到了总数的 60% 以上。被授予荣誉称号级别最高的单位为师级单位，如这次战旗方阵中的"铁军"（红一方面军第 4 军 11 师）。被授予荣誉称号级别最低的单位为班级，如这次方阵中的"阳廷安班"和"董存瑞班"。

命 名

荣誉旗帜的命名主要与荣誉称号相关。被授予怎样的荣誉称号，荣誉旗帜上就写什么。

从革命战争年代到和平建设时期，我军的荣誉称号命名也经历了一个逐步规范的过程，仅以国庆阅兵所展示的战旗方队为例，可以分为以下几大类：

用作战地点命名的荣誉称号：临汾旅、襄阳特功团、塔山英雄团、白云山团、潍县团、洛阳营、大渡河连等；

用著名将领和英雄模范姓名来命名的荣誉称号：左权独立营、黄继光连、王克勤排等；

用战斗精神和作风来命名的荣誉称号：铁锤子团、钢铁团、猛虎连、钢铁英雄连等；

用战功来命名的荣誉称号：刺杀优胜连、五战五捷第二连等；

还有以体现所属军兵种来命名的荣誉称号：英雄坦克营、英雄快艇、功勋坦克、海上先锋艇等；

当然还有上述几种命名方式兼而有之的。

还有一种情况，就是有些单位在历史上多次被授予不同的荣誉称号，比如战旗方阵中的"平型关大战突击连"。该连在被授予荣誉称号的第二个月，就再次被授予"军政双胜连"荣誉称号。这在我军的历史上并不少见。

遴　选

阅兵式中所呈现的旗帜都是后来制作的，因此在方队中整齐划一。实际上，如塔山英雄团等荣誉单位的旗帜因为年代久远，且出于文物保护的目的，已由军事博物馆收藏并展出。不过这次阅兵所展现的旗帜还是很好地保留了原旗的风貌。

100 面荣誉旗帜，展现的是土地革命战争时期、抗日战争时期、解放战争时期以及新中国成立以来我军功勋荣誉部队的战旗。虽然这些不是全部，但是能以点带面，充分体现我军在不同历史时期的荣光。每一面旗帜的背后都有一段辉煌的战斗史，每一面旗帜下面都伫立着一个鲜活的战斗集体。

2012 年，由原总政治部编纂的《中国人民解放军和武装警察部队英雄模范单位名录》，就收录了建军以来的英模单位共 3114 个。时至今日，仍然有功勋卓著的单位加入这一行列。每一个荣誉单位的后面不仅是一面迎风飘扬的荣誉旗帜，更集中展示了我军在不同历史时期辉煌的历史、无上的荣光和英雄的群体，具有很强的时代性和教育意义。

小贴士·我军第一面军旗

秋收起义的工农革命军军旗是何长工与当时在师参谋部的陈树华、钟文璋以及杨立三设计的。何长工在《艰苦的岁月》中回忆，当时上级并没有明确样式，他们反复研究，认为军旗应该突出军队是共产党领导的工农子弟兵和为革命不怕流血牺牲的主题。于是，他们以鲜艳的红旗为底衬，象征革命；旗帜中心用一颗白色大五角星来象征党的领导；五角星的内部是交叉的镰刀斧头图案，寓意为工农大众紧密团结；靠近旗杆处留有一条10厘米宽的空白边，其上用繁体字写着"工农革命军第一军第一师"。

（原载于《人民日报》2020年8月1日第5版，作者：倪光辉）

歌声背后的戍边情怀——

团结铸就钢铁雄关

今年春节前夕，习近平总书记回信勉励河北省平山县西柏坡镇北庄村全体党员，"把乡亲们更好团结起来、凝聚起来，心往一处想，劲往一处使，让日子过得越来越红火。"78年前，歌曲《团结就是力量》从平山县率先唱响，成为团结中华民族抗击日本侵略者的号角。此后，这首歌又成为激励一代代中国人团结奋进建设新中国的经典作品。本版"品味红色经典之振奋人心的旋律"刊发文艺评论家毛时安与本报记者倪光辉的文章，分享他们关于这首歌的见闻和感悟。

——编者

我多次来到北部战区陆军所属边防部队，采访过许多官兵。我试图从他们那里求证，是怎样的一种力量，能在莽莽苦寒北疆边关筑起一道固若金汤的钢铁屏障？我收获了很多"无言"的答案。一双粗糙皲裂到令人心疼的手掌、一张黝黑爆皮却朝气蓬勃的脸庞、一个默默驻守而坚毅挺拔的身影……在不同答案中，边防连队官兵们有一个共同的选择，那就是歌曲《团结就是力量》。北部战区陆军某边防旅四级军士长许国恩说："这首歌对我们的意义，像一条连接生命的绳索。"

2008年冬，许国恩入伍后来到北疆首次参加巡逻，在一处被坚冰覆盖的斜坡前，连长递给他一条绳子。一队人用绳索连在一起稳步前进。走了200余米，紧跟在许国恩身后的一位战友突然一脚踩滑，身体不由自主向下翻去。许国恩刚被这股猛劲带着向下，就立刻被绳索另一端的战友拽住。所幸，队伍很快稳住。"身在边关，很多任务是有生命危险的。绳索不仅是为了安全，更是为了高标准履行使命任务。"

许国恩来自该旅边防6连，经他引领，我走进连队荣誉室，他指着一幅铅笔画说："过冰坡很危险，没机会留下照片。这张画是2016年一个学过画画的列兵巡逻回来后主动创作的。"仔细看去，画中的雪山用线条勾勒出阴影和轮廓，5名官兵在斜坡处穿行，用绳索连着彼此。"绳索连接着我们的生命，更凝聚着我们的心。所以我们给这幅画起名叫《团结》。"许国恩郑重地说。

在这幅画下方的陈列柜中，保存着一根老旧泛黄的背包绳，那是20世纪80年代连队官兵巡逻执勤时必不可少的工具。陈列柜上有一则说明：用背包绳把队伍连成一个整体，连队官兵用这种办法穿越冰雪，穿越风沙，用团结的力量打破自然的封锁，在北疆顽强驻守。

一根系来系去"永远断不了"的背包绳，一个传来传去"永远喝不完"的水壶，一件递来递去"永远用不着"的棉大衣……荣誉室中陈列着这个连队自建连以来各个时期的物品，但它们讲述的，都是关于团结的故事。

连队指导员阚康康指了指荣誉室一面满是奖杯奖牌的墙："连队获得了全国民族团结进步先进集体荣誉称号。走！我们到附近的牧民巴哥家坐坐。"

罕乌拉山脚下，一座蒙古包前，闻声出门迎接的粗犷汉子，就是阚康康口中的巴哥。他家是离连队最近的一户人家。

走进蒙古包，四周的毛毡墙上布满大大小小的荣誉奖状，有挂着的，有贴着的，优秀护边员、优秀边民信息员、优秀民兵……还有巴哥与戍边官兵的不少合影。我不禁向他竖起大拇指，巴哥爽朗地笑了，指着墙壁，说："这些，宝贝！"

喝着热气腾腾的奶茶，阚康康与巴哥你一言我一语讲了很多。一年寒冬，排长杨长鹏带领3名战士执行巡逻任务，返途遭遇"白毛风"，气温陡然下降、通信设施失灵，是躲到老乡的蒙古包中才躲过一劫；一年深秋，牧民哈斯草场突然失火，接到告急电话，时任连长赵帅带领23名战士，历经4个小时才将大火扑灭，草场前，哈斯握着赵帅满是血泡的双手，哽咽难语；一个冬夜，驻点上等兵赵雨生突发急性阑尾炎，腹痛难忍，而点哨距离连队过远，车辆无法及时抵达，是借助巴哥的摩托车才送到旗里医院，及时做了手术；前些年，连队为解决牧民吃水难，打了一口深水井，从此，连队周边80多户牧民吃上了清甜的井水，牧民们亲切地称其为"爱民井"……

"有人说，边关是边防军人的舞台，其实只说对了一部分。这里还居住着一群人，他们是'不退伍的哨兵'。将所有力量汇聚在一起，才能铸就钢铁雄关。"阚康康拉着巴哥的手感慨地对我说："边境牧民兄弟都是我们的'边民信息员'，协助我们解决了多起涉边事件，是我们戍边卫国重要的一部分。2004年，巴哥成为正式的护边员。"

巴哥听着阚康康的话，有些不好意思地笑了，然后伸出两手握拳用力并在一起，说道："团结，管用！守边，守家！"

在我的提议下，巴哥与我们再次合唱了《团结就是力量》。

"团结就是力量！团结就是力量！这力量是铁，这力量是钢！比铁还硬比钢还强……"

在温暖的蒙古包里，在激昂的歌声中，他们团结紧密，相互依存，你中有我，我中有你，早已不分彼此了。

（原载于《人民日报》2021年4月15日第20版，作者：倪光辉）

六、精武强能的先锋面孔

改革，归根到底是自我革命，是壮士断腕，是换羽新生。

新一轮国防和军队改革启动之初，习主席告诫全军，军队要跟上中央步伐，以逢山开路、遇河架桥的精神，坚决推进军队各项改革。大家一定要有这样的历史担当。

取舍有大义，去留见丹心。

一粒沙，一滴水，于历史洪流不过是沧海一粟；一个人，一个家，于改革大潮不过是浪花一朵。但正是每一名军人都交出了优异的改革答卷，军队才能经受住时代大考；正是每一名军人的拼搏与付出，才铸就了军队的辉煌、塑造着军队的未来。

南海舰队某潜艇支队 372 潜艇官兵

今年，在海军组织的一次实战化紧急拉动和战备远航训练中，南海舰队某潜艇支队 372 潜艇在深海突遇重大险情，指挥员沉着冷静果断指挥，全艇官兵舍生忘死奋力排险，成功化险为夷，创造了我国乃至世界潜艇史上的奇迹。

从接装入列、全训考核到形成战斗力，南海舰队某潜艇支队 372 潜艇官兵一路闯关夺隘，半年完成接装，一年内完成全训形成战斗力，第二年就执行战备远航任务，创下了我海军常规潜艇的 14 个首次和第一。

生死传奇三分钟

在深海里潜行，会遭遇什么？长期处于和平环境的部队，怎样确保召之即来、来之能战、战之必胜？

南海舰队某潜艇支队 372 潜艇，以一次惊心动魄的远航回答了疑问。

在海军组织的一次实战化紧急拉动和战备远航训练中，该艇在深海突遇重大险情，全艇官兵临危不惧，创造了我国乃至世界潜艇史上的水下传奇。习主席签发通令，给海上临时党委书记、任务指挥员、该支队支队长王红理记一等功。海军给 372 潜艇记一等功。

生与死的考验　海底"掉深"3 分钟

那天夜里，潜艇在深海潜航，一切井然有序。

午夜时分，潜艇深度计指针突然向下大幅度跳动。

"不好，掉深了！"舵信班副班长成云朝一声惊呼，打破了指挥舱内原有的宁静。这是潜艇水下最危险的状况之一，如果不能迅速控制下潜状态，"掉深"到极限深度便会艇毁人亡，外军曾有过血的教训。

此时，事发海域水深数千米，潜艇因浮力下降而急速下沉。增速、供气……就在官兵忙着处置险情时，更大的危险接踵而至：主电机舱一根管道突然破裂，海水喷涌而入……

"损管警报！""向所有水柜供气！"生死关头，指挥员王红理果断下令。

当时，陈祖军、朱召伟和毛雪刚 3 人正在主机舱里值班。管路爆裂一刹那，陈祖军条件反射般地瞬间作出反应，迅速关停工作设备，按损管部署下达封舱口令。

"当时舱里什么都看不见，也听不清指令，我立即停止主电机，断开电枢开关，关闭通风机、空调。"陈祖军复述着当时的一系列动作，"我心里清楚，封舱就意味着断绝了退路；一旦堵漏失败，我们 3 人将遭遇灭顶之灾。"

位于舱底的轮机兵朱召伟，没有任何迟疑与畏惧，冲进了水雾。海水以几十个大气压力喷射而出，打在身上钻心地痛。"当时脑子里就想着赶紧关闭各种阀门和开关。"他平静地说。

电工班长毛雪刚全然不顾安危，从前跑到后，从上跑到下，一路摸索着关闭大小阀门 40 多个，成功延缓了进水速度，但人却被高压气体挤压得呼吸困难……

不到 10 秒钟，应急供气阀门打开，所有水柜开始供气；1 分钟内，上百个阀门关闭，数十种电气设备关停；2 分钟后，全艇各舱室封舱完毕。

时间一秒一秒过去，每一秒都那么漫长、煎熬……3 分钟后，掉深终于停止；在悬停 10 余秒后，艇体开始上浮；最终，如一头巨鲸般跃出海面。

胜与负的较量　贴近实战练精兵

"把饭做好，晚上等我回家一起吃……"那一天，不少官兵给妻子打电话说。

没想到，刚放下电话，艇队就接到紧急出航命令；大家二话没说，背起战备包就钻进了潜艇升降口。

"来不及跟家人说句再见，悄无声息地离家远航是潜艇人的生活常态。"艇政委张学东说。

372 潜艇所在的部队时刻处于枕戈待旦状态。他们的备品配件等一应俱全，随便抽点海上指挥组成员和所有任务艇员，均全时在位。

那天，372潜艇突然接到上级战斗出航命令，艇员们各司其职，忙而不乱，提前数小时完成出航准备。

未来战场上的较量，比的就是平时训练水平。372潜艇在练兵场上和"打仗"较起了真。

潜潜对抗安全风险较高。372潜艇与兄弟部队潜艇在万顷碧波下放手较量……经过数回合的较量，该艇成功锁定目标，探索出让潜艇在不同水深进行对抗的组训模式，让演练更加贴近实战，同时还确保了安全。

操纵潜艇，犹如"在刀尖上跳集体舞"。372潜艇训练严格是出了名的。每年的损管专项训练，脱险、灭火、堵漏，都是玩真的。艇员无论干部战士，人人参加，反复进行，直到形成机械记忆、人人过关为止。

"靠运气，一次两次可以，但能顺利完成这么多重大任务，靠的是平时严格训练。"艇长易辉说。

自列装以来，372潜艇不仅迅速形成战斗力，还多次完成演习、远航、导弹实射等重大任务，开创了该型潜艇多项第一，多次被舰队表彰为基层建设标兵单位、军事训练先进单位、先进党支部和先进团支部。

进与退的抉择　出航就要打胜仗

"平时训练完不成任务，和战时打了败仗没啥区别。"王红理说："再难再险也得上。宁可舍命，也要不辱使命。"

抛开生死不顾，372潜艇自修自检装备后再次下潜，数十天后，圆满完成任务凯旋。

"什么叫打仗作风？对潜艇官兵来讲，就是险情面前头不蒙，强敌面前手不抖，困难面前腿不软。"随艇执行任务的支队政治部主任何占良感慨地说。

当时，372潜艇动力舱进水数十吨，主电机、空压机等重要电气设备被海水淹泡无法工作，潜艇一度失去动力。

经过初步排查，临时党委决定："赶在天亮前恢复动力，继续向大洋挺进！"趁着夜色掩护，潜艇浮起抢修。

掌控全艇电力"神经"的电工军士长陈祖军首担重任，为了在第一时间恢复某控制板，只能一遍遍用抹布擦干控制板内的海水，反复清洁密密麻麻的连接线、触头等装置。由于空调系统无法使用，舱室温度高达53摄氏度，湿度更是达到90%，陈祖军趴着忙活了三个半小时。

该艇动力长肖亮，原是军校的军事五项全能冠军，但在高强度的抢修过程中，累得三次抽筋。军医建议他休息，但在听到指挥员下达命令时，肖亮依然用颤抖的手去按操作按钮，在场官兵无不为之动容。

"这种敢打硬仗、敢啃硬骨头的作风，在艇队有着深厚的积淀。"随艇执行任务的支队副参谋长刘涛说。

一次远航，372潜艇经过连续航行，艇员已极度疲惫，却又连续遭遇两次强台风袭击。在水下数十米抗风，潜艇横摇仍然达到15度。为了最大限度地节省电能，艇员们仅靠饼干和火腿肠充饥，在高温下坚守岗位，没有一人叫苦叫累、临阵退缩。

当该艇完成任务胜利靠上码头，所有人都惊呆了：原本光滑平顺的艇体变了模样，长时间水下航行，密密麻麻的海洋附生物已悄然在艇体上安了家。

这样的经历，372潜艇几乎每名官兵都有，但他们从未因此而胆怯，依然心无旁骛，默默地奉献着。

(原载于《人民日报》2014年12月18日第1版和6版，作者：倪光辉)

"深海铁拳" 力道何来

这是一艘有着"大洋黑洞"之称的新型常规潜艇，被誉为"深海铁拳"。

从接装入列、全训考核到形成战斗力，南海舰队某潜艇支队372潜艇官兵一路闯关夺隘。半年完成接装，一年内完成全训形成战斗力，第二年就执行战备远航任务，创下我海军常规潜艇的14个首次和第一。

面对使命召唤，372潜艇官兵闻战则喜，动若风发，以最快速度战斗出航；面对突发险情，372潜艇官兵处变不惊，奋力排险，创造了我国乃至世界潜艇史上的奇迹。

这支特别讲忠诚、特别敢担当、特别有血性、特别能打仗的"深海铁拳"是如何锻造的？近日，记者走进372潜艇这个英雄群体，追溯他们的战斗航迹，探寻他们的精神内核。

勇于担当的忠诚艇队　铸牢打仗思想

这是一次不同寻常的战备拉动，从命令下达到战斗出航，372潜艇仅用了规定时间的一半。

对现代都市人来说，"说走就走的旅行"是时尚和洒脱，但对潜艇兵而言，说走就走的出征则是常态和职责。"每一次看似平常的出征，都饱含着潜艇兵对祖国人民的忠诚，对强军使命的担当。"372潜艇所在支队政委李云平告诉记者。

"闻令而动、听令而行。打仗思想，在372潜艇上表现得尤为突出。上至艇长政委，下到列兵艇员，人人都在想打仗、谋打仗、练打仗。"支队长王红理说，这些年，艇队官兵自觉把使命任务放在第一位，无论遇到多大的艰难险阻，面临怎样的严峻考验，没有一名官兵因任务艰险打退堂鼓，因个人困难掉"链子"。

372潜艇为什么能够在深海远洋历大险、建奇功？

"强军目标激励我们逐梦深蓝，给了我们战风斗浪的巨大力量，锻造了勇于担当的忠诚品质。"作为海上作战的主战兵力，372潜艇始终坚持当尖兵，教育引导官兵自觉把"我的梦"融入"强军梦"。

——每次远航，艇队官兵都积极要求参加，有的身体有结石不能参加任务，就偷偷去医院忍着剧痛把结石打掉后再次申请。援潜训练、快漂试验等科目都有一定风险，但官兵们没有一个退缩。

——由于经常出海执行任务，艇队官兵有的父母去世无法送终，有的妻子分娩不能照料，有的多次推迟婚期……可谓人人都有揪心事、个个流过男儿泪，但官兵们有苦不言苦、有难不畏难。

"潜艇遂行的是特殊任务，一举一动都牵动着国家利益的敏感神经。绝对忠诚、绝对纯洁、绝对可靠的政治品质，已融入潜艇兵的血脉和灵魂，成为我们的信念罗盘和精神灯塔。"王红理说。

敢打必胜的精武艇队　练就打仗本领

这是一次极具挑战性的深海博弈。面对外军舰机的立体搜索，千里奔袭、带"伤"上阵的372潜艇官兵，巧妙应对、斗智斗勇，成功突破对手的围追堵截。

向强敌亮剑、与强手过招，不仅需要超凡的胆识和勇气，更需要过硬的制胜本领。

那天险情发生时，主机舱里一片水雾，在看不见、听不清、站不稳的情况下，当值的陈祖军、朱召伟和毛雪刚3名战士，依靠平时练就的娴熟技能，不到2分钟就关闭40多个阀门、关停14种电气设备。

"化险为夷的高超本领，源自平日高难度训练练就的过硬技术。"艇长易辉说。

"当时什么都没想，几乎所有的动作都是凭肢体记忆'盲操'。"轮机兵朱召伟说，"支队经常组织'蒙眼损管'趣味小比武，刚开始只觉得好玩，没想到这次还真派上了大用场。"

这些年，372潜艇坚持以战斗力标准为"指挥棒"，把能打仗、打胜仗当主课钻、当事业干，不断提高实战化水平，打造了一支平时不畏战、战时不畏敌的精武艇队。

他们认准一个道理：平时训练严一分，战时胜算多几成。每次出海训练都设置不同训练科目、训练内容，损管操演设置舱室进水、设备起火等叠连险情，海上训练组织紧急速潜、大深度连续航行，让危情经历在平时、化解在平时。

过硬艇队必须人人过硬。"百人同操一条艇"，哪个战位都不能弱。在372潜艇，损管操演、理论考核、封舱灭火、部署操演、紧急拉动……科目随你点、人员随你抽，没有过不了关的。

"政治干部也要参加雾中航行考试。"艇政委张学东告诉记者，他和大家一样参加训练、一起接受考核，压力很大。满分100分的军事训练考核，在支队 90 分才算及格。某副艇长考了 87 分，根据《支队军事训练工作奖惩措施》，责令其重训重考。

"官兵们像熟悉自己的身体一样熟悉装备，像给潜艇充电一样不断给自己充电。"张学东说。艇队先后有 40 多人完成学历升级，30 多人获得电工等级、电气技术员等资格证书，26 人获优秀士官人才奖。

英勇无畏的铁血艇队　培树打仗作风

"打胜仗并不是一句口号。"走进 372 潜艇，从一点一滴、一人一事中，记者感受到他们围绕强军目标苦练精兵的不懈努力和"随时准备打仗"的男儿血性。

"怕死不当潜艇兵"，官兵脱口而出的话在艇队和支队营院处处可见。李云平告诉记者，长期以来他们十分注重战斗精神的培树，建成了战斗精神主题公园和历史荣誉长廊，漫步营区，处处洋溢着战斗气氛。

"打仗作风的体现，就是人人一身虎气，个个充满血性。"李云平说，正是凭着这种顽强作风和血性品格，不管是危机四伏的深海大洋，还是面对强手蓄意挑衅，艇队官兵都能不畏艰险、越战越勇。

潜艇是水下高科技堡垒，驾驭这样的高新装备，必须砥砺严谨细实的优良作风。

艇动三分险，依规行事就不险。潜艇出海往往"上有敌情、下有特情"，只有念好规章制度的"紧箍咒"，才能筑起应对危险的"防火墙"，撑起保障安全的"防护伞"。他们制定完善《应急处置安全管控手册》等 20 多项具体制度。艇队官兵养成了"与制度对表、按规矩办事、照规程操作"的好习惯。

只有万分细致，才能万无一失。潜艇有近千台仪器设备、几千条管路、上万个阀件，操作维护容不得任何差错。一次模拟鱼雷发射训练，所有装置信号器显示正常，但连续 3 次遥控发射都出现程序中断，经排查发现是一名新战士在装备保养时，将一个信号器螺纹顶杆多拧了两圈。艇队举一反三吸取教训，对装备实行量化管理，采取"读卡制"跟踪监控。

每次装备检查，都做到专业兵自查一遍、专业技师复查一遍、部门长巡查一遍、艇队领导抽查一遍，构筑起"四道安全门"。一次海上训练，军士长周军生从某舱室经过时，听到排气通风机有异常响声，他没有放过这一细微疑点，马上关机排查，发现一个叶轮松动。当时潜艇正在充电，一旦叶轮脱落将可能引发严重后果。正是凭着这种认真劲儿，他们消除多起问题苗头，保证了装备和人员安全。

驾驭潜艇如同在刀尖上跳集体舞，艇队坚持精练"步调一致"。在艇上，相互间的一个眼神、一个手势，大家都能心领神会。在处置重大险情中，全艇官兵3分钟内执行30多个口令、完成500多个动作，均精准无误，配合默契。

"这样的钢铁集体，没有闯不过的惊涛骇浪。"让人不禁为之赞叹。

（原载于《人民日报》2014年12月19日第6版，作者：倪光辉）

托起"深海蓝鲸"的铁汉们

"爸爸，您去哪里了？"

面对孩子的疑问，潜艇官兵们常常默默无语……

"不要问我在哪里，问我也不能告诉你。"因为特殊的使命任务，潜艇兵出海、归航注定没有鲜花和掌声。他们是一个默默付出勇于担当的群体。在家与国的取舍面前，报效国家的信念总是坚如磐石。

他们在深海大洋里游弋，他们就是托起"深海蓝鲸"的铁汉！

"什么也不说，祖国知道我！"372潜艇官兵明白，牺牲只是军人最大的付出，胜利终将是他们最高的荣誉。

没有海底浪漫　处处经受考验

"原以为海底很浪漫，其实完全不是那个样子。""我曾经去过一次潜艇，那环境让我牵挂，我再也不忍心看了！"372艇航海长李奎的爱人杨颖，把对丈夫的思念深埋心底。

那是什么样的工作环境呢？

潜艇的进舱口很小，只能容下一个人进入。舱门关闭后，一种压迫感袭来。舱内狭小的空间，布满各种线路管道和仪表设备。在一个舱室里，不到两米的高度横着3层铺位，每个铺位1米多长，并排铺位的间隙也就一个转身的距离，比火车上的卧铺车厢要狭窄得多。

舱内空间逼仄，温度也并不"宜人"。因为工作环境不一样，舱室之间的温差有三四十摄氏度：有的舱室热得穿背心短裤仍大汗淋漓，有的舱室披着大衣还冻得发抖。

饮食也是大问题。潜艇内不能生火做饭，新鲜蔬菜更是奢侈品。在远航中，淡水宝贵至极。每个人的日用水量在一升左右。就连每周一次的洗澡，也有严格的用水限制。因为环境所限，关节炎、腰椎间盘突出等，成为艇员的常见病。高温、高湿、高噪音、高污染环境，时刻考验着官兵。在潜艇中，一般人生物钟都会紊乱。"莫说完成任务，能在艇里待住就是奉献。"这就是记者的直接感受。

"小说中将海底描述得那样浪漫。其实潜艇在大洋潜航时，只有无边的黑暗，还有处处潜伏的危机。"支队副参谋长刘涛告诉记者。

潜艇部队的战斗力标准要用远洋大海来检验。"悄无声息离家远航，没人知道我们正经历着什么，一旦遇险，只能独自担当。"该艇政委张学东说。

即便如此，潜艇兵也有着自己的浪漫情怀。"烟波浩淼风光好，新春踏浪谁人早，蓝水长波心不老。计划隐蔽安全，强军重任在肩。诸君戮力同心，再写首艇新篇。"支队长王红理在执行任务后，写下这样一首词。

不管挺进深蓝有多大风浪，深海大洋暗藏多少危机，这种情怀支撑着中国海军潜艇兵义无反顾，无怨无悔！

飞机还未落地　潜艇已经远航

那天，372潜艇接到上级紧急出航命令，要求以最短的时间赶赴预定海域执行任务。

艇队党支部一边开会受领任务，一边组织物资装载、备航备潜，提前完成战斗出航准备，并在海上直接转入战备远航。

就在这次远航前，两名官兵家属即将临产，12名官兵的爱人、子女或父母正准备来队团聚，有的还在来队途中等着接站……在家与国的取舍面前，官兵们没有丝毫迟疑，来不及向妻儿说句再见，顾不上向父母道声保重，悄无声息离家远航。

电航技师周军结婚后，妻子王梅一直在老家照顾生病的双亲。12年来，两人团聚的时间加在一起不到10个月。今年她特意买了机票，带着10岁的女儿来队探亲，可飞机还没落地，周军已随艇出海。妻子苦苦等了一个月也没看到丈夫回来，眼看女儿就要开学，不得不返回老家。临走时，女儿哭着问妈妈："爸爸怎么躲着不见我们？你们是不是离婚了？"看着女儿哭花的小脸，王梅的泪水只能往肚里咽。

远航前夕，王红理母亲病重，他匆匆赶回老家，想陪在母亲身边多照料一些日子，谁知刚进家门就接到任务通知。望着病榻上面容憔悴的老母亲，想到可能无法送老人最后一程，他心如刀绞。自古忠孝难两全。王红理只能做最坏的打算，提前安排好母亲后事，临走前把善后费用留给亲戚……

那一年，舵信班副班长成云朝的父亲突发脑溢血。他急忙请假和爱人王玲肖赶回家照顾，可没几天就接到归队执行任务的电话；善解人意的妻子对他说："家里有我在，你就放心归队吧。"这一照顾就是好几年。邻居都夸这媳妇比儿子还管用，但她淡淡地说："虽然不知道老公在干什么，但我知道该为老公做些什么！"

这样的故事，几乎在372潜艇每名官兵的身上都发生过。

装备一清二楚　家人无法呵护

372潜艇两个"海霞宝宝"的故事，在支队人人皆知。

一次远航前，动力长谢宝树和雷弹长陈凯军的家属怀孕待产。得知此事，艇队官兵踊跃给两个即将出生的小宝宝取名为"海霞"和"远航"。

出海期间，谢宝树爱人符蓉临产，按规定需家属签字。符蓉强忍着阵痛对医生说："我老公出海了，字由我来签，责任我来担！"

陈凯军与爱人王青曾约定，生产时一定陪在身边。可直到过了预产期，老公还不见踪影。就在王青准备做剖腹产的当天，陈凯军返航归来；幸运的是，母子平安。

"作为潜艇兵，我们视装备如己出，就像呵护孩子那样，有个什么头疼脑热的，自己最清楚。"士官赵满星这样描述他和职掌设备的关系。他是业务骨干，出海时间多，与妻子长期两地分居，一年只有两个月团聚。

372潜艇副政委许建文，对全艇潜构数据了如指掌，却时常忘记爱人和自己的生日。

372潜艇所在军港码头附近有条海边小道，在丈夫远航的日子里，军嫂们常带着孩子到这里深情守望。时间长了，大家都管这条路叫"望归路"。

"他们肩上有多少重托，背后就有多少牵挂。一个心里装着大海的军人，肯定是一个值得托付终身的爱人。"王红理的妻子张艳说。

"你潜航再远再深，也走不出我的思念；远航归来，是我最大的幸福！""我愿意一直站在你左边，因为你敬礼的右手属于祖国、属于军队，而你的左手有我最幸福的拥抱。"军医卢翀的妻子曾晓燕说。

军嫂们朴实的话语，道出她们对丈夫最深沉的爱恋、对丈夫事业最无私的支持，也诠释了潜艇兵对祖国最坚定的信念、最赤诚的爱。

"为将忘家，逾垠忘亲，指敌忘身，必死则生。"这，是372潜艇官兵报国情怀的真实写照。

（原载于《人民日报》2014年12月20日第6版，作者：倪光辉）

全军挂像英模"飞鲨"英雄张超

记者从海军相关部门获悉：海军航母舰载战斗机一级飞行员张超，4月27日在驾驶歼—15飞机进行陆基模拟着舰训练时，突遇飞机故障，不幸殉职，年仅29岁。据悉，张超是为我国航母舰载机事业牺牲的第一位英烈。

当天，在连续完成两架次海上30米超低空飞行后，张超驾驶战机执行陆基模拟着舰训练。着陆后，已经接地滑跑的飞机突报"电传故障"，机头急速大幅上仰，瞬间离地。在飞机超过80度仰角情况下，张超被迫跳伞，坠地后受重伤，经抢救无效英勇牺牲。

现场视频和飞参数据显示，从 12 时 59 分 11.6 秒发现故障到 59 分 16 秒跳伞，短短 4.4 秒时间里，张超竭尽全力推操纵杆，制止机头上扬。海军某舰载航空兵部队部队长戴明盟说："生死边缘，张超仍在试图挽救飞机。"

2015 年 3 月，主动申请来到海军某舰载航空兵部队之前，张超是"海空卫士"王伟生前所在部队优秀的三代机飞行员，曾数十次带弹紧急起飞驱离外军飞机，首批驾驶歼—11B 飞机飞临西沙永兴岛，是全团"尖刀"队员中最年轻的一员。他改装二代机第一个放单飞，改装三代机比计划提前 4 个月完成，和战友们一道创造了海军三代机改装多项新纪录。

牺牲前，张超共飞过 8 种机型，多次执行重大演习演练任务，是海军超常规培养的舰载机飞行员之一，是中国军队年轻三代机飞行员中的佼佼者。他每个架次都在追求完美，每次升空都是自我超越。他心细如发，战机座舱内上百个飞行仪表和电门，总是"一摸准""一口清"，每次飞行几百个操纵动作和程序记得丝毫不差，近百个空中特情处置方案倒背如流……

舰载战斗机飞行，被形容为"刀尖上的舞蹈"，是世界上风险最高的职业之一。统计表明，航母舰载战斗机飞行员的风险系数是航天员的 5 倍、普通飞行员的 20 倍。2012 年 11 月 23 日，戴明盟首次在辽宁舰航母上成功阻拦着舰；2013 年 5 月，人民海军第一支舰载航空兵部队成立；2014 年底，我国自主培养的首批舰载战斗机飞行员成功完成舰上起降。

张超的牺牲，没有影响人民海军航母舰载机事业的前进步伐。6 月 16 日，渤海湾畔，一架架歼—15 飞机再次展翅海天间。据了解，与张超同批次舰载战斗机飞行员将在近段时间完成舰上起降。

化作海天一"飞鲨"

苍茫海空，辽宁舰劈波斩浪，一架架"飞鲨"战机陆续临空、绕舰、着舰。这意味着，新一批中国航母舰载战斗机飞行员将诞生！

然而，本已做好充足准备、具有绝对实力的一位"飞鲨"英雄缺席了。

他叫张超，海军某舰载航空兵部队一级飞行员。

今年 4 月 27 日，张超在驾驶舰载战斗机进行陆基模拟着舰接地时，战机突发电传故障，危急关头，他果断处置，尽最大努力保住战机，推杆无效、被迫跳伞，坠地受重伤，经抢救无效壮烈牺牲。

张超是为我国航母舰载机事业牺牲的第一位英烈。在壮阔海天绚烂绽放的生命之花，永远定格在了 29 岁的青春。

生命最后的 4.4 秒，折射其一生的报国梦想

4 月 27 日 12 时 59 分，连续完成两架次海上超低空飞行后的张超，驾驶战机执行当天最后一个架次飞行任务。当他近乎完美地操纵飞机精准着陆时，飞行教员已经开始在心里点赞，这意味着他们又顺利完成一天的飞行任务。

然而，谁也没料到，已经接地的飞机突报"电传故障"。电传故障，是歼—15 飞机最高等级的故障，一旦发生，意味着飞机失去控制。不到两秒钟，机头急速大幅上仰，飞机瞬间离地，机头超过 80 度仰角。所有人的心都揪了起来。"跳伞！跳伞！"飞行指挥员对着无线电大喊。几乎同时，火箭弹射座椅穿破座舱盖，"呼"的一声射向空中……

正在塔台商议第二天飞行计划的舰载航空兵部队长戴明盟、时任团长张叶马上往外冲，朝张超落地的方向狂奔。由于弹射高度太低，角度不好，主伞无法打开，座椅也没有分离，从空中重重落下，在草地上砸出一道深深的痕迹。此时的张超脸色发青，嘴角有血迹，表情十分痛苦。救护人员赶到了，张超被紧急送往医院。

20 多分钟的路程，张叶从未觉得如此漫长。"团长，我是不是要死了，再也飞不了了……"张叶没想到，这句话竟成了张超最后的告别。15 时 08 分，一颗年轻的心脏永远停止了跳动。彩超检查显示，在巨大的撞击中，腹腔内脏击穿张超的胸膈肌，全部挤进了胸腔，心脏、肝脏、脾、肺严重受损。

"战机在张超的心里，比生命更重要！"现场视频和飞参数据清楚地显示，在飞机出现大仰角时，张超做出的第一反应竟是把操纵杆推到头，他想保住飞机，却错过了最佳跳伞时机。"从 12 时 59 分 11.6 秒发现故障到 59 分 16 秒跳

伞，整个过程仅用了 4.4 秒，张超娴熟地完成了一系列动作，堪称优秀的战机飞行员。"戴明盟说，张超肯定知道，歼—15 飞机系统高度集成，发生电传故障，第一时间跳伞才是最佳选择。生死关头，张超却做出了一个"最不应该"的选择……

张超 1986 年 8 月出生在湖南岳阳的一个农民家庭。大家庭里有 10 多名党员，大舅当过 20 年兵，从小耳濡目染党的信念宗旨、听舅舅讲战斗故事，他的胸膛里早就激荡着一股英雄气，从军报国的理想在他心里深深扎下了根。

2003 年 9 月，空军到张超就读的岳阳七中招飞行员，张超欣喜若狂。因其 3 个哥哥少年时先后淹死、病亡，张超是家里的"独苗"，家人劝他"别去当飞行员，这职业太危险"，但张超还是第一个报名应征。2004 年 9 月，张超顺利通过层层考核选拔，成为当年全校唯一的飞行学员。

进入航校后，张超不知疲倦地学习、训练。两年下来，理论功课门门优秀，训练成绩项项满分。航校毕业时，学校提出留他任教，他坚决要去作战部队，要去"海空卫士"王伟生前所在的海军航空兵某团。

他在日记中写道："飞行不仅是勇敢者的事业，更是我的使命所系、价值所在！"

从零追赶，敢做不畏挑战的"飞鲨"英雄

2012 年 11 月 23 日，万众瞩目中，首飞试飞员戴明盟驾着战鹰成功实现了中国舰载机在自己的航母上成功起降。从这一刻开始，张超梦想深处再次荡起涟漪。

随着航母事业的发展，要在三代机部队遴选舰载战斗机飞行员的消息，搅乱了张超平静的心。一个崭新的"舰载梦"在张超心底萌生了。"要干就干最难的，要飞就飞舰载机！"张超第一个递交了申请表。

2015 年 3 月，张超以优异成绩被选拔进入舰载机部队，正式投身舰载飞行事业，成为中国海军最年轻的舰载战斗机飞行员。

此前的张超是部队公认的飞行尖子，先后飞过多型战机，参加过西沙驻训等 10 多次重大演习演练。曾数十次带弹紧急起飞，次次都出色完成任务。在

某飞行团，他改装二代机第一个放单飞，改装三代机比计划提前 4 个月完成，和战友们一道创造了海军三代机改装多项新纪录。

然而，从陆基到舰基，并不只是简简单单的一字之差，更意味着一切归零。

"有本事，就是要素质过硬、能打胜仗"，这是张超挂在嘴边的一句话。他是这么说的，更是这么做的。

张超是海军超常规培养的舰载机飞行员之一，而同班其他飞行员在两年前就开始了培训。为了赶上进度，张超用近乎疯狂的状态学习钻研，夜以继日逐项攻关。他经常利用周末和休息时间给自己加量，把自己"绑"在模拟器上训练，就连睡觉室友都常听他念叨上舰飞行口诀，他的模拟器飞行时间超过大纲规定近 3 倍。对战机座舱内上百个飞行仪表和电门，他能"一摸准""一口清"，每次飞行几百个操纵动作和程序记得丝毫不差，近百个空中特情处置方案倒背如流……

陆基模拟着舰训练中期，张超进入着舰技术反复期，技术状态时好时坏，训练成绩徘徊不前。为突破技术瓶颈，每飞完一个架次，张超都会不停地向教员请教自己飞行存在的问题；每个飞行日讲评，他总是第一个请着舰指挥官分析自己动作的偏差，不搞懂弄通绝不罢休。

张叶回忆说："张超牺牲了很多休息时间，平时很少外出，都是在房间、在模拟器上加班补课。"付出终有回报，张超训练水平稳步提升，飞行技术日臻完美，所有课目全部优等，在班里训练综合成绩名列前茅。

既是一座精神丰碑，更是一块前进路标

"他是为飞鲨而生，为飞鲨而死的！等上舰的时候，我要带着张超的徽章，让他陪我们一起见证，成为真正的舰载战斗机飞行员！"团参谋长徐英告诉记者。

遗体火化那天，全团飞行员去殡仪馆送张超最后一程。看到张超仍然佩戴着二级飞行等级标志，其实他在今年 3 月就被评定为一级飞行员，因训练紧张还没来得及换发。徐英摘下自己的一级飞行员标志，端端正正地戴在张超胸前。战友们把张超的二级飞行员标志珍藏起来，表示"要带着这枚胸标一起

飞上航母，完成张超未尽的心愿"。

在战友眼里，张超是一个完美主义者。他大胆地飞、科学地飞、安全地飞，飞行技战术水平跨越式提升。训练之外，他还善于总结。张超把自己改装的经验体会写成论文发表在团里《尾钩》舰载飞行杂志上，为后续改装的舰载机飞行员提供借鉴，这期杂志也成为全团每名飞行员的珍藏。

"诚实守纪，是飞行员宝贵的品质。"戴明盟介绍说，飞行讲评非常严苛，都是直指问题，但有些问题如果飞行员自己不说，别人未必知道。在一次驾驶教练机起飞后，张超忘记把起落手柄复原。这个小失误，短期内虽不会造成直接严重后果，但时间一长容易使电门失效，最终导致起落架放不下来等灾难性后果。飞行讲评会上，张超主动说出自己的错误，虽换来一顿严肃的批评，但他觉得很值得，警醒了自己，也提醒了其他人。

使命召唤、时不我待。距离驾驶"飞鲨"上舰的梦想越近，张超浑身越有使不完的劲。从 4 月初开始，张超在紧张的飞行训练之余，把全部精力都用在整理经验、收集资料、编写教范上，只用了 20 多天就整理出视频资料 200 余份、心得体会 2 万余字，丰富了舰载飞行的"资料库"。

张超的电脑里，保存着一份歼—15 飞机实际使用武器的教学法。"今后，每一个学习歼—15 飞机武器使用的飞行员，都会记住张超的名字。"副团长孙宝嵩表示，这套教学法凝聚着心血，体现着担当，弥足珍贵，成了张超为航母部队战斗力生成贡献的最后一份力量。

"张超既是一座精神丰碑，更是一块前进路标。航母事业是一项全新的事业，未来考验还很多、要走的路还很长，但我们一定会朝着尽快形成航母战斗力的既定目标，毫不动摇、毫不畏惧，勇于探索、勇敢前行！"戴明盟说。

6 月 16 日，渤海湾畔，一架架歼—15 飞机再次展翅海天间。

矢志舰载事业，甘洒热血驰骋长空；献身碧海蓝天，千秋浩气永垂英名。魂归海天，英雄不死！

（原载于《人民日报》2016 年 8 月 1 日第 1 版，作者：倪光辉）

"飞鲨" 是怎样炼成的

航母舰载机飞行，作为中国海军走向深蓝的重要一步，其未知性、风险性，会令一些人望而却步；而其开拓性、挑战性，会令另一些人怦然心动。

海军某舰载航空兵部队一级飞行员张超，当然属于后者。为了心中的报国梦，他选择了飞行员职业、舰载机事业，并矢志不渝，直至生命的最后一刻，还在挽救最爱的战机、保卫国家财产。2016 年 4 月 27 日，在执行飞行训练任务时，因飞机突发电传故障，张超不幸以身殉职，年仅 29 岁。

青春定格在壮阔海天，那是最美的、血染的风采。张超，也被誉为"飞鲨"英雄的杰出代表！

要飞就飞最好，淬炼三代机的"尖刀"

2013 年 12 月，张超作为年轻飞行员，成为海军南航某团三代战机改装新员。尽管是第一次接触最新型国产三代战机，但"挑战最好的飞机，把最好的飞机飞得最好"的信念时刻激励着张超，他一开始就朝着"尖刀"目标进发。

为尽快熟悉新飞机操纵原理，张超加班加点，一头"钻"进资料堆，翻阅飞机资料，把摘录的数据、符号记到小本子上，走到哪儿背到哪儿，上百个开关、电门、设备一天坚持画五六遍。功夫不负有心人，最终，他把各组技术数据、座舱内 100 多个开关、电门、按键、旋钮烂熟于胸，做到"一问明""一摸准"。

理论改装一结束，紧接着是实际操作。能否完成飞行理论到飞行实践的顺利跨越，将决定着能否拿到驾驭三代战机的"资格证"。

张超改装某型战机时，成为同批飞行员中第一个放单飞的人。然而，面对新型战机的"放飞"环节，张超仍旧一丝不苟，他甚至比常人付出了更多的努力。

克服机械式仪表到数字式仪表的变化，每天在飞机模拟测试状态下，判读上几十遍各类仪表读数，直至形成习惯；适应飞机制动操作更精细的要求，把橡皮泥揉成团，放在地上当成刹车，踩扁了再复原，反复地练到要多厚就能踩到多厚的程度，练成了用脚刹车的精准动作……

努力没有白费，张超提前4个月完成新机改装，他和战友们一道创造了该型三代战机改装多项纪录。

双机纵队筋斗，是某型战机特技飞行的高难动作，两机高度差不到10米，纵队向上翻转时，对飞行员技术水平、心理素质以及操纵精准度有很高要求，稍有差池就可能导致两机相撞或者后机进入前机尾流，酿成重大事故。这也是一些外军飞行员用来炫耀飞行技术的"招牌动作"。

在飞这个充满压迫感和高风险的动作时，张超出现了少有的迟疑。教员卢朝辉看出了他内心的胆怯，及时给他鼓励、为他示范，打消了他的顾虑。张超主动要求来一个，说完一拉操纵杆，和长机协同完成了一个无可挑剔的双机纵队筋斗特技。"飞得漂亮！"落地后，卢教员冲张超竖起大拇指。

每个架次都在追求完美，每次升空都是自我超越。每飞完一个架次，张超都会毕恭毕敬地向教员敬个礼，然后追着教员不停问自己飞行存在的问题，聚精会神地聆听教员讲解，生怕漏过一句话。

在日记中，张超这样写道："英勇顽强是血性，不怕牺牲是血性。对于舰载战斗机飞行员来说，面对未知敢于挑战，遇到瓶颈勇于超越，也是血性。"

多次经历空中特情，每次都直面生死、果断应对

在并不太长的飞行生涯中，张超多次经历空中特情，每次都直面生死考验。

2012年1月9日，海南某机场，某团跨昼夜飞行训练正如火如荼展开。刚完成三代机改装的新飞行员张超驾驶战机起飞不久，便发现液压指示不正常，并有继续下降的趋势。液压一旦失灵，将造成飞机操纵失控，后果不堪设想。

此刻的张超，异常冷静，果断平稳转向180度，快速检查起落架收放装置，干脆利落地完成系列应急处置操作。飞机随着液压的下降越来越难操控，

在地面指挥引导下，张超精心操作，最终驾机安全着陆，避免了一起严重飞行事故。

一次，张超驾机执行战备巡逻。战机突然抖动剧烈，左发动机骤然停车。这是张超第一次遭遇空中停车。他沉着冷静，迅速关闭左发动机油门，调整右发动机油量，不断修正失去平衡的战机，调整飞行姿态，成功驾驶故障战机返航。

有一年3月底，由于任务需要，上级指示张超所在团派出战机转场某机场执行战备值班任务，得知此事的张超主动请缨。机场陌生、环境差异大、海上气象复杂，每一个对飞行员来说都是不小的挑战。那天，天高云淡，他驾机与编队奔袭一个多小时才飞抵。对准跑道、下降、放起落架、着陆、放减速伞，动作一气呵成，张超以完美的动作降落在距离短、风向变化快的海岛机场。

历经危险考验的洗礼，张超不仅没有退缩，反而更激起了战胜艰险、勇攀高峰的血性斗志。一次飞行时天气突变，海天之间乌云翻滚，暴雨如注，能见度瞬间降到不足百米。当时天上还有7架飞机，张超就在其中。而备降机场天气也十分复杂，更要命的是飞机油量所剩无几，塔台指挥员只能冒险让机群在本场迫降。危急关头谁当"领头雁"？团领导不约而同想到张超。

张超驾机准备第一个迫降，为后续机群探路，为战友开辟生命通道。他呼啸着冲出云层，迅速对准跑道，又凭借高超的驾驶技术成功避开跑道积水侧滑险情，飞驰的战机在积满雨水的跑道上冲起数米高的水帘后，稳稳停了下来。

在他的示范引领下，其余6架战机依次在大雨中超气象强行着陆。

忠诚护卫海空，彰显英雄的血性胆气

为什么能坦然面对生死？张超靠的是对飞行事业的热爱和对祖国的忠诚。"越是危险时刻越能体现英雄本色，越是面对强敌越能检验使命担当。"张超曾这样说过自己的英雄观。

在重大任务面前，张超的血性胆气更是表现得淋漓尽致。

在南海驻训和战备值班期间，张超几乎是天天与外机进行面对面的较量。2014年5月一天，尖利的战斗警报响起，一架外机抵近我南海岛礁侦察，上级命令驻训分队严密跟踪监视，驱离外机。正在值班的张超与僚机闻令紧急战斗起飞，迅速抵达任务空域。面对强敌的肆意挑衅，他斗智斗勇，寸土不让，始终令对手占不到半点便宜，直至将其成功驱离。驻训期间，张超数十次这样带弹紧急起飞，次次都出色完成任务。

在一线部队时，他每年春节几乎都是在紧张的战备值班中度过，就连结婚这样的人生大事，也只能利用战备值班间隙完成。婚礼前一天，他才匆匆赶回家。婚礼上，他说的第一句话是感谢正在一线战备值班的战友，令全体亲友为之动容。蜜月过了不到一周，他又急忙归队重返战斗岗位。

一线部队的摔打与磨砺，让张超在舰载机上舰飞行的征途中不屈不挠、愈挫愈勇。他几近完成了舰载机训练的所有飞行架次，就在即将迎来上舰飞行、梦想成真的时刻，奋进的人生航迹却戛然而止。

砺胆海天，彰显凛然血性；海天呜咽，泣念飞鲨英雄！

（原载于《人民日报》2016年8月2日第6版，作者：倪光辉）

"飞鲨" 英雄情亦真

"提笔安天下，跨马定乾坤！"

在海军某舰载航空兵部队飞行员宿舍的一扇门上，记者看到了这样一句话。这是一位飞行员贴上去的。这句话上面，是一张年轻英俊的照片。这个怀着远大理想、看上去似乎有点"年少轻狂"的阳光男孩，曾经是一位驾驶舰载战斗机巡天蹈海的飞行员。

他叫张超，一级飞行员，护卫祖国海空的"飞鲨"英雄。在飞行训练时，因飞机突发电传故障，张超不幸以身殉职。近日我们来到这里，在部队战友和家人亲属的回忆中，我们追寻英烈，从另一个视角来敬慰英雄。

英雄眼里的"纯净小子"

同一个梦，冥冥中牵连着两位"海空英雄"。

一位是鼎鼎大名的"海空卫士"王伟，另一位则是从王伟生前所在团走出来的舰载机飞行英雄张超。

英雄跨越时空，惺惺相惜。

张超的大舅当过 20 年兵，张超就是在听着大舅讲的一个又一个战斗故事中长大的。英雄梦就这样生根发芽。

2001 年 4 月，得知海空卫士王伟在"中美撞机事件"中的英雄壮举，原本渴望当兵、渴望成为一名海空飞行员的张超，当即拍案而起，在为王伟英雄叫好的同时，他暗自立下誓言：一定要当一名像王伟一般的海空卫士，时刻守卫祖国的万里海空！

时隔 8 年之后的 2009 年 7 月，经过航校和部队的严苛训练，以优异成绩毕业的张超，毅然选择了"海空卫士"王伟生前所在部队——南海舰队航空兵某团。报到时，张超一句"我就是冲着王伟来的"豪言壮语，至今令许多战友印象深刻。

能在自己心中崇拜的英雄所在部队从军报国，张超内心满是自豪，全身满是动力。学英雄事迹，当英雄传人。在英雄精神引领下，张超先后出色完成两个机型改装，迅速成长为优秀的海军航空兵三代机飞行员。

"张超这小子，天生就是块干飞行的料！"2014 年底，进行舰载战斗机飞行员考核选拔，舰载航空兵部队司令员戴明盟第一眼见到张超时如此感慨。

"他朴实阳光，眼神透彻，脸上总是挂着笑，很有亲和力。""他那种期盼甚至带点乞求的眼神令我感动、让我心动，我就喜欢像他这样纯粹追求飞行事业的飞行员。"被誉为"航母舰载战斗机英雄试飞员"的戴明盟红着眼圈，动情地追忆。

张超见到戴明盟也特别激动，急切地说："我非常仰慕您，特别想成为您光荣团队的一员！"

2015 年初，已是单位飞行骨干、家属也特招入伍随队的张超，主动舍弃个人提升机会和安稳家庭生活，毅然来到舰载战斗机团。

战友口中的"暖男超哥"

"张超从来都是这样，他太痴心于飞行了，训练起来没日没夜，飞行起来无畏无惧。"说起训练，战友们认为张超是个"拼命三郎"，但在生活中，大家都亲切地称他为"暖男""超哥"。

张超喜欢打篮球，打得很好。打球时，不管是对他犯规还是不小心碰撞，他从来不发脾气，总是笑呵呵的。

张超不会踢足球，但是只要组织踢球，他都会参加。他不上场，在旁边帮大家收拾衣物、拿水保障。大家感觉他像个邻家大哥。

在一起飞行时，张超对地勤官兵特别尊敬，总说"空勤地勤是一家，大家都是好兄弟"。一次会餐，张超以水代酒敬地勤人员，他说："感谢地勤人员给我们维护飞机！感谢兄弟们的辛苦保障！"大家听了很感动。

张超有个习惯：每次起飞前和着陆停稳出舱前，他都会给地勤人员伸个"大拇指"。这个细节让大家感觉很温暖。事故发生后，一个地勤人员说，"真希望那次着陆，他能和往常一样，还向着我们伸一个大拇指，可没想到，这成了永远的回忆。"

张超是家里的独子，也是这个家庭的顶梁柱。张超父亲企业改制下岗，母亲身体不好，全家因拆迁长期租房居住。张超生活很节俭，这让朝夕相处的战友印象深刻。"他洗发水快用完时会兑点水再用几次，旧款剃须刀用了不知多少年，衣柜里只有几件军装和运动服，床下两个小箱子，鞋架上几双旧鞋，剩下就是书。他牺牲后，教导员让我整理他的遗物，发现就只有这几样东西……"

和他同寝室的飞行员艾群一直不理解比自己小 3 岁的张超为什么这么费力攒钱。当张超把多年积攒的 20 万元一次性给父母在乡下建房子时，他才明白，这是张超的孝心。

"虽然他过得特别节俭，但对战友们却不抠门。休假回来，他会把妈妈做的腊鱼、萝卜干给我们分享，还从千里之外拖着一大行李箱老家特产'酱板鸭'分发给大家尝。就在牺牲前 10 天，他让妻子寄了两盒'君山银针'新茶，分给我们喝。现在茶未凉，他人却走了……"说起张超，战友们泣不成声。

"相守变永诀只是一瞬间，鲜活的面孔变成了怀念。我哭泣着呼唤你的名字，期盼你能给我只语片言。带着我的祝福我的牵挂，愿你在天堂里飞得更远……"团参谋长徐英含泪为张超写了一首 100 行的长诗，追忆他们曾经的点滴，寄托自己的哀思。

战友们说，张超虽然不在了，但他永远是舰载航空兵部队的一员。

家人乡亲心中的骄傲

"女儿很想你。""没有办法不想念……""与你分别 78 天了。你是否还能够感知这血染的荣誉?"……

打开张超微信的朋友圈，一字一句，一图一文，每天更新，好似他从未离开过。自从张超牺牲后，妻子张亚每天帮着张超更新着朋友圈，时而发一张女儿的图片，时而抒发自己的思念之情。

在海军南航飞行团时，妻子为支持他的飞行事业，辞去了国航空乘工作，特招入伍来到海南。2014 年，可爱的女儿出生、父母也过来团聚，一家人其乐融融、幸福美满。

面对张超选择舰载战斗机，家人起初并不理解。父母劝他："我们在电视上看过，航母上飞比陆地要难得多，也危险得多，你可要想清楚。"妻子问他："一家人刚团聚，过得好好的，为什么要分开?"然而，他们也知道，这是张超热爱的事业，最终还是默默支持他。

今年 4 月，张超牺牲前，妻子张亚曾想来部队看看他。

张超到舰载航空兵部队一年多了，还没让张亚来过。每次张亚提出要来，他总说："等我上完舰。舰载战斗机飞行员只有真正驾机在航母上起降了，才算得上是舰载战斗机飞行员。"

4 月 27 日，张亚买好了第二天的火车票，跟张超约好，先去沈阳看朋友，再趁"五一"假期来部队看他。

那天晚上，张超平日里很准时的"平安"电话却迟迟没有来，张亚打了好多个过去也没人接。她有些心慌，往常只要白天飞行，张超都会打电话报平安。

但无论如何，张亚也没想到，挚爱海天飞行的丈夫已经走了。

张超和张亚有一个浪漫的约定——等他上舰那天，她要来部队共同见证梦想成真的一刻。张亚将会手捧鲜花，和两岁的女儿一道，迎接心中的"男神"凯旋！

可是，这个约定再也无法成为现实了。

在家人和乡亲的眼里，张超是个孝顺懂事的好孩子；在老师和同学的眼里，张超是个乐于助人、重情重义的好学生。张超上军校后发的第一个月110元津贴，只留了10元买洗漱用品，其余100元寄给了父母，父母至今都舍不得花，留着做纪念。他自己穿着旧皮鞋，把新发的皮鞋寄给父亲。每次回家探亲，他总是陪父母说笑，聊聊心爱的战机和未来的规划，告诉他们飞行是多么的快乐。

张超父亲张胜华是一名老党员，得知张超牺牲的消息后，张胜华第一句话就是："孩子给组织添麻烦了，孩子给部队添麻烦了。"言语间，令人动容。

（原载于《人民日报》2016年8月3日第9版，作者：倪光辉）

青春，勿忘家国与边关

【用青春和汗水回报国家和人民，这就是百姓心中的中国军人】

8月1日，2016年全国征兵工作将正式开始，军营再次敞开怀抱，准备接受全社会拥军和从军的热情。对于众多大好青年，正如国防部新闻发言人所讲，"青春不只眼前的潇洒，还有家国与边关"。

我们生活在和平年代已经很久，除了热播的电视剧，军营在90后的认识里，可能遥远而陌生。其实，军营和青春密不可分。从2012年征兵起，国家对正在全日制普通高等学校就学的学生取消缓征规定，鼓励广大大学生报名参军。2013年，将提高大学生征集的质量层次作为征兵工作的重中之重，并且为了方便大学生入伍，把征兵时间从冬季调整到夏季。军队需要新鲜的血液，没有青春的力量，战力和活力将难以为继。

今年的征兵更与往年不同。近一个月来，在洪水高悬的大堤、抗洪抢险的一线，迎战洪魔的那抹绿，持续"刷屏"。这个时候，"欧巴"不在，"偶像"不在，"达人"不在，但有共和国的将士在！——网上的流行语说明，用青春和汗水回报国家和人民，这就是百姓心中的中国军人。他们和平时期抢险救灾，保护人民生命财产，战争时期保家卫国，捍卫国家利益与尊严。今年征兵将优先征集在抢险救灾和灾区恢复重建中表现突出的青年入伍，就是为了弘扬人民军队不怕牺牲、迎难而上的气质。

从国家的角度讲，构建现代国防，需要大量优秀青年学子投笔从戎。按照国防和军队现代化建设的战略构想，建设信息化军队、打赢信息化战争对士兵队伍素质提出了更高的要求。像海军的航空母舰、空军战机的维护保养、现代化陆军装备等等，迫切需要高素质的士兵。更多的大学生参军入伍，有利于改善士兵队伍的文化结构，缩短士兵熟练掌握武器装备的周期，充分发挥高科技武器装备的效能，提高部队战斗力。国家和地方，近些年也出台了很多优抚政策：义务兵两年，将领取政府和部队发放的优待金、经济补助、退役金、退伍费和津贴费，如果部队需要，被选为士官或者考学、提干，收入更高。

从个人的角度讲，军营的历练，可以让青春更精彩。2007年，清华大学优秀毕业生乐焰辉，毅然决定到带兵打仗的一线去。经过反复申请，最终如愿以偿成为"常规导弹第一旅"的一员，从此开始了自己的军旅生涯。2009年10月1日，乐焰辉和他的导弹战车威武雄壮、分秒不差地通过天安门广场，接受了党和人民检阅。如今，乐焰辉已是先锋连的"先锋官"，成为战略导弹部队唯一享受优秀政治教员和导弹发射指挥长"双津贴"的指导员。乐焰辉付出了别人没有的努力，也收获了普通人不曾有过的精彩人生。培养优秀的军人品质、锻炼健康有形的身体、养成独立生活的能力、拥有开阔的视野、掌握顺利就业的技能，这些都是受益终身的无形财富。

"男儿何不带吴钩，收取关山五十州？"如今的军营虽不能效仿霍去病17岁率800轻骑深入漠南驱逐匈奴，但同样可以锻炼顽强的意志品质、过硬的能力素质；即使没有机会吟唱"孰知不向边庭苦，纵死犹闻侠骨香"，也能以现代军人的方式，成为报效国家的栋梁之材。男儿应是危重行，在最好的青春年华参军报国，成就青春梦想，这是多么潇洒快意的人生！

（原载于《人民日报》2016年8月1日第5版，作者：倪光辉）

陆军某部"大功三连"

信仰之光， 在这里闪耀

陆军某部一营三连，是一个具有光荣传统和历史荣誉的先进连队。战争年代战功卓著，4 次荣立大功，被誉为"大功三连"。20 世纪 70 年代，三连就因"煤油灯下学毛著"而享誉军内外。40 多年来，连队成为闻名全军的思想工作模范连、基层建设模范连、科学发展模范连。

党的十八大以来，连队坚持用习主席系列重要讲话精神建连育人，指导转型建设实践，努力锻造"四铁"过硬连队、培育"四有"新一代革命军人。官兵真学、真信、真用，连队全面建设转型升级再上新台阶。

在这里，真学成为一种自觉

"学理论、变思想、建连队、育新人"，走进"大功三连"，连队俱乐部里张贴的这 12 个大字最先映入眼帘。

"这是三连的光荣传统，打仗间隙学《论持久战》、点着煤油灯学毛著曾闻名全军。"旅政委刘海成告诉记者，新形势下，连队创新方法学理论，建立"理论学习值班员"制度，开设"士兵讲坛"，组织文艺创演，探索的"学、讲、议、帮、干"做法，走向了全国全军。

记者在三连看到，习主席系列重要讲话精神要点，在门厅、走廊随处可见；班用柜钥匙牌、床头定位卡，贴的都是系列讲话的思想观点；"士兵讲坛"火花迸发，"理论沙龙"精彩纷呈，快板书朗朗上口，漫画集栩栩如生……

"妈，'两学一做'基础在学、关键在做，我们连队学习教育搞得好，我给您介绍点经验……"战士陆钧杰在电话中侃侃而谈，电话那头身为甘肃省某大型国企党委副书记的母亲早已喜极而泣，她没想到以往叛逆迷茫的儿子入伍后不仅懂事了，还爱上了理论学习。她专程到连队一探究竟，深深感到：是连队浓厚的理论学习氛围感染了儿子，是习主席的系列重要讲话精神改变了儿子。母亲回家后连续给儿子写了3封信，她要和儿子共同学习习主席系列重要讲话精神。如今，收藏在连队荣誉室的这3封家书已成为更多战士和家长的"参照系"。

小陆是怎么转变的？原来，班长廉永康发现小陆对漫画、画报等情有独钟，就找来相关画册给他看。在习主席到百姓中访贫问苦、到哨所看望官兵等图片中，小陆感悟颇深。廉班长趁热打铁，引导小陆从看画册转入到看文章。小陆对学习习主席系列重要讲话精神产生了兴趣。

一个兵透视一个连，一个连折射一支部队。

"用官兵兴趣点激发学习兴奋点，是我们点燃官兵学习热情的法宝。"三连指导员王金龙介绍说，连队借鉴"百家讲坛""天天读报"等热门电视节目，每周开办"士兵讲坛"，24名大学生士兵在先学一步、学深一层的基础上轮流登台授课，从战士感兴趣的话题入手，选取习主席的某一篇讲话或部分段落剖析解读；每天组织"新闻点评"，采取自荐、抽点、轮值的方式，让全连官兵针对时事热点各抒己见。

"在这里，学习就是一种精神享受了！"行走在军营，记者被三连浓厚的理论学习氛围感染着。

"习主席的系列重要讲话有温度暖人心，博大精深，既能治国理政，又能强军兴军，还教立身做人。"三连连长张继平说。

在这里，真信成为一种力量

"宁要绿水青山，不要金山银山，而且绿水青山就是金山银山。"蒙古族战士格西格图下连不久，连队组织学习习主席关于大力推进生态文明建设的重要论述，指导员解读这段话时，他感同身受。

随后的讨论，格西格图说："我的家乡在内蒙古大草原，前些年过度放牧沙化严重，乡亲们深受其苦。是习主席号召的绿色发展理念，让大家头脑开了窍，政府也采取有力措施，改善了生态环境，如今风吹草低见牛羊的景象再现。"这次讨论后，他对学理论产生了浓厚的兴趣，越学心里越亮堂，越学越爱学，如今已成为连队的理论骨干。

"战士参军入伍，承载着个人的梦想、父母的期盼、强军的希望，我们有责任把他们教育好培养好。"指导员王金龙对记者说，就是要像习主席要求的那样，按照"四有"新一代革命军人标准培塑官兵，使人人有梦想，个个能成才。

上等兵王欢入伍前是个"学霸"。大二那年，他踌躇满志参军来到三连，本想大展拳脚却接连碰壁。体能考核，他总是被甩在队尾，实弹射击经常不及格，就连理论考核也不占优势。巨大的落差，让王欢感到一下子掉进了"冰窟窿"。

"要勇敢肩负起时代赋予的重任，志存高远，脚踏实地。"学习《习近平谈治国理政》书中的这段话，王欢豁然开朗，要想在部队有所作为，就必须克服眼高手低的毛病，从点点滴滴学起干起，夯实能力素质基础。

王欢自我加压，练体能、练队列、练战术……很快，他不仅训练水平赶上了，还发挥自身优长，为连队制作理论学习展板、军事训练教学视频，成为连队离不开的"小能人"。

"三连是个大熔炉，个个在这里都能成长成才。"3年来，连队先后有9人考学提干，22人实现学历升级，退伍战士中有28人成功创业，61人成为地方企业骨干。2015年，连队被共青团中央和原总政治部定为"全国大学生社会实践基地"。

在这里，真用成为一种行动

走进班排宿舍，战士们正全神贯注地看智能手机。

原来，他们正通过集团军与中央党校联合研发的"学习军营"APP教育辅助系统学系列讲话。

APP页面里有"强军风采""兵心驿站"等9个板块，特别是习主席的系列重要讲话，图文并茂，内容丰富。"APP是随身携带的掌上课堂，学习起来方便又入心。"一名战士插话说。

三连官兵说，学习讲话精神，关键是领悟透、照着做，指导实践、推动工作。

去年 4 月，三连专业训练紧张展开，又恰逢担负旅两项重大教育先行试点任务。指导员王金龙及时组织干部骨干学习习主席重要讲话中蕴含的统筹兼顾思想方法，突出重点、抓大放小，对连队工作重新进行梳理和分工。很快，连队各项工作步入了良性发展的轨道。

"真学真信关键在于真用。学习力就是战斗力。"旅政治部主任卫军刚告诉记者。3 年来，连队共破解教育、训练、战备、管理、保障等方面 30 多个重、难点问题，连队先后有 25 人被集团军和旅评选为"理论学习之星"和"理论骨干之星"。

在学习理论中提升战斗力。官兵深刻理解习主席指示，坚决纠正"牺牲训练保安全"等军事训练上的思想误区，凝聚全连真打实备的意志力量。

理论越学越好，武艺越练越强。在不久前组织的一次对抗演练中，三连担负左翼穿插任务。官兵利用地形巧妙掩护，充分发挥机动优势，用一记漂亮的"左勾拳"，一举端掉"蓝军"后方指挥所。随后，继续向纵深推进，打乱了"蓝军"的作战部署，为战斗取得最终胜利立下大功。近几年，三连荣立集体二等功 3 次、集体三等功 1 次，在上级组织的比武竞赛中摘得 5 枚金牌。

（原载于《人民日报》2017 年 1 月 13 日第 1 版，作者：倪光辉）

制胜之剑，在这里锻造

这是一把随时准备出鞘的尖刀——

旅里不打招呼整建制拉动部队。随着一声令下，只见三连官兵装备启封快速高效、物资装载定人定位、远程机动动若风发……两个多小时后，三连率先抵达集结地域。机关检查评比，三连器材一件不少、物资一样不缺，全部符合实战要求。

"睡觉都要睁只眼，随时拉得出冲得上！"在旅长刘长安看来，三连战备水平在全旅首屈一指。"宁可备而不战，不可无备而战。"连长张继平告诉记者，习主席强调"保持箭在弦上、引而待发的高度戒备态势"，就是要求我们树立"战争就在今晚打响"的忧患意识，把战备工作抓得紧而又紧、实而又实。这个"理"，在三连早已形成共识。

一时胜负决于力，千秋胜负决于理。一支军队的精神崛起，才是真正的崛起。

近几年，三连注重把学习成果转化为强军兴军的政治热情和内在动力，落到连队各项建设上，连队先后荣立集体二等功、一等功，党支部被陆军表彰为"先进基层党组织"。

在这里，铸魂固本有元气

"这真是一场闹剧！看了新闻，肺都要气炸了！""菲律宾南海仲裁案的法官拿了人家的臭钱，瞪眼说瞎话！"这是 2016 年 7 月 13 日晚，三连官兵收看完"新闻联播"后的新闻点评，官兵口诛笔伐，群情激愤。

在点评新闻时，官兵们打开"学习军营"APP，从习主席会见欧洲理事会和欧盟委员会领导人时的讲话说起，最后落到习主席"过去讲养兵千日、用兵一时，现在要讲养兵千日、用兵千日"的精辟论述，号召官兵用练兵实际回击这场闹剧。10 多名官兵的发言汇聚一点：时刻听令而行、坚决不辱使命！

这，就是"大功三连"的兵！装进脑子是理论，释放出来是力量。

一段时间以来，网上出现了对"狼牙山五壮士"等战斗英雄恶意抹黑的行为，作为英雄所在部队的传人，三连广泛组织开展"我为英雄正名"活动，用铁的事实批驳那些似是而非的质疑和评价，用习主席讲话精神解读英雄事迹的时代价值，坚定官兵崇尚英雄的信念。

"练就金刚身，不怕百毒侵。"面对当前意识形态领域尖锐复杂的斗争，大学生士兵王子勋，看到同学微信群里散播一些不良信息，他用习主席"网络不是法外之地"的观点有理有据地进行阐释，引导"朋友圈"里的朋友，时刻保持清醒头脑，提高政治鉴别力。

"青年官兵追梦的路上，注定不会是一帆风顺。"连长张继平对记者说，信息网络时代，官兵入伍动机多元、价值取向多样，在个人成长中难免有些迷茫，关键是要像习主席指出的那样，"以正确的世界观、人生观、价值观来指导自己的选择"，在灵魂上"补钙"、本事上"升级"、血性上"淬火"、品德上"提纯"。

进来是块铁，出去是块钢。近年来，三连先后走进41名大学生士兵，个个都是理论骨干，人人受到表彰奖励，12人成为训练尖子。

在这里，能打胜仗有底气

这是一次尖刀对尖刀的对决。

2016年5月中旬，南昌城郊，"中部铁拳·勇士"杯比武竞赛开展得如火如荼，来自中部战区陆军5个集团军50个战斗班在这里一决高下。

丛林投弹、翻越障碍、反恐射击……参赛队员要负重27.5公斤，连续战斗36小时，完成12项内容全新的军事课目。两天鏖战，成绩揭晓："大功三连"一班扬威赛场，成绩名列前茅。

理论学得好、军事过得硬，"大功三连"能打胜仗的底气从何而来？

2013年，三连所在部队整编，所在营由装甲步兵营整编为合成步兵营。装备转型，人已经钻进步战车了，思维却还躺在履带板上。官兵刚操作新装备着实力不从心。连队重新组织官兵学习研究新装备的技战术性能、作战运用原则，并在组训模式、战法运用以及指挥协同等方面求新求变，着力破除重体能轻技能、重单兵轻协同等"旧胎"，换接技战一体、人装一体、训战一体的"新骨"。

2014年5月，连队组织换装后首次实弹射击。他们在靶场插上小红旗，标示跃进线、射击线、返回线。由于炮长提前知道目标射击距离，实弹射击发发全中，打出"满堂彩"。

"上战场还能插小红旗吗？""今天训练场上搞假把式，明天上战场就会付出血的代价！"……打靶归来，连队官兵自发组织"战斗力标准大讨论"，大家各持己见，轮番向实弹射击中的不实训风"开炮"。

这声声"炮声"，让连队党支部"一班人"警醒：开展实战化训练，就要像习主席要求的那样，以作战的方式训练，以训练的方法作战。他们以这次大讨论为契机，逐战位逐课目深查细纠，先后清理整改了"5公里武装越野捆装具""手榴弹实投找'保姆'"等和平积习。

实战的导向一旦确立，训练的准星就主动瞄准战场。在浓厚的打仗氛围下，连队打仗的本事越来越强，战士打仗的技能越练越精。改制换装4年来，三连官兵见了红旗就红眼，不拿红旗就红脸，四大专业15个课目优良率均达到95%以上，成为全旅第一，连队年年被评为军事训练一级连。

在这里，作风优良有正气

"书记刘新刚同志抓工作有时急躁冒进，搞个人说了算，与支委沟通不够……""副书记张继平同志抓训练创新思维不够，跟不上换装转型步伐……"

连续9个多小时的民主生活会"辣味"十足，三连支委们率先"开炮"，自我批评揭短亮丑，批评他人不留情面。这是三连按照党的群众路线教育实践活动安排，召开党支部专题民主生活会的一幕。

这也是连队换装改制后召开的第一次支部民主生活会。新班子组建不久，如何攻坚克难，破解连队转型建设中的重难点问题，党支部"一班人"意见统一，用好批评与自我批评这个锐利武器，首先清除连队转型建设中的思想作风积弊。

民主生活会从下午两点半一直开到深夜零点，人人当场认领问题，个个作出整改承诺。

"习主席说，打铁还需自身硬。作为连队的主心骨，支部班子建设不能有丝毫懈怠。"现任党支部书记王金龙告诉记者，改制换装以来，连队党支部坚持落实制度从严从实、解决问题抓早抓小，党员问题解决不出党小组，连队问题解决不出党支部，确保党支部坚强有力，始终发挥核心领导作用。

"我的承诺你监督，我的表现你打分。"三连在"两学一做"学习教育中，深入开展党员承诺、亮诺、践诺活动，全程请群众监督、评议、打分；开展"我心中的党员好样子"大讨论，梳理出11条"党员好样子"标准，设置"党员先锋岗"，引导党员立足本职看齐追随，积极发挥先锋模范作用。

"敏感问题不敏感，个人进步靠实干。"处理官兵成长进步等切身利益问题，三连党支部坚持不搞亲疏远近，不搞暗箱操作，不搞平衡照顾，谁该入党、谁该提干、谁该选取士官、谁该学技术评先进，党支部和官兵都有一本"明白账"。

"在三连，潜规则没有市场，官兵立身靠品行、进步靠实干、解难靠组织，大家一门心思把工作干好、把训练抓好，谁都不想歪门邪道的事。"旅政委刘海成说，旅机关对三连风气建设满意度测评，次次都是100%。

"好班子带出好作风，好作风催生战斗力。"3年来，三连发展党员25名、选晋士官41名、选送各类技术学兵29名，个个素质过硬、成绩突出、官兵公认。

（原载于《人民日报》2017年1月14日第7版，作者：倪光辉）

转型之翼，在这里高飞

塞北寒冬，一场实战化背景的合成营战术演练激战正酣。立体侦察、炮火打击、装甲强突……"大功三连"担任主攻任务，全新的作战样式、精湛的战术水平、灵活的战法运用，攻坚势如破竹，守固稳若泰山。

在指挥所，旅长刘长安介绍，近年来，三连官兵注重从习主席系列重要讲话精神中汲取创新的智慧和勇气，直面武器装备更新、体制编制调整带来的挑战，走出了一条脱胎换骨、凤凰涅槃的转型之路。

思维更新找准转型坐标

"装备换了！编制变了！"2013年12月，三连所在师改旅，为全军步兵旅转型建设探路。三连官兵满怀豪情送走挂满荣誉的战车，告别熟悉的装甲团营区，走进旅合成营这个新生家庭。

新装备列装不久，集团军组织创破纪录比武考核。三连官兵摩拳擦掌，希望在装甲步兵班攻击碉堡这个拳头课目上争个头彩。

"不合格。"考核组的评判，让三连参赛官兵顿时傻了眼。"战车上强大的火力武器为何弃之不用？还沿用传统步兵的进攻战术……"考官的反问让官兵哑口无言。

比武场上首次亮相就遭遇当头棒喝，给这个声名赫赫的连队上了刻骨铭心的一课。当晚，连队党支部"一班人"彻夜反思："穿新鞋走老路，手持倚天剑竟舞成烧火棍""人钻进了步战车，思维还躺在履带板上"……

为了从思想上脱胎换骨，大家认真学习习主席关于新军事变革的论述，逐渐认识到，"不日新者必日退""要始终以改革创新精神开拓前进，努力夺取军事竞争主动权"。

"荣光只属于过去，只有主动识变、思变、应变，才能创造新辉煌。"全连官兵积极建言献策，破除重体能轻技能、重单兵轻协同、重基础轻战术等陈旧观念，形成了战技一体、人装一体、训战一体等转型理念。

"剑"变了，"剑法"也要跟着变。按照机动作战、立体攻防的实战要求，大胆变革训法战法。紧贴步兵分队未来作战能力需要，实现官兵分训，连队干部专心练指挥、研战法，士官长负责组织基础训练、班组战术；采取过关升级、分层次训练，增加战场侦察、特种射击、特种爆破等特战技能训练内容……

搜索目标、装填炮弹、激光测距、跟踪发射……随着一阵隆隆炮声，一发发炮弹直捣"敌"阵。当年底，三连参加旅实弹射击考核，取得了 8 个课目全部优秀的好成绩。

本领恐慌驱动能力升级

去年初冬，一场红蓝对抗演练胶着厮杀。担任红军的三连狙击小组奉命执行敌后"斩首"行动。晨曦微露，三连狙击手刘帅、冯丽军在蓝军营地附近密林中，潜伏 6 个多小时，敏锐地捕捉目标。

"山猫，1 号高地 800 米处发现敌装甲车一台！""砰！"一声清脆枪响，远处装甲车上，一名刚探出半个头的蓝军指挥员丧命，蓝军顿时群龙无首，红军趁势展开猛烈攻击，一举扭转战局。

"定点清除敌指挥人员、精准打击敌火力点、渗透敌后侦察狙杀，狙击班是我们连的一把钢刀。"谈及狙击班从零起步的跨越，班长李志凯一脸自信。

狙击班刚组建时，面对新型武器装备，李志凯和班里其他战友都有种"老虎吃天无从下口"的感觉，习惯了步枪机枪，这些宝贝疙瘩能玩得转吗？李志凯带领全班勤学苦练，攻坚克难。

没有教练员，他们就跑到兄弟单位蹭学，回来再加班练习；隐蔽伪装训练，他们借鉴外军狙击手训练做法，探索不同天候、环境下的伪装渗透方法……旅第一次组织狙击手集训比武，李志凯率队夺得第一名。

新装备需要新知识，新岗位呼唤新本领。三连官兵时常用习主席强调的"打仗能力"拷问自己，努力提升能力素质，实现换羽高飞。

连队士官长张海生一走上新岗位，就深刻地感受到能力之痛：组织连队训练考核，筹划不严密不细致，招致一些战士质疑；开展班组战术训练，方法不多急得直冒汗……

"士官带了'长'，本事先要长。"张海生心里很清楚，打铁还得自身硬。他对照士官长责任清单，一项一项倒逼自己，在不断摔打磨炼中实现能力升级。

"如今，士官长不仅是连队干部的左膀右臂，更是连队建设的顶梁柱。"对于连队几名士官长的表现，指导员王金龙很满意。去年连队实弹射击，没有干部在场，张海生带领3名排士官长全程负责组织，无一差错。

刀刃越磨越快，本领越练越强。从狙击班到士官长，三连官兵主动适应转型要求，人人精通手中武器、个个专业岗位全优，90%以上官兵精通两种以上专业。

攥指成拳抢占制胜高地

"向2号高地出击！"一声令下，某训练场上，一辆辆新型步战车突奔挺进，扬起滚滚沙尘。

"一车、二车交替掩护，三车快速冲击。"接到指令后，三车车长徐杰生快速搜索目标。"10点钟方向，敌火力点，开火！"

旋即，突击组、战车组、反装甲组相互配合，线膛炮、反坦克导弹、并列机枪交织开火，敌火力点瞬间灰飞烟灭。

"合则强，孤则弱。现代战争不再是某个作战单元的单打独斗，胜利取决于作战系统整体效能的发挥。"连长张继平形象地比喻道，好比人的一双手，单个指头硬还不行，只有攥指成拳才能打出最大力量。

"逢山开路，遇水架桥。"他们悉心领会习主席提出的"机动作战、立体攻防"等指示要求，打出了一套组合拳：对所有训练课目技战术运用，逐个分解形成协同流程图；集中群众智慧探索攻关，革新出快速瞄准发射器等10多套训练器材，新装备战斗力生成步入了快车道。

不仅如此，他们还组织官兵熟悉掌握合成营各连的主战装备技术性能、战术运用。合成营战术演练中，前方敌情送出，指挥车内，连长张继平通过一体化指挥平台，实时掌控战场态势，不断向合成营指挥机构发出求援信息。

在强大火力掩护下，三连官兵与机降分队密切协同，穿插迂回，打得"敌"指挥所被迫转移。

演习结束，导演部对三连的行动给予高度评价：这支初具雏形的新型步兵连队，上了战场必将是一把更加锋利的胜战尖刀。

（原载于《人民日报》2017年1月16日第3版，作者：倪光辉）

"中国肝胆外科之父"吴孟超院士

披肝沥胆　医者仁心

5月22日13时02分，中国科学院院士、我国肝胆外科的开拓者和主要创始人之一、原第二军医大学副校长吴孟超同志，因病医治无效在上海逝世，享年99岁。

听闻噩耗，大家悲痛万分。5年前也是在5月份，上海阴雨绵绵，经吴孟超院士允许，记者穿上医学防护服与他一同走进原第二军医大学东方肝胆外科医院6号手术室。在手术台前，94岁高龄的吴孟超院士站立了1个多小时。剥离、阻断、切除，他双手探入，一个肿瘤被分离出肝脏。

整台手术，吴孟超院士操作沉稳笃定，动作熟练灵活。记者了解到，在这样的高龄，吴孟超院士依然每周亲自主刀多台高难度的肝胆手术，坐堂周二上午的专家门诊，主持着原第二军医大学东方肝胆外科医院院长的日常事务，并亲自带教多名研究生。

吴孟超院士被誉为"中国肝胆外科之父"，从医 70 多年来，成功救治了1.6 万余名患者。尽管这在世人眼中已是天文数字，他却常感慨地说："我老了，能工作的时间不像年轻人一样多了，所以更要争分夺秒!"

吴孟超院士不仅医术高超，而且医德高尚。2017 年春，"时代楷模"获得者、"不忘初心的好民警"陈清洲被查出肝癌。吴孟超当即表态："这样的人民公仆要得到好报!"认真研究病情后，他决定主刀手术，为陈清洲切除了巨大肿瘤和门静脉癌栓。

在吴孟超看来，"一个好医生，眼里看的是病，心里装的是人"。冬天查房，他会先把听诊器焐热了再使用；每次为病人做完检查，他都帮他们把衣服拉好、把腰带系好。

吴孟超院士 1922 年 8 月出生，福建闽清人，1949 年 8 月参加工作，1956年 3 月入党，1956 年 6 月入伍。1991 年当选中国科学院院士，2005 年荣获国家最高科技奖。

他首创肝脏外科"五叶四段"解剖学理论和间歇性肝门阻断切肝法，完成了以世界首例中肝叶肿瘤切除为代表的一系列标志性手术，创造切除肿瘤重量最大、肝脏手术年龄最小、肝癌术后存活时间最长等世界纪录。

他主编出版专著 20 余部，在国内外学术刊物发表论文 1200 多篇，先后获国家、军队科技进步奖 24 项，2005 年成为荣获"国家最高科技奖"的医学界第一人。

他开辟肝癌基础与临床研究新领域，主持创建世界最大肝脏疾病研究诊疗中心，在肝癌信号转导、免疫治疗等方面取得重大突破性成果，带领中国肝脏外科迈向世界领先地位。

今日，由他主持建成的国家肝癌科学中心早已屹立在上海安亭，成为亚洲最大的肝癌研究和防治基地。

"今天听闻噩耗，感到无比悲伤。"吴孟超院士的学生、海军军医大学第三附属医院肝外二科主任王葵告诉记者，做一名好的外科医生不易，吴老坚持了一辈子，是一位了不起的医学家、开拓者。

听闻校友吴孟超院士逝世的消息，华中科技大学官方微信公众号发布内容追忆，该校师生纷纷在文章下方留言。

海军军医大学的师生们表示，吴孟超院士的先进事迹和崇高精神永远是大家学习的榜样，激励着大家在强军征程上开拓奋进、砥砺前行。

（原载于《人民日报》2021年5月23日第4版，作者：倪光辉）

为国为民披肝沥胆

——追忆"我国肝脏外科之父"吴孟超院士

"一稻济天下，肝胆两昆仑。"5月22日13时许，缅怀追思两位院士的消息刷屏朋友圈。"肝胆昆仑"便是吴孟超院士。

中国共产党优秀党员、中国科学院院士、中国肝脏外科的开拓者和主要创始人、国家最高科学技术奖获得者、原第二军医大学副校长吴孟超同志，因病医治无效，于2021年5月22日13时02分在上海逝世，享年99岁。

听闻噩耗，大家悲痛万分。吴孟超院士的音容笑貌瞬间浮现在记者眼前，5年前也是在5月份，2016年5月26日，上海阴雨绵绵。经吴院士允许，记者穿上医学防护服与他一同走进原第二军医大学东方肝胆外科医院6号手术室。

在手术台前，94岁高龄的吴院士整整站立了1个多小时。剥离、阻断、切除，他双手探入，一个肿瘤被分离出肝脏。

整台手术操作沉稳笃定，动作熟练灵活。记者当时了解到，在这样的高龄，吴孟超院士依然每周亲自主刀多台高难度的肝胆手术，坐堂周二上午的专家门诊，主持着原第二军医大学东方肝胆外科医院院长的日常事务，并亲自带教着多名研究生。那时的吴院士走路从容而矫健，说话思路清晰，声音洪亮，握手时还很有力量。

吴孟超院士有着传奇般的人生，他创造奇迹的根本动力，来源于他无比忠诚的政治信仰、崇高无私的人生追求和永不懈怠的精神气概。

一身肝胆：敢为人先、勇攀高峰

"中国肝脏外科之父"，是业界给吴孟超院士的荣誉，吴孟超是我国肝脏外科的开拓者和主要创始人、国际肝胆外科的著名专家。

吴孟超1922年8月出生，福建闽清人，1949年8月参加工作，1956年3月入党，1956年6月入伍。曾任第二军医大学东方肝胆外科医院院长、东方肝胆外科研究所所长，1991年当选中国科学院院士，2005年荣获国家最高科技奖，2018年12月退休。

从20世纪60年代起，吴孟超就是全国医疗战线上的一面旗帜。半个多世纪以来，这面旗帜始终熠熠生辉、历久弥新，感召和激励了一代又一代人。

从医70余载，吴老手执柳叶刀，在崎岖的创新之路上突破多个"禁区"，提出了一系列开创性、前瞻性的医学思想。他首创肝脏外科"五叶四段"解剖学理论和间歇性肝门阻断切肝法，完成以世界首例中肝叶肿瘤切除为代表的一系列标志性手术，创造切除肿瘤重量最大、肝脏手术年龄最小、肝癌术后存活时间最长等世界纪录。他主编出版专著20余部，在国内外学术刊物发表论文1200多篇，先后获国家、军队科技进步奖24项，2005年成为荣获国家最高科技奖的医学界第一人。

今日，由他主持建成国家肝癌科学中心早已屹立在上海安亭，成为亚洲最大的肝癌研究和防治基地。

一生信仰：不忘初心、许党报国

在吴老胸前的资历架上方，永远佩戴着一枚鲜红的党徽——这份忠诚，源自他儿时质朴的红色情怀。

1927年，年仅5岁的吴孟超漂洋过海，随母亲到马来西亚投奔做工的父亲。抗战爆发后，正读中学的他和同学们一起，主动把毕业聚餐费捐给国内抗日将士们，不久后竟然收到了以毛泽东、朱德名义发来的感谢电。那封电报像烧红的烙铁一样，深深地烙在了年轻的吴孟超心里，成为他最初的红色记忆。

1940 年正值国内抗战紧张时期，年仅 18 岁的他毅然回国参加抗日活动，因战乱无法赴延安，遂进入同济大学附中学习，决心"读书救国"。

作为一名伴随党的发展壮大而成长起来的科学家，他对党、国家和军队怀有深厚感情，用实际行动捍卫自己一生的信仰。在民族存亡之时，他向往光明、追求真理，积极投身民族解放事业，逐步认识到只有共产党才能救中国。新中国成立后，先后递交 19 封入党申请书，入党后 70 余载始终以忠诚和奉献书写着一名党员、一名军人的人生华章。面对突如其来的上海甲肝大流行以及"非典"重大疫情，夜以继日奋战在临床一线救死扶伤；面对改革大潮市场冲击，多次婉拒地方单位高薪聘请，倾心党的教育教学事业。

从风华正茂到耄耋之年，吴孟超始终这样不知疲倦地为党工作，97 岁时的吴老，只要身体允许，仍坚守在临床一线，经常每周亲自上两三台手术，按时查房开会。有时候医院怕他太劳累，建议取消他的门诊，他都拒不同意。

吴老常说："一个人，找到和建立正确的信仰不容易，用行动去捍卫自己的信仰更是一辈子的事！"这句简简单单的话，他确实践行了一辈子。

一世清明：德技双馨、行为世范

"一代医界传奇谢幕，愿天下再无肝癌。""医者仁心，从来不是说说而已。他这一生，写满了'拯救'二字。"……听闻吴院士逝世，网友纷纷缅怀哀悼。

从医 75 年来，吴孟超共成功救治了 1.6 万多名患者。尽管这在世人眼中已是天文数字，他却常感慨地说："我老了，能工作的时间不像年轻人一样多了，所以更要争分夺秒！"

吴孟超院士不仅医术高超，而且医德高尚。2017 年春，"时代楷模"获得者、"不忘初心的好民警"陈清洲查出肝癌。吴孟超当即表态："这样的人民公仆要得到好报！"认真研究病情后，他决定主刀手术，为陈清洲切除了巨大肿瘤和门静脉癌栓。

在吴孟超看来，"一个好医生，眼里看的是病，心里装的是人"。冬天查房，他会先把听诊器焐热了。每次为病人做完检查，他都帮他们把衣服拉好、把腰带系好，弯下腰把鞋子放到最容易穿的地方。

他坚持心系打赢、为兵服务，遇有军人住院，不管将军还是战士，都要去病房看看病历、问问病情、唠唠部队的训练生活，如有军人需要开刀治疗，只要时间允许一定亲自参与手术。

他坚持甘为人梯、提携后学，将个人获得的1000余万元奖金全部捐献，用于资助培养中青年优秀医学人才，先后培育研究生260余名，一大批学生成长为全国知名专家教授。他坚持生命不息、奋斗不止，耄耋之年还坚持每天按时上班、深夜下班，特别是90多岁依然在手术一线救死扶伤、言传身教，成为一个时代的丰碑和榜样。

"虽然经常去探望吴老，今天听闻噩耗，感到无比悲伤。"吴老的学生、海军军医大学第三附属医院肝外二科主任王葵告诉记者，做一个好的外科医生不易，吴老坚持了一辈子，是一位伟大的医学家、开拓者。

海军军医大学的学生们纷纷表示，吴院士的先进事迹和崇高精神，永远是大家学习的榜样，激励着大家在强军征程上开拓奋进、砥砺前行。

"一颗心许党报国，一双手济世苍生。呕心沥血，创建肝胆外科；鞠躬尽瘁，献身医学事业。德技双馨照亮坦荡襟怀，年近百岁续写医者传奇。"

吴孟超院士，一路走好！

（原载于《中国退役军人》2021年第6期，作者：倪光辉）

著名肠道疾病专家黎介寿院士

九曲回肠终不悔

年近90岁，每周上6天班、2次教学查房，指导数台手术，周一门诊，外出讲学、参加学术会议……

这就是中国肠外瘘治疗的鼻祖、临床营养支持的奠基人、亚洲人同种异体小肠移植的开拓者黎介寿现在的生活。

黎介寿，中国工程院院士，南京军区南京总医院副院长、全军普通外科研究所所长，早在1994年就打破了亚洲小肠移植"零"的纪录，填补了空白，至今89岁高龄的他仍战斗在医疗和科研战线的最前沿。

从医60多年来，他成为"全世界研究肠子时间最长的人"，使我国肠疾治疗水平跨入世界领先行列；他主刀完成手术21000多例，挽救了无数患者的生命，耄耋之年仍坚持亲自上手术台；他言传身教300多名博士硕士研究生，他还坚持给南京大学医学院本科生授课，被医学院授予唯一的教书育人终身成就奖……

为了祖国医学事业，他一根肠子走到底，九曲回肠终不悔……黎介寿院士这样总结自己："我一辈子就做了一件事：当好一个医生。治病救人，是我最开心的事情！"

【当一个良医】　"救治别人救不了的病人，是最大幸福"

"我是黎介寿，病人还有希望，赶紧送过来！"对湖南常德青年刘炳炎和女朋友李立平来说，这也许是世界上最温暖的声音了。

2010年11月20日，刘炳炎和李立平正在筹备婚礼，甜蜜的日子出现"急拐弯"：刘炳炎患上急性胰腺炎！仅2天，胰腺脓肿、破裂出血、多次出现呼吸困难和休克症状。在当地两所大医院治疗两个多月，先后下达12次病危通知书。

无意中得知的一条信息，让这对苦难的年轻人看到了重生的希望：南京总医院黎院士和他的战友，治得了这个病！但胰腺炎患者转运时间不能太长、途中不能颠簸，转到南京医治，风险大。

李立平又一下子掉进冰窟里。就在这一天，她突然接到黎介寿的电话。

对很多病人来说，来到南京总医院普通外科就是救治的"最后一站"。普通外科收治的病人，70%以上是从其他医院转诊过来的，到这里大多奄奄一息，有的多次下过病危通知书。在黎介寿眼里，救治别人救不了的病人，是他最大的幸福。"尽力挽留每一条生命，只要有1%的希望，就要尽100%的努力。"

2011 年 1 月 25 日，SOS 国际救援飞机飞抵南京，黎介寿已在重症病房门口等候。引流、血透、手术……一个早已深思熟虑的治疗方案，紧张有序地展开。手术取得成功！48 天后，刘炳炎获得新生。去年 5 月 1 日，劫后重生的两位年轻人幸福地步入婚姻的殿堂。

"人的生命只有一次，治疗和手术失误了，没有推倒重来的机会！"几十年来，黎介寿一直这样警醒自己。

"一名好医生要内外兼修，眼里有病情，心中有病人。"黎介寿有个习惯，只要病人在医院，他从不在办公室看病历和检查结果。"走，到病房看看去"，是他的一句口头禅。

治疗肠瘘患者是一份既脏又累又臭的工作。有一次，他为一个复杂肠瘘患者检查，病人肠液粪便外溢，一同查房的医生差点呕吐。护士掩着鼻子递给黎介寿手套和口罩，他不要，并说："不闻闻这种气味，你就不可能清楚感染的情况。你戴着手套，就不能拉近与病人及其家属的距离。"

患者杜志伟，是一名在读研究生，由于受腹内巨大肿瘤、多发性息肉和肠瘘折磨，4 年来他没吃一口饭。瘦得不成人形的他，拉住黎介寿的手："求您让我再吃一顿饭。"黎介寿的眼睛湿润了。他深知，满足病人这个"小小的要求"有多难！如果摘除被小肠缠绕的巨大肿瘤，病人很可能会下不了手术台。有人劝他，这个病人时日不多了，采取保守治疗还保险，万一失手了，影响您院士的声誉。对病人说不，黎介寿做不到。他 8 次检查病人的胃肠道之后发现，患者的两截小肠可绕过肿瘤实现对接。手术成功了，小杜能吃饭了！黎介寿亲手将香喷喷的白米饭一勺一勺地喂到小杜嘴里……

"你把病人放在什么位置上，就决定你能为患者做多少事！"黎介寿始终为病人着想，给患者以尊严。看到护士为固定鼻腔内的管子，在患者脸上贴满胶布，他当即要求改进；为防止重症病人术后无意识乱动，他几经揣摩发明了人性化"约束带"；为减少肠营养患者奔波之苦，他在国内率先开出"家庭营养访视车"；为让陪护的亲属有个落脚打盹的地方，他让人打开会议室……

【搞一项研究】 "患者托付生命，我们研究就要拼命"

在南京市相拥着法国梧桐的中山东路上，有一幢端庄而又古朴的 4 层小楼，这是全军普通外科研究所所在地。这幢民国初年的建筑，尽管经历了近百年的风雨沧桑，无论是门诊、病房、实验室还是网络中心，都始终站在肠道疾病的最前沿。

2011 年，黎介寿倾注一生心血主持攻关的"肠功能障碍的治疗"，获得国家科技进步一等奖。他从肠缺血、肠外瘘开始，继而由短肠综合征、肠移植、肠黏膜干细胞移植这样一个主轴，逐渐衍生出 29 个课题，为患者撑起一把繁茂的生命保护伞。

"患者托付生命，我们研究就要拼命。"当向记者讲起那段"生命之痛"时，黎介寿哽咽了……

1985 年寒冬的雪夜，一位因腹腔大出血、整个小肠被切除的 13 岁小姑娘被抬到黎介寿面前，肠子用两把血管钳夹住。而黎介寿束手无策，只能眼睁睁看着小姑娘离开人世。

年近花甲的黎介寿横下一条心，把铺盖搬进动物实验房——猪圈，开刀、观察，不间断记录和分析动物实验的每个数据……在黎院士身边工作了近 30 年的南京总院普通外科总护士长彭南海目睹黎介寿在实验室里挥汗如雨："动物实验室里没有空调、闷热异常，已经 68 岁高龄的黎老站在手术台前，满头大汗地给一头实验猪做小肠移植手术，猪的粪便溅了一身……"

历经 2000 多个与猪相伴的日子，1992 年 2 月 14 日，黎介寿终于在亚洲首次取得猪同种异体小肠移植的成功。1994 年 3 月 12 日，一段 250 厘米小肠被成功移植到患者杜新平的腹腔内。黎介寿打破了亚洲小肠移植"零"的纪录，使我国器官移植达到国际先进水平。

黎介寿的"肠营养支持疗法"广泛应用于短肠综合征、重症胰腺炎等疾病的治疗，现在治愈率高达到 96%，高居全球之首，数万名患者从中受益。可当初搞这样的研究时，却饱受争议。

在肠瘘治疗研究中，有道难题一直困扰着黎介寿：病人肠道功能严重障碍时营养无法供给。一天晚上，他在阅读外文杂志时，看到一篇文章中提到从静脉输给病人营养。肠瘘治疗能否通过静脉提供营养呢？这个设想让他激动不已，彻夜难眠。第二天，他就和同事们一道展开研究，并大胆提出把营养支持运用于外科。

经过 2000 多次试验，他在营养支持理论和临床实践中取得重大突破，1971 年 2 月，"全肠外营养"在黎介寿治疗组中应用于第一例患者。

肠外瘘是一种严重并发症，当时死亡率高达 50%—60%。不少普外科的医生都对这项病症束手无策。在受到一位医生用胶水黏合开裂的笔套的启发后，黎介寿冒出一个大胆念头：能不能用胶水把肠子瘘口黏合起来？

但胶水是化学物质，对人体是否有副作用？黎介寿决定在自己身上试验。胶水、碘酒、药棉、纱布，一切准备就绪，他悄悄关上房门，拿起手术刀，在左大腿上划开一条两寸多长的口子，鲜血顿时涌出。他忍着疼痛，将调剂好的胶水，一滴滴地涂抹在伤口上。几天后，伤口奇迹般愈合了。随后，他又将一系列新技术应用于临床，使短肠综合征、重症胰腺炎、放射性肠炎等患者治愈好转率达 96.4%。

【做一名严师】 "医生要内外兼修，多为病人去想想"

"一张进程表：肠外瘘—营养支持—肠移植—肠干细胞移植—异种移植。""努力方向：不求近利，不走捷径，自我审度，重视需要。"

7 月 13 日上午 10 时，一场针对普外科全体党员的党课正在进行，主讲人黎介寿。听其讲课，若洪钟在耳，45 分钟黎老一直站着。课程 PPT 全是他自己制作的。"党课从业务展开，他珍惜每一次的育人机会。这一点也体现了黎老对人才培养的重视。"南京军区总医院陈忠良深有感触。

黎介寿一生都在追赶时间。他从 50 年代开始，坚持每天阅读英文医学资料；他 70 岁开始，学习用计算机。由于过去条件不具备，他真正开展医学研究并有所建树是在 60 岁以后。他常说，自己起步晚了，时间不够用。对自己如此，对学生也是如此。黎老的大弟子、现任总医院普外科主任李宁告诉记者，1987 年，黎介寿在医院办起"短学制"培训班。他对学员要求近乎苛刻：受训期间，学员一律不准结婚、不准回家，所有精力都要投入到学习之中。

在黎院士家书房台板下，压着一幅他手书的座右铭"八小时以内出不了科学家"，他也是这样要求自己的学生。他常说："临床是今天，科研是明天，教学是后天。"

一直以来，人们都认为护理工作只是做一些简单的事情，科技含量低。黎介寿很早就提出了"三分治疗，七分护理"的全新理念，倡导护理人员写文章、搞科研。护士长倪元红在他的悉心教诲下，把自己在营养支持护理工作实践中总结出来的经验撰写成论文，获得中华医学奖二等奖。

小肠移植手术是黎介寿的经典之作，有的学生感到，这项技术还有可以改进和完善的地方，但考虑到这是老师几十年的成就，想尝试又放不开手脚。黎老知道后，就鼓励大家："后人能超越前人，学生能胜过先生，我们的事业才能接力推进，你们大胆地闯！"在他的激发下，小肠移植手术不断得到发展，移植手术数量和质量成为亚洲之最。

没有情感的医学是苍白的。黎介寿常告诫学生，冷漠对病人的伤害，有时比病情更具杀伤力。2007年2月的一天，值班医生在抢救一名术后患者时，因动作迟缓了几分钟，导致一口痰堵在病人喉咙里，心脏、呼吸衰竭，经全力抢救才脱险。惊心动魄的一幕，也深深刺痛了黎介寿的心。第二天一大早，他掐着秒表，让医护人员集体憋气两分钟，体验病人的感受。

"一个人的生命是有限的，而祖国医学事业的发展是无限的。我们要为年轻人当一块垫脚石。"他精心带教的研究生，个个成为我国普通外科领域的中坚力量。"看到学生在成长，看到事业后继有人，就像自己的科学生命在延续。"黎介寿高兴地说。

（原载于《人民日报》2013年7月22日第1版和6版，作者：倪光辉）

那双治病的手特别有力

时而慈祥地看着患者，竖耳倾听他们诉说病情；时而戴上眼镜，仔细查看患者的病历和检查资料；时而低头思索、认认真真开出处方……

7月15日上午，南京军区南京总医院普外科院士门诊，一张布满老年斑的国字脸、一位白发苍苍的老人，正耐心接诊每一位患者。每周一上午8时，89岁的黎介寿总会准时出现在这里。在与记者的交谈中，黎院士眼睛时刻闪现出睿智的光芒。

"签下黎介寿三个字，就意味着对病人许下一份承诺"

翻阅黎介寿书写的每一份病历，记录详细规范、字迹工工整整、签名认认真真。他常说："签下黎介寿三个字，就意味着对病人许下一份承诺。"

黎介寿不做没把握的手术。每一例手术前，他都要组织医生们讨论，听其他人的意见，一次不够，两次、三次，就像一个排爆专家，不放过任何蛛丝马迹，不放过任何一个疑点，直到把手术中可能遇到的"地雷"全部想清楚。

"家有一老，如有一宝。"院长史兆荣介绍，黎介寿在医院有个特殊的称谓叫"总备班"：病人生命危急时，他总是随叫随到；学生们遇到棘手问题，他总是及时出现；有人遇到困难时，他总是有求必应。

如今，黎介寿虽然不亲手做手术了，但仍然深情坚守在服务军民第一线：周一上午门诊，周二到周四上午到重症监护病房查房，周五上午组织全科讨论疑难病症，下午进行学术报告。

一张旧躺椅，院士午休躺了几十年。多年前，总护士长彭南海从不大的办公室里隔出一小间，铺了张床让院士午休，但院士还是很喜欢这张旧躺椅，他解释说："虽然破点旧点，但躺得踏实，睡得安稳！"

"信念是人生的底火，是事业的功力源"

"坚定共产党人的信念就是坚定人生的航向。跟着党走，就是跟着真理走，向着光明走。"这张入党申请书，黎介寿写于1978年12月，是他的第二十九份入党申请书。这张已经发黄的纸张，是黎介寿一生追求信念、追求真理的见证。为了入党，黎介寿整整追求了30年！

展读他的人生长卷，对党的信念的坚守，无疑是其中的"主轴"：爱党爱国、爱民为民、科研创新、培育人才，都由这个"主轴"贯穿。

南京解放前夕，年轻的实习医生黎介寿，面临着一次人生的重要选择。姐姐、姐夫从上海拍来电报，准备带着母亲前往台湾。少年丧父的黎介寿，是母亲含辛茹苦拉扯大的，自18岁外出求学，已与母亲分别了7年。赶到上海相见那一刻，母亲哀求他，全家一起走。但黎介寿忍着痛拒绝了。因为他看清楚了，只有跟着一心为民的共产党走，才有前途和光明。

"信念是人生的底火，是事业的功力源。"在几十年的人生道路上，黎介寿遭遇过政治上的坎坷，也遭遇过生活上的磨难、科研攻关上的失败……但他从没灰心丧气，在坚定信念的支撑下，他找到了前进的动力和生活的乐趣，始终坚持在医学科学领域的探索。

信念所产生的爆发力如同海啸一般，使这位九旬老人有了一颗永远年轻的心。

"与生命相比，院士的牌子能值几个钱？"

"曾有人问我，最大的幸福是什么？能为党和人民做点事，能为军队培养医学人才，能为病人解除痛苦，这是我最大的幸福。"黎介寿对自己的幸福这样定义。

南京汤山"9·14"中毒事件中，大批危重患者被送到南京总医院。由于检验结果一时出不来，治疗方案难以确定。眼睽着时间一分一秒过去，黎介寿临危受命。

"是毒鼠强中毒！"院士的话音刚落，一位学生跑过来提醒："检验结果还没出来，万一判断失误，会对您的院士声誉有影响。"听罢，黎介寿毫不客气地批评："我的院士头衔是人民给予的，与群众的生命相比，院士的牌子能值几个钱？"

回得硬气，答得正气，源自他对人民那份沉甸甸的爱。"文革"时期，黎介寿白天下地干活，晚上走村串户给乡亲们看病，还要经常接受各种审查。一次到老乡家吃"派饭"，黎介寿太饿了，三口两口扒到碗底时才发现，碗底竟埋着两个鸡蛋。在柳树叶、玉米芯当饭吃的年代，两个鸡蛋不知道有多金贵。黎介寿眼眶一下子红了……

在黎介寿办公室的抽屉里，珍藏着一双鞋垫。这是一位无肠农妇在获得新生后，为报答他的恩情，在病房里一针一线精心绣成的。从不收病人礼物的黎介寿，高兴地收下了这双饱含真情的鞋垫。在他看来，这不是一双普通的鞋垫，看到它，就会时刻记起患者那份朴实的感情，感觉脚底板特别踏实，腰杆子特别挺直，为患者解除病痛的双手特别有力。

"我是医生，倒也要倒在手术台旁！"

"军队伤病员，不光是我的病人，还是我的兄弟，我的战友！"黎介寿对军人有着深厚的感情。经黎介寿诊治过的战士，总是尊称他为"黎爷爷"。

"保健康，就是保战斗力、保打赢！"黎介寿对使命勇敢担当。

为了心中的使命，黎介寿伫立在世界新军事变革潮头，以前瞻的眼光探索战创伤救治新模式。作为一位"军字号"院士，他与9个外科科室联合开展的"损伤控制性治疗"研究，科学分析危重战伤给伤员带来的生理环境紊乱、免疫功能抑制及多器官功能障碍等问题，在全军首开运用控制性分期治疗应对复杂战创伤的研究，使战时救治能力大大增强。在抗洪抢险的大堤上，在抗击疫情的战斗中，在重大突发公共卫生事件救治中……院士一言九鼎、勇担大责，成为中流砥柱。

身为军人，要么在战斗，要么，就在准备战斗。黎介寿，至今仍奋战在服务部队、服务官兵的第一线。

"战士的最高荣誉是战死沙场，我是医生，倒也要倒在手术台旁！"黎介寿掷地有声。

（原载于《人民日报》2013年7月23日第6版，作者：倪光辉）

武警新疆总队医院院长庄仕华

大爱无言润天山

截至2月20日，他和他的团队创造了腹腔镜下胆囊切除手术120640例无一失误的医学奇迹，300多例疑难杂症手术全部成功，先后有7项技术填补了国内相关领域空白；

长年为各族群众送医送药，39年行程80多万里，相当于绕地球10圈，巡诊近百万人次；

义务帮助 19 家偏远贫困农牧区医院改善医疗条件，培养 120 名技术骨干，帮助 580 多位患者脱离了贫困……

庄仕华，武警新疆总队医院院长，一个平均每天做 20 多台手术的将军院长，一位扎根边疆倾情奉献 39 年的共产党员。他把治病救人的职业当作为民造福的崇高事业，把救死扶伤的手术台当作传承雷锋精神的大舞台，用满腔的赤子情怀，守护着各族群众的健康幸福，架起了党同边疆各族人民群众的"连心桥"。

近日，记者走近庄仕华，去感受他的仁心妙手、大爱无疆。

作为军医，阵地就是手术台——
"多做一台手术，就能多为一个患者解除痛苦，这是最想干、最幸福的事情"

"呼吸骤停！""心脏停跳！"

2012 年 12 月 12 日，武警新疆总队医院肝胆外科中心氛围异常紧张，病人家属焦虑地在楼道内走来走去。手术台上，肝胆外科专家紧盯着心跳显示屏。主刀的庄仕华却异常镇定。5 个多小时的手术中，庄仕华和医护人员先后化解了呼吸骤停、心脏停跳等险情，手术成功时，庄仕华脚上的布鞋已被汗水打湿。

这是庄仕华带领团队创造 12 万例手术无一失败的纪录后，又一次直面医学上的挑战。

12 万例手术无一失误、300 多例疑难杂症手术全部成功、137 个奖杯和功勋章，从一名普通卫生员成长为一名将军医生，在每个岗位上，庄仕华都创造了不平凡的业绩。

在庄仕华的手术记录中，上有 102 岁的老人，下有 1 岁多的孩童。每天，他就像上紧发条的钟摆，不知疲倦。他常说，多做一台手术，就能多为一个患者解除痛苦，这是他最想干的事情。

在他的心里，病人永远是第一位的。2009 年 7 月 6 日，庄仕华被授予武警专业技术少将警衔。授衔仪式一结束，庄仕华就直奔机场飞回乌鲁木齐。8个小时后，他出现在了医院手术室。那一夜，他为15名各族群众成功实施了手术。

担任院长后，不管院务工作多么繁重，庄仕华都坚持每天用3个多小时逐个查一次病房，用4至6个小时给病人做手术。在他的带领下，医院肝胆科从过去一间病房4张床位，发展到80间病房260张床位，成为新疆和武警部队肝胆外科中心，连续20年被评为先进科室，2次荣立集体二等功。

从结对帮困到爱的传递——

39年来，没有收过病人一个红包，却收获了12608面锦旗

走进总队医院肝胆外科中心，满眼是鲜红的锦旗，从墙裙到屋顶，从楼梯口到楼层两端，全部盖得满满当当。医务处主任于晓萍告诉记者，截至春节前，中心已收到12608面锦旗。因为空间问题，我们所见的只有不到2000面。

这些，也是记者见过的最为丰富的锦旗：藏语的、蒙古语的、维吾尔语的、英汉双语的，记者读不出全部含义，却能体会到每一面旗帜饱含的深情——

一位老人出院后想给庄仕华做双鞋，庄仕华死活不让，也不告诉她自己的鞋码。老人最后只能故意在地上洒水，才留下了院长的鞋印；

一位病患在武警新疆总队医院离世，送走老人之后，老人的女儿偷偷躲在卫生间里哭——怕在外面哭被别人看到了，会被误以为是医院看病不好。

与庄仕华同事30年的军人病区主任冯晓芸记得，1984年刚当外科医生时，工资才40多元，那时庄仕华就时不时为贫困患者垫付挂号费、住院费。"换作是我，一次两次可以，长期坚持可能做不到，但庄院长一做就是几十年。"冯晓芸说。

从为病人捐款捐物，到万里巡诊；从冒着生命危险救治特殊病人，到前往处突一线诊治受伤群众。39年来，庄仕华没有收过病人一个红包，而付出却不计其数：为了救助贫困患者，他悄悄垫付手术费，或带头捐款，他和同事累计捐助了80多万元；为了给塔吉克族群众送医送药，他在帕米尔高原被暴风

雪围困四天三夜；为了给农牧民看病，他在果子沟险些被泥石流吞噬生命……

庄仕华说："我出生在四川的贫穷山区，从上小学到高中的学费全是政府减免，书本费、生活费是3位老师资助的。入伍后，又是部队送我上了大学。要知恩、感恩、报恩！"

以爱传递爱，爱的影响最深远。30多年来，庄仕华先后帮助560名贫困患者过上幸福生活。接受过庄仕华帮助的人，都被他深深感动。

2009年7月7日，乌鲁木齐市萨尔达坂乡大泉村100多名村民受人蒙骗，企图上街闹事。紧急关头，庄仕华常年帮助的帕塔木汗老人，用维语写下"严厉声讨犯罪分子的暴力行为，坚决听党话、跟党走"的倡议书，带着家人走街串巷，挨家挨户劝说村民不要非法集会，及时化解了矛盾。

从"庄一刀"到百姓信赖的"爱心团队"——
留下不走的"雷锋服务站"，才能为各族群众带来健康的曙光

几年前的一天，一名少数民族患者来到医院，指名道姓要找"庄一刀"，其他医生免谈。当时庄仕华出差在外，等他返回时，患者已等了5天。

那晚，庄仕华辗转难眠。病人所以冲"庄一刀"来，是高度信任。然而"庄一刀"毕竟是"一把刀"，如果把肝胆外科医生全变成"庄一刀"，病人就不用等待了；如果把医院变成"爱心团队"，就能为更多的患者解除病痛。

在庄仕华的带领下，医院发生了翻天覆地的变化。先后培养出刘中齐、茹荷燕、陆海琴等6名独当一面的肝胆外科医生，医院从过去14个科室、300张床位，发展到35个科室、760张床位，先后创新和引进永久性起搏器安装、脏器移植等百余项新技术。

从2007年开始，庄仕华在院内全面推行"亲情服务"。每间病房安装有电视、电话，配备热水器和微波炉；病人的大小便监测标本，均有护士送检；对重病患者，护士每天都要打热水替他们洗脚，医院把爱心服务的工作延伸到每一个细节。

新疆地广人稀，不少农牧民居住在偏远的乡村。庄仕华每年都要抽出一两个月时间，带着医疗小分队穿戈壁、进大漠、上高原，为偏远乡镇的农牧民送

医送药。巡诊路上，庄仕华看到不少民族群众因病致穷，因穷致命。他深知，只有留下不走的"雷锋服务站"，才能为各族群众带来健康的曙光。

沙湾县医院医疗技术条件落后，农牧民治疗胆结石病要走几百公里路。庄仕华得知这一情况，一年4次到沙湾县医院现场传授技术，培养了3名腹腔镜专科医生，10余名医护人员。如今，沙湾县医院平均每年能治愈600多名胆结石患者。

"带出一个好医生，就等于建设一所好医院，比自己做一万台手术都管用。"庄仕华说，"我的技术，是数万患者生命相托练就的。我希望把它传给更多的人，希望它能回报更多的患者。"

记者手记：一个活在百姓身边的雷锋

蛇年春节假期刚过，就接到采访任务，有些仓促。但与庄仕华结缘，实际上是已在数年之前。

当时借调在新疆日报工作，办公桌对面的记者曾跟踪采访庄仕华15年。她常说，"他像磁铁那样，吸引我的视线。每次走近他，总给我新的感动。"十八大庄仕华在京期间，我在北京的同事又从繁忙的工作中抽时间去拜访他。

这到底是一个什么样的人，对两位资深记者有着这样的魔力？已经荣誉等身的将军院长真能一直在手术台，一直在帮扶患者？怀着几分敬意，也带着几分疑问，我走到了他的身边。

个头不高，说话轻声细语，人很真实、很随和。这是记者对他的第一印象。用患者的话说"院长朴实得很"，或许正是他的这种人格魅力吸引着众多的追随者。

在采访中，耳闻目睹各种意想不到的信息扑面而来：武警部队副政委提出要到庄仕华办公室看看，才发现庄仕华并不熟练地打开办公室，因为他大部分时间不是在手术台就是在病房。他被推荐为首届"感动新疆十大人物"候选人时，73岁的回族患者马玉珍老人买了1000份报纸，走街串巷宣传他的感人故事。

采访过程中，总能看到病人握住庄仕华的手，说"把生命交到这里就放心"。这样的语言是那么的真诚而真实！随着采访的不断深入，一个雷锋的形象在脑海里清晰高大起来。

"钱宁可不挣，命不可不救！""医术能够治病，爱心也能疗伤。""病人没有理由不收，患者没有理由不治。""看一次病，送一次药，就播下一颗民族团结的种子。"他是这么说的，也是这么做的。

没有惊天动地的语言，就是朴实的话、真诚的心，然后认真地去做，而且打算一辈子把好事做下去。这就是一个好人的智慧！这就是一个真实的、在普通百姓身边的雷锋！

（原载于《人民日报》2013 年 2 月 26 日第 1 版和 8 版，作者：倪光辉）

当代雷锋， 亚克西！

"您，就是我们心中的希望，不仅为咱治好了病，还根除我们家的穷根！"580 多名患者多次这样描述，挂念着这位好人。

行走在天山，有关武警新疆总队医院庄仕华的各种信息扑面而来。

2 月 19 日下午　阿依古丽的幸福

"庄爸爸在电视上的样子帅呆了！"2 月 19 日，武警新疆总队医院肝胆外科护士台前，维吾尔族姑娘阿依古丽向记者讲述着她和庄仕华之间的故事。8 岁那年，出生在喀什英吉沙县的她被父母遗弃，成了乌鲁木齐 SOS 儿童村的一名孤儿。从那时起，庄院长每到逢年过节都会来看望他们，在他的资助下，阿依古丽完成了小学、初中学业。如今 18 岁的阿依古丽正在吐鲁番中职学校学习护理专业，并于去年底来到总队医院实习。

阿依古丽后来才知道，庄仕华这个春节过得很忙。2 月 12 日大年初三，参加完央视春晚返回乌鲁木齐的庄仕华起了个大早，到板房沟去看前年做手术的重病患者。随后，又带领医护人员，扛着仪器，背着药品和营养品，到灯草沟村去巡诊。

"要像庄院长一样，帮助更多困难的人。"春节前夕，阿依古丽将一个月的工资捐给了贫困学生，还3次放弃休息时间跟随医疗小分队到农牧区巡诊。

2月19日深夜　病房里的温暖

入夜9点。和往常一样，庄院长的查房开始了。与记者想象的不同，庄仕华身边并没有围着一圈护士和各科室大夫。他就一个人，有时最多跟着一个护士。

推开一间病房的门，庄仕华用维语和病人打招呼："亚克西！（维语：好）""亚克西，亚克西！"术后的维吾尔族老人吾尔买提笑容可掬地答话。庄仕华快步走上前去，把老人快要掉出鼻孔的吸氧鼻导管重新插好，挤了挤引流管，轻轻掀开被子，看了看伤口，一切正常，然后小心地为老人盖好了被子。

令记者惊讶的是，庄仕华能准确地记住病人的床号和疾病，甚至今天手术的病人，他都了如指掌。或许，就是这样为病患着想的诚心，赢得了患者的信任与尊重。

跟着跑了几十个病房后，记者已经感到疲劳，问还有多久查完，庄仕华答：4个小时。仅肝胆中心就有150多个病房，还有急诊病房和军人病房……

2月20日　小马智勇的幸运

上午10时30分，记者赶到武警新疆总队医院肝胆中心二层手术室时，庄仕华一天的工作早已经开始了。

无影灯下，身穿蓝大褂手术服的庄仕华，正用灵巧的双手紧张地进行手术：囊肿穿刺、抽出包虫液、注入盐水……切开外囊摘除内囊缝合残腔，手术干净利落。来自甘肃的患者环卫工人王香珠，来自米泉县的维吾尔族大娘阿孜古丽……短短半个小时，庄仕华已经亲自完成了3例手术。

庄仕华从1号手术室出来，擦擦汗，又喝了口水。肝胆中心二层共有4个手术室，庄仕华来来回回行走其间。

81病房195床，也是庄仕华今天的牵挂！今天，阿克苏沙雅县海楼乡4岁的马智勇要来医院复查。坐了一夜的长途客车，小智勇和妈妈已在中午来到了武警新疆总队医院。

一见到"庄爸爸",小智勇就咧开嘴笑起来。去年 8 月,3 岁半的小智勇被拖拉机直接从肚子上碾压过去,肝胆等重要器官严重受损,生命垂危,多家医院都劝他们放弃治疗。最后,小智勇的母亲安雪丽和丈夫带着他来到了总院。

抢救的难度很大,但最后成功了。庄仕华说:"医生不能轻易放弃对生命的抢救,即使只有 1% 的希望,我们也要尽 100% 的努力!"

2 月 21 日　帕塔木汗的致富路

从乌鲁木齐市向南驱车 40 分钟,我们来到了乌鲁木齐县萨尔达板乡大泉村。

16 年前的秋天,乌鲁木齐县维吾尔族妇女帕塔木汗的丈夫乌拉孜不慎掉入 20 多米深的废矿井里,造成 11 处骨折。送丈夫到几家医院救治,都说没救了。庄仕华到乌鲁木齐县巡诊听说后,把乌拉孜拉到医院进行了 6 天 6 夜的抢救。出院时,庄仕华借了一辆车把他送回家,看到乌拉孜三口人挤在一间土屋子里,生活十分困难,当即买来米面。

此后每个周末,他骑自行车往返 20 多公里,给乌拉孜换导液管,帮助他功能锻炼。一个月后,看乌拉孜缺乏营养身体恢复慢,庄仕华给他家买了一头奶牛,给乌拉孜煮牛奶补充营养。之后,还帮她家开小卖部、盖新房。

"如今,全家的日子过得越来越好。"帕塔木汗高兴地告诉记者。

(原载于《人民日报》2013 年 2 月 27 日第 4 版,作者:倪光辉)

南沙守备部队原气象工程师李永强

愿作一粒礁盘沙

从第一本南沙水文观测教材,到第一座大气波导站,从第一份电子气象数据报表，到第一套地面气象自动观测站，在他的带领下，气象分队官兵创造了南海气象史上 10 多项第一。

21 年扎根南沙，27 次守礁，累计时间达 86 个月；150 多万组精确数据，6000 多天零差错，身兼 5 个不同职位，摸索 10 多项守礁新战法，成功处置 500 多次海空特情。

他，就是南沙守备部队原气象工程师李永强。2 月 23 日，李永强赴华阳礁执行任务时英勇牺牲，永远地留在了他挚爱的南沙，年仅 46 岁。

热情奉献的一团火
"把根扎在南沙，把南沙当成自己的家"

"嘀嘀……"深夜 2 点，南沙永暑礁，气象分队值班室的闹钟响起，李永强揉揉布满血丝的眼睛，披衣下床，抓起手电，夹着值班登记本，走向楼顶平台。

观测风速、风向，记录气温、潮位……爬舷梯，下码头，李永强先后采集了 20 多组气象要素，然后将数据一一录进电脑，核对无误后，再和衣躺下。此时已是凌晨 3 点。

"21 年来，李永强几乎每天如此。他永远是那么有热情，像一团火。"气象工程师徐利兵回忆着李永强的工作情形。

李永强高中毕业后应征入伍，成为南海舰队的一名新兵。1993 年，李永强奔赴南沙。上礁第一天，他彻夜未眠，用"上礁上战场，当兵卫国防；守礁守阵地，热血洒海疆"的诗句，抒发胸臆。

南沙守礁，危机四伏、险象环生。在李永强的带领下，气象分队每人都熟练使用多种武器，400 米障碍、3 公里武装泅渡，个个能力过人。2010 年度军事大比武活动中，分队官兵拿了 9 个单项第一，打破守备部队 3 项比武纪录，连续 3 年被评为"军事训练先进单位"。

热浪滚滚，湛江军港码头，太阳晒得人睁不开眼。李永强的妻子张志靖站在人群当中，目送着官兵踏上守礁征程。她告诉记者："这是永强每次出征的地方，我会一辈子守候在这里！"结婚 21 年，张志靖与李永强在一起的时间，加起来还不到 3 年。

永不停歇的风向标
"守卫南沙，必须敢于担当勇创一流"

气象观测塔下，气象工程师宋远齐仰头看着从塔底一直延伸到塔顶的铁梯，想起当年李永强带领他们抢修时的情景，泪水浸湿了双眼。

那是一次惊心动魄的抢修。去年 11 月，超强台风"海燕"肆虐南海。当10 级大风把气象观测塔吹得摇摇晃晃，雨水打在脸上刀割一般疼时，李永强把安全绳往腰间一系，拦住战友："这套系统是我装的，让我来！"艰难爬上20 米高的塔顶，吃力地打开仪器盒，连续抢修 1 个多小时，终于排除了故障。爬下气象塔、解开安全绳，他一下瘫倒在地上。

永暑礁是南沙群岛的一座珊瑚环礁，被我国政府选定为联合国教科文组织海洋观察站。1993 年 7 月，第一次登上永暑礁，李永强惊呆了：海洋气象观测站里只有一台简陋的人工观测仪器。李永强带领分队官兵，在三年内，建起了第一个气象预报室，安装了第一套气象数据卫星接收系统、气象数据卫星通信系统、自动潮位监测仪等先进设施设备。

永暑礁的条件异常艰苦。礁上有一口验潮井，经常被海水带来的沙子和杂物填塞。每次上礁，李永强都会带领分队战士，花上三四天清理。距离永暑礁主权碑 150 米处，有一座测量海水变化的基本水准点，每到测量期，只要是李永强守礁，他都会蹚过齐腰深的海水去测量。

3 年里，李永强利用业余时间，收集整理了大量气象观测相关资料，撰写了 20 多万字的笔记；带领分队官兵，用了半年时间，编写出 10 多万字的《海洋水文气象观测教材》，结束了南海海洋气象业务培训没有专业教材的历史。

20 多年来，李永强带领分队官兵累计向联合国教科文组织和军内外气象部门提供水文气象数据 150 多万组，创造了连续 6000 多天零差错的纪录。

乐于助人的热心肠
"予人快乐，是我人生最大的快乐"

今年 2 月 23 日，是李永强守卫南沙 21 年来的一次平常出征——随镜泊湖舰赴华阳礁执行气象站升级改造任务。

祸从天降，小艇在登礁途中遭遇 5 米多高的拍岸浪。危急时刻，李永强不顾个人安危，先后抢救两名落水战友，自己却被拍岸浪回卷入海底，英勇牺牲。

"遭遇的是每平方米有数十吨压力的拍岸浪，有 5 米多高！"获救的上士张港回忆道，"小艇被突然打翻，我被抛到离小艇 3 米外的海里，人都懵了，绝望时，突然身后一双手，将我推向浅滩……"

"老李将张港推向浅滩后，又游到了我身后，使劲儿推我，没想到他自己却被卷走了……"同样被李永强救下的小艇艇长乔龙泪流不止。当战友们从海里救起李永强时，他的双手仍保持着推举的姿势。

"予人快乐，是我人生最大的快乐！"回想起李永强常说的这句话，张志靖泪如泉涌。"愿将此生献南沙，愿作一粒礁盘沙"。李永强曾说，我的事业在南沙，即使有一天倒下了，我也要倒在南沙的礁盘上。他用生命践行了自己的使命和诺言。

（原载于《人民日报》2014 年 7 月 23 日第 6 版，作者：倪光辉）

潜水员官东

那一刻只想着救人

这几天，潜水员官东的名字已经家喻户晓。他在"东方之星"号客轮翻沉现场冒着生命危险参与救出两名幸存者。6 月 4 日夜里，再度执行任务前的间隙，"英雄"官东接受了本报记者的电话连线采访。

"您好！我是官东。"

6月4日18时，电话那端一个略显沙哑的声音传来。可以想象，连续执行潜水搜救任务的官东已经相当疲惫。短暂休息几个小时后，5日凌晨1时许，他和战友们再度赶赴现场，等待船体扶正后继续参与搜救任务。

24岁的潜水员官东，2日下午，在找到被困人员后，将潜水器具让给了对方，将对方顺利救出，自己从江底潜游出水。6月3日，海军工程大学为救人英雄官东荣记一等功。

"当时只想着赶紧救人"

"为何会让出装备？这是一个冒险的举动！"记者与官东的交流从当天的这个细节谈起。

"没有多想，当时只想着赶紧救人。"官东说。

"6月2日，接到救援命令后，我就主动请缨。与战友一起，在当天11时20分抵达救援现场。"官东告诉记者，抵达目的地后，从现场救援人员反馈的信息，获知待救人员大致方位。之后，海军工程大学现场搜救部队仔细研究船体构造，制定了两套救援方案，官东便第一个下水了。

"水很冷，身体发凉，心里也一直在打鼓。"官东说起第一次下水时的感觉。按照事先方案，第一时间就是找舱门，江底的能见度很低，水流速大，只能用手去探摸着找舱门。"找到舱门后，用钢丝将门固定，就直接进了船舱。"官东从找舱门到拉开舱门，共用了约10分钟时间。

当时水下的船舱内是什么样子？"一片漆黑！但可以感受到，因为瞬间翻沉，有些舱室形成了少量的气层。"官东解释道。

在船舱里，官东用手摸着楼梯，将杂物移开后，继续往上走。"刚探出半个身子，就见到一名老太太紧靠在舱壁，膝盖以下浸泡在水里。她左手握着钢管，右手握个手电筒。一看到我，老太太就哭了起来。"官东说，老太太求生意识非常强，很勇敢，值得敬佩。最后在战友的协助下，11时55分将老太太救了出来，这也是第一名从沉船中被成功救出的生还者。

14时15分，当生命探测仪探出生命迹象后，官东便进行第二次下水。根据检测，被困人员在机舱。"相对那位老太太，这次被救的小伙子没有太强的求生意识。"官东告诉记者，他下水后在机舱外围，来回找了3圈找不到舱门，不知道人在哪里。第四圈时，终于找到入口。"机舱和客舱不一样，机舱内充满一股柴油味。"官东说，当走上机舱二楼，看到一个小伙子盘腿坐在管道上。这里有片气层。小伙子两眼发呆，头发、脸上全是油污，嘴里吐着废油，也不说话。"问了他三四句，小伙子才回过神来，说'你来了'。"

随后，战友带来了便携式救援设备，这个小伙子不会使用。紧急关头，官东不假思索，就将自己的设备取了下来，直接套在他身上，并让战友护送上岸。此时，轻潜装具的压缩空气快用完了，官东果断卸掉身上的压铅和无气的气瓶，从江水深处潜游出水面。出水时，官东双眼红肿，耳朵胀痛，鼻孔出血，但他丝毫不后悔，"人救出来就是最好的。"官东说。

"当潜水员，是对自己的挑战"

"从一线撤回，就看到手机上多个未接来电。"谈到家人时，官东话语显得有点不好意思。

"家人是在电视或者网上看到我救人的消息吧，电话没有打通，他们发了很多短信。"官东说，第一次救援回来后，才给家里发短信报平安。

据了解，官东出生于安徽宁国市一个普通家庭。"伯伯和大哥以前都是海军，看着他们穿海军服，觉得特别帅气，自己也想当海军，高中毕业后，我就参军了。"谈到为何要当潜水员时，官东说，入伍前心理素质不好，就想着挑战一下自己。2007年底，成为海军潜艇学院潜水专业一名新兵。2008年9月，官东通过新兵连和潜水员训练后，就被分配到青岛海上防险救生队成为一名潜水员。2009年因表现突出，转为一期士官，2011年入党。2012年1月，从青岛调到武汉。

这些年，有几次下水执行任务？"第一次是2010年6月在青岛执行演习任务，当时下水30米进行打捞。随后，2012年配合武汉市公安局在汉江流域打捞枪支，2013年参加打捞烈士遗体……"官东记忆犹新。

（原载于《人民日报》2015年6月6日第6版，作者：倪光辉）

不平凡的李影超

635 天的军旅征程， 22 岁的青春定格

他，是一名普通而平凡的战士：

个头不高，扎在兵堆里不是最显眼；文凭不高，高学历战友面前不是最出众；体力不强，比武光荣榜上不是最出色……

然而，就是这样一个"三不高"士兵，在 635 天的军旅征程中，上高原、闯大漠，抓歹徒、斗顽凶，排险情、救群众，在一个个岗位上演绎了一名普通士兵的追梦突击，成为现实版的"许三多"。

他叫李影超，是驻守在塔克拉玛干沙漠腹地、具有"尖刀"美誉的武警某部队的一名战士。去年 9 月，因劳累过度，突发心源性心脏病而牺牲，22 岁的青春永远定格在了玉龙喀什河畔的执勤哨位上。他用生命演绎了一场场"士兵突击"，诠释着新一代军人的底色，也必将影响着更多和他一样的普通战士。

仲春时节，玉龙河畔。记者来到他的部队，追忆战友心中的李影超。

追梦的"许三多"
一直在追赶，从未掉过队

来到李影超生前所在连队，他满面笑容的照片布满了政治教育宣传栏。影超的遗物中有一张照片，是他在连队雕塑前拍的，那块利剑状的石头直入云霄。他特别喜欢，常对人说，这代表着尖刀连无坚不摧的血性胆气。

照片上，影超个头不高，有点瘦弱。而这也成为他的"先天不足"。刚到连队时，影超说话"两句半"，训练"慢半拍"，考核"拖后腿"，是个地地道道的"许三多"。

提起入伍之初的身体素质，李影超的新兵排长杨杰到现在还摇头：这个在广东打工的学徒，百米、3000 米跑都不及格，甚至做一个单杠引体向上也费劲。

入伍时掉了队，但影超从不缺乏赶队的拼劲。天蒙蒙亮，绑着沙袋长跑；熄灯后，悄悄练俯卧撑。很快，他的军事素质已赶上了队伍。新兵下连后，一次紧急集合，影超打背包速度较慢，拖了连队"后腿"。一天夜里，班长赵云武起床上厕所，看到楼道里有个黑影，原来是李影超正借着微弱的楼道灯光练习打背包。后来，影超的紧急集合速度一直保持在全连前面。

入伍不久，影超就跟随部队到了西藏驻训。在这里，他第一次受到了血性的洗礼。2013年，他和几名新兵在王鹏副班长的带领下到山里搜捕犯罪分子。面对手持利刃的犯罪分子，王鹏一把将李影超拽在身后，奋不顾身与犯罪分子展开搏斗，拼死将其擒获，手却被划破，鲜血直流。

生命中头一次看到流血负伤，李影超被深深震撼了。事后，他问王鹏，不怕吗？王鹏说，尖刀连的兵就该这样，遇到危险冲上去。同样让他热血沸腾的是，每次执行任务之前，写请战书、集体宣誓、开展火线入党。每次任务归来，部队开庆功会，为每名立功受奖的官兵颁发勋章，合影留念。

这样生与死的考验，这样血性的动员激荡着他的内心。在色拉寺执勤时，他冒着被牦牛群踩踏的生命危险，冲上去将吓呆的藏民救了出来，自己却被牦牛踢伤了脚；在和田民丰卡点，面对暴徒迎面刺来的匕首，他和战友们临危不惧，展开殊死搏斗擒获顽凶；在和田市区，他迎着爆炸声第一个冲进了处置现场。两年来，李影超协助民警制止械斗26起、抓获犯罪嫌疑人10名，多次被评为"执勤能手"。

是什么让一名农民工成长为共和国士兵，又把这名士兵锻造成不卷刃的刀尖？师政委张志军自豪地说："我们在血与火、苦与累的淬炼中，激荡起每名官兵敢打必胜的豪气、赴汤蹈火的胆气、宁死不屈的骨气，让他们成为尖刀利刃。"

影超的日记扉页上，"训练不怕苦，打仗不怕死"的座右铭赫然在目。据说，他平时喊得最多的就是"只能向前一步死，不能后退一步生。"

平凡的"小螺钉"
平淡不平凡，哪里都出彩

没有轰轰烈烈的场面，也没有惊天动地的壮举，一切都是那样的平淡。翻阅影超生前档案，"奖惩"一栏还是空白。这个平凡的战士，似乎与第一无缘，几乎没有任何荣誉，甚至连"优秀士兵"也没有。

李影超的从军履历上，三次选择却引人注意：入伍不到 15 天，他撕掉了留守申请书，主动说服战友一起踏上雪域高原；他放弃到战斗班的机会，积极申请去当"火头军"；在炊事班干得风生水起，却又坚决要求奔赴边疆大漠执行任务。

一个高中毕业就到广东打工，经历了人情世故的农村青年，为何做出这种举动？

"没啥奇怪的。听党话、跟党走，在国家利益面前，军人没有个人账。"面对记者的提问，团政委陈亚龙动情地说。

作为 90 后，李影超也曾有过迷茫。2012 年 4 月，部队奉命进藏，他听说西藏高原连氧气都吸不饱，还要担负险重的训练任务，心里打起了退堂鼓。

李影超常对人说，他这个打工仔在外面飘着时，就像丢了魂似的，是部队给他指明了追梦的方向。"当兵要像雷锋，不仅力量强大，还要精神强大。"

2013 年 3 月，营部到连里挑炊事员，有战士觉得当"火头军"没出息。这时，李影超却站出来说，后勤不是后进，只要肯卖力，任何岗位都能出彩。他主动要求来到了炊事班。

岗位的变换，对影超来说是跨越更是挑战。一次炊事班杀鱼时，老兵收拾完两条，他才杀一条。面对差距，李影超暗下决心要超过他。他自费买来烹饪方面的书籍，常常看到深夜；他向参加过专业培训的人拜师；为了练好刀工，他一口气切了 20 斤土豆。李影超所在的排担负远离营区 300 多公里的某大桥卡点勤务，临时驻点条件艰苦、供给困难。为了调剂伙食，让战友吃饱吃好，他把普通的方便面变着法子做出水煮面、炒面、焖面等十多个花样。

"影超令人佩服的，不仅是不断突破、永不服输的狠劲，更有他爱一行、钻一行、精一行的韧劲。"战友们说，李影超就像一块包浆的和田玉，外表看似平凡，内心纯净剔透。

永远冲在最前面
超越自己，影响别人

对于卫生员李明安来说，2014年9月8日中秋节是个揪心的日子。这天上午，他突然接到消息，李影超昏倒在哨位上。李明安心急如焚，抱起他送到救护车上。虽然全力抢救，影超还是永远地离开了。

那天，战友们巡逻归来已是深夜。他们守在影超的遗体旁，一夜没睡。那一桩桩往事清晰地浮现在每个人的眼前。

连队的脏活儿累活儿，影超总是第一个抢着去干。每次清理垃圾场，他总是忍着恶臭，第一个跳进去，一干就是一上午。连队的理发室每到周末全天开放，大家理发后，李影超最后一个走，承包了打扫的任务。

指导员刘东旭抹着泪说，影超就像他的名字一样，影响别人，超越自己。他的好记在每个人心里，悄然改变着整个连队。上等兵李永龙受了点小伤躲懒装病号。没想到，在训练时受伤的李影超竟主动跑过来照顾他。一个伤员照顾假病号，羞愧不已的李永龙当即从病房里搬出来，主动要求归队参加训练。

战友林宝龙依然记得，他生病了，影超二话没说替他站了三天哨；排长杨杰巡逻晚归，影超主动为他做了一碗香喷喷的蛋炒饭。

战士蒋晓光含着泪说，影超是个热心肠，不仅把战友的冷暖放在心头，更把人民群众的安危扛在肩头。在西藏海拔4000米的执勤点上，一名游客因缺氧晕倒，他拿着氧气罩一路冲到山顶，游客吸上氧转危为安，他却晕倒在地；在和田街头巡逻，他把盒饭让给了寻亲的维吾尔族大叔……

李影超虽然离开了人世，但他的精神依然影响着每一位战友。

在影超牺牲后的一个月，2名暴徒手持凶器突袭团队驻守的卡点，哨兵卢秋银迅速吹响警哨，同班哨兵王敬永在头、手部负伤的情况下，顽强地与罪犯殊死搏斗。连长仝云飞带领3名战士快速反应、果断出击，击毙了2名暴恐分子，胜利完成战斗任务。

（原载于《人民日报》2015年4月15日第4版，作者：倪光辉）

舷号为 171 的海口舰

我国自主研发的新型导弹驱逐舰

"中华神盾" 劈波斩浪

四海风雷起，大洋一剑来。

南海某军港码头，舷号为 171 的海口舰傲然挺立。这是由我国自主研发的新型导弹驱逐舰，装备有先进的对海、对空、对潜等现代化武器装备，被誉为"中华神盾"。

入列 10 多年来，海口舰始终不负党和人民的重托厚望，坚定有力地捍卫国家主权、安全和发展利益，开创了人民海军史上多个首次和第一；先后 3 次出征亚丁湾护航，完成多国海上联演以及战备巡逻、海上维权、演习演练等重大任务，被国际海事组织授予"航运和人类特别服务奖"，被全军表彰为"执行亚丁湾、索马里海域护航任务先进单位"，被海军授予"护航先锋舰"称号……

大洋利剑，沧海犁浪挥戈深蓝；"中华神盾"，忠诚捍卫万里海疆。

维护核心 听党指挥——舰行万里不迷航

舰阵如虹，白浪如练。今年 4 月 12 日的壮观景象，舰务部门帆缆班长石晓兵一辈子都不会忘记，"又见到我们敬爱的习主席了！"

这一天，中央军委在南海海域隆重举行海上阅兵，48 艘战舰、76 架战机、1 万余名官兵光荣接受习主席检阅。海口舰是航母打击群受阅舰艇的一员。

2012 年 12 月 8 日，党的十八大之后，习主席首次离京调研视察部队就来到海口舰，与官兵们一起航行，共进午餐，亲切询问水兵的日常训练、工作和生活。石晓兵就在其中。

"越是领袖关怀厚爱，越要铸牢军魂报党恩；越是领袖勉励褒奖，越要敢做善成创一流。"舰长樊继功说，舰党委把习主席视察检阅作为最高荣耀、最大鼓舞、最强号角，激励官兵矢志练兵备战，在习主席的目光中向战而行，以高度的政治自觉和强烈的使命担当奋力投身强国强军事业，积极为实现中国梦强军梦作贡献。

心中有魂，脚下有根。海口舰首批舰员、柴油机班长王东依然记得：2003年建军节前夕，他们正在上海某造船厂接舰。首任舰政委梅文带领官兵来到嘉兴南湖红船和中共一大会址回顾辉煌历史，寻根红色基因。从南湖红船这艘播下中国革命火种的"母亲船"，到乘风破浪、走向深蓝的"中华神盾"，总有一种血脉在赓续传承、总有一种力量在凝聚迸发。

自组建以来，海口舰始终坚持把思想政治建设摆在首位，着眼铸牢"听党指挥"的强军之魂，把"忠诚"的红色基因深植官兵心中。常态化开展"学习战斗英雄、弘扬战斗精神"主题活动，邀请陈伟文、王正利等海战英雄与官兵讲战斗故事、忆经典战例，激发官兵的虎狼之勇、英雄之气。学习习近平强军思想，他们把每一次任务都作为练胆魄、砺斗志、强作风的实践舞台，始终在大风大浪中摔打部队、在生死考验中锤炼官兵。

记者在海口舰上走一圈，深感党员胸前闪耀的党徽格外引人注目……"把海口舰锻造成一支攻必克、守必固的海上劲旅，就是对过去最好的传承，就是对党最大的忠诚。"海口舰政委邹琰感慨地说。

敢战胜战　勇为人先——向战而行谋打赢

2017年初，海军组织辽宁舰编队出岛链训练。茫茫大海上，海口舰在辽宁舰左前方紧紧伴随，其余数艘驱护舰分列辽宁舰四周，钢铁巨阵犁波踏浪，蔚为壮观……

海口舰是我国第一代装备相控阵雷达和垂直发射系统的国产现代化导弹驱逐舰。接舰之初，因为较过去的舰艇几乎领先一个"代差"，新装备究竟怎么训，并没有现成的路可走。

没有路就蹚出一条路来。首批舰员创新训练模式，坚持边接装边研究边训练，制定完善了某型驱逐舰训练大纲和全部战斗部署表，为后续舰艇的战备训练打下了坚实的基础。

应战而生，就当向战而行。身处海上方向军事斗争一线，海口舰经常与外军舰机近距离交锋。那年，海口舰执行某专项任务，面对外军舰机和潜艇长时间的跟踪监视，他们全程保持高度戒备，在圆满完成任务的同时，还探索实践了新战法训法。

在海口舰，官兵们最大的乐趣就是琢磨对手，最大的爱好就是钻研打仗，最大的追求就是战场制胜……他们瞄准强敌专攻精练，主动研究武器装备边界条件下使用、强电磁干扰下立体打击等高难课目，形成了 10 余项研究成果，创下多个海军纪录。

"平时常备不懈，战时方能闻令即动，不负重托。"海口舰为什么能？舰长樊继功一语中的，海口舰作为新型主力战舰，一旦有事，首战必用。

"不怕狂风巨浪，不怕流血牺牲，不怕任何敌人"，记者发现，海口舰所在支队营区主干道上的这句标语，既是海口舰官兵的精神坐标，也是他们的真实写照，舰上到处激扬着"敢战之气"。

2014 年，海口舰奉命紧急出航执行搜救任务，在海上连续奋战近 2 个月，创造了海军舰艇非值班状态出动速度最快、执行任务时间最长和跨越海域最广的纪录。

海口舰官兵直面波谲云诡的海上形势，几乎每天都在与各类潜在对手交锋。记者了解到，党的十八大以来，海口舰 10 余次赴南海海域执行战备巡逻、跟踪监视、海上维权等任务，稳妥应对外军舰机上百次，大大提升了指挥对抗、实兵对抗和体系对抗能力。

比肩一流　维护和平——牢记使命有担当

"感谢中国海军，你们的训练有素与无私奉献，确保了亚丁湾的安宁。"

2017 年 11 月，捷克籍油船"VIOLANDO"号通过无线电向第二十七批护航编队的海口舰致谢……在过去 2 天的伴随护航中，海口舰 3 次为他们驱离高速逼近的疑似海盗小艇。

入列 13 年以来，3 赴亚丁湾护航，解救 10 余艘中外商船；17 次靠泊外国港口，与外军组织观摩座谈 26 次……随着海军转型建设和使命任务的拓展，海口舰执行远洋护航、联演联训、迎外出访、人道主义救援等任务日益频繁，经常战斗在远海大洋，活跃在国际舞台，成为中国海军一张亮丽的名片。

2008 年 12 月 26 日，随着一声汽笛长鸣，海口舰与武汉舰、微山湖舰组成首批护航编队，远赴亚丁湾、索马里海域执行护航任务。海口舰连续航行 124 天不靠港，为 27 批次 104 艘船只伴随护航，成功解救被海盗追击的利比里亚籍商船、遭海盗袭击的"雁荡海"号轮船，出色完成接护我被海盗劫持的"天裕 8 号"渔船等任务，创造了我国首次组织海上作战力量赴海外履行国际人道主义义务、首次在远海保护重要运输线安全等多项纪录。

三度出征下来，相比当初的未知与探索，海口舰舰员对那片暗流涌动的海域更加熟悉。他们用过硬的技能、专业的素养展现出了大国海军的责任与担当，确保了护商船和自身"两个百分百"安全。2015 年 9 月，海口舰被海军授予"护航先锋舰"荣誉称号。

"第一次走出国门执行任务，我都不知道该和外军谈论些什么……"回想起那年海口舰在某国举办甲板招待会的场景，二级军士长皇甫晓伟用"腼腆"来形容自己；再谈到执行第二十七批护航任务时，他自信地说，战友们如今不但能和外军交流自如，还能通过中英双语通信频道值班，利用电子邮件、水星网、传真等多种方式与中外舰船进行实时沟通。

"海口舰刻印在时代鼓点上的舰艇航迹，从某种程度上说就是民族复兴、国家富强在深蓝大海上的投影。"驱逐舰支队政委胡姣明说。

"呜……"出征的汽笛再次响起，海口舰即将劈波斩浪驶向远方，战舰上再次奏起熟悉的旋律："肩负大国责任，凝聚世界目光，中国海军书写历史辉煌……"

（原载于《人民日报》2018 年 7 月 27 日第 6 版，作者：倪光辉）

北斗青年科研团队

1994 年启动北斗导航系统研制，2012 年底 14 颗卫星覆盖亚太。18 年来，国防科技大学电子科学与工程学院北斗青年科研团队突破关键技术瓶颈，为北斗征程"排星布阵"——

北斗青年的"问天"之旅

1983 年提出导航定位设想，1994 年全面启动北斗导航系统研制，2012 年底 14 颗卫星覆盖亚太，2020 年将建成 30 多颗卫星、覆盖全球的大型北斗卫星导航系统……

一代代北斗人胸怀强国梦想，奋战在国家和军队现代化建设的伟大征程上。2012 年 12 月 28 日，党中央、国务院、中央军委联合发来贺电，表彰他们做出的杰出贡献。

其中，有这样一个年轻团队：没有一个院士，平均年龄不到 30 岁，却成为北斗卫星导航系统建设的国家队主力军；从三人课题组，到如今成长为卫星导航系统重大专项导航技术方向专家组组长单位；18 年来，他们从诸强逐鹿北斗的"观察员"，成长为国内唯一同时担任系统核心体制、卫星关键载荷、运控主体、测试设备研制任务的单位。

青春何以傲苍穹？近日，记者走近国防科技大学电子科学与工程学院北斗青年科研团队，解读他们的心路历程。

——编　者

"必须打造中国人自己的'千里眼'！"

1994 年，"千里眼"被美国 GPS 提前实现，让国防科大几位年轻人深受震撼，军人的使命感油然而生。此时，卫星与地面站的信号接收与传输技术 10 年攻关未果。现任副校长、当时刚满而立之年任该校电子技术系总工的庄钊文教授带领 3 位博士生临危受命，从此展开了北斗征程。就在当年，我国北斗导航系统研制全面启动。

18 年斗转星移，我国成为继美俄之后世界上第三个掌握卫星导航技术的国家，北斗青年科研团队功不可没，他们突破了北斗一号地面中心站关键技术瓶颈，在国内率先研制成功北斗一号手持用户机系列，成为我国第二代卫星导航定位系统国家重大科技专项主力军之一，为覆盖亚太地区的北斗二号卫星导航系统的开通做出突出贡献。

"心怀代代凌云梦，再造帝车擎苍穹。"听闻"雏鹰"托举北斗的故事，一位老专家感怀不已。

勇敢探索，源自青年军人无所畏惧的锐气

"到 2020 年北斗系统如期覆盖全球时，我还不到 30 岁！"稚气的脸庞、儒雅的气质，如不是这"乳虎之声"，记者实难相信，眼前的大四学员竟是北斗团队的成员。

18 年前，我国卫星导航系统建设遇到一大技术瓶颈，亟待突破。3 位平均年龄不到 26 岁的在读博士生王飞雪、雍少为和欧钢，在导师庄钊文教授的指导下，提出了全新的解决方案。他们将旨在解决信号传输与接收难题的"全数字化快速捕获信号与接收技术方案"呈给了中国卫星测量控制技术奠基人之一、中科院陈芳允院士。

当时，数字技术初露峥嵘，不少"北斗"前辈对此充满质疑。半年后，他们带着一笔 4 万元鼓励尝试经费和一台当时较先进的台式计算机回到了学校。没有实验场地，他们找学院借资料室；没有设备，他们找各课题组东挪西凑。就这样，在庄钊文的悉心指导下，3 名博士生凭着青年人特有的虎气与朝气，干得热火朝天，孵化了该团队的雏形。

3 年过后，北京星地对接现场。当看到显示器上脉冲闪闪、捕捉信号成功的那一幕，在场 20 多位这一领域的专家不敢相信：10 年来未能解决的瓶颈技术，被他们仅用 3 年破解。成果一举打破了国外在这一核心技术上的封锁与垄断，为我国拥有自主卫星导航定位技术做出了重要贡献。

"北斗青年的卓越，源自不畏艰险、迎难而上的信心勇气。"如今肩挂专

业技术大校军衔的王飞雪主任告诉记者。

2007年，我国一颗北斗卫星在试运行过程中，受到强烈干扰，导致信号传输中断。专家分析认为，复杂电磁环境是"罪魁祸首"。如3个月内不能解决问题，即将组网的数十颗卫星发射将无限期推迟，已发射的卫星将无法使用！

"3个月内，我们一定拿出解决方案！"团队向上级立下了军令状。"国家的需求就是对我们的要求！"庄钊文亲自挂帅，团队集合了所有专业组的精英人员开展攻关。在最紧张的2008年3月，所有人员每天2/3的时间在实验室度过。不到3个月，他们研制出具有强大抗干扰能力的卫星载荷。

"路漫漫其修远兮，吾将上下而求索；吾爱吾师，吾更爱真理。"在北斗团队实验室内，一幅小篆字体书写的名言已成为共识。

团结协作，"聚变效应"让团队作战无往不胜

"京阳五月春光照，庭院花开早。八方来客为联调，拂面微风，白发青丝笑……"写着这首《虞美人——联调小记》微微发黄的信纸，在王飞雪的档案袋里已经珍藏了15年，这是1998年第一次星地对接现场一位科研人员的随笔，它生动诠释了北斗人无私奉献的精神。

2000年，团队研发北斗一号RDSS手持机，联调房设在顶楼向阳的小房间里。因设备紧张，联调只能轮班进行。倪少杰和另一个同事在中午12点以后的三个时段进行联调。盛夏的长沙，温度高达40余摄氏度。由于经费紧张，联调房内没装空调，每次联调过后，他们都如同蒸过桑拿，军装可以拧出水来。

在团队的每间实验室角落中，都摆放着折叠行军床；一日三餐，都在实验室吃盒饭；每个人的办公桌下都备有行李箱，随时准备出差。

他们中的很多人年纪不大，面相却不年轻：30多岁，英年华发、提前谢顶。然而，不变的微笑、不变的争论、不变的高效、不变的勤奋，共同形成一股正能量，使朴实无华的奉献精神在代代北斗青年身上从未断代。

讲师聂俊伟是大家公认的"拼命三郎"；承担新一代编码升级任务的唐小

妹教员孩子刚满月就提前上班；"出差专业户"王勇不是在出差就是在准备出差；博士生吴舜晓每天几乎都是最后一个离开实验室……

在北斗一号项目研制之初，除庄钊文教授外，所有成员都是研究生，庄教授给他们大胆压担子，放手让他们去干。在这个团队，开展学术讨论和项目研讨时没有师生之分，每一个人都能充分发表学术观点。"争吵过程是相互磨合和不断提高的过程，最终大家找到了很好的解决办法。"讲师张国柱说。

中科院院士、北斗卫星导航定位系统工程总设计师孙家栋这样评价北斗青年科研团队："你们是李云龙式的团队，敢于亮剑，亮剑必胜！"

"逐梦北斗，最初只有3名博士生，现在我们已是包括4名国家级专家的240余人专业团队。无论队伍大小，团队作战的'聚变效应'让我们有勇气无往不胜！"国防科大北斗人说。

2008年的夏天，北京卫星定位总站正在紧张建设。物理环境恶劣，但时间不等人。一群卷着裤腿、手拿起子，卖力地敲敲打打、拧螺丝钉的"民工"正在紧张施工。谁能想到，他们竟然是我国卫星导航技术领域的国防科大专家教授。

由于工程量巨大，工作人员的调度十分紧张。为此，他们身先士卒、赤膊上阵，干起了体力活：有的合力抬起数百斤重的机柜，有的装灯具、剪导管、贴标签……一位北京合作单位的领导前来拜访该团队的孙广富教授，竟在劳动大军中花了近10分钟才找到，不禁感慨地说："这样的团队，还有什么事干不成？"

自主创新，打破常规不断拓展创新的空间

2006年，北斗一号卫星导航系统已成功运行多年，面临卫星和地面设备的更新换代。不少人主张按部就班地更换新设备，但王飞雪敏锐地捕捉到关于升级的关键信息，果断判断这是一次导航系统体制升级的绝佳机会。

机不可失，即便创新的空间再狭小，也要奋力一搏。在他的带领下，大家提出了一套信号体制与主动抗干扰相结合的方案。别看这个小小改动，它带来的却是整个导航系统效能的一次大的飞跃：所有北斗位置报告终端设备功耗降

低一半，系统抗干扰性能大幅度提升。

在我国工程科研领域，一个严峻的现实长期存在：科研院所长于技术创新能力，短于工程经验；而工程部门长于工程实践，短于技术创新能力。然而，对于兼需技术创新和工程实践的北斗项目而言，无疑将受到严重掣肘。

"必须打破惯例，将技术创新和工程实践有效融合！"20世纪90年代，庄钊文教授做出了如此判断。此后，他们想方设法提高工程能力：购买工程设备，边干边学，用高精尖技术提高产品可靠性进而降低工程维护的任务量……

2009年，北斗二代导航卫星二期工程期间，一个由欧洲航空航天局专家领衔的代表团飞抵北京，代表欧盟的伽利略卫星导航系统要求与北斗系统展开争议已久的频率谈判。参加谈判的有包括国防科技大学等10多家单位。

这一艰苦卓绝的拉锯式谈判持续了3年。国防科大北斗卫星导航系统青年科研团队在参与谈判的同时，刻苦攻关，探索出一套创新的信号调制理论并成功申请专利，为保护国家"电磁领土"提供了技术利剑！

"首先是战斗队，然后才是科研团队。"团队带头人庄钊文意味深长地对记者说："对祖国的忠诚，是推动我们创新的最强引擎。"

用创新开启中国未来，用创新赢得和平砝码。18年来，北斗青年硕果累累：研制出了我国第一台便携式北斗用户机；设计了北斗系统核心的军用信号；承担了北斗系统某核心模块95%的研制任务；研制了60套关键卫星载荷；承担了北斗系统建设30%以上的地面任务量……

"我们要用技术推动北斗成为世界最先进的卫星导航系统！"回顾奋斗历程，团队成员追梦的脚步，永不停歇。

（原载于《人民日报》2013年6月16日第6版，作者：倪光辉）

"玉树不会忘记"

第一时间，解放军、武警官兵、公安干警、医护人员迅速赶赴灾区——

危难时刻　冲锋在第一线

平均海拔4000米的青海省玉树州，山峦起伏，雪峰奔涌。

4月14日7点49分，这里发生7.1级地震。州府所在地结古镇遭受毁灭性破坏，大量人员伤亡，绝大多数房屋倒塌。危难当头，解放军、武警官兵、公安干警、医护人员紧急动员，快速响应，迅速行动，谱写了生命至上、守望相助的壮歌。

正是他们，用血肉之躯撑起不倒的玉树，挺起玉树高原坚强不屈的脊梁，也给玉树灾区群众带来希望与力量。

冲锋在第一线，战斗在最前沿

集结！紧急集结！灾情发生后，所有参加救援的解放军、武警官兵、公安干警、医护人员心里只有一个念头：赶赴灾区，抢救生命。

在兰州军区某摩步旅，发生了两个连长追部队的动人故事：四连连长成彦龙，乘飞机从山西老家紧急赶往兰州，又打出租车追赶部队，3次加价催促司机提速，终于在西宁赶上部队。正在郑州休假的九连连长田文武，乘火车、坐汽车、打出租车，一路追赶到玉树。在结古镇堵车的情况下，步行20公里赶到连队。

4月14日7时49分，武警青海总队玉树支队支队长石华杰带领部队出早操时，突然，山崩地裂，房屋倒塌，尘土飞扬……面对这场特大灾害，石华杰沉着冷静果断指挥，在组织部队迅速转移到安全地带的同时，立即向总队报告情况，在第一时间成立了救援组、医疗救护组和向县中队看守所增援组。9时30分，通过电话连线，石华杰用沙哑的声音将灾情第一时间向党中央和全国人民报告。

"群众的生命高于一切!""不放过一处废墟!"石华杰亲率一支突击队,到玉树州民族职业中学救援被困学生。当他们赶到学校时,现场一片混乱,半倒塌的楼层窗户间,还夹着几个遇难学生的遗体。当时三层楼因为塌陷已挤到了一起,加之不断的余震,窗户上的玻璃不停掉下。他带着 10 余名战士,在随时有可能倒塌的楼房里抢救出一个个幸存学生。

在以后 30 多个小时里,石华杰与他的战友们滴水未进,始终坚守在救灾一线。在石华杰的带领下,支队成为救灾行动中到位最早、担负任务最重、救出灾民最多的救援部队。

玉树军分区藏族副政委旦增家中房屋全部倒塌,8 位亲人遇难,10 多位亲友受伤,但他顾不得悲伤和抢救自己的亲人,第一时间带领 6 名官兵向离军分区最近的受灾群众家里奔去,仅半个多小时就成功救出 6 名群众,并带领自己的两个儿女始终奋战在抗震救灾第一线。

当得知父亲去世的消息后,兰州军区总医院抗震救灾医疗队政委朱自清悄悄转过身,擦干涌出眼眶的泪水,继续指挥队员抢救伤员。连续的高强度工作后,他高烧达 41 摄氏度,血压 170 毫米汞柱,而他偷偷拔掉针头,毅然奔赴抗震救灾一线。作为医疗队中年龄最大的队员,他不顾严重的高原反应,先后 12 次带队到海拔 4600 米的"生命禁区"为伤员巡诊。

为了可能的生命,挑战生理极限,创造救援奇迹

平均 4000 米的高海拔、只有平原地区六成的含氧量、上千次大大小小的余震、震后连续出现的降雪降温天气……对来自四面八方的解放军、武警官兵、公安干警、医护人员来说,高原上的每一个动作都要付出比平时多得多的努力。

4 月 17 日中午,一只劳累的黑色搜救犬瘫倒在震中结古镇的一处废墟前,开始呕吐。"伙计,咬咬牙,咱们再上啊!"四川消防战士余浩源一拍搜救犬的背,又爬上废墟开始搜寻生还者的气息。尽管他的嘴唇已现出青紫色,尽管他知道自己和爱犬都已快接近生理极限,但"就算累瘫,也要把人救出来!"

"来,听我口令,大家一起拉,一、二、三……" 4 月 16 日,在玉树龙达

路的一片废墟上，传来了官兵们的吆喝声和石板的摩擦声。

指挥官兵营救被困人员的，是连续奋战了 33 个小时的武警 8653 部队某连连长姬晓军。33 个小时的时间里，他唯一的休息时间就是蹲在地上啃包方便面，喝瓶矿泉水。

在另一个生死时速的"战场"上，各个医疗队争分夺秒展开医疗救治，紧急抢救伤员。大部分同志连续工作十七八个小时，大多嘴唇乌紫、眼睛布满血丝，许多人险些晕倒在手术台上。

灾情发生后，先后有 27 支医疗救治队伍和 26 支卫生防疫及监督队伍赶赴灾区。

尼玛才仁是玉树藏族自治州人民医院的一名外科医生。地震发生后的 60 多个小时里，尼玛才仁一直在抢救伤员，转移危重病人，没有躺下休息一分钟。17 日上午，尼玛才仁走下手术台，拖着疲惫的身子，送别遇难亲人。

救援人员以自己的忠诚和忘我的牺牲精神，创造着一个一个救援奇迹。

大爱温暖高原，视玉树为永远的第二故乡

"玉树是我们永远的第二故乡"，在玉树，这是救援的解放军、武警官兵、公安干警、医护人员的共同心声。他们把浓浓的民族情播洒在玉树高原，把无疆大爱献给了玉树人民。

"救救我的孩子，救救我的孩子！"地震发生后不到 1 小时，武警玉树州支队的官兵靠手挖棍砸打开一条通道。望着压在废墟下的孩子，一位藏族妇女哭成了泪人。战士谢宇全然不顾落在身上的瓦砾，爬进通道抱起孩子。余震突然袭来，一块带钉的木板掉下，朝孩子的脸砸来。千钧一发之际，谢宇勾头含胸，死死地护住孩子，任凭带钉的木板重重砸在自己的后脑勺……

15 日 9 时 40 分，经过 19 余小时近 1200 公里的急行军，兰州特警支队火速抵达玉树地震灾区。

昼夜行程、警卫执勤、疏导交通、搭建营地……吃一个大饼，泡一袋方便面，长时间的执勤劳累，让本已高原缺氧的特警一大队教导员杨文海无法再支撑下去。16 日 23 时许，杨文海突发头痛眩晕，呼吸急促、昏迷休克，情况万

分紧急，经过几个小时的紧急抢救，杨文海病情略有稳定。

17日一大早，带队领导何全意来到帐篷看望已清醒但仍不能说话的杨文海，他对杨文海说："文海，我们回家看病去，好吧？"

一行眼泪从杨文海的脸上滑落，他拼命地摇头，监护仪上的血压、心跳指数直线上跳。在一旁看护了一夜的护士厉声责怪："也不看看病人都成啥样了，还说这话刺激病人。"像这样因过度劳累，身体严重不适，而依然坚守岗位的公安干警，在每支队伍都有许多。

4月16日早晨，藏族女同胞江永拉吉，带着一个女婴找到了第二炮兵抗震救灾医疗队护士长任玲。女婴头部受伤，全身冰冷，只有微弱的呼吸。

任玲把小女婴心疼地抱在怀里，用身体温暖这个弱小的生命。经过抢救之后，女婴逐渐恢复了正常。在随后几天时间内，任玲又连续救助和护理了8名失去亲人的藏族婴幼儿。他们中年龄最小的刚出生3天，年龄最大的9岁。任玲的大爱举动，展现了一名女性军人对藏族同胞的博大情怀，被誉为玉树灾区"最美丽的兵妈妈"。

玉树藏医孤儿学校，承载着玉树万千学生"新校园会有的"光荣梦想。5月8日，在学校新址，第二炮兵抗震救灾工程部队正在火热施工。

无论是在藏民集中的巴塘草原寄宿学校，还是在玉树藏医孤儿学校，都能看到一位大校军官在板房建设工地上忙碌的身影，他就是第二炮兵某基地副参谋长王俊宏。

从4月22日起，他一直铆在板房施工一线。累了，便躺在工地的塑料板上休息一会儿；饿了，便在漫天灰尘中吃些炊事班从5公里外送来的盒饭；每天凌晨深夜，才带领施工队员回到营区。

"孩子是玉树的未来，是藏区的希望。为了让孩子上得了学，读得好书，苦点累点也值得。"憨厚的王俊宏说。在他身后，一座由教室、食堂、宿舍、医务室、配电室、锅炉房构成的"板房学校"，在灾区拔地而起。

（原载于《人民日报》2010年5月16日第1版，作者：龚仕建　倪光辉　王君平）

"5·12" 汶川特大地震十年之际——

回访抗震救灾英雄子弟兵： 奋不顾身， 大爱无边

2008 年 5 月 12 日 14 时 28 分，汶川突发强震，一时间山河破碎、满目疮痍、苍天鸣咽，成千上万的受灾群众在泥块瓦砾、残垣断壁中挣扎求生，在深深的恐惧中伸出双手、发出求救的呼唤……面对突如其来的地震灾害，解放军和武警官兵不惧艰险，第一时间奔赴灾区，展开生命大营救，在那片倒塌的废墟上到处都留下了官兵忘我奋战的足迹，一个个故事感人肺腑。

10 年后的今天，记者沿着龙门山地震带重访当年的重灾区，昔日的废墟上早已铺满生命的绿色，当初在救灾一线涌现出的抗震救灾精神，在一茬茬官兵身上接续传承，迸发出了强大生命力。

杨志：陪伴牺牲的战友，见证汶川的巨变

"5·12" 地震 10 年前夕，武警阿坝支队汶川中队中队长杨志带领官兵又一次来到映秀镇 "5·12" 地震遇难者公墓，这里埋葬着数千名遇难者，也长眠着地震和余震中为转移群众牺牲的 8 名武警战士。

这次祭奠，对杨志来说有着特别的意义。他曾经与牺牲的烈士们一起战斗，10 年过去，他即将告别这个曾经战斗的地方，昔日的场景一一浮现脑海。

汶川县是 "5·12" 地震的震中和重灾区，10 年前，大地就是在这里被一阵剧烈的摇晃撕开伤口。震后的汶川，余震频繁，作为灾区内的属地部队，中队除了担负执勤任务的哨兵以外，所有官兵迅速投入救灾工作。在中队仅有的一面国旗上，杨志作为刚分下连队的学员排长，与 28 名官兵庄严签上了自己的名字，大家知道，这一份军令状在当时意味着奉献和牺牲。

震中的汶川县城，与外界失去了联系，成为 "孤岛"，中队官兵兵分 4 路组织群众开展自救互救。救援官兵蹚过冰冷的河水、钻进残垣断壁，肩扛手扒，全力探索生命迹象，手、脚磨出了血泡，血泡破了又起、起了又破，每走一步都钻心地痛，但却没有一人临阵退缩，在增援部队到达前抢救出 600 多名

受困群众，安全转移 3 万多人。

震后的汶川并不宁静，在灾后重建的过程中，这里经受着次生灾害的严峻考验。2013 年 7 月 10 日，受强降雨影响，汶川暴发大规模泥石流，泥浆裹挟着巨石侵占道路堵塞河道。桃关隧道里，约有 2000 人被困。

当时，路面已经完全被洪水淹没，桥面随时有坍塌的危险，杨志临危受命，带武警突击组进入隧道了解情况。"子弟兵来了！"被困群众看到杨志的队伍后，激动地大喊起来，他们看到了生的希望。当天傍晚，突击组协助 2000 多名群众全部转移至安全地带。

如今，草坡乡的百姓已经搬迁到水磨镇郭家坝村吉祥社区，住进了宽敞明亮的新家。这个被誉为"5·12"灾后重建第一镇、全球灾后重建最佳范例的川西小镇，每天都会迎来全国各地的游客。

陆苇："抗震先锋"一直争做"邱少云"式的战士

5 月的北川老县城，在烟雾的笼罩下若隐若现。10 年前被大地震撕裂的一栋建筑物，依旧遍体鳞伤，摇摇欲坠，似乎还在向人们倾诉着内心的悲痛。

"这就是我亲人之前住的楼房。"武警绵阳支队保障大队供应保障中队中队长陆苇低沉的话语，将记者的思绪拉到眼前。顺着他手指方向，记者看到在地震遗址入口左侧街道矗立着一栋 4 层建筑。陆苇介绍，这栋建筑之前应该是 5 层。那场地震，陆苇家中 8 名亲人遇难，他却坚守在自己岗位上救援其他群众，人们称他是"邱少云"式的伟大战士。

据该支队政委赵武勋介绍，地震发生当日，部队就立即赴北川县城抢险，陆苇作为救援部队中唯一的一名通信兵，就在这支队伍的行列。在明知 8 个亲人被埋在附近的废墟中，陆苇强忍心中的悲痛紧张展开工作，当天晚上就完成了超短波基地台和单边电台的搭建，保证了无线通信联络的畅通。5 月 23 日，根据任务需要，部队要从北川县城开赴擂鼓镇展开救援。临走前，支队时任政委徐超特别命令陆苇到亲人被埋的地方去看看。到了那里，战友们哽咽着告诉他，他的亲人由于被埋得太深，部队虽还在全力营救，但估计生还的希望已经不大。听到这个消息，陆苇一下子跪倒在地，悲痛不已地哭道：外公、外婆，舅舅、舅妈……你们原谅我吧!

说完,陆苇擦干眼泪,就奔赴下一场救援工作中,在那一场战斗中,陆苇和战友在北川县救出群众 156 人,安全转移群众 5300 余人,成为北川救援中的"抗震先锋"。

"从普通战士到武警军官转变的是身份,不变的是为人民服务的初心。"地震结束,陆苇被保送军校就学,毕业之后,陆苇主动申请到距绵阳市区最远的平武县中队担任排长,工作环境从机关到基层,从繁华市区到偏远山区,陆苇积极投身到了同样是极重灾区平武县的灾后重建工作当中。

2013 年,时任三中队副中队长的陆苇带领执勤点的战士在高川"7·9"特大泥石流灾害中成功紧急避险,其紧急避险案例被总队推广。

10 年来,在一次次的大小战斗中,陆苇永远是冲锋在前的那一个,用他的话说就是:"作为军人,我要坚守在自己的岗位上,要做像邱少云一样的战士!"

陈洪亮:发扬抗震救灾精神,尽一名军人应尽的职责

"我只是做了一名军人应该做的事,尽了一名军人应该尽的责。"在武警成都支队都江堰中队采访时,执勤七大队大队长陈洪亮显得平实无华,谈起那段过去 10 年的战斗故事时,他心情显得有几分沉重。

震后 10 年,陈洪亮从一名基层中队主官成长到了大队主官,他告诉记者,这些年来,一直激励着他成长的正是那段刻骨铭心的战斗经历。

2008 年 5 月 12 日那一刻,时任武警郫县中队中队长的陈洪亮,刚请假离开部队回家,正和父母亲及女朋友商量筹办 5 月 17 日的婚礼。突然间房倒屋塌,扑面而来的粉尘笼罩四周……也是在这一刻,"快救孩子!"呼救声和小孩的啼哭声从对面的明珠幼儿园传了出来。危急关头,陈洪亮简单安置好女朋友和年迈的父母,就毅然冲向了明珠幼儿园。

幼儿园已面目全非,70 多名师生危在旦夕,强烈余震还在发生,房屋随时可能大面积垮塌。陈洪亮顾不得多想,立刻投入到抢救被困孩子的战斗中。50 米、100 米,一个来回;又一个 50 米、100 米,一个来回……在他和老师们

的共同努力下，明珠幼儿园的 10 名教师员工和 60 名孩子被成功营救出，没有一个伤亡，陈洪亮一人就救出了 22 个孩子。

2012 年 6 月，陈洪亮调任三大队副大队长，主要负责押运勤务。长途押运条件差、安全风险高、押运频次多，陈洪亮加班加点分析可能出现的安全隐患，和中队一道研究应对措施，完善押运方案，开展专勤专训，做细所有准备工作，没有发生任何问题。2015 年 2 月，陈洪亮升任执勤七大队大队长。陈洪亮住中队、摸情况、搞调研，把所有重心放在了中队支部和干部骨干的帮带上，经过三年努力，全面提升了所属中队按纲抓建水平，解决了多年未解决的问题，所属中队先后均创先进。

10 年来，无论在哪个岗位，无论什么角色，陈洪亮始终默默在本职岗位上将工作干出彩，当初的抗震救灾精神，融入了他的一言一行中，伴随着他一起成长。"作为一名军人，我时刻准备着为祖国和人民献身！"陈洪亮说。

记者手记：

这里不仅写着缅怀，写着伤痛和泪水，也写着希望与大爱。10 年后的汶川，最漂亮的是民居、最安全的是学校、最现代的是医院。整个社会的开放意识、创业意识、文明意识得到增强，汶川人民展现出自立自强、奋发有为的良好精神风貌。

10 年过去，杨志就要离开这里了，陆苇从普通战士到武警军官，陈洪亮调整了多个岗位……但是那些奋不顾身的救援，那些众志成城的故事，一点点升华成了官兵们奋勇前进之"魂"，在这片土地上茁壮成长，无数个抗震英雄们用自身的实际行动续写着那段感人的故事，守护着驻地百姓的安康。

（原载于《人民日报》2018 年 5 月 13 日第 6 版，作者：倪光辉）

"战疫情，有我在"

闻令出动　敢打必胜

编者按：中共中央总书记、国家主席、中央军委主席习近平对军队做好新型冠状病毒感染的肺炎疫情防控工作作出重要指示，强调要牢记宗旨，勇挑重担，为打赢疫情防控阻击战作出贡献。

疫情发生后，军队迅速启动联防联控工作机制，紧急抽组精兵强将奔赴疫情防控第一线。2月3日起，军队医护人员承担起武汉火神山医院医疗救治任务。"战疫情，有我在！"面对疫情，人民子弟兵医疗队奋勇向前，驰援湖北有序有效展开各项救治工作。

连日来，本报记者采访连线了几位疫情防控一线的军队医护人员，记录下他们的战"疫"故事。

时间：1月28日　地点：中部战区总医院
张茜（中部战区总医院重症救治室护士）：

抗疫一线，暖心"特殊生日"

1月28日，大年初四，中部战区总医院重症救治室。我，一名普通的护士，和往常一样，穿上厚重的防护服，为病人取药、注射、记录、护理。当天，我所在科室病房改造成感染留观病房，并开始接收病人。

为保证让病人快速准确得到治疗，我必须注意力高度集中，每一个动作都不能有失误。连续工作了8个多小时，筋疲力尽的我早已忘记了今天是24岁的生日。

当我从病房里出来走到护士站时，同事们突然为我唱起了生日歌。伍成霞上前在我白色的防护服上，写上了大大的四个字"生日快乐"。那一刻，我被深深感动了。没想到，大家这么忙，还能给我过生日；没想到，我会在这样的环境里度过 24 岁生日。这个生日，让我终生难忘。

我是医院肾病内科的一名护士，2016 年我从华中科技大学同济医学院毕业后，怀着对军队的向往，来到中部战区总医院。

疫情暴发时，我正休假在家，得知医院准备抽组人员深入抗疫一线时，便主动报名并上交了请愿书。回来后，经过系统的培训，上岗成为感染控制联络员，负责科室感控管理，还要监督大家做好防护隔离措施。

有人说，所谓白衣天使，只不过是一群孩子换了身衣服，学着前辈的样子和死神抢人。这场战役，我，一定全力以赴，勇往直前！

时间：1 月 31 日　地点：武汉金银潭医院

刘丽（军队支援湖北医疗队护士）：

在这里，大家都是战斗员

从紧急召回到投入战斗，感觉真是一刹那的事儿。进入武汉，我们立刻投入紧张的工作，集训动员、勘察现场、环境布置准备……今天应该是来到这里的第七天了吧？说实话，忙得已经记不清时间了，每天做着同样的事情，这里没有教授和医生之分，没有护士长和护士之分，在这里大家都是战斗员。

昨天晚上夜班，一下收了 6 个病人，和同事把他们一个个安排进病房。收集信息的时候，一位患者问我，你们是解放军吧？三级防护让我说不出太多的话，我点点头，比了一个"OK"手势。他笑了。我突然很想哭，一方面因为病患的信任，另一方面这些人年龄和我父母相仿，看见他们，我想起了自己的父母。但是我能在这里守护和我父母一样的老百姓，又觉得很值得。

又去看了另外一位患者，上着呼吸机，他努力地跟我说，能取下这机器吗？我摇摇头说不能，然后轻轻拍了拍他，比了个大拇指说，加油！他也同样这样回复了我，然后闭上眼安静地躺着。

我那张脸上有压痕的照片惹得很多人关注，其实在这里拼命的又何止我一个？无论患者还是同事，我们每个人都在努力，我们的目的都是一样的，这场战役，我们必将胜利。

时间：2月2日　地点：武汉火神山医院
岳艳晖（军队支援湖北医疗队护士）：

走进火神山医院，我长大了

2月1日，石家庄火车站，我穿上迷彩服、作战靴，背起行囊，登上南下武汉的高铁。疫情肆虐，26岁的我没有执行过这么重大的任务，心里十分忐忑，但一点也不后悔，因为我在军旗前宣过誓，说了就要做到。

2月2日清晨，我第一次走进了神秘的火神山医院，突然心跳加速。我悄悄拉着护士长的衣角，手心里冒出汗，脚也不听使唤。

"小岳，害怕救不了病人，只会耽误了自己和病人。" 2003年曾首批支援北京小汤山医院的护士长武睿敏，用胳膊肘轻轻碰碰我，"抗击非典时，我也有过担心，但只要按照规程操作，不会有事。保护好自己，才能挽救更多病人。"

我点点头，加快脚步，走进病区，和大家一起整理物资，学习流程，做好接收病人前的准备。下午2点多，才开始吃午饭，狼吞虎咽吃了一顿盒饭，啥味也没尝出来。第一次感觉，女孩子也可以像男生一样大口吃饭、大口喝水，浑身都是劲。

"小岳，快起来，出发！"感觉还没有睡着，就被叫醒了，已经不知道是今天还是昨天。熙熙攘攘的火神山医院灯光闪烁，护士长赵艳丽告诉我，第一批病人就要来到我们的病区。听到这里，我一下子清醒了，心脏似乎提到了嗓子眼。穿上防护服，满头是汗，透过挂满雾气的护目镜，我看到一群群忙碌的身影。他，她，他们，放下家庭，千里驰援，目标只有一个：救人！作为一名90后医务工作者，我们也应该有责任、有担当、有作为！

上！深夜，我走进隔离病区，快速开始皮下穿刺、建立液路、记录数据。所有的担心，曾经的犹豫，一股脑儿都忘了。看到病人渴望的眼神，心里感到从未有过的责任，我暗自告诉自己：这一刻，我长大了！

时间：2月5日 地点：武汉火神山医院
滕玥（军队支援湖北医疗队医生）：

医院交给我们，请放心

凌晨6点多，我结束了在火神山医院值守的第一个夜班，走出医院时，四周一片寂静。这是在武汉的第四天，我感觉自己已经完全融入了这里。

这是一场突如其来的战役。应对疫情，我们急诊科首当其冲。单位开动员会的时候，我第一时间交了请战书。

2月2日，我们医疗队到达武汉，顾不上太多休息，就来到了火神山医院，了解病区位置，熟悉医院环境。当时，还有很多工人未撤离，在完善医院附属的各种设施，场面很壮观。看着这么多工人没日没夜地拼命工作，我们更感到责无旁贷。在大家的努力下，2月4日，火神山医院开始收治第一批患者。

2月5日凌晨4点到6点，我终于迎来在火神山医院的第一次值班，这也是我的第一个夜班。凌晨0点30分，我就早早地从驻地出发，提前去做准备工作。由于重症室还没启用，我被暂时分配在感染七科一病区，主要工作是对轻症患者进行医疗观察。"有什么不舒服吗？""温度还合适吗？""通风怎么样？"遇到醒来的患者，我就问问他们情况，让他们放松。从他们充满期待的眼神中，我感到他们需要我们，需要我们的陪伴，需要医生的鼓励。

穿了两个小时防护服，脱下来的时候，已经有些体力不支。但我必须挺住，因为等重症室开放，我就要去那里工作，那将是一个更大的考验。

10天建成一所千人医院，火神山医院建设者们让我由衷敬佩。请你们放心，请武汉人民放心，你们把这座代表着速度和效率的医院交给了我们，接下来，让它高效运转、充分发挥救治患者的功能，就看我们的了！

（原载于《人民日报》2020年2月9日第6版，作者：倪光辉 李昌禹）

特殊战场扬军威

2月17日，军队增派支援武汉抗击新冠肺炎疫情的又一批1200名医护人员抵达武汉。至此，经习近平主席批准军队增派的2600名医护人员全部抵达武汉。

没有硝烟，但大战早已经打响。近一个月来，"战"字成为高频词，占据各大媒体，占据朋友圈，占据了每个人的心尖。这场疫情防控的阻击战，是人民军队听从统帅号令、践行初心使命的实际行动，是对人民军队履行新时代使命任务能力和广大官兵的政治觉悟、思想作风和战斗精神的重大检验。

"战"，是一种姿态和意志。

冲锋在第一线，战斗在最前沿。当祖国和人民需要的时候，子弟兵总是奔向最危险的地方。疫情暴发后，根据党中央、中央军委和习主席决策部署，军队迅速启动了联防联控工作机制，紧急抽组精兵强将奔赴疫情防控第一线。在疫情面前，人民子弟兵全力以赴、义无反顾，争分夺秒、日夜奋战。与时间赛跑，和病魔较量。

"战"，是一种能力和担当。

疫情突如其来，这个看不到敌人、看不见硝烟的战场，既是对各级指战员初心使命的考验，也是对我军战斗力的一次特殊检验。在党和人民需要的时候，我们这支军队能不能始终坚持党的绝对领导，能不能拉得上去、打胜仗？在打赢疫情防控的人民战争中，我们的军队能否闻令而动、敢打硬仗？能否当好人民群众生命安全和身体健康的捍卫者守护者？新形势新挑战下的这些考题，叩问着三军将士。

召之即来，动若风发！在战"疫"关键时刻，陆军、海军、空军、火箭军、战略支援部队、联勤保障部队、武警部队等听令而行，多个医疗单位第一时间支援。军队相关单位积极行动，驻鄂部队运力支援队昼夜不停执行运输任务，中部战区调动直升机投送抗疫医疗物资。各处增援的医护人员和卫生物资，分别通过航空和铁路多地同步立体投送。

"战"，是一种决心和信心。

"大事难事见担当，危难时刻显本色。"剪短了秀发、推迟了婚期、辞别了亲人……军人冲锋的地方，就是战场，就是守护人民生命安全的最前线。

"我是党员，我应该冲在最前面！"在接到担负收治重症病人任务的命令后，武警四川总队医院全体党员发出共同呼声，100份按着"红手印"的请战书见证着武警官兵的忠诚与担当；"中国人民解放军誓死不退！"军队支援湖北医疗队队员马凌出发时所说的话，在微博、抖音、微信朋友圈等，被亿万网友刷屏点赞……

面对疫情，从将军到士兵，从现役到民兵，站得出来、冲得上去，人民子弟兵"硬核"支援，在特殊战场上扬我军威，将给全国人民传递出必胜信心和无穷斗志，汇聚成同心协力、英勇奋斗、共克时艰的强大力量。

（原载于《人民日报》2020年2月23日第6版，作者：倪光辉）

践行誓言　勇往直前

"解放军来了！……姑娘伢这么年轻！"22岁的邓艺伟清晰记得她乘军机抵达武汉的那个除夕夜，一路上，不断听到周围人带着惊讶的议论。

"年轻的军人要开始战斗了！"作为军队支援湖北医疗队的一员，从那天起，她与战友们一直冲锋在抗疫最前线。一个多月的殊死拼搏，他们用火热的激情与昂扬的斗志，交上了令人敬佩也让人安心的答卷，更践行了属于他们的青春誓言。

"我宣誓：服从中国共产党的领导，全心全意为人民服务，服从命令，严守纪律，英勇顽强，不怕牺牲……"这是中国人民解放军和武警部队入伍誓词，也是每一位军人在军旗下的铮铮承诺。

冲锋在第一线，战斗在最前沿。保家卫国的人民军队，同时一直承担着抢险救灾、应急救援等多样化使命任务。当祖国和人民需要的时候，子弟兵的脚步总是奔向最危险的地方。

疫情发生后，根据党中央、中央军委和习主席决策部署，军队迅速启动了联防联控工作机制，紧急抽组精兵强将奔赴疫情防控第一线。其间，军队先后派出3批共4000多名医护人员驰援武汉，1万余名军队医护人员投入一线救治，广大民兵积极配合地方完成场所消毒、防疫宣传等任务。全军官兵人人闻令而动、听令而行，医护人员冲在一线、干在一线，领导干部靠前指挥、守土有责，广大党员不惧挑战、迎难而上。

这是新时代革命军人的担当——

"作为一名军人，就该上战场；作为一名护士，就该救死扶伤"，曾经的海军军医大学长征医院护士长，17年前，李晓静在小汤山医院为抗击非典而战，17年后，脱下军装的她第一时间写下了请战书，带领50名上海"娘子军"护理队驰援武汉。

哪有什么"就该"，因为心中有信念，所以不再彷徨与害怕，穿上军装时的承诺铭记于心，脱下戎装也不忘使命和誓言。为了生命的呼唤而去，向着信仰的召唤前行。一份家国情怀指引着这些人回到这场没有硝烟的战场，用生命守护生命。

连续一个月奋战湖北抗疫一线，军队支援湖北医疗队的白衣战士王小焕在换班回程中沉沉入睡。这张依窗熟睡的样子，成为人民日报整版推出的公益广告，向奋战在战疫一线的军队医护人员致敬！

"散则为民、聚则为兵"的民兵，"若有战，召必回"的退役军人……在战疫的冲锋号角吹响后，他们以一个个战士的姿态，通过各种途径奔赴前线，哪里需要他们，他们就奔向哪里。哪有什么岁月静好，当危机来临，是这些生命在负重前行。

这是新时代革命军人的战场——

"疫情一起抗，家国一身扛。"当好疫情防控的先锋队、突击队，守护人民群众的生命安全和身体健康，不但能全面检验部队的应急应战能力，对军队备战打仗本身也是一次实践锻炼和实战促进。

疫情防控期间，全军部队坚持战疫不误战斗力，防控不松战备弦，扎实抓好以备战打仗为中心的各项工作落实，始终保持了正规训练生活秩序和良好战备状态，做到疫情防控和练兵备战"两手抓、两不误"。

此刻，春意渐浓，气温回升，武汉的樱花已经绽放。3月17日，41支国家医疗队3675人顺利踏上返程，胜利的曙光就在眼前。多年以后，当曾经的奋不顾身成为温暖的记忆，当一批又一批的战士脱下军装，回首今朝，这些勇士们可以自豪地说，那场战疫，我们不负誓言，我们勇往直前！

（原载于《人民日报》2020年3月22日第6版，作者：倪光辉）

七、让军人成为全社会尊崇的职业

党的十九大报告明确提出：组建退役军人管理保障机构，维护军人军属合法权益，让军人成为全社会尊崇的职业。

党的十八大以来，习近平总书记围绕退役军人工作作出一系列重要论述，深刻回答了新时代退役军人工作"做什么、怎么做、谁来做"等重大问题，是习近平新时代中国特色社会主义思想的重要组成部分，是武装头脑、明确方向、推动工作的根本遵循。深刻把握习近平总书记对退役军人工作的战略部署，不断深化对富国强军战略的整体把握，始终把退役军人工作放在强国强军事业中定位谋划，主动融入大局、服务大局。深切感悟习近平总书记对广大退役军人的关心关爱，自觉践行全心全意为人民服务的根本宗旨，贯彻党的群众路线，坚决维护退役军人和军人军属合法权益，努力提供更好保障、更优服务。

退役军人是重要的人力资源，是建设中国特色社会主义的重要力量。退役军人工作是党和国家工作的重要组成部分。在近百年的奋斗历程中，退役军人工作始终围绕中心、服务大局，为国防和军队建设作出了重要贡献，为人民军队从小到大、由弱到强提供了有力的服务保障，为国家政权建设和经济社会发展提供了源源不断的干部和人才支持，为实现好维护好发展好广大退役军人利益提供了可靠依托，也为探索形成中国特色退役军人管理体制和保障制度积累了丰富经验。这些经验就是：坚持党的全面领导，坚持为经济社会发展服务、为国防和军队建设服务，坚持以退役军人为中心，坚持改革创新，坚持统筹协调，坚持立足国情实际，坚持党政军民合力推进。

新时代退役军人工作，必须着眼实现第二个百年奋斗目标，准确把握大局大势，自觉从巩固党长期执政的政治高度、从富国强军相统一的战略全局谋划推进，牵引带动各方面建设全方位推进、高质量发展。

全力推进退役军人事务治理体系和治理能力现代化
——访退役军人事务部党组书记、部长孙绍骋

党的十九届四中全会通过的《中共中央关于坚持和完善中国特色社会主义制度、推进国家治理体系和治理能力现代化若干重大问题的决定》（以下简称《决定》）明确要求，"统筹完善社会救助、社会福利、慈善事业、优抚安置等制度"，"健全退役军人工作体系和保障制度"，"完善双拥工作和军民共建机制，加强军政军民团结"。

如何认识推进国家治理体系和治理能力现代化的重要意义？《决定》明确要求的"健全退役军人工作体系和保障制度"等在贯彻落实中应当注意哪些问题？退役军人工作下一步怎么开展？记者采访了退役军人事务部党组书记、部长孙绍骋。

记者：如何深刻认识党的十九届四中全会的重要意义？如何理解做好退役军人工作与推进国家治理体系和治理能力现代化的关系？

孙绍骋：党的十九届四中全会专题研究坚持和完善中国特色社会主义制度、推进国家治理体系和治理能力现代化问题并作出决定，充分体现了以习近平同志为核心的党中央高瞻远瞩的战略眼光和强烈的历史担当，对推动中国特色社会主义制度更加成熟更加定型、把我国制度优势更好转化为国家治理效能，对决胜全面建成小康社会、全面建设社会主义现代化国家，对巩固党的执政地位、确保党和国家长治久安，具有重大而深远的意义。

退役军人工作直接服务于经济社会发展和国防军队建设，保障对象多、关联军地部门多，涉及党建、思想政治、干部人事、教育、就业、住房、医疗、保险等多个业务领域。做好这项工作，有利于维护广大退役军人切实利益，有利于服务军地改革发展稳定大局，有利于巩固党的执政根基，是推进国家治理体系和治理能力现代化的必然要求和重要内容。

记者：退役军人事务系统贯彻四中全会精神的基本思路是什么？贯彻落实的首要任务是什么？

孙绍骋：退役军人事务系统贯彻四中全会精神的基本思路是，坚持在党的领导下，进一步建立健全组织管理体系、工作运行体系、政策制度体系，全力推进退役军人事务领域治理体系和治理能力现代化。

首要任务是，全面加强党的领导，提高政治领导能力。把旗帜鲜明讲政治作为根本要求，增强"四个意识"、坚定"四个自信"、做到"两个维护"，坚决把党的领导落实到退役军人事务领域各方面各环节。坚持思想政治引领，不忘初心、牢记使命，坚持以习近平新时代中国特色社会主义思想为指导，深入学习领悟习近平总书记关于退役军人工作的重要论述精神，始终保持退役军人工作的正确政治方向。坚持强化组织领导，健全各级退役军人事务部门党组织工作制度，把党的领导贯穿履行职责全过程，努力建成宣传党的主张、贯彻党的决定、服务退役军人、推进事业发展的坚强战斗堡垒。坚持立党为公、执政为民，贯彻党的群众路线，完善系统党员干部联系退役军人工作制度，加强思想政治工作，把广大退役军人紧密团结在党的周围，引导他们听党话、跟党走，带头参与经济建设、带头维护社会稳定，使其成为党执政兴国的重要依靠力量。

记者：退役军人事务系统作为机构改革新组建部门，如何加强组织管理体系建设？

孙绍骋：健全组织管理体系的关键是，尽快打造行政机构、事业单位、社会力量齐头并进的工作格局，提高科学发展能力。加强行政机构自身建设，进一步科学设置内部机构，健全工作制度，规范运转机制，创新行政方式，提高行政效能，发挥好决策参谋、政策执行、部门联络等功能。强化服务体系能力提升，加快涉退役军人工作事业单位转隶步伐，开展退役军人服务中心（站）提升治理能力和服务水平行动，推进优抚医院、光荣院等事业单位改革，探索集团化管理、市场化运作，全面提升服务保障水平。鼓励社会力量广泛参与，设立关爱退役军人协会、基金会等社会组织，加大政策支持力度，规范引导更多社会力量支持、参与、推动退役军人工作。

记者：如何落实《决定》精神，抓好各项机制、制度建设，促进退役军人工作整体水平提升？

孙绍骋：坚持问题导向、目标导向、结果导向，紧紧围绕发挥作用、就业安置、优待褒扬、权益维护、服务保障等方面的重点工作，抓好各项机制制度建设，进一步完善工作运行体系，提高管理保障能力。

建立发挥作用激励机制，建立退役军人思想政治工作制度，系统解决谁来做、做什么、怎么做的问题，牢牢把握做好退役军人思想政治工作、激励退役军人发挥作用的主动权；建立荣誉激励制度，常态化做好模范退役军人表彰宣传工作，发挥先进典型示范引领作用；建立退役军人特长发挥机制，引导他们在巩固基层政权、戍边稳边兴边、应对急难险重任务等方面发挥独特优势。

健全就业安置机制，完善退役安置制度，改进机关事业单位接收安置办法，完善"直通车"式安置办法，提高安置质量、促进人岗相适；建立就业保障和创业扶持机制，探索设立国家级退役军人实训基地，实施退役军人适应性培训、职业培训和终身职业教育，促进自主就业退役军人更高质量就业创业；改进军休人员和伤病残人员移交安置办法，加快移交安置步伐，服务部队聚焦强军、专谋打赢。

健全优待褒扬机制，进一步完善双拥工作和军民共建机制，不断巩固军政军民团结；健全待遇保障制度，推动建立抚恤优待量化标准体系，完善保障经费动态增长机制，加大社会优待力度；健全烈士祭扫制度，加强烈士纪念设施规划建设修缮管理维护，完善弘扬英烈精神红色教育基地体系，大力弘扬英烈精神，依法保护英烈荣誉。

健全权益维护机制，学习运用"枫桥经验"，建立退役军人矛盾及时化解机制；研究启动退役军人建档立卡，动态掌握退役军人生产生活情况；畅通和规范服务对象诉求表达、利益协调、权益保障通道，坚持高标准办理信访事项，落实首办责任制和核查督办机制，切实维护服务对象合法权益。

健全服务保障机制，完善走访慰问常态化机制，加大沟通联系、心理疏导、关心关爱等工作力度；落实服务中心（站）建设与工作规范，严格执行服务有关工作制度流程；构建"互联网+退役军人服务"平台，借助信息技术和大数据提供便捷、精准服务，以信息化建设推动退役军人工作现代化。

记者：在推进退役军人事务治理体系和治理能力现代化的过程中，政策保障方面有何考虑？

孙绍骋：我们将进一步强化法治意识、运用法治思维，紧跟军地改革步伐，积极稳妥推进政策制度体系重塑，严格规范执行制度，切实提高系统依法行政能力。

坚持科学立法，围绕"坚持和巩固什么、完善和发展什么"这个重大政治问题，逐步搭建以《退役军人保障法》为主干、以《退役军人安置条例》《军人抚恤优待条例》《烈士褒扬条例》等法规为支撑、以相关部门规章和规范性文件为配套的政策制度体系。

坚决依法行政，坚持有法必依、执法必严、违法必究，依法依规、公平公正安置退役军人，规范优抚对象身份认定；建立冒领待遇追偿追责机制，杜绝办理假证、乱发补助；建立健全工作指导、督查、考核机制，确保政策精准实施、落实到位。

促进尊法守法，加强法治宣传教育，建立退役军人待遇保障与现实表现挂钩的诚信机制，引导广大退役军人增强法治观念，做社会主义法治的忠实崇尚者、自觉遵守者、坚定捍卫者。

（原载于《人民日报》2019年12月9日第2版，作者：倪光辉）

带着感情和责任， 推动工作提质增效

"兵支书"、拥军船、荣军卡、荣军街、荣军联盟……一个个亮眼暖心的名片，正是山东做好退役军人工作的生动实践，有特色、有亮点、有效果。用贯彻落实新时代退役军人工作新要求的骄人业绩，山东退役军人工作近年来持续走在全国前列。

秉持爱军队、懂军人、善拥军为军情怀，把服务保障好退役军人作为事业追求，山东从摸清退役军人和其他优抚对象底数，持续开展精准信息采集，到分类精准服务保障、夯实建强退役军人服务保障体系；从全面落实退役军人各项优惠政策，积极维护退役军人合法权益，到坚持不懈提技能、送岗位、搭平台、供资金，帮助退役军人由军事人力资源向经济社会发展重要力量转变，让他们文有所施、武有所用……这些努力，既提升了退役军人的幸福感、获得感和满意度，更在广大退役军人中凝聚起"退役不褪色、建功新时代"的磅礴力量。因地制宜的"齐鲁样本"，探索出了新时代退役军人事业发展的新路子。

当前，新时代退役军人工作正由开局起步、奠基启新转向全面铺开、纵深推进的关键阶段。全系统要坚持以习近平新时代中国特色社会主义思想为指导，牢固树立正确的历史观、大局观和角色观，奋力谱写新时代退役军人工作新篇章。

"维护军人军属合法权益，让军人成为全社会尊崇的职业"是新时代赋予我们的历史使命。组建退役军人管理保障机构，不是简单的职能划转，而是体制机制的重塑和完善。我们必须勇担这一历史使命，要以改革开路，靠创新发力，推动工作理念从解困型向褒扬激励型转变、工作领域从接收安置工作"一阵子"向服务保障管理"一辈子"转变、方式方法从粗放型工作方式向精细化服务管理转变，努力让军人成为全社会尊崇的职业。

我们要带着使命谋划退役军人工作。着眼退役军人工作时代使命，在围绕中心、服务大局中找准定位、当好角色、履职尽责。我们还要带着感情认识退役军人工作。退役军人工作是固我长城的大事，也是以心暖心的人心活。筑牢稳定基础，聚焦广大退役军人最急最忧最盼，依法依规做好移交安置、就业创业、军休服务、拥军优抚、帮扶解困等重点工作，着力解决好他们的操心事、烦心事、揪心事。我们更要带着责任做好退役军人工作。强化政治引领服务发展，教育引导退役军人始终听党话、跟党走。压实稳定责任，严格落实属地责任、部门责任、领导责任。防范化解风险，推进矛盾隐患大排查、大督办、大化解，坚决守住不发生重大风险底线。

做好退役军人工作是实现强国梦强军梦的重大政治任务，是顺应人民意愿、回应人民期盼的生动实践，是加快推动经济社会高质量发展的客观需求。各级各部门要真心真情服务好每一位退役军人，千方百计解决好每一个实际问题，不断增强退役军人的获得感、归属感、荣誉感，让广大退役军人继续发扬人民军队的光荣传统和优良作风，为贡献退役军人特殊力量，交出新时代退役军人工作的合格答卷。

（原载于《中国退役军人》2021年第5期，作者：倪光辉）

退役军人事务部深入推进"三个体系"建设

夯实基层基础　提升治理效能

面对突如其来的新冠肺炎疫情，数百万退役军人挺身而出、迎难而上，10万多个志愿服务队战斗在防疫一线；面对严重洪涝灾害，数十万退役军人闻"汛"而动，以实际行动践行了"若有战，召必回"的铮铮誓言……

当前，担任农村（社区）党组织书记、干事创业成长为致富带头人，广大退役军人在基层治理、脱贫攻坚、乡村振兴等领域发挥了重要作用。

"组建退役军人管理保障机构，维护军人军属合法权益，让军人成为全社会尊崇的职业。"习近平总书记高瞻远瞩、深谋远虑，在党的十九大报告中作出这一战略部署。

2018年4月16日，退役军人事务部正式挂牌运行。组建两年多来，退役军人事务部坚决贯彻落实习近平总书记关于退役军人工作重要论述精神，以推进组织管理体系、工作运行体系、政策制度体系建设为统揽，加强顶层谋划，打牢基层基础，全面发力、多点突破，实现了退役军人工作奠基启新、稳步发展。

"三驾马车"同向发力，构建服务保障新格局

这天，家住山东平阴县孔村镇的退役军人梁广斌早早等候在村口。一辆电动车出现，梁广斌马上迎了上去。镇退役军人服务站专职联络员上门服务，告诉梁广斌评残办理结果出来了，他可享受残疾军人待遇。不久前，梁广斌把申请材料交给了来访的联络员。

"退役军人都知道，有事就找服务站。"山东在全省74369个基层服务站设立了服务窗口，建立"人人联系退役军人"制度，常态化到基层去、到退役军人中去，主动摸查退役军人困难状况，做到申请一个、审批一个，发现一个、办理一个。

新时代要有新气象，更要有新作为。退役军人事务部挂牌后短短一年时

间，3200 多个县级以上退役军人事务行政机构全部组建到位。各地积极优化机构职能配置，规范组织运行，完善权责清单，扎实推进基层基础基本建设。

从国家到村（社区）建成六级服务中心（站）63 万多个，各地制定出台建设规范和工作指南，建立星级评价指标，实现了工作流程化标准化。

与此同时，探索优抚事业单位做大做强的新路子，军休服务所（站）、退役军人培训机构、优抚医院、烈士纪念设施保护单位等 4000 多家事业单位完成转隶，组建退役军人培训中心，成立退役军人信息中心和烈士纪念设施保护中心……横向到边、纵向到底的服务保障网络逐步健全。

做好退役军人工作，社会力量不容忽视。除转隶接收中国退役军人关爱基金会等 4 家全国性社会组织外，退役军人事务部还指导省级以下设立 358 家相应社会组织，为退役军人技能培训、就业指导和应急帮扶救助提供服务支持。同时，先后与 66 家企业签约，为退役军人提供优先就业岗位约 20.5 万个。

如今，行政机构、服务体系、社会力量"三驾马车"同向发力、齐头并进的退役军人事务组织管理体系基本建成，为新时代退役军人改革发展事业提供了有力组织保障。

机制创新汇聚合力，工作运转步入"快车道"

"部队官兵来到家里嘘寒问暖，尤其是他们对我敬礼、叫我'老班长'时，身上的热血一下就涌了上来。"宁夏吴忠市退役军人何兴华说。2018 年以来，宁夏坚持党委领导、政府主导、军区助力、社会参与，军地合力做好退役军人工作。

2019 年 11 月，退役军人事务部、中央军委政治工作部、中央军委国防动员部等组织召开宁夏军地合力做退役军人工作经验推广交流会。

这是一组令人振奋的数据：办理重要批示、重大事项 1530 多件，做到事事有着落、件件有回音；全国挂账督办事项 1.44 万件，化解 1.32 万件，化解率 91.7%……两年多来，退役军人事务系统坚持边组建机构、边推进工作、边完善机制，逐步建立起系统联动、军地合力、规范有序的退役军人事务工作运行体系，治理效能有了较大提升。

高效工作运行离不开长效机制保障。退役军人工作关联军地、牵涉多方。

为形成合力，各地各级党委退役军人事务工作领导机构加强国防动员、信访联席等机制衔接，坚持重大问题集体研究、重点工作统筹推进。军地之间坚持推行相互支持需求"双清单"，改进创新双拥创建管理和检查考核办法，形成联动做好退役军人工作良好局面。

精准掌握数据信息是做好退役军人工作的基础。退役军人事务系统仅用一年多时间就完成退役军人数据采集任务，并建起全国基础信息数据库，实现28个业务信息系统研发整合。

一分部署，九分落实。为强化抓落实的主体责任，将退役军人工作纳入各级党委、政府年度工作绩效和领导班子考核，作为双拥模范城（县）考评重要内容，形成任务部署、督导检查、追责问责、整改落实工作闭环。

立稳建好"四梁八柱"，夯实事业发展制度基石

"我能如愿安置到公安队伍，得益于江苏实行的公安特岗提前免试录用安置政策。"转业干部韩利飞感叹。江苏接收计划分配军转干部数量连续9年全国第一，通过完善推广提前免试录用、特岗选拔、统筹异地安置计划等，安置好使用好军转干部。

由江苏至全国，在退役军人安置方面，坚持问题导向、目标导向、结果导向，建立岗位归集制度，实行"阳光安置"机制，推进"直通车"安置模式，保障两年来近百万转业干部、退役士兵顺利移交、妥善安置。

两年多来，退役军人事务部立足实际、着眼长远、加强顶层设计，聚焦改革急需、工作急用、退役军人急盼，加快推进政策制度体系建设，推动出台政策性文件52件，指导地方配套出台细化政策措施近600件，逐步搭建起退役军人政策制度的"四梁八柱"。退役军人保障法草案已提请全国人大常委会会议审议。

在优待抚恤方面，退役军人事务部着眼共享发展成果，不断优化服务保障政策。建立优抚对象待遇标准自然增长机制，出台优待工作意见，明确生活、养老、医疗、住房、教育等8个方面116条目录清单；推动各地各相关部门为290多万退役士兵办理养老医疗保险接续；建立困难退役军人帮扶援助长效机制，通过设立退役军人关爱基金等方式帮扶困难退役军人。

在尊崇褒扬方面，将英雄烈士保护纳入党和国家功勋荣誉表彰制度体系，退役军人事务领域模范表彰、双拥表彰、先进表彰全部列入国家表彰项目。邀请模范退役军人参加党和国家重大庆典活动实现制度化，以"最美退役军人"为品牌的先进典型宣传实现常态化……

站在新的历史起点上，退役军人事务系统正沿着习近平总书记指引的方向，继续大力推进"三个体系"建设，满腔热忱为退役军人服务，在实现中华民族伟大复兴中国梦的壮阔征程中，奋力谱写新时代退役军人事业发展新篇章。

（原载于《人民日报》2020年11月11日第12版，作者：倪光辉）

不一样的战场，一样的兵

为村民引来甘泉的许顺武，找到特色产业的严超宗，把"后进村"带成"先进村"的杨守亮……这些被村民称赞的村支书，有一个共同的身份，就是老兵。昔日军营铸金戈，今朝乡村战贫困。在军中，他们是敢打仗善打仗的战士；在脱贫新战场，他们依然保持着当先锋打头阵的劲头和愿牺牲敢担当的本色。

自脱贫攻坚战打响以来，军队结对帮扶建强3468个贫困村党支部，省军区系统推荐5100多名老兵担任村两委干部。在他们的带领下，所在的贫困村面貌一新，农业特色产业蓬勃发展。这些扎根一线的退役军人，成为脱贫攻坚战场上一支战斗力量。

我军作为党绝对领导下的人民军队，参与脱贫攻坚是党和人民赋予的重要任务，是坚决听党指挥、服从服务于党和国家工作大局的实际行动，是弘扬优良传统、践行我军性质宗旨的具体体现。在脱贫攻坚这场特殊战斗中，解放军和武警部队按照打赢脱贫攻坚战总体部署，在完成军事任务的同时，积极参与脱贫攻坚行动，奏响了军民鱼水情深的时代新篇。

面对难啃的硬骨头，农村基层党组织战斗堡垒作用非常关键。建强党支部，党建帮扶也是军队助力脱贫攻坚的特殊优势和有效手段。军队党的建设，是军队建设发展的核心问题，是军队固本制胜的关键。军队党建扶贫，就是通过帮扶建强基层党组织，在帮强能力、完善机制和组织领导功能、培养骨干人才的同时，促进党组织充分发挥党员、民兵、退役军人三支队伍的骨干作用，带领群众做大做强特色产业，扎扎实实推进惠民致富工程。

脱贫攻坚靠什么？归根结底要靠人。担任村两委干部的退役军人，在军中就锤炼了一心一意跟党走的党性，砥砺了服务人民的品行，磨炼了吃苦耐劳的实干精神、奉献精神。在村两委担任职务，换个阵地，撸起袖子继续加油干。他们在部队形成的军人素养，扎根到每个人思想深处，即使退伍之后，也会成为内在品质。老兵走上扶贫战场，找到用武之地，也一定能够大有作为。

在实践中，军队帮扶带来的脱贫不仅是物质生活条件的改善，更是精神风貌的改变。"党建+红色"，传承革命精神，让党旗飘起来，让党徽亮起来，建强基层党支部战斗堡垒；"党建+绿色"，党支部引领专业合作社，党员挂钩贫困户，引进特色产业，基层党组织和党员焕发出干事创业的新活力。

不一样的战场，一样的兵！当前，脱贫攻坚战进入决胜的关键阶段。人民军队助力脱贫攻坚，加强军地团结协作，创新工作方式方法，必将作出新的更大贡献，向党和人民交出一份合格的答卷。

（原载于《人民日报》2020年7月12日第6版，作者：倪光辉）

各地采取积极行动促进退役军人稳定就业

招聘不见面　稳岗出硬招

核心阅读

疫情发生以来，为促进退役军人稳定就业，各地积极采取行动。比如，举办网上专场招聘会，推行远程面试、网上签约、网络培训；联合重点行业、大型企业开展就业合作，提供专属岗位；引导退役军人积极投身疫情防控……通过这一系列举措，助力退役军人返岗复工、就业创业。

退役军人是重要的人力资源，在这个迎战疫情的特殊时期，更好发挥退役军人作用，促进退役军人稳定就业，对于尽快恢复生产、稳定社会预期具有重要意义。

新冠肺炎疫情发生以来，各级退役军人事务部门主动作为、精准发力，针对疫情导致的未就业退役军人择业难、已就业退役军人到岗难、到岗退役军人复工难、退役军人创业维持难等问题，努力做到联防联控和复工复产两手抓、两不误，引导退役军人防疫战疫，助力退役军人返岗复工，促进退役军人就业创业，做到"就业招聘不见面、岗位供给不断线、培训学习云上见、贴心服务不间断"，以切实举措为打赢疫情防控阻击战、实现全年经济社会发展目标任务提供有力支撑。

上线云招聘　远程面试网上签

"这次疫情对我们影响不小。"湖北襄阳的退役士兵吴涛告诉记者，自己1993年退伍后常年在外地工作，受疫情影响，无法外出返岗复工、收入减少，给家庭生活带来影响。"后来，我在网上看到了湖北省退役军人事务厅举办'网上专场招聘会'的信息，有不少企业在网上面向退役军人招聘。我在家乡找到一份新工作，疫情好转后就可以上岗工作了，离家近，照顾家里也方便。"

为减少人员聚集，各地退役军人现场招聘按下"暂停键"，全面推进线上招聘服务。推行远程面试、网上签约，打通信息"堵点"，解决疫情期间退役军人就业中面临的现实问题。对于退役军人创业企业，宣传、协调落实当地创业补贴、金融惠企等政策，搭建服务平台，实现创业导师和创业退役军人线上对接、远程服务，破解"维持难"问题。同时，积极引导退役军人利用复工上岗"空窗期"，参加教育培训，提升综合素质和就业竞争力，鼓励符合条件的部分退役军人特别是退役大学生士兵，响应国务院关于扩大硕士研究生招生和专升本相关政策，"先入校深造、再就业创业"，提升能力素质，取得更高层次学历。

目前，全国各级退役军人事务部门广泛收集、及时发布各地开复工、就业岗位、职业技能培训等信息，通过各类政务官网和官微等发布企事业单位用工信息22万条；组织举办退役军人线上招聘2572次，涉及企业10万余家（次），提供岗位222万个（次），吸引约829万人次参加；线上推广网络学习平台，及时举办网络培训班，引导约26万人次退役军人参加。

各地退役军人事务部门积极开展网上招聘、线上培训工作。河南开展"春风行动"帮扶退役军人复工就业，依托乡村 4.8 万余个退役军人服务中心（站）分类摸排明底数，联合省人力资源服务公司开展网络招聘，联合退役军人创业孵化园、培训创业基地开展远程培训。广东实施"戎归南粤——2020年广东省退役军人网络招聘季活动"和"木棉花暖"广东高校毕业生大型公益网络招聘活动，为退役军人、退役大学生士兵提供 1.2 万家用人单位招聘信息。上海推出"名企特招""急招快聘"专栏，为大型企业开通直通车专区，简化环节，推动退役军人与招聘岗位精准快速匹配。山西配合线上招聘会同步开讲"微直播"，邀请中建三局等多家知名企业网上路演，吸引近 1.5 万人次实时参与，2.9 万余人次投递简历。

拓宽新渠道　对接企业多推荐

"好多企业受到疫情影响，招聘岗位会不会少了，心里很忐忑。"山东诸城的 2019 年新退役士兵徐文峰遇到了求职困惑。"后来从网上看到全省在开展退役军人春季大型网络招聘活动，发现万科招聘物业的信息，就试了一试，现在已经正式入职万科物业了。"

像徐文峰一样，近段时间通过网上退役军人专场招聘会入职万科等企业的退役军人不在少数。这是前期退役军人事务部与保利、万科签约，面向退役军人招聘的合作效果显现。保利、万科两家企业为退役军人每年提供约 2.6 万个岗位，各地退役军人事务部门目前也正在相继推动签约合作企业的退役军人岗位招聘工作。

退役军人事务部正在持续推进与重点行业、大型企业开展更多就业合作，探索"权威推荐+自主就业"相结合的退役军人就业模式，为退役军人提供专属、稳定就业渠道。在应对疫情变化、推动退役军人返岗复工的同时，退役军人事务系统不断挖掘退役军人就业增长点，拓宽退役军人就业渠道。

各级退役军人事务部门充分挖掘城乡基层、产业园区和服务行业带动就业潜力，协调支持退役军人参与消毒杀菌、检查值守等疫情防控岗位工作，鼓励退役军人以协商工资工时、灵活用工等形式精准对接小微企业就业，解决阶段性就业需求。同时，积极做好稳岗帮扶，协调相关部门共同做好政策支持、金融服务、物资保障、用工对接等服务工作，积极帮扶失业和就业困难退役军人再就业。

广西通过加大与司法、公安、应急、城市管理等部门对接，深度挖掘岗位资源，建立劳动用工合作机制推动退役军人就业。山东联合海尔集团、阿里巴巴、顺丰速运等知名企业和近4000家单位面向退役军人提供就业岗位8万多个。安徽改造、整合部分产业园区、孵化基地，支持退役军人以创业带动就业，并出台帮扶政策，对面临暂时性经营困难且坚持不裁员少裁员的退役军人企业给予一次性就业补贴。

十项硬举措　多管齐下稳就业

及时发布培训就业信息、协调提供阶段性就业岗位、推进网上培训招聘服务、鼓励参加学历教育、引导参加职业技能提升行动、增强培训管理和就业岗位匹配度、提供创业扶持……近日，《关于应对新冠肺炎疫情有效促进退役军人就业创业工作的意见》印发，出台10项具体举措。在全力应对疫情的同时，退役军人事务部切实推进稳就业工作，推出多项针对性举措。

各级退役军人事务部门主动作为、靠前服务，依托退役军人服务保障体系，建立基层退役军人服务站与退役军人常态化联系机制，持续做好防疫宣传和政策宣讲，引导有能力、有专长的退役军人积极投身疫情防控，帮助退役军人了解掌握就业信息，协调解决返工复工困难。据统计，全国各级退役军人服务机构主动联系退役军人155万人次。

四川通过电话、网络联系退役军人企业8267个，积极为3万余名退役军人外出务工提供健康证明、防疫物资、出行保障等服务。江西将省里出台的助力疫情防控和复工复产"八大举措"全部送到全省退役军人企业家手中，"一对一"制定帮扶方案，2月底即实现全省80%以上退役军人创办企业复工复产。陕西引导约12万名退役军人，4600余支志愿服务队伍下沉社区农村抗疫一线参与疫情防控。浙江开展"服务部队、服务退役军人、服务基层"活动，联系服务退役军人创办企业5413家，引导11.4万名退役军人积极参与各类企业复工复产。

（原载于《人民日报》2020年3月31日第13版，作者：倪光辉）

忙执勤、做防疫、送物资、筹捐助，各地退伍老兵驰援疫情防控一线——

"疫情不退， 战斗不止"

"每天准时测体温，有发热、咳嗽等状况要第一时间联系我们……"3月1日，在重庆市江津区支坪镇津坪社区，退役军人、老党员王永朋和社区志愿者穿梭在各处楼院。像这样每天挨家挨户走访排查，年过六旬的王永朋持续了一个多月。有同事劝他多休息，王永朋说："疫情不退，我也不退。"

新冠肺炎疫情发生后，各地退伍老兵一直坚守在抗疫一线，参与排查、消毒、运输、值守等任务。他们不是医者，却是战疫先锋。他们不畏艰险、不辞辛劳、不计报酬，默默守护着人民的健康和生命安全，用实际行动践行了"若有战，召必回"的庄严承诺。

"蓝色尖兵"，冲锋在疫情防控一线

"身为一名党员退役军人，关键时刻，我必须要站出来，冲上去！"说这话的周昆是"襄阳楷模·最美退役军人"，也是湖北省襄阳市谷城蓝天救援队的主要发起人和临时党支部书记。这支以党员退役军人为骨干的救援队2019年10月成立，自疫情防控阻击战打响以来，一直活跃在谷城县。

1月22日，谷城县医院预检分诊、发热门诊接诊的发热病人逐渐增多，全县医疗救治物资告急！救援队队员席文辉立即向在某电商企业任高管的好友求援。除夕当晚，在得知该企业捐赠了28吨蔬菜和水果、10万只口罩等物资的消息后，救援队队员们立即开着私家车，将物资抢运到县内各医院。

在疫情防控中，谷城要对各单位和住宅小区进行消毒，这是需要体力的重活。党员退役军人宋进锋连续几天背着近百斤重的弥雾机，穿着防护服，不到20分钟身上就被汗水浸透；裹住面庞的口罩，在他脸上留下深深的勒痕。为了节省防护服，他每次穿上后不喝水、不上厕所，直到任务完成。党员退役军人司汝桦，在城关镇集中隔离点做义工，负责为隔离人员送饭购物、打扫卫生，已经连续20多天没有回过家。

榜样的力量是无穷的。一个月时间，队员从最初的 12 人增加到 316 人。截至目前，救援队累计出动队员和志愿者 3000 多人次，车辆 165 台次，抢运防护服 2560 套、口罩 36.64 万只，帮助困难家庭 518 户，帮助消毒面积 45.5 万平方米、259 家单位，募集抢运消毒物资和蔬菜等生活物资 280 余吨。

老兵退休前，站好最后一班岗

王永朋，原本要在今年 2 月退休。没想到，退休前最后一班岗会如此艰巨。

"我是一名老党员，也是退役军人。关键时刻，更要冲锋在前，做好表率！"疫情发生后，王永朋第一时间向组织"请战"。考虑到他的年龄和身体状况，支坪镇领导原打算安排他在办公室值守，但王永朋坚持要到一线。

王永朋与社区志愿者负责对外省返乡人员的排查。他们主动了解群众居家生活状况，积极宣讲疫情防控知识。

就在王永朋奋战在一线的时候，他的妻子却生病了。将妻子送往医院检查，得知是流感后，王永朋悬着的心放了下来，又匆匆返回工作岗位。他说："半辈子夫妻，她肯定能理解我。疫情不退，我不退！"

在重庆，许多退役军人像王永朋一样，以各种形式奋战在疫情防控一线。刚从重庆市交通运输综合行政执法总队退休的武大雄，得知抗疫勤务力量紧张，主动申请自带口罩返回工作岗位；退役军人、重庆市万州区公路局路政大队黄学清，顶着严寒给疫情防控点送去各种物资……

自疫情防控开展以来，重庆市退役军人事务系统调动各方力量持续提供支援服务，广大退役军人在全市自发成立疫情防控志愿队、突击队、先锋队近 300 支，平均每天坚守在防控一线的退役军人近 5 万人。

老兵再冲锋，星夜兼程捐助物资

2 月 27 日，来自山东济宁一批爱心物资"乘坐"10 辆大货车，经过 17 小时的长途跋涉，抵达湖北黄冈。这是山东申科集团筹措的 260 吨抗疫物资。

董事长王兆才是一名退伍老兵，曾荣获山东省优秀退役军人称号。疫情发生后，他非常关注湖北的物资储备状况，及早预订了 200 吨优质大米、20000 多个医用口罩等共计 200 余万元的爱心物资。

2 月 8 日元宵节这天，历时四天四夜从山东省运回的抗疫物资顺利抵达湖北随州市曾都区万店镇，退役军人聂绍武和刘天久长舒了一口气。

原来，两人多年在外打拼，始终心系家乡随州。当看到家乡医疗物资告急时，他们筹集购买到价值 10 万元的消毒液和口罩，星夜兼程赶回随州。因多种原因，原本只需一天的路程，硬是四天四夜才到。一路上，两人吃住全部在车上。饿了，吃方便面；困了，在车座上打个盹。

"疫情不退，战斗不止。"在抗疫的战场，随州市共有 6000 余名退役军人奋战在一线。退役老兵钱显军不仅主动到社区担任防疫志愿者，还发动战友献爱心；退役老兵王宇义赴抗击疫情一线，24 小时值守，30 天来还没有见到家人一面……

赤子情怀，万里之外支援抗疫

邝远平已在澳大利亚经商多年。看到国内确诊人数快速上升，一种油然而生的责任感和使命感驱使着邝远平要为国内抗疫做点什么。

了解到武汉医疗物资严重匮乏，各大医疗机构急需口罩、防护服、护目镜等物资，邝远平立即向湖北捐款捐物。他首批捐助的口罩、防护服等上万件急需物资，于 2 月 1 日运抵武汉防疫一线。2 月 18 日，他再次筹集医用设备、防护服、消洗品、N95 口罩等物资运到武汉。第三批物资的包机相关申请工作正在进行。

众人拾柴火焰高。邝远平深知，仅靠个人捐助是不够的。在多个在澳华人社会组织任职的他，广泛发动爱心企业、华侨华人为祖国抗击疫情捐款捐物，得到了热烈响应。经过两次募捐，共筹集约 1035 万元人民币，口罩 12 万余只，护目镜数千个。目前，在他的组织下，澳大利亚侨界人士已筹集到价值约 2 亿元的物资。

旅居在世界各地的退役军人，不忘军旅情怀，以各种形式支援。在越南工作的四川籍退役军人周鹏，在当地托朋友想办法，自费筹集普通医用口罩和 N95 口罩 2000 多个，从越南飞泰国再转飞云南，终于把这份满载深情的物资带回了四川；甘肃籍退役军人齐乐在国外旅行时，看到国内医护人员防护用具不足的消息，立刻在当地多家药店购得医用防护口罩 5000 个运回国内……

"这些支援抗疫的退役军人，有血性，有赤子之心。"湖北省退役军人事务厅相关领导表示，在祖国危难之际、人民需要之时，这些退役军人不忘本色、挺身而出，彰显了"退役不退志、退伍不褪色"的风采。

（原载于《人民日报》2020 年 3 月 4 日第 11 版，作者：倪光辉　金歆）

忙建设、强保障、守岗位，他们主动请战奔赴一线——

战"疫"，湖北退伍老兵有作为

"不用记住名字，我们就是几个老兵！"

新冠肺炎疫情防控期间，湖北武汉市东湖高新区豹澥街道 5 名退役老兵主动要求参与街道防疫工作，负责街道 3 个公共厕所、6 个地埋站、2 个隔离区的卫生消毒。有人问他们的名字，这些老兵这样回答。

面对疫情防控压力大、任务重、人员缺的实际困难，湖北各地退役军人主动请战，以各种形式投身疫情防控一线，用实际行动践行了"若有战，召必回"的誓言。

主动请战守初心

面对疫情，有一群退役老兵坚守在战"疫"一线，保证关键行业正常运转，守护人民群众生命健康安全。

"我毕业于军事交通学院，能驾驶多种型号车辆，请求到一线驾驶救护车辆。作为一名党员，又是一名部队转业干部，感觉自己的能力还没有全部发挥出来。能多做一点，就多做一点……"

这份请战书来自武汉市东湖高新区建设局军转干部姚俊林。疫情暴发后，他主动申请参加疫情防控，负责紧急物资运输保障车辆协调等工作。

咸宁市崇阳县退役军人罗浩主动请缨参战，在抗疫一线连续奋战 6 天 6 夜，一人驾车护送 30 余人到颐和医院进行集中观察。

赤壁市血吸虫病防控所退役军人党员田建龙，从正月初四紧急抽调到市疾控中心至今，一直奋战在发热病人运输车辆消毒工作一线，平均每天要消毒100多台次。"要说不怕那是假的，但我是军人，是共产党员，危急关头必须上。"

在这场全民抗疫的战斗中，很多家庭全家总动员，构筑起基层疫情防控的坚强堡垒。

武汉市东湖高新区龙泉街退役军人徐正喜和儿子徐攀主动报名参加该区退役军人疫情防控突击队，负责疫情防控检查、社区大门体温检测和其他应急工作。徐正喜近30年军龄，是覃庙村6组义务宣传员、信息员，负责宣传科学防疫知识，做好村民体温检测工作；儿子徐攀身强力壮，主动请缨去防控检查点值守。

襄阳市谷城县城关镇安家岗村退役军人服务站站长、党支部书记尚安仁和小儿子尚坦都是退役军人。除夕以来，尚安仁和儿子儿媳一家四口，一直奋战在抗疫一线，没有休息过一天。

紧急驰援建医院

"再累我们也得咬牙坚持！"在雷神山医院建设时，宜昌市秭归县茅坪镇退役军人付伟和工友们相互鼓劲。

付伟在湖北安防协会工作群中看到参建雷神山医院倡议书，立刻报了名。工期时间紧、劳动强度大，"看到这么多志愿者日夜奋战，感觉特别震撼。相信武汉人民一定会早日走出疫情阴霾"。

在举世瞩目的雷神山医院、火神山医院建设工地上，处处可见退役军人忙碌的身影。他们以让人惊叹的"中国速度"高质量完成建设任务。

恩施土家族苗族自治州鹤峰县燕子镇退役军人龚涛、覃丰、陈潜，得知雷神山医院工地缺少劳务人员，立即向中建三局工程有限责任公司请战，并组建9人鹤峰志愿者工程队驰援武汉，在工地投入弱电安装工作，每天工作时长达14.5小时。队长龚涛的目标是："9个人去，9个人回，一定要将他们平平安安地带回家。"

应城市黄滩镇退役军人许起飞，曾经荣立三等功。为支援火神山医院建设，将自家种植的 500 斤大白菜、500 斤小白菜、10 大箱鸡蛋、1000 斤胡萝卜无偿运送到火神山建设工地。他说："只要有需要，老兵种的菜还会再捐赠！"

黄冈市黄梅县柳林乡的王锦主动参与武汉火神山医院建设，京山市 3 名退役老兵积极参与建设京山"小汤山"医院。在支援大别山区域医疗中心建设的志愿者队伍中，有不少是退役军人。"与前线医护人员相比，我在后方搞保障出点力又算得了什么呢！"老兵周成瑞说。

志愿服务显真情

前不久，湖北省退役军人事务厅牵头制作发布歌曲 MV《一眼就认出你》，向全体奋战在抗击新冠肺炎疫情一线的现役军人和退役军人致敬。

面对疫情，湖北省广大退役军人文艺工作者纷纷行动起来，开展形式多样的文艺作品创作，鼓舞军民合力战疫情。

湖北省退役军人事务厅党组启动战时机制，坚持全系统一盘棋，统筹推进疫情防控工作。省、市、县、乡、村五级退役军人事务工作体系上下联动、齐抓共管，同时广泛发动广大退役军人积极参与疫情防控工作，构建全方位、立体式、多层次疫情防控工作体系。

湖北各地退役军人纷纷组建志愿者服务队，在当地统一安排下，走访摸排返乡人员、上门测量体温、宣传防控知识，开展道路卡口执勤、垃圾清运处理、全城清洗作业、公共区域消毒等工作，成为基层疫情防控的排头兵、宣传员和卫生员。

恩施州恩施市、鹤峰县退役军人志愿者活跃在大山深处抗疫一线，他们与村、社区干部和医务工作者一起，张贴宣传标语、上门测量体温、对公共区域消毒，组成车队接送医务人员。退役军人谭远彪每天要在检查点执勤 12 个小时，他说："人民需要我，老兵就要冲锋在前。"

十堰市竹山县退役军人王小勇在微信朋友圈发出倡议书："一名退伍老兵，现携厢式货车一台，竹山境内需要运输防疫物资请与我联系，免费运输，随叫随到！"同是退役军人的孙刚、陈全坤以及志愿者何庆斌、雷霆等加入王小勇组织的"老兵突击队"，大家自费加油、自带干粮往返十堰城区和竹山，义务运送防疫物资近 20 吨。

"最美"军人上前线

在这个没有硝烟的战场上,湖北模范退役军人、最美退役军人挺身而出、冲在一线。

湖北省2019年度模范退役军人、黄石市公安局民警吴世文利用微博微信粉丝超过4万人的"小警文哥"微博、微信公众平台,24小时在线为网友提供服务,通过发布致全市网民的一封公开信,对"黄石一发热病人从医院跑回家"等网上不实信息公开辟谣。

湖北省2019年度模范退役军人沈继军是宜昌公交集团的一名驾驶员。作为B1路"全国预备役军人示范线"一班班长的沈继军,第一时间报名参加接送医护人员驾驶任务。他说:"作为一名退役军人,在国家和社会需要的时候就得挺身而出。医护人员们在前线奋力救治,我为他们上下班保驾护航!能和他们一起战斗,是我无上的荣光。"

湖北省2019年度模范退役军人、孝感市孝昌县志愿者联合会会长余仁俊带领志愿者全力投身疫情防控工作,向孝昌县转赠医护用品,为当地医院解了燃眉之急。

湖北省2019年度模范退役军人、天门市鸿远马铃薯专业合作社理事长梁红清自发组织成立了合作社抗疫志愿服务队,坚持每天向城区配送500份细选精包的甘蓝和娃娃菜,解决了老百姓吃菜难的问题,减少了人员流动和疫情传播的风险。

(原载于《人民日报》2020年2月21日第11版,作者:倪光辉)

全国退役军人信息中心正式成立，服务保障水平进一步提升——

让军人成为全社会尊崇的职业

"没想到这么快就办好了贷款！" 4 月 27 日上午，刚刚在山东省临朐县退役军人服务大厅办完退役军人创业贷款申请业务的王永明，脸上掩饰不住喜悦。

退役后，王永明自主创业，搞起了大棚樱桃种植。今年，他想扩大种植规模，需要 20 多万元的资金投入，听说退役军人有创业贷款政策，本以为会非常麻烦，没想到只用了几分钟就通过了。

做好退役军人工作，对于加强国防和军队建设、推动经济社会发展、维护政治安全和社会稳定具有重要意义。前不久，全国退役军人信息中心正式成立，退役军人服务保障水平将得到进一步提升。为做好退役军人工作，我国退役军人事务系统推出了哪些做法、成效如何？

温暖 "大礼包"，落实怎么样？

党的十九大报告提出，让军人成为全社会尊崇的职业。2018 年 4 月 16 日，退役军人事务部组建。该部组建以来，针对退役军人的暖心保障政策不断丰富完善。

2019 年初，退役军人事务部成立工作专班，受理申请 290 万余人，初审通过 240 万余人，较好地解除了退役军人的养老和医疗后顾之忧；

2019 年 "八一" 前夕，退役军人事务部、财政部发出通知，再次提高部分退役军人和其他优抚对象等人员抚恤和生活补助标准，加大在乡老复员军人生活补助提标力度；

退役军人保障法等政策法规制定有序推进，对退役军人的服务保障水平持续提升，退役军人工作迈入新的发展阶段。

对于这些政策 "大礼包"，各地衔接得怎么样？政策的 "最后一公里" 如何打通？

四川省盐亭县黄甸镇驷桥村，61 岁的伤残军人杨楠看着哗哗的清泉流到自家水缸里，笑起来脸上满是皱纹。他曾在部队施工中右手腕骨折，老伴又体弱多病。今年初，黄甸镇退役军人服务站在走访中发现，杨楠一家还靠挑水饮用。一边报告给上级，一边先行垫付费用，工作人员为杨楠家修建水塔、安装抽水机，将厨房也硬化成水泥地面。

小小的服务站，解决了困扰杨楠多年的问题。退役军人事务部组建以来，国家、省（区、市）、市、县、乡镇（街道）、村（社区）六级服务体系陆续建立。离老兵们最近的退役军人服务站，给予了老兵们最暖的关怀，将服务保障政策落实到基层。

曾经，返乡落户手续麻烦、社会保险衔接不上等问题，困扰着退役军人。退役军人事务部推出务实管用的制度办法，很多地方也紧跟步伐，推出"一站式"服务，提高效率、缩短流程，让信息数据多"跑路"，让退役军人少跑腿，获得广泛点赞。

脱下军装后，路要怎么走？

转业后的安置问题，一直是退役军人们关心的问题。退役军人走上合适工作岗位，不仅能保障他们的生活，还能给其服务的机构和企业带来生机和活力。

退役军人郭纯子，在空军服役时从事新媒体宣传工作多年。在2019年转业之际，她也曾感到迷茫，不知道是否能寻觅到合适岗位。

湖北省襄城退役军人事务局探索"直通车"安置服务，结合郭纯子的能力特点，将她安置在襄城区融媒体中心工作。她高兴地对记者说，已经完全适应了现在的工作，还成了单位的"主力干将"。

退役军人事务部相关负责人介绍，"直通车"安置包括重点对象直接安置、专业人才对口安置、特殊人才选调安置和个别单位双向联系安置。两年来，退役军人事务系统接收14多万名军转干部、80多万名退役士兵、2.1万名军休干部和退休士官。

为促进退役军人就业创业，退役军人事务部出台意见支持鼓励；指导各地举办专场招聘会4000多次，达成就业意向28万人次。

关爱做到位，干事走前头！

在河南省济源市坡头镇店留村烈士周少武的侄子周波家里，记者见到了已被岁月浸渍得发黄的"革命军人牺牲证明书"。

几十年来，周少武弟弟周观富从未放弃过寻找哥哥的遗骸，但直到 2014 年他离世时也未能如愿。不久后，在韩志愿军烈士遗骸开始分批次回国，其中就有周少武。

两年来，英雄烈士保护纳入党和国家功勋荣誉表彰制度体系，英雄烈士国家功勋荣誉的无上光荣得到确立。

新中国成立 70 周年，群众游行活动的队伍里，"致敬"方阵格外引人注目：白发苍苍的老兵，年龄最大的 101 岁，最小的 73 岁，有的参加过解放战争、抗美援朝战争，有的在战场立下赫赫功勋，有的是民兵英模，有的是支前模范……

2018 年，国务院办公厅印发通知，为全国 3900 多万个家庭，挂起金灿灿的光荣牌。小小的光荣牌，一头连着座座军营，一头连着千家万户。

一日穿军装，一生是军人。在各项急难险重任务面前，各级退役军人事务部门组织起千千万万退役军人，奔忙投身在各项工作中。

疫情防控中，2 月 11 日，退役军人事务系统组织医疗队，火速驰援武汉，与湖北省荣军医院医护人员一起并肩作战 40 天、治愈 377 名患者；在贵州安顺，458 名优秀退役军人担任村支书、村主任和村两委委员，不到两年，139 个贫困村脱贫出列；在河北涿州，由 20 名参战老兵组成老兵故事宣讲团，宣传红色文化，当地群众、官兵和学生成为"红色文化"的"铁杆粉丝"……

近年来，退役军人工作的政策法规日益完善，就业安置有效推进，服务保障持续提升，权益维护有力有序，褒扬纪念规范创新，让军人成为全社会尊崇的职业。

（原载于《人民日报》2020 年 5 月 7 日第 11 版，作者：倪光辉　李龙伊）

退役军人事务部开通"烈士寻亲政府公共服务平台"

帮助更多烈士早日找到亲人

4月2日上午，退役军人事务部在北京举办"烈士寻亲政府公共服务平台"启动仪式。该平台采用信息化、新媒体等手段为烈士寻亲，将进一步提升烈士寻亲成功率，帮助更多烈士早日找到亲人。

为烈士寻亲，做好烈士亲属关爱抚慰工作，传承和弘扬英烈精神，是退役军人事务部的重要职责。退役军人事务部成立以来，指导各地积极主动作为，加强军地联动配合，充分调动社会力量参与，形成退役军人事务部门牵头、相关部门支持配合、社会各界广泛参与的为烈士寻亲机制。

打造服务平台，走完烈士寻亲"最后一公里"

"36年了，我在这里守着168名因修建独库公路而牺牲的战友英魂，我最大的愿望就是能够全部找到这168名英烈的亲人。"在活动现场，新疆维吾尔自治区尼勒克县乔尔玛烈士陵园管理员陈俊贵动情地说。

连接天山南北疆的独库公路，横亘崇山峻岭、穿越深山峡谷，连接了众多少数民族聚居区。那时候，为了修建这条公路，数万名官兵奋战多年，其中有168名官兵为此献出了宝贵的生命。在退役军人事务系统和社会各界的多方努力下，截至目前，已为142名烈士找到了亲人。

据统计，全国现有196万名登记在册烈士，由于种种原因，一些烈士信息不够完整准确，一些烈士亲属只知亲人牺牲，却不了解详细信息，不知其安葬地址，以致一些烈士墓长期无亲属祭扫。

由于时间久远、战争毁损以及基础档案资料缺失等因素，烈士寻亲现实难度很大。为提升烈士寻亲成功率、深化实践探索，退役军人事务部决定开通"烈士寻亲政府公共服务平台"，用信息化、新媒体手段为烈士寻亲。

"烈士寻亲政府公共服务平台"主要以小程序形式呈现。平台小程序主要功能聚焦烈士寻亲，烈属可在小程序上提出寻亲申请，后台受理后，可随时查询工作进展。小程序上还将公布整理出的长期无人祭扫烈士墓，向全社会征集线索。

退役军人事务部门欢迎全社会共同完善烈士信息，共同参与烈士寻亲。受理寻亲申请或收到寻亲线索后，退役军人事务部门将综合运用后台数据比对、大数据远程推送、档案资料分析、实地摸排走访等手段，依托烈士纪念设施保护单位和退役军人服务中心（站），联合社会力量，逐渐缩小范围，力争找到烈属，走完为烈士寻亲"最后一公里"。

此外，该小程序还集成了烈属登记、烈士纪念设施查询、烈士信息查询及法规政策公示等功能模块。"未来，我们还将对这些功能进一步完善，整体打造集褒扬纪念政策宣传、祭扫纪念、烈士寻亲等宣传、互动功能为一体的综合平台。"退役军人事务部褒扬纪念司司长李桂广表示。

建立完善数据库，提高寻亲的实效

"第七批在韩志愿军战士的遗物中发现三枚印章，分别是马世贤、林水实、丁祖喜……" 2020 年 9 月 26 日，一则帮烈士寻亲的消息在网上迅速传播。

在看到相关报道后，各地退役军人事务部门立刻查找革命烈士英名录，迅速开展联系工作。经过多方努力，林水实、马世贤和丁祖喜 3 位烈士的亲属不久后就得以确定。

高效寻亲的背后，是海量准确数据的支撑。近年来，退役军人事务部以完善基础信息库为抓手，指导各地退役军人事务部门梳理摸清底数，建立完善信息库，逐步实现烈士、烈属和烈士墓数据的动态信息化管理；分阶段组织开展烈士纪念设施数据采集，已掌握 5053 处县级以上烈士纪念设施、68.7 万座烈士墓（含无名烈士墓）的详细信息。

国家和人民永远尊崇、铭记英雄烈士为国家、人民和民族作出的牺牲和贡献。

"大哥，我来看你了！"抱着烈士陈曾吉的棺椁，八旬老人陈虎山泪流满面。

2019 年 9 月 29 日下午，退役军人事务部在沈阳抗美援朝烈士陵园举行烈士认亲仪式。在这个仪式上，陈曾吉、方洪有等 6 名烈士身份得到确认，亲人得以相认。

近年来，退役军人事务部以专项活动为着力点，逐步探索用技术手段确认无名烈士身份和亲属：通过对遗骸进行 DNA 鉴定、比对，成功为 6 名归国志愿军烈士找到亲属；在 2019 年开展湘江战役红军烈士遗骸收殓保护，共收殓烈士遗骸 82 具、零散骨骼残片 7465 块，全部进行 DNA 鉴定并录入数据库。

2020 年 4 月，退役军人事务部烈士纪念设施保护中心（退役军人事务部烈士遗骸搜寻鉴定中心）挂牌成立。据了解，退役军人事务部还将成立国家烈士遗骸 DNA 鉴定实验室和烈士家属信息库，通过信息库之间的有效比对，继续寻找其他烈士的亲人；对已发掘的烈士遗物进行清点整理，全部建立电子化档案；通过遗物线索，继续为其他无名英雄开展寻亲活动。

引导社会力量参与，形成寻亲工作合力

3 月 22 日，安葬在辽宁省锦州市解放锦州烈士陵园的烈士金魁志迎来了亲属的祭拜。陪同烈士亲属一同去陵园祭拜的，还有辽宁省台安县博物馆退休职工杨宁。

2007 年，杨宁参加了一次文物普查，发现有多处烈士陵园几十年来很少有亲属前来祭扫。当时，他心里很不是滋味，就萌生了帮烈士寻亲的想法。十几年来，杨宁沐风栉雨，足迹遍布多个省份，已帮助了在解放战争和抗美援朝战争中牺牲的 413 位烈士找到了亲属。

令人欣慰的是，在为烈士寻亲的道路上，杨宁并不孤单。退役军人事务部先后制定了烈士寻亲、烈士遗骸搜寻鉴定制度规范，积极引导、支持和鼓励社会力量和志愿者有序参与烈士寻亲工作，为其提供信息线索和必要支持。

"求助！我的母亲临终前希望能找到她的父亲，请帮帮我……" 2018 年 5 月 10 日，一封求助信寄到了刚刚组建的退役军人事务部褒扬纪念司。

写信的人叫谢从安，她的姥爷魏泽升于 1933 年底在反 "六路围攻" 中壮烈牺牲。此后全家人苦苦找了 60 多年，始终无果。

转机发生在 2019 年 9 月，四川省退役军人事务厅与互联网平台联合开展寻找烈士亲人的公益活动，依托精准地理位置弹窗技术，将消息推荐给烈士家乡部分人群。

不到一个月，谢从安的手机便收到一条寻找烈士后人的推送，附有川陕革命根据地红军烈士陵园的电话。谢从安立即拨通了电话，几小时后，她收到了肯定答复，"这里有你姥爷的名字，快来吧！"几代人接力、跨越60多年的寻亲之路在这一天画上了圆满句号。

以社会力量作为重要生力军，促进形成工作合力。退役军人事务系统注重线上线下相结合，以社会关注度高的归国志愿军烈士寻亲为突破口，依托权威媒体发布寻亲信息，打造"寻找英雄"烈士寻亲线下活动品牌，扩大社会影响力。此外，退役军人事务部还指导各地利用大数据、互联网技术，探索开展烈士寻亲，鼓励地方与互联网公益组织合作，利用其平台优势和定点推送技术，提升寻亲成效。

"英雄烈士在面临生死抉择时，将国家和民族放在首位，将生命置之度外，他们是最可爱的人，是新中国最闪亮的名字。"退役军人事务部副部长常正国表示，"我们应该切实安排好烈士'身后事'，尽全力循着每一条线索，为烈士寻亲，用实际行动永远铭记烈士的奉献和功勋。"

清明时节，各地干部群众纷纷自发前往烈士纪念设施缅怀英烈，社会各界广泛参与的烈士寻亲活动正在蓬勃开展，全社会崇尚英雄、学习英雄、关爱英雄的氛围愈发浓厚。

（原载于《人民日报》2021年4月5日第4版，作者：倪光辉　刘博通
吕高排）

诋毁贬损英烈，　法律不容宽恕

缺乏敬畏感、与英雄精神为敌的行为，反映出的是精神的荒芜和人性的苍白，终究会被社会所鄙弃。

在建党百年之际，刚刚过去的国庆72周年，让人们再次强烈感受到了什么是家国情怀。国庆前一天的9月30日烈士纪念日，习近平总书记向人民英雄纪念碑敬献花篮。在一个民族的精神谱系中，英雄是最醒目的标识。国庆不忘祭先烈，礼赞英烈是时代最动人的乐章，敬仰英烈是社会最普遍的价值认同。

然而，仍有如罗某平之流的少数所谓网络"大V"公然发表诋毁抗美援朝出国作战、侮辱志愿军英烈的言论，对英雄烈士进行恶意诋毁贬损、恶意消费，肆意挑战公众底线、法律红线，引发众怒同时"砸了自己的脚"，等待他的将是法律的制裁。

辱骂"冰雕连"，良心何在！以"冰雕连"为代表的志愿军先烈们爬冰卧雪、靠着血肉之躯在朝鲜战场上拼死杀敌，捍卫了国家主权、人民尊严。这场深深烙印在中华民族记忆中的伟大战争，是全国人民心底最珍视、最柔软的部分！人民称之为"冰雕连"，是对他们为国而战的尊敬缅怀，也是对志愿军视使命荣誉高于一切精神的崇敬。"冰雕连"已经是抗美援朝战争中不可磨灭的符号，亦是志愿军捍卫祖国和人民利益、国家和民族尊严的象征。

"英雄是民族最闪亮的坐标"，英雄烈士不容亵渎，网络空间不是法外之地，绝不可姑息！我们决不能让那些恶意诋毁英烈的人肆无忌惮、为所欲为。

退役军人事务部门会同军地有关部门建立了英雄烈士保护部门联动协调制度，此次罗某平被依法刑事拘留，让我们深刻感受到国家依法捍卫英雄烈士名誉、荣誉的决心。法网恢恢，疏而不漏，从英雄烈士保护法到民法典，再到刑法修正案（十一），凡是侵害英雄烈士名誉、荣誉的行为，都要承担相应民事、行政、刑事责任。维护英雄形象、保护英烈名誉、守护英雄精神，法律是维护英烈"生前身后名"的坚强保障，更是对于每个公民的底线要求。

近段时间，从几处街头出现"宣扬日本军国主义车贴"，到罗某平公然羞辱志愿军烈士，要遏制此类违法乱象的进一步滋生，除了完善相关法律法规外，还应严格依法惩戒在此类问题上的害群之马。今年以来，诋毁戍边英雄的网络"大V""蜡笔小球"依法受到审判，已经敲响了警钟。

党的十八大以来，《中华人民共和国英雄烈士保护法》《烈士褒扬条例》《烈士公祭办法》等一系列文件相继出台和修订，对加强褒扬纪念、开展烈士纪念活动等作出部署安排。以法律为根基、部门规章为支撑、规范性文件相配套的褒扬纪念政策制度体系基本建立，褒扬纪念工作制度化、规范化水平不断提高，全社会崇尚英雄、见贤思齐的氛围不断浓厚。

"天地英雄气，千秋尚凛然。"英雄烈士，是社会、民族、国家，乃至一个时代的精神符号，那些带着热血与温度的英烈名字及其背后的故事，为我们在新时代攻坚克难、实现中华民族的伟大复兴注入生生不息的力量。缺乏敬畏感、与英雄精神为敌的行为，反映出的是精神的荒芜和人性的苍白，终究会被社会所鄙弃。

英雄是永恒的主题，而不是炒作的话题，是我们民族的精神高地，要在全社会营造崇尚英雄、学习英雄、关爱英雄的浓厚社会氛围。人民英雄纪念碑前的隆重仪式、延乔路上铺满的鲜花，无不证明着，崇尚英雄、缅怀先烈正在成为中国人的集体共识、有力行动。一边享受着英烈用生命铺就的幸福生活，一边做着蝇营狗苟勾当的"键盘侠"，必将遭到唾弃，也必须付出代价。

（原载于《中国退役军人》2022年第1期，作者：倪光辉）

永不褪色的绿军装
——记优秀共产党员、河北秦皇岛市退伍老兵沈汝波

庆祝建军90周年，河北省秦皇岛市海港区的"学雷锋志愿者党义爱心团队"更加忙碌，队伍中活跃着一个瘦弱的身影，胸前佩戴的共产党员标牌熠熠生辉。

沈汝波，党义爱心团队的发起人和负责人，一名退伍老兵。"虽然脱下了军装，但我永远是一名军人！"7月17日，在"党义爱心服务站"，沈汝波特意穿上珍藏多年的绿军装，行了一个标准的军礼。

39年前，18岁的沈汝波在军营里许下诺言，一生要做10万件好事。告别军营后，他始终不忘初心。在沈汝波心里，国防绿是他一生的底色，服务人民是他永不停息的"战斗"。今年4月，河北省委、省军区联合授予沈汝波"最美退伍兵"称号。

初心不忘，一位退伍老兵的诺言

沈汝波的愿望，缘于军营的熏陶。1978年，沈汝波成为一名光荣的解放军战士。他所在的"英雄班"，班长是连里"学雷锋标兵"。"班长经常带头为驻地群众做好事。我看在眼里，也立志像雷锋一样，做一辈子好事。"

一次，沈汝波在指导员那里看到一本《十万个为什么》，心里萌发一个念

头:"这辈子我要做 10 万件好事。"从那天起,他给自己定下目标,每天坚持做几件好事,在记事本上画"正"字记录,一直坚持了下来。

在部队炮兵连,他被授予"全能炮手"称号;在炊事班,他养鸡喂猪、护林种菜,干一行爱一行专一行。坚持不懈做好事,多次被评为"学雷锋积极分子"。因为表现优异,入伍第三年,沈汝波光荣地加入中国共产党。

部队驻地附近,有一家老两口都年逾七旬,无儿无女,患病在身,靠种树苗维持生计。"大爷大妈,以后我就是你们的孩子。"沈汝波每周定期到老人家搞卫生、洗衣服,还用省下的津贴为老人买药看病。

退伍到地方,沈汝波一如既往。在海港区红绚街"党义爱心服务站",挂满锦旗、奖状和荣誉证书的墙上,"全心全意为人民服务"的条幅格外醒目。妻子李玉兰说,这 9 个字是沈汝波一针一线绣出来的,也绣进了他的心里。

在"党义爱心服务站",沈汝波率领的"学雷锋志愿者党义爱心团队",成为小区居民的贴心人。在海港区,街坊邻居都称沈汝波为"港城活雷锋"。

朴素的愿望,一生的追求,焕发出无穷的力量。当年承诺的 10 万件好事,沈汝波如今已完成 8 万多件,画出了 1 万多个"正"字。

本色不变,39 年无悔坚守

"部队把我培养成一名革命军人、共产党员。虽然离开了部队,我仍然要保持本色,服务人民。"退役后,沈汝波成为海港区蔬菜局一名冷库职工。虽然身份变了,但诺言没变,军人的"内核"没变。在工作的 20 多年里,他脏活、累活抢着干,只求奉献,不讲索取。业余时间,他坚持为社区居民做好事。每天早起,头一件事就是把楼道清扫干净,多年从未间断。

2004 年,所在单位改制,沈汝波选择主动下岗,自食其力,在西港路街道先茂里小区开了一家"党义理发店",后来发展到今天的"学雷锋志愿者党义爱心服务站"。顾名思义,"党义"就是为党和社会尽义务,开店之初,沈汝波便立下规矩:现役军人、特困户、残疾人、五保户免费。

为了更好地服务社区居民,沈汝波还自学了推拿按摩,他把每天 7 时到 9 时、19 时到 21 时定为免费时间。对行动不便的居民,沈汝波上门服务。相邻小区的刘永年岁数大,老伴又因患脑溢血行动不便,日子过得紧巴。沈汝波主动上门，免费理发，推拿按摩，帮助老人解除病痛。年年岁岁，风雨无阻。

2015 年春节前，秦皇岛市文明办收到一封来自"雷锋团"官兵的感谢信。

2014 年底，在参加赴辽宁抚顺"雷锋团"送爱心活动时，沈汝波发现很多战士有训练伤病，决定留下来为战士们解除病痛。一个多月里，他从早到晚，不知疲倦，"一想到为雷锋生前所在部队的战士服务，幸福又激动，一点也不觉得累"。

2015 年 7 月，沈汝波被诊断为食道癌。身体明显消瘦，体重从 150 斤降到 80 多斤。但一说起做好事，他立马就来精神。"做好事已成为我生命中的一部分，虽然患病，但可以选择力所能及的方式为居民服务。我只要活着一天，就得把'正'字画下去！"

即便住院，他也闲不住。一出院，他又开始忙碌：在社区举办培训班，到武警支队献爱心，给养老院老人免费理发……一家爱心企业送来 2000 元慰问金，他转手就送给了社区 10 户困难家庭。

"有人说老沈傻，有人认为他是作秀。如果能作秀 39 年，我倒觉得这样的人越多越好。"先茂里社区党支部书记李春洁说。

奉献不已，接力传承正能量

"我愿做小小萤火虫，用微弱的光照亮周围的人。"这是沈汝波常说的一句话，也是他坚持做好事的信念。

在沈汝波的感召下，越来越多的人自觉投入到做好事的队伍中来。他的精神和行动，已成为这座城市的爱心风向标。

"沈汝波 39 年始终如一，以实际行动践行党的宗旨。他不愧为优秀党员、优秀退役士兵和优秀市民的代表！"秦皇岛市委书记孟祥伟表示。

2015 年，秦皇岛市委发出向沈汝波学习的通知。同年 10 月，"接力沈汝波，延续正心愿"活动在先茂里社区启动。社区党员干部、志愿者和热心居民，同样采用画"正"字的方式，传承沈汝波的"正"能量。如今，"党义服务小组"发展为"沈汝波学雷锋志愿者爱心团队"，这是秦皇岛市唯一以个人名字命名的志愿者服务队，成员从最初的 10 多人壮大到 300 多人。

"这么多年，做好事已经成为老沈的一种习惯、一种生活方式。"受老沈感染，老邻居齐振国加入了学雷锋团队，沈汝波住院后，齐振国主动承担起组织志愿者活动的工作。

"沈汝波是退伍军人的光荣和骄傲！"当年的入党介绍人、老战友施殿武带着几位老战友，从外地赶来看望沈汝波。战友们纷纷在当地发起成立"志愿者服务队"，与沈汝波一起传递正能量。

在沈汝波的记事本里，"正"字依然在增加。每添上一笔，那个瘦弱的退伍老兵的身影也更加丰满……萤火虫的光芒虽小，但牵手传递，必将汇聚成最绚丽的炬火！

（原载于《人民日报》2017年8月7日第1版，作者：徐运平　倪光辉）

河北秦皇岛党义爱心团队发起人、退伍老兵沈汝波——

愿做萤光　照亮他人

"接力沈汝波，为民做好事。我们要向沈师傅学习！"河北秦皇岛市海港区的"党义爱心服务站"，冬日里也让人感到温暖。志愿者王勃和爱心团队成员与以往一样坚持去养老院为老人免费理发、慰问义诊。

大家口中的沈师傅就是沈汝波，党义爱心团队的发起人，一名退伍老兵，优秀共产党员、中国好人、燕赵楷模，立誓一生要做10万件好事。今年6月1日，沈汝波因患食道癌，经救治无效不幸逝世，享年58岁。

1978年，18岁的沈汝波参军入伍，立下了"一生要做10万件好事"的誓言；1984年，沈汝波退伍来到秦皇岛工作。40年来，他坚持每天为群众做好事，用11万余件好事实践了当年的誓言。

"虽然脱下了军装，但我永远是一名军人！"在沈汝波心里，国防绿是他一生的底色，服务人民是他永不停息的"战斗"。去年4月，河北省委、省军区联合授予沈汝波"最美退伍兵"称号。

入伍时，沈汝波所在的"英雄班"班长是连里"学雷锋标兵"。班长的一言一行深深感染着沈汝波。他暗下决心，要像班长那样为群众做好事，于是定下目标，一生要为群众做10万件好事。每天坚持做几件好事，在记事本上画"正"字记录。在部队，不管是在炮兵连，还是在炊事班，他每天都要挤出时间做好事。因为表现优异，入伍第三年，沈汝波光荣地加入中国共产党。

退役后，沈汝波成为海港区蔬菜局一名冷库职工。"虽然离开了部队，我仍然要保持本色、服务人民。"身份变了，军人的"内核"没变。他脏活、累活抢着干，只求奉献，不讲回报。业余时间，他坚持为社区居民做好事。

2004年，所在单位改制，沈汝波主动选择下岗，自食其力，在西港路街道先茂里小区开了一家"党义理发店"，后来发展成今天的"学雷锋志愿者党义爱心服务站"。顾名思义，"党义"就是为党和社会尽义务。开店之初，沈汝波便立下规矩：现役军人、特困户、残疾人、五保户免费。

为了更好地服务社区居民，沈汝波还自学了推拿按摩，把每天7时到9时、19时到21时定为免费按摩时间。对行动不便的居民，沈汝波上门服务。每个月，他都去当地驻军给战士们理发，夏天给战士们送西瓜……

2015年7月，沈汝波被查出患有食道癌。病床上的他面容憔悴，却仍想着去做好事。一出院，他就开始忙碌：到武警支队献爱心，给养老院老人免费理发……一家爱心企业送来2000元慰问金，他转手就送给了社区10户困难家庭。

"我愿做小小萤火虫，用微弱的光照亮周围的人。"这是沈汝波常说的一句话。在沈汝波的感召下，越来越多的人自觉投入到做好事的队伍中来。他的精神和行动，已成为这座城市的爱心风向标。如今，"党义服务小组"发展为拥有22个分队的"党义志愿者公益服务中心"。

在秦皇岛，"接力沈汝波、为民做好事"蔚然成风。15万党员把一件件好事填进《党员为民服务做好事服务日志》；数十万志愿者走进街头巷尾、山野乡村，为扶助贫困百姓、改善城市面貌奔波操劳……这个城市的每一个人都愿意做沈汝波，愿意接过爱心旗帜，为城市画出一个又一个大大的"正"字。

（原载于《人民日报》2018年12月7日第6版，作者：倪光辉）

追忆护边员拉齐尼·巴依卡：

永远的"帕米尔雄鹰"

【2021年3月3日，中宣部向全社会发布、"全国爱国拥军模范"退役军人拉齐尼·巴依卡的先进事迹，决定追授拉齐尼·巴依卡同志"时代楷模"称号。拉齐尼是怎样的"时代楷模"？记者回忆了几年前在采访红其拉甫边防连中和拉齐尼的相处点滴。】

拉齐尼·巴依卡走了！今年1月4日中午，41岁的拉齐尼·巴依卡，危急时刻跳入冰窟，救出落水儿童，自己却再也没有从水中上来。

我至今不敢相信，那么勇敢善良的拉齐尼永远离开了，我的脑海里，始终浮现的是塔吉克族特色毡帽下，那腼腆而真诚的笑容。翻看和他一起的照片和视频，想起四年前我们共同约定，有机会再一起骑牦牛巡边，而现在我能做的，只有安坐桌前，静静地写下四年前的那次相遇。

"我叫拉齐尼"

2017年5月21日，我到位于"冰山之父"慕士塔格峰脚下的红其拉甫边防连采访。这不是我第一次踏上帕米尔高原，但即使做足准备，当车碾过雪山冻土，翻越冰峰达坂，来到海拔4300多米目的地，我的头还是胀痛欲裂。到了连队，我跟着当天的巡逻分队一起巡边。

出连队营区，步行不到半小时，就要经过一条河。五月的红其拉甫气温在零摄氏度左右，远处的山坡被厚厚的积雪覆盖，河水冰凉刺骨。连指导员让一位边民牵来一头牦牛，让我骑着渡河。

这是一位黝黑脸庞的塔吉克族小伙子，大眼睛亮闪闪的，睫毛很长，他冲我腼腆一笑，用汉语自我介绍："我叫拉齐尼"。在他的鼓励下，我平生第一次骑上牦牛渡河。

走到河中，牦牛突然停下来，我有些不知所措。拉齐尼赶紧说不要慌，牦牛过惯了这条河的。

走着走着，可能怕我紧张，拉齐尼哼起歌来，"红其拉甫很高很高，红其拉甫很远很远，我们这个地方叫边关，界碑树在云里面……"歌声像健硕的云雀，穿过冰峰雪谷，直插云霄，充满生命的力量。一路上我和拉齐尼成了朋友，他比我小两岁，我就叫他拉齐尼兄弟。

接下来的采访，连队指导员和我说起三代护边员的故事。战士们早已把他们当成是连队的一分子。听说边境双方会晤时，拉齐尼还经常帮着当翻译。

真正的勇士

那天傍晚，采访官兵结束，我去了拉齐尼的家。因为三代护边，当地政府专门为他们家建了一个荣誉室。

1949 年 12 月，中国人民解放军红其拉甫边防连在帕米尔高原上成立。在这里，雪崩、滑坡和泥石流等自然灾害是家常便饭。如果没有经验丰富的向导，巡逻队将寸步难行。拉齐尼的爷爷凯力迪别克·迪力达尔自告奋勇担任向导，并主动和边防军人一起护边。1972 年，凯力迪别克走不动了，就把义务向导的接力棒交给了儿子巴依卡。

在爷爷和父亲的影响下，拉齐尼从小就和边防官兵结下深厚的情谊。2004年，刚从部队退伍的拉齐尼，毅然接过父亲手中的鞭子，和边防战士一起骑着牦牛行走在千里边防线上，成为一个不穿军装的边防军人。这一年，25 岁的拉齐尼光荣加入中国共产党。

吾甫浪沟，是红其拉甫最考验战士们信念和意志的地方。它蜿蜒在帕米尔至喀喇昆仑的崇山峻岭之间，乱石林立，这是全军唯一一条只能骑牦牛执勤的巡逻线。整趟巡逻要翻越 8 座海拔 5000 多米的冰达坂，蹚 30 多次寒冷刺骨的冰河，随时都有遭遇泥石流、暴风雪、冰雹、雪崩、猛兽袭击和"弹尽粮绝"的可能。

"如果能去一次吾甫浪沟，我就是真正的勇士了！"红其拉甫边防连一名新兵说。而拉齐尼去过多次。

"每次边境巡逻，只要拉齐尼在，我们就很安心。"红其拉甫边防连连长说，"拉齐尼总是走在最前面探路，凭借自己多年的经验，帮助大家化险为夷。"战士们都叫他"帕米尔雄鹰"。"这辈子要一直做一名不穿军装的边防战士……"拉齐尼说这话时，脸上的表情极其坚定。

"帕米尔雄鹰"

三天后，我与拉齐尼和红其拉甫官兵依依惜别。2018年，拉齐尼光荣当选为第十三届全国人大代表。3年来，他共提交了12份议案或建议。

以前，塔什库尔干塔吉克自治县辖区范围内的边境线上护边员少、点多面广、防控任务繁重。拉齐尼作为全国人大代表，把相关议案带到北京。他呼吁，适当提高护边员待遇、扩大护边员队伍、加强边境管控，实现护边员队伍"留得住、守得住"。

拉齐尼所提议案得到有关部门的重视，不仅使得当地护边员人数增加了、待遇提高了，边境线上的基础设施更得到很大改善。近年来，边境管控水平的提升，彻底改变了"巡边靠走、通信靠吼"的传统巡边方式，也彻底改变了牧民护边员们的生活方式。不仅如此，巡逻线上还建起了执勤房，配备了专业的巡逻车、卫星电话等装备，护边员不再风餐露宿，工作条件大幅改善。

2020年，拉齐尼获得"全国爱国拥军模范"荣誉称号。他说："我生活在一个好时代，国家政策好，我们的生活好。我一定会守好边境线，一代一代守下去。"

话犹在耳，噩耗降临。

我相信他救人的时候没有一点犹豫。2011年冬天，巡逻队伍遭到暴风雪袭击。边防战士皮涛在巡逻中突然滑入雪洞，周围冰雪不断塌陷。危急时刻，拉齐尼迅速爬到雪洞旁脱下衣服、打成结、系成绳子，花了两个小时才将皮涛拉出来。皮涛得救了，拉齐尼却被冻得不省人事，被送到医院抢救了3个多小时才挽回了生命。伤势刚好，他就立即回到护边队伍当中。

拉齐尼非常爱他的牦牛，巡边中途休息的时候，他就一直看护着牦牛，好似照顾自己的亲人或挚友。可多年巡逻下来，拉齐尼家的10头牦牛先后累死在巡逻路上，9头牦牛摔伤失去了劳动能力，但他们家从来没要过任何补偿。

他就是这样一个人，从来没有算过自己的账。

一路走好！心心念念的"帕米尔雄鹰"，我的拉齐尼兄弟。愿你纯净高尚的灵魂，永远安息。

（原载于《中国退役军人》2021 年第 3 期，作者：倪光辉）

奋楫扬帆再出发

——写在退役军人事务部成立四周年之际

这是百年变局的一个缩影。在时间维度上，一个民族的奋进之路，总是由一些令人瞩目的时刻标注。

2018 年 4 月 16 日，退役军人事务部在北京挂牌成立，一个专门为退役军人服务的全新部委从此登上时代舞台。

伴随这一历史性步伐，退役军人工作迈入新的发展阶段，跨入新的历史征程：着眼将退役军人事务系统打造成增强"四个意识"、坚定"四个自信"、做到"两个维护"的政治机关，坚决落实党中央、国务院决策部署的行政机关，有力维护退役军人合法权益的服务管理机关，全面贯彻"为经济社会发展服务、为国防和军队建设服务"方针，紧盯"让退役军人成为全社会尊重的人、让军人成为全社会尊崇的职业"目标，健全体制机制，创新政策制度，为强国兴军凝聚力量。

四年来，政策制度由顶层设计向配套完善、落实落地推进，安置就业从政府主导到政府与市场并举，服务体系从机构搭建到高效运转……在以习近平同志为核心的党中央坚强领导下，在习近平新时代中国特色社会主义思想的科学指引下，退役军人工作奋楫扬帆，勇立潮头；广大退役军人退役不褪色，建功新时代，成为社会主义现代化建设新征程上的重要力量。

擘画蓝图
党对退役军人工作的领导全面加强

党的十八大以来，以习近平同志为核心的党中央全面加强对退役军人工作的领导。

2017年10月18日，庄严的人民大会堂，党的十九大隆重召开，习近平总书记在报告中指出，"组建退役军人管理保障机构，维护军人军属合法权益，让军人成为全社会尊崇的职业"。

组建退役军人事务部，是习近平总书记亲自谋划设计、部署推动的大战略、大手笔；是以习近平同志为核心的党中央统筹国内国际两个大局、着眼经济建设和国防建设融合发展作出的重大决策，是促进国防和军队建设的重大战略举措。习近平总书记围绕做好退役军人工作作出一系列重要论述，为推进新时代退役军人工作指明了正确方向，提供了根本遵循。

经过四年不懈努力，以推进组织管理体系、工作运行体系、政策制度体系的"三大体系"建设迈上新台阶，县级以上普遍成立党委退役军人事务工作领导机构和政府行政机构，从国家到村（社区）共建成退役军人服务中心（站）62.4万个，转隶、接收、成立4000余个事业单位、500余家社会组织，形成了党领导下行政机构、服务体系、社会力量"三驾马车"同向发力的工作格局。

2019年2月26日，国家退役军人服务中心挂牌成立。随后，立足实现"五有""全覆盖"目标，一个纵向到底、横向到边的国家、省、市、县、乡、村六级退役军人服务体系全面展开。

小小服务站，能办很多事。这些离退役军人最近的服务中心（站）就像一个"家"，在这里，面向退役军人的服务保障工作全方位展开，给予老兵们最暖的关怀。四年来，推进基层服务保障体系标准化规范化建设，带动县、乡两级及服务对象在300人以上的村（社区）退役军人服务站全部示范达标，建强"百家红色服务站"，以点带面、连线成片、辐射周边，实现从有到优、效能提升的巨大转变。

县人武部副部长兼任退役军人事务局副局长、乡武装部部长兼任退役军人服务站站长。在工作运行体系建设中，聚焦畅通军地渠道、推动部门联动、实现上下衔接，已经打造出合力共为、责任落实、风险防范、高效运转的全流程工作运行模式。

"法令者，民之命也，为治之本也。"2021年1月1日，又一个庄严时刻镌刻在退役军人工作卷帙上，《中华人民共和国退役军人保障法》正式施行。

这是我国第一部关于退役军人的专门法律，对退役安置、教育培训、就业创业、服务保障、优待抚恤等进行顶层设计，首次提出建立参战退役军人特别优待、为退役军人建档立卡等一系列创新制度，标志着新时代退役军人工作进入法治化新阶段。

"在国家层面加强对退役军人管理保障工作的组织领导，健全服务保障体系和相关政策制度。"习近平总书记提出了新时代退役军人工作总体要求，立法工作驶上高速发展快车道。

抓铁有痕、踏石留印。退役军人事务部聚焦改革急需、工作急用、退役军人急盼，各项制度相继落地、渐次开花。以退役军人保障法为龙头，以行政法规和部门规章为主干，以相关配套文件为支撑的中国特色退役军人工作政策制度体系"四梁八柱"完成构建，一幅生机勃勃的高质量发展"路线图"正在加速铺展开来——

制定加强新时代退役军人工作的意见，研究贯彻落实措施，各地各成员单位普遍召开党委（党组）会、领导小组专题会、退役军人工作会，有力落实党中央决策部署和工作安排；制定退役军人工作政策制度改革方案，同步推动制定修订《退役军人安置条例》《军人抚恤优待条例》《烈士褒扬条例》；编制印发《"十四五"退役军人服务和保障规划》，提出"十四五"时期退役军人工作的目标任务；出台思想政治、安置就业、优待褒扬、军休管理、服务保障等方面政策80多个，清理新中国成立以来政策文件800多件，其中废止、宣布失效220件……体现尊崇尊重、服务管理保障并重的退役军人事务政策制度体系正在成型。

一份份新时代退役军人工作建设发展的顶层设计，向配套完善、落地落实迅速推进，退役军人工作奠基启新、砥砺前行。

重整行装
就业安置质量水平不断提升

"切实把广大退役军人工作和生活保障好，激励他们为改革发展和社会稳定作出积极贡献。"这是习近平总书记对退役军人最深沉的关爱和牵挂。

这些天，广州自来水公司保卫干事刘意和喜事盈门：这位 2019 年退役的四级军士长即将担任保卫科长。提起投身"第二战场"，他欣喜地说，转业安置过程公开公正，由法律顾问等专家组成裁判团，按照分数高低依次挑选工作。

"在机构改革背景下，省委省政府对我们的安置这么重视，让我倍感自豪和欣慰。"陕西省在接收安置师职转业干部压力增大的情况下，安排 6 名师职干部担任地级市副市长，其中武警某部原政委刘凯直接担任渭南市委常委、副市长。

"作为一名老兵，深知创业不易，通过这个平台帮助战友，我感受到自身的价值。"山东省出台《退役军人就业创业导师管理办法》后，包括"全国模范退役军人"、就业创业标兵谢清森在内的 12 位导师，为退役军人就业创业提供专业服务。

"没想到还能有机会再次步入校园，这对我们退役军人来说真是特别好的政策。"2021 年 9 月，受益于高职院校扩招 100 万政策，重庆市 26 岁的退役女兵杨小兰开始接受系统的职业教育……

一句句退役军人的心声，是对退役军人工作的认可。

退役军人事务部成立四年来，安置工作坚持"重牺牲奉献、重实绩贡献"导向，实施"阳光安置""直通车安置"，增强选岗透明度，提升安置精准度，80%以上的军转干部安置到公务员（参公）岗位、70%以上的退役士官安排到事业单位。

新一轮国防和军队改革蹄疾步稳，退役军人工作以改革破题，听令而行。在每年圆满完成按计划安置退役军人任务之外，全国各系统配合军队体制编制调整，全力做好公安边防、消防，武警森林、黄金、水电部队等成建制转业地方工作。与此同时，改革中央垂管系统军转干部安置计划下达方式，将央企全部纳入年度退役士兵计划安置单位，提高党政机关和事业单位安置比例，推进"一站式"手续办理服务，采取超常规举措推动实施滞留部队军休和伤病残人员三年移交计划。

紧盯"前线""前沿""前哨"，退役军人事务系统将军地需求有效对接，更好地把经济实力转化为国防潜力，逐步实现在常态优质保障的前提下突出服务备战打仗：坚持平战结合、平战一体，将光荣院、优抚医院、军供站打造成平时保障部队、战时服务官兵的重要阵地；调整修订双拥模范城（县）创建命名管理办法，推行"三后"问题一票否决制；探索建立伤病残军人治疗、评残、安置、抚恤一体化保障模式，服务部队轻装上阵、专谋打赢；广泛开展"情系边海防官兵"拥军优属活动，16个全国双拥模范城（县）与边海防基层部队结对共建，推进助力随军家属就业工程，激励官兵扎根军营、安心服役；积极动员社会力量参与，实现传统拥军向文化拥军、科技拥军、金融拥军、智力拥军的转变。

就业，是稳固宏观经济大盘的"压舱石"和"定盘星"。今年3月31日，全国退役军人就业创业信息系统在广东、浙江、福建、安徽、重庆、辽宁6地上线运营。退役军人和企业可通过政务服务窗口进入系统，实现"零距离"对接。

四年来，退役军人事务部编制适合退役军人就业职业目录，开发公益岗位托底帮扶，与万科、保利、顺丰等近70家大型企业签署合作协议，带动各地签约当地骨干企业，举办专场招聘会近9000场次，大力支持退役军人创新创业；推进高等学校单列计划、单独招考退役军人，教育培训学费减免、助学金发放等具体优惠措施，与教育部、人力资源社会保障部大力协作，将促进退役军人学历教育和职业技能提升纳入专项行动，仅2021年就有87万人次参加教育培训。此外，设立退役军人学院，实施退役军人教师培养计划，开展"退役军人进校园"工作试点；实施"浪花计划"，推动船员培训机构和航运企业以校企合用、定向培养方式面向退役军人招生……

搅动就业这池春水，泛起片片涟漪。2020年秋天，首届全国退役军人创业创新大赛在广州举行。大赛吸引涵盖5G、人工智能等多个领域的8000余个创业企业（团队）、逾3万名退役军人参与。大赛获奖项目（团队）获得导师培训、创业孵化、贷款授信等支持，纳入项目库长期跟踪，享受政策提供的相应服务。

新时代、新气象、新作为。一幅退役军人就业创业生动局面，在全国上下蓬勃形成。

幸福成色
优抚体系帮困政策暖心舒心

北京市门头沟区斋堂镇向阳口村永定河畔，一张小小的光荣牌让王如龙夫妻俩分外自豪。这对夫妻分别从原总参谋部某部和北京平谷人武部退役，村党支部书记白新生把两块"光荣之家"的牌子挂在他家大门上。

和王如龙夫妻一样，全国超过 4000 万户"光荣之家"，门口挂起了这个金灿灿的光荣牌。小小光荣牌，一头连着座座军营，一头连着千家万户，在祖国大地每个角落闪耀，彰显着国家的褒奖，骄傲着军队的殊荣。

"要关爱退役军人，他们为保家卫国作出了贡献。"2019 年新年，习近平总书记在新年贺词中的这一声问候，朴实无华却力重千钧，让千千万万退役军人热血沸腾倍感温暖：总书记惦记着我们，牵挂着我们！

2019 年 1 月 17 日，习近平总书记到天津考察调研。他走进和平区新兴街朝阳里社区退役军人服务站，详细询问社区在服务退役军人方面的具体做法。他强调，各级党委和政府要高度重视，切实把广大退役军人合法权益维护好，把他们的工作和生活保障好。

总书记的殷殷嘱托，成为各级退役军人工作者的行动指南。

坚持以退役军人为中心的工作理念，退役军人事务部从国家经济发展水平出发，坚持尽力而为，量力而行，克服新冠肺炎疫情影响，科学确定优抚保障政策，范围逐步扩大，待遇渐进提标。连续 4 年以 10% 的幅度提高部分退役军人和其他优抚对象抚恤补助标准；开展部分退役士兵基本养老保险集中补缴工作，285 万人享受政策红利，大大解决了养老、医疗等后顾之忧；实施"兜底线工程"，推进优抚医院、光荣院、烈士纪念设施等规划项目建设，建立优抚医院军地结对帮扶机制；启动军休大学建设，推进军休老旧小区改造和服务用房建设；建立健全困难退役军人帮扶援助机制，设立关爱基金，发动更多社会力量服务退役军人。

在浙江绍兴市人民医院呼吸内科，柯桥区退役军人、68 岁的徐长法已经来了 7 次，其中 6 次由刘晓慧陪同。医护人员都把他俩当成父女。实际上，刘晓慧是柯桥区退役军人事务局的工作人员。徐长法在部队是风钻手，参加国防施工 3 年，这几年一直咳嗽不止，刘晓慧带他去医院反复检查。填写材料、上报省厅、专家核准、领导审定……最终确定徐长法为伤残三级，享受每月比较好的抚恤待遇。徐长法的晚年生活，有保障了。

体现尊崇，全员覆盖。2020 年 1 月，退役军人事务部等 20 部门出台《关于加强军人军属、退役军人和其他优抚对象优待工作的意见》，"国家版"退役军人基本优待目录清单的推出，从荣誉激励、生活、养老、医疗、住房、教育、文化交通、其他优待 8 个方面 116 项内容构建起社会优待体系框架，优待范围由重点特定群体扩大到全体退役军人。

今年 4 月 15 日，在四川省德阳市中江县，正在加油的退役军人舒羽泉亮出优待证，这一天，92 号汽油每升 8.74 元，舒羽泉荣立过二等功，应该享受9.4 折优惠，他加满 60 升油，比其他司机节省 31.46 元，"我每月都要加油 3 次，一年节省 1132.56 元。可不是一个小数字！"舒羽泉兴奋地说，"因为当了几年兵，受到这样的优待，真是太感动了。"

一张小小的卡片彰显出暖融融的国家温度。2021 年底，全国启动退役军人、其他优抚对象优待证申领工作。退役军人事务部与一批涉及金融服务、移动通信、机动车加油、快递物流、航空出行及购物消费的社会企业开展拥军合作，一系列实实在在的优惠措施陆续惠及每一位优待证持有人身上。

耀眼荣光
社会尊崇氛围日益浓厚

时间的巨笔，在历史轴线上再一次标记出退役军人前行的新刻度。

2019 年 7 月 26 日，全国退役军人工作会议在北京召开。习近平等党和国家领导人同代表们亲切握手，合影留念。看到 94 岁的老英雄张富清，习近平总书记俯下身，双手紧握住老人的手，同他亲切交谈："你是全党全国人民的楷模。保重身体，健康长寿。"

张富清是原西北野战军一名战士，在解放战争的枪林弹雨中九死一生，先后荣立一等功三次、二等功一次，被西北野战军记特等功，两次获得"战斗英雄"荣誉称号。2018年底退役军人信息采集中，这段英雄往事重现人们面前。

了解到张富清的先进事迹后，习近平总书记作出重要指示强调，老英雄张富清60多年深藏功名，一辈子坚守初心、不改本色，事迹感人。在部队，他保家卫国；到地方，他为民造福。他用自己的朴实纯粹、淡泊名利书写了精彩人生，是广大部队官兵和退役军人学习的榜样。要积极弘扬奉献精神，凝聚起万众一心奋斗新时代的强大力量。一个月后，中央宣传部授予张富清"时代楷模"称号，在全社会掀起学习热潮。

一枝一叶总关情。在中国人民志愿军抗美援朝出国作战70周年之际，习近平总书记给四川省革命伤残军人休养院全体同志回信：60多年来，你们坚持爱党、信党、跟党走，积极参与爱国主义教育和国防教育活动，继续为党和人民贡献自己的力量，展现了初心不改、奋斗不止的精神……全党全社会要崇尚英雄、学习英雄、关爱英雄，大力弘扬英雄精神，汇聚实现中华民族伟大复兴的磅礴力量。

福建省连江县官坂烈士陵园。白色菊花伴着蒙蒙细雨，81岁的陈振伙正在祭奠他的父亲、烈士陈依妹。2021年以来，陈依妹和其他35名散葬烈士陆续被迁葬到了官坂烈士陵园。整洁肃穆的陵园、规范化的管理，让烈属们心里十分宽慰。

集中迁葬散葬烈士，英灵从此不再"孤单"。2021年以来，退役军人事务部大力推动"全国县级及以下英雄烈士纪念设施整修工程"，按照"应迁尽迁、集中管护"的原则，重点对县级以下（含县级）英雄烈士纪念设施进行集中整修，从根本上改善英雄烈士纪念设施整体面貌。

在甘肃酒泉卫星发射中心东风革命烈士陵园、山东临沂华东革命烈士陵园、井冈山革命烈士陵园、淮海战役烈士纪念塔、晋绥边区革命纪念馆等地，都留下了习近平总书记缅怀英烈的足迹。2019年6月，习近平总书记在对朝鲜进行国事访问期间，专程参谒中朝友谊塔，缅怀中国人民志愿军烈士，并在题词簿上题词："缅怀先烈，世代友好"。

以国之名佑英雄，以法之剑护英烈。退役军人事务部不断夯实烈士褒扬工作的保障制度：《烈士纪念设施保护管理办法》《烈士公祭办法》《烈士安葬办法》《境外烈士纪念设施保护管理办法》等一系列行政规章相继出台，让烈士纪念设施的规划、建设、修缮管理维护和英烈褒扬纪念工作有章可循；制定《关于建立英雄烈士保护部门联动协调制度的意见》，对保护英烈事迹和精神、名誉，以及保护英雄烈士及烈属的合法权益和地位等内容进行细化，对烈士遗骸搜寻发掘鉴定保护工作进行系统部署。

河南济源坡头镇店留村周波家里，一张被岁月涸渍得发黄的"革命军人牺牲证明书"引人注目，这是他叔叔周少武烈士的证书。2019 年 9 月 29 日，由退役军人事务部发起的中国人民志愿军烈士认亲仪式上，以 24 枚刻有个人名字的印章为线索，最终确认周少武等 6 位烈士身份。阔别近 70 年后，他们终于与家人"团聚"。

"我们愿做提灯者，照亮他们回家的路。" 2014 年以来，国家连续 8 年以最高规格礼仪迎接八批共 825 位在韩志愿军烈士遗骸回家。成立烈士遗骸搜寻鉴定机构，科学化、专业化开展失踪烈士和亲属基础信息库、DNA 数据库建设和认亲比对工作。去年 4 月，"烈士寻亲"政府公共服务平台上线，梳理出17000 条寻亲申请。各地开展常态化寻亲活动以来，已为 2950 名烈士找到亲属。

传承，是对英雄最好的尊崇。退役军人事务部持续打造"模范退役军人""最美退役军人""最美拥军人物"等亮点品牌，召开全国退役军人工作会议、全国双拥模范城（县）命名暨双拥模范单位和个人表彰大会，举办全国红色故事讲解员大赛，创作英烈主题文艺作品，推动退役军人典型宣传常态化。开展"老兵永远跟党走"系列活动，"老兵永远跟党走"成为网络传播热词，全网满意度高达 96.7%，尊重退役军人、尊崇军人职业的氛围日趋浓厚。

磅礴伟力
退役军人成为社会主义现代化建设重要力量

"变换的是阵地，不变的是初心。感觉还和在辽宁舰上一样，正朝着目标任务劈波斩浪，在服务人民、回馈社会中体现退役军人的价值担当。"刚担任江苏淮安盱眙县黄花塘镇芦沟社区党总支书记的徐玲信心满满。

这位在大海上奉献了 8 个春秋的大学生士兵、辽宁舰首位女操舵手退役后，在淮安市退役军人事务局的帮助下，走进校园进行国防教育，帮助贫困失学儿童……徐玲在新"战场"发挥更大作用，被评为"淮安最美退役军人"。

乡村振兴，退役军人不能缺席。鼓励退役军人返乡入乡就业创业的号角吹响后，广大退役军人闻令而动，和徐玲一样积极参与到城乡基层治理和乡村振兴，27 万余名优秀退役军人加入基层"两委"，部分地区"兵支书"比例接近 30%。

"广大军转干部要到党和人民最需要的地方去，积极适应改革开放时代大潮，牢记生命中有了当兵的历史，自觉弘扬人民军队光荣传统和优良作风，在人生的不同阶段、不同岗位上继续出色工作、活出精彩人生。"习近平总书记的一声声叮嘱，被广大退役军人转化为"退役不褪色、建功新时代"的磅礴力量，许多人员成为各领域各系统的骨干力量和领军人物。越来越多的退役军人奔赴基层、到偏远艰苦地区工作，党的血脉根基在基层更加坚如磐石。

一场突如其来的新冠肺炎疫情肆虐神州大地。2020 年 2 月 11 日，退役军人事务部组建退役军人事务系统援鄂医疗队，火速驰援武汉，与湖北省荣军医院医护人员一起并肩作战 40 天、治愈 433 名患者，被授予"全国抗击新冠肺炎疫情先进集体"称号。"大疫当前，正是退役军人大显身手的时候。"在武汉金银潭医院，自主择业军转干部李晓静一待就是 59 天，常常一天仅睡三个小时。今年 4 月，在上海杨浦区方舱医院，27 名退役军人医护人员抗疫医疗队在这里不眠不休战斗，至今仍坚守一线。

"除现役军人、退役军人、预备役，其他人全部撤出！"2021 年 7 月 24 日，河南遭到百年不遇洪灾。在新乡彩虹桥救援现场，退役军人张晓东"用最狠的语气说出最温柔的话"，让很多群众流下了感动的泪水。群众撤离后，他们继续装沙袋、堵决口、运物资。筋疲力尽时，他们就地而坐、席地而躺，恢复体力再次投入战斗。河南强降雨自然灾害期间，10 万余名退役军人冲锋在救灾一线，一批军创企业踊跃捐款捐物，"老兵力量"让世人震撼。

在北京冬奥会、冬残奥会上，数百支退役军人志愿服务队，上万名退役军人活跃在场地保障、应急救护、医疗安保等各个角落，向全世界展示着中国退役军人阳光自信、忠诚奉献的形象。

四年来，退役军人事务部门大力开展常态化志愿服务，建立特色志愿服务队伍、打造具有地域特点的志愿服务品牌，培养广大退役军人成为思想引领的"宣传员"、矛盾化解的"调解员"、应急处突的"战斗员"、帮扶援助的"勤务员"。截至目前，全国有超过 24.7 万支退役军人志愿服务组织、350 万名退役军人志愿者奋战在社会治理、疫情防控和应急救援一线。

"它是风雨来袭时坚强的后盾、可靠的依托，它是我们力量的源泉""四年，收获的不只是老兵的获得感和归属感，更是军人职业的认同感和幸福感"……广大退役军人这样评价四周岁的"退役军人之家"。

"让退役军人获得感成色更足！"走在新时代退役军人工作的宽阔大道上，我们有理由相信，以习近平同志为核心的党中央的关心和厚爱，必将激励退役军人工作者和广大退役军人肩负起历史的使命，凝聚起实现强国梦强军梦的磅礴力量，高扬风帆、破浪远航，为全面建设社会主义现代化国家、实现中华民族伟大复兴的中国梦作出新的更大贡献！

（原载于《中国退役军人》2022 年第 5 期，作者：倪光辉　吕高排）

倪光辉：全力讲好中国军人故事

好不容易约上倪光辉的采访，那时他刚刚从中国版图最东端的黑瞎子岛东极哨所回到北京。而此行的上一站，是三亚的海军某基地。

"军人冲锋不止，军事记者的脚步也从不停止。"这是 2016 年倪光辉作为中国记协"好记者讲好故事报告团"成员作报告的第一句话，他是这样说的，也是这样做的。

倪光辉，时任人民日报社政文部军事室主编，金台点兵工作室负责人。2011 年从事军事报道以来，他从百米海底到万米高空，从塞北大漠到南沙岛礁，随潜艇下海、随战舰远航、随战车冲锋、随战鹰飞翔……倪光辉说自己不能停下来，因为身上肩负着特殊的使命：讲好中国军人故事，传递中国军队声音。

"这个工作又苦又累，还不能轻易'出名'"

"倪老师，我们希望像你一样有那么炫酷的采访经历。"有一次，人民日报社一位新入职的记者这样对倪光辉说。"炫酷是电影里的事情，作为一名军事记者，经常接触的都是保密性极强的信息，工作环境很多时候危险性极高。实话说，这个工作就是又苦又累，还不能轻易'出名'。"倪光辉这样回答。

2012 年，已经做了 11 年记者的倪光辉第一次跟随海军舰艇远洋出海，航海 3800 海里，历经 15 个日夜。在太平洋上的航行，听起来是酷极了的经历，可实际上，要向大海"交学费"可不是说着玩儿的！"晕船是逃不过的，在军舰上一吐就是 4 天，水米不能进，人都要虚脱了……"倪光辉回忆说，"那次航行，我们还遭遇了八级风浪，我眼镜都撞碎了。晚上风浪太强的时候，战士们必须要用腰带将自己绑在床杆上，我也这样做，但还是不能睡着。"

这些苦对于那些战士来说，必须坚持，必须熬过，因为他们是中国海军，守卫蓝色国土是他们的责任，更是他们的信仰。倪光辉也没跟人说起不吃不喝睡不着的经历。他清楚地记得，那次巡航，遥望钓鱼岛，官兵们默默敬下的神圣的军礼。那举起的手，是官兵们立下的誓言。而让世界看到中国军人们的决心和信仰，也是倪光辉作为一名军事记者的理想和使命。

2013 年，倪光辉赶赴俄罗斯，参加了迄今规模最大的陆地联合反恐军演——中俄联合反恐军事演习。实兵演练是真枪实弹的，跟在中国军人身后冲锋，炮弹就在身后炸响。这样接近于真实战争的演习是震撼的，在演习中，中国军人展现出来的素质更让人崇敬。倪光辉说，在演习间隙，外军士兵都随意地歪在树荫下休息，而中国军人军姿飒爽、队形不乱。当时的各国记者都竖起大拇指，连连为中国军人的自信和硬气点赞！这次联合军演，倪光辉写下多篇报道，用手中的笔，传递了中国军人特有的精气神。

"咣"的一声，潜艇舱门关闭。2014 年 5 月，南海之下的海底之旅，是倪光辉职业生涯中难以忘怀的一次经历。置身于狭窄的潜艇舱内，仿佛被装进罐头瓶扔进了海里，不知日月。眼前尽是纵横的线路管道和冰冷的仪表盘，只觉得压抑，喘不过气来。一个舱室里，不到两米的高度横放三层铺位，官兵们睡觉都得手脚并用钻进去。为了节省铺位，有的床位就安排在鱼雷架上。不同的舱室之间，由于工作要求，温差甚至可以达到三四十摄氏度：有的穿背心短裤仍然大汗淋漓，有的披着棉大衣还冷得发抖。这样的环境，潜艇官兵们一待就是数十天，高湿、高噪音、高污染，别说是完成任务，就是在潜艇内待住都不是容易的事。可是对于这些军人来说，他们除了在艰苦的环境坚守之外，还必须战斗，默默地战斗。深海之下，不知未来。

跟随潜艇采访数日，倪光辉用满含深情的笔触写出《这里的战斗静悄悄》《"水下尖刀"锋从何来》等数篇作品。作为最能直接接触军人生活的军外人员，倪光辉一直奔赴在军事报道的前线，用他手中的笔和镜头，向世界展示中国军人的形象，展现和平年代中国军人的价值。

"有些事总得有人去做，因为那是人的良心"

2015 年初，一封特殊的来信摆在了倪光辉的办公桌上。

看完信，倪光辉的眼睛湿润了，他再也不能平静，决定立刻赶赴山西。那是一沓沉甸甸的影印件——83 张抗日英烈死亡证书。死亡证书是在山西省左权县莲花岩的崖壁石缝里发现的，影印件模糊不清，但依稀能辨认出，开具这批死亡证书的，是八路军一二九师卫生部。

83 个生命全部定格在 1939 年，那正是日寇铁蹄蹂躏我四万万同胞的血雨腥风的日子。83 人中，年龄最大的 50 岁、最小的仅 15 岁。能证明这些鲜活的生命在这个世界上存在过的，只剩下这一张张发黄的"死亡证书"。这些抗日英烈死亡证书是怎么被发现的？死亡证书的背后有着怎样的抗战故事？倪光辉决定去做一次深入的采访，并把自己的想法报告编辑部后得到了支持，报社领导和他一起踏上追寻之路。

采访中，倪光辉几度落泪。

这些人曾经也是鲜活的生命，如果他们还健在，最小的也有 90 多岁了。但是能证明他们存在过的证据只剩那些发黄的死亡证明。在那枪林弹雨、超负荷行军打仗的岁月，这些人的生命就这样奉献在了战场上，到生命的最后，家人可能连其尸骨的去向都不知道。

"有一个叫张德朝的，死亡证书上写着诊断：流行性感冒。1939 年 8 月 15 日于南郊村入院，8 月 16 日早 3 点钟牺牲。此人来时就不会说话，来的时间不够 24 小时就牺牲了，所以连队职别都不知，也未经治疗"……他就这么牺牲了，也没有什么办法再去联系到他的家人了……

83 位英烈中，也有一位幸运者宋喜成，是左权县境内唯一找到了亲人的英烈。

"宋喜成的死亡证明上，记下了他的籍贯：（晋）辽县东乡上庄村人。"倪光辉说，"听说宋喜成的亲人在几十里以外的上庄村，我们当时就开车去了。"在上庄村，他们见到的是宋喜成已经 74 岁的侄子宋丙辰老人。这位老人向他们介绍了自己的三叔宋喜成："奶奶活着的时候，常跟我念叨，你三叔要是在就好了。他的力气大，不像你，一次只能挑半桶水。"可是直到爷爷奶奶去世，他们的小儿子宋喜成也没能回来。如今当志愿者将他的死亡证明拿给宋丙辰，宋丙辰没办法抑制自己的情感，老泪纵横。这份死亡证明总算是给宋家人的一个交代，爷爷奶奶地下有知，也能放心了。"没有经历过抗日战争的人，很难想象那时的八路军战士付出了怎样的代价。和这些人比起来，采访的艰辛，都不算什么了。"倪光辉说。

2015 年 5 月，《人民日报》以图文形式重磅推出报道《83 张抗战英烈死亡证书背后的故事》。此稿以 83 张抗战烈士死亡证明为线索，追溯到 76 年前的抗日烽火中，以扎实的调查和鲜活细腻的笔触还原了八路军一二九师的抗战岁月。

报道刊发后，中国人民抗日战争纪念馆联系倪光辉，表示要协商收藏这份 83 张死亡证书。馆员告诉我，目前国内馆藏还没有一份像这样的抗战实物证书，它有可能填补现有史料的空白。我们欣慰，经过自己的努力，在铭记历史的一年，我们记住了这些英烈的名字！人民出版社主动联系报社政文部，要将这些"不知道的抗战故事"编撰成书，并于 8 月底上市，销量达到 5000 册。

享受着现在的和平与安定，人们往往不会去追问得来这一切的过程是怎么样的。但我们绝不应该忘记，那些曾为了民族的解放、新中国的建立和国家安宁付出自己生命的战士们，不能让他们的灵魂没有可以栖息之处。有些事总得有人去做，因为那是人的良心。倪光辉说。

作为一名军事记者，倪光辉可以接触到更多军人的故事，真实地为他们的勇敢与无私而感动，再用手中的笔，将这一份感动传递给更多的人。这比起获得个人荣誉、获得物质奖励，都更加让倪光辉觉得值得。

"心潮澎湃，你也得知道最有效的表达手段是什么"

2017 年建军 90 周年前夕，人民日报社金台点兵工作室联合人民日报客户端创意并推出 H5 产品《快看呐，这是我的军装照》，全球访问量突破 11 亿次。"严肃"的传统媒体《人民日报》，"庄重"的军人形象，没有博眼球的标题，没有迎合低级趣味的内容，而作为主流媒体的记者，倪光辉他们是怎么打造出"吸引眼球"的爆款级产品的呢？

军队跟普通人是有距离的，因为他承担着保家卫国的重大责任，许多情况都要保密，所以军人们向来都是默默地付出。倪光辉说，采访中，我们都会心潮澎湃，但你也得知道最有效的表达手段是什么。倪光辉认为，要提高军事报道的传播力、引导力、影响力、公信力，就要实现军事报道话语创新。军人也是有血有肉的人，他们的举止言行离老百姓越近，老百姓的心才会离军人越近。

"当时金台点兵工作室了解到，国防大学联合勤务学院的张磊老师对人民军队的后勤装备包括军服演变等方面很有研究。交流过程中，我们认为军服这个点很有意思，能够反映解放军90年来的变化。然后人民日报社新媒体中心那边，我们通过张老师讲解关于解放军军服发展的不同阶段，搜集了大约200张照片，由军事专家一张张挑选比较，最终选定了11个阶段的22张照片。"

倪光辉介绍说：在建军90年的大背景下，军装照本身是一个饱含情感的代表物，再加上借助新媒体平台的强互动性，"军装照"戳中了每个人内心的"从军梦"。读者们仿佛穿越时光，看到自己穿上军装的样子。对一些老战士来说，"军装照"是对过去的追忆。曾经参军的时候，他们可能留下的军装照并不多，这个易操作的H5产品能够帮助他们又一次回到了军旅岁月。还有些老战士的孩子，"穿上"父亲当年的军装，感受父亲的军旅时光……

《快看呐，这是我的军装照》《谁是站到最后的人》《老兵》《我为祖国升国旗》的制作，都是为了给公众提供表达自己爱国拥军情感的平台，把代表国家概念和国家形象的元素：军装、天安门、国旗、护卫队等，提炼设计，以用户喜欢和习惯的形式呈现。

"实际上，我们要做的是一种形式的爱国主义教育，体现了中国梦、强军梦的召唤，起到了凝聚社会共识、弘扬核心价值观的作用。"倪光辉说。

《谁是站到最后的人》推出前夕，网上爆出高铁上一批军校学员将购票的座位让给没有买到坐票的乘客一事。一时间，关于"军人该不该让座"以及"军人该不该优先"的话题，激发了网民们热烈的讨论。这个时候，"站到最后的人"的短视频的推出，从侧面对此问题作了巧妙的回应："让军人依法优先，就像在战场上他们优先一样。"

"我们借助短视频的形式，既避免了说教式的回应，又通过巧妙的情绪引导激起网民对于军人身份的尊崇，让'军人依法优先'成为无须辩驳、合情合理的社会常识，大大提升了舆论引导的效果。"这是倪光辉作为一名军事记者基于对受众深人认识的基础上，在新媒体时代为我军打赢舆论宣传攻坚战开的一个良好的头。

"既然选择了军事记者的职业，就得一直走下去"

人民日报主办的《国防周刊》每周一期，从选题策划到采写稿件版面设计，倪光辉每天都忙得团团转。

2015 年的"胜利日"大阅兵报道，为了采访阅兵训练基地，倪光辉和同事们早晨 6 点出发，直到晚上 10 点才回报社；为了更完美地呈现《胜利日特刊》，他和同事们字斟句酌，严抠每一个细节，连续一周在办公室加班到凌晨；曾经连轴转 40 个小时未合眼，只因报道颁发抗战纪念奖章、纪念大会、文艺晚会等三场活动，最终累到被送进了医院，被检查出心脏病高血压等多个健康问题。因为多次参加军演，倪光辉右耳被枪炮声震聋，24 小时耳鸣。经医生多次检测，确诊为神经性耳聋。在高原、在南海参加军事演习，他的皮肤反复多次被晒脱了皮。天津大爆炸事件中，他随部队进入核心区采访，因防护不到位而引发低烧……纵使经历许多伤痛，倪光辉也从来未曾后悔过。他认为自己既然选择了军事记者的职业，就得一直走下去。

即使难得的不用采访和写稿子的时候，也不是倪光辉的休闲时光。他家里的书架上，码放的是各种军事类图书。为了能写出最好的报道，他手不释卷。

倪光辉的爱人也是一名记者，他知道她是个聪明能干的人，也有着对事业的追求。然而为了支持倪光辉的工作，为了照顾年幼的女儿，她还是放弃了不少机会，把更多的时间和精力放在了照顾家庭上。

倪光辉经常出差，有时候回到家里会发现女儿又长大了好多。他也希望像一个普通的丈夫一样，能跟妻子一起做饭，聊聊一天的经历；也希望去幼儿园接女儿放学，和一个普通的父亲一样，看着从学校蹦蹦跳跳出来的女儿，扑向他的怀里……然而，这一切，对他而言都是那么难以实现。他说："我知道那是我欠她们的，我希望等我退休了，每天都能陪着她们。"

倪光辉有多篇报道获得报社精品奖、全军好新闻奖，还有四次获得中国新闻奖，本人还被中央网信办评为网上舆论引导先进个人。对这些荣誉，他自己也记不清楚。他知道是什么样的信念，支撑他一直坚守自己的岗位，平均每周写下上万字的报道。这信念在每一个加班写稿的夜晚，帮助他抵抗疲惫，弥补他远航想家的寂寞，消除他深海密闭之处的恐惧……

那就是军人可歌可泣的故事，军人铁一般坚定的信念和大无畏牺牲的精神。"将我感受到的一切分享给更多的人们，展现我军光辉伟大而又不失亲切可爱的形象，就是我的初心。"倪光辉说。

（原载于军事类核心期刊《军事记者》2018 年第 9 期，作者：战旻玥）

践行"四力"讲好新时代强军故事

军人的冲锋不止， 军事记者的脚步不能停

编者按：有这样一群人，他们不是军人，却跟随军人的脚步，不畏严寒酷暑，不怕吃苦受累，上高原、穿密林、走沙漠、巡边境，始终将笔端、镜头、话筒对准那些基层官兵，用心用情用功讲好新时代的强军故事。八一建军节到来之际，我们特别采访了常年奔走在一线采访的军事记者，听听"新闻战士"的报道经历与职业感悟。

人民日报政文部军事室主编、高级记者　倪光辉

今年八一建军节，倪光辉牵头执导推出奋斗强军微视频《他在》，受到社会各界的广泛关注，全网访问量突破 1 亿次。

2012 年 12 月，倪光辉跟随中国海军编队远海训练，行至钓鱼岛海域，为方便接收信号，记者盘坐在较为空旷的甲板上，利用卫星电话向北京传稿

Q：您从事军事新闻报道多长时间了？

倪光辉：2010 年玉树地震发生后，随空军运输机抵达灾区，主要负责抗震救灾官兵的报道。此后陆续参与一些军事新闻报道。2012 年调整到政文部军事采访室，正式开始军队和国防领域的新闻报道。

2010 年玉树地震发生后，人民日报政文部军事记者倪光辉乘坐空军运输机前往一线

Q：您觉得军事记者与其他记者相比，最大的不同点是什么？

倪光辉：军队不同于地方，军队的特殊性决定了军事记者的特殊性。"军人的冲锋不止，军事记者的脚步也不能停。"近十年来，从百米海底到万米高空，从塞北大漠到南沙岛礁，随潜艇下海、随战舰远航、随战车冲锋、随战鹰飞翔……"上天入海"我们一直奔赴在第一线。

军事记者是一个承载着光荣与梦想的职业，既要有新闻情怀，也要有国防担当。军事报道作为专业性较强的报道，军事记者往往需要进行"嵌入式"的采访，要和官兵一起钻猫耳洞，翻冰达坂，穿无人区，跑演训场，只有这样写出的稿件才有温度、有深度、有高度。应该说，军事记者也是一名新闻战士，写出的稿件要像"号角""鼓手"，要鼓舞军民斗志、提振官兵士气。报道时要抓住事关军队发展方向的根本问题，抓住军队建设改革的重大问题，抓住广大官兵关切的热点敏感问题，时刻擦亮紧盯强军进程的新闻"眼"。

零下 35 摄氏度，倪光辉（中）与三角山哨所官兵在一起

Q：您觉得身为全媒体时代的军事记者，应该具备哪些能力与素养？

倪光辉：面对全媒体时代的到来，军事记者要在未来信息化战争和各种非战争军事行动报道中交出答卷，需要具有与全媒体时代相适应的特殊业务素质。

媒体融合带来了报道形式的多样、报道内容的丰富、报道语言的鲜活，这给以往严谨的军事报道带来了不小的冲击。媒体融合也对军事记者的能力与素养提出新要求，必须"一专多能"，不仅要会采会写，还要会拍会摄、会编会播；不仅要在传统媒体上"写"，还要学会在新媒体上"写"。

2017 年建军 90 周年前夕，我们牵头的金台点兵工作室联合人民日报客户端创意并推出 H5 产品《快看呐，这是我的军装照》，全球访问量最终突破 11 亿次。还是"严肃"的主流媒体，聚焦"庄重"的军人形象，没有博眼球的标题，我们却打造出了"吸引眼球"的爆款级产品。除 H5"军装照"外，金台点兵工作室近年来还推出上百件融媒体产品，《谁是站到最后的人》《老兵：身边的 1/24》《致敬！人民英雄》《最想说的话》《有我们在，请放心！》等短视频，访问量均突破 1 亿次。

站在祖国西陲的界碑旁，家国情怀愈加浓厚

Q：军人是您常年报道的主角，他们给您个人成长和工作生活带来了哪些影响？

倪光辉：冰天雪地在路上，烈日炎炎还在路上；装甲战车里有我的身影，冬训拉练我在队伍中采访……作为一名军事记者，可以接触到更多军人的真实故事，每次采访都被他们的勇敢与无私所感动，再通过报道将这一份感动传递给更多的人。每年在常规报道任务之外，我都会抽出时间走访边关，记录下边关将士们的戍边生活，让这些在高光之外、为岁月静好负重前行的群体展现在普通读者的面前。

因多次参加军演，右耳被枪炮声震得持续耳鸣。经医生检测，确诊为神经性耳聋。跟随部队在高原和海上演练时，皮肤反复多次被晒爆了皮……虽然身体受到创伤，但内心充满了激情。与军人的奉献相比，这些付出又算得了什么呢？

作为能直接接触军人生活的记者，我一直在路上，感觉自己停不下来，用手中的笔和镜头，把"新时代最可爱的人"的故事报道出来，去观察、理解、记录军队的发展变革，向世界展示中国军人的形象，展现和平年代中国军人的价值，这是党中央机关报工作者应有的职责和使命。

2015 年，在"九三阅兵"现场

Q：您对身为军事记者的自己，有怎样的职业期许？

倪光辉：这些年，我国国防军队建设举世瞩目，军事新闻报道越来越重要。讲好中国军人故事，传递中国军队声音，这是作为一名军事记者的职业追求。讲好新时代的强军故事，军事新闻人要坚持"三贴近"、落实"走转改"，创作出更多有思想、有温度、有品质的精品力作，推动军事新闻舆论工作往深里走、往实里走、往心里走，汇聚起同心共筑中国梦强军梦的磅礴力量。

关注"遥远"的边关战士,走向全军最高的哨卡、最冷的边防、最热的海岛、最孤寂的大漠戈壁,在那里才能更好地理解家与国。今年八一之后,边关纪实的图书《探秘"中国之极"》将由人民日报出版社出版发行,这也是近十年来对军事采访经历的总结和升华,之所以把自己的一些特殊采访经历整理出来,也是想让读者更好地了解新时代的这群最可爱的人。

Q:八一建军节之际,请为人民军队送上一句祝福吧。

倪光辉:不同的战位,同样的担当。奋斗强军,向新时代最可爱的人致敬!

(原载于人民网 2020 年 8 月 1 日)